中华国学文库

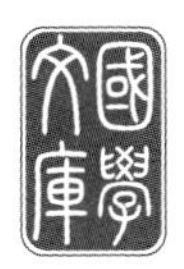

陶渊明集笺注

袁行霈 撰

中华书局

图书在版编目(CIP)数据

陶渊明集笺注/袁行霈撰. —2版. —北京:中华书局,2024.6
(中华国学文库)
ISBN 978-7-101-16645-3

Ⅰ.陶… Ⅱ.袁… Ⅲ.①中国文学-古典文学-作品综合集-东晋时代②《陶渊明集》-注释 Ⅳ.I213.722

中国国家版本馆 CIP 数据核字(2024)第 109846 号

书　　名	陶渊明集笺注
撰　　者	袁行霈
丛 书 名	中华国学文库
责任编辑	聂丽娟　孟念慈
责任印制	管　斌
出版发行	中华书局 (北京市丰台区太平桥西里 38 号　100073) http://www.zhbc.com.cn E-mail:zhbc@zhbc.com.cn
印　　刷	河北新华第一印刷有限责任公司
版　　次	2011 年 3 月第 1 版 2024 年 6 月第 2 版 2024 年 6 月第 11 次印刷
规　　格	开本/880×1230 毫米　1/32 印张 22¼　插页 3　字数 550 千字
印　　数	46001-49000 册
国际书号	ISBN 978-7-101-16645-3
定　　价	88.00 元

陶淵明集卷第一

詩九首 四言

停雲一首 并序

停雲思親友也罇湛新醪園列初榮願言不（一作弗）從歎息（一作想）彌襟

靄靄停雲濛濛時雨八表同昏平路伊阻
靜寄東軒春醪獨撫良朋悠邈搔首延佇

停雲靄靄時雨濛濛八表同昏平陸成江
有酒有酒閑飲東牕願言懷人（一作仁）舟車
靡從

東園之樹枝條（一作葉）載榮競用新好

宋刻递修本《陶渊明集》书影

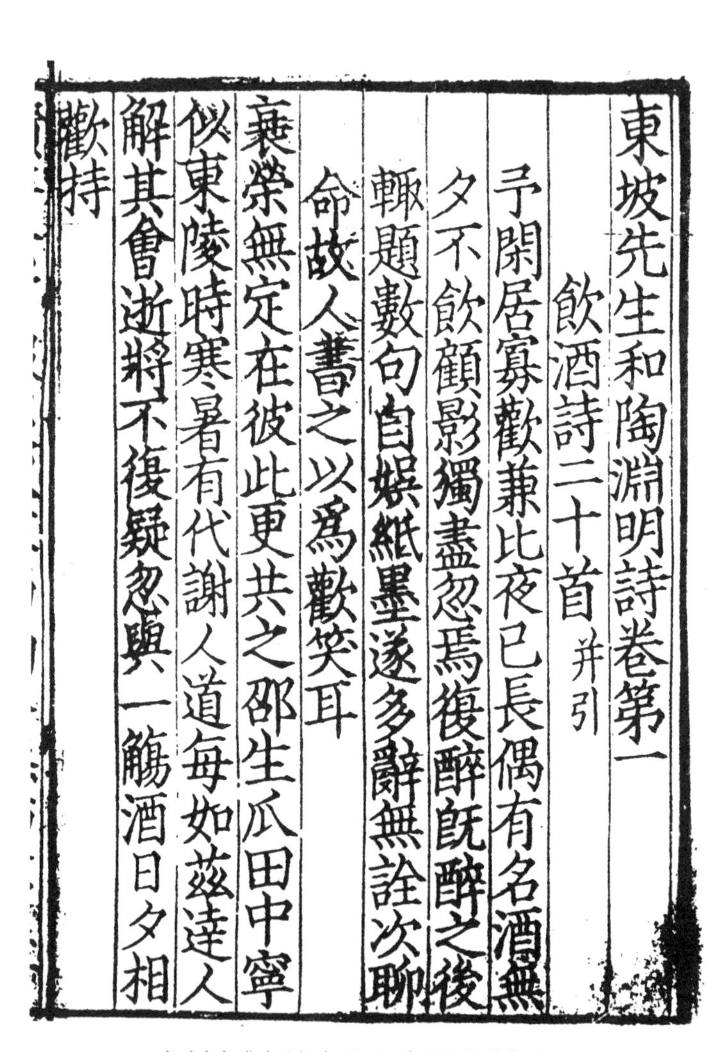
東坡先生和陶淵明詩卷第一

飲酒詩二十首并引

予閑居寡歡兼比夜已長偶有名酒無夕不飲顧影獨盡忽焉復醉既醉之後輒題數句自娛紙墨遂多辭無詮次聊命故人書之以爲歡笑耳

衰榮無定在彼此更共之邵生瓜田中寧似東陵時寒暑有代謝人道每如茲達人解其會逝將不復疑忽與一觴酒日夕相歡持

宋刻本《东坡先生和陶渊明诗》书影

中华国学文库出版缘起

《中华国学文库》的出版缘起，要从九十年前说起。

1920 年，中华书局在创办人陆费伯鸿先生的主持下，开始编纂《四部备要》。这套汇集三百三十六种典籍的大型丛书，精选经史子集的“最要之书”，校订成“通行善本”，以精雅的仿宋体铅字排印。一经推出，即以其选目实用、文字准确、品相精美、价格低廉的鲜明特点，最大限度地满足了国人研治学问、阅读典籍的需要，广受欢迎。丛书中的许多品种，至今仍为常用之书。

新中国成立之后，党和国家倡导系统整理中国传统文献典籍。六十馀年来，在新的学术理念和新的整理方法的指导下，数千种古籍得到了系统整理，并涌现出许多精校精注整理本，已成为超越前代的新善本，为学界所必备。

同时，随着中华民族以前所未有的自信快速发展，全社会对中国固有的学术文化——国学，也表现出前所未有的关注和重视。让中华文化的优秀成果得到继承和创新，并在世界范围内进行传播和弘扬，普惠全人类，已经成为中华民族的历史使命。当此之时，符合当代国民阅读需要的权威的国学经典读本的出现，实为当务之急。于是，《中华国学文库》应运而生。

《中华国学文库》是我们追慕前贤、服务当代的产物，因此，它自当具备以下三个基本特点：

一、《文库》所选均为中国学术文化的"最要之书"。举凡哲学、历史、文学、宗教、科学、艺术等各类基本典籍，只要是公认的国学经典，皆在此列。

二、《文库》所选均为代表当代最新学术水平的"最善之本"，即经过精校精注的最有品质的整理本。其中既有传统旧注本的点校整理本，如朱熹《四书章句集注》，也有获得学界定评的新校新注本，如余嘉锡《世说新语笺疏》。总之，不以新旧为别，惟以善本是求。

三、《文库》所选均以新式标点、简体横排刊印。中国古籍向以繁体竖排为标准样式。时至当代，繁体竖排的标准古籍整理方式仍通行于学术界，但绝大多数国人早已习惯于现代通行的简体横排的图书样式。《文库》作为服务当代公众的国学读本，标准简体字横排本自当是恰当的选择。

《中华国学文库》将逐年分辑出版，每辑十种，一次推出；期以十年，以毕其功。在此，我们诚挚希望得到学术界、出版界同仁的襄助和广大读者的支持。

中华书局自 1912 年成立，至今已近百岁。我们将《中华国学文库》当作向中华书局百年诞辰敬献的一份贺礼，更是向致力于中华民族和平崛起、实现复兴大业的全国人民敬献的一份厚礼。我们自当努力，让《中华国学文库》当得起这份重任，这份荣誉。

中华书局编辑部

2010 年 12 月

目　录

陶渊明集笺注卷第三　诗三十九首

凡 例

一、本书以毛氏汲古阁藏宋刻《陶渊明集》十卷本为底本。此书原藏毛氏汲古阁，继归黄氏士礼居，后归杨氏海源阁，杨绍和《楹书隅录》定为北宋本，其后又归周叔弢。现藏中国国家图书馆（原北京图书馆），定为宋刻递修本。陶集有无自定本，虽不得而知，然自萧统所编《陶渊明文集》之后，版本之源流可考，流传有绪，非明人所辑汉魏六朝别集可比。本书所用底本乃今存陶集最早刻本，所标异文约七百四十处之多，远超出所有其他宋元刻本，为诸善本中之最上者也。

二、校本皆取宋元刻本，计有：

宋庆元间黄州刊《东坡先生和陶渊明诗》四卷。原刻本。现藏台北故宫博物院。

宋绍兴刻《陶渊明文集》十卷，苏体大字本。康熙三十三年汲古阁毛扆覆宋本，现藏河南省图书馆。胡伯蓟据毛氏汲古阁覆宋本临写，胡桐生、俞秀山刊行，有光绪己卯陈澧题记。

宋绍熙壬子（三年）曾集重编刊本《陶渊明集》二册，诗一册，杂文一册。不分卷。原刻本。现藏中国国家图书馆。

宋汤汉《陶靖节先生诗注》四卷，《补注》一卷。原刻本。淳祐初元汤汉自序。现藏中国国家图书馆。

元李公焕《笺注陶渊明集》十卷。原刻本。现藏台北“中央图书馆”。

兼采《文选》、《乐府诗集》、《艺文类聚》、《太平御览》、《册府元龟》、《宋书》、《晋书》、《南史》等总集、类书、史书，以为参校。元代书法家俞和书陶潜诗二册，共九十九首，现藏台北故宫博物院，本书偶有参考。

三、本书底本共十卷，依次为：四言诗一卷，五言诗三卷，辞赋一卷，记传赞述一卷，传赞（《五孝传》）一卷，疏祭文一卷，《集圣贤群辅录》（四八目）二卷。无目。本书目录乃据正文增编。其中，传赞一卷及《集圣贤群辅录》二卷，萧统所编《陶渊明集》不载，乃北齐阳休之补入者。《四库全书总目提要》定为伪作，然难成定谳，姑存疑，兹移至书后，编为外集。又，《归园田居》其六、《问来使》非渊明所作；《尚长禽庆赞》本集不载，见于《艺文类聚》，亦编入外集。

四、本书正集七卷，另有外集。卷首列目录，卷末列附录、陶渊明年谱简编、陶渊明作品系年一览、主要参考书目。除移入外集之作品外，正集各篇编排次序一仍底本之旧。底本于卷十《八儒》、《三墨》后，有颜延年《靖（底本题目作静，文中或作靖，或作静。曾集本同。绍兴本一律作靖）节征士诔》、昭明太子《陶渊明传》、北齐阳（底本作杨，《北齐书》作阳）仆射休之《序录》、本朝宋丞相《私记》、曾纮《说》，今一并归入附录一。另增加沈约《宋书·陶潜传》、梁昭明太子萧统《陶渊明文集序》、思悦《书靖节先生集后》、佚名氏《跋》、曾集《题识》、汤汉《陶靖节先生诗注序》。

五、本书底本有校记，随正文以小字夹注，共约七百四十处，本书一律保留，俾读者得见底本原貌。其夹注或标明"一作"某，或于"一作"下再标"又作"、"或作"、"宋（庠）本作"，然则其书之校勘所取版本不止一种。既曰"宋本"如何，则宋庠本乃校本而非底本，其底本或即阳休之本亦未可知。正文可改可不改者一律不改，尤忌无版本依据之臆改。凡据底本校记修改正文时，均在校勘记中说明理由。凡据校本修改之处，在正文夹注中说明：原作某，某本作某，并在校勘记中说明理由。其与各校本相同之处，一般不出校，以节省篇幅；不同之处出校，并择其要者在校勘记中加以考证。本书偶有理校，必通盘考虑、详加考证，未敢臆断。亦必注明底本原作某，以供读者重新考订。至于外集各篇，文字均据底本，偶作校勘。

六、本书题解说明主旨大意、题目渊源，解释题目中之人名、地名、语词等。

七、本书编年作品共四十八题，一百零七篇，均有考证。其未能详考年代者，暂付阙如，以俟高明。

八、本书笺注力求详明，举凡人物、地名、史实、本事、名物等，均加以笺释，字义、词义、句义、典故、读音等亦有注释。所引书籍一律注出篇名。

九、本书考辨，兼采各家异说，断以己意，力求公允客观。其不同于各家之处，见仁见智，申明理由而已，不敢有所讥诮。

十、本书析义，分析作品之涵义，偏重评点欣赏。

十一、本书所附陶渊明年谱简编，乃根据拙作《陶渊明年谱汇考》压缩而成，考证部分大都省去，以便阅览。

十二、本书校勘、题解、编年、笺注、考辨、析义中广泛采摭各家之说，凡有引用，均一一注出姓名、书名、篇名，不敢掠人之美。为求简洁，称引前贤、师长姓名，无论存殁，均省去“先生”二字；其著作一般用简称，如：古《笺》（古直先生《陶靖节诗笺定本》），王注（王瑶先生注《陶渊明集》），王叔岷《笺证稿》（王叔岷先生《陶渊明诗笺证稿》），逯注（逯钦立先生《陶渊明集》），梁《谱》（梁启超先生《陶渊明年谱》）。对照书后之书目，读者自明，无须一一列举。原引文有误或省去篇名或过于简略，而须修正、补足者，修正、补充部分一律标以圆括号。

十三、陶集自明代以来翻刻甚多，仅郭绍虞先生《陶集考辨》所录已达一百四十九种，实际数字恐不下二百种。各本序跋亦多，不必一一收录，仅择宋元刻本录之。至于诸家评论，中华书局早在上世纪六十年代已有《陶渊明研究资料汇编》及《陶渊明诗文汇评》两书出版，读者可以参考，无须抄录，仅在笺注中择其要者随时引用而已。

十四、后人追和陶诗乃应注意之文学现象，而且已成为一种传统。明代所刻陶集已有附东坡和陶诗者，如万历四十七年杨时伟刻本。本书选择东坡以来和陶诗九种，十家，作为附录。或有助于对陶集之理解，亦可见陶渊明影响之深远。

十五、本书所附《陶渊明诗文句索引》，包括本书卷一至卷七中的陶渊明诗句文句，外集一并收入，但不包括附录。每句之后，注出本书的卷数和页码，以便检索。

陶渊明集笺注卷第一诗九首四言

停云一首并序

停云，思亲友也〔一〕。樽湛新醪〔二〕，园列初荣〔三〕。愿言不一作弗从〔四〕，叹息一作想弥襟[①]〔五〕。

霭霭停云〔六〕，濛濛时雨〔七〕。八表同昏〔八〕，平路伊阻〔九〕。静寄东轩〔一〇〕，春醪独抚〔一一〕。良朋悠邈〔一二〕，搔首延伫〔一三〕。

停云霭霭，时雨濛濛。八表同昏，平陆成江。有酒有酒，闲饮东窗。愿言怀人一作仁，舟车靡从〔一四〕。

东园之树〔一五〕，枝条一作叶载荣[②]〔一六〕。竞用新好一作朋新，一作竞朋亲好[③]，以怡原作招，注一作怡余情[④]〔一七〕。人亦有言〔一八〕，日月于征〔一九〕。安得促席〔二〇〕，说彼平生〔二一〕？

翩翩飞一作轻鸟〔二二〕，息我庭柯〔二三〕。敛翮闲止一作正[⑤]〔二四〕，好声相和。岂无他人，念子寔多〔二五〕。愿言不获，抱恨如何〔二六〕！

【校勘】

①绍兴本“襟”字下有“云尔”二字。 ②载:绍兴本作“再”,亦通。 ③用、新:一作“朋”、“亲”。徐复曰:“六朝之时,‘朋’或写作‘用’。此‘用’为‘朋’之别字。‘竞朋’,犹言高朋。《尔雅·释诂四》:‘竞,高也。’陶氏《祭从弟敬远文》亦云‘乐胜朋高’矣。‘亲好’,谓亲戚好友,义同‘亲知’。‘新’亦‘亲’字之误。”案:徐说固有据,然联系上下文,仍以原作为佳。 ④怡:原作“招”,底本校曰“一作怡”,据改。 ⑤止:曾集本作“上”,注一作“正”。既曰“敛翮”则已停飞,不得曰“上”。一作“正”,亦费解。

【题解】

“停云”,停滞不散之云。此诗仿《诗》体例,取首句二字为题。诗前有小序。

【编年】

逯钦立《陶渊明年谱稿》订此诗为四十岁作,又案曰:“《停云》、《时运》、《荣木》三诗,皆冠小序,而序文结构、句法悉同,疑为同时之作,故若是之画一也。”其《陶渊明事迹诗文系年》亦曰四十岁之作。王瑶注同逯说。霈案:《荣木》确为四十岁所作,但不可因此诗及《时运》与之体制相同,即确定为同时所作也。此诗编年阙疑。

【笺注】

〔一〕亲友:亲密之朋友,犹首章之“良朋”。《史记·张释之传》:“中尉条侯周亚夫与梁相山都侯王恬开见释之持议平,乃结为亲友。”阮籍《咏怀》其十七:“日暮思亲友,晤言用自写。”潘岳《金谷集作诗》:“亲友各言迈,中心怅有违。”

〔二〕樽湛(chén)新醪(láo):意谓酒樽之中斟满新酿之醪也。湛:没,见《说文》。湛,又有盈满之义,《淮南子·览冥训》:"故东风至而酒湛溢,蚕咡丝而商弦绝,或感之也。"樽湛:意谓酒樽为酒所盈没。渊明《拟挽歌辞》其二:"在昔无酒饮,今但湛空觞。春醪生浮蚁,何时更能尝。"醪:《说文》:"汁滓酒也。"段注:"米部曰:'糟,酒滓也。'许(慎)意此为汁滓相将之酒。"据此,"醪"是带糟之酒,未漉者。丁《笺注》:"湛,澄清也。"逯《注》同。需案:带糟之酒,不得谓澄清,恐非是。

〔三〕园列初荣:与上句句式相同,意谓园中遍布鲜花也。列:陈列,又有众多之义。初荣:初开之花。古《笺》:"《尔雅》:'木谓之华,草谓之荣。'直案:对言荣华有别,散言荣华亦通。《礼记·月令》'鞠有黄华'、《楚辞·远游》'桂树冬荣'是也。"

〔四〕愿言不从:意谓思念友人而不得见。愿:思念。《诗·卫风·伯兮》:"愿言思伯。"言:语助词。不从:不顺遂。

〔五〕弥襟:满怀。

〔六〕霭霭:云集貌。

〔七〕濛濛:雨密貌。时雨:丁《笺注》:"应时之雨。"需案:《艺文类聚》卷八五曹植《魏德论讴》:"和气致祥,时雨渗漉。"又,《文选》卷二〇曹植《上责躬应诏诗表》:"施畅春风,泽如时雨。"李善注引《吕氏春秋》:"甘露时雨,不私一物。"陶诗中多用"时雨",如《拟古》其二:"仲春遘时雨",《和戴主簿》:"神渊写时雨"。

〔八〕八表:八方以外极远之处。古《笺》:"《淮南·墬形训》:'八殡之外,而有八纮。'高诱注:'纮,维也。维络天地而为之表,故曰纮也。'直案:《尚书》:'光被四表。'此云'八表',盖本

《淮南》。《晋书·蔡谟传》:‘经营八表。’《桓温传》:‘洽被八表。’然则二字盖晋人常用之词也。”需案:魏明帝曹叡《苦寒行》:“遗化布四海,八表以肃清。”渊明常用此二字,如《归鸟》:“远之八表”,《连雨独饮》:“八表须臾还”。昏:指阴雨昏暗。

〔九〕平路伊阻:意谓连平路亦阻难不通矣。曹植《应诏诗》:“仆夫警策,平路是由。”《诗·邶风·雄雉》:“自诒伊阻。”毛传:“伊,维。阻,难。”

〔一〇〕静寄东轩:静居于东轩之下。寄:寄身。东轩:东窗。阮籍《咏怀》其十五:“开轩临四野,登高望所思。”渊明《饮酒》其七:“啸傲东轩下。”

〔一一〕春醪独抚:意谓独自饮酒。春醪:春酒。《诗·豳风·七月》:“为此春酒,以介眉寿。”毛传:“春酒,冻醪也。”孔颖达疏:“此酒冻时酿之,故称冻醪。”马瑞辰通释:“春酒,即酎酒也。汉制,以正月旦作酒,八月成,名酎酒。周制,盖以冬酿经春始成,因名春酒。”《文选》张衡《东京赋》:“因休力以息勤,致欢忻于春酒。”李善注:“春酒,谓春时作,至冬始熟也。”抚:持,此犹言把酒。渊明《九日闲居》:“持醪靡由。”

〔一二〕悠邈:遥远。阮籍四言《咏怀诗》十三首之九:“山川悠邈,长路乖殊。”枣据《杂诗》:“千里既悠邈,路次限关梁。”

〔一三〕搔首:心情烦急之状。《诗·邶风·静女》:“爱而不见,搔首踟蹰。”延伫:久立等待。

〔一四〕舟车靡从:欲往而无舟车相随也。

〔一五〕东园:渊明《饮酒》其八:“青松在东园。”

〔一六〕载荣:犹始荣也。

〔一七〕竞用新好,以怡余情:意谓东园之树竞相以其始荣之枝叶快慰余情也。汤汉注："谓相招以事新朝。"需案：此说断章取义，不可取。

〔一八〕人亦有言：《诗·大雅·荡》："人亦有言，颠沛之揭。"魏晋人常以"人亦有言"四字入诗，如王粲《赠士孙文始》："人亦有言，靡日不思。"陆机《赠冯文罴迁斥丘令》："人亦有言，交道实难。"欧阳建《答石崇赠诗》："人亦有言，爱而勿劳。"郭璞《赠温峤》："人亦有言，松竹有林。"渊明诗中凡三见，除《停云》外，另见《时运》、《命子》。

〔一九〕日月于征：《诗·唐风·蟋蟀》："日月其迈。"征：犹"迈"，行也。

〔二〇〕促席：促近坐席也。左思《蜀都赋》："合樽促席，引满相罚。"

〔二一〕说彼平生：古《笺》："《文选》嵇叔夜《与山巨源绝交书》：'时与亲旧叙阔，陈说平生。'《论语》何晏集解：'平生，犹少时。'"

〔二二〕翩翩：疾飞貌，亦有轻快自得之意。《诗·小雅·四牡》："翩翩者鵻，载飞载下。"《文选》张华《鹪鹩赋》："翩翩然有以自乐也。"李善注："翩翩，自得之貌。"渊明《拟古》其三："翩翩新来燕，双双入我庐。"

〔二三〕庭柯：庭园之树枝。渊明《归去来兮辞》："眄庭柯以怡颜。"

〔二四〕敛翮（hé）：敛翅。止：语助词。

〔二五〕岂无他人，念子寔多：《诗·唐风·杕杜》："岂无他人，不如我同父。"《诗·唐风·羔裘》："岂无他人，维子之故。"《诗·秦风·晨风》："如何如何，忘我实多。"寔：通实。

〔二六〕愿言不获，抱恨如何：《文选》嵇康《赠秀才入军》其三："愿言不获，怆矣其悲。"李善注引张衡诗曰："愿言不获，终然永思。"恨：憾也。

【考辨】

刘履《选诗补注》:“此盖元熙禅革之后,而靖节之亲友,或有历仕于宋者,故特思而赋诗,且以寓规讽之意焉。此章言‘停云’、‘时雨’,以喻宋武阴凝之盛,而微泽及物。‘表昏’、‘路阻’,以喻天下皆属于宋,而晋臣无可仕之道矣。……四章,兴也,言庭柯之鸟,翔集从容,和鸣而相亲,以兴仕途之人当择所处,不可遗弃亲友而不顾返也。”黄文焕《陶诗析义》:“四首皆匡扶世道之热肠,非但离索思群之闲悰也。”

霈案:此说或由汤汉注所谓“相招以事新朝”引申而来。倘若就一二句断章取义,或可谓有感易代而发;若统观全诗,不过如诗序所谓思亲友也。但其孤独之感显而易见,或与其所处时代不无关系。从“岂无他人,念子寔多”看来,或有一思念之具体对象,但究系何人已不可考。清吴菘《论陶》曰:“前二章神闲气静,颇自怡悦,绝无悲愤之意。即曰憾曰慨,亦不过思友春游、即事兴怀耳。如指为求同心、商匡扶,殊属枝节。”此论为是。

【析义】

渊明虽然性情高远,但对友人自有一片热肠。以舒缓平和之四言写来,又有一种深情厚意见诸言内,溢于言表。王夫之以“深远广大”四字评之(《古诗评选》卷二),实为有见。“停云”二字,一经渊明写出,遂成为一种意象,隐喻思念亲友,仅今存辛弃疾词中就出现九次之多。

一、二章,雨中路阻,不得与友人往来。三章就“东轩”、“东窗”引出“东园”之树,由枝条始荣联想岁月流逝,而思与亲友共话平生。四章,复由树及鸟,飞鸟尚能“好声相和”,而我却寂寞孤独,益发“抱恨”矣。

时运一首并序

时运,游暮春也。春服既成〔一〕,景物斯和〔二〕。偶景一作影独游〔三〕,欣慨一作然交心〔四〕。

迈迈一作霭,又作蔼时运①〔五〕,穆穆良朝〔六〕。袭我春服〔七〕,薄言东郊〔八〕。山涤馀霭一作蔼②,宇暧微霄一作馀霭微消③〔九〕。有风自南,翼彼一作我新苗④〔一〇〕。

洋洋平泽一作津,乃漱乃濯一作濯濯⑤〔一一〕。邈邈遐景,载欣载瞩〔一二〕。称心而言,人亦易足一曰人亦有言,称心易足⑥〔一三〕。挥兹一觞〔一四〕,陶一作遥然自乐。

延目中流,悠悠一作悠想清沂〔一五〕。童冠齐业〔一六〕,闲咏以归。我爱其静,寤寐交挥〔一七〕。但怅一作恨殊世〔一八〕,邈不可追〔一九〕。

斯晨斯夕,言息其庐。花一作华药分列,林竹翳如〔二〇〕。清琴横床一作膝,浊酒半壶。黄唐莫逮,慨独在余〔二一〕。

【校勘】

①迈迈:底本校曰“一作霭,又作蔼”,均不可取。“霭霭”或因上诗《停云》“霭霭停云”而误。　②霭:底本校曰“一作蔼”,非是。③宇暧微霄:底本校曰“一作馀霭微消”,于义稍逊。徐复引《文选》沈约《学省愁卧》诗:“虚馆清阴满,神宇暧微微。”　④翼彼新苗:一作“翼我新苗”,于义虽有胜处,然不如“翼彼新苗”之自然浑成也。　⑤乃濯:一作“濯濯”,与下句“载欣载瞩”不对称,恐非是。　⑥称心而言,人亦易足:曾集本、绍兴本同。陶注本据焦校,作“人亦有言,称心易足”,于义较逊。《停云》虽有“人

亦有言”,未必此诗须再重复也。

【题解】

“时运”,指春夏秋冬四季之运行。《庄子·知北游》:“阴阳四时运行,各得其序。”《大戴礼》:“故仰则观天文,俯则察地理,前视则睹鸾和之声,侧听则观四时之运。”“时运”二字本此。此诗仿《诗》体例,取首句中二字为题。

【笺注】

〔一〕春服既成:春服已经穿定,气候确已转暖也。《论语·先进》:“暮春者,春服既成。冠者五六人,童子六七人,浴乎沂,风乎舞雩,咏而归。”成:定。《国语·吴语》:“吴晋争长未成。”注:“成,定也。”

〔二〕斯:句中连词。和:和穆。

〔三〕景:同“影”。偶景:以自己之身影为伴,表示孤独。张华《相风赋》:“超无返而特存,差偶景而为邻。”王胡之《赠庾翼诗》:“回驾蓬庐,独游偶影。”

〔四〕欣慨交心:欣喜与慨叹两种感情交会于心。王胡之《释奠表》:“仰望云汉,伏枕欣慨。”

〔五〕迈迈:行而复行,此言四时不断运行。夏侯湛《庄周赞》:“迈迈庄周,腾世独游。”

〔六〕穆穆:和美貌。嵇康《赠秀才入军》:“穆穆惠风,扇彼轻尘。”

〔七〕袭:衣加于外。《文选》潘岳《籍田赋》:“袭春服之萋萋兮。”

〔八〕薄:迫,近。《左传》文公十二年:“薄诸河。”言:语助词。郗昙《兰亭诗》:“薄言游近郊。”

〔九〕山涤馀霭,宇暧微霄:意谓青山从朝雾中显现,天空罩上一层薄云。霭:云翳。宇:《淮南子·齐俗训》:“四方上下谓之宇。”暧:遮蔽。霄:云气。

〔一〇〕翼彼新苗：意谓南风吹拂新苗，宛若使之张开翅膀。翼：名词用为动词。

〔一一〕洋洋：水盛大貌。《诗·卫风·硕人》："河水洋洋。"平泽：涨满水之湖泊。漱、濯：洗涤。《孟子·离娄》："有孺子歌曰：'沧浪之水清兮，可以濯我缨；沧浪之水浊兮，可以濯我足。'"

〔一二〕邈邈遐景，载欣载瞩：意谓眺望远景心感欣喜也。邈邈：远貌。遐景：远景。载：语助辞。

〔一三〕称（chèn）心而言，人亦易足：意谓就本心而论，人之需求亦易满足。称：相适应，符合。《国语·晋语六》"称晋之德"，韦昭注："称，副也。"《左传》襄公二十七年："服美不称，必以恶终。"称心：犹与心相副。此犹《庄子·逍遥游》所谓："鷦鹩巢于深林，不过一枝；鼹鼠饮河，不过满腹。"

〔一四〕挥兹一觞：意谓举觞饮酒。《还旧居》："一觞聊可挥"，义同。

〔一五〕延目中流，悠悠清沂：意谓当此延目中流之际，平泽忽如鲁地之沂水。言外之意，向往曾皙所言之生活。延目：放眼远望。中流：此指平泽之中央。沂：河名，源出山东东南部。关于沂水，参看本诗注一所引《论语》。悠悠：形容水流之悠长。

〔一六〕童冠：童子与冠者，未成年者与年满二十者。《三国志·蜀书·秦宓传》："昔百里、蹇叔以耆艾而定策，甘罗、子奇以童冠而立功。"又，《蜀书·向朗传》："上自执政，下及童冠，皆敬重焉。"齐业：课业完成。齐，通济。《荀子·王霸》："以国齐义，一日而白，汤、武是也。"杨倞注："齐，当为济，以一国皆取济于义。"《尔雅·释言》："济，成也。"

〔一七〕我爱其静，寤寐交挥：意谓我爱曾皙之静，不论日夜皆向往不已，奋而求之也。"静"乃儒家所谓仁者之性格。《论语·雍也》："子曰：'知者乐水，仁者乐山。知者动，仁者静。知者乐,仁者寿。'"汤汉注:"静之为言,谓其无外慕也,亦庶乎知浴沂者之心矣。"寤:醒时。寐:睡时。《诗·周南·关雎》:"寤寐求之。"交:《小尔雅·广言》:"俱也。"挥:《说文》:"奋也。"

〔一八〕殊世:不同时代。

〔一九〕追:追随。

〔二〇〕翳(yì)如:犹翳然,隐蔽貌。

〔二一〕黄:黄帝。唐:尧。莫逮:未及。渊明《赠羊长史》:"愚生三季后,慨然念黄虞。"

【析义】

一章出游,二章所见,三章所思,四章归庐。一、二章欣,三、四章慨。独游时心与景融,陶然自乐;乐中又有不得与古人相交之慨叹。暮春之景,隐居之乐,怀古之情,浑然交融,渊明之性情与人格毕现。

荣木一首并序

荣木,念将老也。日月推迁〔一〕,已复九原作有,注一作九夏①〔二〕。总一作鬈角闻道②〔三〕,白首无成〔四〕。

采采荣木〔五〕,结根于兹〔六〕。晨耀一作辉其华,夕已丧之。人生若寄〔七〕,憔悴有时〔八〕。静言孔念,中心怅一作恨而〔九〕。

采采荣木,于兹托根〔一〇〕。繁华朝起,慨暮不存。贞脆一作慎由人③〔一一〕,祸福无门〔一二〕。匪道曷依,匪善奚敦〔一三〕?

嗟余一作予小子,禀兹固陋〔一四〕。徂年既流一作遂往④,业不增旧〔一五〕。志彼不一作弗舍⑤，安此日富〔一六〕。我之怀矣，怛焉内疚〔一七〕。

先师遗训〔一八〕，余岂之一作云坠〔一九〕？四十无闻，斯不足一作可畏〔二〇〕。脂我行原作名，注一作行车⑥，策我名骥一作镳〔二一〕。千里虽遥，孰敢不至〔二二〕？

【校勘】

①九：原作"有"，底本校曰"一作九"，今从之。"有夏"指夏代。《书·召诰》："我不可不监于有夏。"或指中国。《书·君奭》："惟文王尚克修和我有夏。"此诗中"夏"乃夏季，作"九夏"为是。 ②总：底本校曰"一作鬈"。曾集本作"鬈"，犹"总"。 ③脆：底本校曰"一作慎"，非。"贞"与"脆"义相反，犹下句之言"祸福"，作"贞脆"为是。 ④既流：一作"遂往"，于义为逊。古《笺》引《后汉书·傅毅传》："徂年如流。"徐复曰："'徂'既训往，下又云'遂往'，意嫌复出。" ⑤志：汤注："或曰'志'当作'忘'。"霈案：作"志"于义较胜。 ⑥行：原作"名"，底本校曰"一作行"，今从之。"名车"殆随下文"名骥"而误。曰"名骥"可也，曰"名车"殊牵强。校文原在诗末，今移至此。

【题解】

"荣木"，古《笺》："木堇也。《月令》：'仲夏之月，木堇荣。'与'日月推迁，已复九夏'应。《说文》：'蕣，木堇，朝生暮落者。'与'晨耀其华，夕已丧之'应。荣木之为木堇，无疑也。陶公不曰木堇，而曰荣木者，盖取《月令》'木堇荣'之义。"霈案：此诗之"荣木"，或如古直所说指木堇，但"荣木"一词并非专指木堇。荣木者，繁荣之树木也，如渊明《饮酒》其四："劲风无荣木，此荫独不衰。"此诗仿《诗》体例，取首句中二字为题。

【编年】

吴仁杰《陶靖节先生年谱》系此诗于四十岁，丁晏《晋陶靖节年谱》同，逯钦立《年谱稿》、王瑶注同。需案：诗云："四十无闻，斯不足畏。"据以订为四十岁作，是也。又据"已复九夏"，当是此年夏季所作。

如取渊明享年六十三岁说，是年春渊明已入刘裕幕，九夏不在家中。兹订渊明享年七十六岁，则渊明四十岁时当晋孝武帝太元十六年辛卯（三九一），正在家闲居，故有此诗也。

【笺注】

〔一〕推迁：推移变迁。谢灵运《过始宁墅》："束发怀耿介，逐物遂推迁。违志似如昨，二纪及兹年。"

〔二〕九夏：夏季之九十天。《太平御览》卷二二引梁元帝《纂要》："夏曰朱明，亦曰长嬴、朱夏、炎夏、三夏、九夏。"萧统《锦带书十二月启·林钟六月》："三伏渐终，九夏将谢。"

〔三〕总角：《礼记·内则》："男女未冠笄者，鸡初鸣，咸盥、漱，栉、縰，拂髦，总角。"注："总角，收发结之。"《诗·齐风·甫田》："总角丱兮。"传："总角，聚两髦也。"疏："总聚其发，以为两角丱然兮。"闻道：《论语·里仁》："朝闻道，夕死可矣。"

〔四〕白首无成：与上句"总角"对举，皆以头发表示年龄。渊明《饮酒》其十六："行行向不惑，淹留遂无成。"

〔五〕采采：《诗·秦风·蒹葭》："蒹葭采采。"毛传："采采，犹萋萋也。"

〔六〕结根：固根。《古诗十九首》："冉冉孤生竹，结根泰山阿。"

〔七〕人生若寄：《古诗十九首》："人生忽如寄"，又："人生天地间，忽如远行客"。李善注引《尸子》："老莱子曰：'人生于天地之间，寄也。'"需案：寄，客也。见《一切经音义》引《广雅》。

〔八〕憔悴有时:意谓到一定时间就会憔悴、衰老以至死亡。时:时限。《礼记·玉藻》:"亲老,出不易方,复不过时。"

〔九〕静言孔念,中心怅而:安然深思,由衷地怅然。言:语助词。孔:甚。而:语助词。古《笺》:"《邶风(柏舟)》:'静言思之',毛传:'静,安也。'"

〔一〇〕托根:寄根。

〔一一〕贞脆由人:意谓贞脆取决于人自己。古《笺》:"班婕妤《捣素赋》:'虽松梧之贞脆,岂荣凋其异心。'"需案:殷仲文《南州桓公九井作》诗:"何以标贞脆,薄言寄松菌。"贞:坚贞。脆:脆弱。此"贞脆"指人年寿之长短,亦暗指人之节操。陶诗屡用"贞"字,如《和郭主簿》咏青松曰:"怀此贞秀姿,卓为霜下杰。"《戊申岁六月中遇火》自咏曰:"贞刚自有质,玉石乃非坚。"

〔一二〕祸福无门:《左传》襄公二十三年:"闵子马见之,曰:'子无然!祸福无门,惟人所召。'"《淮南子·人间训》:"夫祸之来也,人自生之;福之来也,人自成之。"

〔一三〕匪:非。曷依:何所归依。奚敦:何以敦勉。古《笺》:"《礼记·祭统》:'心不苟虑,必依于道。'《曲礼上》:'敦善行而不怠。'"需案:此所谓"道"与"善",皆儒家伦理范畴。

〔一四〕嗟余小子,禀兹固陋:意谓自己禀赋不佳。小子:自己之谦称,兼指自己年幼之时。固陋:固执鄙陋,见识短浅而不通达。司马相如《上林赋》:"鄙人固陋,不知忌讳。"

〔一五〕徂(cú)年既流,业不增旧:意谓时光流逝,而学业未曾有所增益。徂年:逝年。《后汉书·马援传赞》:"徂年已流,壮情方勇。"

〔一六〕志彼不舍,安此日富:意谓志虽在学,而竟安此酒醉。汤注:

"《荀子(劝学篇)》:'(驽马十驾,)功在不舍。'《诗(小雅·小宛)》:'壹醉日富。'盖自咎其废学而乐饮尔。"

〔一七〕怛(dá):忧伤悲苦。

〔一八〕先师:指孔子。遗训:死者生前之教导。

〔一九〕之坠:犹"坠之",宾语前置。之:代指先师遗训。坠:失落,此谓遗忘。

〔二○〕四十无闻,斯不足畏:《论语·子罕》:"四十、五十而无闻焉,斯亦不足畏也已。"

〔二一〕脂我行车,策我名骥:古《笺》:"《小雅(何人斯)》:'尔之亟行,遑脂尔车。'"脂:油,此谓将油涂在车轴上。策:鞭策。

〔二二〕孰:何。

【析义】

此诗念念不忘进业与功名,是渊明出仕前所作。观"先师遗训"云云,可见儒家思想影响明显。

赠长沙公族孙原作族祖一首并序[①]

余于长沙公为族原作长沙公于余为族,注一作余于长沙公为族,一无公字[②]祖,同出大司马。昭穆既远〔一〕,以一作已为路人[③]〔二〕。经过浔阳〔三〕,临别赠此。

同源分流,人易世疏〔四〕。慨然一作矣寤叹,念兹厥初〔五〕。礼服遂悠,岁月眇徂一作岁往月徂〔六〕。感彼行路,眷然踌躇一作踊〔七〕。

於穆令族[④],允构斯一作新堂[⑤]〔八〕。谐气冬暄原作辉,注宋本作暄[⑥],映怀圭璋〔九〕。爰采春花一作华,一作爰来春苑,载警一作散,又作惊秋霜一作爰采春苑，载散秋霜〔一〇〕。我曰钦哉，寔宗之光〔一一〕。

伊余云遘，在长忘同忘一作志，忘同又作同行⑦〔一二〕。言笑原作笑言，注一作言笑未久，逝焉西东。遥遥三湘原作遥想湘渚，注一作遥遥三湘，滔滔九江〔一三〕。山川阻远，行李时通〔一四〕。

何以写心〔一五〕？贻兹一作怡此话言⑧〔一六〕：进篑虽微一作少，终焉原作在，注一作焉为山〔一七〕。敬哉离人〔一八〕，临路凄然。款襟或辽，音问其先〔一九〕。

【校勘】

①诗题原作“赠长沙公族祖”，兹参照序文改。陶注本曰：杨时伟、何孟春、何焯，皆以题中“族祖”二字为衍，删之。霈案：此说不可从。　②原作“长沙公于余为族祖”，底本校曰“一作余于长沙公为族祖”，兹据改。渊明族祖封长沙公者为陶夏，陶夏卒时渊明尚未出生，此诗所谓“族祖”断不可能是陶夏。诗曰：“何以写心，贻兹话言：进篑虽微，终焉为山。”此乃长辈对晚辈鼓励之言，如果此“长沙公”系渊明族祖，岂可如此教诲哉！又诗云：“伊余云遘，在长忘同。”上句言“余”，下句言“在长”，显然是以长者自居。或在“族”字下断句：“长沙公于余为族，祖同出大司马。”于义颇不顺畅。　③以为：一作“已为”，于义稍逊。　④族：绍兴本作“祖”。　⑤斯：一作“新”，形近致误。　⑥暄：原作“辉”，底本校曰“宋本作暄”，于义较胜。宋本者，宋庠本也。⑦忘同：一作“志同”，又作“同行”，于义稍逊。　⑧贻：一作“怡”，于义稍逊。

【题解】

“长沙公”，晋大司马陶侃封长沙郡公。陶姓封长沙公而又任大司马者,在东晋仅陶侃一人。陶侃之爵位先传其子陶夏,后传其孙陶弘、曾孙绰之、玄孙延寿,此指延寿之子。渊明为陶侃曾孙,故于延寿之子为族祖。延寿,晋义熙五年曾在刘裕军幕任谘议参军,见《宋书·高祖本纪》,入宋后卒,论年龄其子当可与渊明见面。延寿入宋已降封吴昌侯,此以长沙公称其子者,从晋爵也。延寿之父绰之与渊明为同曾祖之昆弟,故渊明可称延寿之子为族孙。

【笺注】

〔一〕昭穆既远:意谓虽是同宗,然世系已远。昭穆:古代宗法制度,宗庙之次序,始祖居中,以下父子互为昭穆,左侧为昭,右侧为穆。祭祀时亦按此次序排列。

〔二〕路人:陌生人。

〔三〕浔阳:今江西九江,渊明家乡。

〔四〕同源分流,人易世疏:意谓此长沙公与余祖先相同而分支不同,一代一代逐渐变更而疏远矣。何注:"班孟坚《幽通赋》:'术同源而分流',曹大家曰:'如水同源而分流也。'"《文镜秘府论》引孔文举《与族弟书》:"同源派流,人易世疏。"

〔五〕慨然寤叹,念兹厥初:意谓慨叹于彼此之关系,而顾念其初之同源也。古《笺》:"《诗·曹风(下泉)》:'忾我寤叹,念彼周京。'郑笺:'忾,叹息之意。寤,觉也。'"厥初:其初。《诗·大雅·生民》:"厥初生民,实维姜嫄。"此指陶侃之始封也。

〔六〕礼服遂悠,岁月眇徂:意谓亲属关系既已疏远,岁月之流逝又已久远。礼服:古代之丧礼,丧服以所用材料之不同而分为斩衰、齐衰、大功、小功、缌麻等五种,亲疏不同,丧服亦不同,谓之"服制"。古《笺》引《汉书·夏侯胜传》"善说礼服",师古注:"礼之丧服也。"眇徂:远逝,远去。

〔七〕感彼行路,眷然踌躇:意谓顾恋徘徊,仓促间未便相认也。行路:路人。《后汉书·范滂传》:“行路闻之,莫不流涕。”

〔 八 〕於(wū)穆令族,允构斯堂:赞美其能继承祖先之事业。古《笺》:“《周颂(清庙)》:‘於穆清庙。’毛传:‘於,叹辞也。穆,美。’《书·大诰》:‘若考作室,既厎法,厥子乃弗肯堂,矧肯构?’孔传:‘父已致法,子乃不肯为堂基,况肯构立屋乎?’”令族:望族名门。允:信,诚然。

〔 九 〕谐气冬暄,映怀圭璋:赞美长沙公谐和温厚,品德高贵。《礼记·礼器》“圭璋特”,孔疏:“圭璋,玉中之贵也;……诸侯朝王以圭,朝后执璋。”用以比喻人品之高贵。《后汉书·刘儒传》:“郭林宗尝谓儒口讷心辩,有圭璋之质。”

〔一〇〕爰采春花,载警秋霜:赞美长沙公有春花之光彩、秋霜之警肃。《艺文类聚》卷五七引后汉崔琦《七蠲》:“姿喻春华,操越秋霜。”华,通花。

〔一一〕寔:通实,确实。宗:宗族。

〔一二〕伊余云遘,在长忘同:意谓余与长沙公相遇,虽辈分为长,而竟忘为同宗也。

〔一三〕遥遥三湘,滔滔九江:湘水发源,与漓水合流后称漓湘,中游与潇水合流后称潇湘,下游与蒸水合流后称蒸湘,总称“三湘”。此指长沙公封地,亦其将去之地。九江:渊明居地。

〔一四〕行李时通:意谓希望时有书信往还。行李:使者。

〔一五〕写心:输心。《诗·小雅·蓼萧》:“既见君子,我心写兮。”

〔一六〕贻兹话言:赠此善言,即以下二句。《诗·大雅·抑》:“其维哲人,告之话言。”毛传:“话言,古之善言也。”

〔一七〕进蒉虽微,终焉为山:《论语·子罕》:“譬如为山,未成一蒉。止,吾止也。譬如平地,虽覆一篑。进,吾往也。”《书·旅獒》:“为山九仞,功亏一篑。”蒉,同“篑”,土笼。

〔一八〕敬哉离人:此亦勉励长沙公之言。敬:谨慎。《论语·学而》:“敬事而信。”

〔一九〕款襟或辽,音问其先:意谓再次会面畅叙衷曲或遥遥无期,唯以通音信为要也。款:款曲,衷情。襟:襟怀。其:表示加强语气。

【考辨】

陶侃为渊明曾祖本不成问题,除此诗序文外,《命子》诗以及颜延之《陶征士诔》、沈约《宋书·陶潜传》、萧统《陶渊明传》均可为证,兹不赘引。然李公焕注此诗序曰:“汉高帝时陶舍。”阎咏《左汾类稿》据李注曰:“大司马”当作“右司马”,指汉高祖功臣舍。方东树《昭昧詹言》、洪亮吉《更生斋文甲集》、孙志祖《读书脞录》,各证成其说。而钱大昕《潜研堂文集》举阎氏之谬凡五。霈案:诸宋本陶集于“大司马”均无异文,所谓“右司马”无版本依据,阎氏之说不足信也。

陶澍《靖节先生集注》释第二章曰:“此盖长沙公经过浔阳,建桓公祠堂,以展亲收族,故诗美其气如冬日之温,怀有圭璋之洁。而堂成举祀,不胜秋霜怵惕之思。若此人者,岂非宗之光乎!”霈案:“允构斯堂”乃用《尚书》典故,陶澍坐实其意,以为建桓公祠堂。此说并无旁证,难以成立。

【析义】

此长沙公论爵位是嫡长,论辈分则是渊明族孙,原未曾见面,现以为路人。偶一相逢,遽又离别。诗之口吻不卑不亢,处处与彼此身份相合。一章,初见之感叹;二章,对长沙公之称赞;三章,惜别;四章,临别勖勉。观此诗,知渊明宗族观念颇深。重门阀乃当时士大夫之习俗,渊明亦未能免也。

酬丁柴桑一首

有客有客，爰来爰一作官止①〔一〕。秉直司聪，于惠百里②〔二〕。飡胜如归〔三〕，矜一作聆善一作音若始③〔四〕。

匪惟一作作谐也一作也谐④，屡有良由一作游⑤〔五〕。载言载眺一作载驰，一作载驰载驱，以写我忧〔六〕。放欢一遇，既醉还休〔七〕。寔欣心期，方从我游〔八〕。

【校勘】

①爰止：一作"官止"，逯注据《文馆词林》作"宦止"，均失之浅露，恐非。"爰止"见《诗·小雅·采芑》。　②于惠：诸宋元本及陶注本、古《笺》皆同。逯注本作"惠于"，注："李本、曾本、焦本作'于惠'。《文馆词林》作'尔惠'。"作"惠于"者，似逯注本径改，无版本依据，亦未说明理由。　③矜善：一作"聆善"，于义稍逊。　④惟：一作"作"，曾集本作"怍"，均非是。　⑤良由：一作"良游"，于义稍逊。

【题解】

丁柴桑，柴桑县令，名字未详。柴桑，渊明故里。

【笺注】

〔一〕有客有客，爰来爰止：意谓丁柴桑自外地来居于此。古《笺》引《诗·周颂(有客)》："有客有客。"郑笺："重言之者，异之也。"又引《诗·邶风(击鼓)》："爰居爰处。"郑笺："爰，于也。"霈案：爰止：《诗·小雅·采芑》："鴥彼飞隼，其飞戾天，亦集爰止。"

〔二〕秉直司聪，于惠百里：意谓秉持正义，处事聪明，为惠全县。

于：为。《文选》司马相如《长门赋》："因于解悲愁之辞。"李善注引郑玄《仪礼注》："于，为也。"司聪：古《笺》引《左传》昭公九年："女为君耳，将司聪也。"百里：古《笺》引《文选》陆士衡《赠冯文罴迁斥丘令》："我求明德，肆于百里。"李善注："《汉书》曰：'县，大率百里。其人稠则盛，稀则旷也。'"

〔三〕飡胜如归：意谓吸取别人之胜理，则如归依之耳。飡：同"餐"。渊明《读史述》"共飡至言"（七十二弟子），又"望义如归"（程杵）。归：归依、归附。《诗·曹风·蜉蝣》："心之忧矣，于我归处。"郑笺："归，依归。"

〔四〕矜善若始：意谓珍惜自己之善德，久而不怠，一如开始。矜：敬重，崇矜。《汉书·贾谊传》："婴以廉耻，故人矜节行。"师古曰："婴，加也。矜，尚也。"班昭《女诫》："舅姑矜善，而夫主嘉美。"

〔五〕匪惟谐也，屡有良由：意谓彼此不仅感情投合，而且屡有良缘得以相处也。匪惟：非惟，不仅。由：《仪礼·士相见礼》："某也愿见无由达。"注："言久无因缘以自达也。"

〔六〕以写我忧：古《笺》引《诗·邶风（泉水）》："驾言出游，以写我忧。"毛传："写，除也。"

〔七〕放欢一遇，既醉还（xuán）休：意谓一见情洽，痛饮尽欢，既醉便休。放欢：尽欢。还：便，随即。渊明《与殷晋安别》："一遇尽殷勤。"渊明《五柳先生传》："既醉而退，曾不吝情去留。"

〔八〕寔欣心期，方从我游：意谓彼此方始交游，即以心相许，实乃快事也。心期：心中相许。方：始，见《广雅·释诂一》。

【考辨】

徐仁甫《古诗别解》卷六："察此章首句曰'匪惟谐也'，此承递前章之词。可见首章末缺二句，其末句必有'谐'字，而今本佚矣。"

霈案:此诗首章六句,次章八句,显然首章佚去二句。又,渊明四言诗多为四章,亦有多于四章者。此诗仅两章,意思亦不够完整,或所佚不仅二句,且又佚失两章欤?

【析义】

"飡胜如归,矜善若始",此二句颇如沈德潜所云"可作箴规"(《古诗源》卷八)。若依古《笺》,释"归"为归家;不取"矜善"而取"聆善",意趣则嫌不足。

答庞参军一首并序

庞为卫军参军,从江陵使上都〔一〕,过浔阳见赠。

衡门之下〔二〕,有琴有书。载弹载咏,爰得我娱〔三〕。岂无他好?乐是幽居〔四〕。朝为灌园〔五〕,夕偃蓬庐〔六〕。

人之所宝,尚或未珍[①]〔七〕。不有同爱一作好[②],云原作去,注一作云胡以亲[③]〔八〕?我求良友[④],实觏怀人〔九〕。欢心孔洽,栋宇唯邻[⑤]〔一〇〕。

伊余怀人,欣德孜孜〔一一〕。我有旨酒,与汝乐之〔一二〕。乃陈好言〔一三〕,乃著新诗。一日不见,如何不思[⑥]〔一四〕!

嘉游未斁[⑦]〔一五〕,誓将离分[⑧]〔一六〕。送尔于一作於路,衔觞无欣〔一七〕。依依旧楚,邈邈西云[⑨]〔一八〕。之子之远,良话曷闻〔一九〕?

昔我云一作之别,仓庚载鸣〔二〇〕。今也遇之,霰雪飘零〔二一〕。大藩有命〔二二〕,作使上京。岂忘一作妄宴安[⑩]〔二三〕?王事靡宁〔二四〕。

惨惨寒日,肃肃其风〔二五〕。翩彼方舟,容与江中一作容与冲冲,一作容裔江中[11]〔二六〕。勖哉征人〔二七〕,在始思终〔二八〕。敬兹良辰一作晨〔二九〕,以保尔躬〔三〇〕。

【校勘】

①未:曾集本、汤注本注一作“非”,亦通。 ②爱:一作“好”,亦通。 ③云:原作“去”,底本校曰“一作云”。曾集本作“云”,兹据改。以:曾集本作“已”,于义稍逊。 ④友:曾集本作“朋”,亦通。 ⑤唯:曾集本作“惟”,注一作“为”。“唯”、“惟”通。 ⑥不:曾集本注一作“弗”,通。 ⑦斁:曾集本注一作“数”,一作“款”,形近而讹。 ⑧离分:曾集本作“分离”,失韵,非。 ⑨邈邈:曾集本作“藐邈”,注一作“邈”。“邈”、“藐”通。 ⑩忘:一作“妄”,于义稍逊。宴:曾集本注一作“燕”,通。 ⑪容与江中:一作“容与冲冲”,于义为逊。一作“容裔江中”,曾集本同,曾集本注一作“融泄”,并通用。

【题解】

庞参军,佚名,曾为卫军参军。凡诸王及将军开府者皆置参军。晋代诸州刺史多以将军开府,故亦置参军。序曰“从江陵使上都”,可知庞所事卫军将军乃江陵刺史。江陵刺史兼领卫军将军者,乃王弘也。

【编年】

陶《考异》系于晋恭帝元熙元年(四一九)。逯《系年》系于宋文帝元嘉元年(四二四)。霈案:渊明另有《答庞参军》五言一首,两诗之庞参军当系同一人。五言作于宋少帝景平元年癸亥(四二三)春,此四言《答庞参军》则作于同年冬。王弘自晋安帝义熙十四年(四一八)为江州刺史,宋武帝永初三年(四二二),进号卫军将军。景平元年(四二三)春,王弘命参军庞某使江陵,见宜都王义隆,庞有诗赠渊明，渊明作五言诗以答之。是年冬，庞又自江陵经浔阳使都，为诗赠渊明，渊明作此四言诗以答之。参见五言《答庞参军》。

【笺注】

〔一〕江陵：荆州治所。在今湖北省，长江北岸。上都：京都。班固《西都赋》："寔用西迁，作我上都。"晋宋时建都于建康，今南京市。自江陵出使上都，途经浔阳。

〔二〕衡门：衡木为门，指简陋之居处。《诗·陈风·衡门》："衡门之下，可以栖迟。"

〔三〕爰得我娱：古《笺》引《诗·魏风·硕鼠》："爰得我所。"郑笺："爰，曰也。"

〔四〕乐是幽居：古《笺》引《礼记》郑注："幽居，谓独处时也。"霈案：原文见《儒行》："幽居而不淫。"

〔五〕灌园：刘向《古列女传·楚于陵妻》载：楚王闻于陵子终贤，欲以为相。妻曰："夫子织屦以为食，……左琴右书，乐亦在其中矣。"遂相与逃而为人灌园。渊明《扇上画赞》有于陵仲子，曰："蔑彼结驷，甘此灌园。"又《戊申岁六月中遇火》："既已不遇兹，且遂灌我园。"

〔六〕偃：卧。蓬庐：草屋。

〔七〕人之所宝，尚或未珍：意谓己所珍重者，不同于世人。古《笺》引《礼记·儒行》："儒有不宝金玉，而忠信以为宝。"

〔八〕不有同爱，云胡以亲：意谓倘无同好，何以亲近耶？郑丰《答陆士龙诗·兰林》："咨予遘时，千载同爱。"

〔九〕实觏(gòu)怀人：意谓果然遇到所怀念之人。实：果然。《国语·晋语五》："及栾弗忌之难，诸大夫害伯宗，将谋而杀之，毕阳实送州犁于荆。"刘淇《助字辨略》："此'实'字，犹云果也。"觏：遇见。

〔一〇〕欢心孔洽，栋宇唯邻：意谓欢心甚相合也，彼此居处相邻。古《笺》引《诗·小雅·正月》："洽比其邻。"毛传："洽，合。"宇：屋檐。唯：语助词。

〔一一〕伊余怀人，欣德孜孜：意谓余所怀之人，好德乐道，孜孜不倦。伊：发语词。《尔雅·释诂》："维也。"

〔一二〕我有旨酒，与汝乐之：古《笺》引《诗·小雅(鹿鸣)》："我有旨酒，以燕乐嘉宾之心。"旨酒：美酒。

〔一三〕陈：述说。

〔一四〕一日不见，如何不思：古《笺》引《诗·王风(采葛)》："一日不见，如三月兮。"又，《君子于役》："君子于役，如之何勿思。"

〔一五〕斁(yì)：厌倦。

〔一六〕誓将：同"逝将"。古《笺》："《魏风(硕鼠)》：'逝将去汝。'《公羊传》疏引作'誓将去汝'。"逝：往也。

〔一七〕衔觞：指饮酒。

〔一八〕依依旧楚，邈邈西云：意谓遥望庞参军将去之地，无限怀恋。依依：《楚辞·九思·伤时》："志恋恋兮依依。"旧楚：楚国旧都于郢，即江陵。楚顷襄王二十一年，秦拔郢，王东徙陈，故称郢为旧楚。邈邈：远也。

〔一九〕之子之远，良话曷闻：意谓庞参军远逝，何时再共言谈耶？古《笺》引《诗·小雅(白华)》："之子之远，俾我独兮。"之子：此人。良话：与上"好言"呼应。曷：何时。

〔二〇〕昔我云别，仓庚载鸣：指同年春送别庞参军之事。云别：言别。仓庚：黄鹂。载鸣：始鸣。古《笺》引《诗·豳风·七月》："春日载阳，有鸣仓庚。"

〔二一〕今也遇之，霰雪飘零：指此次冬天之相遇。霰：雪糁。《诗·小雅·采薇》："昔我往矣，杨柳依依。今我来思，雨雪霏霏。"

以上四句由此化出。

〔二二〕大藩:指宜都王刘义隆。藩:藩王。

〔二三〕宴安:闲逸安乐。

〔二四〕王事靡宁:古《笺》引《诗·小雅(四牡)》:“王事靡盬,不遑启处。”靡:无。宁:安宁。

〔二五〕惨惨寒日,肃肃其风:古《笺》引《文选》王仲宣《赠蔡子笃》诗:“烈烈冬日,肃肃凄风。”肃肃:《庄子·田子方》:“至阴肃肃。”成玄英疏:“肃肃,阴气寒也。”

〔二六〕翩彼方舟,容与江中:翩:摇曳飘忽貌。方舟:两船相并。容与:徐动貌。《楚辞·九章·涉江》:“船容与而不进兮,淹回水而凝滞。”

〔二七〕勖(xù):勉。征人:行人。

〔二八〕在始思终:古《笺》引《左传》昭公五年:“敬始而思终,终无不复。”

〔二九〕敬:慎。

〔三〇〕躬:身。

【考辨】

吴正传《诗话》曰:“本传:‘江州刺史王弘欲识潜,不能致。潜游庐山,弘令其故人庞通之赍酒具,半道栗里要之。’此《答庞参军》四言及后五言,皆叙邻曲契好,明是此人。又有《怨诗示庞主簿》者,岂即参军耶?‘半道栗里’亦可证移家之事。”需案:庞主簿与庞参军,一系故人,一系新交,显然是两人。吴说非也。

陶《考异》曰:“时卫军将军王弘镇浔阳,宋文帝方为宜都王,以荆州刺史镇江陵,参军奉弘命使江陵,又奉宜都之命使都,故曰‘大藩有命,作使上京’。非宜都不得称大藩也。四言、五言,疑皆营阳王景平元年所作。五言是参军奉使之时,先赋诗为别,先生作此以答。四言则参军自江陵回使建康,先生又作诗以赠也。盖王弘兄弟王昙首、王华,皆为宜都参佐,后皆以定策功贵显。营阳之废,王弘亦至建康与谋。时众欲立豫州,而徐羡之以宜都有符瑞,宜承大统。此必王弘兄弟先使参军往来京都,与徐、傅等深布诚款,故江陵符瑞得闻于中朝。特其事秘,外人莫知,故史不载耳。"

逯《系年》:"庞所事卫军将军乃荆州刺史。据《宋书·少帝纪》、《文帝纪》、《谢晦传》,景平二年(四二四)七月,荆州刺史刘义隆以镇西将军、宜都王入纂皇统,继承帝位。八月,抚军将军谢晦为荆州刺史,进号卫将军,封建平王。知庞此春赴江陵乃为刘义隆镇西参军,陶以五言诗酬答;此冬,庞以谢晦卫军参军使都,陶以四言诗酬答。谢为卫将军、建平王,与四言诗所谓'卫军''大藩'者,正相吻合。"

需案:陶、逯两说前后相差一年,均可成立。惟谢晦为建平郡公,逯氏误为建平王。兹取陶说。

【析义】

一章,己之怀抱。二、三章,以往之交情。四章,春天之离别。五、六章,今冬之重逢与再别。所谓"在始思终"、"以保尔躬",似在勖勉中含有警诫之意。"王事靡宁"岂若己之"乐是幽居"耶?

劝农一首

悠悠上古〔一〕,厥初生民一作人①〔二〕。傲然自足〔三〕,抱朴含真〔四〕。智巧既萌②,资待靡一作无因③〔五〕。谁其一作能赡之④〔六〕?实赖哲人。

哲人伊何〔七〕?时惟后稷〔八〕。赡之伊何?实曰播植。舜既躬耕，禹亦稼穑〔九〕。远若周典，八政始食〔一〇〕。

熙熙令德一作音〔一一〕，猗猗原陆〔一二〕。卉木繁荣，和风清穆。纷纷士女，趋时竞逐〔一三〕。桑妇宵兴一作征，农夫野宿〔一四〕。

气节易过〔一五〕，和泽难久〔一六〕。冀缺携俪〔一七〕，沮溺结耦一作缺携尚植，沮溺犹耦〔一八〕。相彼贤达〔一九〕，犹一作尤勤垄亩。矧伊众庶〔二〇〕，曳裾拱手〔二一〕。

民生在勤，勤则不匮〔二二〕。宴一作燕安自逸〔二三〕，岁暮奚冀〔二四〕？檐石不一作弗储[⑤]〔二五〕，飢一作饑寒交至〔二六〕。顾余一又作尔俦列〔二七〕，能不怀愧？

孔耽道德，樊须是鄙〔二八〕。董乐琴书，田园一作园井弗一作不履〔二九〕。若能超然，投迹高轨。敢不敛衽，敬赞一作难赞德美[⑥]〔三〇〕。

【校勘】

①民：一作“人”。曾集本作“人”，注一作“民”，一作“正人”。②既：曾集本注一作“未”，非。　③靡：一作“无”，亦通。　④其：一作“能”，亦通。　⑤檐：绍兴本、曾集本作“儋”，和陶本作“甔”。　⑥敬赞：一作“难赞”，非是。

【题解】

“劝农”者，劝勉农耕也。《史记·孝文本纪》：“其于劝农之道未备，其除田之租税。”

【编年】

《晋书·职官志》：“郡国及县，农月皆随所领户多少为差，散吏为劝农。”可见劝农为县吏之职务。又束皙《劝农赋》：“惟百里之置吏，各区别而异曹；考治民之贱职，美莫当乎劝农。”《汉书·循吏传》:召信臣为南阳太守时,"躬劝耕农,出入阡陌,止舍离乡亭,稀有安居时"。则劝农之事又不限于县吏矣。渊明义熙元年曾为彭泽令,时当仲秋至冬。《劝农》所写为春景,显然不是任彭泽令时所作,只能是晋孝武帝太元五年庚辰(三八〇)渊明二十九岁为州祭酒时所作。王注,于《劝农》引《癸卯岁始春怀古田舍》:"秉耒欢时务,解颜劝农人。"认为"劝农"即劝农人,因系本诗于晋元兴二年癸卯(四〇三)。逯注同。需案:"劝农"者,劝农事也。"解颜劝农人",未必是劝农事。癸卯岁虽有劝农人之事,未必《劝农》诗即作于癸卯岁也。

【笺注】

〔一〕悠悠:久远。

〔二〕厥初生民:《诗·大雅·生民》:"厥初生民,实维姜嫄。"厥初:其初。

〔三〕傲然自足:意谓自足而无他求,遂能傲然也。石崇《思归引序》:"傲然有凌云之操。"《世说新语·文学》刘孝标注引《名士传》曰:阮修"傲然无营,家无担石之储,晏如也"。

〔四〕抱朴含真:意谓保持朴素真淳,即保持未曾沾染名教与智巧之人性。《老子》十九章:"见素抱朴,少私寡欲。"河上公注:"见素者,当抱素守真。"又《老子》二十八章:"复归于朴。"《老子》三十二章:"朴虽小,天下莫能臣也。"真:《庄子·渔父》:"礼者,世俗之所为也。真者,所以受于天也,自然不可易也。故圣人法天贵真,不拘于俗。"《庄子·秋水》:"无以人灭天,无以故灭命,无以得殉名,谨守而勿失,是谓反其真。"渊明认为上古生民保有人之朴素与真淳,最为可贵。

〔五〕智巧既萌,资待靡因:意谓上古生民抱朴含真之时,可以傲然自足,智巧既已萌生,欲广用奢,反而无从供给矣。智巧:《老子》十八章:“大道废,有仁义。慧智出,有大伪。”《老子》十九章:“绝圣弃智,民利百倍。”“绝巧弃利,盗贼无有。”巧:技巧,技能,见《说文》、《广韵》。资:供给。《战国策·秦策四》:“王资臣万金而游。”高诱注:“资,给。”待:供给,备用。《周礼·天官·大府》:“关市之赋,以待王之膳服。”郑玄注:“待,犹给也。”又,《周礼·春官·小宗伯》:“辨六尊之名物,以待祭祀、宾客。”郑玄注:“待者,有事则给之。”

〔六〕谁其赡之:意谓谁将使之富足。赡:充足。《墨子·节葬下》:“亦有力不足,财不赡,智不智,然后已矣。”

〔七〕伊何:惟何。《楚辞·天问》:“其罪伊何?”王逸注:“其罪惟何乎?”

〔八〕时惟后稷:《诗·大雅·生民》:“载生载育,时维后稷。”毛传:“播百谷以利民。”时惟:是为。后稷:周人之始祖,相传姜嫄踏上帝足迹怀孕而生。善农作,曾任尧、舜之农官,教民耕种。

〔九〕舜既躬耕,禹亦稼穑(sè):《史记·五帝本纪》:“舜耕历山。”《论语·宪问》:“禹、稷躬稼而有天下。”躬耕:亲身耕种。稼:播种。穑:收获。

〔一〇〕远若周典,八政始食:意谓远古之经书如周典者,以食为八政之始也。周典:指《尚书》,其《周书·洪范》载“八政”:一曰食,二曰货,三曰祀,四曰司空,五曰司徒,六曰司寇,七曰宾,八曰师。始食:以食为始。渊明《庚戌岁九月中于西田获早稻》:“人生归有道,衣食固其端。”

〔一一〕熙熙:和乐貌。令德:美德。此言古之哲人。

〔一二〕猗猗(yī):美盛貌。原陆:高而平之土地。

〔一三〕纷纷士女,趋时竞逐:意谓在哲人之感召下,众士女纷纷趁时竞相耕作。纷纷:众多貌,络绎貌。士女:《诗·小雅·甫田》:“以谷我士女。”王叔岷《笺证稿》引《吕氏春秋·爱类》:“神农之教曰:‘士有当年而不耕者,则天下或受其饥矣;女有当年而不绩者,则天下或受其寒矣。’”趋时:此指赶农时。

〔一四〕桑妇宵兴,农夫野宿:意谓在哲人之感召下,农夫桑妇亦勤于劳作。宵兴:天尚未亮即已起身。野宿:夜晚住宿于田野之间。

〔一五〕气节:犹节气,一年二十四节气皆与农业有关。

〔一六〕和泽:温和润泽之气候。渊明《和郭主簿》其二:“和泽周三春。”

〔一七〕冀缺携俪:《左传》僖公三十三年:“初,臼季使过冀,见冀缺耨,其妻馌之。敬,相待如宾,与之归。”俪:夫妇。

〔一八〕沮溺结耦:《论语·微子》:“长沮、桀溺耦而耕。”结耦:合耦。耦:并耕。

〔一九〕相:看。贤达:有才德、声望之人,此指冀缺、长沮、桀溺等。

〔二〇〕矧(shěn):况且。伊:代词,此。庶:众民。

〔二一〕曳(yè)裾拱手:形容无所事事。曳裾:拖着大襟。

〔二二〕民生在勤,勤则不匮:用《左传》宣公十二年成句。匮:缺乏。

〔二三〕宴:安逸。

〔二四〕岁暮奚冀:意谓年终何所希望耶?无所收获也。

〔二五〕儋(dàn)石不储:意谓连很少粮食都无储存。儋:量词。《吕氏春秋·异宝》:“荆国之法,得五员者,爵执圭,禄万儋。”高诱注:“万儋,万石也。”儋石:一担粮食,言粮少。《后汉书·吴祐传》:“及年二十,丧父,居无儋石,而不受赡遗。”绍兴本、曾集本作“儋”,同“甔”,一种小口大腹之陶器。《汉书·扬雄传上》:“家产不过十金,乏无儋石之储,晏如也。”傅玄《傅子》:“每所居姻亲、知旧、邻里有困穷者,家储虽不盈儋石,必分以赡救之。”《汉书·蒯通传》注:“应劭曰:‘齐人名小罂为儋,受二斛。’晋灼曰:‘石,斗石也。’师古曰:‘或曰:儋者,一人之所负担也。’”

〔二六〕交至:俱至。《小尔雅·广言》:“交,俱也。”

〔二七〕顾:看。俦列:犹同伴之辈。

〔二八〕孔耽道德,樊须是鄙:意谓孔子乐于道德而鄙视农耕。《论语·子路》:“樊迟请学稼,子曰:‘吾不如老农。’请学为圃,曰:‘吾不如老圃。’樊迟出。子曰:‘小人哉,樊须也!’”樊须,字子迟。耽:乐。

〔二九〕董乐琴书,田园弗履:意谓董仲舒乐于琴书而足不至田园。《史记·董仲舒传》:“以治《春秋》,孝景时为博士。下帷讲诵,弟子传以久次相受业;或莫见其面,盖三年董仲舒不观于舍园,其精如此。”

〔三〇〕若能超然,投迹高轨。敢不敛衽,敬赞德美:意谓如能超然于衣食需求之上,投足于孔子、董仲舒之高尚道路,虽不务稼穑,敢不尊敬赞美乎?否则,不可不从事农耕也。渊明《癸卯岁始春怀古田舍》:“先师有遗训,忧道不忧贫。瞻望邈难逮,转欲志长勤。”与此意近。敛衽:整理衣袖,表示恭敬。《战国策·楚策一》:“一国之众,见君莫不敛衽而拜,抚委而服。”

【析义】

一章、二章、三章、四章,言农业之兴及农耕之乐。五章,劝农,从正面说来。六章,劝农,从反面说来。

命子一首①

悠悠我祖，爰自陶唐〔一〕。邈为虞宾，世历一作历世重光②〔二〕。御龙勤夏，豕韦翼商〔三〕。穆穆司徒，厥族以昌〔四〕。

纷纭一作纷纷战国，漠漠衰周〔五〕。凤隐于林，幽人在丘〔六〕。逸虬绕云③，奔鲸骇流〔七〕。天集有汉，眷余愍侯〔八〕。

於赫愍侯，运当攀龙〔九〕。抚剑风一作夙迈，显兹武功〔一〇〕。书一作参誓河山一作山河，启土开封〔一一〕。亹亹丞相，允迪前踪〔一二〕。

浑浑长源，郁郁洪柯④。群川载导，众条载罗〔一三〕。时有语默，运因隆窊一作窳⑤〔一四〕。在我中晋，业融长沙〔一五〕。

桓桓长沙，伊勋伊德〔一六〕。天子畴我，专征南国〔一七〕。功遂辞归，临宠不忒⑥〔一八〕。孰谓斯心一作远，而近可得⑦〔一九〕。

肃矣我祖，慎终如始。直方三原作二，注一作三台⑧，惠和千里〔二〇〕。於穆一作皇仁考⑨，淡焉虚止〔二一〕。寄迹风云⑩，置一作冥兹愠喜⑪〔二二〕。

嗟余寡陋，瞻望弗及⑫〔二三〕。顾惭华鬓⑬，负影只立一作贫贱介立⑭〔二四〕。三千之罪，无后为急原作无复其急，注一作无后为急，一作后无其急⑮〔二五〕。我诚念哉，呱闻尔泣〔二六〕。

卜云嘉日，占亦一作云良时〔二七〕。名汝曰俨，字汝求思⑯〔二八〕。温恭朝夕，念兹在兹〔二九〕。尚想孔伋，庶其企而〔三〇〕。

厉夜生子，遽而求火〔三一〕。凡百有心⑰，奚特于一作於我⑱〔三二〕？既见其生，实欲其可〔三三〕。人亦有言，斯情无假。

日居月诸，渐免于孩〔三四〕。福不虚至，祸亦易来〔三五〕。夙兴夜寐，愿尔斯才〔三六〕。尔之不才，亦已焉哉〔三七〕。

【校勘】

①命子：《册府元龟》作“训子”。　②重：绍兴本、李注本、《册府元龟》作“垂”。　③绕：绍兴本、《宋书》、《册府元龟》作“挠”。　④郁郁：绍兴本、李注本、《宋书》、《册府元龟》作“蔚蔚”。　⑤窊：《宋书》、《册府元龟》作“窳”。　⑥忒：《宋书》、《册府元龟》作“惑”。　⑦近可：《宋书》、《册府元龟》作“可近”。　⑧三台：原作“二台”，底本校曰“一作三台”，今从之。曾集本亦注“一作三台”。　⑨仁：《册府元龟》作“烈”。　⑩风云：《宋书》、《册府元龟》作“夙运”。　⑪置：一作“冥”，亦通。《册府元龟》作“其”，非。　⑫弗：《宋书》、《册府元龟》作“靡”。　⑬顾：《册府元龟》作“领”，非。　⑭负影只立：一作“贫贱介立”，与全诗意不相属，非是。　⑮无后为急：原作“无复其急”，非是。《册府元龟》作“无后其急”。　⑯汝：《宋书》、《册府元龟》作“尔”。　⑰百：《册府元龟》作“而”。　⑱特：《宋书》、《册府元龟》作“待”，非。

【题解】

“命”，教诲。《孟子·滕文公上》：“夷子怃然为间曰：‘命之矣。’”朱熹集注：“命，犹教也。言孟子已教我矣。”“命子”，犹教子，其大要在追述祖德以教训之。《册府元龟》作“训子”，意同。

【编年】

诗曰：“三千之罪，无后为急。我诚念哉，呱闻尔泣。”显然是对长子而言。又曰“名汝曰俨”，据《与子俨等疏》，陶俨乃长子无疑。

又曰:“日居月诸,渐免于孩。”孩,婴儿。《老子》四十九章:“圣人在天下,歙歙为天下浑其心,百姓皆注其耳目,圣人皆孩之。”王弼注:“皆使和而无欲,如婴也。”《孟子·尽心上》:“孩提之童,无不知爱其亲者。”赵岐注:“孩提,二三岁之间。”诗又曰:“卜云嘉日,占亦良时。名汝曰俨,字汝求思。”知此诗乃长子三四岁为其命名时所作也。

诗曰:“顾惭华鬓,负影只立。三千之罪,无后为急。我诚念哉,呱闻尔泣。”知长子出生时渊明已华鬓,而且为无后着急,不似三十岁或三十岁前之情况。渊明或不止两娶,其三十岁所丧之妻未必有子。不可先设定渊明两娶,长子为前妻所生,然后据前妻卒于渊明三十岁时,判定长子生于其三十岁以前。按诗意推断,长子或生于其三十五岁前后,则不但解释《命子》顺畅,解释《和郭主簿》、《责子》、《归去来兮辞》、《拟挽歌辞》皆可畅通矣。

渊明长子如生于其三十五岁,长子三岁命名,则《命子》诗当作于晋孝武帝太元十四年己丑(三八九),渊明三十八岁。

【笺注】

〔一〕悠悠我祖,爰自陶唐:意谓远祖始自尧。悠悠:久远貌。爰:助词,起补充音节之作用。陶唐:尧始居于陶丘,后为唐侯,故曰陶唐氏。

〔二〕邈为虞宾,世历重光:意谓尧之子丹朱为虞宾,旷世历代其德重明也。邈:远。虞宾:尧子丹朱,舜待以宾礼,故称虞宾。《尚书·益稷》:“虞宾在位。”重光:《尚书·顾命》:“昔君文王、武王,宣重光。”

〔三〕御龙勤夏,豕韦翼商:意谓先祖御龙氏尽力于夏,而豕韦氏又辅佐商。《左传》襄公二十四年:范宣子曰:“昔匄之祖,自虞以上为陶唐氏,在夏为御龙氏,在商为豕韦氏。”翼:辅助。

《书·益稷》:“予欲左右有民,汝翼。”孔颖达疏:“汝当翼赞我也。”

〔四〕穆穆司徒,厥族以昌:意谓陶叔又使陶祖得以昌盛。穆穆:《诗·大雅·文王》:“穆穆文王。”毛传:“穆穆,美也。”司徒:古代官名,西周始置,掌管土地与人民。陶叔曾为周之司徒。《左传》定公四年:“聃季授土,陶叔授民,命以《康诰》,而封于殷虚。”杜注:“陶叔,司徒。”杨伯峻《春秋左传注》曰:陶叔疑即曹叔振铎,其封近定陶,故又谓之陶叔。

〔五〕纷纭战国,漠漠衰周:意谓战国纷争杂乱,而王室遂衰微寂寞矣。纷纭:《文选》潘岳《关中诗》:“纷纭齐万,亦孔之丑。”李善注:“纷纭,乱貌。”漠漠:寂静无声。《荀子·解蔽》:“听漠漠而以为讻讻。”杨倞注:“漠漠,无声也。”衰周:东周王室。各诸侯国纷争,而王室衰微寂寞。

〔六〕凤隐于林,幽人在丘:意谓在战国乱世中贤者隐居不仕,陶氏亦不显。幽人:隐士。古《笺》引《法言·问明篇》:“或问:‘君子在治?’曰:‘若凤。’‘在乱?’曰:‘若凤。’或人不谕,曰:‘未之思矣。’曰:‘治则进(见),乱则隐。’”王叔岷《笺证稿》引陆机《招隐诗》:“幽人在浚谷。”

〔七〕逸虬绕云,奔鲸骇流:意谓纵逸之虬龙蟠绕于云间,奔逸之鲸鱼惊起于水中。形容秦末群雄竞起。虬:无角龙。

〔八〕天集有汉,眷余愍侯:意谓皇天使汉成功,并眷顾愍侯陶舍。集:成就。《书·武成》:“惟九年,大统未集,予小子其承厥志。”孔颖达疏:“大业未就也。”有:语助词,常用于朝代名称前。愍侯:指陶舍。《史记·高祖功臣侯者年表》作“闵侯”,曰:陶舍“以右司马汉王五年初从,以中尉击燕,定代,侯。比共侯,二千户”。其国在开封。

〔九〕於（wū）赫愍侯，运当攀龙：意谓愍侯得到追随帝王建功立业之机缘。於：叹美声。赫：光明貌。攀龙：《法言·渊骞》："攀龙鳞，附凤翼，巽以扬之，勃勃乎其不可及也。"此以龙凤比喻圣哲，谓弟子因圣哲以成德。后多以龙凤指帝王，谓臣下从之以建功立业。《后汉书·光武帝纪》："从大王于矢石之间者，其计固望其攀龙鳞，附凤翼，以成其所志耳。"

〔一〇〕抚剑风迈，显兹武功：称颂愍侯之武功。抚剑：持剑。风迈：如风之超越也。晋鼓吹曲《玄云》："清音随风迈。"

〔一一〕书誓河山，启土开封：意谓高祖书写誓言分封诸侯，陶舍得以分土于开封。《史记·高祖功臣侯者年表》："封爵之誓曰：'使河如带，泰山若厉。国以永宁，爰及苗裔。'"意谓除非黄河如衣带，泰山如磨石，国不得亡也。国既永宁，爵位当世代相传。

〔一二〕亹（wěi）亹丞相，允迪前踪：意谓陶青果能蹈袭父踪，而为丞相。亹亹：勤勉貌。丞相：指陶青，《汉书·百官公卿表》：孝文后二年八月庚午，"开封侯陶青为御史大夫，七年迁"。孝景二年八月丁未，"御史大夫陶青为丞相"。允：信。迪：蹈。古《笺》引《书·皋陶谟》："允迪厥德。"孔传："迪，蹈也。"

〔一三〕浑浑长源，郁郁洪柯。群川载导，众条载罗：意谓陶氏源远流长，根深叶茂，后代枝派分散。浑浑：水流盛大貌。《荀子·富国》："财货浑浑如泉源。"郁郁：繁盛貌。《后汉书·冯衍传》："光扈扈而炀耀兮，纷郁郁而畅美。"洪柯：大树枝。条：枝条。

〔一四〕时有语默，运因隆窊（wā）：意谓时运有盛有衰，有高有低。古《笺》引《易·系辞》："君子之道，或出或处，或语或默。"又引《礼记·檀弓》："道隆则从而隆，道污则从而污。"窊：低下。左思《吴都赋》："原隰殊品，窊隆异等。"

〔一五〕在我中晋，业融长沙：意谓在我中晋之时，长沙公陶侃功业昭著。中晋：犹言晋之中世，指晋室东迁以降也。《南齐书·巴陵王昭秀传》："中晋南迁，事移威弛。"陶注引何焯曰："汉季称东汉为中汉，此中晋所本。"古《笺》引《后汉书·应劭传》："又论当时行事，著《中汉辑序》。"融：明。长沙：陶侃以平定苏峻之功，封长沙郡公。

〔一六〕桓桓长沙，伊勋伊德：意谓长沙公威武，不仅有功勋，而且有德行。桓桓：威武貌。陶侃谥曰"桓"。伊：语气词。

〔一七〕天子畴我，专征南国：意谓天子酬我，授命都督南国。畴：通"酬"，见朱骏声《说文通训定声》。专征：古侯伯有大功者，得专自征伐，不待奉天子之命。南国：陶侃都督荆、江等八州诸军事，荆、江二州刺史，地当南国。

〔一八〕功遂辞归，临宠不忒（tè）：意谓陶侃功成辞归，临宠而无失。《晋书·陶侃传》载：咸和九年六月陶侃疾笃，曾上表逊位。忒：疑惑。《诗·曹风·鸤鸠》："淑人君子，其仪不忒。"毛传："忒，疑也。"孔颖达疏："执义如一，无疑贰之心。"

〔一九〕孰谓斯心，而近可得：意谓陶侃此心难得也。

〔二〇〕肃矣我祖，慎终如始。直方三台，惠和千里：称颂祖父之谨慎，其直方之德闻于朝中，而惠和之风广被千里。肃：庄重。《老子》六十四章："慎终如始，则无败事。"直方：古《笺》引《易·坤》："六二：直方大，不习，无不利。""文言曰：直其正也，方其义也。君子敬以直内，义以方外。"三台：汉代对尚书、御史、谒者之总称。尚书为中台、御史为宪台、谒者为外台，合称"三台"。千里：指太守管辖之区域。古《笺》引《汉书·严延年传》："幸得备郡守，专治千里。"《晋书·何曾传》:郡守专任千里,“上当奉宣朝恩,以致惠和”。需案:“治千里”者太守也。渊明祖父既“惠和千里”,必曾任太守无疑。《晋书·陶潜传》:“祖茂,武昌太守。”与《命子》诗正相合。惟陶茂名不见《晋书·陶侃传》,《传》曰:“侃有子十七人,唯洪、瞻、夏、琦、旗、斌、称、范、岱见旧史,馀者并不显。”全祖望《鲒埼亭集外编》谓陶茂任武昌太守,不得曰不显。因疑陶茂非侃子,渊明应为侃七世孙。需案:此说非是,察《陶侃传》所举九子,或称侯,或称伯,或为将军,或为尚书,陶茂仅为太守,与此九人相比,曰不显可也。宋邓名世《古今姓氏书辨证》曰:“后世望出丹阳,晋太尉侃之祖父同,始居焉。同生丹,吴扬武将军、柴桑侯,遂居其地。生侃,字士衡,娶十五妻,生二十三子,二子少亡,二十一子官至太尉。侃生员外散骑岱。岱生晋安城太守逸。逸生彭泽令、赠光禄大夫潜。”曰渊明祖父名岱,但陶岱仕为员外散骑,与《命子》诗不合。兹从《晋书》。

〔二一〕於穆仁考,淡焉虚止:称颂先父性情淡泊。於穆:《诗·周颂·清庙》:“於穆清庙。”毛传:“於,叹辞。穆,美也。”考:《礼·曲礼下》:“生曰父,曰母,……死曰考,曰妣。”止:语末助词。需案:李公焕注:“父,姿城太守,生五子,史失载。”李注又引赵泉山曰:“靖节之父,史逸其名,惟载于陶茂麟《家谱》,而其行事亦无从考见。”《晋书·陶潜传》不载其父名。据此诗之意,其父生性淡泊,于仕宦并不热衷,故未言其官职。果系太守,如祖父,不当不言及也。陶茂麟《家谱》久已不传,仅见于《宋史·艺文志》。宋邓名世《古今姓氏书辨证》曰:“岱生晋安城太守逸。逸生彭泽令、赠光禄大夫潜。”又,《秀溪谱》谓渊明父名“回”,《彭泽定山陶氏宗谱》谓渊明父名“敏”。渊明父名各说,均无确证,仅可备考而已。

〔二二〕寄迹风云,置兹愠喜:意谓先父托身于风云之上,不因仕宦与否而有所愠喜。寄迹:托身。风云:潘岳《杨荆州诔》:“奋跃渊涂,跨腾风云。”置:废止、弃置。《广韵》:“置,止也、废也。”渊明《祭从弟敬远文》:“常愿携手,置彼众议。”愠喜:丁《笺注》引《论语(公冶长)》:“令尹子文,三仕为令尹,无喜色;三已之,无愠色。”

〔二三〕嗟余寡陋,瞻望弗及:意谓自己孤陋寡闻,望祖先之项背而不可及。《诗·邶风·燕燕》:“瞻望弗及。”

〔二四〕顾惭华鬓,负影只立:意谓看到自己两鬓已经花白,而仍无子嗣,只有影子为伴,心感惭愧。

〔二五〕三千之罪,无后为急:意谓在各种罪过中以无后为最大。古《笺》引《孝经》:“五刑之属三千,而罪莫大于不孝。”《孟子(离娄)》:“不孝有三,无后为大。”王叔岷《笺证稿》:“陶公为叶韵,易大为急。《吕氏春秋·情欲篇》:‘邪利之急。’高诱注:‘急犹先。’先与大义亦相因。”

〔二六〕我诚念哉,呱(gū)闻尔泣:意谓我正念及无后之事,而汝诞生矣。呱:小儿之哭声。《诗·大雅·生民》:“后稷呱矣。”

〔二七〕卜云嘉日,占亦良时:意谓为汝占卜生辰,日期时辰均吉利。

〔二八〕名汝曰俨,字汝求思:《礼记·曲礼上》:“毋不敬,俨若思。”郑注:“俨,矜庄貌。人之坐思,貌必俨然。”古《笺》:“《檀弓》:‘幼名冠字。’今陶公字子不待于冠,盖变通从宜耳。”

〔二九〕温恭朝夕,念兹在兹:此乃就所命之名(俨),申发其义,以勉励儿子。希望他由自己之名,牢记为人须时时温和恭敬。《诗·商颂·那》:“自古在昔,先民有作。温恭朝夕,执事有恪。”恪,敬也。言恭敬之道,不可忘也。《书·大禹谟》:“帝念哉，念兹在兹。”

〔三〇〕尚想孔伋（jí），庶其企而：此乃就所命之字（求思），申发其义，有追慕孔伋之意也。孔伋，字子思，孔子孙，作《中庸》。尚：上。庶：希冀。企：企及。而：用于句末之语助词，相当于“耳”。

〔三一〕厉（lài）夜生子，遽（jù）而求火：意谓希望儿子勿如自己之无成也。《庄子·天地》：“厉之人，夜半生其子，遽取火而视之，汲汲然唯恐其似己也。”厉：通“癞”。遽：匆忙。

〔三二〕凡百有心，奚特于我：意谓是人皆有此心，何独自己如此。《诗·小雅·雨无正》：“凡百君子，各敬尔身。”王叔岷《笺证稿》引《论语·宪问》：“有心哉，击磬乎！”

〔三三〕可：宜，赞许之辞。古《笺》：“《世说·赏誉篇》：‘王大将军称其儿云：“其神候似欲可。”’又曰：‘王仲祖、刘真长造殷中军谈，谈竟，俱载去。刘谓王曰：“渊源真可。”’据此，则题目人以‘可’字，乃晋人之常也。《晋书·桓温传》：‘行经王敦墓，望之曰：“可人，可人！”’”

〔三四〕日居（jī）月诸，渐免于孩：意谓日月流逝，陶俨已渐长大。居：语气词，相当于“乎”。诸：助词，相当于“乎”，表示感叹。《诗·邶风·日月》：“日居月诸，照临下土。”毛传：“日乎月乎，照临之也。”

〔三五〕福不虚至，祸亦易来：古《笺》引《淮南子·缪称训》：“行合而名副之，祸福不虚至矣。”王叔岷《笺证稿》：“‘亦’犹‘则’也。《淮南子·人间篇》：‘祸之来也，人自生之；福之来也，人自成之。’《史记》补《龟策列传》：‘祸不妄至，福不徒来。’”

〔三六〕夙兴夜寐，愿尔斯才：勉励陶俨早起晚睡，勤奋努力，以成才也。斯：是，为。《诗·小雅·采薇》：“彼尔维何？维常之华。

彼路斯何？君子之车。”

〔三七〕尔之不才，亦已焉哉：意谓尔若不才，亦无可奈何也。何注引陆放翁曰：“郑康成《诫子书》云：‘若忽忘不识，亦已焉哉！’此用其语。”

【析义】

全诗共十章。一章，言陶姓氏族之所自来。二章、三章，追述汉代时陶舍、陶青之德业。四章，谓陶青之后未有显者，迨至中晋始有长沙公。五章，述曾祖长沙公之功德。六章，述祖父及父亲之德操。七章，感叹自身之寡陋，抒写盼望得子之心情。八章，为子命名以及名字之意义。九章，望子成才。十章，诫子以福祸之由。

魏晋士大夫重门阀，多有言及祖德并自励者，如：王粲《为潘文则作思亲诗》、潘岳《家风诗》、陆机《与弟清河云诗》之类。渊明《命子》追述先祖功德，颇以家族为荣，亦属此类。然渊明于其曾祖陶侃特拈出“功遂辞归，临宠不忒”；于其祖特拈出“直方”、“惠和”；于其父特拈出“淡焉虚止”；于其子特以“俨”命之，又以福祸由己诫之，虽望其成才而亦不强求。淡泊功名，乐天知命，又非一般炫耀家族者可比也。

清蒋薰曰：“初读之，叙次雅穆，嫌其结语不称前幅，以少浑厚也。虽然，俨既渐免于孩，不好纸笔，已见无成矣，陶公有激而言，盖不得已哉。”（蒋薰评《陶渊明诗集》卷一）

归鸟一首

翼翼归鸟〔一〕，晨去于林。远之八表〔二〕，近一作延憩云岑①〔三〕。和风弗一作不洽，翻翮求心〔四〕。顾俦相鸣，景庇清阴〔五〕。

翼翼归鸟，载翔载飞。虽不怀游，见林情依一作飘零〔六〕。遇云颉颃，相鸣一作鸣景而归〔七〕。遐路诚悠，性爱无遗〔八〕。

翼翼归鸟，驯一作相林徘徊②〔九〕。岂思天路，欣反一作及旧栖〔一〇〕。虽无昔侣，众声每谐。日夕气清〔一一〕，悠然其怀〔一二〕。

翼翼归鸟，戢羽寒一作搴条③〔一三〕。游不旷林〔一四〕，宿则一作不森标④〔一五〕。晨风清兴，好音时交〔一六〕。矰缴奚功一作施，已卷原作卷已，注一作已卷安劳一作旦暮逍遥⑤〔一七〕。

【校勘】

①近：一作"延"，形近而误。 ②驯林：一作"相林"，王叔岷《笺证稿》："《说文》：'相，省视也。'上已言'见林'，此不必更言'相林'。作'驯林'较佳。"逯《注》："原字当作循，音讹为驯，形误为相。《南史·刘雱传》：'常有双白鹤循翔庐侧。'《梁书》循作驯。"霈案："驯林"，可径释为顺林，见笺注〔九〕。 ③寒：一作"搴"，形近而误。 ④则：一作"不"，涉上"不"字而误。 ⑤已卷：原作"卷已"，底本校曰"一作已卷"，今从之。

【题解】

陶诗中屡次出现归鸟意象，如《饮酒》："因值孤生松，敛翮遥来归。""山气日夕佳，飞鸟相与还。""日入群动息，归鸟趋林鸣。"《咏贫士》："迟迟出林翮，未夕复来归。"《读山海经》："众鸟欣有托，吾亦爱吾庐。"《归去来兮辞》："云无心以出岫，鸟倦飞而知还。"此皆渊明自身归隐之象征。

【编年】

《归鸟》作于晋安帝义熙二年丙午（四〇六）秋冬。王瑶注曰："诗中歌颂归鸟，如'岂思天路，欣及旧栖'等语，都与'羁鸟恋旧林’同义；当与《归园田居五首》同是彭泽归田后所作。”王说为是。诗曰：“日夕气清，悠然其怀。”亦“采菊东篱下，悠然见南山。山气日夕佳，飞鸟相与还”之意，当系同时之作。

【笺注】

〔一〕翼翼：和貌。《离骚》：“凤皇翼其承旂兮，高翱翔之翼翼。”王逸注：“翼翼，和貌。言己动顺天道，则凤皇来随我车，敬承旂旗，高飞翱翔，翼翼而和。”从下文“顾俦相鸣”可知，此诗所写之归鸟非孤鸟也。众鸟相和，翼翼而飞。

〔二〕之：往。八表：八方以外极远之处，详《停云》注〔八〕。

〔三〕憩：休息。云岑：高入云霄之山。

〔四〕和风弗洽，翻翮求心：意谓未遇和风，即转翅返回，以求遂己之初心。汤注：“托言归而求志，下文‘岂思天路’意同。”洽：和谐。《诗·小雅·正月》：“洽比其邻，昏姻孔云。”毛传：“洽，合。”古《笺》引《文选》束广微《补亡诗》：“周风既洽，（王猷允泰。）”

〔五〕顾俦相鸣，景庇清阴：意谓众鸟相约，庇于清阴之中。顾俦：俦侣互相顾盼。

〔六〕虽不怀游，见林情依：意谓惟其本不想出游，故一见林即依依不舍。虽：通“惟”，发语助词，见王引之《经传释词》卷三。《左传》文公十七年：“虽敝邑之事君，何以不免？”

〔七〕遇云颉颃，相鸣而归：此所谓“云”似有阻碍之意，犹如《停云》之“霭霭停云”、“八表同昏”。颉颃：鸟飞上下貌。《诗·邶风·燕燕》：“燕燕于飞，颉之颃之。”毛传：“飞而上者曰颉，飞而下者曰颃。”

〔八〕遐路诚悠，性爱无遗：意谓诚然路途遐悠，远飞多碍；然性本喜爱旧林，亦未能舍弃也。性爱：本性之所爱。遗：舍弃、遗弃。《易·泰》:"包荒,用凭河,不遐遗。"孔颖达疏:"遗,弃也。"

〔九〕驯林徘徊:意谓顺林而徘徊,不忍离去。驯林:犹顺林。驯:从,见《广韵》。段玉裁《说文解字注》:"驯之本义为马顺,引申为凡顺之称。"《易·坤》:"象曰:履霜坚冰,阴始凝也。驯致其道,至坚冰也。"陆德明释文:"驯,向秀云'从也'。"

〔一〇〕岂思天路,欣反旧栖:意谓不想远走高飞,登上天路,只因返回旧栖而欣喜。天路:天上之路,此有喻指仕途显达之意。《艺文类聚》卷二六潘尼《怀退赋》:"伊畴昔之怀愤,思天飞以远迹。望循涂而投轨,遡翔风以理翮。冀云雾之可凭,希天路之开辟。……背宇宙之寥廓,罗网罟之重深。"旧栖:原先之栖宿处。

〔一一〕日夕气清:渊明《饮酒》其五:"山气日夕佳,飞鸟相与还。"

〔一二〕悠然其怀:心怀悠远貌。渊明《饮酒》其五:"心远地自偏。"

〔一三〕戢羽寒条:意谓敛翅于寒枝之上。渊明《饮酒》其四:"因值孤生松,敛翮遥来归。"丁《笺注》引郭璞诗"戢翼栖榛梗"(见锺嵘《诗品》所引),曰:"亦用为致仕归隐之喻。"

〔一四〕旷:远离,疏远。《吕氏春秋·长见》:"与处则不安,旷之而不穀得焉。"

〔一五〕森:树木丛生繁密貌。标:树梢。

〔一六〕晨风清兴,好音时交:意谓在晨风中兴致高爽,时时以好音交相鸣和。渊明《停云》:"敛翮闲止,好声相和。"

〔一七〕矰缴(zēng zhuó)奚功,已卷安劳:意谓矰缴何所见其功效耶?众鸟已然藏林,何劳乎弋者?矰:一种短箭。缴:系在矰上之丝绳。《史记·留侯世家》:"虽有矰缴,尚安所施?"已卷:陶澍注:"末二句言业已倦飞知还,不劳虞人之视,超举傲睆之辞也。”王叔岷《笺证稿》曰:“犹已藏,谓鸟已深藏。”

【析义】

一章,远飞思归。二章,归路所感。三章,喜归旧林。四章,归后所感。全用比体,多有寓意。如:“矰缴奚功”比喻政局险恶;“戢羽寒条”比喻安贫守贱;“宿则森标”比喻立身清高。处处写鸟,处处自喻。锺惺曰:“其语言之妙,往往累言说不出处,数字回翔略尽。有一种清和婉约之气在笔墨外,使人心平累消。”(锺惺、谭元春评选《古诗归》卷九)

陶渊明集笺注卷第二诗二十九首①

形影神并序

贵贱贤愚，莫不营营以惜生，斯甚惑焉〔一〕。故极陈形影之苦言，神辨自然以释之〔二〕。好事君子，共取其心焉②〔三〕。

形赠影一首

天地长不没〔四〕，山川无改一作如故时。草木得常理，霜露荣一作憔悴之③〔五〕。谓人最灵智，独复不如原作知，注一作如兹④〔六〕。适见在世中，奄去靡归期〔七〕。奚觉无一人，亲识一作戚岂相思一作相追思⑤〔八〕？但馀平生物，举目情凄洏〔九〕。我无腾化一作云术⑥，必尔不复疑〔一〇〕。愿君取一作忆吾言⑦〔一一〕，得酒莫苟辞〔一二〕。

【校勘】

①诗二十九首：底本原作“诗三十首”，此卷实收诗三十一首。兹将《归园田居》其六、《问来使》二首移入外集，则此卷收诗二十

九首。今据改。 ②陶注："毛晋云：一本无末二句。" ③霜露荣悴之：一作"霜露憔悴之"，非。露于草木乃荣之，霜于草木乃悴之。 ④如：原作"知"，亦通。"独复不知兹"，承上文，意谓不知此天地不没、山川无改，而草木有荣有悴之理。底本校曰"一作如"，则谓人犹不如草木之得常理也，于义为胜。 ⑤亲识：一作"亲戚"，亦通。岂相思：一作"相追思"。霈案：此言亲识是否相思，尚不得而知也。若作"相追思"，口气肯定，意趣稍逊。 ⑥腾化：一作"腾云"，于义稍逊。 ⑦取：一作"忆"，于义稍逊。

【题解】

"形"、"影"、"神"，分别指人之形体、身影、精神。形神关系早已提出，王叔岷《笺证稿》追溯到司马迁，曰："太史公《自序》：'凡人所生者，神也。所托者，形也。……神者，生之本也。形者，生之具也。'"此后，汉代王充多有论述，见其《论衡》中《订鬼》、《论死》等篇。与渊明同时之慧远又作《形尽神不灭论》。《世说新语·任诞》王佛大叹言："三日不饮酒，觉形神不复相亲。"渊明在《形影神》中不仅言及形神关系，且又增加"影"，遂将形、神两方关系之命题变为形、影、神三方关系之命题，使其哲学涵义更为丰富。

【编年】

晋安帝义熙九年癸丑（四一三），渊明六十二岁，或此年之后。逯《系年》："《形影神》诗当作于本年五月以后。诗序：'贵贱贤愚，莫不营营以惜生，斯甚惑焉。故极陈形影之苦，言神辨自然以释之。'按此诗盖针对释慧远《形尽神不灭论》、《万佛影铭》而发，以反对当时宗教迷信。释慧远元兴三年作《形尽神不灭论》，本年又立佛影作《万佛影铭》。铭云：'廓矣大象，理玄无名。体神入化，落影离形。'形、影、神三者至此具备。又慧远等于元兴元年建斋立誓，共期西方，又以次作《三报论》、《明报应论》、《形尽神不灭论》等，皆摄于生死报应之反映，故陶为此诗斥其营营惜生也。”逯《系年》于元兴二年下又曰：“是年冬，刘遗民弃官，隐于庐山之西林。”引唐释法琳《辨正论》卷七所引《宣验记》、释元康《肇论疏》为证。霈案：逯氏所论不无可能，姑从之。

【笺注】

〔一〕贵贱贤愚，莫不营营以惜生，斯甚惑焉：意谓凡人皆营营以惜生，此甚为困惑也。营营：《诗·小雅·青蝇》：“营营青蝇。”毛传：“营营，往来貌。”古《笺》引《列子·天瑞》：“吾又安知营营而求生非惑乎？”惜生：吝惜生命，以求长生或留名。

〔二〕故极陈形影之苦言，神辨自然以释之：意谓此三诗之大概，乃在于先代形、影陈言，然后神以自然之理为之解脱。或以“苦”字断句，“言”字属下，虽亦可通，然欠佳，未若“陈……言”，于文理顺畅。辨：明察。自然：指道家顺应自然之思想。

〔三〕好事君子，共取其心焉：意谓希望好事君子采纳同意《神释》关于自然之义也。车柱环《疏证》曰：“《吕氏春秋·诬徒》：‘以章则心异（案应作则有异心）。’高诱注云：‘心，犹义也。’‘共取其心’，谓共取为诗之义也。《孟子·万章上》：‘好事者为之也。’”

〔四〕天地长不没（mò）：古《笺》引《老子》（七章）：“天长地久。天地所以能长且久者，以其不自生，故能长生。”没：灭。

〔五〕草木得常理，霜露荣悴之：意谓草木虽有生命，不能如天地、山川之不灭无改，然荣而复悴，悴而复荣，亦可谓得到恒久之道矣。常：恒也。《书·咸有一德》：“天难谌，命靡常。”理：道也，见《广雅·释诂三》。悴：枯萎。陆机《汉高祖功臣颂》：“悴叶更辉，枯条以肆。”

〔六〕谓人最灵智，独复不如兹：意谓人为万物之灵，偏不如草木之得常理也。复：副词，表示加强语气。丁《笺注》："《书(泰誓)》：'惟人万物之灵。'"古《笺》："向子期《难嵇叔夜养生论》曰：'夫人受形于造化，与万物并(存)，有生之最灵者也，异于草木。'此反其意而用之也。"霈案：向子期曰人为最灵者，有异于草木，意在推崇人之最灵。此诗则曰人虽为最灵者，反不如草木，意在感叹人生之短促。

〔七〕适见在世中，奄去靡归期：意谓适才尚见在世间，忽已逝世而永不得复还矣。古《笺》："《方言》：'奄，遽也……陈颍之间曰奄。'《古薤露歌》曰：'人死一去何时归。'"丁《笺注》引颜延之《秋胡行》："死(案应为没)为长不归。"王叔岷《笺证稿》复引曹植《三良诗》："长夜何冥冥，一往不复还。"鲍照《拟行路难》其十："一去无还期。"可见魏晋南北朝时人惯用"不归"、"无还"之类词语代指死而不可复生。

〔八〕奚觉无一人，亲识岂相思：意谓世上失去一人不会引起注意，亲人、朋友是否相思耶？奚：何。岂：副词，表示推测，相当于"是否"。《庄子·外物》："君岂有斗升之水而活我哉？"

〔九〕但馀平生物，举目情凄洏(ér)：意谓亲识见生前之物而凄然也。此犹《拟挽歌辞》"亲戚或馀悲"之意。平生：平素，往常。洏：语助词，同"而"。《文选》王粲《赠蔡子笃诗》："中心孔悼，涕泪涟洏。"李善注："杜预《左氏传注》曰：'洏'，语助也。"又《文选》王粲《赠士孙文始诗》："矧伊嬿婉，胡不凄而。"

〔一〇〕我无腾化术，必尔不复疑：意谓我无腾化成仙之术，必如此(指逝世)而不复可疑也。腾化术：升腾变化之术。《韩非子·难势》："飞龙乘云，腾蛇游雾。"曹操《步出夏门行·龟虽寿》曰："腾蛇乘雾，终为土灰。"虽乘云、游雾，终不免一死也。丁《笺注》："《抱朴子(论仙)》：'按《仙经》云："上士举形升虚，谓之天仙；中士游于名山，谓之地仙；下士先死后蜕，谓之尸解仙。"'案：'腾化'指天仙而言。"

〔一一〕君：丁《笺注》："形谓影也。"

〔一二〕苟：苟且，随便。

影答形一首

存生不可言，卫生每苦拙〔一〕。诚愿游昆华，邈然兹道绝〔二〕。与子相遇来，未尝异悲悦。憩荫一作阴若暂乖，止日终不别一作不拟别①〔三〕。此同既难常，黯一作默尔俱时灭〔四〕。身没名亦尽，念之一作此五情热〔五〕。立善一作命有遗爱②，胡可不自竭〔六〕？酒云能消忧，方此讵一作谁，又作诚不劣③〔七〕！

【校勘】

①终不别：一作"不拟别"，于文义稍逊。既止日下，则形影相伴，无所谓"拟"与"不拟"。　②立善：一作"立命"，非。王叔岷《笺证稿》曰："立善为此首主旨。《神释》：'立善常所欣，谁当为汝誉？'即本此辨之。"　③讵：一作"谁"，又作"诚"，皆形近而讹。

【笺注】

〔一〕存生不可言，卫生每苦拙：承上"形赠影"之意，答曰：存生之道既无可言，而又每苦于卫生也。存生：犹保存生命，长生不死。卫生：卫护其生，以全此一生。丁《笺注》引《庄子·达生》："世之人以为养形足以存生，而养形果不足以存生，则世奚足为哉！"又引《庄子·庚桑楚》："南荣趎曰：'……趎愿闻卫生之经而已矣。'"王叔岷《笺证稿》引《文选》谢灵运《还旧园作见颜范二中书》:“卫生自有经。”李善注引司马彪(《庄子注》)云:“卫生,谓卫护其生,全性命也。”霈案:庄子认为“生”虽不能脱离“形”,但“生”与物质之“形”有别,仅仅养形尚不足以存生,“形不离而生亡者有之矣。生之来不能却,其去不能止”(《达生》),所以此诗首言存生不可言也。然则,“卫生”可乎? 可也。即《庚桑楚》载老子答南荣趎卫生之经,大意谓精神与形体合一,“身若槁木之枝而心若死灰。若是者,祸亦不至,福亦不来。祸福无有,恶有人灾也?”然在“影”看来,此亦是难事,故曰“卫生每苦拙”也。

〔二〕诚愿游昆华,邈然兹道绝:意谓非不愿学仙以求长生,但此道邈远不通。昆华:昆仑山与华山,仙人所居。见《列仙传》所载赤松子故事,《后汉书·方术传》注引《汉武内传》所载鲁女生故事。

〔三〕憩荫若暂乖,止日终不别:意谓休息于树荫之下形影若暂时乖离,而停于太阳之下则形影终不分别也。终:常、久,与上句之“暂”相对而言。

〔四〕此同既难常,黯尔俱时灭:形影不离,此所谓同。然形既不能长存,则影必随形之灭而黯然俱灭也。黯:黑也。黯尔:黯然,失色将败之貌。尔:助词。

〔五〕身没名亦尽,念之五情热:影所关心者在名,盖名之随身犹影之随形。形灭影亦灭,此无可奈何也。然身没名亦尽,当可避免,故下言立善以求不朽。古《笺》:“《论语(卫灵公)》:‘君子疾没世而名不称焉。’”五情:《文选》曹植《上责躬应诏诗表》:“形影相吊,五情愧赧。”刘良注:“五情,喜怒哀乐怨。”

〔六〕立善有遗爱,胡可不自竭:意谓立善则可见爱于后世,胡可不自竭力为之。丁《笺注》:"《左传》(襄公二十四年):'太上有立德,其次有立功,其次有立言,虽久不废。此之谓不朽。'案:三不朽谓之立善。"需案:丁说可通,惟渊明所谓"善"似偏重于德,且对立善颇有怀疑也,如:"积善云有报,夷叔在西山。善恶苟不应,何事空立言?"(《饮酒》其二)遗爱:丁《笺注》引《左传》(昭公二十年):"及子产卒,仲尼闻之,出涕曰:'古之遗爱也。'"杜预注:"子产见爱,有古人之遗风。"

〔七〕酒云能消忧,方此讵不劣:意谓饮酒虽能消忧,而与立善相比,岂不劣乎?丁《笺注》:"《汉书·东方朔传》:'销忧者莫若酒。'"方:比拟。方此:相比于此。古《笺》引《世说新语·言语》:"(桓)宣武移镇南州,制街衢平直。人谓王东亭曰:'丞相初营建康,无所因承,而制置纡曲,方此为劣(也)。'"

神释一首

大钧无私力,万物原作理,注一作物自森著①〔一〕。人为三才中,岂不以我故〔二〕?与君虽异物,生而相依附。结托善恶一作既喜同②,安得不相语一作与③〔三〕。三皇大圣一作德人,今复在何处〔四〕?彭祖寿一作爱永年④〔五〕,欲留不得住。老少同一死,贤愚无复数〔六〕。日醉或能忘,将非促龄具〔七〕?立一作主善常所欣⑤,谁当为汝誉〔八〕?甚念伤吾生,正宜一作目委运去⑥〔九〕。纵浪大化中,不喜亦不惧〔一〇〕。应尽便须一作复尽⑦〔一一〕,无复独多虑一作无使独忧虑⑧。

【校勘】

①物:原作"理",底本校曰"一作物",今从之。上句言"大钧"造器,下句又言人为三才之中,皆就物而言,故作"物"于义较胜。

②善恶同：一作“既喜同”，亦通，形影神三者一体，此所谓“同”也。作“善恶”于义较胜。“结托既喜同”与上句“生而相依附”意思重复，“结托善恶同”则进一步言，不仅相依附，善恶亦相同也。 ③语：一作“与”，恐非是。神与形影之关系，既是“生而相依附”，则已不仅是“相与”矣。 ④寿：一作“爱”，于义较逊。“爱永年”者，人之普遍心理，何止彭祖？彭祖之异于众人者，乃在其“寿永年”也。此言其虽然长寿仍不免一死耳。逯注本曰：“爱应作受，音讹成寿，形讹成爱。” ⑤立善：一作“主善”，形近而讹。 ⑥宜：一作“目”，形近而讹。 ⑦须：一作“复”，涉下句而误。 ⑧无复独多虑：一作“无使独忧虑”，于义稍逊。和陶本作“无事勿多虑”。

【笺注】

〔一〕大钧无私力，万物自森著：意谓造化普惠于众物，无私力于扶持某物，或不扶持某物。万物自然生长，繁盛而富有生机。钧：制作陶器所用之转轮。大钧：丁《笺注》：“造化也。贾子《鹏鸟赋》：‘大钧播物。’如淳注：‘陶者作器于钧上。此以造化为大钧。’”案：丁引《汉书·贾谊传》，此句后又有师古注：“今造瓦者谓所转者为钧，言造化为人，亦犹陶之造瓦耳。”

〔二〕人为三才中，岂不以我故：意谓人之所以得属三才之中，乃以我（神）之故也。三才：亦作“三材”，《易·系辞下》：“《易》之为书也，广大悉备。有天道焉，有人道焉，有地道焉，兼三材而两之。”车柱环《疏证》引阮元校勘记：“《石经》初刻本作才。”

〔三〕结托善恶同，安得不相语：意谓神之结体、托身不仅与形影互相依附，而且善亦同善，恶亦同恶（意思近于“休戚相关”），故不得不为之释惑也。

〔四〕三皇大圣人,今复在何处:意谓三皇者古之大圣人也,亦不免一死。三皇:说法不一,丁《笺注》引《三五历》指天皇、地皇、人皇;《史记》指天皇、地皇、泰皇;《春秋运斗枢》指伏羲、神农、女娲;《白虎通》指伏羲、神农、祝融;另有异说,不列举。大圣人:即指三皇而言。

〔五〕彭祖:《庄子·齐物论》:"莫寿于殇子,而彭祖为夭。"《神仙传》:"彭祖,讳铿,帝颛顼玄孙。至殷之末世,年已七百馀岁而不衰。"

〔六〕老少同一死,贤愚无复数(shǔ):古《笺》:"《列子·杨朱》:'生则有贤愚贵贱,是所异也;死则有臭腐消灭,是所同也。'又曰:'十年亦死,百年亦死;仁圣亦死,凶愚亦死。'"数:审,辨。《荀子·非相》:"欲观千岁,则数今日;欲知亿万,则审一二。"

〔七〕将:助词,岂也。《国语·楚语下》:"若无然,民将能登天乎?"韦昭注:"若重、黎不绝天地,民岂能上天乎?"渊明《移居》其二:"此理将不胜,无为忽去兹。"促龄:促使年寿缩短。具:车柱环《疏证》:"《礼记·内则》:'(若未食,)则佐长者视具。'郑玄注云:'具,馔也。'促龄具,犹云短寿之饮料也。"

〔八〕立善常所欣,谁当为汝誉:王叔岷《疏证稿》曰:"'古之遗爱',乃孔子赞子产之辞。如今立善,安得有如孔子者之赞誉邪?然立善固不必有人誉,陶公盖有所慨而言耳。"当:将。《仪礼·特牲馈食礼》:"佐食当事,则户外南面。"郑玄注:"当事,将有事而未至。"

〔九〕正宜委运去:意谓只可听任天运。正:副词,相当于恰、只。《韩非子·十过》:"夫虞之有虢也,如车之有辅。辅依车,车亦依辅,虞、虢之势正是也。"委运:顺从天运,亦即顺从自然变化之理。渊明《自祭文》:“自余为人,逢运之贫。”杨羲《中候王夫人诗》:“焉得齐物子,委运任所经。”去:语末助词,表示趋向。

〔一〇〕纵浪大化中,不喜亦不惧:意谓放浪于大化之中,生死无所喜惧。古《笺》引《左传》(文公七年)杜注:“纵,放也。”又引《列子·天瑞》:“人自生至终,大化有四:婴孩也,少壮也,老耄也,死亡也。”《荀子·天论》:“四时代御,阴阳大化。”《庄子·大宗师》:“古之真人,不知说生,不知恶死。”郭象注:“与化为体者也。”

〔一一〕尽:指大化之尽,亦即死亡。

【析义】

“形”羡慕天地山川之不化,痛感人生之无常,欲借饮酒以愉悦,在魏晋士人中此想法颇为普遍。“影”主张立善求名以求不朽,代表名教之要求。“神”以自然化迁之理破除“形”、“影”之惑,不以早终为苦,亦不以长寿为乐;不以名尽为苦,亦不以留有遗爱为乐,此所谓“纵浪大化中,不喜亦不惧”。此三诗设为形、影、神三者之对话,分别代表三种人生观,亦可视为渊明自己思想中互相矛盾之三方面。《形影神》可谓渊明解剖自己思想并求得解决之记录。

此诗设为形影神三者之对答,别具一格。嗣后,白居易有《自戏三绝句》:《心问身》、《身报心》、《心重答身》。《心问身》曰:“心问身云何泰然,严冬暖被日高眠。放君快活知恩否?不早朝来十一年。”《身报心》曰:“心是身王身是宫,君今居在我宫中。是君家舍君须爱,何事论恩自说功?”《心重答身》曰:“因我疏慵休罢早,遣君安乐岁时多。世间老苦人何限,不放君闲奈我何?”造语诙谐,但立意不深。苏轼和渊明《形影神》三诗,颇有机锋,可供比较。其《和神释》曰:“仙山与佛国,终恐无是处,甚欲随陶公,移家酒中住。”则与渊明诗意有别矣。

九日闲居一首并序

余闲居，爱重九之名。秋菊盈园，而持醪靡由一作时醪靡至①〔一〕。空服其华原作九华，绍兴本作其华②〔二〕，寄怀于言。

世短意恒多，斯人乐久生〔三〕。日月依辰至，举俗爱其名〔四〕。露凄暄风息〔五〕，气澈一作清，又作洁天象明〔六〕。往一作去燕无遗影，来雁有馀声。酒能一作常祛一作消百虑〔七〕，菊为宋本作解制颓龄③〔八〕。如何蓬庐士，空视时运倾〔九〕！尘爵耻虚罍，寒华徒自荣〔一〇〕。敛襟独闲谣，缅焉起深情〔一一〕。栖迟固多娱一作虞，淹留岂无成〔一二〕？

【校勘】

①持醪靡由：一作“时醪靡至”，于义稍逊。 ②其：原作“九”，此从绍兴本。 ③为：宋（庠）本作“解”，陶注本、古《笺》本同，亦通。

【题解】

“九日”，九月九日重阳节。《太平御览》卷三二曹丕《九日与锺繇书》：“岁往月来，忽复九月，为阳数而日月并应。俗嘉其名，以为宜于长久，故以享宴高会。”“闲居”，《礼记》有《孔子闲居》篇，郑注：“退燕避人曰闲居。”《文选》潘岳《闲居赋》李善注：“此盖取于《礼》篇，不知世事闲静居坐之意也。”古时九月九日有饮菊花酒之习俗。《西京杂记》：“九月九日，佩茱萸，食蓬饵，饮菊华酒，令人长寿。菊花舒时，并采茎叶，杂黍米酿之。至来年九月九日始熟，就饮焉，故谓之菊华酒。”《太平御览》卷九九六引后汉崔寔《四民月令》:“九月九日,可采菊华。”

【编年】

渊明作于九月九日之诗有两首,此首之外尚有《己酉岁九月九日》,时在晋义熙五年(四〇九)渊明五十八岁。此首未言何年,王瑶注引《宋书·陶潜传》“尝九月九日无酒,出宅边菊丛中坐久,值弘送酒至,即便就酌,醉而后归”曰:“王弘为江州刺史始于义熙十四年戊午,凡八年。今暂系本诗于王弘任职的第二年,晋恭帝元熙元年己未(四一九)。”需案:王说可供参考,惟此诗是否作于王弘任江州刺史期间,不能肯定。资料缺乏,不如存疑。

【笺注】

〔一〕持醪靡由:意谓无酒可饮。醪:汁滓混合之酒。持醪:犹言把酒。靡:无。由:机缘。

〔二〕空服其华:意谓空持菊花而无菊酒可饮也。服:持。《国语·吴语》:“夜中,乃令服兵擐甲。”韦昭注:“服,执也。”

〔三〕世短意恒多,斯人乐久生:意谓人生短促,而愿望常多,则人皆乐于长生也。汤注引班固《幽通赋》:“道修长而世短。”意:志,意向,愿望。斯:则,就。表示承接上文得出结论。《淮南子·本经训》:“人之性,心有忧丧则悲,悲则哀,哀斯愤,愤斯怒,怒斯动,动则手足不静。”

〔四〕日月依辰至,举俗爱其名:意谓重阳乃按时而至,自然而然,但世人皆喜爱其重阳之名,而以为节日也。《艺文类聚》卷四引魏文帝《九月九日与锺繇书》:“岁往月来,忽复九月九日。九为阳数,而日月并应,俗嘉其名,以为宜于长久。”此二句意同。陶注:“诗意盖言俗以重九取意长久,而爱其名。其实日月自依辰至,言其有常期也。语可破惑。”辰:时。《尔雅·释训》:“不辰,不时也。”“依辰”与“不辰”意相反。

〔五〕凄:寒凉。暄(xuān)风:暖风。

〔六〕气澈天象明:描写秋季大气澄澈、天空透明之景象。澈:澄清。天象:此指天空之景象。渊明《和郭主簿》:"露凝无游氛,天高风景澈。"《己酉岁九月九日》:"清气澄馀滓,杳然天界高。"

〔七〕酒能祛(qū)百虑:刘伶《酒德颂》言酒后"无思无虑,其乐陶陶"。祛:除去。

〔八〕菊为(wéi)制颓龄:意谓菊花能制止衰老,使人长寿。潘尼《秋菊赋》:"既延期以永寿,又蠲疾而弭疴。"为:则。《庄子·寓言》:"与己同则应,不与己同则反;同于己为是之,异于己为非之。"王引之《经传释词》:"为,亦则也。"

〔九〕如何蓬庐士,空视时运倾:意谓奈何隐居草庐之士,空视佳节之尽,而无酒可饮耶?如何:奈何。《诗·秦风·晨风》:"如何如何,忘我实多。"时运:四时之运行,此指四时运行而至重阳。

〔一〇〕尘爵耻虚罍,寒华徒自荣:古《笺》引《诗·小雅·蓼莪》:"瓶之罄矣,维罍之耻。"原意谓瓶之罄乃罍之耻也,比喻父母不得其所,乃子之过。渊明活用此典,意谓有愧于爵罍,长期不用而生尘,秋菊亦徒荣而无酒也。爵:古代酒器,三足。罍:古代酒器,形似壶。

〔一一〕敛襟独闲谣,缅焉起深情:意谓整敛衣襟,肃然独吟,超然遐想,引发深情。缅:沉思貌。《国语·楚语上》:"缅然引领南望。"起:引动,兴起。

〔一二〕栖迟固多娱,淹留岂无成:意谓归隐田园固然多娱,淹留而不出仕,岂无成就耶?栖迟:《诗·陈风·衡门》:"衡门之下,可以栖迟。"毛传:"栖迟,游息也。"《汉书·叙传》:"栖迟于一丘，则天下不易其乐。”淹留：久留。《楚辞·九辩》：“时亹亹而过中兮，蹇淹留而无成。”渊明反其义用之。汤注：“淹留无成，骚人语也。今反之，谓不得于彼，则得于此矣。后‘栖迟讵为拙’亦同。”

【析义】

序曰“寄怀于言”，则有深慨者也。由“世短意多”说起，归结为隐居不仕不得谓无成，其意盖在摒弃诸多世俗之欲，而肯定隐居之意义也。重阳无酒，可见其穷困，然穷而多娱，因而反觉有成。此不过一己之娱、一己之成耳。细细体味，似有解嘲之意。李注：“《古诗》云：‘人生不满百，常怀千岁忧。’而渊明以五字尽之，曰‘世短意常多’。东坡曰‘意长日月促’，则倒转陶句耳。”汤注：“‘空视时运倾’，亦指易代之事。”邱嘉穗《东山草堂陶诗笺》：“自‘尘爵’以下六句，实有安于义命、养晦待时之意……意欲恢复王室，语却浑然，序所谓寄怀也。”汤、邱之说未免断章取义，求之过深矣。

归园田居五首

少无适俗愿原作韵，注一作愿[①]，性本爱丘山〔一〕。误落尘网中，一去三十年[②]〔二〕。羁鸟恋一作眷旧林，池鱼思故渊〔三〕。开荒南野一作亩际，守拙归园田〔四〕。方宅十馀亩，草屋一作舍八九间〔五〕。榆柳荫后园一作檐[③]，桃李罗堂前。暧暧远人村，依依墟里烟〔六〕。狗吠深巷中，鸡鸣桑树巅〔七〕。户庭无尘杂，虚室有馀闲〔八〕。久在樊笼里，复一作安得返自然[④]〔九〕。

【校勘】

①愿：原作“韵”，亦通。底本校曰“一作愿”，曾集本同，今从之。

霈案:“韵”本指和谐之声音,引申为情趣、风度、风雅、气韵、神情,乃六朝习用语。如《抱朴子外篇·刺骄》:“若夫伟人巨器,量逸韵远,高蹈独往,萧然自得。”《世说新语·言语》:“支道林常养数匹马。或言:‘道人畜马不韵。’支曰:‘贫道重其神骏。’”《世说新语·言语》“卫洗马初欲渡江”条下刘孝标注引《玠别传》:“天韵标令。”《宋书·谢弘微传》:“康乐诞通度,实有名家韵。”王羲之《诫谢万书》:“以君迈往不屑之韵,而俯同群辟,诚难为意也。”可见“韵”字乃褒义,或与有褒义之形容词相联。《世说新语·言语》“嵇中散既被诛”条下刘孝标注引《向秀别传》:“又与谯国嵇康、东平吕安友善,并有拔俗之韵。”“拔俗”可称“韵”,而在渊明之时,“适俗”不称“韵”也。又,“韵”固可后天养成,要乃天然生成,故有“天韵”之说。而“愿”则偏于个人之希望,“适”亦是主观所取态度。下句“性本爱丘山”之“性”,方为天然之本性也。上下两句分别从态度与本性两方面落笔,错落有致。《归园田居》其三:“衣沾不足惜,但使愿无违。”此“愿”字与“少无适俗愿”之“愿”字相呼应。至于僧顺所谓“子迷于俗韵,滞于重惑”(《析三破论》,见《弘明集》卷八),已在渊明之后。僧顺,梁人也。欧阳修所谓“言无俗韵精而劲,笔有神锋老更奇”(《答杜相公惠》),则更晚矣。 ② 三十年:和陶本、绍兴本、曾集本、汤注本、李注本均同。宋吴仁杰《陶靖节先生年谱》云当作“十三年”:“按太元癸卯,先生初仕为州祭酒,至乙巳去彭泽而归,才甲子一周,不应云‘三十年’,当作‘一去十三年’。”元刘履《选诗补注》卷五:“‘三’当作‘逾’,或在‘十’字下。”此皆推测之词,并无版本依据。何孟春注:“按靖节年谱,太元十八年,起为州祭酒,时年二十九,正合《饮酒》诗‘投耒去学仕,是时向立年’之句。以此推之,至辞彭泽归,才十三年。此云三十年,误矣。”陶注:“‘三’当作‘已’,不作‘逾’。‘三豕渡河’,‘已’之误‘三’,旧矣。”此后注家多取“十三年”。王叔岷《笺证稿》取“三十年”,曰:“惟陶公自太元十八年起为州祭酒,至彭泽令而归,中更一纪,时为义熙元年(非二年)。则当云‘一去十二年’乃合。刘履谓‘三当作逾’,然逾无缘误为三。陶澍谓‘三当作已’,举《吕氏春秋·察传篇》‘三豕渡河’为证。然‘三豕’乃‘已亥’之误,非三误为已也。窃以为作‘三十年’不误。程传引《与子俨等疏》‘少而穷苦,东西游走’计之,是也。必执着陶公初为州祭酒时计之,遂异说纷纭矣。且‘一去三十年’与第四首‘一世异朝市’句正相应,三十年为一世,则此‘三十年’无误。既就音节言,亦以作‘三十年’为佳。”需案:各宋元本均作“三十年”,后之所谓“十三年”、“逾十年”、“已十年”者,皆臆改致误。其致误之由乃因所主渊明享年有误,为牵合享年六十三岁,遂不得不臆改正文。若依余所订渊明享年七十六岁,自“弱冠”(二十岁)即“东西游走”,然尚时返“园田居”,约二十五岁左右离开“园田居”再未返回,至五十五岁辞彭泽令始“归园田居”,此正所谓“一去三十年”也。 ③园:一作“檐”,亦通,然作“园”较胜,后园与前堂对举。“檐”本用以荫也,复言“榆柳荫后檐”,显然不如“榆柳荫后园”之自然。 ④复:一作“安”,非是。此诗乃归隐后所作,应作“复”。

【题解】

《归园田居》,各本作六首,第六首“种苗在东皋”末尾有注曰:“或云此篇江淹杂拟,非渊明所作。”需案:此篇见《文选》卷三一,题《杂体诗》三十首,其中第二十二首为《陶征君田居》,非渊明所作已成定论。宋韩驹(子苍)曰:“《田园》六首,末篇乃序行役,与前五首不类。今俗本乃取江淹‘种苗在东皋’为末篇,东坡因其误和之;

陈述古本止有五首，予以为皆非也，当如张相国本，题为《杂诗》六首。”但韩所谓末篇序行役者，不知何指，张相国本亦不得见。录以待考。

“园田居”乃渊明之一处居舍（另有“下潠田舍”等），其少时所居，地近南山，即庐山。约二十五岁前后离开此处，至五十五岁方重归“园田居”，大约三十年也。

【编年】

晋安帝义熙二年丙午（四〇六），渊明五十五岁作。上年冬十一月，渊明辞彭泽令，归隐田园。此诗写春景，当是归隐次年所作。

【笺注】

〔一〕少无适俗愿，性本爱丘山：意谓幼小时即无适应世俗之意愿，性情本爱此丘山也。世俗之人皆求入仕，而我则异于是也。

〔二〕误落尘网中，一去三十年：意谓误落于世间俗事俗欲之中，离开园田居已三十年矣。尘网：尘世之俗事俗欲如网之缚人。东方朔《与友人书》：“不可使尘网名缰拘锁，怡然长笑，脱去十洲三岛。”《晋书·范宁传》：“平叔神怀超绝，辅嗣妙思通微，振千载之颓纲，落周孔之尘网。”《文选》江淹《杂体诗》三十首之第十九《拟许征君》：“五难既洒落，超迹绝尘网。”吕延济注：“尘网，喻世事。”可见，凡尘世间之俗事俗欲，有违本性者，皆可视为网，不必固定释为仕途也。此所谓“尘网”与“五难”相呼应，“五难”指名利、喜怒、声色、滋味、神虑消散，皆养生之难也，见向秀《难嵇叔夜养生论》。渊明又曾用“尘世”、“尘羁”。如《辛丑岁七月赴假还江陵夜行涂中》：“闲居三十载，遂与尘世冥。”《饮酒》其八：“吾生梦幻间，何事绁尘羁。”可互相参照。凡俗事俗欲皆与市廛有关，隐居丘山可以摆脱羁绁，故“误落尘网中”又有离开丘山步入市廛之意。

"尘网"与"丘山"对举,正是此意。尤可注意者乃此二句之读法:"三十年",乃从"误落尘网"算起,上下两句连读。各家亦均不释"年"为岁,不系此诗三十岁作。然则"结发念善事,僶俛六九年"、"总发抱孤念,奄出四十年"等诗句亦应照此读法。至于古直系此诗于三十一岁之说,详见本诗考辨。

〔三〕羁鸟恋旧林,池鱼思故渊:既有思恋故园之意,又有向往自由之意。何注:"《古诗》:'胡马依北风,越鸟巢南枝。'张景阳《杂诗》:'流波恋旧浦,行云思故山。'陆士衡(《赠从兄车骑》):'孤兽思故薮,羁鸟悲旧林。'皆言不忘本也。文子曰:'鸟飞之乡,依其所生也。'王正长诗(《杂诗》):'人情怀旧乡,客鸟思旧林。'皆此意。"古《笺》:"《文选》潘安仁《秋兴赋序》:'譬犹池鱼笼鸟,有江湖山薮之思。'"霈案:渊明每以鸟、鱼对举,如《感士不遇赋》:"密网裁而鱼骇,宏罗制而鸟惊。"《始作镇军参军经曲阿》:"望云惭高鸟,临水愧游鱼。"

〔四〕守拙:此"拙"乃相对于世俗之"机巧"而言,"守拙"意谓保持自身纯朴之本性(自世俗看来为愚拙),而不同流合污。渊明常以"拙"自居,如《与子俨等疏》:"性刚才拙,与物多忤。"《感士不遇赋》:"诚谬会以取拙,且欣然而归止。"《杂诗》其八:"人事尽获宜,拙生失其方。"《咏贫士》其六:"人事固以拙,聊得长相从。"

〔五〕方宅十馀亩,草屋八九间:上句言宅屋周围之园,下句言宅屋。方:方圆,周围。

〔六〕暧暧远人村,依依墟里烟:上句远景,远村模糊;下句近景,近烟依稀。《离骚》:"时暧暧其将罢兮。"王逸注:"暧暧,昏昧貌。"墟里:村落。依依:依稀隐约,若有若无。

〔七〕狗吠深巷中,鸡鸣桑树巅:汉乐府《鸡鸣》:"鸡鸣高树巅,狗吠深巷中。”

〔八〕户庭无尘杂，虚室有馀闲：上句既言门庭洁净，亦指家中无尘俗杂事；下句意谓心中宽阔而无忧虑。虚室：《庄子·人间世》：“瞻彼阕者，虚室生白，吉祥止止。”陆德明《经典释文》引司马彪云：“室，比喻心，心能空虚，则纯白独生也。”渊明《自祭文》：“勤靡馀劳，心有常闲。”《戊申岁六月中遇火》：“形迹凭化往，灵府长独闲。”可以参照。

〔九〕久在樊笼里，复得返自然：意谓复得脱离樊笼，而回归自己本来之天性，亦复得以自由也。樊笼：关鸟兽之笼子，比喻世俗社会、市廛生活。自然：自然而然，非人为之自在状态。《老子》：“人法地，地法天，天法道，道法自然。”（二十五章）“道之尊，德之贵，夫莫之命而常自然。”（五十一章）“以辅万物之自然而不敢为。”（六十四章）渊明所谓“自然”乃是来自老庄之哲学范畴。此处与“樊笼”对举，又有“自由”之意。在樊笼里，须适应虚伪机巧，既不自然亦不自由；脱离樊笼，归田隐居，则既得自然复得自由矣。

【考辨】

古《笺》引《庄子·知北游》：“解其天弢，堕其天袠。”云：“王先谦集解曰：‘喻形骸束缚，死则解散。’直案：陶公所谓尘网即天弢、天袠之意。落尘网犹本集《杂诗》所谓落地，指人生世也。《庄子》曰：‘人之生也，与忧俱生。’是人不生则已，才生即落忧患之网矣。范缜曰：‘人之生譬如一树花，（同发一枝，俱开一蒂，）随风而堕。自有拂帘栊坠于茵席之上，自有关篱墙落于溷粪之侧。’夫落于溷粪之侧，非误落而何？”古《谱》系此诗于三十一岁下，曰：“‘误落尘网’犹‘误生尘世’耳。”霈案：古说于上下文皆不连贯，上文已言“少”时如何，此再言出生，下文复言“旧林”、“故渊”，殊觉颠倒，且难以解释“一去”二字。《庄子》所谓“弢”、“袠”涵义与“网”固然相近，但“天”与“尘”意思恰相反也，用《庄子》所谓“天弢”、“天袠”解释此诗恐未当。人之生也，自然而然；人之死也，自然而然，本无所谓“误”与“不误”，随“大化”而已。至于是否“落尘网”则是自己之选择，才有“误”与“不误”之别。逯注：“三十年，乃十年之夸词。十而称三十，古有其例。如《史记·匈奴传》：‘秦灭六国，而始皇帝使蒙恬将十万之众，北击胡。’《蒙恬传》则称：‘乃使蒙恬将三十万众，北伐夷狄。’可以作证。出仕十馀年，而夸言三十，极言其久。”此说恐难成立，出兵夸张数字乃习见之事，出仕时间恐无须夸张也。

“返自然”或释为返回大自然、自然界，非是。渊明所谓“自然”并非指与人类社会相对之自然界，而是一种自在之状态，非人为者、本来如此者、自然而然者。“返自然”是渊明哲学思考之核心。

《艺文类聚》卷六四晋湛方生《后斋诗》：“解缨复褐，辞朝归薮。门不容轩，宅不盈亩。茂草笼庭，滋兰拂牖。抚我子侄，携我亲友。茹彼园蔬，饮此春酒。开棂攸瞻，坐对川阜。心焉孰托，托心非有。素构易抱，玄根难朽。即之匪远，可以长久。”内容与此诗相近，可以对照。

【析义】

此诗娓娓道来，率真之情贯穿全篇，其浑厚朴茂，少有及者。自“方宅十馀亩”以下八句，画出一幅田园景色，仿佛带领读者参观，一一指点，一一说明，言谈指顾之间自有一种乍释重负之愉悦。结尾二句画龙点睛，饱含多少人生经验！

野外罕人事〔一〕，穷巷寡一作解轮鞅[①]〔二〕。白日掩荆扉[②]，虚室一作对酒绝尘想[③]〔三〕。时复墟曲中一作墟里人〔四〕，披草一作衣共来往[4]。相见无杂言[5]，但道桑麻长。桑麻日已长，我土一作志日已广[6]。常恐霜霰至，零落同草莽。

【校勘】

①寡：一作"解"，非是。绍兴本注："一作鲜。""鲜"与"寡"同义。②荆：和陶本作"柴"，亦通。③虚室：一作"对酒"，亦通。校文原在篇末，今移至此。④草：一作"衣"，亦佳。渊明《移居》其二："相思则披衣，言笑无厌时。""披衣"二字可见乡村生活情趣。⑤杂：和陶本作"别"，于义稍逊。⑥土：一作"志"，亦通。然承上"开荒南野际"，作"我土日已广"为佳。

【笺注】

〔一〕罕：少。人事：指世俗间之应酬交往。《后汉书·黄琬传》："时权富子弟，多以人事得举。"渊明《咏贫士》其六："人事固已拙。"古《笺》引李审言曰："《后汉书·贾逵传》：'（贾逵母病，）此子无人事于外。'章怀注：'无人事，谓不广交通也。'"

〔二〕穷巷寡轮鞅：意谓居于僻巷而少有显贵之人前来。古《笺》引《汉书·陈平传》："家乃负郭穷巷，（以弊席为门，）然门外多（有）长者车辙。"穷巷：僻巷。渊明《读山海经》其一："穷巷隔深辙，颇回故人车。"鞅：以马驾车时安在马颈上之皮套。轮鞅：代指车。

〔三〕虚室绝尘想：意谓心中断绝世俗之念。《庄子·人间世》："瞻彼阕者，虚室生白。"司马彪注："室比喻心，心能空虚，则纯白独生也。"

〔四〕墟曲：村落。"曲"有隐蔽之意。

【析义】

主旨在断绝尘杂，一心务农。"常恐霜霰至，零落同草莽"，非躬耕不能有此心情。刘履《选诗补注》曰:“盖是时朝廷将有倾危之祸,故有是喻。然则靖节虽处田野而不忘忧国,于此可见矣。”此说未免穿凿附会。方东树《昭昧詹言》曰:“只就桑麻言,恐其零落,方见真意实在田园,非喻己也。”方东树得渊明原意。“相见无杂言”,乃以农耕外之言为杂言,颇见情趣。

种豆南山下,草盛豆苗稀〔一〕。晨兴一作侵晨理荒秽〔二〕,带一作戴月荷锄归①〔三〕。道狭草木长,夕露沾我衣〔四〕。衣沾一作我衣②不足惜,但使愿无一作莫违。

【校勘】

①带:一作“戴”。“戴月”固佳,“带月”更别致。 ②衣沾:一作“我衣”,亦佳。

【笺注】

〔一〕种豆南山下,草盛豆苗稀:李注引《汉书·王恽传》:“田彼南山,芜秽不治。种一顷豆,落而为箕。人生行乐耳,须富贵何时。”霈案:王恽应作杨恽;箕应作萁。

〔二〕晨兴:晨起。《韩诗外传》:“夙寐晨兴。”理:治理。渊明《庚戌岁九月中于西田获早稻》:“开春理常业,岁功聊可观。”秽:田中杂草。

〔三〕带月荷锄归:意谓荷锄晚归,将月带归矣。

〔四〕夕露沾我衣:古《笺》引王仲宣《从军诗》(其三):“草露沾我衣。”

【析义】

此诗《艺文类聚》卷六五引作《杂诗》。苏轼曰:“览渊明此诗,相与太息。噫嘻!以夕露沾衣之故而犯所愧者多矣。”(《东坡题跋》卷二《书渊明诗》)谭元春曰:“高堂深居人动欲拟陶,陶此境此语,非老于田亩不知。”(锺惺、谭元春评选《古诗归》卷九)需案:此诗妙处全自生活中来,从心底处来,既无矫情,亦不矫饰。渊明似乎无意作诗,亦不须安排,从胸中自然流出即是好诗。“带月荷锄归”一句尤妙,区区五字即可见渊明心境之宁静、平和、充实。李白《下终南山过斛斯山人宿置酒》:“暮从碧山下,山月随人归。”意趣相似,而天趣盎然,唯厚朴蕴藉犹有不及。

久去山泽游〔一〕,浪莽林野娱〔二〕。试携子侄辈,披榛步荒墟〔三〕。徘徊丘垅一作陇,又作垄间,依依昔人居〔四〕。井灶有遗处一作所①,桑竹一作麻残朽株一作树木残根株②〔五〕。借问采薪者,此人皆焉如〔六〕?薪者向我言,死没无复馀。一世异朝市,此语一作言真不虚〔七〕。人生似幻化,终当归空一作虚无〔八〕。

【校勘】

①处:一作“所”,于义为逊。 ②桑竹残朽株:一作“树木残根株”,于义为逊。

【笺注】

〔一〕久去山泽游:意谓久已废弃山泽之游矣。去:放弃。《论语·子路》:“善人为邦百年,亦可以胜残去杀矣。”何晏《集解》引王肃注:“去杀,不用刑杀也。”山泽游:《南史·谢灵运传》:“灵运既东,与族弟惠连、东海何长瑜、颍川荀雍、泰山羊璇之,以文章赏会,共为山泽之游,时人谓之四友。”《梁书·任昉传》:“友人彭城到溉、溉弟洽,从昉共为山泽游。”

〔二〕浪莽林野娱:丁《笺注》:“‘浪莽’即‘浪孟’也。潘岳赋(《笙赋》)：'罔浪孟以惆怅。'案：'浪孟'即'孟浪'也。《庄子·齐物论》：'孟浪之言。'徐邈读'莽浪'，盖放旷之意。"王叔岷《笺证稿》："莽犹荒也，王弼本《老子》二十章：'荒兮其未央哉！'敦煌唐景龙钞本荒作莽，即莽、荒通用之证。'浪荒'犹旷废也。张华《鹪鹩赋》曰：'恋钟、岱之林野。'起二句谓久已废去山泽之游，旷废林野之娱也。"需案：王说甚是。

〔三〕试携子侄辈，披榛步荒墟：意谓姑且携带子侄辈同游于荒墟。试：姑且。披：分开。榛：草木丛生。《文选》陆机《汉高祖功臣颂》："脱迹违难，披榛来洎。"葛洪《抱朴子外篇·自叙》："披榛出门，排草入室。"荒墟：废墟。

〔四〕徘徊丘垅间，依依昔人居：意谓今日之墓地即昔人之居处也。丘垅：墓地。《礼记·月令》："审棺椁之薄厚，茔丘垄之大小、高卑、厚薄之度。"渊明《杂诗》其四："百年归丘垅。"依依：依稀可辨貌。

〔五〕井灶有遗处，桑竹残朽株：意谓昔人居处之井灶尚有遗迹，而桑竹只留残株矣。《墨子·旗帜》："井灶有处。"残：残留。

〔六〕焉如：何往。

〔七〕一世异朝市，此语真不虚：意谓"一世异朝市"之语真不假也。王充《论衡·宣汉》："孔子所谓一世，三十年也。"古《笺》："《古出夏门行》：'市朝人易，千载墓平。'"丁《笺注》："三十年为一世。古者爵人于朝，刑人于市。言为公众之地，人所指目也。'一世异朝市'盖古语，言三十年间，公众指目之朝市，已迁改也。"

〔八〕人生似幻化，终当归空无：意谓人生如同一场幻化，本来即空无实性，最后当复归于空无也。幻化：《抱朴子内篇·对俗》："若道术不可学得，则变易形貌，吞刀吐火，坐在立亡，兴云起雾,召致虫蛇,合聚鱼鳖,三十六石立化为水,消玉为粭,溃金为浆,入渊不沾,蹴刃不伤,幻化之事,九百有馀,按而行之,无不皆效……"《列子·周穆王》:"周穆王时,西极之国有化人来,入水火,贯金石;……有生之气,有形之状,尽幻也。造化之所始,阴阳之所变者,谓之生,谓之死。穷数达变,因形移易者,谓之化,谓之幻。造物者其巧妙,其功深,固难穷难终。因形者其巧显,其功浅,故随起随灭。知幻化之不异生死也,始可与学幻矣。"空无:裴頠《崇有论》:"深列有形之故,盛称空无之美。形器之故有征,空无之义难检。"逯注:"郗超《奉法要》:'一切有归于无,谓之空。'支遁《咏怀》诗:'廓矣千载事,消液归空无。'"

【析义】

"徘徊丘垅间,依依昔人居",乃渊明所见。"人生似幻化,终当归空无",乃渊明所感。三十年后旧地重游,感慨良深。可见经过战乱、疾疫、灾荒之后,寻阳一带农村之凋敝。人世之变迁,人生之无常,益发坚定渊明隐居之决心。

怅恨独策还[①][一],崎岖历榛曲[二]。山涧一作涧水清且浅,遇一作可以濯吾足[②][三]。漉一作拨,又作掇,又作挤我新熟酒[③][四],只鸡招近局一作属[④][五]。日入室中暗[六],荆薪代一作继明烛[⑤]。欢来苦夕短[七],已复至天旭。

【校勘】

①怅:和陶本作"恨"。 ②遇:一作"可",亦通。 ③漉:一作"拨",又作"掇"、"挤",均非是。《宋书·陶潜传》:"郡将候潜,值其酒熟,取头上葛巾漉酒,毕,还复着之。" ④局:一作"属",

形近而讹。　⑤代:一作"继",较逊。

【笺注】

〔一〕策:策杖,扶杖。

〔二〕榛曲:草木丛生而又曲折隐僻之道路。

〔三〕山涧清且浅,遇以濯我足:《古诗十九首》其十:"河汉清且浅。"《孟子·离娄上》:"沧浪之水清兮,可以濯我缨;沧浪之水浊兮,可以濯我足。"

〔四〕漉(lù):过滤。

〔五〕近局:指近邻。"局"亦近也。曹丕《与朝歌令吴质书》:"涂路难局,官守有限。"《后汉书·王充王符仲长统列传》:"不限局以疑远,不拘玄以妨素。"王先谦集解:"局,近也。"

〔六〕暗:暗。

〔七〕来:语助词。

【析义】

此首承上首,写步荒墟之后,归家途中及归家后之情事。"漉我新熟酒"以下四句,农村生活之简朴、邻人间关系之亲切,以及乡间风俗之淳厚,历历在目,耐人寻味。

游斜川一首并序

辛丑一作酉正月五日①,天气澄和一作穆〔一〕,风物闲美〔二〕。与二三邻曲②〔三〕,同游斜川。临长流,望曾一作层,下同城〔四〕,鲂鲤跃鳞于将夕一作鲂鲔跃鳞,日将于夕③〔五〕,水鸥乘和以翻飞〔六〕。彼南阜者,名实旧矣,不复乃为嗟叹〔七〕。若夫层城,傍无依接,独秀中皋〔八〕,遥想灵山，有爱嘉名〔九〕。欣对不足，共尔原作率尔，注：宋本作共，一作共尔赋诗④〔一〇〕。悲日月之遂往，悼吾年之不留〔一一〕。各疏年纪乡里〔一二〕，以记其时日。

开岁倏五十一作日⑤，吾生行归休〔一三〕。念之动中怀〔一四〕，及辰一作晨为兹游〔一五〕。气和天惟一作唯，一作候澄〔一六〕，班坐依远流〔一七〕。弱湍驰文鲂〔一八〕，闲谷矫鸣鸥〔一九〕。迥泽散游目〔二〇〕，缅然睇曾丘〔二一〕。虽微九重秀，顾瞻无匹俦〔二二〕。提壶接宾侣，引满更献酬〔二三〕。未知从今去，当复一作得如此不〔二四〕。中觞纵遥情⑥〔二五〕，忘彼千载忧〔二六〕。且极今朝乐〔二七〕，明日非所求。

【校勘】

①辛丑：一作"辛酉"。然宋刻《东坡先生和陶渊明诗》，及宋绍兴刻本《陶渊明集》，皆作"辛丑"而无一作"辛酉"，且在"辛丑"下多一"岁"字，明言"辛丑"是纪年，极应重视。"辛酉"者，疑后人臆改，乃因按辛丑年五十岁推算，渊明之享年与《宋书》本传所记六十三岁不合。然改为"辛酉"，则又生出种种问题，牵动许多作品，遂又一一改动。兹依据底本，参校以宋刻《东坡先生和陶渊明诗》，及宋绍兴刻本《陶渊明集》，仍作"辛丑"。又，渊明与二三邻曲作斜川之游，据诗序及诗之情趣，系模仿王羲之等人兰亭之游。《兰亭集序》首先交代年月："永和九年，岁在癸丑，暮春之初，会于会稽山阴之兰亭，修禊事也。"点明事在癸丑岁三月三日。《游斜川》亦在序中首先点明年月日："辛丑正月五日"。兰亭之游与斜川之游皆在丑年，殆非偶然欤？　②二三：绍兴本作"一二"，于义稍逊。　③鲂鲤跃鳞于将夕：一作"鲂鲔跃鳞，日将于夕"，非。霈案：此句与下句为对句。和陶本"鳞"作"鲜"，

于义为逊。 ④共尔：原作“率尔”，底本校曰：“宋本作共，一作共尔。”今从之。所谓“宋本”者，乃宋庠本也。此诗感慨良深，又各疏年纪、乡里，显系相约各作一诗，非率尔成章者。 ⑤五十：一作“五日”。然宋刻《东坡先生和陶渊明诗》，及宋绍兴本《陶渊明集》，均作“五十”，而无异文。据东坡所和陶诗：“虽过靖节年，未失斜川游”，点明渊明之年纪，可见苏轼所见版本为“五十”。然“辛丑”年“五十”岁，与《宋书》本传所记渊明享年不合，后之作“五日”者，或为迁就《宋书》本传而改。诗序明言“各疏年纪乡里”，首句曰“开岁倏五十”，正与序文相应。又，细审“开岁倏五日，吾生行归休”，文义殊不联贯。开岁倏已五日，不过五日而已，何致有吾生行将休矣之叹？必上言年岁，下接“吾生”，上言倏已五十岁，下言吾生行将休矣，文义方可联贯。古人习惯于岁首增年岁，故一开岁即五十矣。“倏”者言时光之速，前五十年倏然而逝，今忽已半百，故曰“吾生行归休”也。作“五日”者盖据序文“正月五日”修改，以避免与《宋书》本传渊明享年六十三岁相牴牾。作“辛丑”、“五十”为是。 ⑥觞：原作“肠”。和陶本、绍兴本作“觞”，为是，据改。

【题解】

“斜川”，已不可详考。骆庭芝认为在栗里附近，陶注引其《斜川辨》曰：“后世失其所在。世人念斜川，若昆仑、桃源比也。庭芝生长庐阜，询之故老，访之荐绅先生，未有能辨者。……夫渊明，柴桑人也，所居在栗里。今归家、灵汤二寺之间，有渊明醉石，其旁有邮亭，曰栗里铺，则渊明故居必在于是。顾斜川之境岂远哉！”然渊明居处几经迁徙，不止栗里一地，难以据此确定斜川位置。

【编年】

序曰“辛丑正月五日”，于年、月、日交代十分清楚，次序井然，不容有其他解释。和陶本、绍兴本于“辛丑”下均有“岁”字,亦可为确证。渊明有甲子纪年之习惯,而无不书年月仅以甲子纪日之旁证。“辛丑”二字乃纪年无疑。然则此诗作于晋安帝隆安五年辛丑(四〇一)。诗曰:“开岁倏五十”,是年渊明五十岁。

【笺注】

〔一〕天气澄和:意谓天空清澈,气候温和。《礼·月令》:“天气下降,地气上腾。”《游斜川》诗曰:“气和天惟澄”,可与此句互证。

〔二〕风物闲美:意谓风光景物闲静美好。

〔三〕邻曲:邻里。

〔四〕曾(céng)城:山名,即诗中所谓“曾丘”。清《江西通志·南康府》:“层城山在府治西五里,今谓之乌石山。晋陶潜《游斜川诗序》:‘临长流,望曾城’,即此。”丁《笺注》于“缅然睇曾丘”句下引《名胜志》:“曾城山即乌石山,在星子县西五里,有落星寺。”需案:《天问》:“昆仑县圃,其尻安在?增城九重,其高几里?”《淮南子·墬形训》:“昆仑中有增城九重。”曾、增通。曾城山与昆仑中之增城同名,所以渊明又说:“遥想灵山,有爱嘉名。”逯注据《水经注》、晋庐山诸道人《游石门诗序》及诗,认为曾城指鄣山。但《游石门诗序》曰鄣山乃“庐山之一隅”;而《游斜川》曰“傍无依接,独秀中皋”,可见曾城山不与庐山相接。姑存疑。

〔五〕鲂(fáng):《说文》:“鲂,赤尾鱼。”潘岳《西征赋》:“华鲂跃鳞,素鲔扬鬐。”

〔六〕和:指和风。

〔七〕彼南皋者,名实旧矣,不复乃为嗟叹:意谓不再为庐山嗟叹赞惊矣。南皋:南山,指庐山。古《笺》:“南皋,谓庐山也。凡诗中南山、南岭，亦即庐山。颜延之《陶征士诔》又谓之南岳。”

〔 八 〕傍无依接，独秀中皋：意谓曾城山周围无其他山与之相依接，独自突出于中皋。秀：特异。皋：水边地。渊明《归去来兮辞》：“登东皋以舒啸，临清流而赋诗。”“中皋”、“东皋”，或方位有别。

〔 九 〕遥想灵山，有爱嘉名：意谓遥想昆仑中之增城山，而爱曾城与之同有嘉名也。昆仑乃神仙所居之山，故称之为“灵山”。有：语首助词。

〔一〇〕欣对不足，共尔赋诗：《诗·大序》：“情动于中而形于言；言之不足，故嗟叹之；嗟叹之不足，故咏歌之。”

〔一一〕悲日月之遂往，悼吾年之不留：古《笺》引《论语(阳货)》：“日月逝矣，岁不我与。”又引《离骚》：“汩余若将不及兮，恐年岁之不吾与。”“日月忽其不淹兮，春与秋其代序。”遂：竟。

〔一二〕疏(shū)：分条记录。

〔一三〕开岁倏五十，吾生行归休：感叹时光流逝，岁月不待。意谓开年忽已五十岁，吾之生命行将结束矣。诗序曰：“悲日月之遂往，悼吾年之不留。”所谓“吾年”，指己之年龄，与“倏五十”相呼应。孔融《论盛孝章书》：“岁月不居，时节如流，五十之年，忽焉已至。”开岁：古《笺》引《后汉书》冯衍《显志赋》：“开岁发春兮。”章怀注：“开，发，皆始也。”行：将。归休：指死。古《笺》引《庄子·田子方》：“生有所乎萌，死有所乎归。”《刻意》：“其生若浮，其死若休。”

〔一四〕中怀：心怀。

〔一五〕及辰：及时。《古诗十九首》：“为乐当及时。”

〔一六〕惟：句中助词，起调整音节之作用。

〔一七〕班坐：依次而坐。班：次也。序曰“各疏年纪乡里”，则此“班坐”应是据年纪之长幼依次而坐。

〔一八〕湍（tuān）：急流之水。弱湍：丁《笺注》：“悠扬之水也。”

〔一九〕闲：静。矫：飞。

〔二〇〕迥泽散游目：意谓散游目于迥泽之间。迥泽：远泽。散游目：放眼四顾。《离骚》：“忽反顾以游目兮。”张华《情诗》：“游目四野外。”

〔二一〕缅然睇（dì）曾丘：意谓望曾丘而有所思也。缅然：沉思貌，又远貌。诗序曰：“遥想灵山，有爱嘉名。欣对不足，共尔赋诗。悲日月之遂往，悼吾年之不留。”此皆由“睇曾丘”引起之感慨。此处之“缅然”作沉思解为佳。睇：望、视。

〔二二〕虽微九重秀，顾瞻无匹俦：意谓此曾丘虽无昆仑增城九重之秀，但环顾四周亦无可比矣，犹诗序所谓“独秀中皋”。微：无。九重：《天问》：“增城九重。”匹俦：王叔岷《笺证稿》引《楚辞·九怀·危俊》：“览可与兮匹俦。”王逸注：“二人为匹，四人为俦。一云：一人为匹。”

〔二三〕提壶接宾侣，引满更献酬：意谓为宾客斟酒，并互相敬劝。接：《仪礼·聘礼》：“宾立接西塾。”郑玄注：“接，犹近也。”引满：丁《笺注》：“谓酒满杯也。《汉书·叙传》：‘皆引满举白，谈笑大噱。’”更：复。献酬：《诗·小雅·楚茨》：“献酬交错。”郑笺：“始主人酌宾为献，宾既酌，主人又自饮酌宾为酬。”

〔二四〕当：尚。《列子·天瑞》载荣启期语：“贫者士之常也，死者人之终也，处常得终，当何忧哉？”

〔二五〕中觞纵遥情：黄文焕《陶诗析义》：“初觞之情矜持，未能纵也。席至半而为中觞之候，酒渐以多，情渐以纵矣。一切近俗之怀，杳然丧矣。”中觞：陶注：“酒半也。”

〔二六〕忘彼千载忧:《古诗十九首》:“生年不满百,常怀千岁忧。”
〔二七〕极:尽。

【析义】

渊明多有田园诗,而山水诗仅此一首。首尾感岁月之易逝,中间描写山水景物。“弱湍驰文鲂”以下四句,描写工细,上承玄言诗之山水描写,下开谢灵运山水诗之先河。渊明斜川之游盖仿王羲之兰亭之游也,《游斜川序》与《兰亭集序》,《游斜川诗》与《兰亭诗》相对照,悲悼岁月之既往,感叹人生之无常,寓意颇有相近之处。惟《游斜川序》朴实简练,仅略陈始末而已,不似《兰亭集序》之铺陈且多抒情意味也。

示周续之祖企谢景夷三郎一首原作示周掾祖谢一首,注一作示周续之祖企谢景夷三郎。时三人同在城北讲《礼》校书。夷,又作仁①。

负疴颓檐下,终日无一欣一作终无一处欣②〔一〕。药石有时闲,念我意中人〔二〕。相去不寻常,道路邈何一作无,又作所因〔三〕?周生述孔业,祖谢响然臻〔四〕。道丧向千载,今朝复斯闻〔五〕。马队非讲肆,校书亦已勤〔六〕。老夫有所爱〔七〕,思与尔为邻。愿言诲诸子一作客,一作勉诸生,一作但愿还渚中③,从我颍水滨〔八〕。

【校勘】

①诗题原作“示周掾祖谢一首”,底本校曰“一作示周续之祖企谢景夷三郎。时三人同在城北讲《礼》校书”,今据改。唯“时三人同在城北讲《礼》校书”殆题下原注。渊明诗题单称姓氏,如“祖谢”,无例可援。疑《示周掾祖谢》经过简略。谢景夷:一作

"谢景仁"。霈案:萧统《陶渊明传》:"后刺史檀韶苦请续之出州,与学士祖企、谢景夷三人,共在城北讲《礼》,加以雠校。"据此,作"谢景夷"为是。 ②终日无一欣:一作"终无一处欣",于义为逊。 ③愿言诲诸子:一作"但愿还渚中",与下句文意不连。子:一作"客"。一作"勉诸生",亦可。诲:绍兴本作"谢",意谓告。

【题解】

萧统《陶渊明传》曰:"时周续之入庐山事释慧远,彭城刘遗民亦遁迹匡山,渊明又不应征命,谓之'浔阳三隐'。后刺史檀韶苦请续之出州,与学士祖企、谢景夷三人,共在城北讲《礼》,加以雠校。所住公廨,近于马队。是故渊明示其诗云:'周生述孔业,祖谢响然臻。马队非讲肆,校书亦已勤。'"

《宋书·隐逸传》:"周续之,字道祖,雁门广武人也。其先过江,居豫章建昌县。……豫章太守范宁于郡立学,召集生徒,远方至者甚众。续之年十二,诣宁受业,居学数年,通五经并纬候,名冠同门,号曰'颜子'。既而闲居读《老》、《易》,入庐山事沙门释慧远。时彭城刘遗民遁迹庐山,陶渊明亦不应征命,谓之'寻阳三隐'。……高祖之北讨,世子居守,迎续之馆于安乐寺,延入讲《礼》,月馀复还山。江州刺史刘柳荐之高祖曰……俄而辟为太尉掾,不就。……景平元年卒,时年四十七。"生于晋孝武帝太元二年(三七七),卒于宋少帝景平元年(四二三)。

周续之在江州讲《礼》乃应刺史檀韶苦请。查《晋书·安帝纪》、《宋书·檀韶传》、《南史·刘湛传》,檀韶任江州刺史在义熙十二年(四一六)六月以后。《宋书·王弘传》载,王于义熙十四年迁江州刺史。然则,檀韶免江州刺史当不晚于此年。由此可知,周续之在江州城北讲《礼》肯定在义熙十二年至十四年之间,时当四十岁至四十二岁之间。《宋书》本传曰:“俄而辟为太尉掾,不就。”故称“周掾”。祖企、谢景夷,不详。“郎”,一般男子之尊称。汉魏以后对年轻人通称“郎”。《三国志·吴书·周瑜传》:“瑜时年二十四,吴中皆呼为周郎。”《世说新语·雅量》:“王家诸郎亦皆可嘉。”“礼”,《周礼》、《仪礼》、《礼记》,通称“三礼”。

【编年】

本诗既称周续之为“周掾”,必作于刘裕辟周续之为太尉掾之后。据《宋书·周续之传》,江州刺史刘柳荐续之于刘裕,刘裕辟为太尉掾,不就,事在晋安帝义熙十一年(四一五)或十二年(四一六)六月刘柳逝世前。刘柳卒,檀韶继任江州刺史。周续之应檀韶苦请出州讲《礼》当在义熙十二年六月之后。此诗口吻,乃周续之等初出州讲《礼》时所作,兹定于晋安帝义熙十二年丙辰(四一六),渊明六十五岁。

诗中自称“老夫”,对周续之等称“郎”、“周生”、“诸子”,又言“诲诸子”。可见,若论年龄,渊明应比周续之等人年长一辈即二十岁左右,否则难以解释。周续之生于晋孝武帝太元二年(三七七),若曰渊明享年六十三岁(三六五生),仅长续之十二岁,不宜有如此口吻。至于享年六十三岁以下诸说,更难成立矣。若仅自称“老夫”或不必拘泥,但对周续之等人之称呼及教诲口吻,不应忽视也。

【笺注】

〔一〕负疴颓檐下,终日无一欣:意谓自己贫病之中,终日无一欣悦之事。疴(ē):病。负疴:为病所累。渊明《赠羊长史》:“闻君当先迈,负疴不获俱。”

〔二〕药石有时闲,念我意中人:意谓有时病情稍愈,遂想念我意中之人。药石:《左传》襄公二十三年:“孟孙之恶我,药石也。”疏:“《本草》所云钟乳、矾、磁石之类,多矣。”渊明《与子俨等疏》："疾患以来，渐就衰损。亲旧不遗，每以药石见救。"闲：通"间"。《论语·子罕》："病间。"何晏《集解》引孔安国注："病少差曰间也。"皇侃疏："若少差则病势断绝有间隙也。"意中人：指周、祖、谢。

〔三〕相去不寻常，道路邈何因：意谓路远难以相见。不寻常：不近。八尺曰寻，倍寻曰常。因：由。何因：何由到达。霈案：周生等在城北，若论路程不算远，此所谓道路邈远无由到达，主要乃在旨趣不同。

〔四〕周生述孔业，祖谢响然臻：意谓周续之传述孔子之学说，而祖、谢亦应声而至。述：阐述前人之成说。《论语·述而》："述而不作，信而好古。"皇侃注："述者，传于旧章也。"响然臻：《文选》孔融《荐祢衡表》："群士响臻。"李善注："响臻，如应声而至也。孙卿子曰：'下之和上，譬响之应声也。'"

〔五〕道丧向千载，今朝复斯闻：意谓孔子之道丧失已近千载，今日又得闻矣。何注："《庄子（缮性）》：'世丧道矣，道丧世矣，世与道交相丧也。'"古《笺》："《论语（里仁）》：'朝闻道，夕死可矣。'"渊明《饮酒》其三："道丧向千载。"向：将近。

〔六〕马队非讲肆，校书亦已勤：萧统《陶渊明传》："后刺史檀韶苦请续之出州，与学士祖企、谢景夷三人，共在城北讲《礼》，加以雠校。所住公廨，近于马队。"丁《笺注》："马队，马肆也。讲肆，讲舍也。"

〔七〕老夫：老人之自称。《礼记·曲礼》："大夫七十而致事，自称老夫。"

〔八〕愿言诲诸子，从我颍水滨：意谓希望周生等人从我隐居。言：语助词。诲：晓教也。《诗·大雅·抑》："诲尔谆谆，听我藐藐。"颍水滨：《史记·伯夷列传》："尧让天下于许由，许由不受，耻之逃隐。”《正义》引皇甫谧《高士传》：“许由字武仲。尧闻致天下而让焉，乃退而遁于中岳颍水之阳，箕山之下隐。尧又召为九州长，由不欲闻之，洗耳于颍水滨。时有巢父牵犊欲饮之，见由洗耳，问其故。对曰：‘尧欲召我为九州长，恶闻其声，是故洗耳。’巢父曰：‘子若处高岸深谷，人道不通，谁能见子？子故浮游，欲闻求其名誉，污吾犊口。’牵犊上流饮之。”

【析义】

李公焕《笺注陶渊明集》引赵泉山曰：“按靖节不事觐谒，惟至田舍及庐山游观，舍是无他适。续之自社主远公顺寂之后，虽隐居庐山，而州将每相招引，颇从之游，世号‘通隐’。是以诗中引箕、颍之事微讥之。”需案：诗固有微讥，然语气真挚，长者口吻显而易见。

乞食一首

飢来驱我去一作出①，不知竟何之〔一〕。行行至斯里，叩门拙言辞〔二〕。主人谐一作解余意，遗赠岂虚来一作副虚期，又作岂虚期②〔三〕。谈谐一作谐语终日夕，觞至一作举辄倾杯一作卮〔四〕。情欣新知劝一作欢③，言咏一作兴言遂赋诗。感子漂母惠，愧我非韩才一作韩才非〔五〕。衔戢一作戴知何谢？冥报以相贻〔六〕。

【校勘】

①飢：陶澍《靖节先生集》校曰：“何校宣和本作‘飢’，各本作‘饑’。澍按：《说文》：飢、饑义别，谷不熟为饑。飢，饿也。当以作‘飢’为是。”需案：本书所用宋元本皆作“飢”，无一作“饑”者。

②岂虚来:一作“副虚期”,意谓得称心之所期也(古直说)。然古氏径释“虚”为心,引《淮南子·俶真训》“虚室生白”,高诱注:“虚,心也。”车柱环、王叔岷皆以为非。大略曰:“虚”不得训心,高诱注“虚”下盖脱“室”字。“副虚期”者,“犹言满足渊明所空待者”。一作“岂虚期”,意谓超出心之所期,或超出所空待者。然则作“副虚期”、“岂虚期”,颇多费解,反不如原作“岂虚来”为佳。“来”亦属“之”部,押韵。 ③劝:一作“欢”,意谓欣此新知之欢,亦可。

【题解】

“乞食”,《国语·晋语四》:“乞食于野人。”《史记·晋世家》:“(重耳)饥而从野人乞食,野人盛土器中进之。”

【编年】

渊明《有会而作序》曰:“旧谷既没,新谷未登。颇为老农,而值年灾。日月尚悠,为患未已。”此诗与《有会而作》当为同年所作,即宋文帝元嘉三年丙寅(四二六)。《南史·宋本纪》元嘉三年秋,“旱且蝗”。

【笺注】

〔一〕何之:贾谊《鹏鸟赋》:“请问于鹏兮,予去何之?”

〔二〕拙言辞:拙于表明乞食之意。

〔三〕遗(wèi)赠岂虚来:意谓主人有所馈赠,而不虚此行也。

〔四〕谈谐终日夕,觞至辄倾杯:古《笺》引刘公幹《赠五官中郎将诗》:“清谈同日夕。”曹子建《赠丁翼诗》:“觞至反无馀。”

〔五〕感子漂母惠,愧我非韩才:意谓惭愧无力报答。《史记·淮阴侯列传》:“信钓于城下,诸母漂,有一母见信饥,饭信,竟漂数十日。信喜,谓漂母曰:‘吾必有以重报母。’……汉五年正月，徙齐王信为楚王，都下邳。信至国，召所从食漂母，赐千金。”

〔六〕衔戢知何谢？冥报以相贻：意谓中心戢藏感谢之意，待死后相报也。衔：有怀于心中。戢：藏也。古《笺》释“冥报”曰：“盖暗用《左传》结草以亢杜回意也。”

【考辨】

此诗真而切，非有亲身体验写不出。乞食之事，他人或未有，即使有亦未必入诗。渊明晚年穷困饥馁，又真率旷达，故有《乞食》之作。陶必铨《萸江诗话》曰：“此诗寄慨遥深，着眼在‘愧非韩才’一语。借漂母以起兴，故题曰《乞食》，不必真有扣门事也。”视此诗如《述酒》，皆寄托“故国旧君之思”。此乃执着于“耻事二姓”、忠于晋室之说，穿凿过甚，不足信也。张荫嘉《古诗赏析》曰：“此向人借贷、感人遗赠留饮而作。题云《乞食》，盖乞借于人以为食计，非真丐人食也，观诗中解意遗赠可见。”此说亦勉强。“乞食”语出《国语》，不得强解为“乞借以为食计”。何况用漂母、韩信事，显然是乞食也。

【析义】

此诗描摹“饥来”情状，维妙维肖。首句“饥来驱我去”，一“来”一“去”，妙合无垠。“驱”字写其迫不得已，亦妙。次句“不知竟何之”，恍惚之状凸现纸上。而“扣门拙言辞”一句，可见渊明非惯于乞讨者也，或此行原非有意于乞讨也。末尾曰“冥报以相贻”，显然已知生前无力相报，惟待死后，沉痛之至，绝望之至。而一乞食竟至以“冥报”相许，足见非一饭之可感，要在主人之仁心厚意感人肺腑。苏轼曰：“渊明得一食，至欲以冥谢主人，此大类丐者口颊也。”（《东坡题跋》卷二《书渊明乞食诗后》）此非中肯之论。“感子漂母惠，愧我非韩才。衔戢知何谢，冥报以相贻。”字字出自心田，惭愧之情溢于言表,绝非丐者顺口谢语。关于诗中"主人",亦有可论者。此人无须渊明出言而已知其来意,非但"遗赠",且又"谈谐终日","倾杯"、"赋诗",何等体贴!何等高雅!渊明乞食乃有所选择也,檀道济馈以粱肉,渊明虽"偃卧饥馁有日",仍"麾而去之"(见萧统《陶渊明传》)。此主人一饭之赠,竟欲"冥报",足见饥馁固难,受惠于人尤难也。

诸人共游周家墓柏下一首

今日天气佳,清吹与鸣弹一作蝉①〔一〕。感彼柏下人,安得不为欢〔二〕。清歌散一作发新声〔三〕,绿一作时酒开芳颜。未知明日事,余襟一作憏良已殚〔四〕。

【校勘】

①弹:一作"蝉",亦通。清吹与鸣蝉,声相应也。

【题解】

陶澍注引《晋书·周访传》,曰:或即周访家墓。霈案:周访亦家庐江寻阳,小陶侃一岁,曾荐侃为主簿,又以女妻侃子瞻。访曾为寻阳太守,赐爵寻阳县侯。渊明此诗所云周家墓,虽未必即周访家墓,然陶澍之说不为无据。惟陶澍所引《晋书》有删节,兹补足之:"初,陶侃微时,丁艰,将葬,家中忽失牛而不知所在。遇一老父,谓曰:'前岗见一牛眠山污中,其地若葬,位极人臣矣。'又指一山云:'此亦其次,当世出二千石。'言讫不见。侃寻牛得之,因葬其处,以所指别山与访。访父死,葬焉,果为刺史,著称宁益。自访以下,三世为益州四十一年,如其所言云。"古《笺》:"墓植松柏,古之遗制。故《古诗十九首》曰:'驱车上东门,遥望郭北墓。白杨何萧萧，松柏夹广路。’又曰：‘古墓犁为田，松柏摧为薪。’李善注：‘仲长子《昌言》曰：“古之葬者，松柏梧桐以识其坟者也。”’”

【笺注】

〔一〕清吹（chuì）：王乔之《奉和慧远游庐山诗》：“事属天人界，常闻清吹空。”鲍照《拟行路难》：“不见柏梁铜雀上，宁闻古时清吹音。”

〔二〕感彼柏下人，安得不为欢：王粲《七哀诗》：“悟彼下泉人，喟然伤心肝。”此反用其意。

〔三〕清歌：《李陵录别诗》其十：“悲意何慷慨，清歌正激扬。”刘桢《赠五官中郎将诗》其一：“清歌制妙声，万舞在中堂。”

〔四〕未知明日事，余襟良已殚：意谓未知明日如何，今日诚已尽情矣。襟：襟怀，情怀。良：诚然。殚：尽。

【析义】

诸人共游人家墓柏下，且清吹、鸣弹、清歌、饮酒，乃有感于人生无常，以发抒心中之郁闷也。“今日天气佳”，直用口语，而未失诗味。

怨诗楚调示庞主簿邓治中一首

天道幽且远，鬼神茫昧然〔一〕。结发念善事，僶俛六九一作五十年①〔二〕。弱冠逢世阻，始室丧其偏〔三〕。炎火屡焚如一作和②，螟蜮恣中田〔四〕。风雨纵横至，收敛不盈廛〔五〕。夏日长抱饥一作抱长饥③，寒夜无被眠。造夕思鸡鸣〔六〕，及晨愿乌一作景，又作乌迁④〔七〕。在己何怨天，离忧凄目前一作在己何所怨，天爱凄目前⑤〔八〕。吁嗟身后名，于我若浮烟〔九〕。慷慨一作慨然独一作激悲歌，锺期信为贤[一〇]。

【校勘】

①六九年：一作“五十年”，非是。《东坡先生和陶渊明诗》于“六九”下无“五十”。一作“五十”者，盖是拘于渊明享年六十三岁而改易之。然即使作“五十”，从结发时算起，再过五十年，此诗亦当作于六十五岁，渊明享年六十三岁或其以下诸说，皆不合。 ②如：一作“和”，形近而讹。 ③校记原在篇末，曰“长抱饥，一作抱长饥”，今移至此句下。 ④乌：一作“景”，“景”亦日也，可通。底本注曰“又作乌”，恐有误，姑存之。 ⑤在己何怨天，离忧凄目前：一作“在己何所怨，天爱凄目前”，非是。“爱”字乃“忧”字之讹，“天”应属上句，脱一“离”字。

【题解】

“怨诗”，王僧虔《技录》“楚调曲”中有《怨诗行》（据郭茂倩《乐府诗集》所引《古今乐录》载）。楚调曲属乐府相和歌。《怨诗行》古辞今存一篇，首二句曰：“天德悠且长，人命亦何促。”曹植等人有拟作。渊明此诗首二句亦有明显模拟痕迹，此乃渊明今存作品中唯一乐府诗。“主簿”，官名。汉代中央及郡县官署均置此官，以典领文书，办理事务。魏晋以后渐渐成为统兵开府之大臣幕府中重要僚属，参与机要，统领府事。“庞主簿”，古《笺》引《宋书·裴松之传》：“元嘉三年，分遣大使巡行天下，主簿庞遵使南兖州。庞主簿，殆即遵也。”需案：古《笺》系节引，原文曰：“太祖元嘉三年，诛司徒徐羡之等，分遣大使巡行天下。……司徒主簿庞遵使南兖州……”然则庞遵为司徒徐羡之主簿在元嘉三年以前。《宋书·徐羡之传》载：“刘穆之卒（据《宋书·刘穆之传》，穆之卒于义熙十三年十一月），高祖命以羡之为吏部尚书、建威将军、丹阳尹。”永初元年，“高祖践祚，进号镇军将军，加散骑常侍。……封南昌县公”。

庞遵或于义熙十三年已任徐羡之主簿，故渊明得称之庞主簿耶？庞遵，字通之。《宋书·陶潜传》："江州刺史王弘欲识之，不能致也。潜尝往庐山，弘令潜故人庞通之赍酒具于半道栗里要之。"《晋书·陶潜传》："其乡亲张野及周旋人羊松龄、庞遵等，或有酒要之。"可见，庞遵是渊明故交。此诗中吐露衷曲，非泛泛之交所可与言也。"治中"，官名。《通典》："治中从事史一人，居中治事，主众曹文书，汉制也。""邓治中"，其名无考。

【编年】

诗曰："结发念善事，僶俛六九年。"此二句应连读，意谓自"结发念善事"以来，已努力（僶俛）为善五十四年。"结发"，十五岁以上，兹以十五岁计。"六九年"，五十四年。自十五岁再过五十四年，为六十九岁。此诗作于是年，即宋武帝永初元年庚申（四二〇）。

自王质《栗里谱》以来即系此诗于五十四岁下，相沿已久，殊不妥。兹列举理由如下：其一，"六九年"不可径释为"六九岁"（五十四岁）。"年"字固可释为"年岁"，但一般均在数字之前，如"年若干"。"年"字置于"数字之后"，如"若干年"，一般不可释为若干岁也。除非前面加上"寿考"之类字样，如"寿考万年"（《诗·小雅·信南山》）。王力《古代汉语》常用词四有"［辨］年，岁"曰："这是同义词，但是在习惯用法上有些差别。在表示年龄时候，'年'字放在数字的前面（"年七十"）；'岁'字放在数字的后面（"七十岁"）。"其二，渊明诗中所用"年"字置于数字之后者，除"百年"、"万年"两处惯用词语外，一共八处："一去三十年"、"僶俛六九年"、"十年著一冠"、"三年望当采"、"奈何五十年"、"维晋义熙三年"、"僶俛四十年"、"奄出四十年"。此八处无一可作岁字解。倘"僶俛六九年"可解为五十四岁，为何"一去三十年"（一作"十三年"）不解为三十岁（或十三岁），而订《归园田居》为三十岁（或十三岁）所作邪？对陶集中“年”字之解释应当统一。既然“三十年”不释为三十岁，则“六九年”亦不应释为六九岁。其三，诗曰：“结发念善事，僶俛六九年。”如以为此诗乃六九五十四岁所作，则自出生即努力为善矣，显然不通，襁褓中有何僶俛为善可言？只能说自“结发”起努力为善也。其四，渊明《连雨独饮》曰：“自我抱兹独，僶俛四十年。”上句有一“自”字，下句亦曰“僶俛……年”，显然是“自抱独”算起，而不是从出生算起，“自抱独”以来已四十年矣。两诗互相对照，其义自明。其五，或曰“结发”乃泛指少年时。然十五岁乃人生之一重要分界，孔子曰：吾年十五而有志于学。此诗下两句又言“弱冠”如何，“始室”如何，即二十岁如何，三十岁如何，可见此诗有历数平生之意，益见其非泛指也。何况即使是泛指少年时，亦应从少年时算起努力为善六九五十四年，而不能从出生算起。据“六九年”，说此诗作于五十四岁，仍然不通。其六，“结发念善事，僶俛六九年”之后，历数二十如何，三十如何，此后又如何，意谓虽念善事而不得善报也。显然，“六九年”应自知“念善事”之“结发”那年算起。其七，谢灵运《过始宁墅》：“束发怀耿介，逐物遂推迁。违志似如昨，二纪及兹年。”句式与此诗相似。谢诗决不是二十四岁（二纪）所作，可作为正确理解“结发念善事，僶俛六九年”之佐证。

【笺注】

〔一〕天道幽且远，鬼神茫昧然：意谓天理幽隐难明而且邈远难求，鬼神之事亦茫然幽暗而不可知。天道：天理。《书·汤诰》：“天道福善祸淫。”《礼记·月令》：“毋变天之道。”疏：“天云道，地云理，人云纪，互辞也。”上句意本《左传》昭公十八年：“子产曰：‘天道远，人事迩。’”句法则拟古乐府《怨歌行》：“天德悠且长。”

〔二〕结发念善事，僶俛六九年：意谓从结发时即念善事，已经努力五十四年矣。结发：犹束发成童，十五岁以上，见《大戴礼·保傅》注及《礼记·内则》注。念善事：思欲立善成名也。渊明《影答形》曰："立善有馀爱，胡可不自竭。"《神释》曰："立善常所欣，谁当为汝誉？"可见渊明确曾有立善之志。僶俛：勤勉努力。《诗·小雅·十月之交》："僶俛从事，不敢告劳。"贾谊《新书·劝学》："然则舜僶俛而加志，我儃僈而弗省耳。"六九：五十四。

〔三〕弱冠逢世阻，始室丧其偏：意谓二十岁时遇到世难，三十岁时丧妻。弱冠：《礼记·曲礼》："二十曰弱冠。"疏："二十成人初加冠，体犹未壮，故曰弱也。"世阻：世事阻难。渊明二十岁时当晋简文帝咸安元年辛未（三七一），是年十一月桓温废帝为东海王，立会稽王昱为帝，是为简文皇帝。桓温杀东海王三子及其母，又请诛武陵王晞。帝赐温手诏曰："若晋祚灵长，公便宜奉行前诏；如其大运去矣，请避贤路。"十二月桓温降东海王为海西县公。自此政局混乱，社会动荡，民不聊生。咸安二年（三七二），庾希等入京口，讨桓温，败死。七月，简文帝卒。十月，卢悚自称大道祭酒，事之者八百馀家。十一月遣弟子诈称迎海西公兴复，突入殿廷，败死。是岁三吴大旱，人多饿死。此所谓"世阻"也。始室：三十岁。丧其偏：指丧妻。吴《谱》曰："丧偏为丧室，为三十岁事。"古《笺》："始室与弱冠对文。《礼记·内则》：'二十而冠，始学礼。三十而有室，始理男事。四十始仕。''始室'语例犹之'始仕'。《记》不曰'始室'者，避始理男事而变文耳。""《小雅（鸿雁）》：'哀此鳏寡。'毛传：'偏丧曰寡。'"霈案：王《谱》曰君年二十失妾。汤注曰其年二十丧偶，继娶翟氏。说有不同。

今从吴、古之说。

〔四〕炎火屡焚如，螟蜮（míng yù）恣中田：意谓屡次遭到旱灾，害虫恣虐田中。炎火：《诗·小雅·大田》："田祖有神，秉畀炎火。"毛传："炎火，盛阳也。"盛阳焚如，正是旱象。螟蜮：两种害虫，食心曰螟，食叶曰蜮。见《吕氏春秋·任地》高诱注。

〔五〕风雨纵横至，收敛不盈廛（chán）：意谓屡有风灾水灾，收成不足维持一家生活。廛：《诗·魏风·伐檀》："不稼不穑，胡取禾三百廛兮。"毛传："一夫之居曰廛。"据说古代一户可分到一廛土地（二亩半），以建造住宅。三百廛：指三百户之收成。

〔六〕造：至。

〔七〕乌：指太阳，相传日中有三足乌。愿乌迁：希望太阳快些移动，即日子难挨之意。

〔八〕在己何怨天，离忧凄目前：意谓生活之坎坷贫困原因在于自己，何必怨天？但又不能不为目前所遭遇之忧患而感到凄然。离：遭。古《笺》："《论语（宪问）》：'不怨天，不尤人。'《楚辞·九歌（山鬼）》：'思公子兮徒离忧。'"

〔九〕吁嗟身后名，于我若浮烟：感叹死后之声名若浮烟一般，对自己毫无意义。亦即渊明《杂诗》其四所谓："百年归丘垅，用此空名道？"吁嗟：叹词。

〔一〇〕慷慨独悲歌，锺期信为贤：意谓身后之名无所谓也，所幸生前有庞、邓二君如锺子期之贤，则己之慷慨悲歌亦得知音矣。《吕氏春秋·本味》："伯牙鼓琴，锺子期听之。方鼓琴而志在太山，锺子期曰：'善哉乎鼓琴，巍巍乎若太山！'少选之间，而志在流水，锺子期又曰：'善哉乎鼓琴，汤汤乎若流水！'锺子期死，伯牙破琴绝弦，终身不复鼓琴，以为世无足为鼓琴者。"

【析义】

从结发时说起，结发如何，弱冠如何，始室如何，目前如何，颇有总结平生之意。种种贫困饥寒之状，如“造夕思鸡鸣，及晨愿乌迁”，非亲历者不能道也。虽曰一生之坎坷全在自己，而题取《怨诗》，一种不平之情藏在字里行间，足见天道之不足信，善事之不足为也。“吁嗟身后名，于我若浮烟。”此二句与前后似不衔接，本来叙述自己之饥寒，何以忽然说起身后名耶？盖古之贫士，多有以安贫留名者，渊明欲表自己之安贫，非以此邀名也。

答庞参军一首并序

三复来贶，欲罢不能〔一〕。自尔邻曲，冬春再交〔二〕。款然良对，忽成旧游〔三〕。俗谚一作谈云：数面成亲旧或无旧字[①]。况一本又有其字情过此者乎〔四〕？人事好乖〔五〕，便当语离。杨公一作翁所叹，岂惟常悲〔六〕？吾抱疾多年，不复为一作属文。本既不丰〔七〕，复一本复作兼兹老病继之。辄依周礼原作孔，注一作礼往复之义[②]，且为别后相思之资[③]〔八〕。

相知何必旧一作早[④]，倾盖定前言〔九〕。有客赏我趣〔一〇〕，每每顾林园〔一一〕。谈谐无俗调〔一二〕，所说圣人篇〔一三〕。或有数斗一作斟酒[⑤]〔一四〕，闲饮自欢然。我实幽居士，无复东西缘〔一五〕。物新人唯旧一作唯人旧，弱毫夕所宣[⑥]〔一六〕。情通宋本作怀万里外[⑦]，形迹滞江山一作江山前[⑧]〔一七〕。君其一作期爱体素[⑨]，来会在何年〔一八〕？

【校勘】

①亲旧:一无“旧”字。 ②周礼:原作“周孔”,底本校曰“一作礼”,今从之。王叔岷《笺证稿》曰:“案礼,古作礼,孔乃礼之误。” ③且为别后相思之资:和陶本“资”下有“乎”字。 ④一作早:曾集本注“一作旦”,“旦”乃“早”之坏字。 ⑤斟:一作“斟”,形近而讹。 ⑥夕:和陶本、绍兴本、汤注本作“多”,亦通。 ⑦通:宋(庠)本作“怀”,亦通。 ⑧滞江山:一作“江山前”,于文稍逊。 ⑨其:一作“期”,文义稍逊。

【题解】

庞参军,参见四言《答庞参军》注。

【编年】

陶《考异》系于晋恭帝元熙元年(四一九)下,逯《系年》系于宋文帝元嘉元年(四二四)下。霈案:《答庞参军》诗五言及四言,两首中之庞参军当系一人。五言《答庞参军序》曰:“自尔邻曲,冬春再交,款然良对,忽成旧游。……人事好乖,便当语离。”四言《答庞参军序》曰:“庞为卫军参军,从江陵使上都,过浔阳见赠。”两相比较,五言乃庞离开柴桑之际所作,两人相识不久。四言乃庞途经柴桑时所作,必在五言之后。五言乃春季所作,四言乃冬季所作。王弘自义熙十四年(四一八)为江州刺史,永初三年(四二二)入朝,进号卫将军。宋少帝景平元年癸亥(四二三)春,命卫军参军庞某使江陵见宜都王义隆,庞有诗赠渊明,渊明作五言以答之。是年冬,庞又奉义隆之命以卫军参军自江陵使都,经浔阳,为诗赠渊明,渊明作四言以答之。时义隆仍为宜都王,故诗称“大藩有命,作使上京”。景平二年(四二四)五月,徐羡之等谋废立,召王弘入朝;七月,废少帝,立义隆为文帝。庞参军之出使于江陵、上都之间,或有重任亦未可知。

【笺注】

〔一〕三复来贶(kuàng),欲罢不能:意谓屡读赐诗,欲罢而不能。贶:赐也。古《笺》:"《论语(先进)》:'南容三复白圭。'集解引孔曰:'南容读《诗》至此,三反复之。'欲罢不能:亦《论语(子罕)》文。"

〔二〕自尔邻曲,冬春再交:意谓自从结邻,已经年馀。尔:助词,用于句中。《诗·邶风·雄雉》:"百尔君子,不知德行。"

〔三〕款然良对,忽成旧游:意谓彼此诚恳相待,虽然时间不久,而已成老友矣。款:诚。

〔四〕况情过此者乎:意谓何况感情投合,又超过数面即成亲旧者。

〔五〕人事好(hào)乖:意谓人世间之事,常常容易违背乖戾,犹言不如意事常八九也。好:常常容易发生。乖:违背。《抱朴子·博喻》:"志合者不以山海为远,道乖者不以咫尺为近。"

〔六〕杨公所叹,岂惟常悲:意谓杨朱所感叹者,非常人之悲也。渊明以杨朱自况,言己所悲者非仅离别之类常悲,而是悲人事常乖,世路多歧。其《饮酒》十九曰:"世路廓悠悠,杨朱所以止。"可以参证。李注:"杨公,杨朱也。"《淮南子·说林训》:"杨子见逵路而哭之,为其可以南,可以北。"

〔七〕本既不丰:李注:"谓癯瘁也。"

〔八〕辄依周礼往复之义,且为别后相思之资:意谓即依照古礼,作诗答赠,且为别后之纪念也。《礼记·曲礼》:"礼尚往来。往而不来,非礼也;来而不往,亦非礼也。"辄:就。

〔九〕相知何必旧,倾盖定前言:意谓相识何必旧久,有一见如故者也。《太平御览》卷三六三引《战国策》:"白头如新,倾盖如旧。"古《笺》引《史记·邹阳列传》:"谚曰:'有白头如新,倾盖如故。'何则?知与不知也。"张守节《正义》(案当作裴骃

《集解》)引桓谭《新论》曰:"言内有以相知与否,不在新故也。"倾盖:两车相遇,乘车之人停车对语,车盖略倾斜相交。

〔一〇〕有客赏我趣:意谓庞参军与己志趣相投。渊明《饮酒》其十三:"有客常同止。"其十四:"故人赏我趣。"赏:尚也,尊重。

〔一一〕顾:探望、访问。林园:指自己之住处。

〔一二〕谈谐:言谈和谐。渊明《乞食》:"谈谐终日夕。"俗调:世俗之论调。

〔一三〕说(yuè):悦。圣人篇:圣贤之书。

〔一四〕斗:同"斗"。

〔一五〕我实幽居士,无复东西缘:意谓我乃隐居之人,不再有东西奔波之机会矣。幽居:隐居。无复:渊明多用此二字,如《归园田居》其四:"死没无复数。"《杂诗》其五:"值欢无复娱。"《杂诗》其六:"一毫无复意。"东西缘:古《笺》:"《(礼记)檀弓》:'今丘也,东西南北之人也。'郑注:'东西南北,言居无常处也。'东西二字本此。"霈案:渊明《与子俨等疏》:"东西游走。"其中"东西"二字与此意近,可以参看。

〔一六〕物新人唯旧,弱毫夕所宣:意谓旧友难得,此情曾用笔以宣之也。古《笺》:"《书·盘庚》:'人惟求旧,器非求旧,惟新。'"夕:通"昔"。《史记·吴王濞列传》:"吴王不肖,有宿夕之忧。"

〔一七〕情通万里外,形迹滞江山:意谓分别之后,虽然感情相通,而形迹为江山阻隔,不能亲近矣。滞:滞留。滞江山:为山川所阻隔。

〔一八〕君其爱体素,来会在何年:希望庞参军多加保重,不知何年再会矣。其:副词,表示祈使。素:本也。《说苑·反质》:"是谓伐其根素,流于华叶。"体素:身体之根本也。《张迁碑》:"晋阳珮玮，西门带弦。君之体素，能双其勋。”晋武帝《转华峤为秘书监典领著作诏》：“尚书郎峤，体素宏简，文雅该通。”《三国志·吴书·吕岱传》：“时年已八十，然体素精勤，躬亲王事。”就以上用例而言，“体素”包括身心两方面。汤注引曹子建《赠白马王彪》：“王其爱玉体。”古《笺》释为“行素”，引嵇叔夜《与阮德如》诗：“君其爱德素。”又引《庄子·刻意》：“素也者，谓其无所与杂也……能体纯素，谓之真人。”又引《淮南子·氾论训》：“圣人以身体之。”高诱注：“体，行。”录以备考。

【析义】

诗前小序乃一绝妙小品，晋人声吻跃然纸上，其诚挚朴茂处尤不可及。赠答诗，彼此身份至关重要，旧交新知着笔有异，为宦为隐亦不相同。此诗在“忽成旧游”上着笔渲染，结尾隐约点出彼此出处之异，颇可咀嚼。“情通万里外，形迹滞江山”二句，道出常人常有之感慨，颇有深味。

五月旦作和戴主簿一首

虚舟纵逸棹，回复遂无穷〔一〕。发岁始一作若俯仰①，星纪奄将中〔二〕。南窗一作明两罕悴一作萃时物②，北林荣且丰〔三〕。神渊一作萍光写时雨③，晨色奏景风〔四〕。既来孰不去，人理固有终〔五〕。居常待其尽，曲肱岂伤冲〔六〕。迁化或夷险，肆志无窊隆〔七〕。即事如以一作已高，何必升华嵩〔八〕！

【校勘】

①始：一作“若”，亦通。　②南窗：一作“明两”，亦通。《易·

离》:“明两作离。”李鼎祚曰:“夏火之候也。”罕悴物:一作“萃时物”,意谓应时之物皆已丛生,亦通。　③ 神渊:一作“萍光”,恐非。

【题解】

“五月旦”,五月初一。“戴主簿”,不详。

【笺注】

〔一〕虚舟纵逸棹,回复遂无穷:意谓时光不停,迅速流逝;四季循环,无穷无尽。吴注引《庄子·山木》:“方舟而济于河,有虚船来触舟,虽有惼心之人不怒。”古《笺》引《庄子·列御寇》:“(巧者劳而智者忧,无能者无所求,饱食而遨游。)泛若不系之舟,虚而遨游。”需案:以上两篇虽切合字面,但不切合意思。《庄子·大宗师》:“夫藏舟于壑,藏山于泽,谓之固矣。然而夜半有力者负之而走,昧者不知也。”《列子·天瑞》:“粥熊曰:运转亡已,天地密移,畴觉之哉?”张湛注:“此则庄子舟壑之义。”渊明此诗所谓“虚舟”,盖本《大宗师》。渊明《杂诗》其五:“壑舟无须臾,引我不得住。”所谓“壑舟”,亦比喻时光或时光之不驻。纵:放纵。逸:奔,引申有急速之意。逸棹:快桨。回复:指虚舟之往来,亦季节之循环往复。

〔二〕发岁始俯仰,星纪奄将中:意谓开岁以来刚刚在俯仰之间,一年忽已将半矣。诗作于五月,故有此感慨也。发岁:一年开始。《楚辞·九章·思美人》:“开春发岁兮,白日出之悠悠。”俯仰:一俯一仰之间,表示时间短暂。《庄子·在宥》:“其疾俯仰之间,而再抚四海之外。”星纪:十二星次之一,此泛指岁时。“星纪奄将中”与“岁月将欲暮”(《有会而作》)句式相同。

〔三〕南窗罕悴物,北林荣且丰:意谓植物大都已繁荣茂盛。罕:

少。悴:憔悴。

〔四〕神渊写时雨,晨色奏(còu)景风:意谓从神渊泻下时雨,清晨吹起南风,晨色恰与南风相约俱来也。神渊:嵇康《琴赋》:“蒸灵液以播云,据神渊而吐溜。”丁《笺注》:“(曹植)《七启》:‘观游龙于神渊。’”王叔岷《笺证稿》:“《淮南子·齐俗篇》许慎注:‘神蛇潜于神渊,能兴云雨。’”写:犹“泻”。时雨:及时之雨。《礼记·孔子闲居》:“天降时雨,山川出云。”奏:通凑,聚合。景风:南风。《说文·风部》:“南方曰景风。”《史记·律书》:“景风居南方。景者,言阳气道竟,故曰景风。”

〔五〕既来孰不去,人理固有终:意谓人皆有死也。来去,指生死。古《笺》:“《庄子·达生篇》:‘生之来不能却,其去不能止。’《列子·天瑞篇》:‘生者,理之必终者也。’”人理:《文选》陆机《塘上行》:“天道有迁易,人理无常全。”李善注:“司马迁《悲士不遇赋》曰:‘天道悠昧,人理促兮。’”

〔六〕居常待其尽,曲肱(gōng)岂伤冲:意谓安贫以待终,生活虽然贫穷而无伤于冲虚之道也。居常:古《笺》:“《太平御览》五百九引嵇康《高士传》:‘荣启期曰:“贫者士之常,死者民之终。居常以待终,何不乐也?”’”曲肱:弯臂。《论语·述而》:“饭疏食饮水,曲肱而枕之,乐亦在其中矣。”冲:虚。《老子》:“道冲,而用之或不盈。渊兮,似万物之宗。”

〔七〕迁化或夷险,肆志无窊(wā)隆:意谓生命在迁移变化之中有平有险,惟保持心志之自由,便无所谓高下矣。迁化:古《笺》:“《汉书》武帝《悼李夫人赋》:‘忽迁化而不反(兮,魄放逸以飞扬)。’魏文帝《典论(论文)》:‘(日月逝于上,体貌衰于下,)忽然与万物迁化。’”肆志:放志,任意。古《笺》:

"《史记·鲁仲连传》:'吾与富贵而诎于人,宁贫贱而轻世肆志焉。'"窊:下。隆:高。

〔八〕即事如以高,何必升华嵩:意谓抱此人生态度便已达到高超地步,何必升上华嵩以成仙!即事:此事。华嵩:华山与嵩山,皆仙人居住之地。如华山之毛女、呼子先,嵩山之浮丘公、王子乔。

【考辨】

王注、逯注皆据"星纪"二字系此诗于晋义熙九年癸丑(四一三)。霈案:所谓"星纪"者,乃十二星次之一。古人将黄道附近一周天分为十二等分,命名为星纪、玄枵等十二次。岁星(木星)十二年绕天一周,每年行经一个星次。"星纪"不过是十二星次之一,用以标示天文位置。《左传》所谓"岁在星纪,而淫于玄枵",乃指岁星运行所到达之位置。"星纪"虽然与十二辰相配为丑,但在诗文中单独用"星纪"一词往往并非纪年(表示丑年)。如《文选》左太冲《吴都赋》:"故其经略,上当星纪。拓土画疆,卓荦兼并。"指与地域相当之星野。《南齐书·虞悰传》:"猥属兴运,荷窃稠私,徒越星纪,终惭报答。"此言岁月虚度。张华《感婚赋》:"方今岁在己巳,将次四仲。婚姻者兢赴良时,粲丽之观,相继于路。……乃作《感婚赋》曰:彼婚姻之俗忌,恶当梁之在斯。逼来年之且至,迨星纪之未移。"既然岁在己巳,可见此所谓"星纪"乃泛指岁时,决非指丑年。渊明所谓"发岁始俯仰,星纪奄将中",用法与张华《感婚赋》相同。此诗系年姑存疑。

【析义】

从此诗可见渊明之人生哲学。季节时令循环往复无穷无尽,而人之生命却有极限。长生不可信,神仙不可求,穷通贵贱更不必考虑。惟坚守本性,肆志遂心,即可达到神仙般境界矣。

连雨独饮一首一作连雨人绝独饮①

运生会归尽,终古谓之然〔一〕。世间有松乔,于今定何间一作闻②〔二〕? 故老赠余酒,乃言饮得仙〔三〕。试酌百情远,重觞忽忘天〔四〕。天岂去此哉一云天际去此几③,任真无所先〔五〕。云鹤一作鸿有奇翼,八表须臾还〔六〕。自一作顾我抱兹独④,僶俛四十年〔七〕。形骸久已化一云形体凭化迁,又云形神久已死⑤,心在一作在心复何言⑥〔八〕!

【校勘】

①连雨独饮:一作"连雨人绝独饮",亦通。 ②间:一作"闻",不协韵,非是。 ③天岂去此哉:一作"天际去此几",意谓天际距此几何,与上下文脱节。 ④自:一作"顾",意谓回顾,于义稍逊。 ⑤形骸久已化:一作"形体凭化迁",亦通;一作"形神久已死",非是。渊明形神均未死,不可谓"形神久已死"也。盖"神"乃"骸"之讹,"死"乃"化"之讹。 ⑥心在:一作"在心",非是。上句言"形骸"已化,此句言"心"尚在也。

【题解】

连雨天气,少与友朋交往,故有孤独之感。独饮中体悟人生,多有哲学思考。

【编年】

诗曰:"自我抱兹独,僶俛四十年",与《戊申岁六月中遇火》"总发抱孤念,奄出四十年"意同。"抱兹独"犹"抱孤念"也,乃在"总发"之时,即十五岁以上。"自"字限定此两句必须连读,自"抱兹独"以来已四十年,此诗作于五十五六岁。王《谱》、吴《谱》、梁

《谱》、王注、逯注皆云四十岁所作,恐不然。自抱独以来四十年,非谓四十岁也。“僶俛”者,努力也。只可说自抱独以来僶俛努力,岂可谓自出生以来僶俛努力哉？襁褓中不解事,何得谓之“僶俛”乎？且诗之开首曰:“运生会归尽,终古谓之然。”结尾曰:“形骸久已化,心在复何言!”亦非四十岁时之口吻,对照四十岁所作《荣木》可知。此《连雨独饮》叹老之意甚明,兹系于五十六岁,正合。时当晋安帝义熙三年丁未(四〇七)。

【笺注】

〔一〕运生会归尽,终古谓之然:意谓人之生命运行不已,必当归于终结,自古以来即是如此。运生:生命之运行,渊明以为生命乃不断行进之过程,故曰“运生”。运行必有终结,生命遂终止矣。终古:自古以来。《世说新语·栖逸》:“籍商略终古,上陈黄、农玄寂之道,下考三代盛德之美,以问之,仡然不应。”

〔二〕世间有松乔,于今定何间:意谓人称神仙之松乔,于今究竟在何处？松:赤松子。刘向《列仙传》:“赤松子者,神农时雨师也。服水玉……至昆仑山上,常止西王母石室中……得仙俱去。”乔:王子晋。刘向《列仙传》:“王子乔者,周灵王太子晋也。好吹笙,作凤凰鸣。游伊、洛之间,道士浮丘公接上嵩高山。三十馀年后,求之于山上,见桓良曰:‘告我家:七月七日,待我于缑氏山巅。’至时,果乘鹤驻山头,望之不可到。举手谢时人,数日而去。”定:究竟。《世说新语·言语》:“卿云艾艾,定是几艾?”

〔三〕故老赠余酒,乃言饮得仙:意谓故老以酒相赠,且言饮酒即可得仙矣。此所谓“得仙”,就渊明而言,乃指有成仙之感觉:昏昏然,飘飘然,忘乎已,忘乎天。渊明并不信神仙也。正如

《庄子·达生》所谓:"夫醉者之坠车,虽疾不死;骨节与人同,而犯害与人异,其神全也。乘亦不知也,坠亦不知也,死生惊惧不入乎其胸中,是故迕物而不慑。彼得全于酒而犹若是,而况得全于天乎?"又如《世说新语·任诞》:"王卫军云:'酒正自引人著胜地。'"乃:连词,表示递进关系,相当于"且"。《春秋繁露·玉杯》:"有文无质,非直不予,乃少恶之。"

〔四〕试酌百情远,重觞忽忘天:意谓初酌即已远离世情,再饮则忽忘天矣。百情远:远离种种世情,如一般喜怒哀乐、名利之心。忘天:《庄子·天地》:"忘乎物,忘乎天,其名为忘己。忘己之人,是之谓入于天。"此所谓"天"意谓超于物之上而接近自然。《老子》:"故道大,天大,地大,人亦大。域中有四大,而人居其一焉。人法地,地法天,天法道,道法自然。"能忘天则几于道,而近乎自然矣。百情是感物而生之各种感情,"百情远"即不为物累。但仅仅"百情远"尚未为高,"忘天"才臻于至境矣。

〔五〕天岂去此哉,任真无所先:意谓忘天者盖与天为一也;与天为一,必以任真为先,一切出于真,服从于真。真:《庄子·渔父》:"礼者世俗之所为也。真者所以受于天也,自然不可易也。故圣人法天贵真,不拘于俗。"《庄子·秋水》:"无以人灭天,无以故灭命,无以得殉名,谨守而勿失,是谓反其真。"可见"真"与世俗礼法相对立,指人之自然本性。任真:即不束缚人之自然本性,任其自由发展。

〔六〕云鹤有奇翼,八表须臾还:古《笺》、丁《笺注》,皆以"云鹤"指仙人,意谓仙人得以遨游八极。王叔岷《笺证稿》曰:"上言'世间有松乔,于今定何间?'陶公已不信仙人矣,此何必就仙人言之耶?二句盖喻心境之舒卷自如耳。"王说为是。霈案:

此二句或另有寓意，其重点乃在一“还”字，“云鹤”亦知还也。陶诗屡咏归鸟，见《归鸟》、《饮酒》等诗。从鸟之倦飞归还，悟出人生真谛。此二句言云鹤虽有奇翼，可以远之八表，尚且须臾而还，而我岂能不任真守拙乎？

〔七〕自我抱兹独，僶俛四十年：意谓自从我抱独守一，不为外物所惑，至今已努力四十年矣。“独”，乃庄子之哲学概念。《庄子·大宗师》：“吾犹守而告之，参日而后能外天下；已外天下矣，吾又守之，七日而后能外物；已外物矣，吾又守之，九日而后能外生；已外生矣，而后能朝彻；朝彻，而后能见独；见独，而后能无古今；无古今，而后能入于不死不生。杀生者不死，生生者不生。其为物，无不将也，无不迎也，无不毁也，无不成也；其名为撄宁。撄宁也者，撄而后成者也。”《庄子·田子方》：“孔子见老聃，老聃新沐，方将被发而乾，慹然似非人。孔子便而待之，少焉见，曰：‘丘也眩与，其信然与？向者先生形体掘若槁木，似遗物离人而立于独也。’老聃曰：‘吾游心于物之初。’”所谓“独”，犹言“一”或“本”，即与具体之万物相对待之“本根”。《庄子·知北游》：“天下莫不沉浮，终身不故；阴阳四时运行，各得其序。惛然若亡而存，油然不形而神，万物畜而不知。此之谓本根，可以观于天矣。”《淮南子·诠言训》：“智者不以位为事，勇者不以位为暴，仁者不以位为患，可谓无为矣。夫无为，则得于一也。一也者，万物之本也，无敌之道也。”“抱独”犹言得于一，亦即守一、守本，不为外物所惑也。渊明《戊申岁六月中遇火》：“总发抱孤念，奄出四十年。”可以参看。

〔八〕形骸久已化，心在复何言：意谓四十年来形骸久已变化，不是原先之形骸矣。但本心尚在，初衷未改，斯可无悔矣。《庄子·齐物论》："其形化，其心与之然，可不谓大哀乎？"渊明反其意，曰我之心未随形骸之化而化也。

【析义】

此诗集中表现其生死观。人有生必有死，神仙不存在。惟忘乎物，进而忘乎天，任真自得，顺乎自然，才真正得以超脱。后六句有回顾平生之意，回顾之后益加肯定自己之人生道路。形化心在，乃一篇结穴。古《笺》引《庄子·知北游》"古之人外化而内不化"，此之谓也。立意玄远，用笔深峻。邱嘉穗《东山草堂陶诗笺》："盖陶公深明乎生死之说，而不以夭寿贰其心，所以异于慧远之修净土、作生天妄想者远甚。"

移居二首

昔欲居南村〔一〕，非为卜其宅〔二〕。闻多素心人〔三〕，乐与数晨夕〔四〕。怀此一作兹颇有年①，今日从兹役〔五〕。弊庐何必广，取足蔽床席。邻曲时时来〔六〕，抗一作话言谈在昔②〔七〕。奇文共一作互欣赏〔八〕，疑义相与析一作斥③〔九〕。

【校勘】

①此：一作"兹"，盖涉下"兹"字而误。　②抗言：一作"话言"，于义稍逊。　③析：一作"斥"，意谓探测，于义稍逊。

【题解】

渊明居处，历来多有考证。朱自清《陶渊明年谱中之问题》总结各家之说曰："始居柴桑，继迁上京，复迁南村。栗里在柴桑，为渊明尝游之地。上京有渊明故居，南村在寻阳附郭。"然根据尚嫌太少，未足论定也。此诗所谓"移居"，从何处移来，姑存疑。

【笺注】

〔一〕南村：古直《陶靖节年谱》义熙六年下："南村（亦曰南里）果在何处？李公焕曰即栗里。何孟春曰柴桑之南村。……愚通考先生诗文以及诔、传，而知南村实在寻阳负郭。……自义熙七年至元嘉四年凡十七年，先生踪迹皆在寻阳。其尤显著者如'因家寻阳'，如'过寻阳见赠'，如'经过寻阳，临别赠此'，如'在寻阳与潜情款'，如'经过寻阳，日造渊明饮焉'，皆确指其地，不可假借。然则南村之在寻阳负郭，万无可疑已。"古直所考有据，然《移居》诗果为何年所作，并无充分根据以论定之，则南村是否在寻阳负郭，亦未能论定矣。

〔二〕非为卜其宅：意谓不是因为南村之住宅好。卜宅：《左传》昭公三年："谚云：'非宅是卜，惟邻是卜。'"

〔三〕素心人：心地朴素之人。《文选》颜延之《陶征士诔》："弱不好弄，长实素心。"李善注："《礼记》曰：'有哀素之心。'郑玄曰：'凡物无饰曰素。'"

〔四〕乐与数（shuò）晨夕：意谓喜欢与素心人朝夕相处。数：屡。何注："言相见之频也。"

〔五〕从兹役：为此事，指移居南村。从：为。《管子·正世》："知得失之所在，然后从事。"役：事。《左传》昭公十三年："为此役也。"

〔六〕邻曲：邻居。

〔七〕抗言：高言。《后汉书·董卓传》："卓又抗言曰"，李贤注："抗，高也。"在昔：陶澍注："《商颂（那）》：'自古在昔。'《鲁语》：'古曰在昔。'"

〔八〕奇文：或指自己与朋友所作文章，或指前人文章。《汉书·王褒传》："朝夕诵奇文。"

〔九〕疑义相与析：蒋薰评《陶渊明集》曰：“读‘疑义相析’，知渊明非不求解，不求甚解以穿凿耳。”

春秋多佳日，登高赋新诗〔一〕。过门更相呼〔二〕，有酒斟酌之〔三〕。农务各自归，闲暇辄相思。相思则披一作拂衣①〔四〕，言笑无厌时。此理将不胜，无为忽去兹〔五〕。衣食当须纪一作几②，力耕不吾一作吾不欺③〔六〕。

【校勘】

①披：一作“拂”，于义稍逊。 ②纪：一作“几”，于义稍逊。 ③不吾：一作“吾不”，非是。

【笺注】

〔一〕赋新诗：古《笺》引嵇叔夜《琴赋》：“临清流，赋新诗。”

〔二〕更：更替轮流。

〔三〕斟酌：斟酒饮酒。

〔四〕披衣：披衣出访。

〔五〕此理将不胜，无为忽去兹：意谓此理难道不妙乎？勿轻易舍此而去也。“此理”，指下二句所谓力耕之理，渊明《庚戌岁九月中于西田获早稻》：“人生归有道，衣食固其端。”意思相近。将不：岂不，有揣测或商量之语气，六朝习用语，相当于今言“难道不”。《世说新语·言语》：“谢灵运好戴曲柄笠，孔隐士谓曰：‘卿欲希心高远，何不能遗曲盖之貌？’谢答曰：‘将不畏影者，未能忘怀？’”又《政事》：“殷仲堪当之荆州，王东亭谓曰：‘德以居全为称，仁以不害物为名。方今宰牧华夏，处杀戮之职，与本操将不乖乎？’”胜：优、妙。古《笺》：“‘理胜’盖晋人常语。《晋书·庾亮传》：‘舅所执理胜’，《袁乔传》：

'以埋胜为仕',《王述传》:'且当择人事之胜理'是也。"无为:犹言不要。

〔六〕衣食当须纪,力耕不吾欺:意谓人生必须经营衣食,尽力耕作必有收获。纪:理,经营。力耕:尽力从事农耕。不吾欺:不欺吾。

【考辨】

此二诗之系年,各家多有考证。李注《戊申岁六月中遇火》曰:"靖节旧宅居于柴桑县之柴桑里,至是属回禄之变。越后年,徙居于南里之南村。"李注《和刘柴桑》曰:"靖节自庚戌徙居南村。"此乃义熙六年(四一〇)也。丁《谱》曰:"柴桑旧宅既毁,移居南村,有《移居》诗。"古《谱》亦系此诗于义熙六年。王注、逯注均系于义熙七年辛亥(四一一),以迁就《与殷晋安别》所谓"去岁家南里,薄作少时邻",意谓素心人指殷晋安(景仁)等人,并系《与殷晋安别》于义熙八年壬子(四一二)。然据霈考证,殷晋安绝非殷景仁,究系何人,无可确考,然则《与殷晋安别》一诗之年代亦不能确定。更不能据此诗年代,进而考定《移居》之年代也。诗曰"农务各自归",其邻曲似亦力耕者,而非为宦者如殷晋安。《移居》诗之年代姑付阙如。至于是否遇火后移居南村,从何处移居而来?亦均难考定。

【析义】

此二诗语言清新朴素,直如口语,然邻曲之情、力耕之乐溢于言表。"奇文"二句向为人称道,其妙处在以最精炼之语言道出读书人普遍之体验。有素心人可与共赏奇文、共析疑义,真乃一大乐事也。此外,如"邻曲时时来,抗言谈在昔",所谈为"在昔",态度为"抗言",有此等邻曲实乃幸事。又如"过门更相呼"、"相思则披衣",亦极富情趣。

和刘柴桑一首

山泽久见招，胡事乃踌躇〔一〕？直为亲旧故，未忍言索居〔二〕。良辰入奇怀，挈一作策杖还西庐①〔三〕。荒涂无归人，时时见一作有废墟〔四〕。茅茨已就治，新畴复旧原作应，和陶本作旧畲②〔五〕。谷风转凄薄，春一作嘉醪解饥劬〔六〕。弱女虽非男，慰情良一作殊胜无〔七〕。栖栖世中事，岁月共相疏〔八〕。耕织称其用，过此奚所须〔九〕？去去百年外，身名同翳如〔一〇〕。

【校勘】

①挈杖：一作"策杖"，意谓扶杖，未佳。此时遇良辰而高兴，不觉提杖而行，故曰挈杖。　②旧：原作"应"，今据和陶本改。"新畴复应畲"，费解。

【题解】

"刘柴桑"，柴桑令刘遗民也，现将其资料胪列于下：一、慧远《刘公传》："刘程之，字仲思。彭城人，汉楚元王裔也。承积庆之重粹，体方外之虚心。百家渊谈，靡不游目。精研佛理，以期尽妙。陈郡殷仲文、谯国桓玄，诸有心之士，莫不崇拭。禄寻阳柴桑，以为入山之资。未旋几时，桓玄东下，格称永始。逆谋始，刘便命孥，考室林薮。义熙公侯咸辟命，皆逊辞以免。九年，太尉刘公知其野志冲邈，乃以高尚人望相礼，遂其初心。居山十有二年卒。有说云：入山以后，自谓是国家遗弃之民，故改名遗民也。"（唐释元康《肇论疏》引）二、《广弘明集》卷二七慧远《与隐士刘遗民等书》注："彭城刘遗民以晋太元中除宜昌、柴桑二县令。值庐山灵邃，足以往而不反，遇沙门释慧远可以服膺。丁母忧，去职入山，遂有终焉之志。于西林涧北别立禅坊，养志闲处，安贫不营货利。是时闲退之士轻举而集者若宗炳、张野、周续之、雷次宗之徒咸在会焉。遗民与群贤游处，研精玄理，以此永日。……在山一十五年，自知亡日，与众别已，都无疾苦。至期，西面端坐，敛手气绝，年五十有七。"三、宋刘义庆《宣验记》："刘遗民，彭城人。……家贫，卜室庐山西林中。体常多病，不以妻子为心，绝迹往来，精思禅业。"四、沈约《宋书·周续之传》：续之入庐山，"时彭城刘遗民遁迹庐山，陶渊明亦不应征命，谓之'寻阳三隐'"。五、萧统《陶渊明传》："时周续之入庐山，事释慧远；彭城刘遗民，亦遁迹匡山；渊明又不应征命，谓之'寻阳三隐'。"六、《莲社高贤传》："刘程之，字仲思。彭城人，汉楚元王之后。妙善老庄，旁通百氏。少孤，事母以孝闻。自负才，不预时俗，初解褐为府参军。谢安、刘裕嘉其贤，相推荐，皆力辞。……刘裕以其不屈，乃旌其号曰遗民。……卧床上，西面，合手而绝。……时义熙六年也，春秋五十九。"（宛委山堂本《说郛》卷五七）七、《隋书·经籍志》：梁有"柴桑令《刘遗民集》五卷，录一卷"。八、白居易《宿西林寺》："木落天晴山翠开，爱山骑马入山来。心知不及柴桑令，一宿西林便却回。"注："柴桑令，刘遗民也。"

【编年】

刘遗民于晋安帝元兴元年（四〇二）隐于庐山西林。诗曰"山泽久见招"，则必作于此年之后。诗又曰"新畴复旧畬"，田三岁曰"畬"。渊明于义熙元年（四〇五）冬作《归去来兮辞》，设想次年春之农事曰："农人告余以春及，将有事于西畴。"有事西畴时在义熙二年（四〇六），至义熙五年（四〇九）恰为三年。又曰"挈杖还西庐"，据《汉书·食货志》："庐，田中屋也。"然则，"西庐"当即西田之庐。渊明有《庚戌岁九月中于西田获早稻》，庚戌岁当义熙六年

（四一〇），此年秋渊明在西田力耕，并住西庐。此秋前后一段时间内或亦住西庐，揣测诗意，或渊明曾往庐山访刘柴桑，刘复招入山泽，而渊明未允。此诗作于归西庐之后。兹系此诗于晋安帝义熙五年己酉（四〇九）。

【笺注】

〔一〕山泽久见招，胡事乃踌躇：意谓久已被招隐入山泽，因何事而踌躇不往乎？曰"久见招"者，此前（义熙二年）已招渊明入山，渊明未肯，作《酬刘柴桑》。刘复招之，故此诗曰"久见招"也。李注："时遗民约靖节隐山结白莲社，靖节雅不欲预其社列，但时复往还于庐阜间。"《莲社高贤传》："远法师与诸贤结莲社，以书招渊明。渊明曰：'若许饮则往。'许之，遂造焉。忽攒眉而去。"

〔二〕直为亲旧故，未忍言索居：意谓只为亲旧之故，而未忍言离群索居也。直：但，仅只。《世说新语·赏誉》："简文道王怀祖：'才既不长，于荣利又不淡，直以真率少许，便足对人多多许。'"索居：《礼记·檀弓上》："子夏曰：'吾离群而索居，亦已久矣。'"郑注："索，犹散也。"亲旧：亲戚故旧。《三国志·魏书·王朗传》："收恤亲旧。"嵇康《与山巨源绝交书》："时与亲旧叙阔，陈说平生。"渊明《五柳先生传》："亲旧知其如此，或置酒而招之。"《与子俨等疏》："亲旧不遗，每以药石见救。"

〔三〕良辰入奇怀，挈杖还西庐：良辰入怀，言物境与人心之合一。襟怀本无所谓奇与不奇，逢良辰而精神倍爽，不同往常，渊明用"奇怀"二字言之。挈：提起。挈杖：提杖而行。良辰入怀，故无须拄杖也。西庐：西田中之庐舍。据《庚戌岁九月中于西田获早稻》："盥濯息檐下，斗酒散襟颜。"知渊明于西田中有庐舍。渊明有几处田庄,此其一也。何注:“指上京之旧居。”丁《笺注》:“此乃指自上京移居至南村而言。”均恐非是。

〔四〕荒涂无归人,时时见废墟:写归西庐途中所见。废墟:已荒芜破败之村庄。渊明《归园田居》其四:“试携子侄辈,披榛步荒墟。徘徊丘垄间,依依昔人居。”盖当时废墟颇多见也。

〔五〕茅茨已就治,新畴复旧畬(yú):意谓茅屋、新田与旧田均已整治就绪。茅茨:茅草盖顶之房屋。新畴:新田。畬:开垦过三年之旧田。《尔雅·释地》:“田,一岁曰菑,二岁曰新田,三岁曰畬。”郝懿行义疏:“畬者,田和柔也。孙炎曰:‘新田,新成柔田也。……畬,和也,田舒缓也。盖治田三岁,则陈根悉拔,土脉膏肥。’”郝懿行又引孙炎曰:“菑,始灾杀其草木也。”

〔六〕谷风转凄薄,春醪解饥劬(qú):意谓当东风转冷时,聊以酒解饥劳也。谷风:《尔雅·释天》:“东风谓之谷风。”凄:寒凉。薄:《楚辞·九辩》:“憯凄增欷兮,薄寒之中人。”张铣注云:“薄,迫也,有似迫寒之伤人。”古《笺》:“谷风宜和,而反寒,故曰‘转凄薄’。”劬:劳也。

〔七〕弱女虽非男,慰情良胜无:吴注引王棠曰:“柴桑有女无男,潜心白业,酒亦不欲,想必以无男为憾,故公以达者之言解之。”但刘遗民并非无男,慧远《刘公传》曰:“刘便命孥,考室林薮。”《广弘明集》所载释慧远《与隐士刘遗民等书》注亦曰:“即土为墓,勿用棺椁,子雍从之。”且刘遗民“不以妻子为心”(《宣验记》)。此说似难通。且此诗前后皆表白自己生活与心情,中间忽插入安慰刘遗民之语,亦嫌突兀。另一说,谓春醪虽薄,聊胜于无,不仅可解饥劬,亦可慰情也。李注引赵泉山曰:"'谷风转凄薄'四句,虽出于一时之谐谑,亦可谓巧于处穷矣。以'弱女'喻酒之醨薄,饥则濡枯肠,寒则若挟纩,曲尽贫士嗜酒之常态。"古《笺》:"《魏志·徐邈传》:'(时科禁酒,而邈私饮至于沉醉,校事赵达问以曹事,邈曰"中圣人"。达白之太祖,太祖甚怒。渡辽将军鲜于辅进曰:)平日醉客,谓酒清者为圣人,浊者为贤人。(邈性修慎,偶醉言耳。竟坐得免刑。)'《世说(术解)》:'桓公有主簿,善别酒,(有酒辄令先尝,)好者谓"青州从事",恶者谓"平原督邮"。(青州有齐郡,平原有鬲县;"从事"言到脐,"督邮"言在鬲上住。)'魏晋人每好为酒品目,靖节亦复尔尔。"霈案:以圣人、贤人喻酒之清浊,或以青州、平原喻酒之善否,皆有说也,古《笺》删节,难见全貌,兹已补完。而以女、男喻酒之薄否,有何说耶?方东树《昭昧詹言》曰:"无论陶公无此险薄轻儇笔意,而于诗亦气脉情景俱浇漓矣。"陶澍注曰两说皆通,霈则曰两说皆未圆满,姑存疑,以俟高明。

〔八〕栖栖世中事,岁月共相疏:意谓世间之事栖栖不定,随岁月之流逝,世事与我互相疏远益甚矣。栖栖:忙碌不安貌。《论语·宪问》:"微生亩谓孔子曰:'丘何为是栖栖者与?无乃为佞乎?'"渊明《饮酒》其四:"栖栖失群鸟,日暮犹独飞。"疏:远。陶澍注引何焯曰:"我弃世,世亦弃我也。"

〔九〕耕织称(chèn)其用,过此奚所须:意谓只求衣食满足所用,过多非所须求也。称:相当、符合。须:要求、须求。《广韵》:"须,意所欲也。"

〔一〇〕去去百年外,身名同翳(yì)如:意谓人死之后,身名没灭消失,不复为人所知,衣食之需更勿多求也。去去:曹植《杂诗》:"去去莫复道,沉忧令人老。"渊明《饮酒》其十二:"去去当奚道，世俗久相欺。”百年：指一生。《列子·杨朱》：“百年，寿之大齐。”人寿罕过百岁，故以百年为死之婉称。翳：灭也。陆机《愍怀太子诔序》：“伤我惠后，寂焉翳灭。”又，陆机《吊魏武帝文》：“苟形声之翳没，虽音景其必藏。”翳如：犹言“翳然”，没灭消失貌。

【析义】

渊明本已隐居家中，遗民复招以何事耶？盖刘遗民于元兴元年（四〇二）入庐山，并与慧远等一百二十三人共立誓愿，则是已皈依佛门矣。遗民当是招渊明入庐山，离家人而“索居”，渊明不肯，故《酬刘柴桑》及此诗颇言隐居及与亲旧家人团聚之乐。渊明之隐居乃离开仕途与世俗，退隐田园从事躬耕，而未脱离人间，仍与亲友、邻居相往还，此所谓“结庐在人境”也。此诗所谓：“去去百年外，身名同翳如。”《酬刘柴桑》所谓：“今我不为乐，知有来岁不？”均表明其不虑来生之意，非如刘遗民之离群索居、期往生极乐世界也。

张荫嘉《古诗赏析》曰：“此诗别刘归家和刘之作，只起处略带及刘，下皆述己怀抱。”渊明既不求显达，亦不预佛门，结庐人境，躬耕守拙，亲旧不遗。此诗可见其怀抱。

酬刘柴桑一首

穷居寡人用，时忘四运周〔一〕。门原作榈，注一作门，又作空，或作檐庭多落叶[①]，慨然知已秋〔二〕。新葵郁北牖原作墉，注一作牖[②]，嘉穟养一作卷，又作眷南畴[③]〔三〕。今我不为乐，知有来岁不〔四〕？命室携童弱，良日一作曰登远游[④]〔五〕。

【校勘】

①门：原作“榈”，费解。底本校曰“一作门”，今从之。　②牖：原作“墉”，城墙也，高墙也，于义稍逊。底本校曰“一作牖”，今从之。和陶本亦作“牖”。　③养：一作“卷”，又作“眷”，皆形近致讹。　④日：一作“曰”，形近致讹。

【题解】

“刘柴桑”，刘遗民。“酬”，亦答也。

【编年】

约作于晋安帝义熙二年丙午（四〇六）秋。刘柴桑即刘程之，字仲思，曾为柴桑令，隐居庐山，自号遗民。约渊明入山，渊明不肯，以诗答之。诗写躬耕之事、天伦之乐，曰“穷居寡人用”、“嘉穟养南畴”、“命室携童弱，良日登远游”，与《归园田居》：“野外罕人事，穷巷寡轮鞅”、“开荒南野际，守拙归园田”、“试携子侄辈，披榛步荒墟”等句大意相同，盖同时所作。诗曰“命室携童弱”，此年其幼子十六岁，正相吻合。

【笺注】

〔一〕穷居寡人用，时忘四运周：意谓居处偏僻少有人来，四季之更替时或忘矣。穷居：偏僻之居室。用：行也，见《方言》。寡人用：少人行，少有人往来，与《归园田居》其二“穷巷寡轮鞅”意同。四运周：《庄子·知北游》：“阴阳四时运行，各得其序。”

〔二〕门庭多落叶，慨然知已秋：意谓见落叶而慨然知已秋矣。古《笺》引《淮南子·说山训》：“以小明大，见一叶落而知岁之将暮。”慨然：有感叹流光易逝、岁月不待之意。

〔三〕新葵郁北牖，嘉穟（suì）养南畴：意谓北窗外新葵茂盛，南畴间禾实饱满。渊明喜食葵，其《止酒》曰：“好味止园葵。”葵：蔬菜名，乃古代重要蔬菜之一。《诗·豳风·七月》：“七月烹葵及菽。”《齐民要术》列为蔬类。郁：盛貌。牖：窗。穟：《说文》：“禾采之貌。”采者，《说文》曰：“禾成秀，人所收者也。”段注：“采（suí）与秀古互训。”然则“穟”即禾秀之貌。嘉穟：禾实饱满者也。养：育。南畴：位于居处南边之一片田地。参看渊明《归园田居》其一“开荒南野际”，此南畴或系新开垦之田。

〔四〕今我不为乐，知有来岁不：古《笺》引《诗·唐风〈蟋蟀〉》：“今我不乐，日月其除。”

〔五〕命室携童弱，良日登远游：意谓携带子侄，佳日远游为乐。室：妻室。童弱：指子侄等。登：成。登远游：实现远游。

【析义】

此诗写隐居之乐，与《和郭主簿》其一旨趣略同。题曰《酬刘柴桑》，而不及酬答之意，全是自抒情怀。

和郭主簿二首

蔼蔼堂前一作北林〔一〕，中夏贮一作复，又作驻，又作伫清阴①〔二〕。凯风因时来〔三〕，回飙开我襟一作心②〔四〕。息交一作友游闲业③，卧起弄书琴一云息交逝闲卧，坐起弄书琴。逝一作誓，坐起一作起坐④〔五〕。园蔬有馀滋〔六〕，旧谷犹储今〔七〕。营已良有极，过足非所钦〔八〕。春秫作美酒〔九〕，酒熟吾自斟。弱子戏我侧一作前〔一〇〕，学语未成音。此事真复乐，聊用忘华簪〔一一〕。遥遥望白云，怀古一何深〔一二〕！

【校勘】

①贮:一作"复",又作"驻",又作"伫",均通,但于义以"贮"为佳。 ②襟:一作"心",亦通,然作"襟"为佳。 ③交:一作"友",形近而讹。游闲业:一作"逝闲卧",于义为逊。 ④卧起:一作"坐起",又作"起坐",于义稍逊。

【题解】

"郭主簿",不详。"主簿",官名,详《怨诗楚调示庞主簿邓治中》题解。

【编年】

诗曰:"弱子戏我侧,学语未成音。"姑以"弱子"为幼子佟,是年二岁,则此诗约作于晋孝武帝太元二十一年丙申(三九六)。此题共二首,当为同年所作,一作于夏,一作于秋。

【笺注】

〔一〕蔼蔼:茂盛貌。

〔二〕中夏:仲夏。贮:贮存。清阴可贮,以备取用。"贮"字妙绝。

〔三〕凯风因时来:意谓南风按时而来。凯风:南风,见《尔雅·释天》。繁钦《定情诗》:"凯风吹我裳。"

〔四〕回飙:回风。《尔雅·释天》:"回风为飘。"案:"飘"通"飙"。

〔五〕息交游闲业,卧起弄书琴:意谓停止交游,浏览正典以外之闲书;随时以书琴为戏,并不刻意钻研。渊明《五柳先生传》:"好读书,不求甚解。"《读山海经》:"泛览周王传,流观山海图。"闲业:对正业而言。《礼记·学记》:"教必有正业。"孔疏:"正业,谓先王正典,非诸子百家。"游:《论语·述而》:"志于道,据于德,依于仁,游于艺。"集解:"艺,六艺也。不足据依,故曰游。"卧起:陶澍注:"《(汉书)苏武传》:'卧起操持。'"意谓时不离手。弄:戏。

〔六〕园蔬有馀滋:意谓自己园中之蔬菜格外有味,或谓其繁滋有馀。馀滋:馀味。古《笺》引《(礼记)檀弓》:"丧有疾,食肉饮酒,必有草木之滋(焉)。"郑注:"增以香味。"又,"滋",王叔岷《笺证稿》释为"繁滋",苏武诗:"泪为生别滋。"逯钦立注引《国语·齐语》注:"滋,长也。"《文选·思玄赋》注:"滋,繁也。"

〔七〕旧谷:《论语·阳货》:"旧谷既没,新谷既升。"

〔八〕营己良有极,过足非所钦:意谓营求自身之衣食诚然有限,并无过分之希求也。渊明《庚戌岁九月中于西田获早稻》:"人生归有道,衣食固其端。孰是都不营,而以求自安。"衣食确须谋求经营,但称用即可,不可过分。《和刘柴桑》曰:"耕织称其用,过此奚所求。"《杂诗》其八:"岂期过满腹,但愿饱粳粮。"与此诗意近。

〔九〕秫(shú):黏稻。萧统《陶渊明传》:"公田悉令吏种秫,曰:'吾常得醉于酒,足矣!'妻子固请种粳,乃使二顷五十亩种秫,五十亩种粳。"

〔一〇〕弱子:幼子、少子。

〔一一〕此事真复乐,聊用忘华簪:意谓上述之生活情事真是快乐,可赖以忘掉富贵荣华。复:助词,起补充或调节音节之作用。聊:依赖,凭借。《荀子·子道》:"古之人有言曰:'衣与!缪与!不女聊。'"杨倞注:"聊,赖也。"用:以。华簪,华贵之发簪。簪:古人用以绾住发髻或连冠于发之用品。左思《招隐》:"聊欲投吾簪。"投簪表示弃官,与"忘簪"意近。

〔一二〕遥遥望白云,怀古一何深:意谓遥望白云,而缅怀古代安贫乐道之高士。一:助词,用以加强语气。《战国策·燕策一》:

"此一何庆吊相随之速也。"

和泽一作风周一作同三春[①],清凉素秋节原作华华凉秋节,注一作清凉华秋节,又作清凉素秋节[②][一]。露凝无游氛,天高风一作肃景澈一作冽[③][二]。陵一作凌,又作峻岑耸逸峰[④],遥瞻皆奇绝[三]。芳菊开林耀[四],青松冠岩列。怀此贞秀姿[五],卓为霜下杰[⑤]。衔觞念幽人,千载抚尔诀[六]。检一作俭素不获展[⑥],厌厌竟良一作终月[⑦][七]。

【校勘】

① 和泽:一作"和风",亦通。周:一作"同",恐非。诗中所写"露凝"、"风景澈"、"霜下杰",皆不同于春景也。 ② 清凉素秋节:原作"华华凉秋节",底本校曰"一作清凉华秋节,又作清凉素秋节",今取"清凉素秋节"。 ③ 风:一作"肃"。澈:一作"冽",亦通。 ④ 陵:一作"凌",又作"峻",于义皆稍逊。 ⑤ 霜:绍兴本作"山",注一作"霜"。作"山"难通,此松"冠岩列",不可谓"山下杰"。 ⑥ 检:一作"俭",非是。 ⑦ 良:一作"终",非是。

【笺注】

〔一〕和泽周三春,清凉素秋节:此诗写秋,先以春陪衬。意谓春天和泽,而秋来何其清凉也。和泽:温和湿润。周:遍。三春:春季之三个月。素秋:《文选》张华《励志》:"四气鳞次,寒暑还周。星火既夕,忽焉素秋。"李善注引《尔雅》:"秋为白藏,故云素秋。"《三国志·蜀书·郤正传》:"朱阳否于素秋,玄阴抑于孟春。"

〔二〕露凝无游氛,天高风景澈:形容秋高气爽。露凝:露水凝结为霜。蔡邕《释诲》:"蕤宾统则微阴萌,蒹葭苍而白露凝。"陆机《为顾彦先作》:“肃肃素秋节,湛湛浓露凝。”氛:气。游氛:指云气。潘岳《秋兴赋》:“游氛朝兴,槁叶夕陨。”风景澈:言秋天之空气与光线给人以透明澄清之感。

〔三〕陵岑耸逸峰,遥瞻皆奇绝:因为风景澄澈,山峰清晰,似觉更高更奇。奇绝:言山峰之奇异达到极点。岑:《说文》:“山小而高。”逸:特出。

〔四〕芳菊开林耀:黄文焕《陶诗析义》曰:“秋来物瘁,气渐闭塞,林光黯矣。惟此孤芳,足以开景色,而生全林之光耀。”言菊花之灿烂,使树林顿觉开朗明亮。王叔岷《笺证稿》曰:“‘开林耀’,疑本作‘耀林开’。‘芳菊耀林开’,与‘青松冠岩列’相俪。两句第三字以耀、冠对言。谢灵运《日出东南隅行》:‘柏梁冠南山,桂宫耀北泉。’江淹《杂体诗·拟谢仆射游览》:‘时菊耀岩阿,云霞冠秋岭。’并同此例。”逯钦立注亦曰:“开林耀,当作耀林开,与冠岩列对文。”

〔五〕贞:正。曹植《赠丁仪王粲》:“欢怨非贞则,中和诚可经。”

〔六〕衔觞念幽人,千载抚尔诀:意谓念及自古以来之隐者,亦皆遵循松菊之法,以保持高洁也。觞:酒杯。衔觞:饮酒。幽人:隐者。抚:循,彷效。《后汉书·杜笃传》:“规龙首,抚未央,视平乐,仪建章。”李贤注:“或云‘抚’亦‘模’。……谓光武规模而修理也。”诀:法。

〔七〕检素不获展,厌厌竟良月:意谓自检平素之情志而不得展,惟安然静居,终此良好之季节。检:寻求。《后汉书·张衡传》:“收检遗书。”素:《汉书·邹阳传》:“披心腹,见情素。”师古注:“见,显示之也。素,谓心所向也。”不获展:不得伸展。厌厌:《诗·小雅·湛露》:“厌厌夜饮。”传:“厌厌,安静也。”良月:古《笺》引《左传》庄公十六年:“使以十月入,曰良月也。”

【析义】

两诗写法不同:其一,“堂前林”、“凯风”、“回飙”等客观之物皆与渊明建立亲切体贴之关系,或为之贮阴,或为之开襟,宛若朋友一般。其二,多有象征意象,如秋菊、青松,皆象征高洁坚贞之人格。但两诗皆以怀念古之幽人作结,“衔觞念幽人”犹“怀古一何深”也。而“检素不获展”则又进一层,己之情素竟不得展,感慨益深矣。

于王抚军座送客一作座上①

冬日凄且厉②,百卉具已腓〔一〕。爰以履霜节,登高饯将归〔二〕。寒气冒山泽〔三〕,游云倏一作永无依③〔四〕。洲渚思绵一作四缅邈④,风水互乖违〔五〕。瞻夕欲一作欣良讌⑤,离言聿云悲〔六〕。晨鸟暮来还一作晨鸡总来归⑥,悬车一作崖敛馀晖⑦〔七〕。逝原作游,注一作逝止判殊路⑧,旋驾怅迟迟〔八〕。目送回舟远一作往⑨,情随万化遗〔九〕。

【校勘】

①送客:一作“座上”,亦通。 ②冬:李注本作“秋”,陶注本从之。然本书底本及曾集本、和陶本、绍兴本、汤注本均无异文。李注本后出,恐不足据。 ③倏:一作“永”,亦通。 ④思绵邈:一作“四缅邈”,意谓洲渚四周环水,水面宽广遥远,亦通。⑤欲:一作“欣”,意谓欣此良宴,亦通。 ⑥晨鸟暮来还:一作“晨鸡总来归”,于义稍逊。 ⑦车:一作“崖”,恐非是。 ⑧逝:原作“游”,底本校曰“一作逝”,今从之。 ⑨远:一作“往”,于义稍逊。

【题解】

“王抚军”，指王弘。《宋书·王弘传》：王弘字休元，义熙十四年“迁监江州、豫州之西阳、新蔡二郡诸军事，抚军将军，江州刺史”。“客”，指豫章太守谢瞻，西阳太守、太子庶子庾登之。《文选》卷二〇有谢宣远（瞻）《王抚军庾西阳集别时为豫章太守庾被征还东》一首。李善注：“沈约《宋书》曰：王弘为豫州之西阳、新蔡诸军事，抚军将军，江州刺史。庾登之为西阳太守，入为太子庶子。集序曰：‘谢还豫章，庾被征还都，王抚军送至湓口南楼作。’”陶《考异》曰：“今《文选》瞻序仅纪三人，无先生名字，岂宋本有之，今本夺去耶？”古《笺》：“《文选》谢宣远《王抚军庾西阳集别作》云：‘方舟析旧知，对筵旷明牧。’李善注：‘旧知，庾也。明牧，王抚军也。’止纪二人。”王叔岷《笺证稿》：“谢诗‘方舟新旧知’，李善注：‘旧知，庾也。’新知，盖谓陶公。则谢诗所纪，实休元、登之、陶公及瞻自己四人。”录以备考。

【编年】

刘裕还彭城在义熙十四年正月，宋台之建在此年六月。据《宋书》卷四四《谢晦传》及《宋书》卷五六《谢瞻传》：宋台初建，谢晦为右将军，时谢瞻尚在家，则谢瞻之任豫章太守必在义熙十四年之六月以后。王弘既在江州与谢瞻、庾登之集别，则谢瞻之赴任又在王弘赴江州之后，且在王弘结识渊明之后。谢瞻《王抚军庾西阳集别时为豫章太守庾被征还东》曰：“祗召旋北京，守官反南服。”既曰“反”，则非初次上任。或上任后曾入都又南返，途经江州，适值庾登之由西阳入为太子庶子，亦经江州。王弘遂邀谢、庾及渊明集别。检《宋书》卷五三《庾登之传》，其入为太子庶子时间不确定。但据《宋书·武帝纪》，元熙元年十二月刘裕之世子义符为宋太子，元熙二年六月刘裕即位改元永初，八月义符被立为皇太子，庾登之入为太子庶子，必在义熙元年十二月之后。兹系此诗于宋武帝永初元年庚申（四二〇）。

【笺注】

〔一〕冬日凄且厉，百卉具已腓（féi）：意谓冬季风寒且急，百草均已枯黄。古《笺》："《小雅（四月）》：'秋日凄凄，百卉具腓。'毛传：'凄凄，凉风也。（卉，草也。）腓，病也。'《文选（曹子建洛神赋）》注：'厉，急也。'"案：此二句借用《四月》字句以写冬景。

〔二〕爰以履霜节，登高饯将归：意谓以此践霜之季节，登高饯别将归之人。爰：助词，起补充音节作用。履霜：《诗·魏风·葛屦》："纠纠葛屦，可以履霜。"

〔三〕冒：覆盖。

〔四〕游云倏无依：形容游云忽聚忽散，飘忽不定。渊明《咏贫士》其一："万族各有托，孤云独无依。"

〔五〕洲渚思绵邈，风水互乖违：意谓离思广远，弥漫洲渚；风水阻隔，友人分离。洲渚：《尔雅·释水》："水中可居者曰洲。小洲曰渚。"绵邈：广远貌。左思《吴都赋》："岛屿绵邈。"乖违：分离。

〔六〕瞻夕欲良讌，离言聿云悲：意谓目瞻日夕欲成良宴，而离别之言令人悲伤。"聿"、"云"，皆语助词。《诗·小雅·小明》："岁聿云暮。"

〔七〕晨鸟暮来还，悬车敛馀晖：承上瞻夕，写日夕景色。悬车：指黄昏之前。《淮南子·天文训》："日出于旸谷，……至于悲泉，爰止其女，爰息其马，是谓悬车。至于虞渊，是谓黄昏。"敛馀晖：夕日收起馀光。

〔八〕逝止判殊路，旋驾怅迟迟：意谓行者送者路各不同，回驾迟迟怅然而归。逝止：谓行者与留者。羊徽《答丘泉之诗》："自兹乖互，属有逝止。"判：分。

〔九〕目送回舟远，情随万化遗：意谓既已目送回舟远去，则离情亦随万化而遗落，不复滞于心中矣。万化：古《笺》引《庄子·大宗师》："若人之形者，万化而未始有极也。"霈案：渊明每言"化"，如"纵浪大化中"（《神释》），"迁化或夷险"（《五月旦作和戴主簿》），"形骸久已化"（《连雨独饮》），"聊且凭化迁"（《始作镇军参军经曲阿》），"形迹凭化往"（《戊申岁六月中遇火》）。盖自渊明视之，万物莫不处于变化之中，人之形骸亦复如是，故不必为离别而悲伤也。

【析义】

前八句景语，后八句情语，淡而有味。方东树《昭昧詹言》云："景与情俱带画意。"黄文焕《陶诗析义》曰："钟情语以遣情结，最工于钟情。"

与殷晋安别一首并序

殷先作晋安南府长史掾，因居浔阳①。后作太尉参军，移家东下，作此以赠。

游好非久一作少长②，一遇尽一作定殷勤③〔一〕。信宿酬清话，益复知为亲〔二〕。去岁家南里，薄作少时邻〔三〕。负杖肆游从，淹留忘宵晨〔四〕。语默自殊势，亦知当乖分〔五〕。未谓事已及④，兴言在兹春〔六〕。飘飘西来风，悠悠东去一作归东云⑤〔七〕。山川千里外，言笑难为因〔八〕。良才一作才华不隐世⑥，江湖多贱贫〔九〕。脱有经过便，念来存故人〔一〇〕。

【校勘】

①殷先作晋安南府长史掾,因居浔阳:此二句颇费解,疑有误,未敢确定,姑言之,聊备一说。晋安:郡名,属江州,地当今福建泉州一带。南府:镇南将军府之简称,治所在江州浔阳,位于首都建康之南,故称。长史:南朝凡刺史之带将军开府者,其幕府亦设长史。然则,"南府长史"四字应连读。掾:古代属官之通称。长史不置属员,下不设掾,此"掾"当系南府之掾。据"殷先作晋安南府长史掾",似乎殷既任晋安郡太守,复兼任南府长史,又兼任南府掾。但晋安郡与南府所在之江州浔阳相去甚远,任晋安太守而居浔阳,颇费解;郡太守与长史或掾,官阶高下悬殊;同在一南府,既任长史又兼掾,三职如此兼法殊不合情理也。疑文字有颠倒,应作:"殷晋安先作南府长史掾,因居浔阳。""晋安"者,或系殷之名(或字)也,非殷之官职。诗题《与殷晋安别》,直称其姓名,而不称官职,有《示周续之祖企谢景夷三郎》之例。或殷某原曾任晋安太守,此以其原先官阶较高之职位称之。 ②久长:一作"少长",亦通。王叔岷《笺证稿》曰:"'久长'与'一遇'对言,较佳。" ③尽:一作"定",于义稍逊。 ④未谓:和陶本作"禾黍",非是。 ⑤东去:一作"归东",于义稍逊。 ⑥良才:一作"才华",亦通。

【题解】

吴《谱》于晋安帝义熙七年(四一一)下曰:"有《与殷晋安别》诗。其序云:'殷先作晋安南府长史掾,因居寻阳。后作太尉参军,移家东下,作此以赠。'按《宋武帝纪》,此年改授太尉。又按《殷景仁传》,为宋武帝太尉行参军。则所谓殷晋安,即景仁也。先生方避世,而景仁乃就辟,故其诗云:'语默自殊势,亦知当乖分。'又云:'兴言在兹春。'则此诗在春月作。"李公焕《笺注》于诗题下注曰:

"景仁名铁。"或据吴《谱》。陶澍注:"《南史·刘湛传》:'刘敬文之父,诣殷景仁求郡。敬文谢湛曰:"老父悖耄,遂就殷铁干禄。"'此景仁名铁之证也。"陶《考异》于义熙七年下曰:"裕辟景仁事在三月。诗题下原注云:'景仁名铁。'考《刘湛传》,湛党刘敬文父成,诣殷景仁求郡,敬文谢湛曰:'老父悖耄,遂就殷铁干禄。'又《南史·范泰传》:泰卒,议赠开府,殷景仁曰:'泰素望未重,不可。'王弘抚棺哭曰:'君生平重殷铁,今以此为报。'刘知幾《史通·模拟篇》曰:'凡列姓名,罕兼其字。苟前后互举,则观者自知。……(至)裴子野《宋略》亦然。(何者?)上书桓玄,则下云敬道;后叙殷铁,则先著景仁。'此必殷本名铁,后或以字行耳。"古《笺》引《文选》注:"王隐《晋书》曰:'晋安郡,太康三年置,即今之泉州也。'"直案:"唐泉州,今福州府,洪亮吉《乾隆府厅州县图志》曰:'福州府,三国吴属建安郡,晋太康三年始分置晋安郡,属扬州,后属江州。'《通典》卷三十三:'秦置郡丞,其郡当边戍者,丞为长史,掌兵马。汉因而不改。其后长史遂为军府官。'"

霈案:今存几种宋刊本,如《东坡先生和陶渊明诗》、汲古阁藏宋刊十卷本、绍兴本、曾集本、汤注本,于诗题下均无"景仁名铁"之注,此注乃李公焕所加,非渊明自注也。李公焕可能是根据吴《谱》,而吴《谱》只是推测,并无确凿根据。兹据《宋书·武帝纪》,参照《资治通鉴》,刘裕于晋义熙七年三月始受太尉、中书监。《通鉴》于义熙七年下明言:"三月,刘裕始受太尉、中书监,以刘穆之为太尉司马,陈郡殷景仁为行参军。"倘此诗之"殷晋安"果为殷景仁,只能作于义熙七年。然考《宋书》卷六三《殷景仁传》:"景仁少有大成之量,司徒王谧见而以女妻之。初为刘毅后军参军,高祖太尉行参军。"未言任晋安郡太守及南府长史掾。考《资治通鉴》,刘毅任后军将军在义熙六年五月。然则殷景仁于义熙六年五月后初仕为刘毅参军，七年三月即改任刘裕太尉行参军，断无在此十个月内又曾任晋安太守及南府长史掾之理。而且《资治通鉴》明言：义熙六年“五月，戊午，毅与（卢）循战于桑落洲，毅兵大败，……丙寅，（毅）至建康，待罪。裕慰勉之，使知中外留事。毅乞自贬，诏降为后将军。……十月，裕帅兖州刺史刘藩、宁朔将军檀韶、冠军将军刘敬宣等南击卢循，以刘毅监太尉留府，后事皆委焉。……十二月，……裕还建康。刘毅恶刘穆之，每从容与裕言穆之权太重，裕益亲任之”。义熙七年四月“毅求兼督江州，诏许之。……毅以亲将赵恢领千兵守寻阳……”据此可知刘毅任后将军期间一直在建康，而未曾到过寻阳，然则殷景仁为其参军亦不可能住在寻阳。何况，《资治通鉴》载：卢循在义熙六年趁刘裕北伐之际自岭南进军长沙、南康、庐陵、豫章。二月，“何无忌自寻阳引兵拒卢循”。三月，败死，此后直至八月，寻阳均在卢循手中。八月，江州刺史庾悦始破卢循兵，进据豫章。义熙七年四月刘毅才从庾悦手中接管江州，而此年三月殷晋安已任太尉刘裕参军。殷景仁根本无居住寻阳之可能。渊明诗中所谓“殷晋安”定非殷景仁也。

然则殷晋安果系何人？并无史料足资考证，暂付阙如为宜。

【编年】

晋安帝义熙七年（四一一）三月，刘裕始受太尉。殷作太尉参军，自寻阳移家东下，当在此后。究竟何年？不能肯定。

【笺注】

〔一〕游好非久长，一遇尽殷勤：意谓彼此交游相善时日非长，仅一遇而倾心也。《南史·庾杲之传》：“时诸王年少，不得妄称接人，敕杲之及济阳江淹五日一诣诸王，使申游好。”殷勤：情意恳切。司马迁《报任安书》：“夫仆与李陵俱居门下，素非相善也。趣舍异路，未尝衔杯酒接殷勤之欢。”

〔二〕信宿酬清话，益复知为亲：意谓一再对答交谈，更知是密友也。一宿曰宿，再宿曰信。酬：答。清话：谈话不染世俗，清高雅洁。王叔岷《笺证稿》曰："盖《移居》诗'抗言谈在昔'之类，与'清谈'当有别。魏、晋人士好清谈，陶公则不尔。"

〔三〕去岁家南里，薄作少时邻：意谓去岁家于南里时，曾短期为邻。各家之注多据此句，谓此诗乃移居南村后一年所作。然此句之主语或系殷晋安，意谓去岁殷来居南村遂结邻矣，诗序"因居浔阳"可证。此句主语或兼指自己与殷双方，而不一定指自己始迁来南村。不能据此一句推定此诗作于《移居》诗之后一年也。薄：助词，用于句首，相当于"夫"、"且"。

〔四〕负杖肆游从，淹留忘宵晨：写彼此过从之密，交往之欢。负杖：古《笺》："《礼记（檀弓）》郑注：'加其杖颈上。'"不拄杖而担之，兴高而步健也，与《和刘柴桑》所谓"挈杖"相近。肆：纵情。游从：结伴同游。淹留：久留。

〔五〕语默自殊势，亦知当乖分：意谓彼此一显达，一隐沦，势态本自不同，故亦知终当分离也。语默：显与不显。丁《笺注》："《周易（系辞）》：'君子之道，或出或处，或语或默。'"渊明《命子》："时有语默，运因隆窊。"

〔六〕未谓事已及，兴言在兹春：承上句意谓虽知终当分离，但未谓如此之遽，事已速至，起于今春，离别在即矣。兴：起也。言：语助词。

〔七〕飘飘西来风，悠悠东去云：殷晋安东下，故以"西来风"、"东去云"写别情。

〔八〕山川千里外，言笑难为因：意谓山川远隔，难以言笑为亲矣。徐复引《广雅·释诂三》："因，亲也。"王念孙疏证《大雅·皇矣》："因心则友。"《丧服传》："继母之配父，与因父同。"毛传、郑注并云:“因,亲也。”

〔九〕良才不隐世,江湖多贱贫:上句言殷晋安,下句言自己。

〔一〇〕脱有经过便,念来存故人:意谓倘有便经过浔阳,勿忘来问候故人也。脱:倘若、或许。《后汉书·李通传》:“事既未然,脱可免祸。”《世说新语·赏誉》:“济(王济)脱时过,止寒温而已。”存:问候、省视。

【析义】

此诗有无讥讽,前人说法不一。清吴崧《论陶》曰:“深情厚道,绝无讥讽意。‘良才不隐世’,并不以殷之出为卑;‘江湖多贱贫’,亦不以己之处为高。各行其志,正应‘语默自殊势’句,真所谓‘肆志无窊隆’也。”清温汝能纂集《陶诗汇评》曰:“殷事刘裕,与靖节殊趣,故篇中‘语默殊势’,已显言之。至‘事已及’即指其移家东下。‘才华’数语,抑扬吞吐,词似出之忠厚,意实暗寓讥刺。殷景仁当日得此诗,未必无愧。予谓读陶诗者,当知其蔼然可亲处,即有凛然不可犯处。”今细玩诗意,吴崧所论为是。诗曰“一遇尽殷勤”,“益复知为亲”,“奄留忘宵晨”,可知情谊匪浅耳。渊明虽隐世,未必欲朋友人人隐世。或隐或仕,遂其自然。语默殊势,不妨言笑无厌。王弘、颜延之,皆其例也。然如檀道济劝其出仕,则又当别论矣。故诗末犹眷眷然,曰“脱有经过便,念来存故人”。情真意挚,非泛泛之言也。统观全诗,惋惜之意有之,而讥刺之意未必有也。

赠羊长史一首

左军羊长史,衔使秦川〔一〕,作此与之。羊名松龄①。

愚生三季后,慨然念黄虞〔二〕。得知千载外一作上②,政原作上,注一作政赖古人书[③][三]。贤圣留馀迹,事事在一作有中都[④][四]。岂忘游心目[五]?关河不可逾[六]。九域甫已一一作尔去,又作一邕[⑤],逝将理舟舆[七]。闻君当先迈,负疴不一作弗获俱[八]。路若经商山,为我少踌躇[九]。多谢绮与甪一作园[⑥],精爽今何如[一〇]?紫芝谁复采?深谷久一作又应芜[⑦][一一]。驷马无贳患,贫贱有交娱[一二]。清谣结心曲,人乖原作乘运见疏[⑧][一三]。拥一作唯,又作欢怀累代下[⑨],言尽意不舒[一四]。

【校勘】

①羊名松龄:汤注本无此小注。 ②外:一作"上",亦通。 ③政:原作"上",底本校曰"一作政"。"政",正,仅也。李注:"山谷云:'"正赖古人书",盖当时语。或作"上赖",甚失语意。'" ④在:一作"有",于义稍逊。 ⑤已一:一作"尔去",又作"一邕",均非。 ⑥甪:一作"园",指"东园公",亦通。 ⑦久:一作"又",形近而讹。 ⑧乖:原作"乘",费解。今据《文章正宗》、《文选补遗》、《古诗纪》改。 ⑨拥:一作"唯",又作"欢",形近而讹。

【题解】

"羊长史",据序下小注即羊松龄。《晋书·陶潜传》:"既绝州郡观谒,其乡亲张野及周旋人羊松龄、庞遵等,或有酒要之,或要之共至酒坐,虽不识主人,亦欣然无忤。"

【编年】

刘履《选诗补注》云:"义熙十三年,太尉刘裕伐秦,破长安,送秦主姚泓诣建康受诛。时左将军朱龄石遣长史羊松龄往关中称贺,而靖节作此诗赠之。"钱大昕《十驾斋养新录》曰:"羊名松龄,不见晋、宋二史。其诗云:'九域甫已一,逝将理舟舆。'当在义熙十四年灭姚泓后。羊为左军长史,必朱龄石之长史矣。唯史称龄石以右将军领雍州刺史,而此云左军,小异。考《宋书·龄石传》,义熙十二年已迁左将军矣。左右将军品秩虽同,而左常居右上。龄石之镇雍州,必仍本号,不应改转为右,则此云左军者为可信。”逯《系年》曰:“檀韶自去年八月以左将军为江州刺史,坐镇寻阳,今遣羊长史衔使秦川,向刘裕称贺,故曰左军羊长史。……刘说非是。据《宋书·朱龄石传》,‘十二年北伐’,朱龄石‘迁左将军……配以兵力,守卫殿省。……十四年……以龄石持节督关中诸军事、右将军、雍州刺史’。知朱为左将军乃在建康守卫殿省,如遣使往关中称贺,必不发自寻阳,陶无由赠之以诗。刘谓羊为朱龄石长史,乃臆断耳。……钱沿刘履之误,又曲为之解,亦非是。”

需案:诗前小序曰:“左军羊长史,衔使秦川,作此与之。”诗曰“九域甫已一”,可见此诗作于晋安帝义熙十三年(四一七),是年九月刘裕入长安,十二月刘裕东还。羊长史衔使秦川,必在此三四月间。验之《宋书》卷四五《檀韶传》:义熙九年“进号左将军”,十二年“迁督江州、豫州之西阳、新蔡二州诸军事、江州刺史,将军如故”。逯说羊系檀韶长史,为是。序中所谓“左军”,即左将军檀韶也。檀韶及其弟祗、道济,均从刘裕起兵讨桓玄,乃刘裕亲信。刘裕北伐,檀道济为前锋。刘裕破长安,檀韶遣使北上,事可信也。兹系于晋安帝义熙十三年丁巳(四一七)。

【笺注】

〔一〕衔使秦川:奉命出使秦川。衔:奉,接受。《礼记·檀弓上》:“衔君命而使。”秦川:泛指今陕西、甘肃秦岭以北平原地带,因春秋战国时地处秦国而得名。川:指平川。

〔二〕愚生三季后,慨然念黄虞:意谓自己怀念黄帝、虞舜之时代也。三季:指夏、商、周三代之末年。黄虞:黄帝、虞舜。渊明

《时运》:“黄唐莫逮,慨独在余。”

〔三〕得知千载外,政赖古人书:意谓得知千载以上之事,仅赖古人之书也。政:正也,意谓仅。《北史·刘璠传附刘行本》:“行本怒其不能调护,每谓三人曰:‘卿等正解读书耳。’”徐震堮《世说新语校笺》附《世说新语语词简释》:“正,止也,仅也,乃晋人常语,亦作‘政’。”并举《世说新语·言语》:“谢太傅语王右军曰:‘中年伤于哀乐,与亲友别,辄作数日恶。’王曰:‘年在桑榆,自然至此。正赖丝竹陶写,但恒恐儿辈觉,损欣乐之趣。’”案:觉、损二字应连读。

〔四〕中都:古代对都城之通称。《史记·平准书》:“漕转山东粟,以给中都官。”此指洛阳、长安。

〔五〕游心目:游心纵目。《庄子·骈拇》:“游心于坚白同异之间。”王羲之《兰亭集序》:“仰观宇宙之大,俯察品类之盛,所以游目骋怀,足以极视听之娱,信可乐也。”

〔六〕关河:《史记·苏秦列传》:“秦,四塞之国,被山带渭,东有关河,西有汉中,南有巴蜀,北有代马,此天府也。”张守节《正义》:“东有黄河,有函谷、蒲津、龙门、合河等关。”

〔七〕九域甫已一,逝将理舟舆:意谓九州始已统一,将整治舟车前往游览古圣贤之地也。逝:发语辞。理舟舆:整治舟车,表示准备出发。

〔八〕闻君当先迈,负疴(kē)不获俱:李注:“原诗意,靖节初欲从松龄访关洛,会病,不果行。”迈:往。疴:病。

〔九〕路若经商山,为我少踌躇:表示向往古之隐者。商山:又名商阪、地肺山、楚山,在陕西商县东南,秦末汉初东园公、绮里季、夏黄公、角里先生等四老人隐于此,号“商山四皓”。《汉书·王贡两龚鲍传序》:“汉兴,有园公、绮里季、夏黄公、角里先生，此四人者，当秦之世，避而入商雒深山，以待天下之定也。”踌躇：驻足不行貌。《楚辞·七谏·怨世》：“骥踌躇于弊辇兮。”

〔一〇〕多谢绮与角(lù)，精爽今何如：意谓为我多多问候“四皓”，不知其魂魄至今如何也。古《笺》：“《汉书·赵广汉传》：‘多谢问赵君。’”谢：问候。《汉书·李广传》：“少卿良苦，霍子孟、上官少叔谢女。”颜师古注：“谢，以辞相问也。”精爽：《左传》昭公二十五年：“心之精爽，是谓魂魄。魂魄去之，何以能久？”杨伯峻注：“精爽犹言精明。”《文选》潘安仁《寡妇赋》：“睎形影于几筵兮，驰精爽于丘墓。”汤注：“天下分裂，而中州圣贤之迹不可得而见。今九土既一，则五帝之所连，三王之所争，宜当首访。而独多谢于商山之人，何哉？盖南北虽合，而世代将易，但当与绮、角游耳。远矣深哉！”

〔一一〕紫芝谁复采，深谷久应芜：意谓“四皓”之后商山恐再无隐者，紫芝无人采，深谷亦久荒芜矣。隋释智匠《古今乐录》载四皓隐于商山，作歌曰：“莫莫高山，深谷逶迤。晔晔紫芝，可以疗饥。唐虞世远，吾将何归？驷马高盖，其忧甚大。富贵之畏人兮，不若贫贱之肆志。”

〔一二〕驷马无贳(shì)患，贫贱有交娱：意谓富贵之人无以免其祸患，而贫贱之士有以得娱乐也。贳：《汉书·车千秋传》：“武帝以为辱命，欲下之吏。良久，乃贳之。”师古注：“贳，宽纵也，谓释放之也。”交：两相接触，引申为逢得，犹今言“交上好运”之“交”。

〔一三〕清谣结心曲，人乖运见疏：意谓四皓之歌虽萦系心曲念念不忘，但四皓之人既不可见，世运亦远隔矣。清谣：指《紫芝歌》。心曲：内心深处。乖：乖离。

〔一四〕拥怀累代下，言尽意不舒：意谓四皓既不得见，只能积遗憾于累代之下，此中深意非可尽言于诗也。言外之深意，冀羊长史领会。拥：犹“壅”。拥怀：壅积于胸中。渊明《感士不遇赋》：“拥孤襟以毕岁。”舒：伸。

【析义】

赠别诗而无惜别之意，全从自己方面下笔，抒发怀念古隐者之情，别具一格。诗曰：“九域甫已一，逝将理舟舆。”可见当时人视刘裕破长安为统一国家之举，又可见南人对中原之向往。然三年后刘裕即篡晋，此时篡位之心迹已明，渊明特寄意于四皓，以表白心曲也。

岁暮和张常侍一首

市朝凄旧人，骤骥感悲泉〔一〕。明旦非今日，岁暮余何言〔二〕！素颜敛光润〔三〕，白发一已繁。阔哉秦穆谈，旅力岂未愆〔四〕。向夕长风起〔五〕，寒云没西山。厉厉一作冽冽气遂严[①]〔六〕，纷纷飞鸟还。民生鲜常在，矧伊愁苦缠〔七〕。屡阙清酤至，无以乐当年〔八〕。穷通靡攸一作欣虑[②]，憔悴由化迁〔九〕。抚己有深怀，履运增慨然〔一〇〕。

【校勘】

①厉厉：一作“冽冽”，义相通。 ②靡攸虑：一作“靡欣虑”，意谓既无欣亦无虑，亦通。

【题解】

“岁暮”，一年将尽之时。“常侍”，散骑常侍之简称，三国魏置，即汉代散骑和中常侍之合称。在皇帝左右规谏过失，以备顾问。

晋以后增加员额，称员外散骑常侍或通直散骑常侍，往往预闻机要。

【编年】

何注："时义熙十四年冬。"陶注曰："张常侍，当即本传所称乡亲张野。"《莲社高贤传·张野传》："张野，字莱民，居浔阳柴桑，与渊明有婚姻契。野学兼华梵，尤善属文。性孝友，田宅悉推与弟，一味之甘与九族共。州举秀才、南中郎府功曹、州治中，征拜散骑常侍，俱不就，入庐山依远公，与刘、雷同尚净土。及远公卒，谢灵运为铭，野为序，首称门人，世服其义。义熙十四年与家人别，入室端坐而逝，春秋六十九。"（宛委山堂本《说郛》五十七）有《奉和慧远游庐山诗》。据《宋书·陶潜传》，张野乃渊明乡亲，相与饮酒者。

刘履《选诗补注》卷五："按晋史，义熙十四年十二月，宋公刘裕弑安帝于东堂而立恭帝。靖节和此岁暮诗，盖亦适当其时，而寄此意焉。首言市朝耆旧之人，莫不相为悲凄，而其乘马亦有悲泉悬车之感。且谓明旦已非今日，予复何言，其意深矣。中谓长风夕起，寒云没山，猛气严而飞鸟还者，以喻宋公弑逆之暴，而能使人骇散也。篇末又言穷通死生皆不足虑，但抚我深怀而践此末运，能不慨然而增愤激焉。"清吴崧《论陶》："'岁暮'二字便有意，因时起兴，易代之悲不言自喻矣。"（清吴瞻泰《陶诗汇注》引）陶《考异》曰："张常侍当即本传所称乡亲张野，……但野以义熙十四年卒，题不应云和。详味诗意，亦似哀挽之辞，或'和'当作'悲'。又野族子张诠亦征常侍，或诠有挽野之作，而公和之邪？"古《笺》："'市朝凄旧人'明指禅革。'骤骥感悲泉'，以兴岁暮。诗无哀挽张野之意，陶《考》殆非。"王叔岷《笺证稿》："张常侍盖即张野。义熙十四年十二月，刘裕幽安帝于东堂，而立恭帝。野卒于是年。诗题云《岁暮和张常侍》，是十二月野尚存。盖陶公和其诗之后乃卒耳。"

霈案:安帝之亡在义熙十四年十二月戊寅,次年正月朔日为壬辰,依此推算,安帝之亡在十二月十七日。消息传到寻阳,渊明得知最早在十二月二十日。张野卒于是年不知何月,然以常情推断,卒于十二月下旬渊明和其诗之后可能性甚小。所以如据诗意认定是义熙十四年刘裕弑安帝之后所作,则此张常侍是张野之可能性亦甚小。陶《考异》疑是和张诠之作,不无道理。兹姑系于晋安帝义熙十四年戊午(四一八),所和者为张诠。题中"岁暮"二字疑是张诠原诗之题。岁暮本义为岁将尽也,又喻老年,渊明此诗兼有两方面之意,同时暗喻时事。

【笺注】

〔一〕市朝(cháo)凄旧人,骤骥感悲泉:意谓世事变迁,不禁为市朝之旧人而悲凄;光阴流逝,不觉已日入悲泉。市:集市。朝:古代官府之厅堂。《礼记·檀弓上》:"遇诸市朝,不反兵而斗。"孔颖达疏:"设朝或在野外,或在县、鄙、乡、遂,但有公事之处皆谓之朝。"市朝:指人众会集之所。何注:"《古北门行》:'市朝易人,千载墓平。'"骤骥:快马。古《笺》:"《庄子·盗跖篇》:'天与地无穷,人死者有时。操有时之具,而托于无穷之间,忽然无异骐骥之驰过隙也。''骤骥'二字本此。"悲泉:日入处。《淮南子·天文训》:"(日)至于悲泉,爰止其女,爰息其马,是谓悬车。"比喻岁暮,且喻自己已年暮。

〔二〕明旦非今日,岁暮余何言:意谓明旦将入新年,非复今日矣。百感交集,复何言哉!言外感叹安帝被弑,晋朝将亡;并有感叹年暮力衰之意。

〔三〕素颜:王褒《责髯奴文》:"无素颜可依,无丰颐可怙。"

〔四〕阔哉秦穆谈,旅力岂未愆:意谓自己膂力已失,衰老无用矣,秦穆公之言迂阔不近情理也。《书·秦誓》:"番番良士,旅力既愆，我尚有之。”旅力：犹膂力。膂，脊骨。愆：失去。

〔五〕向夕：近夕，傍晚。

〔六〕厉厉：犹冽冽，寒貌。

〔七〕民生鲜常在，矧伊愁苦缠：意谓人生本不长久，何况愁苦缠绕，更难免衰老也。民生：人生。鲜：少。矧伊：况此。

〔八〕屡阙清酤至，无以乐当年：意谓屡缺清酒，无以及时行乐也。阙：缺。清酤：清酒。当年：古《笺》：“《列子·杨朱篇》：‘徒失当年之至乐，不能自肆于一时。’”

〔九〕穷通靡攸虑，憔悴由化迁：意谓穷通既无所思虑，憔悴亦听其自然。穷通：困厄与显达。《庄子·让王》：“古之得道者，穷亦乐，通亦乐。所乐非穷通也。”靡攸虑：无所虑。憔悴：指人衰老。渊明《荣木》：“人生若寄，憔悴有时。”化迁：指人生、社会与宇宙之演化迁徙。渊明《始作镇军参军经曲阿》：“聊且凭化迁。”渊明认为万物皆在变化之中，人之衰老亦不可避免。应以恬淡之态度顺应自然之规律，此即“由化迁”也。

〔一〇〕抚己有深怀，履运增慨然：意谓逢此易代之际，内省则深有感怀，并增慨然也。抚己：省察自己，自问。屡运：遭逢时运，暗指刘裕将篡晋之事。古《笺》：“《后汉书·皇甫嵩传》：‘阎忠曰：“将军遭难得之运，蹈易骇之机，而践运不抚，临机不发，将何以保大名乎？”’屡运，犹践运也。运谓五德之运。《文选》班叔皮《王命论》：‘未见运世无本，（功德不纪，）而得倔起在此位者也。’李注：‘运世，五行更运相次之世也。’”

【析义】

全从“暮”字入笔：一怨岁时之暮，二怨己年之暮，三怨晋室之暮。虚实反正，纷总交错。首四句即已铺开此三层，接下专就年暮而言，末四句又排除己身而归之于易代之慨。含蓄婉转，沉郁顿挫,乃渊明诗作之上乘。

和胡西曹示顾贼曹一首

蕤宾五月中〔一〕,清朝起南飔〔二〕。不驶亦不迟〔三〕,飘飘吹我衣。重云一作寒蔽白日①,闲雨纷微微〔四〕。流目视西园〔五〕,晔晔荣紫葵〔六〕。于今甚可爱,奈何当一作后复衰一作当奈行复衰②。感物愿及时,每恨靡所挥〔七〕。悠悠待秋稼,寥落将赊一作奢迟〔八〕。逸想一作相不可淹③,猖狂独长悲〔九〕。

【校勘】

①云:一作“寒”,亦通。 ②奈何当复衰:一作“当奈行复衰”。当:一作“后”,亦通。 ③想:一作“相”,非是。

【题解】

古《笺》引《通典》卷三二:“州之佐吏:功曹书佐一人,主选用,汉制也。……晋以来,改功曹为西曹书佐。宋有别驾西曹,主吏及选举,即汉之功曹书佐也。”又《通典》卷三三:“郡之佐吏:司法参军,两汉有决曹、贼曹掾,主刑法,历代皆有。或谓之贼曹,或为法曹,或为墨曹。隋以后与功曹同。”又《太平御览》二六四引韦昭《辨释名》曰:“曹,群也。功曹,吏所群聚。户曹,民所群聚(也)。其他皆然。”

【笺注】

〔一〕蕤(ruí)宾:本是十二律之一,代指五月。古代律制,用三分损益法将一个八度分为十二个不完全相等之半音,各律由低到高依次为黄钟、大吕、太簇、夹钟、姑洗、仲吕、蕤宾、林钟、夷则、南吕、无射、应钟。古人遂以十二律配十二月。《礼记·

月令》:“仲夏之月,……其音徵,律中蕤宾。”《汉书·律历志》:“蕤宾:蕤,继也;宾,导也。言阳始导阴气使继养物也。位于午,在五月。”

〔二〕飔:凉风。《乐府诗集·鼓吹曲辞一·有所思》:“秋风肃肃晨风飔。”

〔三〕驶:疾速。慧琳《一切经音义》引《仓颉篇》:“驶,疾也。”《诗·秦风·晨风》:“鴥彼晨风,郁彼北林。”毛传:“驶疾如晨风之飞入北林。”

〔四〕重云蔽白日,闲雨纷微微:《古诗十九首》:“浮云蔽白日。”闲雨:细雨不疾也。

〔五〕流目:放眼随意观看。张衡《思玄赋》:“流目眺夫衡阿兮,睹有黎之圮坟。”

〔六〕晔晔(yè):美茂貌。紫葵:蔬菜名。此用商山四皓《紫芝歌》“晔晔紫芝”句意。

〔七〕感物愿及时,每恨靡所挥:意谓有感于景物变迁光阴荏苒,愿及时行乐,而每恨无酒可饮也,故下言“待秋稼”以酿酒。感物:曹植《赠白马王彪》:“感物伤我怀。”张协《杂诗》:“感物多所怀。”挥:举觞饮酒。

〔八〕悠悠待秋稼,寥落将赊迟:意谓秋收为时尚遥,无酒之寂寥尚须久耐,而愈觉缓慢难熬也。悠悠:遥远。寥落:稀疏冷落。赊迟:缓慢。《晋书·郗超传》:“超又进策于温曰:‘……若此计不从,便当顿兵河、济,控引粮运,令资储充备,足及来夏。虽如赊迟,终亦济克。’”

〔九〕逸想不可淹,猖狂独长悲:意谓各种念头纷飞转移,不停留于一处,感情亦纵放而不可收,独长悲于人生之无常也。淹:滞留。猖狂:《庄子·在宥》:“浮游不知所求,猖狂不知所往。”

【考辨】

古《笺》:"《系辞》:'君子进德修业,欲及时也。'《说文》:'挥,奋也。'直案:'每恨靡所挥',即'有志不获骋'之意也。"丁《笺注》亦曰:"感物以下,言其志也。虽愿及时有为,而身无事权,靡所发挥。仅躬耕以待秋稼耳。寥落如此,日远日迟,不犹园卉之就衰乎?所以逸想不可淹制,而猖狂独悲也。二曹其皆笃志之士乎?不然,胡诗独以及时逸想一出示之,而于他人绝未闻也。"需案:渊明诗中多用"挥"字,如《时运》:"挥兹一觞。"《还旧居》:"一觞聊可挥。"《杂诗》:"挥杯劝孤影。"《咏二疏》:"挥觞道平素。"皆可证"挥"即挥觞饮酒,"靡所挥"即无酒可饮,故须"待秋稼"以酿酒也。古、丁之说,与下句难合。王注:"诗中说:'感物愿及时,每恨靡所挥。悠悠待秋稼,寥落将赊迟。'渊明尚欲及时有为,且恨无发挥能力机会,则本诗必作于乙巳归田以前。由'悠悠待秋稼'二句,知渊明已经躬耕;渊明开始躬耕在癸卯,距乙巳尚有两年。"故系于晋安帝元兴二年癸卯(四〇三)五月。杨勇《校笺》亦系于是年。需案:此诗系年根据不足,姑阙疑。

悲从弟仲德一首①

衔哀过旧宅,悲泪应心零〔一〕。借问为谁悲?怀人在九冥〔二〕。礼服名群从,恩爱若同生〔三〕。门前执手时,何意尔先倾〔四〕。在数原作毁,注一作数竟不一作未免②〔五〕,为山不及成〔六〕。慈母沉哀疚〔七〕,二胤才数龄〔八〕。双位原作泣,注一作位委空馆③,朝夕无哭声〔九〕。流尘集虚坐〔一〇〕,宿草旅一作依前庭④〔一一〕。阶除旷游迹,园林独馀情〔一二〕。翳然乘化去,终天不复形〔一三〕。迟迟将回步,恻恻悲襟盈一作衿涕盈⑤〔一四〕。

【校勘】

①仲德:绍兴本作“敬德”。逯注:“陶又一从弟名敬远,当以作敬德为是。”恐未必,录以备考。渊明从弟非止一房,此或系另一房从弟。又,“仲德”或是字,未必是名,故不必皆用“敬”字。②数:原作“毁”,底本校曰“一作数”,今从之。“毁”乃“数”之讹。不:一作“未”,亦通。 ③位:原作“泣”,底本校曰“一作位”,今从之。 ④旅:一作“依”,亦通。 ⑤悲襟盈:一作“衿涕盈”,亦通。

【题解】

“从弟”,堂弟。“仲德”,事迹不详。

【笺注】

〔一〕衔哀过旧宅,悲泪应心零:意谓过仲德之旧宅而悲哀落泪也。衔哀:古《笺》:“嵇康《与阮德如》:‘含哀还旧庐,(感切伤心肝。)’”零:落。应心零:随心情之悲哀而落泪。

〔二〕九冥:九泉幽冥之处,指地下。

〔三〕礼服名群从,恩爱若同生:意谓以礼服之亲疏而论,从弟名为群从之一,若以恩爱而论,则情如同胞也。礼服:旧时丧服制度,以亲疏为差等,有斩衰、齐衰、大功、小功、缌麻五种名称,统称五服。

〔四〕倾:倾覆,引申为身亡。

〔五〕数:气数、气运,即命运。《后汉书·郑孔荀列传论》:“及阻董昭之议,以致非命,岂数也夫!”

〔六〕为山不及成:意谓功业未就。《论语·子罕》:“譬如为山,未成一篑。”

〔七〕疚:《诗·周颂·闵予小子》:"闵予小子,遭家不造,嬛嬛在疚。"郑玄笺:"嬛嬛然孤特,在忧病之中。"沉哀疚:沉浸于哀疚之中。

〔八〕胤:嗣。二胤:指其二子。

〔九〕双位委空馆,朝夕无哭声:意谓仲德与其妻之灵位寄托于旧宅,其中已无人居住。古《笺》:"诗序其母与子,而不及妻。然则所谓'双位'者,其一殆其妻邪?"位:灵位。委:寄托。空馆:空舍,空室,指仲德旧宅已无人居住,故曰"朝夕无哭声"。

〔一〇〕虚坐:此指为死者所设之座位。《文选》潘岳《寡妇赋》:"上瞻兮遗像,下临兮泉壤。窈冥兮潜翳,心存兮目想。奉虚坐兮肃清,愬空宇兮旷朗。"吕延济注:"灵座,虚座也。"

〔一一〕宿草:隔年之草。《礼记·檀弓上》:"朋友之墓,有宿草而不哭焉。"注:"宿草,谓陈根也。"旅:野生。《后汉书·光武纪上》:"至是野谷旅生,麻尗尤盛。"李贤注:"旅,寄也。不因播种而生,故曰旅。"

〔一二〕阶除旷游迹,园林独馀情:意谓阶除上已不见其足迹,而园林间尚有其馀情也。王粲《登楼赋》:"循阶除而下降兮。"除:亦阶也。旷:空也,废也。独:仅仅。

〔一三〕翳然乘化去,终天不复形:意谓一旦隐然逝去,则永不得复形为人矣。翳然:隐蔽貌。翳然而去,指逝世。乘化:顺应不可违抗之自然规律,亦即逝世之意。《岁暮和张常侍》:"憔悴由化迁。"《戊申岁六月中遇火》:"形迹凭化迁。"终天:《文选》潘岳《哀永逝文》:"今奈何兮 ·举,邈终天兮不返。"李善注:"天地之道,理无终极。今云'终天不返',长逝之辞。"刘良曰:"终天,谓终竟天地。"复形:曹植《武帝诔》:"千代万乘,曷时复形?"

〔一四〕迟迟将回步,恻恻悲襟盈:意谓迟迟将归,愈加凄恻,而悲痛满怀。

【考辨】

王注曰:“诗中开始就说‘衔哀过旧宅’,则本诗当与《还旧居》诗为一时之作。今依之暂系于义熙十三年丁巳(四一七)。”但细审诗意,所谓“旧宅”乃指仲德之旧宅,而非渊明之旧居。且《还旧居》究竟何年所作,亦难考定。此诗系年暂付阙如。

【析义】

渊明与仲德虽非同胞,但恩爱非同一般,痛惜之情尤为沉重。“慈母”以下八句,从细处落笔,睹物思人,平淡之语,感人至深。

陶渊明集笺注卷第三诗三十九首

《文选》五臣注陶渊明《辛丑岁七月赴假还江陵夜行涂中》诗题云:"渊明诗,晋所作者皆题年号,入宋所作但题甲子而已。意者耻事二姓,故以异之。"思悦考渊明之诗,有以题甲子者,始庚子,距丙辰凡十七年间,只九首耳,皆晋安帝时所作也。中有《乙巳岁三月为建威参军使都经钱溪》,此年秋乃为彭泽令,在官八十馀日即解印绶赋《归去来兮辞》。后一十六年庚申晋禅宋,恭帝元熙二年也。萧德施《渊明传》曰:"自宋高祖王业渐隆,不复肯仕。"于渊明之出处,得其实矣。宁容晋未禅宋前二十年,辄耻事二姓,所作诗但题以甲子,而自取异哉?矧诗中又无有标晋年号者。其所题甲子盖偶记一时之事耳,后人类而次之,亦非渊明之意也。世之好事者多尚旧说,今因详校故书,于第三卷首,以明五臣之失,且祛来者之惑焉。

【说明】

本书底本第三卷卷首有此段文字,宋绍兴刻本、李公焕笺注本与本书底本同,汤注本无。曾集本不分卷,《悲从弟仲德》后为《庚子岁五月中从都还阻风于规林》二首、《始作镇军参军经曲阿》一首,次序与本书底本稍异。此段文字列于《庚子岁五月中从都还阻风于规林》二首之后。

始作镇军参军经曲阿一首①

弱龄寄事外,委怀在琴书〔一〕。被褐欣自得,屡空常一作恒晏如〔二〕。时来苟冥一作宜,又作且会②,宛辔原作婉娈,注一作踠辔憩通衢③〔三〕。投策命晨装④,暂与园田一作田园疏〔四〕。眇眇孤舟逝⑤,绵绵归思纡〔五〕。我行岂不遥,登降原作陟,注一作降千里馀⑥。目倦川涂异一作修涂永⑦,心念山泽居〔六〕。望云惭高鸟,临水愧游鱼〔七〕。真想初在襟一作在襟怀⑧,谁谓形跡原作蹟,注一作跡拘⑨〔八〕。聊且凭化迁,终返班生庐〔九〕。

【校勘】

①《文选》卷二六于诗题下有"作"字:《始作镇军参军经曲阿作》。 ②冥:一作"宜",一作"且"。《文选》作"宜",亦通。③宛辔:原作"婉娈",底本校曰"一作踠辔",今从《文选》作"宛辔"。 ④装:《文选》作"旅",亦通。 ⑤逝:《文选》作"游",于义稍逊。 ⑥登降:原作"登陟",底本校曰"一作降",今据改。《文选》亦作"降"。作"降"于义较胜,"登降",意谓上下也,言路途之艰难。丁《笺注》作"陟",曰:"陟与涉为同音假借字。"⑦川涂异:一作"修涂永",《文选》作"修涂异"。原作于义较胜。⑧初在襟:一作"在襟怀",亦通。 ⑨跡:原作"蹟",底本校曰"一作跡"。今据改。

【题解】

"镇军参军",镇军将军之参军。《文选》李善注:"臧荣绪《晋书》曰：‘宋武帝行镇军将军。’”宋武帝刘裕在东晋曾兼镇军将军，又见《晋书》卷一〇《安帝本纪》：元兴三年（四〇四）三月壬戌，“桓玄司徒王谧推刘裕行镇军将军、徐州刺史，都督扬、徐、兖、豫、青、冀、幽、并八州诸军事，假节”。“始作镇军参军”，开始任镇军参军。“曲阿”，古县名。本战国楚云阳邑，秦置曲阿县，治所在今江苏丹阳。三国吴改名云阳，晋又改曲阿。

【编年】

晋安帝元兴二年（四〇三）十二月，桓玄篡位。三年（四〇四）二月，建武将军刘裕帅刘毅、何无忌等聚义兵于京口。三月，玄众溃而逃，裕入建康，立留台百官。桓玄司徒王谧推刘裕行镇军将军、徐州刺史，都督扬、徐、兖、豫、青、冀、幽、并八州诸军事。裕以身范物，先以威禁内外；百官皆肃然奉职，不盈旬日，风俗顿改。

渊明就任镇军参军，必在元兴三年甲辰（四〇四）三月之后。而义熙元年乙巳（四〇五）三月，渊明已改任建威将军刘敬宣参军，有《乙巳岁三月为建威参军使都经钱溪》诗。然则渊明在刘裕幕中不足一年也。

【笺注】

〔一〕弱龄寄事外，委怀在琴书：意谓年少时即寄身于世事之外，置心琴书之中。弱：年少。《释名·释长幼》：“二十曰弱，言柔弱也。”《左传》文公十二年：“赵有侧室曰穿，晋君之婿也。有宠而弱。”杜预注：“弱，年少也。”寄事外：李善注引《晋中兴书》：“简文诏曰：‘会稽王英秀玄虚，神栖事外。’”古《笺》：“《晋书·乐广传》：‘广与王衍，俱宅心事外。’”委：安置。琴书：渊明《与子俨等疏》：“少学琴书，偶爱闲静。”

〔二〕被（pī）褐（hè）欣自得，屡空常晏如：意谓安于贫贱，欣喜自得也。被：穿。褐：粗毛布衣服。《老子》：“是以圣人被褐而怀玉。”欣自得：李善注：“《家语（七十二弟子解）》曰：‘原宪衣冠弊，并日而食蔬，衎然有自得之志。’”屡空：谓贫穷。李善注引《论语（先进）》：“子曰：‘回也其庶乎！屡空。’”渊明《饮酒》其十一：“屡空不获年。”晏如：犹安然。李善注：“《汉书（扬雄传）》曰：‘扬雄家产不过十金，室无儋石之储，晏如也。’”渊明《五柳先生传》：“箪瓢屡空，晏如也。”

〔三〕时来苟冥会，宛辔憩通衢：意谓如果时来与已默会，则回驾息于仕途之中。李善注：“卢子谅（谌）《答魏子悌》诗曰：‘遇蒙时来会。’宛，屈也。言屈长往之驾，息于通衢之中。通衢，喻仕路也。”《文选》卷二五有卢子谅《答魏子悌》诗，曰：“遇蒙时来会，聊齐朝彦迹。”李善注曰：“言富贵荣宠，时之暂来也。《汉书》蒯通曰：‘时乎时，不再来。’”五臣向曰：“魏子悌亦为刘琨从事，与谌同官。”五臣翰曰：“言我蒙遇其时。”时：指时机、运数。苟：若。冥会：犹默会，言时来与已相会，盖时机运数默然而来，不可明求而得之。郭璞《山海经图赞·磁石》：“气有潜感，数亦冥会。”宛辔：犹屈辔、曲辔、纡辔，均回驾之意。渊明《饮酒》其九：“纡辔诚可学，违己讵非迷。且共欢此饮，吾驾不可回。”原非仕途中人而入仕，原欲遁世长往而暂憩于仕途通衢，故曰“宛辔”。

〔四〕投策命晨装，暂与园田疏：李善注：“《七命》曰：‘夸父为之投策。’”五臣向注：“投，舍策杖也。谓舍所拄之杖，命早行之众。将赴职，与田园渐疏也。”

〔五〕眇眇孤舟逝，绵绵归思纡：意谓孤舟愈远，归思愈萦于心而难断绝也。眇眇：远也。纡：萦绕。李善注：“《楚辞（七谏·怨世）》：‘安眇眇兮无所归薄。’又（《九章·悲回风》）曰：‘缥绵绵之不可纡。’王逸曰：‘绵绵，细微之思，难断绝也。’”

〔六〕目倦川涂异，心念山泽居：意谓厌倦行旅，而想念隐居生活。山泽居：隐居之田园。李善注："仲长子《昌言》曰：'古之隐士，或夫负妻戴，以入山泽。'"

〔七〕望云惭高鸟，临水愧游鱼：李善注："言鱼鸟咸得其所，而已独违其性也。"古《笺》："《庄子·庚桑楚篇》：'鸟兽不厌高，鱼鳖不厌深。夫全其形生之人，藏其身也，不厌深眇而已矣。'诗意盖本此。"

〔八〕真想初在襟，谁谓形迹拘：意谓只要"真"想始终存于胸襟，则虽入仕途，亦不可谓形迹受到束缚也。真：与世俗礼法相对立，指人之自然本性。《庄子·渔父》："礼者，世俗之所为也。真者，所以受于天也，自然不可易也。故圣人法天贵真，不拘于俗。"又，《庄子·秋水》："无以人灭天，无以故灭命，无以得殉名。谨守而勿失，是谓反其真。"初：全，始终。《后汉书·独行传·彭修》："受教三日，初不奉行，废命不忠，岂非过邪？"形跡：形与迹，身体与行迹。

〔九〕聊且凭化迁，终返班生庐：意谓既然时来与己冥会，则姑且顺遂时运之变化，然终将返回园田也。化迁：李善注："庄子谓惠子曰：'孔子行年六十而六十化。'郭象曰：'与时俱化也。'"支遁《述怀》："恢心委形度，亹亹随化迁。"凭化迁：听凭化迁。班生庐：指仁者隐居之处。班固《幽通赋》："终保己而贻则兮，里上仁之所庐。"

【考辨】

吴仁杰《陶靖节先生年谱》曰："先生亦岂从裕辟者？善注引用非是。"陶澍《靖节先生年谱考异》订渊明以隆安三年己亥（三九九）参刘牢之军，曰："考《晋书·百官志》有左右前后军将军，左右前后四军为镇卫军。王恭、刘牢之皆为前将军，正镇卫军，即省文曰镇军,亦奚不可?"古直《陶靖节年谱》从其说,后亦多有取此说者。

霈案:"镇军参军"确指镇军将军参军,有《晋书》为证,卷九《孝武帝本纪》:"冬十一月己亥,以镇军大将军郗愔为司空。会稽人檀元之反,自号安东将军,镇军参军谢蔼之讨平之。"然陶澍曰此镇军为镇卫军之简称,不可信。既然镇军将军已简称镇军,复以镇卫军简称镇军,岂不徒生混乱?且陶澍并未举出证据,仅是猜想,不足为凭。朱自清《陶渊明年谱中之问题》力驳陶澍之误,大意谓:陶澍根据《宋书·武帝纪》说己亥牢之为前将军讨孙恩,但据《晋书·安帝纪》,此年牢之为辅国将军,次年始以前将军为镇北将军。吴士鉴、刘承幹《晋书斠注》十引丁国钧《晋书校文》一云:"以牢之传考之,则进号前将军在破孙恩后,此书所书官号为得其实,《宋书》误。"既然隆安三年刘牢之尚未任前将军,遂亦不可能简称镇军。又,《晋书·职官志》"五校"条下有云"后省左军右军前军后军为镇卫军",意即省并为一军。陶《考异》截去"后省"二字,义便大异。朱自清认为《始作镇军参军经曲阿》中之"镇军"肯定是刘裕无疑。朱说为是。霈曾详考,东晋一朝进号镇军将军者共六人,其身份地位均不寻常:司马晞乃元帝之子,封武陵威王。范汪曾任鹰扬将军,后进爵武兴县侯。郗愔曾都督徐、兖、青、幽、扬州之晋陵诸军事,领徐、兖二州刺史。王蕴是孝武定皇后父。王荟是王导之子,曾任尚书。见拙作《陶渊明与晋宋之际的政治风云》。刘裕出身虽不高贵,但他是在讨伐桓玄攻入京师掌握军政大权之后才进号镇军将军,可见在东晋镇军将军之号并不轻易授人。刘牢之不过是一员猛将而已,其出身较低,王恭仅以部曲将侍之,不可能进号镇军将军。陶澍力辩渊明未曾任刘裕参军,乃执着于渊明忠于晋室耻事二姓之先见。岂不知刘裕当时并未露篡晋之意,其篡晋在此十六年之后。渊明岂能在其篡晋十六年前即察见其野心，而因忠于晋室不为其参军耶？且此年刘裕起兵讨桓玄正为扶持晋室，当其控制寻阳、都督江州，任命刘敬宣为江州刺史时，渊明出任刘裕参军于情理正合。

梁《谱》曰：刘牢之进号镇北将军，“镇军”或是“镇北”之讹，系此诗于隆安二年（三九八）。梁说出于猜测，不足为据。梁《谱》又说“始作”“正谓始仕耳”，亦不可信。“始作”二字连属下文“镇军参军”，显系开始任镇军参军之职，不能释为开始出仕。

【析义】

渊明仕裕，心情颇为矛盾。在晋宋之际政治混乱之中，渊明出为刘裕参军，实欲有所作为也。然而此次出仕，前途既未卜，又深怕有违本性。进退之间，甚为犹豫。此诗即是此种心情之写照。

庚子岁五月中从都还阻风于规林二首

行行循归路〔一〕，计日望旧居。一欣侍温颜一作清①〔二〕，再喜见友于〔三〕。鼓棹路崎曲〔四〕，指景限西一作四隅②〔五〕。江山岂不险，归子念前涂〔六〕。凯风负我心，戢枻一作世守穷湖③〔七〕。高莽眇无界，夏木独森疏〔八〕。谁言客舟远，近瞻百里馀。延目识一作城南岭④，空叹将焉如〔九〕！

【校勘】

①温颜：一作“温凊”。王叔岷《笺证稿》曰：“‘凊’当作‘凊’，《说文》：‘凊，寒也。’《礼记·曲礼》：‘凡为人子之礼，冬温而夏凊。’谓冬保其温暖，夏致其凊凉也。就一日言，亦可谓温凊。《颜氏家训·序致篇》：‘晓夕温凊’，是也。”霈案：“凊”者，致其

凉也。温清定省是古礼。“温凊”一词除见于《颜氏家训》外，又见于《北史·薛置传》：“至于温凊之礼，朝夕无违。” ②西：一作“四”，非是。 ③枻：一作“世”，非是。 ④识：一作“城”，非是。

【题解】

“庚子”，晋安帝隆安四年（四〇〇）。“都”，指京都建康。“规林”，地名，诗曰：“谁言客舟远，近瞻百里馀。”可知距寻阳不远。据江西省九江县陶渊明纪念馆人员实地考察，以为在今安徽省宿松县长江边，晋时属桑落洲，今属新垦农场。

据此诗其二“自古叹行役”，可知渊明此次行旅乃因公事。又据《辛丑岁七月赴假还江陵夜行涂中》，可知辛丑岁（四〇一）渊明正在桓玄幕中，七月赴假回寻阳，旋即还江陵继续任职。然则，庚子岁应已任桓玄僚佐，此次赴都盖因桓玄差遣。事毕，途经寻阳省亲，随即抵江陵述职。

【编年】

据诗题，作于晋安帝隆安四年庚子（四〇〇）五月。

【笺注】

〔一〕行行：行而又行。《古诗十九首》：“行行重行行。”

〔二〕一欣侍温颜：意谓回家得以侍奉母亲，故欣喜也。温颜：温和之面容。渊明八岁丧父，此指母亲。

〔三〕友于：代指兄弟。《书·君陈》：“孝乎惟孝，友于兄弟。”“于”本介词，后常“友于”连用，代指兄弟。《后汉书·史弼传》：“陛下隆于友于，不忍遏绝。”曹植《求通亲亲表》：“今之否隔，友于同忧。”

〔四〕鼓棹：划动船桨以行舟也。

〔五〕指景限西隅:意谓手指太阳,只见已迫于西隅矣。潘岳《寡妇赋》:"独指景而心誓兮,虽形存而志殒。"景:日也。限西隅:局迫于西隅。繁钦《与魏太子书》:"是时日在西隅,凉风拂衽。"

〔六〕江山岂不险,归子念前涂:意谓不顾江山之艰险,一心向前。

〔七〕凯风负我心,戢(jí)枻(yì)守穷湖:意谓南风辜负我急归省亲之心,不得不停船困守于荒僻隐蔽之湖滨。凯风:南风。《诗·邶风·凯风》传:"南风谓之凯风。"戢:敛。枻:桨。

〔八〕高莽眇无界,夏木独森疏:意谓在一片无边之深草中,夏木特高耸也。莽:草。眇:远。森疏:形容树木茂盛而耸出之状。

〔九〕延目识南岭,空叹将焉如:意谓离家已近,但不得归,空自叹息,将何以前往。延目:放眼远望。渊明《时运》:"延目中流。"南岭:指庐山。焉如:何如,何往。《归园田居》其四:"此人皆焉如。"

【考辨】

王《谱》:隆安四年庚子"五月,有《从都还阻风于规林》诗,当是参镇军,衔命自京都上江陵,故在《始作镇军参军经曲阿》诗后。父在柴桑,故云'一欣侍温颜',又云'久游恋所生'。父为人度不肯适都,当是已舍单行。见《还旧居》诗。军僚差强郡吏,故云'时来苟冥会,婉娈憩通衢。投策命晨装,暂与园田疏'。"需案:《始作镇军参军经曲阿》未标年岁,旧本虽在前,未必写于《从都还阻风于规林》之前。王《谱》曰此年任镇军参军,衔命自京都上江陵,盖误。又,此年其父已亡故。"温颜"、"所生"指其母,非父也。

吴《谱》:隆安四年庚子"始作镇军参军,有《经曲阿》诗,曲阿,今丹阳也。本传称:'躬耕自资,遂抱羸疾。复为镇军、建威参军事。'按晋官制,镇军、建威皆将军官,各置属掾,非兼官也。以诗题考之，先生盖于此年作镇军参军，至乙巳岁作建威参军，史从省文耳。《文选·经曲阿》诗李善注云：'宋武帝行镇军将军。'按裕元兴元年为建威将军，三年行镇军将军，与此先后岁月不合，先生亦岂从裕辟者？善注引用非是。此年五月，又有《从都还阻风规林》诗曰：'一欣侍温颜'，则先生就辟，至是乃挈家居京师，故《还旧居》诗有'畴昔家上京'之句。葛文康云：'先生《阻风规林》诗，落句云："静念园林好，人间良可辞。"是岁春秋三十六。明年《夜行涂口》诗云："投冠旋旧庐，不为好爵萦。"卒践其言，自彭泽归，优游里巷者二十有二年。'"需案：始作镇军参军非于此年，李善注亦不误。所谓"挈家居京师"，乃误以"上京"为京师，尤误。"上京"者，寻阳山名也。

陶澍《靖节先生年谱考异》：以隆安三年始作镇军参军，四年请假回里，有《从都还阻风规林》诗："尝通考先生出处前后，始镇参军，就辟京口，故有《始作镇军参军经曲阿》诗，镇军在京口，故经曲阿。庚子五月，请假回里，途必由建康，故有《从都还阻风规林》诗。怀所生而念友于，遂留寻阳逾年，故明年辛丑正月有《游斜川》诗。疑旋入都免假，至七月有江陵之役。自都往江陵，必由寻阳，故有《赴假还江陵》诗。"需案：陶澍所说隆安三、四、五年渊明之行踪均不确。其大误在以隆安三年参刘牢之军事，而讳言渊明曾入桓玄幕。但刘牢之并无镇军参军之号，遂不得不作种种曲解，以致一误再误。

王注："《晋书·桓玄传》记：玄自为荆、江二州刺史后，屡上表求讨孙恩，诏辄不许。恩逼京师，复上疏讨之，会恩已走等情。孙恩逼进京师在辛丑春，则桓玄屡次上表必在庚子。渊明当于庚子春奉桓玄命使都，五月中乃从都还。"逯《系年》从之。需案：可备一说，但此年桓玄除上表求讨孙恩外，还曾屡次上表求为都督，岂知渊明必为讨孙恩而入都耶？又焉知既非为讨孙恩又非为求都督而另有他事耶？史书记载有阙，只可存疑。

【析义】

旧居计日可归矣，南岭延目可见矣。惟路曲、日短、风逆，遂守穷湖而不前。此情此景写得真切。

自古叹行役〔一〕，我今始知之。山川一何旷〔二〕，巽坎难与期〔三〕。崩浪聒天响〔四〕，长风无息时。久游恋所生〔五〕，如何淹在兹〔六〕！静念园林好，人间良可辞〔七〕。当年讵有几？纵心复何疑〔八〕。

【笺注】

〔一〕行役：指因公出行。《诗·魏风·陟岵》："父曰嗟！予子行役，夙夜无已。"《礼记·曲礼上》："大夫七十而致事，若不得谢，则必赐之几杖，行役以妇人。"疏："行役，谓本国巡行役事。妇人能养人，故许自随也。"《周礼·地官·州长》："若国作民而师田行役之事，则帅而致之。"疏："行谓巡狩，役谓役作。"

〔二〕山川一何旷：古《笺》："陆士龙《为顾彦先赠妇诗》：'山海一何旷。'"一：助词，加强语气。《战国策·燕策一》："此一何庆吊相随之速也？"旷：阻隔。《孔子家语·六本》："庭不旷山，不直地。"王肃注："旷，隔也。"

〔三〕巽(xùn)坎难与期：丁《笺注》："犹言风波不定耳。"《易·说卦传》："巽为木、为风……坎为水。"期：预期，预料。难与期：意犹不可测。

〔四〕崩浪：郭璞《江赋》："骇崩浪而相礧。"聒(guō)：《楚辞·九思·疾世》:"鸲鹆鸣兮聒余。"王逸注:"多声乱耳为聒。"

〔五〕所生:生身父母。《诗·小雅·小宛》:"夙兴夜寐,毋忝尔所生。"乐府古辞《长歌行》:"游子恋所生。"渊明早年丧父,此指母。

〔六〕淹:久留。

〔七〕人间:此指世俗社会。《史记·留侯世家》:"愿弃人间事,欲从赤松子游耳。"良:诚,确实。

〔八〕当年讵有几?纵心复何疑:意谓壮年无几,应放任心之所好归隐田园,而不复犹豫矣。当年:壮年。《墨子·非乐上》:"将必使当年,因其耳目之聪明,股肱之毕强,声之和调,眉之转朴。"孙诒让《间诂》:"王云:'当年,壮年也。'当有盛壮之义。"渊明《饮酒》其二:"九十行带索,饥寒况当年。"讵:副词,表示反问,犹岂也。几:数词,表示数量甚少。《左传》昭公十六年:"韩子亦无几求。"杜预注:"言所求少。"讵有几:犹言无几也。纵心:放纵情怀,不受世俗约束。古《笺》:"张平子《归田赋》:'苟纵心于物外,焉知荣辱之所如。'"

【析义】

行役之苦,思亲之切,溢于言表。以归隐之愿作结,是渊明一贯写法。

辛丑岁七月赴假还江陵夜行涂中一首①

闲居三十载,遂一作远与尘事冥〔一〕。诗书敦宿好,林园无俗一作世情②〔二〕。如何舍此去〔三〕,遥遥至西原作南,《文选》作西荆③〔四〕。叩枻新秋月④,临流别一作引友生⑤〔五〕。凉风起将夕，夜景湛虚明[六]。昭昭天宇阔[七]，皛皛川上平[八]。怀役不遑寐，中宵尚孤一作向南征⑥[九]。商歌非吾事，依依在耦耕[一〇]。投冠旋旧墟一作庐⑦，不为好爵萦⑧[一一]。养真衡茅下，庶以善自名[一二]。

【校勘】

①涂中：《文选》作“涂口”，李善注：“《江图》曰：‘自沙阳县下流一百一十里至赤圻，赤圻二十里至涂口也。’”沙阳县在汉水滨，江陵东北不远处，自沙阳再下流浮汉水一百二十里至涂口，则已距武昌不远。　②林园：和陶本、《艺文类聚》作“园林”。　③西荆：原作“南荆”，《文选》作“西荆”，据改。李善注：“西荆州也，时京都在东，故谓荆州为西也。”　④新秋月：六臣注《文选》作“亲月船”。王叔岷《笺证稿》曰：作“新秋月”较胜，“惟新当借为亲，亲与别对言，甚佳。《史记·孝文本纪》：‘亲与朕俱弃细过。’《汉书》亲作新，即二字通用之证”。　⑤别：一作“引”，意谓牵挽，亦通。　⑥尚孤征：一作“向南征”，于义稍逊。　⑦墟：一作“庐”，亦通。　⑧萦：《文选》作“荣”。

【题解】

“辛丑”，晋安帝隆安五年（四〇一）。“赴假”，趋假，此言回家休假。“还江陵”，回家休假后复返回江陵任职。“江陵”，荆州治所，桓玄于隆安三年（三九九）十二月袭杀荆州刺史殷仲堪，隆安四年（四〇〇）三月任荆州刺史，至元兴三年（四〇四）桓玄败死，荆州刺史未尝易人。渊明既然于隆安五年（四〇一）七月赴假还江陵任职，则必在桓玄幕中无疑。

【编年】

据诗题，此诗作于晋安帝隆安五年辛丑（四〇一）。题目中“七月”乃赴假之时，当年秋复返回江陵。诗曰“叩枻新秋月”，“新”通“亲”，“新秋月”即“亲秋月”也。详本诗校勘及笺注。

【笺注】

〔一〕闲居三十载，遂与尘事冥：闲居：李善注引《汉书（司马相如传）》：“司马相如称疾闲居。”《礼记·孔子闲居》郑注：“退燕避人曰闲居。”《文选》潘岳《闲居赋》李善注：“不知世事，闲静居坐之意也。”三十载：疑是“二十载”之讹，详本诗“考辨”。渊明自“向立年”（二十九岁）起为江州祭酒，少日，自解归。四十七岁复至荆州入桓玄幕。自二十九岁至四十七岁，闲居十九年，举其成数为二十年。此诗开首四句追述二十年赋闲生活，第五、六句“如何舍此去，遥遥至西荆”，意谓如何舍弃此二十年闲居之快乐，而远至西荆以仕玄耶？此二句意谓出仕荆州之前曾闲居二十年，遂与尘俗之事远隔也。

〔二〕诗书敦宿好，林园无俗情：意谓闲居可敦诗书之素好，林园之中无世俗之情干扰。敦：注重、崇尚。《左传》僖公二十七年：“悦礼乐而敦诗书。”宿好：旧所好也。俗情：《世说新语·排调》：“范荣期见郗超俗情不淡，戏之曰：‘夷、齐、巢、许一诣垂名，何必劳神苦形、支策据梧邪？’”

〔三〕如何：奈何。《诗·秦风·晨风》：“如何如何，忘我实多。”此：指林园。

〔四〕西荆：李善注：“西荆州也。时京都在东，故谓荆州为西也。”

〔五〕叩枻（yì）新秋月，临流别友生：渊明或有朋友在途中一度相聚，分别后继续行舟往西荆而去，故言。李善注：“《楚辞（渔父）》：‘渔父鼓枻而去。’王逸注：‘叩船舷也。’《楚辞（九章·抽思）》曰：‘临流水而太息。’《毛诗（小雅·常棣）》曰：‘虽有兄弟，不如友生。’”新：通“亲”。朱骏声《说文通训定声·

坤部》:“新,假借为亲。”《书·金縢》:“惟朕小子其新逆。”陆德明释文:“新逆,马本作亲迎。”此二句对仗,释“新”为“亲”于义为胜。

〔六〕夜景湛虚明:意谓月光皎洁,夜色澄清。夜景:夜色,实即月色、月光。湛:澄清。谢混《游西池》诗:“景昃鸣禽集,水木湛清华。”虚明:空明。

〔七〕昭昭天宇阔:月光之中天宇明亮,故觉宽阔。昭昭:明亮。《楚辞·九歌·云中君》:“灵连蜷兮既留,烂昭昭兮未央。”

〔八〕皛皛(xiǎo,又读 jiǎo):明亮。

〔九〕怀役不遑寐,中宵尚孤征:意谓惦记职事而无暇寐,中夜尚独自赶路。《诗·召南·小星》:“肃肃宵征,夙夜在公。”役:事,此指职事。不遑寐:李善注:“《毛诗(小雅·小弁)》曰:‘不遑假寐。’”

〔一〇〕商歌非吾事,依依在耦耕:意谓不愿效法宁戚之求宦,而留恋于长沮、桀溺之耦耕也。李善注:“《淮南子(主术训)》曰:‘宁戚商歌车下,而桓公慨然而悟。’许慎曰:‘宁戚,卫人,闻齐桓公兴霸,无因自达,将车自往。’商,秋声也。《庄子(让王)》:‘卞随曰:“非吾事也。”’《论语(微子)》曰:‘长沮、桀溺耦而耕。’”耦耕:两人并耕。

〔一一〕投冠旋旧墟,不为好爵萦:意谓终将弃官还家,不为好爵所牵扰约束也。投冠:指弃官。旋:返。旧墟:故所居之地。好爵:李善注:“《周易(中孚)》曰:‘我有好爵,吾与尔縻之。’”萦:系缚,牵挂。

〔一二〕养真衡茅下,庶以善自名:意谓养真于蔽庐之下,庶几得以保持自己之善名矣。养真:修养真性,详前《始作镇军参军经曲阿》“笺注”〔八〕。衡茅:衡门茅茨也。庶以:将近。李善注:

"曹子建《辩问》曰:'君子隐居以养真也。'……范晔《后汉书(马援传)》:'马援曰:"吾从弟少游曰:'士生一时,乡里称善人,斯可以矣。"'郑玄《礼记》注曰:'名,令闻也。'"

【考辨】

"赴假还江陵",陶澍《靖节先生年谱考异》释为"赴假还自江陵",增字为训,难以成立。而且诗之语气是离家就职,不是还家,"怀役不遑寐"一句可证,陶说不足信。古《笺》释为"急假":"'假'与'赴假',其间有别。'假',常假。《晋书》:'徐邈并吏假还',是其例。'赴假',急假。《世说》:'陆机赴假还洛',是其例。"古《谱》曰:"考《礼记》郑《注》:'赴,疾也。'《释文》:'急,疾也。''赴假',犹言'急假'。"古直意谓渊明因急事而请假,仍旧将"赴假还江陵"释为"赴假还自江陵"。朱自清驳古直曰:"此文见《自新篇》云:'陆机赴假还洛,辎重甚盛。'此宁类急假耶!……足知'赴假'即今言销假意;渊明正是销假赴官,乃有'投冠''养真'等语耳。"但朱氏所谓"赴假"即销假之说未必成立。"赴",无"销"意。《说文》:"赴,趋也。"《左传》昭公二十五年:"故人之能自曲直以赴礼者,谓之成人。"孔颖达疏:"赴,谓奔走。"意思相近。"赴"可引申为前往、投入、到达,如"赴官"、"赴职"、"赴命"、"赴战",其意亦恰与"销"相反。所以"赴假"可释为趋假,犹言进入休假,而不可释为"销假"也。渊明诗题中"赴假"与"还江陵"是相连续之两件事,先赴假回寻阳家中,旋还江陵。即使《世说新语》所谓陆机"赴假还洛",亦是先赴假南归,后还洛也。陆机有《于承明作与士龙》诗曰:"南归憩永安,北迈顿承明。永安有昨轨,承明子弃予。"可见陆机确曾南归。张荫嘉《古诗赏析》曰:"此告假还家,假满赴荆之作,亦有思隐意。"最为恰切。

"闲居三十载",各家解释分歧:(一)从出生算起,至写此诗为止，中间除去为官时间，大致是三十年（实际上是三十四五年）。但“闲居”从出生算起，不合情理，孩提时代无所谓“赋闲”不“赋闲”，不应把孩提时代也算作“闲居”。（二）从出生算起，到起为江州祭酒之二十九岁，大致是三十年。然诗曰：“闲居三十载，遂与尘世冥。诗书敦宿好，林园无俗情。如何舍此去，遥遥至西荆。”据上下文，三十载应是至荆州仕桓玄之前那段时间，不是出仕为州祭酒前那段时间。而且既曰“闲居”，则非谓年岁。“闲居三十载”释为行年三十岁，意殊不合。（三）三十代表多数，非确指。三十固然可以代指多数，但不可一概而论，亦有确指三十或大约三十者。“三十”可能是夸大之虚数，但并非古书中所有“三十”皆夸大之辞。渊明此诗所谓“三十载”究竟是否夸大，仍然需要具体考察，不可笼统言之。（四）“三十”乃“已一”之讹。此说颇有创见，然缺少版本证据，恐难成立。（五）“三十”乃“二十”之讹。古直主此说，所举各例，皆无可争辩。古《谱》：“‘二’‘三’形近，每易互讹。如《书》：‘咨女二十有二人。’王引之《经义述闻》曰：‘上“二”字当作“三”，传写者脱去一画耳。’《史记·高祖纪》注：‘年六十三’，《太平御览》引《史记》云：‘年六十二’。《汉书·地理志》：‘二都得百里者百’，汲古阁本作‘三都得百里者百’。《礼记》：‘舜葬苍梧之野，盖三妃未之从也。’《后汉书·赵咨传》作‘二妃不从’。沈钦韩《疏证》曰：‘“二”当作“三”。’《后汉书·徐防传》：‘奉事二帝。’姚本《续汉书》作‘奉事三世’。《蜀志·向朗传》：‘优游林下，垂三十年。’裴松之注：‘朗免长史至卒，整二十年耳，此云三十，字之误也。’皆与《还江陵》诗‘二十’讹为‘三十’同其比例也。又《尚书》：‘谒者御史名为三台。’先生《命子》诗‘直方三台’谓此也。集本皆误作‘二台’，惟绍熙壬子曾集刻本注云：‘一作三台。’是则‘二’‘三’互讹，本集亦有其例矣。”然古直主五十二岁说，此诗系于二十六岁。从出生算起，除去为官时间，大致是二十年。古说之弊病与第一、二说相同。兹系此诗于五十岁下，取古说，"三十"乃"二十"之讹。渊明自二十九岁辞江州祭酒，至四十七岁仕桓玄幕，中间十九年闲居，举其成数为二十年。如此则顺理成章，了无窒碍矣。

【析义】

此渊明倦游之作也。夜行江中，怀役不寐，遂反省何为舍林园而入仕途。篇末表示终当养真于衡茅之下，以保全令名也。

癸卯岁始春怀古田舍二首

在昔闻南亩，当年竟未践〔一〕。屡空既有人，春兴岂自免〔二〕？夙晨装吾驾〔三〕，启涂情已缅〔四〕。鸟哢欢新节〔五〕，泠风送馀善一作鸟弄新节令，风送馀寒善。令一作泠[①]〔六〕。寒竹一作草被荒蹊[②]，地为罕一作幽人远[③]〔七〕。是以植杖翁，悠然不复返〔八〕。即理愧通识，所保讵乃浅一作成浅[④]〔九〕。

【校勘】

①泠：曾集本作"冷"，非是。鸟哢欢新节，泠风送馀善：一作"鸟弄新节令，风送馀寒善"；节令：又作"节泠"。于义均稍逊。　②竹：一作"草"，亦通。　③罕：一作"幽"，非是。　④乃浅：一作"成浅"，非是。

【题解】

"癸卯岁"，晋安帝元兴二年（四〇三）。"怀古田舍"，怀古于田舍。陶澍《考异》曰："怀古田舍，古人文简语倒，当是于田舍中怀古也。"时渊明正丁母忧居丧在家。第一首怀荷蓧丈人，第二首怀长沮、桀溺，所怀皆古之躬耕隐士。"田舍"，田间之庐舍。从首二句“在昔闻南亩，当年竟未践”看来，或即南亩中之田舍。渊明之田产不止一处，除南亩外，尚有西田、下潠田，各处田产中或均有庐舍。

【编年】

晋安帝元兴二年癸卯(四〇三)。

【笺注】

〔一〕在昔闻南亩，当年竟未践：意谓以前虽闻有南亩，但未曾亲自到南亩躬耕。

〔二〕屡空既有人，春兴岂自免：意谓自己之贫穷既如颜回，则必趁春兴之际躬耕也。屡空：常常贫穷。《论语·先进》：“回也其庶乎！屡空。”春兴：春天农事开始。

〔三〕夙晨装吾驾：意谓一早即装束车驾准备去到田中。夙：早。驾：车乘。南亩似较远，故须乘车。渊明不止一次写乘车到田中，《归去来兮辞》：“或命巾车，或棹孤舟。”

〔四〕启涂情已缅：意谓刚一启程而心已远飞至田中矣。缅：远。

〔五〕哢(lòng)：鸟叫。新节：指春。

〔六〕泠(líng)风：小风、和风。《庄子·齐物论》：“泠风则小和。”陆德明释文：“泠风，泠泠小风也。”《吕氏春秋·任地》：“子能使子之野尽为泠风乎?”高诱注：“泠风，和风，所以成谷也。”

〔七〕地为罕人远：意谓南亩因人迹罕至而觉其遥远。

〔八〕是以植杖翁，悠然不复返：承上意谓南亩蹊荒地远，正是遁世隐逸之好处所。由此得以体会荷蓧丈人悠然自得之心情，决心躬耕隐逸。植杖翁：《论语·微子》：“子路从而后，遇丈人，以杖荷蓧。……植其杖而芸。子路拱而立，止子路宿。……明日，子路行，以告。子曰：‘隐者也。’使子路反见之。至，则行矣。”不复返:古《笺》引《韩诗外传》:“山林之士,往而不反。”即不返回尘世,而甘于隐居。

〔九〕即理愧通识,所保讵乃浅:意谓隐居躬耕之理虽有愧于通识,但其所保非浅也。古《笺》:“《晋书·王羲之传》:‘所谓通识,正(自)当随事行藏,乃为远耳。’直案:魏晋之际,所谓通字,从后论之,每不为佳号。”丁《笺注》:“通识,谓与时依违,而取富贵者。靖节不能,故愧之也。”霈案:“愧”字乃反语,其实是不屑于此。渊明《归园田居》其一曰“守拙归园田”,所谓“拙”恰与“通”对立。所保:古《笺》:“《后汉书·逸民传》:庞公者,襄阳人也。刘表就候之曰:‘夫保全一身,孰若保全天下乎?’庞公笑曰:‘鸿鹄巢于高林之上,暮而得所栖;鼋鼍穴于深渊之下,夕而得所宿。夫趣舍行止,亦人之巢穴也。且各得其栖宿而已。天下非所保也。’因释耕于垄上,而妻子耘于前。”霈案:渊明所保者非仅一身性命,而是淳真朴素之本性。其所谓“抱朴含真”(《劝农》),“抱朴守静”(《感士不遇赋》),“养真衡茅下”(《辛丑岁七月赴假还江陵夜行涂中》),可证。

先师有遗训一作成诰①,忧道不忧贫〔一〕。瞻望一作仰瞻邈难逮②,转欲志原作患,注一作思,又作志长勤③〔二〕。秉耒欢一作力时务④〔三〕,解颜劝农人〔四〕。平畴交远风〔五〕,良苗亦怀新。虽未量岁功,即事多所欣〔六〕。耕种一作者有时息⑤,行者无问津〔七〕。日入一作田人相与归⑥〔八〕,壶浆劳近邻〔九〕。长吟掩柴门,聊为陇亩民一作人⑦〔一〇〕。

【校勘】

①遗训：一作“成诰”，非是。②瞻望：一作“仰瞻”，亦通。③志：原作“患”，底本校曰“一作思，又作志”。今以“志”为是，据改。④欢：一作“力”，亦通。⑤种：一作“者”，亦通。⑥日入：一作“田人”，亦通。⑦民：一作“人”，亦通。

【笺注】

〔一〕先师有遗训，忧道不忧贫：《论语·卫灵公》：“子曰：‘君子谋道不谋食。耕也，馁在其中矣；学也，禄在其中矣。君子忧道不忧贫。’”

〔二〕瞻望貌难逮，转欲志长勤：意谓孔子之遗训可望而不可及，故转而立志于长期从事农耕。古《笺》：“《邶风(燕燕)》：‘瞻望弗及。’《论语(子罕)》：‘颜渊喟然叹曰：“仰之弥高，钻之弥坚。瞻之在前，忽焉在后。”’”邈：远。难逮：难以达到。

〔三〕秉：持。耒：犁柄。时务：当及时而为之事，指农事。《国语·楚语》：“民不废时务。”《后汉书·章帝纪》：“方春东作，宜及时务。”

〔四〕解颜：开颜。《列子·黄帝》：“夫子始一解颜而笑。”马璞《陶诗本义》：“解颜者，其情见于颜，非强之也。”劝农人：劝勉农人。

〔五〕畴：耕治之田。交：交遇。

〔六〕虽未量岁功，即事多所欣：意谓虽未计算一年之收入，而即此目前之农事已多所欣喜矣。岁功：指一年之收成。丁《笺注》：“《汉书(董仲舒传)》：‘天使阳出布施于上，而主岁功。’”《后汉书》卷四九《王符传》录《潜夫论·爱日》：“岁功既亏，天下岂无受其饥者乎？”

〔七〕耕种有时息，行者无问津：意谓可以充分享受安静，而不受打揽。《论语·微子》:“长沮、桀溺耦而耕,孔子过之,使子路问津焉。长沮曰:‘夫执舆者为谁?’子路曰:‘为孔丘。’曰:‘是鲁孔丘与?’曰:‘是也。’曰:‘是知津矣。’问于桀溺。桀溺曰:‘子为谁?’曰:‘为仲由。’曰:‘是鲁孔丘之徒与?’对曰:‘然。’曰:‘滔滔者天下皆是也,而谁以易之?且而与其从辟人之士也,岂若从辟世之士哉?’耰而不辍。”津:渡口。

〔八〕日入:《击壤歌》:“日出而作,日入而息。”

〔九〕壶浆:指酒。渊明《饮酒》其九:“壶浆远见候。”

〔一〇〕聊:姑且。陇亩民:田野之人,即农人。

【析义】

此二诗结构相似,先说孔子、颜回之忧道不忧贫自己难逮,转而躬耕以谋食。继而写躬耕之乐、田野景物之可爱,并以长沮、桀溺等人自况。末尾表示躬耕隐居之决心。由此可见渊明虽接受儒家思想,但比孔子更为实际。

“平畴交远风,良苗亦怀新。”良苗人格化。“亦”字,可见己心与物妙合无垠,与其《时运》“有风自南,翼彼新苗”有异曲同工之妙。苏轼曰:“非古之耦耕植杖者,不能道此语;非世之老农,不能识此语之妙。”(《东坡题跋》)“虽未量岁功,即事多所欣。”得道语也。做事原不必斤斤计较其结果,愉快即在创造之过程中。亦即只管耕耘,不问收获之意也。

癸卯岁十二月中作与从弟敬远一首

寝迹衡门下〔一〕,邈与世相绝。顾眄莫谁知[①],荆扉昼常閇一作荆门终日閇,閇音必结反[②]〔二〕。凄凄一作惨惨岁暮风[③]〔三〕,翳翳经日一作夕雪[④]〔四〕。倾耳无希声,在目皓一作浩已结[⑤]〔五〕。

劲气侵襟袖,箪瓢谢屡设[六]。萧索空宇中[七],了无一可悦[八]。历览千载书,时时见遗烈[九]。高操非所攀,谬原作深,注宋本作谬得固穷节⑥[一〇]。平津苟不由一作苟不申⑦,栖迟讵为拙[一一]?寄意一言外,兹契谁能别[一二]?

【校勘】

①眄:绍兴本作“盼”,义同。 ②荆门昼常閇:一作“荆门终日閇”,亦通。汤注本作“閇”,通“閇”。 ③凄凄:一作“惨惨”,亦通。 ④日:一作“夕”。 ⑤结:绍兴本作“絜”,李注本作“洁”,意谓洁净,亦有佳处。 ⑥谬:原作“深”,注宋本作“谬”,今从宋本。 ⑦苟不由:一作“苟不申”。霈案:此校语原在篇末,今移至此。

【题解】

“癸卯岁”,晋安帝元兴二年(四〇三)。“从弟”,堂弟。渊明有《祭从弟敬远文》,文曰:“余尝学仕,缠绵人事。流浪无成,惧负素志。敛策归来,尔知我意。常愿携手,置彼众意。每忆有秋,我将其刈。与汝偕行,舫舟同济。三宿水滨,乐饮川界。静月澄高,温风始逝。”可知敬远与渊明志同道合。

【编年】

晋安帝元兴二年癸卯(四〇三)。

【笺注】

〔一〕寝:止息。寝迹:隐没踪迹,意犹隐居。衡门:衡木为门,指浅陋之住处。《诗·陈风·衡门》:“衡门之下,可以栖迟。”

〔二〕顾眄莫谁知,荆扉昼常閇(bì):意谓四顾无一相识之人,荆门虽白日亦常关闭也。渊明《归园田居》其二:“白日掩荆扉。”《归去来兮辞》:“门虽设而常关。”眄:斜视。曹植《美女篇》:

"顾眄遗光彩。"閇:同"闭"。《艺文类聚》卷三一颜延之《赠王太常僧达诗》:"郊扉常昼閇,林间时晏开。"

〔三〕凄凄:寒凉。《诗·郑风·风雨》:"风雨凄凄,鸡鸣喈喈。"

〔四〕翳翳:暗貌,见《文选》陆机《文赋》"理翳翳而愈伏"李善注。渊明《归去来兮辞》:"景翳翳以将入。"

〔五〕倾耳无希声,在目皓已结:意谓听之无所闻,视之已白成一片矣。古《笺》:"《老子》:'大音希声。'又曰:'听之不闻名曰希。'陆士衡《于承明作与士龙》:'倾耳玩馀声。'"结:聚积。《文选》陆机《挽歌》:"悲风徽行轨,倾云结流蔼。"李善注:"结,犹积也。"

〔六〕箪瓢谢屡设:意谓即使箪瓢亦不得常设也。《论语·雍也》:"贤哉回也!一箪食,一瓢饮,在陋巷,人不堪其忧,回也不改其乐。"

〔七〕萧索:萧条空荡。宇:屋宇。《楚辞》宋玉《招魂》:"高堂邃宇,槛层轩些。"王逸注:"宇,屋也。"左思《咏史》:"寥寥空宇中,所讲在玄虚。"

〔八〕了:完全,全然。《抱朴子外篇·审举》:"假令不能必尽得贤能,要必愈于了不试也。"《世说新语·任诞》:"张甚欲话言,刘了无停意。"

〔九〕历览千载书,时时见遗烈:古《笺》:"左太冲《咏史诗》:'遗烈光篇籍。'"历览:遍览。遗烈:古之志士。

〔一〇〕高操非所攀,谬得固穷节:意谓遗烈之崇高德操非己所攀求者,仅谬得其固穷之节操耳。《论语·卫灵公》:"君子固穷,小人穷斯滥矣。"谬:谦辞。

〔一一〕平津苟不由,栖迟讵为拙:意谓苟不行平津,则隐居于衡门之下岂为拙乎?平津:坦途,此喻仕途。由:蹈行,践履。《孟子·公孙丑上》:"隘与不恭,君子不由也。"曹植《杂诗》其五:"将骋万里涂,东路安足由。"栖迟:《诗·陈风·衡门》:"衡门之下,可以栖迟。"

〔一二〕寄意一言外,兹契谁能别:意谓一言(指上句"栖迟讵为拙")之外寄有深意,唯敬远能与吾心相契合也。契:契合,渊明《桃花源诗》:"高举寻吾契。"《易·系辞上》:"子曰:'书不尽言,言不尽意。'"《庄子·天道》:"语有贵也,语之所贵者,意也。意有所随,意之所随者,不可以言传也。"

【析义】

此抒志之作也。欲有为而不可得,遂退而隐居,与世隔绝,其中颇有难言之隐,唯敬远能得其心。"倾耳无希声,在目皓已结",浑厚已极。罗大经《鹤林玉露》曰:"只十字,而雪之轻虚洁白尽在是矣。后来者莫能加也。"沈德潜《古诗源》曰:"渊明咏雪,未尝不刻划,却不似后人黏滞。愚于汉人得两语曰'前日风雪中,故人从此去',于晋人得两语曰'倾耳无希声,在目皓已洁',于宋人得一句曰'明月照积雪',为千古咏雪之式。"

乙巳岁三月为建威参军使都经钱溪一首

我不践斯境,岁月好已积[①]〔一〕。晨夕看山川,事事悉如昔。微雨洗高林,清飙矫云翮〔二〕。眷彼品物存,义风一作在义都未隔[②]〔三〕。伊余一作余亦何为者[③],勉励从兹役。一形似有制,素襟不可易〔四〕。园田日梦想一作想梦[④],安得久离析一作拆[⑤]!终怀在归一作壑舟[⑥],谅哉宜一作负霜柏[⑦]〔五〕。

【校勘】

①好:和陶本作“耗”,非是。 ②义风:一作“在义”,于义为逊。 ③伊余:一作“余亦”,非是。 ④梦想:一作“想梦”,非是。 ⑤析:一作“拆”,非是。 ⑥归舟:一作“鼖舟”,亦通。 ⑦宜:一作“负”,非是。

【题解】

“乙巳岁”,晋安帝义熙元年(四〇五)。“建威参军”,建威将军参军。时建威将军为刘敬宣。“使都”,出使京都。“钱溪”,陶澍注:“《宋书》曰:‘钱溪江岸最狭。’胡三省《通鉴》注:‘《新唐书·地理志》:“宣州,南陵县有梅根监钱官。”’《宋书》:‘陈庆军至钱溪,军于梅根。’盖今之梅根港也。以有置钱监,故谓之钱溪。”霈案:陶澍所引不确,“钱溪江岸最狭”,见于《资治通鉴》卷一三一明帝泰始二年。“陈庆”云云,原文见《宋书》卷八四《邓琬传》:“陈庆至钱溪,不敢攻。越钱溪,于梅根立砦。”查《新唐书·地理志》,宣州宣城郡南陵下,有注曰:“有梅根、宛陵二监钱官。”据此,钱溪与梅根相近,但不是一地。

【编年】

据诗题,作于晋安帝义熙元年乙巳(四〇五)。

【笺注】

〔一〕我不践斯境,岁月好(hào)已积:意谓久已未至此地矣。好:副词,表示程度,犹言孔、甚。古《笺》引《汉书(食货志)》注:“韦昭曰:‘好,孔也。’”

〔二〕清飙矫云翮:意谓清风高举云中之鸟。矫:高举。《文选》扬雄《解嘲》:“矫翼厉翮。”

〔三〕眷彼品物存,义风都未隔:意谓顾彼众物生机勃勃,一如往昔;都能得好风之助,全无阻隔也。古《笺》:"《易·乾》:'云行雨施,品物流形。'《文言》曰:'利物足以和义。'又曰:'知终终之,可以存义。'直案:'眷彼品物'二句当本此。义风未隔,即孔疏所谓:'品类之物流布成形,各得亨通,无所壅蔽也。'《晋书·刘琨传》:'义风既畅',《温峤传》:'士禀义风',词同而意微殊。"

〔四〕一形似有制,素襟不可易:意谓自己既已从宦,则形体似有所制约,但平素之襟怀却不可易也。渊明《始作镇军参军经曲阿》:"真想初在襟,谁谓形迹拘"意同。一形:《庄子·则阳》:"古之君人者,以得为在民,以失为在己;以正为在民,以枉为在己;故一形有失其形者,退而自责。"《吕氏春秋·明理》:"成非一形之功也。"古《笺》引《淮南子·诠言训》:"有形而制于物。"王叔岷《笺证稿》引《列子·天瑞》:"(凡一气不顿进,)一形不顿亏。"素襟:《文选》王僧达《答颜延年》:"崇情符远迹,清气溢素襟。"李周翰注:"高情同往贤之远迹,清淑之气自盈于本心。"

〔五〕终怀在归舟,谅哉宜霜柏:意谓己之所怀终在乘舟以返园田,而己之节操诚然足以当霜柏之坚贞也。谅:信。宜:当。霜柏:古《笺》引《庄子·让王》:"霜雪已降,吾是以知松柏之茂也。"

【考辨】

吴《谱》:"三月,建威将军刘怀肃讨振,斩之。天子乃还京师。是年怀肃以建威将军为江州刺史,先生实参建威军事,从讨逆党于江陵。有《使都经钱溪》诗,盖自江陵以使事如建业。"吴瞻泰《陶诗汇注》曰:"考《宋书·怀肃传》:其年为辅国将军,无建威之说。惟《晋书·刘牢之传》云:'刘敬宣与诸葛长民破桓歆于芍陂,迁建威将军、江州刺史,镇寻阳。'《宋书·刘敬宣传》所载亦同。实元帝元兴三年甲辰,则公为敬宣建威参军,未可知也。《年谱》失考。"陶《考异》:"今按:斗南谓是年刘怀肃以建威将军为江州刺史,先生实参怀肃军事,从讨逆党于江陵。盖据《晋书》义熙元年乙巳三月,桓振袭江陵,荆州刺史司马休之奔于襄阳,建威将军刘怀肃讨振,斩之。而先生诗题云《乙巳三月为建威参军使都》,故遂以此事当之。东岩谓怀肃为辅国将军,无建威之说,误也。惟怀肃虽亦号建威将军,而时为淮南、历阳二郡太守,非江州刺史。江州刺史则敬宣以建威将军为之,镇寻阳,已先在甲辰三月。先生为江州柴桑人,得佐本州戎幕,且素参牢之军事,敬宣为牢之子,与先生世好,其特辟先生,有由也。斗南谓先生从讨江陵,亦与题云'使都'相戾,使都何能从讨乎?东岩又以乙巳年事系于甲辰,亦误。"杨希闵《晋陶征士年谱》:"陶公参建威军,史亦无主名。周保绪《晋略》谓是刘敬宣。考敬宣去职在前,未合。或曰朱龄石,然又远在后,亦未合。且阙疑。"古《谱》:"有《乙巳岁三月为建威参军使都经钱溪》诗一首,当是为敬宣奉表辞官。敬宣已去,先生当亦罢归也。"王注、逯《系年》从之。

需案:刘怀肃任建威将军见《晋书·桓玄传》:"玄故将刘统、冯稚等聚党四百人,袭破寻阳城。(刘)毅遣建威将军刘怀肃讨平之。"《资治通鉴》系此事于安帝元兴三年(四〇四)五月。但《宋书·刘怀肃传》只言其任辅国将军,而不及建威将军。《晋书斠注》:"疑怀肃传失书,或辅国即建威之讹。"然而刘怀肃之任建威将军既不见本传,实可怀疑也。刘敬宣任建威将军,见《宋书》卷四七《刘敬宣传》:"桓歆率氐贼杨秋寇历阳,敬宣与建威将军诸葛长民大破之,歆单骑走渡淮,斩杨秋于练固而还。迁建威将军、江州刺史。"又《晋书》卷八四《刘敬宣传》:"与诸葛长民破桓歆于芍陂,迁建威将军、江州刺史,镇寻阳。"《资治通鉴》系此事于安帝元兴三年(四〇四)四月。综合上述资料可知:元兴三年四月,刘敬宣随建威将军诸葛长民破桓歆之后即继其任建威将军。如果刘怀肃于此年五月正任建威将军,则同时有二建威将军,或刘敬宣任建威将军仅一个月,均不可能。刘怀肃任建威将军之说不见其本传,本有疑问。此时之建威将军只能是刘敬宣。建威军驻地在江州一带,刘敬宣任建威将军兼江州刺史,合乎惯例。此年十月,桓玄兄子亮自称江州刺史,举兵攻豫章,刘敬宣击败之。可见直到十月刘敬宣尚未离建威将军任。刘怀肃之任建威将军,乃《晋书·桓玄传》误记。刘敬宣在江州为刘毅所忌,甚不安。义熙元年三月安帝反正,遂自表解职。籍属江州之陶渊明此月为建威将军参军使都经钱溪,此建威将军即刘敬宣无疑。渊明于是年三月前已解除镇军参军职回江州,三月改任建威参军出使。陶澍《靖节先生为镇军、建威参军辨》曰:渊明赴都当是奉贺复位,或并为刘敬宣上表解职。此说虽系猜测,然不无可能,录以备考。

【析义】

钱溪者,渊明旧经之地,风物佳胜,记忆犹新。今复经此地,风物未改,而己身为行役所制,竟不得自由,一似义风壅蔽。故怀念故园,终将归去。"义风都未隔",乃一篇之关键。渊明以己身与品物对照,或隔或不隔,大相异趣。

还旧居一首

畴昔家一作居上京①〔一〕,六一作十载去还归〔二〕。今日始复来,恻怆多所悲。阡陌不移旧,邑屋或时非〔三〕。履历周故居〔四〕,邻老罕复遗。步步寻往迹,有处特一作时依依②〔五〕。

流幻百年中，寒暑日相推一作追③〔六〕。常恐大化尽，气力不及衰〔七〕。拨一作废置且莫一作旦莫念④，一觞聊可一作一挥〔八〕。

【校勘】

①家：一作“居”，亦通。 ②特：一作“时”，亦通。 ③推：一作“追”，亦通。 ④拨：一作“废”，亦通。且莫：一作“旦莫”，犹“旦暮”，于义为逊。

【题解】

题曰“还旧居”，首二句点明“畴昔家上京”，则此旧居在上京无疑。

【编年】

此“旧居”或即《庚子岁从都还阻风于规林》中“计日望旧居”之“旧居”也，然《庚子岁从都还阻风于规林》与此诗非同时所作。《庚子岁从都还阻风于规林》作于庚子（四〇〇），渊明四十九岁，而《还旧居》曰：“常恐大化尽，气力不及衰。”“衰”者，据《礼记》为五十岁。“常恐不及衰”，意谓恐怕活不到五十岁，揣度语气当作于四十五岁前后，彼时或曾一度还旧居。诗中未言及家人，亦未言及自家状况，只言“邑屋时非”，“邻老罕遗”，盖非为省亲也。如此，《还旧居》或可订为晋孝武帝太元二十一年（三九六）四十五岁前后所作。此前“六载”或“十载”，渊明迁离此旧居，此时复举家迁回旧居。至庚子岁从都还时，即还此旧居省亲也。

【笺注】

〔一〕上京：李注：“《南康志》：‘近城五里，地名上京，亦有渊明故居。’”陶澍注：“《名胜志》：‘南康城西七里，有玉京山，亦名上京，有渊明故居。其诗曰“畴昔家上京”，即此。’”

〔二〕六载去还归：意谓六年前离去，今复归还也。陶澍注："去还归者，谓以己亥出，庚子假还，辛丑再还，甲辰服阕，又为本州建威参军，去而归，归而复去，故曰'六载去还归'也。"但细审诗意，是久已未还，故甚觉变化巨大而感慨万千。若如陶澍所说，数年内去而又还，还而又去，去而又还，则不当有此等语也。且诗中明言"今日始复来，恻怆多所悲"，则决非如陶澍所说多次去来也。

〔三〕阡陌不移旧，邑屋或时非：意谓田间道路依旧，而村舍时见变异。阡陌：田间小路。《风俗通义》："南北曰阡，东西曰陌。"邑屋：古《笺》："《国策·齐策》：'颜斶（辞去）曰："……愿得赐归，安行而反臣之邑屋。"'《汉书·游侠传》：'郭解曰："居邑屋不见敬。"'师古曰：'邑屋，犹今人言村舍、巷舍也。'"

〔四〕履历：步经。周：绕。

〔五〕依依：留恋貌。

〔六〕流幻百年中，寒暑日相推：意谓人生百年无时不在流迁幻化之中，寒暑互相推迁，无一日停歇也。古《笺》："《系辞》：'寒暑相推，而岁成焉。'"

〔七〕常恐大化尽，气力不及衰：意谓常恐己身之幻化终止，气力尚不及于衰而死去。黄文焕《陶诗析义》曰："由壮而衰，由衰而老，此化尽之恒也。中年物化，则衰将不及，可畏哉！"大化：指由生至死之变化。《列子·天瑞》："人自生至终，大化有四：婴孩也，少壮也，老耄也，死亡也。"古《笺》："《礼记·王制》：'五十始衰。'又《檀弓》：'五十无车者不越疆而吊人。'郑注：'气力始衰。'"

〔八〕拨置且莫念，一觞聊可挥：意谓幻化之事且摆脱弃置而勿念，聊饮酒以开怀也。拨：废弃，除去。刘向《九叹·惜贤》："拨谄谀而匡邪兮。”挥：挥觞。

【析义】

渊明颇以世事变迁生命短促为念，本欲有所为者。六年或十年间，邑屋邻老皆已变化，此或社会动乱不安故也。

戊申岁六月中遇火一首

草庐寄穷巷，甘以辞华轩〔一〕。正夏长风急一作至①〔二〕，林室顿烧燔。一宅无遗宇，舫舟荫门前〔三〕。迢迢新秋夕〔四〕，亭亭月将圆〔五〕。果菜一作药始复生②，惊鸟尚未还。中宵伫遥念，一盼周九天〔六〕。总发抱孤念一作诸孤，念又作介③，奄出四一作门十年④〔七〕。形迹凭化往，灵府长独闲〔八〕。贞刚自有一作在质⑤，玉石乃非坚〔九〕。仰想东户时，馀粮宿中田〔一〇〕。鼓腹无所思一作且无虑⑥，朝起暮归眠〔一一〕。既已不遇兹，且遂灌我园⑦〔一二〕。

【校勘】

①急：一作“至”，亦通。　②菜：一作“药”，盖形近而讹。　③抱孤念：一作“抱诸孤”，非是。一作“抱孤介”，亦通。　④四十年：一作“门十年”，非是。“门”乃“四”之讹。　⑤自有质：一作“自在质”，非是。“在”乃“有”之讹。　⑥无所思：一作“且无虑”，亦通。　⑦我：李注本作“西”，恐非是。

【题解】

“戊申”，晋安帝义熙四年（四〇八）。李公焕注：“靖节旧宅居于柴桑县之柴桑里，至是属回禄之变，越后年徙居于南里之南村。”

丁《谱》曰:“柴桑旧宅既毁,移居南村,有《移居》诗。”需案:此诗未言“旧居”、“旧宅”,所言为“草庐”,即“草屋八九间”之“园田居”也。然是否在上京难以考定。渊明辞彭泽令归隐“园田居”之大后年即遇火,故首二句曰:“草庐寄穷巷,甘以辞华轩。”指辞官归田事也。

【编年】

晋安帝义熙四年戊申(四〇八),渊明五十七岁。

【笺注】

〔一〕草庐寄穷巷,甘以辞华轩:意谓草庐寄于僻巷之中,甘心隔绝贵人之华轩,不与之往来也。华轩:华美之车。古《笺》:“阮嗣宗《咏怀诗》(其六十):‘缊袍笑华轩。’”

〔二〕正夏:当夏。《书·尧典》:“日永星火,以正仲夏。”

〔三〕一宅无遗宇,舫舟荫门前:丁《笺注》引程传:“‘一宅无遗宇’者,对‘草屋八九间’而言也。‘舫舟荫门前’者,谓如张融权牵小舟为住室也。”需案:张融事见《南齐书》本传。舫舟:方舟、并舟。荫门前:荫于门下,盖屋室烧尽,惟馀柴门及门前舫舟也。

〔四〕迢迢:丁《笺注》:“《古诗》:‘迢迢牵牛星。’迢迢,高貌。潘岳诗(《顾内》):‘迢迢远行客。’迢迢,远貌。此句之迢迢,又引申为长意。”

〔五〕亭亭:李注:“高也。”《文选》张衡《西京赋》:“状亭亭以苕苕。”李善注:“亭亭、苕苕,高貌也。”

〔六〕中宵伫遥念,一盼周九天:意谓中宵难寐,久立遐想;秋夕月明,一顾盼则遍览九天。伫:久立。九天:《楚辞·离骚》:“指九天以为正兮。”王逸注:“九天,谓中央八方也。”

〔七〕总发抱孤念,奄出四十年:意谓自总发时即已怀抱孤念,耿介而不群,至今已四十多年矣。总发:犹束发、总角。古代男孩成童时束扎发髻为两角,因以代指成童之年。《大戴礼·保傅》:"古者年八岁而出就外舍,学小艺焉,履小节焉。束发而就大学,学大艺焉,履大节焉。"北周卢辩注:"束发谓成童。《白虎通》曰'八岁入小学,十五入大学'是也。"《礼记·内则》:"成童,舞象,学射御。"郑玄注:"成童,十五以上。"《后汉书·李固传》:"固弟子汝南郭亮,年始成童,游学洛阳。"李贤注:"成童,年十五也。"《礼记·内则》:"男女未冠笄者,……拂髦,总角。"男子二十而冠,可见总发在十五岁或稍长。《陈书·韩子高传》:"子高年十六,为总角,容貌美丽,状似妇人。"是十六岁为总角也。孤:特也。孤念:不同流俗之想。奄:忽。出:超出。此二句决当连读,意谓自总发以来忽已超过四十年矣。四十年:不可释为四十岁。渊明《连雨独饮》"自我抱兹独,僶俛四十年"可为确证,意谓自"抱独"(犹"抱孤念")以来努力四十年矣。若释"四十年"为"四十岁",则自出生以来即已"抱独",即已"僶俛",显然不通。兹以"总发"为十六岁,"奄出四十年"为四十一年,十六加四十一为五十七,戊申年五十七岁,下推至渊明卒年丁卯,恰为七十六岁。与《游斜川》所记年岁相合,决非偶然。关于此二句之读法,参见《怨诗楚调示庞主簿邓治中》编年。

〔八〕形迹凭化往,灵府长独闲:意谓四十馀年间,形迹随大化而迁移变化,心灵却独能长闲,而无尘俗杂念也。意犹《归园田居》其一:"虚室有馀闲。"《连雨独饮》:"形骸久已化,心在复何言。"形迹:形与迹,形体与行迹。化:指事物不可抗拒之变化规律,参看《形影神》"笺注"。灵府:《庄子·德充符》:"不可入于灵府。"郭象注:"灵府者,精神之宅也。"

〔九〕贞刚自有质，玉石乃非坚：意谓自有贞刚之本质，相比之下玉石乃非为坚也。贞刚：王粲《车渠碗赋》："体贞刚而不挠，理修达而有文。"贞：坚定。谢灵运《过始宁墅》："缁磷谢清旷，疲薾惭贞坚。"与陶诗意正相反。方宗诚《陶诗真诠》曰此二句"有不流不倚、不磷不缁之慨"。

〔一〇〕仰想东户时，馀粮宿中田：古《笺》引李审言曰：《初学记·帝王部》引《子思子》曰："东户季子之时，道上雁行而不拾遗，（耕耨）馀粮宿诸亩首。"《淮南子·缪称训》高注："东户季子，古之人君。"直案：《吕氏春秋·有度篇》高注："季子，户（季子），尧时诸侯也。"仰想：慕想。仰：企慕，《诗·小雅·车辖》："高山仰止。"宿：积久也。宿中田：积于田中，任人自取也。

〔一一〕鼓腹无所思，朝起暮归眠：意谓无忧无虑，只须耕作。《庄子·马蹄》："夫赫胥氏之时，民居不知所为，行不知所之，含哺而熙，鼓腹而游，民能以此矣。"《淮南子·俶真训》："含哺而游，鼓腹而熙。"高注："鼓，击也。熙，戏也。"案："鼓腹"，示已食饱。

〔一二〕既已不遇兹，且遂灌我园：意谓既不遇东户、赫胥氏之时，且独自躬耕隐居耳。灌园：《史记·邹阳列传》狱中上书曰："是以孙叔敖三去相而不悔，于陵子仲辞三公为人灌园。"集解引《列士传》："楚于陵子仲，楚王欲以为相，而不许，为人灌园。"渊明《扇上画赞》："至矣于陵，养气浩然。蔑彼结驷，甘此灌园。"《答庞参军》："朝为灌园，夕偃蓬庐。"

【析义】

何焯《义门读书记·陶靖节诗》曰："形骸犹外，而况华轩。所以遗宇都尽，而孤介一念炯炯独存，之死靡它也。"然尤可注意者，

“仰想东户时”数句，与《桃花源记》参看，可见向往原始社会之真淳朴素，乃渊明一贯想法。

己酉岁九月九日一首

靡靡秋已夕〔一〕，凄凄风露交〔二〕。蔓草不复荣〔三〕，园木一作林空自凋[①]〔四〕。清气一作光澄馀滓[②]，杳一作遥然天界高[③]〔五〕。哀一作衰蝉无留原作归，注一作留响[④]，从原作燕，注一作从雁鸣云霄[⑤]〔六〕。万化相寻绎一作异[⑥]，人生岂不劳〔七〕？从古皆有没，念之中一作令心焦[⑦]〔八〕。何以称我情？浊酒且一作思自陶[⑧]〔九〕。千载非所知，聊以永今朝〔一〇〕。

【校勘】

①木：一作“林”，亦通。 ②清气：一作“清光”，意谓月光，亦通。 ③杳：一作“遥”，音同而讹。 ④哀：一作“衰”，恐非是；绍兴本作“众”，于义稍逊。留：原作“归”，底本校曰“一作留”，今据改。“归一作留”原在下句“雁”字下，今移至此。 ⑤从：原作“燕”，底本校曰“一作从”，今据改。 ⑥绎：一作“异”，亦通。 ⑦中：一作“令”，亦通。 ⑧且：一作“思”，于义稍逊。

【题解】

“己酉”，晋安帝义熙五年（四〇九）。“九月九日”，重阳节。

【编年】

晋安帝义熙五年己酉（四〇九），渊明五十八岁。

【笺注】

〔一〕靡靡：犹迟迟。《诗·王风·黍离》：“行迈靡靡，中心摇摇。”

毛传:“靡靡,犹迟迟也。”引申为渐渐。此言时运渐渐推移。夕:每年最后一季、每季最后一月、每月最后一旬,皆可称“夕”。秋已夕:犹言秋已暮,九月为秋季最后一月,故称。

〔二〕凄凄风露交:意谓风露交并,颇有凉意也。《诗·小雅·四月》:“秋日凄凄。”毛传:“凉风也。”交:俱、并、共。

〔三〕蔓草:蔓生之草。《诗·郑风·野有蔓草》:“野有蔓草,零露漙兮。”

〔四〕空自凋:徒然凋零,有听其自然无可奈何之意。

〔五〕清气澄馀滓,杳然天界高:意谓秋高气爽。古《笺》:“张景阳《杂诗》(十首其一):‘(秋夜凉风起,)清气荡时(应为暄)浊。’《九辩》:‘泬寥兮天高而气清。’”杳:深远。渊明《和郭主簿》:“露凝无游氛,天高风景澈。”《九日闲居》:“露凄暄风急,气澈天象明。”均写秋高气爽,可参看。馀滓:指暑夏各种浊气、湿气,清气来则荡尽矣。

〔六〕哀蝉无留响,丛雁鸣云霄:古《笺》:“《九辩》‘蝉寂寞而无声,雁痈痈而南游兮’,张孟阳《七哀》(二首其二):‘阳鸟收和响,寒蝉无馀音。’”丛:聚集。

〔七〕万化相寻绎,人生岂不劳:意谓以万化相推求,唯人生为最可忧耳。草木有悴有荣,寒暑有往有来,化则化矣,而皆有往复循环,唯人生化去则不复有归期矣。万化:古《笺》引《庄子·大宗师》:“若人之形者,万化而未始有极。”霈案:此言“万化”乃承上草、林、蝉、雁,以及清气、馀滓等,指外界种种事物之迁移变化,与《庄子》之指人形者异。此犹《于王抚军座送客》所谓“情随万化移”之“万化”。寻:《说文》:“绎理也。”绎:《说文》:“抽丝也。”寻绎:意犹推求、探索,以发现隐微。劳:忧愁。《诗·邶风·燕燕》:“瞻望弗及,实劳我心。”

〔八〕从古皆有没,念之中心焦:王叔岷《笺证稿》引《论语·颜渊》:"自古皆有死。"又,渊明《影答形》:"念之五情热。"《游斜川》:"念之动中怀。"

〔九〕陶:喜也。

〔一〇〕永今朝:古《笺》引《诗·小雅·白驹》:"絷之维之,以永今朝。"郑笺:"永,久也。愿此去者乘其白驹而来,使食我场中之苗。我则绊之系之,以久今朝。爱之,欲留之。"

【析义】

由秋景引发人生之悲哀,而借酒以消之。写秋景,笔墨凄清。

庚戌岁九月中于西田获旱原作早稻一首[①]

人生归有道一作事[②],衣食固其一作无端[③]〔一〕。孰一作执是都不营[④],而以求自安〔二〕!开春一作春事理常业[⑤]〔三〕,岁功聊可观〔四〕。晨出肆微勤[⑥],日入负禾一作耒还[⑦]〔五〕。山中饶霜露〔六〕,风气亦先寒。田家岂不苦?弗穫一作獲辞此难〔七〕。四体诚乃一作已疲[⑧],庶原作交无异患干一作我患[⑨]〔八〕。盥濯一作濯息檐下[⑩],斗原作升酒散襟原作襟,注一作觔,又作矜,又作襟颜[⑪]〔九〕。遥遥沮溺心,千载乃相关〔一〇〕。但愿长如此,躬耕非所叹〔一一〕。

【校勘】

①旱稻:原作"早稻",各本同。丁《笺注》曰:"九月获稻,不为早矣。下潠田八月获,且不言早,今浔阳之俗,禾早者六月获。一本早是旱字,故有山中风气句。姑存此以备一说。""九月中获早稻",显然与季节不合,"早"字必讹,惟不知丁氏所据版本,无以

考校。逯钦立《陶渊明年谱稿》曰:“九月所获,不为早稻,九早二字,必有一误。据诗中风气先寒语,九月或当为七月也。”王叔岷《笺证稿》曰:“古书中九、七二字往往相乱。”霈案:诗曰“山中饶霜露,风气亦先寒”,不应在七月,“九”字不误。“西田”在山中,所种稻或系旱稻也。据游修龄《中国稻作史》记载:旱稻,又称陆稻、陵稻,起源于南方。陆稻之名始见于《礼记·内则》,陵稻之名始见于《管子·地员篇》,旱稻之名始见于《齐民要术》。今云南南部山区仍然种植旱稻,四月播种,“九月末十月初收获”。查《齐民要术》卷二“旱稻第十二”云:旱稻种于山中或下田,有九月收者。据霈实地考察,江西一带收早稻在六月,气候正炎热,即使山中亦不寒,尤不应有“霜”,作“七月”与诗中所写气候不合。作“旱稻”为是。 ②道:一作“事”,非是。 ③其:一作“无”,非是。 ④孰:一作“执”,非是。 ⑤开春:一作“春事”,于义稍逊。 ⑥晨:和陶本作“景”,意谓日出,亦通。 ⑦禾:一作“耒”,非是。“耒”者,耒耜之曲木柄(耜为耒耜之铲)。耒耜是耕地翻土之工具,即春耕时农具。此诗言秋季收稻,不用耒也。 ⑧乃:一作“已”,亦通。 ⑨庶:原作“交”,和陶本、绍兴本同。曾集本作“庶”,今从之。患干:一作“我患”,恐非是。⑩盥:一作“灌”,非是。 ⑪斗:原作“升”,各本均作“斗”,今从之。襟:原作“檩”,底本校曰“又作襟”,今从之。又作“矜”、“矜”,于义稍逊。

【题解】

“庚戌岁”,晋安帝义熙六年(四一〇)。“西田”,盖《归去来兮辞》所谓“西畴”:“农人告余以春及,将有事于西畴。”

【编年】

晋安帝义熙六年庚戌(四一〇)。霈案:渊明于安帝义熙元年乙巳(四〇五)辞彭泽令,有《归去来兮辞》,所归为园田居。义熙二年丙午(四〇六)春曾往"西畴"(西田)耕作。义熙四年戊申(四〇八)园田居遇火,暂住舟中。园田居修葺后,义熙五年己酉(四〇九)复居于此。故义熙六年庚戌(四一〇)得往西田(西畴)收旱稻也。

【笺注】

〔一〕人生归有道,衣食固其端:意谓衣食原是人生之开端,若不谋衣食,生活尚且不能维持,趋道更无论矣。归:趋、就。有:相当于"于"。《易·家人》:"闲有家。"《礼记·大学》:"是故君子有大道,必忠信以得之,骄泰以失之。"《孟子·滕文公上》:"人之有道也,饱食、暖衣、逸居而无教,则近于禽兽。"固:原本。端:开始。渊明《劝农》:"远若周典,八政始食。"此二句似由《孟子》引出,而立意不同。

〔二〕孰是都不营,而以求自安:意谓何能连衣食都不经营,而求自安乎?孰:何。是:此,指衣食。营:经营。

〔三〕开春:《楚辞·九章·思美人》:"开春发岁兮。"常业:日常工作,指农务。《管子·揆度》:"农有常业,女有常事。"

〔四〕岁功:指一年之收成。详见《癸卯岁始春怀古田舍》其二"笺注"〔六〕。聊:略、略微。

〔五〕晨出肆微勤,日入负禾还:意谓晨出从事轻微之劳作,日入则背负所收稻禾而归。肆:《尔雅·释言》:"肆,力也。"注:"肆,极力。"渊明《桃花源诗》:"相命肆农耕。"微勤:轻微劳动。

〔六〕饶:多。

〔七〕田家岂不苦,弗獲辞此难:意谓田家诚然辛苦,然不得脱离此苦也。杨恽《报孙会宗书》:"田家作苦。"此难:指耕作之艰苦。

〔八〕四体诚乃疲,庶无异患干:意谓四肢诚然疲劳,或可免除其他祸患之干扰也。

〔九〕斗酒:杨恽《报孙会宗书》:“斗酒自劳。”襟颜:襟怀容颜。饮酒可使襟颜放松,故曰“散”。

〔一〇〕遥遥沮溺心,千载乃相关:意谓己心与千载上之沮溺相通也。沮溺心:《论语·微子》:“长沮、桀溺耦而耕。……曰:‘滔滔者天下皆是也,而谁以易之?且而与其从辟人之士也,岂若从辟世之士哉?’”乃:竟。时隔千载而心竟相通,难得如此也。

〔一一〕但愿长如此,躬耕非所叹:亲身耕作虽然劳苦,却无异患干犯,所以宁愿长如此,而不叹躬耕之苦矣。

【析义】

《癸卯岁始春怀古田舍》其二曰难逮孔子之遗训,此诗又不取孟子之论,曰衣食乃道之开端,且皆表示向往荷蓧丈人、长沮、桀溺等躬耕之隐士。就对力耕之态度而言,渊明明白表示与孔、孟异趣。“盥濯息檐下”,活画出农家生活情景,非亲身劳作者莫办。“檐下”二字尤妙。“斗酒散襟颜”,活画出劳作后渊明之形象,心情与表情均因酒而放松矣。

丙辰岁八月中于下潠田舍获一首

贫居依稼穑一作事耕稼[①],勠力东林隈〔一〕。不言春作苦〔二〕,常一作当恐负所怀[②]〔三〕。司田眷有秋,寄声与我谐〔四〕。饥者欢初饱,束带候一作俟鸣鸡[③]〔五〕。扬楫越平湖,泛随清壑回〔六〕。郁郁一作皭皭荒山里④,猿声闲且哀〔七〕。悲风爱静夜一作夜静⑤,林鸟喜晨开〔八〕。曰余作此来,三四星火颓〔九〕。姿年逝已老〔一〇〕,其事未云乖〔一一〕。遥谢荷蓧翁,聊得从君栖〔一二〕。

【校勘】

①依稼穑:一作"事耕稼",亦通。 ②常:一作"当",形近而讹。 ③候:一作"俟",亦通。 ④郁郁:一作"皭皭",非是。和陶本作"酹酒",亦非是。 ⑤静夜:一作"夜静",亦通。

【题解】

"丙辰岁",晋义熙十二年(四一六)。"下潠(sùn)田舍",渊明之一处田庄。"潠",《一切经音义》引《通俗文》:"水溢曰潠。"水溢,水涌出。诗言"东林隈",又言"荒山里",此田舍当在山中地势弯曲低洼之盆地内,有水涌出之处。

【编年】

晋安帝义熙十二年丙辰(四一六)。

【笺注】

〔一〕贫居依稼穑,勠力东林隈(wēi):意谓贫居而依农业为生,勉力耕于东林之隈。贫居:指不受官禄,甘居贫贱。勠力:勉力。《书·汤诰》:"聿求元圣,与之勠力,以与尔有众请命。"东林:或指庐山南之东林。隈:山水等弯曲之处。

〔二〕春作苦:杨恽《报孙会宗书》:"田家作苦。"作:劳作。

〔三〕负所怀:指辜负归隐躬耕之初衷。

〔四〕司田眷有秋,寄声与我谐:意谓守舍司田之人报告秋熟,均喜有此年成也。司田:原是官名,《管子·小匡》:"垦草入邑,辟土聚粟多众,尽地之利,臣不如宁戚,请立为大司田。"此指为渊明管理田庄之人。其《归去来兮辞》曰："农人告余以春及，将有事于西畴。"似乎渊明田舍有农人为之看管，春秋农时向渊明报告。眷：顾之深也。渊明《乙巳岁三月为建威参军使都经钱溪》："眷彼品物存。"秋：禾谷熟也。有秋：《书·盘庚》："若农服田力穑，乃亦有秋。"寄声：犹今言捎信也。《汉书·赵广汉传》："湖都亭长西至界上，界上亭长戏曰：'至府，为我多谢问赵君。'亭长既至，广汉与语，问事毕，谓曰：'界上亭长寄声谢我，何以不为致问？'"谐：合。此言司田与我均喜有秋也。

〔五〕束带：结上衣带，意谓穿好衣服。古《笺》："秦嘉《赠妇诗》：'束带待鸣鸡。'"

〔六〕扬楫(jí)越平湖，泛随清壑回：先乘船越湖，后泛舟于清壑之中，随流迂回而前。扬楫：举桨荡舟。

〔七〕郁郁荒山里，猿声闲且哀：言荒山之间，草木郁结，猿声大且哀也。郁郁：丁《笺注》："《文选·长门赋》注：'郁郁，不舒散也。'"闲：大。《文选》左思《魏都赋》："旅楹闲列，晖鉴抰振。"李善注引《韩诗章句》："闲，大也。"

〔八〕悲风爱静夜，林鸟喜晨开：上句是陪衬，下句是眼前实景。

〔九〕曰余作此来，三四星火颓：意谓归隐力耕以来已十二年矣。星火：古星名。《书·尧典》："日永、星火，以正仲夏。"传："火，苍龙之中星。举中则七星见可知，以正仲夏之气节，季孟亦可知。"《文选》张华《励志诗》："星火既夕，忽焉素秋。"李善注："星火，火星也。"颓：向下降行，意犹《诗·豳风·七月》"七月流火"之"流"。夏历五月（仲夏）黄昏，火星出现于正南方，六月以后遂偏西，入秋更低向西方，故曰"颓"。星火颓：指秋季。"三四星火颓"，犹言已十二秋矣。此二句应连读，渊明自晋安帝义熙元年乙巳（四〇五）十一月归田，至丙辰（四一六）作此诗时，恰为十二年。

〔一〇〕姿年：姿容与年龄。逝：助词，无实义，起调节音节之作用。《后汉书·岑彭传》："天下之事，逝其去矣。"

〔一一〕其事：指农事。乖：背弃。

〔一二〕遥谢荷蓧翁，聊得从君栖：意谓遥遥告诉荷蓧翁，姑且得以从君隐居矣。谢：以辞相告。荷蓧翁：古之躬耕隐士。《论语·微子》："子路从而后，遇丈人，以杖荷蓧。子路问曰：'子见夫子乎？'丈人曰：'四体不勤，五谷不分，孰为夫子？'植其杖而耘。"栖：止息。

【考辨】

渊明《归去来兮辞》曰："农人告余以春及，将有事于西畴。或命巾车，或棹孤舟。既窈窕以寻壑，亦崎岖而经丘。"此诗又曰："司田眷有秋，寄声与我谐。扬楫越平湖，泛随清壑回。"可见渊明之田舍或有人代为看管，且有距离其住处颇远者，故须乘舟车前往也。

【析义】

"束带候鸣鸡"五字写迫不及待之心情，抵得上多少言语！

饮酒二十首并序

余闲居寡欢，兼秋原作比，注一作秋夜已长[①]。偶有名酒，无夕不饮一作倾[②]。顾影独尽〔一〕，忽焉复醉〔二〕。既醉之后，辄一作与题数句自娱[③]〔三〕。纸墨遂多，辞无诠次[④]〔四〕。聊命故人书之〔五〕，以为欢笑尔[⑤]。

【校勘】

①秋:原作“比”,底本校曰“一作秋”,今从之。“比”者,近也,亦通。然“秋”字于义较胜。其五曰“采菊东篱下”,其七曰“秋菊有佳色”,其八曰“凝霜殄异类”,皆秋令也。焦本作“此”,乃“比”之讹,不足取。 ②饮:一作“倾”,亦通。 ③辄:一作“与”,恐非。题:《艺文类聚》作“以”。 ④辞无诠次:《艺文类聚》作“别辞无次”,恐非。 ⑤欢笑尔:《艺文类聚》作“谈笑也”,亦通。

【题解】

据诗序,此二十首皆酒后所作,故题曰《饮酒》。

《文选》录其五、其七两首,题为《杂诗》。《艺文类聚》卷六五节录此二首,亦题《杂诗》;但卷七二节录诗序,及“有客常同止”数句,题《饮酒》。《续梦溪笔谈》引其五“采菊东篱下,悠然见南山”两句,亦称《杂诗》。方东树《昭昧詹言》曰:“据序亦是杂诗,直书胸臆,直书即事,借饮酒为题耳,非咏饮酒也。”

【编年】

据诗序,此二十首当是同一年秋天所作。

其十九曰:“是时向立年,志意多所耻。遂尽介然分,终死归田里。冉冉星气流,亭亭复一纪。”“向立年”,接近三十岁。一纪为十二年,《书·毕命》:“既历三纪,世变风移。”孔传:“十二年曰纪。”《国语·晋语四》:“蓄力一纪,可以远矣。”韦昭注:“十二年岁星一周为一纪。”向立年,乃出为州祭酒之时。此次出为州祭酒,少日,自解归,故向立年亦其自解州祭酒之时也。彼时只是多所耻,尚未与仕途决绝,后复出仕为官。至辞彭泽令乃尽介然之分,终死归隐不仕。作“终死”,乃据汲古阁藏十卷本、曾集本、汤注本(汲古阁本、曾集本有校曰“一作拂衣”,汤注本无),作“终死”为是。既曰

"终死",则归隐之后再未出仕也。故"终死归田里"决非解州祭酒之事,而是辞彭泽令之事。辞彭泽令在乙巳(四〇五)五十四岁,自乙巳复经一纪(十二年),即作此诗之年。然则此诗作于晋安帝义熙十三年丁巳(四一七),渊明六十六岁,《饮酒》二十首均作于同年秋。是年九月,刘裕北伐至长安,次年六月为相国,封宋公,加九锡。后年七月刘裕晋爵宋王。大后年六月刘裕即篡位称皇帝。可见《饮酒》诗正作于刘裕加紧篡位晋朝将亡之时。渊明曾任刘裕参军,当此刘裕权势日上之际,自然会有人劝他复出,再次投靠刘裕,而渊明断然拒绝。故《饮酒》二十首中有"咄咄俗中愚,且当从黄绮"、"且共欢此饮,吾驾不可回"、"一往便当已,何为复狐疑"、"觉悟当念还,鸟尽废良弓"等语,且有"邵生"、"三季"、"伐国"等词以暗示晋之将亡也。

【笺注】

〔一〕顾影独尽:言其孤独也。渊明《杂诗》其二:"挥杯劝孤影。"尽:谓尽觞。

〔二〕复醉:意谓无夕不饮,无夕不醉。

〔三〕辄题数句自娱:渊明《五柳先生传》:"尝著文章自娱,颇示己志。"

〔四〕辞无诠次:意谓诗中词语未经选择且无章法伦次,任意挥洒,非经意之作。诠:《一切经音义》引《通俗文》:"择言曰诠。"次:次序。

〔五〕故人:旧友。其十四:"故人赏我趣,挈壶相与至。班荆坐松下,数斟已复醉。父老杂乱言,觞酌失行次。"又其九:"清晨闻扣门,倒裳往自开。问子为谁欤,田父有好怀。……深感父老言,禀气寡所谐。"由此看来,此所谓"故人"主要是其居家附近之父老、田父之类,亦包括居住于当地之官吏,与渊明诗酒往还者。既曰“相与至”、“杂乱言”，则不止一人也。

【考辨】

其十六：“少年罕人事，游好在六经。行行向不惑，淹留自无成。竟抱固穷节，饥寒饱所更。……孟公不在兹，终以翳吾情。”吴《谱》、陶《考异》、古《谱》、逯《系年》均据“向不惑”之语系《饮酒》诗于三十九岁。梁《谱》系于四十一岁。上述各说恐非是。此数句显然是追述语，少年时如何，中年时如何，至今又如何，层次分明。以少年之游好六经，中年本应有成，岂料淹留无成。此与其《荣木》所谓“四十无闻，斯不足畏。脂我名车，策我名骥。千里虽遥，孰敢不至”，用语相似而心情不同。《荣木》四十岁所作，仍欲奋发有为，此则叹老嗟贫，亦可见“向不惑”非写诗之年也。此诗又言“竟抱固穷节”，“竟”者，终于也。又言“饥寒饱所更”，可见“向不惑”后又非止一年矣。又言“蔽庐交悲风，荒草没前庭。披褐守长夜，晨鸡不肯鸣”，渊明三十九岁未至如是之穷困也。

衰荣无定在一作所[①]，彼此更共之〔一〕。邵生瓜田中，宁似东陵时〔二〕。寒暑有代一作换谢[②]，人道每如兹〔三〕。达人解其会一作趣[③]，逝将不复疑〔四〕。忽与一觞酒，日夕欢相持一作相迟，又作自持[④]〔五〕。

【校勘】

①在：一作“所”，亦通。　②代：一作“换”，于义稍逊。　③会：一作“趣”，亦通。　④相持：一作“相迟”，音同而讹。一作“自持”，于义稍逊。欢相持：《艺文类聚》作“相欢持”。

【笺注】

〔一〕衰荣无定在，彼此更共之：意谓衰荣不固定于一处，彼此交替而共有之。更:交替、更迭。

〔二〕邵生瓜田中,宁似东陵时:以邵平为例,以明衰荣不定之意。《史记·萧相国世家》:"召平者,故秦东陵侯。秦破,为布衣,贫,种瓜于长安城东。瓜美,故世俗谓之'东陵瓜',从召平以为名也。"王叔岷《笺证稿》:"《文选》阮嗣宗《咏怀诗》注、《艺文类聚》八七、《御览》九七八、《记纂渊海》九二引《史记》皆作邵平,荀悦《汉纪》四、《水经·渭水下》注并同。与此作'邵'合。"

〔三〕寒暑有代谢,人道每如兹:意谓人道每如天道,寒暑既有代谢,人事亦有荣衰也。人道:《易·系辞》:"有天道焉,有人道焉。"寒暑代谢即所谓天道。

〔四〕达人解其会,逝将不复疑:意谓达人明察时机,誓将不再疑惑矣。达人:知能通达之人。《左传》昭公七年:"圣人有明德者,若不当世,其后必有达人。"会:时机。《银雀山汉墓竹简·孙膑兵法·兵失》:"兵不能昌大功,不知会者也。""解其会"犹"知会"也。逝:通誓,表示决心。朱骏声《说文通训定声》:"逝,叚借为誓。"《诗·魏风·硕鼠》:"逝将去汝,适彼乐土。"

〔五〕忽与一觞酒:忽得一觞酒也。与:犹得也,见张相《诗词曲语词汇释》,如白居易《送嵩客》:"君到嵩阳吟此句,与教三十六峰知。"此种用法早在渊明已有之。

【析义】

既已参透天道与人道,故不以一己之穷达为意,而能安贫守拙,躬耕自乐。此诗语调平静,通达、自信。

积善云有报,夷叔在一作饥西山[①]〔一〕。善恶苟不应,何事空立言一作立空言②〔二〕？九十行带索，饥寒况一作抱当年③〔三〕。不赖固穷节，百世当谁传〔四〕！

【校勘】

①在：一作“饥”，于义稍逊。　②空立言：一作“立空言”，亦通。此校语原在诗末，今移至此句下。　③况：一作“抱”，于义稍逊。

【笺注】

〔一〕积善云有报，夷叔在西山：意谓积善有报之说深可怀疑，伯夷、叔齐皆积善之人，却饿死在西山。《易·坤》：“积善之家，必有馀庆。积不善之家，必有馀殃。”《荀子·宥坐》：“为善者天报之以福，为不善者天报之以祸。”《史记·伯夷列传》：“武王已平殷乱，天下宗周，而伯夷、叔齐耻之，义不食周粟，隐于首阳山，采薇而食之。及饿且死，作歌。其辞曰：‘登彼西山兮，采其薇矣。……’”

〔二〕善恶苟不应，何事空立言：意谓既然善无善报，恶无恶报，何故有天道常与善人之论耶？《史记·伯夷列传》：“或曰：‘天道无亲，常与善人。’若伯夷、叔齐，可谓善人者非邪？积仁洁行如此而饿死！且七十子之徒，仲尼独荐颜渊为好学。然回也屡空，糟糠不厌，而卒蚤夭。天之报施善人，其何如哉？……若至近世，操行不轨，专犯忌讳，而终身逸乐，富厚累世不绝。或择地而蹈之，时然后出言，行不由径，非公正不发愤，而遇祸灾者，不可胜数也。余甚惑焉，傥所谓天道，是邪非邪？”此诗首四句乃就《史记》而发挥之。渊明《感士不遇赋》：“承前王之清诲，曰天道之无亲。……夷投老以长饥，回早夭而又贫。……虽好学与行义，何死生之苦辛！疑报德之若兹，惧斯言之虚陈。”与此诗意同。或疑此处针对佛教善恶报应论，恐不然。事：徐仁甫曰："犹用也。《战国策·燕策》：'安事死马（而捐五百金）？'《新序·杂事三》'事'作'用'。"

〔三〕九十行带索，饥寒况当年：举荣启期为例，复申述上四句之意。《列子·天瑞》："孔子游于太山，见荣启期行乎郕之野，鹿裘带索，鼓琴而歌。孔子问曰：'先生所以乐，何也？'对曰：'吾乐甚多。天生万物，唯人为贵。而吾得为人，是一乐也。男女之别，男尊女卑，故以男为贵。吾既得为男矣，是二乐也。人生有不见日月、不免襁褓者，吾既已行年九十矣，是三乐也。贫者士之常也，死者人之终也。处常得终，当何忧哉？'孔子曰：'善乎！能自宽者也。'"行：且。带索：以绳索为衣带。当年：壮年。

〔四〕不赖固穷节，百世当谁传：承上就荣启期而言，意谓若不依靠固穷之气节，百世之后尚有谁传其名耶？固穷：甘居困穷，不失气节。《论语·卫灵公》："君子固穷，小人穷斯滥矣。"百世：犹言百代。当：借为"尚"，《史记·魏其武安侯列传》："即宫车晏驾，非大王立，当谁哉？"

【析义】

此诗与上首不同，全是义愤之语，而以固穷作结。范温《潜溪诗眼》曰："若渊明意，谓至于九十仍不免行而带索，则自少壮至于长老，其饥寒艰苦宜如此，穷士之所以可深悲也。"见郭绍虞《宋诗话辑佚》。

道丧一作衰向千载[①]，人人惜其情〔一〕。有酒不肯饮，但一作惟顾世间名[②]〔二〕。所以贵我身，岂不在一生〔三〕？一生复能几，倏如流电惊一作倏忽若沉星[③]〔四〕。鼎鼎一作订订百年内，持此欲何成〔五〕！

【校勘】

①丧：一作“衰”，亦通。　②但：一作“惟”，亦通。　③倏如流电惊：一作“倏忽若沉星”，亦通。倏如：和陶本亦作“倏忽”。

【笺注】

〔一〕道丧向千载，人人惜其情：意谓道丧已近千载，人皆失其真率自然之本性。《庄子·缮性》：“古之人在混芒之中，与一世而得澹漠焉。……当是时也，莫之为而常自然。逮德下衰，及燧人、伏羲，……德又下衰，及神农、黄帝，……德又下衰，及唐、虞，……然后民始惑乱，无以反其性情而复其初。……由是观之，世丧道矣，道丧世矣，世与道交相丧也。”此二句檃括《庄子》大意。向：将近。惜：吝惜。惜其情：不表露其感情，失去真率自然之本性，即《庄子》所谓“无以反其性情而复其初”。渊明《五柳先生传》：“性嗜酒，家贫不能常得。亲旧知其如此，或置酒而招之。造饮辄尽，期在必醉。既醉而退，曾不吝情去留。”不吝情，亦即不惜情，欲饮则饮，欲醉则醉，欲去则去，欲留则留，感情真率自然。

〔二〕有酒不肯饮，但顾世间名：魏晋之际以饮酒得名者不在少数，如刘伶自称“以酒得名”（见《世说新语·任诞》）。嵇康醉后“若玉山之将崩”（《世说新语·容止》），亦传为美谈。然则，渊明何以将饮酒与名对立，曰世人但顾名而不肯饮酒乎？盖此所谓“世间名”，乃指功名而言也。《世说新语·任诞》：“张季鹰纵任不拘，时人号为‘江东步兵’。或谓之曰：‘卿乃可纵适一时，独不为身后名耶？’答曰：‘使我有身后名，不如即时一杯酒。’”此则又指身后名矣，与世间名稍异。

〔三〕所以贵我身，岂不在一生：意谓世人所以爱护贵重己身，岂非欲长生乎?《列子·杨朱》:"孟孙阳问杨朱曰:'有人于此,贵生爱身,以蕲不死,可乎?'曰:'理无不死。''以蕲久生,可乎?'曰:'理无久生。生非贵之所能存,身非爱之所能厚。……'"

〔四〕一生复能几,倏如流电惊:意谓人生飘忽不能长久。流电:闪电。《艺文类聚》卷六引三国魏李康《游山序》:"盖人生天地之间也,若流电之过户牖,轻尘之栖弱草。"古《笺》:"乐府晋《白纻舞歌》:'人生世间如电过。'"倏:迅疾貌。

〔五〕鼎鼎百年内,持此欲何成:意谓人生不过百年,以此欲何成耶?鼎鼎:《礼记·檀弓上》:"故骚骚尔则野,鼎鼎尔则小人。"郑注:"鼎鼎尔,谓大舒。"孔疏:"若吉事鼎鼎尔,不自严敬,则如小人然,形体宽慢也。"蒋薰评《陶渊明诗集》曰:"鼎鼎乃薪火不传意。"闻人倓《古诗笺》云:"鼎鼎,取宽慢之意。百年自速,而人意自宽慢。"古《笺》训"鼎鼎"为"扰攘貌"。

栖栖失群鸟〔一〕,日暮犹独飞。裴回无定止〔二〕,夜夜声转悲。厉响思清远〔三〕,去来何依依一作厉响思清晨,远去何所依。又作求何依①〔四〕!因值孤生松②〔五〕,敛翮遥一作更,又作终来归③〔六〕。劲一作动风无荣木④〔七〕,此荫独一作交不衰⑤。托身已得所,千载不一作莫相违⑥〔八〕。

【校勘】

①厉响思清远,去来何依依:一作"厉响思清晨,远去何所依"。"何所依"又作"求何依",于义稍逊。　②因:李注本作"自",亦通。　③遥:一作"更",又作"终",亦通。　④劲:一作"动",形近而讹。　⑤独:一作"交",非是。　⑥不:一作"莫",亦通。

【笺注】

〔一〕栖栖：不安貌。《论语·宪问》："微生亩谓孔子曰：'丘何为是栖栖者与？无乃为佞乎？'"

〔二〕裴回：即"徘徊"。止：居。

〔三〕厉响：《文选》苏武《诗四首》之二："丝竹厉清声，慷慨有馀哀。"李善注："王逸《楚辞注》曰：'厉，烈也。谓清烈也。'"清远：指清净僻远之地。

〔四〕依依：《文选》苏武《诗四首》之二："胡马失其群，思心常依依。"李善注："依依，思恋之貌也。"

〔五〕值：遇。

〔六〕敛翮：犹敛翅停飞。《文选》应璩《与侍郎曹长思书》："薄援助者，不能追参于高妙，复敛翼于故枝。块然独处，有离群之志。"渊明《停云》："敛翮闲止。"

〔七〕劲风：疾风。《文选》潘岳《夏侯常侍诔》："零露沾凝，劲风凄急。"

〔八〕托身已得所，千载不相违：意谓既已托身于松树，则永不相离矣。渊明《读山海经》其一："众鸟欣有托，吾亦爱吾庐。"

【析义】

以归鸟自喻，表示退隐决心。归鸟乃渊明诗文中常见之意象，有四言《归鸟》诗。李公焕引赵泉山曰："此诗讥切殷景仁、颜延之辈附丽于宋。"恐非是。

结庐在人境，而无车马喧〔一〕。问君何能一作为尔①？心远地自偏〔二〕。采菊东篱下，悠然一作时时见一作望南山②〔三〕。山气日夕嘉③〔四〕，飞鸟相与还〔五〕。此还一作中有真意④，欲辩已一作忽忘言⑤〔六〕。

【校勘】

①能：一作“为”，亦通。　②悠然：一作“时时”，于义稍逊。见：一作“望”，《文选》、《艺文类聚》亦作“望”。白居易《效陶潜体诗》其九：“时倾一樽酒，坐望终南山。”然“望”于义终嫌稍逊。③嘉：曾集本作“佳”。“嘉”、“佳”，均有美、善之意。　④还：曾集本、《文选》同。汤注本作“中”，注一作“还”。和陶本作“间”。案：作“中”亦佳，所包弘广。作“还”遂顺上句，得自然之妙。参见程千帆《陶诗“结庐在人境”篇异文释》。　⑤已：一作“忽”，亦通。

【笺注】

〔一〕结庐在人境，而无车马喧：意谓虽居于人间而无世俗之交往。结庐：构室，建造房屋。王叔岷《笺证稿》：“《后汉书·周燮传》：‘有先人(之)草庐结于冈畔。’张景阳《杂诗》七首之七：‘结宇穷冈曲。’并与此结字同义。”人境：人间。车马喧：指世俗交往。《史记·陈丞相世家》：“然门外多有长者车辙。”渊明与陈平异趣，虽居人间而与世俗隔绝也。

〔二〕问君何能尔，心远地自偏：意谓己心远离世俗，故若居于偏僻之地也。君：渊明自谓。尔：如此。心远：李善注：“《琴赋》曰：‘体清心远邈难极。’”“心远”与“地偏”对举，结庐之地本不偏，因为己心远离世俗，故地自然偏矣。王士祯《古学千金谱》曰：“心不滞物，在人境不虞其寂，逢车马不觉其喧。篱有菊则采之，采过则已，吾心无菊。”

〔三〕南山：丁《笺注》：“指庐山而言。”悠然：悠远貌，又闲适貌，所想者远，故得闲适也。此处两义兼而有之。郭璞《游仙诗》其八：“悠然心永怀，眇尔自遐想。”王乔之《奉和慧远游庐山诗》：“遐丽既悠然，徐盼觌九江。”《世说新语·言语》：“王右军与谢太傅共登冶城,谢悠然远想,有高世之志。”

〔四〕山气:山间之云气。《楚辞》淮南小山《招隐士》:“山气巃嵸兮石嵯峨,溪谷崭岩兮水曾波。”

〔五〕相与还:结伴还山。

〔六〕此还有真意,欲辩已忘言:《庄子·齐物论》:“大辩不言。”《庄子·外物》:“言者所以在意,得意而忘言。”王弼《周易略例·明象》:“故言者所以明象,得象而忘言;象者所以存意,得意而忘象。”霈案:上二句,象也,象中存有真意。真意者何?欲说却已忘言。既已得意亦无须言之矣。盖渊明所谓“真意”,乃在一“归”字,飞鸟归还,人亦当知还。返归于自然,方为真正之人生。此二句涉及魏晋玄学言意之辨,乃当时士大夫关注之哲学命题也。

【析义】

“心远地自偏”,颇有理趣。心与地之关系亦即主观精神与客观环境之关系,地之喧与偏,取决于心之近与远。隐士高人原不必穴居岩处远离人世,心不滞于名利自可免除尘俗之干扰。“采菊东篱下,悠然见南山”,瞬间之感应,带来无限愉悦。在偶一举首之间心与山悠然相会,自身仿佛与山交融成为一体。日夕之山气、相与之归鸟,诸般景物仿佛不在外界而在心中,构成一片美妙风景。此乃蕴藏宇宙、人生之真谛,此真谛即还归本原。万物莫不归本,人生亦须归本,归至未经世俗污染之真我也。

苏轼《东坡题跋》曰:“因采菊而见南山,境与意会,此句最有妙处。近岁俗本皆作‘望南山’,则此一篇神气都索然矣。”晁补之《鸡肋集》卷三三曰:“东坡云:陶渊明意不在诗,诗以寄其意耳。‘采菊东篱下,悠然望南山。’则既采菊又望山,意尽于此,无馀蕴矣,非渊明意也。‘采菊东篱下,悠然见南山。’则本自采菊,无意望山,适举首而见之，故悠然忘情，趣闲而景远，此未可于文字精粗间求之。”

吴淇《六朝选诗定论》曰：“心远为一篇之骨，而真意又为一篇之髓。”此说不为无见，但“心”在己身之中，“意”在物象之中。心不远则不能得真意，“心远”是根本，“真意”是主旨。

行止千万端，谁知非与是〔一〕。是非苟相形，雷同共毁誉〔二〕。三季多此事，达士一作人似不尔①〔三〕。咄咄俗中恶一作愚②，且当从黄绮〔四〕。

【校勘】

①士：一作“人”，亦通。　②恶：一作“愚”，亦通。

【笺注】

〔一〕行止千万端，谁知非与是：意谓人事之变化头绪万千，或行或止，或彼或此，谁能知其是非耶？《庄子·齐物论》：“罔两问景曰：‘曩子行，今子止。曩子坐，今子起。何其无特操与？’”又：“既使我与若辩矣，若胜我，我不若胜，若果是也，我果非也耶？我胜若，若不吾胜，我果是也，而果非也耶？其或是也，其或非也耶？其俱是也，其俱非也耶？”

〔二〕是非苟相形，雷同共毁誉：意谓世之所谓是非乃因比较而暂且体现，并无真正区别。但世俗却人云亦云，共同对是非加以毁誉。苟：姑且、暂且。相形：《老子》：“有无相生，难易相成，长短相形，高下相倾，音声相和，前后相随。”雷同：《礼记·曲礼上》：“毋剿说，毋雷同。”郑玄注：“雷之发声，物无不同时应者，人之言当各由己，不当然也。”《楚辞·九辩》：“世雷同而炫曜兮，何毁誉之昧昧。”

〔三〕三季多此事，达士似不尔：意谓三季多雷同毁誉之事，唯达士似不如此。三季：夏、商、周三代之末。达士：见识高超、不同流俗之人。《吕氏春秋·知分》："达士者，达乎死生之分。达乎死生之分，则利害存亡弗能惑矣。"《后汉书·仲长统传》："至人能变，达士拔俗。"尔：如此。《汉书·田叔传》："王自使人偿之，不尔，是王为恶而相为善也。"

〔四〕咄咄俗中恶，且当从黄绮：意谓惊怪世俗之恶，己当随从黄、绮避世隐居也。咄咄：惊怪声。《后汉书·严光传》："咄咄子陵，不可相助为理耶？"《艺文类聚》卷一八晋陆机诗："冉冉逝将老，咄咄奈老何？"《世说新语·黜免》："殷中军被废，在信安，终日恒书空作字。扬州吏民寻义逐之，窃视，唯作'咄咄怪事'四字而已。"俗中：《世说新语·任诞》："阮方外之人，故不崇礼制。我辈俗中人，故以仪轨自居。"黄绮：夏黄公、绮里季。详见《赠羊长史》"笺注"〔九〕。

【析义】

此篇本《齐物论》，感叹世俗不辨是非，雷同毁誉，自己当明达独立。诗曰"三季"盖隐指晋末。渊明处此是非之时，欲超乎是非，而自甘隐居也。

秋一作霜菊有佳色①，裛露掇其英〔一〕。泛此忘忧物，远我遗一作达世情②〔二〕。一觞聊原作虽，注一作聊独进③，杯尽壶自倾〔三〕。日入群动息，归鸟趣林鸣〔四〕。啸傲东轩下，聊复得此生〔五〕。

【校勘】

①菊：一作"霜"，非是。　②遗：一作"达"，《艺文类聚》也作"达"，亦通。　③聊：原作"虽"，底本校曰"一作聊"，今从之。

【笺注】

〔一〕裛:沾湿。掇:拾取。英:花。

〔二〕泛此忘忧物,远我遗世情:浮菊花于酒上,饮之而遗世之情愈加高远。盖菊于群芳谢后方开,似有遗世之情也。泛:浮。忘忧物:指酒。李善注:"《毛诗》:'微我无酒,以遨以游。'毛苌曰:'非我无酒,可以忘忧也。'"潘岳《秋菊赋》:"泛流英于清醴,似浮萍之随波。"遗世:弃世。

〔三〕一觞聊独进,杯尽壶自倾:言独饮无伴。进:奉上。《礼记·曲礼上》:"侍饮于长者,酒进则起,拜受于尊所。"此言"聊独进",语含诙谐并有自甘寂寞之意,意谓且自饮也。壶自倾:自斟也,自己倾壶而满杯。

〔四〕日入群动息,归鸟趣林鸣:意谓日入则各种动者皆已止息,归鸟亦返林矣。《艺文类聚》卷三八引晋王珣《祭徐聘士文》:"贞一足以制群动,纯本足以息浮末。"李善注此诗曰:"《庄子(让王)》:'善卷曰:余日出而作,日入而息。'《尸子》:'昼动而夜息,天之道也。'杜育诗:'临下览群动。'曹子建《赠白马王彪》诗:'归鸟赴乔林。'"

〔五〕啸傲东轩下,聊复得此生:意谓采菊饮酒,啸傲东轩,此生聊复满足矣。啸傲:李善注:"郭璞《游仙诗》曰:'啸傲遗俗罗。'"案《初学记》卷二三引郭璞《游仙诗》:"啸傲遗世罗,纵情在独往。"啸:嘬口出声。《诗·召南·江有汜》:"其啸也歌。"啸傲:放旷自得之态。东轩:东窗。渊明《停云》:"静寄东轩,春醪独抚。"得:满足。《史记·管晏列传》:"意气扬扬,甚自得也。"

【析义】

首二句带露采菊,时在清晨。第七句言"日入",则已傍晚矣。

李注引定斋曰:“自南北朝以来,菊诗多矣。未有能及渊明诗,语尽菊之妙。如‘秋菊有佳色’,他华不足以当此一‘佳’字。然终篇寓意高远,皆繇菊而发耳。”又引艮斋曰:“‘秋菊有佳色’一语,洗尽古今尘俗气。”秋菊、归鸟,皆渊明诗常见之意象,象征高洁与退隐。生命之意义在于自得,无拘无束。

青松在东园,众草没其一作奇姿①〔一〕。凝一作晨霜殄异类②,卓然见高枝〔二〕。连一作丛林人不觉③,独树众乃奇一作知④。提壶挂一作抚寒柯⑤,远望时复为一作复何为⑥〔三〕。吾生梦幻间,何事绁尘羁原作羇,注一作羁⑦〔四〕。

【校勘】

①其:一作“奇”,于义稍逊。 ②凝:一作“晨”,亦通。 ③连:一作“丛”,亦通。 ④奇:一作“知”,亦通。 ⑤挂:一作“抚”,亦通。《归去来兮辞》:“抚孤松而盘桓。” ⑥时复为:一作“复何为”,意谓复何为远望,于义稍逊。 ⑦羁:原作“羇”,底本校曰“一作羁”,异体字,今从之。

【笺注】

〔一〕青松在东园,众草没其姿:意谓东园之青松,其卓异之姿被众草埋没,难以显现。东园:渊明居处有一东园,《停云》:“东园之树,枝条载荣。”

〔二〕凝霜殄(tiǎn)异类,卓然见高枝:承上意谓平时众草或能没青松之姿,然霜降岁寒众草灭绝,方见青松之特立高超。《论语·子罕》:“岁寒,然后知松柏之后凋也。”凝霜:《楚辞·九章·悲回风》:“吸湛露之浮凉兮,漱凝霜之雰雰。”殄:灭绝。异类:此指众草。卓然:特立貌。

〔三〕提壶挂寒柯,远望时复为:陶澍注:“此倒句,言时复为远望也。”丁《笺注》:“梁元帝《纂要》:‘冬木为寒柯。’”柯:枝也。

〔四〕吾生梦幻间,何事绁(xiè)尘羁:意谓吾生既在梦幻之间,何故为尘羁所系,而不放旷自得耶?梦幻:梦与幻。渊明《归园田居》其四:“人生似幻化,终当归空无。”古《笺》:“《庄子·大宗师篇》:‘吾特与汝,其梦未始觉者邪!’郭注:‘死生犹梦觉耳。’《列子(周穆王)》:‘有生之气,有形之状,尽幻也。’”何事:何故。绁:系,捆绑。羁:马笼头。尘羁:以尘俗为羁。

【析义】

此诗以青松自喻孤高。渊明诗中“青松”凡三见:此诗之外,尚有《和郭主簿》其二:“青松冠岩列。”《拟古》其五:“青松夹路生。”邱嘉穗《东山草堂陶诗笺》卷三曰:“诸人附丽于宋者皆如众草,惟公独树青松耳。”观诗末“吾生梦幻间,何事绁尘羁”,此说颇穿凿。

清晨闻叩门,倒裳往自开〔一〕。问子为谁与?田父有好怀〔二〕。壶浆远见候〔三〕,疑我与时乖〔四〕。褴缕茅檐下,未足为高栖〔五〕。一一作举世皆尚同①,愿君汩其泥〔六〕。深感父老言,禀气寡一作少所谐②〔七〕。纡辔诚可学,违己讵非迷〔八〕!且共欢此饮,吾驾不可回。

【校勘】

①一:一作“举”,亦通。 ②寡:一作“少”,亦通。

【笺注】

〔一〕倒裳:表示匆忙。《诗·齐风·东方未明》:“东方未明,颠倒衣裳。”

〔二〕田父:老农。《史记·项羽本纪》:“项王至阴陵,迷失道,问一田父。田父绐曰：'左。'左，乃陷大泽中。"《文选》潘岳《秋兴赋》："仆，野人也。偃息不过茅屋茂林之下，谈话不过农夫田父之客。"李善注："《尹文子》曰：'魏田父有耕于野者。'"

〔三〕浆：古代一种酿制饮料，略带酸味。《诗·小雅·大东》："或以其酒，不以其浆。"《周礼·天官·酒正》："辨四饮之物：一曰清，二曰医，三曰浆，四曰酏。"郑玄注："浆，今之截浆也。"孙诒让《正义》："截、浆同物，累言之则曰截浆，盖亦酿糟为之，但味微酢耳。"

〔四〕与时乖：与时俗乖离，犹言不合时宜。

〔五〕繿缕茅檐下，未足为高栖：此乃田父之言，意谓安贫不是高隐也。繿缕：同褴缕、蓝缕，衣服破烂。高栖：高隐。《艺文类聚》卷五七魏王粲《七释》："今子深藏其身，高栖其志，外无所营，内无所事。"谢灵运《山居赋》："选自然之神丽，尽高栖之意得。"

〔六〕一世皆尚同，愿君汩(gǔ)其泥：此亦田父之言，意谓世人皆以雷同为好，愿君汩其泥而扬其波也。同：《论语·子路》："君子和而不同，小人同而不和。"汩：搅浑。汩其泥：《楚辞·渔父》："渔父曰：'圣人不凝滞于物，而能与世推移。世人皆浊，何不汩其泥而扬其波？……'"

〔七〕禀气寡所谐：意谓性情天生寡和，亦即渊明所谓"抱孤念"、"抱兹独"。禀气：王充《论衡·命义》："人秉气而生，含气而长。"又，《无形》："人秉元气于天。"禀：禀受。

〔八〕纡辔诚可学，违己讵非迷：意谓回驾从政固然可学，然违背自己之本性岂非迷误乎？纡辔：犹曲辔、宛辔，回驾也。《始作镇军参军经曲阿》："宛辔憩通衢。"违己：违反本性。渊明《归去来兮辞》："质性自然，非矫厉所得。饥冻虽切，违己交病。”迷:误。《韩非子·解老》:“凡失其所欲之路而妄行者之谓迷,迷则不能至于其所欲至矣。今众人之不能至于其所欲至,故曰迷。”

【析义】

此篇写法模仿《楚辞·渔父》,实乃针对一般朝隐、通隐、充隐而言。《史记·滑稽列传》载东方朔歌曰:“陆沉于俗,避地金马门,宫殿中可以避世全身,何必深山之中、蒿庐之下。”田父劝告渊明:“繿缕茅檐下,未足为高栖。”欲使离蒿庐而隐于朝中,效东方朔之流也。又,《世说新语·言语》:“南郡庞士元闻司马德操在颍川,故二千里候之。至,遇德操采桑,士元从车中谓曰:‘吾闻大夫处世,当带金佩紫,焉有屈洪流之量,而执丝妇之事?’德操曰:‘子且下车,子适知邪径之速,不虑失道之迷。……’”渊明曰:“纡辔诚可学,违己讵非迷。”亦如司马德操之答庞士元也。李注引赵泉山曰:“时辈多勉靖节以出仕,故作是篇。”赵说为是。

在昔曾远游[①],直至东海隅。道路迥且长,风波阻一作起中涂[②]〔一〕。此行谁使然?似为饥所驱。倾身营一饱,少许便有馀〔二〕。恐此非名计,息驾归闲居〔三〕。

【校勘】

①在:和陶本作“我”,亦通。　②阻:一作“起”,亦通。

【题解】

沈约《宋书·陶潜传》:“潜弱年薄宦,不洁去就之迹。”惜各家对此未曾注意。据此可知渊明于弱冠之年尝为生活所迫游宦谋生,其地位甚低也。此篇当是回忆弱年薄宦之生活。

关于“东海隅”,何注引刘履曰:“指曲阿而言,盖其地在宋为南东海郡。"陶澍注:"《宋书·州郡志》:'晋元帝初,割吴郡海虞县之北境为东海郡,立郯、朐、利城、况其三县。(霈案:引文有误。应作:"立郯、朐、利城三县,而祝其、襄贲等县寄治曲阿。")'刘牢之讨孙恩,济浙江,恩惧,逃于海。后恩浮海,奄至京口。牢之在山阴,率大众还,恩走郁洲。今海州之云台山,即郁洲,乃朐县地。先生参牢之军事,盖尝从讨恩至东海,故追述之也。"梁《谱》安帝隆安三年:"本年十一月,海贼孙恩陷会稽。刘牢之率众东讨,时刘裕为牢之参军,立功最多。先生之驰驱海隅,冲冒风波,盖在牢之军中也。牢之拥兵北府,炙手可热,然其人反覆。先生或逆料其将败而亟思自拔,故后二年遂乞假归,诗所谓'恐此非名计,息假归闲居'也。"

霈案:陶澍、梁启超之说不足信。牢之未尝任镇军将军,渊明之任镇军参军,必非参牢之军事,而是参刘裕军事。渊明参刘裕军事,有《始作镇军参军经曲阿》诗,经曲阿至京口,不可曰"直至东海隅"。《晋书·地理志》徐州下有东海郡:"元帝渡江之后,徐州所得惟半,……是时,幽、冀、青、并、兖五州及徐州之淮北流人相帅过江淮,帝并侨立郡县以司牧之。割吴郡之海虞北境,立郯、朐、利城、祝其、厚丘、西隰、襄贲七县,寄居曲阿,……"曲阿乃东海郡治,在今江苏丹阳县,南京以东,镇江以南。京口,在今江苏镇江。皆不得谓东海郡之"隅"也。如曰东海郡位于偏隅之地,亦不然。东海郡地最近京都,何得曰"隅"?"东海隅",系指东海郡内偏远近海之地,今苏北沿海一带。《搜神记》卷二有"东海孝妇",故事又见《说苑·贵德》、《汉书·于定国传》,东海即今江苏连云港一带。此诗所谓"直至东海隅"必非指任镇军参军之事,乃渊明弱年薄宦之事。又,既曰"薄宦",时间必不很长,姑以两年计,后年复归家。

【笺注】

〔一〕道路迥且长,风波阻中涂:意谓道路遥远,风波险阻。《古诗十九首》:“道路阻且长。”涂,同“途”。《荀子·性恶》:“涂之人可以为禹,曷谓也?”此二句赋而比,所谓“风波”或有喻指人世险恶时局动荡之意,故下言“恐此非名计,息驾归闲居”。逯注谓“风波阻中涂”指阻风于规林事,非是。阻风于规林乃从都还阻于途中,此言自家远游求宦途中,显然并非一事。

〔二〕倾身营一饱,少许便有馀:意谓倾身以求不过一饱,而一饱所需少许便有馀矣,何须冒风波之险乎? 倾身:竭尽全力。《史记·酷吏列传》:“周阳侯始为诸卿时,尝系长安,汤倾身为之。”

〔三〕恐此非名计,息驾归闲居:意谓远游从仕恐非适宜之计,遂止步返归也。名:通“明”,见朱骏声《说文通训定声》。名计:犹明计,良策也。《宋书·临川烈武王道规传》,何无忌议攻何澹之,道规曰:“此名计也。”参见郑骞《龙渊述学》。

【析义】

诗中颇有后悔之意,结合沈《传》所谓“不洁去就之迹”,正相吻合。

颜生称为仁〔一〕,荣公言有道〔二〕。屡空不获年〔三〕,长饥至于一作茕老①〔四〕。虽留身后名〔五〕,一生亦枯槁〔六〕。死去何所知②? 称心固为好。各原作客,注一作各,又作容养千金躯③,临一作幻化消其宝一作临死镇真宝④〔七〕。裸葬何必恶,人当解其表一作意表⑤〔八〕。

【校勘】

①于:一作“茕”,亦通。 ②死去:和陶本作“生死”;所:和陶本作“可”。于义为逊。 ③各:原作“客”,底本校曰“一作各,又

作容”。案作“各”为佳。 ④临化消其宝：一作“临死镇真宝”，形近而讹。临：一作“幻”，于义稍逊。 ⑤其表：一作“意表”，亦通。

【笺注】

〔一〕颜生称为仁：指颜回，《论语·雍也》：“子曰：‘回也，其心三月不违仁。’”

〔二〕荣公言有道：指荣启期，详见《饮酒》其二“笺注”〔三〕。“言”与上句“称”对举，称其有道也。

〔三〕屡空不获年：指颜回，《论语·先进》：“子曰：‘回也其庶乎，屡空。’”何晏《集解》曰：“言回庶几圣道，虽数空匮而乐在其中。”不获年：不得长寿，早卒。《史记·伯夷列传》：“回也屡空，糟糠不厌，而卒蚤夭。”又，《仲尼弟子列传》：“回年二十九，发尽白，蚤死。”

〔四〕长饥至于老：指荣启期。

〔五〕身后名：死后之名声。《世说新语·任诞》：“张季鹰纵任不拘，时人号为江东步兵。或谓之曰：‘卿乃可纵适一时，独不为身后名邪？’答曰：‘使我有身后名，不如即时一杯酒。’”

〔六〕枯槁：与荣华相对而言，有困穷、劳苦、憔悴等意。《庄子·天下》：“墨子真天下之好也，将求之不得也，虽枯槁不舍也。才士也夫！”

〔七〕各养千金躯，临化消其宝：意谓人各保养其千金之躯，然临死亦各失其所宝贵者也。古《笺》：“杨朱云：‘生则尧舜，死则腐骨。’（案：见《列子·杨朱》）四海之主，终亦消化。何有于千金之躯哉？《古诗十九首》：‘奄忽随物化，荣名以为宝。’知躯宝终消，而转希名宝，亦未为达矣。”

〔八〕裸葬何必恶，人当解其表：杨王孙言欲裸葬，意在以身亲土，以反其真。言外之意，死不足惧，返归自然而已。正如渊明《拟挽歌辞》所言：“死去何所道，托体同山阿。”裸葬：《汉书·杨王孙传》：“及病且终，先令其子，曰：‘吾欲赢葬，以反吾真，必亡易吾意。死则为布囊盛尸，入土七尺，既下，从足引脱其囊，以身亲土。’”其表：指杨王孙之言外意。《庄子·天道》：“意之所随者，不可以言传也，而世因贵言传书。世虽贵之哉，犹不足贵也，为其贵非其贵也。”郭象注：“其贵恒在意言之表。”

【考辨】

古《笺》引曾星笠曰：“《说文》：‘客，寄也。’客养千金躯，即寓形宇内之意。《说文》：寓亦寄也。贾谊《鹏鸟赋》：‘不以生故自宝兮，养空而浮。’”丁《笺注》曰：“客指杨王孙而言，《汉书·杨王孙传》：‘学黄老之术，家世（当作业）千金。厚自奉养生，亡所不至。’”王瑶注：“厚自奉养，如待宾客。”以上各说录以备考。

【析义】

“虽留身后名，一生亦枯槁。”此二句恰是渊明自身写照。渊明生前枯槁，死后反留名千载，此非有意求之而得也。汤汉曰：“颜、荣皆非希身后名者，正以自遂其志耳。保千金之躯者，亦终归于尽，则裸葬亦未可非也。或曰：前八句言名不足赖，后四句言身不足惜。渊明解处正在身名之外也。”王叔岷曰：“言身后之名不可知，身前厚养不可贵。惟有称心以为好也。”

长公曾一仕，壮节忽失时。杜一作松门不复出[①]，终身与世辞〔一〕。仲理归大泽，高风始在一作如兹[②]。一往便当已，何为复狐疑〔二〕？去去当奚道，世俗久相欺〔三〕。摆落悠悠谈，请从余所之〔四〕。

【校勘】

①杜:一作"松",形近而讹。 ②在:一作"如",恐非是。

【笺注】

〔一〕长公曾一仕,壮节忽失时。杜门不复出,终身与世辞:此四句褒扬长公既已辞官遂终身不仕。长公:张挚。《史记·张释之传》:"其子曰张挚,字长公,官至大夫,免。以不能取容当世,故终身不仕。"渊明《扇上画赞》、《读史述九章》中均有长公。壮节:壮年时节。《礼记·曲礼》:"三十曰壮。"失时:《论语·阳货》:"好从事而亟失时,可谓知乎?"杜门:闭门。

〔二〕仲理归大泽,高风始在兹。一往便当已,何为复狐疑:此四句惋惜仲理,既已归隐始有高风,则当有始有终,何为狐疑不决,一再出仕?仲理:杨伦。《后汉书·儒林传》:"杨伦字仲理,陈留东昏人也。……为郡文学掾。更历数将,志乖于时,以不能人间事,遂去职,不复应州郡命。讲授于大泽中,弟子至千馀人。元初中,郡礼请,三府并辟,公车征,皆辞疾不就。后特征博士,为清河王傅。……阎太后以其专擅去职,坐抵罪。顺帝即位,……征拜侍中。……尚书奏伦探知密事,激以求直。坐不敬,结鬼薪。……阳嘉二年,征拜太中大夫。大将军梁商以为长史。谏诤不合,出补常山王傅,病不之官。……遂征诣廷尉,有诏原罪。"霈案:杨仲理既已归隐,讲授于大泽中,又三次出仕,每次均以获罪告终,渊明不以为然也。旧注均以"一往便当已,何为复狐疑"为渊明自指,非是。首四句叙一人,次四句又叙一人,两人对举。一堪效法,一不足效法。

〔三〕去去当奚道,世俗久相欺:意谓无须再言矣,世俗久已相欺,尚不决心退隐乎？去去：重复“去”字，以加强语气，表示决绝、作罢。曹植《杂诗》：“去去莫复道，沉忧令人老。”当：借为“尚”。《史记·魏公子列传》：“使秦破大梁而夷先王之宗庙，公子当何面目立天下乎？”当奚道：尚何言。与下“悠悠谈”呼应。

〔四〕摆落悠悠谈，请从余所之：意谓可置悠悠谈于不顾，请从余隐居也。摆落：摆脱。悠悠谈：众人无根据之言谈。《晋书·王导传》：“吾与元规休戚是同，悠悠之谈，宜绝智者之口。”《世说新语·赏誉》注引《晋安帝纪》：“悠悠之论，颇有异同。”《宋书·刘穆之传》：“长民果有异谋，而犹豫不能发，乃屏人谓穆之曰：‘悠悠之言，皆云太尉与我不平，何以至此？’”

【析义】

此诗以长公自况，又借仲理以示讽喻，诗末径言“请从余所之”，似有为而发。下一首“有客常同止，取舍邈异境”，似为同一人所作。

有客常同止，取舍邈异境①〔一〕。一士长独醉，一夫终年醒〔二〕。醒醉还一作递相笑②，发言各不领〔三〕。规规一何愚，兀傲差若一作嗟无颖〔四〕。寄言酣中客，日没烛当秉原作独何炳，注一作当秉，又作烛当炳③〔五〕。

【校勘】

①境：《艺文类聚》作“景”，于义为逊。　②还：一作“递”，亦通。③烛当秉：原作“独何炳”，底本校曰“一作当秉，又作烛当炳”，以“烛当秉”为是。

【笺注】

〔一〕有客常同止，取舍邈异境：意谓有人常同住于一处，但其出处志趣迥然不同。有客：《诗·周颂·有客》："有客有客，亦白其马。"客：泛指某人。止：居。《诗·商颂·玄鸟》："邦畿千里，维民所止。"笺："止，犹居也。"取舍：进止。《汉书·王吉传》："世称'王阳在位，贡公弹冠'，言其取舍同也。"注："取，进趣也；舍，止息也。"邈：远。"同止"指居处邻近。"取舍邈异境"指出处仕隐迥然不同。

〔二〕一士长独醉，一夫终年醒：意谓两人醉醒各异。一士：自指。一夫：一人，此指首句之客。《书·君陈》："无求备于一夫。""醉"与"醒"，不仅关乎酒，且指处世态度。渊明之醉，乃韬晦远祸，萧统所谓"寄酒为迹者也"。

〔三〕醒醉还相笑，发言各不领：意谓醒者醉者尚相视而笑，发言却各不领会也。

〔四〕规规一何愚，兀傲差若颖：意谓醒者愚而醉者颖也。汤注："醒者与世讨分晓，而醉者颓然听之而已。渊明盖沉湎之逃者，故以醒为愚，而以兀傲为颖耳。"规规：浅陋拘泥貌。《庄子·秋水》："子乃规规然而求之以察，索之以辩，是直用管窥天，用锥指地也，不亦小乎？"此指醒者。兀傲：兀然、傲然，不拘礼节貌。刘伶《酒德颂》："兀然而醉，豁尔而醒。"古《笺》引支遁《咏怀诗》（五首其一）："傲兀乘尸素。"差若颖：较似聪颖。

〔五〕寄言酣中客，日没烛当秉：意谓寄言于醉中之人当夜以继日秉烛而饮也。古《笺》："《古诗十九首》：'何不秉烛游。'直案：魏晋、晋宋之际，志节之士每以酣饮避祸。《晋书·阮籍传》：'文帝（初）欲为武帝求婚于籍，籍醉六十日，不得言而止。’拒婚以醉,诚兀傲若颖哉!盖自命醒者,每出智力以佐乱,岂若托于醉者,得全其真于酒中。”

【析义】

醉者若愚而实不愚,醒者若不愚而实愚。世事既不可为而强为之,徒然无益也。世事既不可为而不为,委顺自然也。然渊明本欲有为者也,世之相违,不得已而退隐,遂以醉者自许。醉语中愤慨良深也。

故人赏我趣,挈壶相与至〔一〕。班荆坐松下〔二〕,数斟已复醉。父老杂乱言,觞酌失行次〔三〕。不觉知有我,安知物为贵〔四〕。悠悠一作咄咄迷所留一作之①,酒中有深味一作固多味②〔五〕。

【校勘】

①悠悠:一作“咄咄”,恐非。留:一作“之”,亦通。 ②有深味:一作“固多味”,亦通。

【笺注】

〔一〕故人赏我趣,挈(qiè)壶相与至:此言“相与至”,下又言“父老杂乱言”,可见“故人”不止一人也。《序》曰:“聊命故人书之”,亦不止一人也。挈:提。

〔二〕班荆:《左传》襄公二十六年:“班荆相与食。”杜注:“班,布也。布荆坐地。”

〔三〕行次:行列次第。失行次:不拘礼节,随意而饮。

〔四〕不觉知有我,安知物为贵:言醉后悠然恍惚之状。《晋书·阮籍传》:“嗜酒能啸,善弹琴。当其得意,忽忘形骸。”此亦即“不觉知有我”也。《列子·杨朱》:“方其荒于酒也,不知世道之安危,人理之悔吝,室内之有亡,九族之亲疏,存亡之哀乐也。虽水火兵刃交于前,弗知也。”此亦即“安知物为贵”也。

〔五〕悠悠迷所留,酒中有深味:意谓酒中深味乃在悠然忘我。悠悠:闲适自得貌。留:止也。迷所留:不知所止,不知身在何处。

【析义】

“不觉知有我,安知物为贵。”此固写酒后之状,但物我两忘乃渊明所追求之人生境地,则又不仅是写酒醉矣。此诗所写故人乃赏其趣者,与前之“田父”不同。“田父”虽亦以壶浆见候,但疑其与时相乖而不知其趣也。

贫居乏人工,灌一作卉木荒余宅[①]。班班有翔鸟,寂寂无行迹〔一〕。宇宙一何悠一作何悠悠[②],人生少至百〔二〕。岁月相催逼宋本作从过[③]〔三〕,鬓边早已白。若不委穷达,素抱一作怀深可惜[④]〔四〕。

【校勘】

①灌:一作“卉”,非是。 ②一何悠:一作“何悠悠”,亦通。 ③催逼:宋本作“从过”,于义为逊。 ④抱:一作“怀”,亦通。

【笺注】

〔一〕班班有翔鸟,寂寂无行迹:意谓上有翔鸟,班班可见;下无人迹,寂寂独居。班班:明显,与下之“寂寂”对举。《后汉书·赵壹传》:“余畏禁,不敢班班显言。”注:“班班,明貌。”

〔二〕宇宙一何悠,人生少至百:意谓宇宙悠久,人生短促。古《笺》:“《列子·杨朱篇》:‘百年,寿之大齐,得百年者,千无一焉。'"丁《笺注》:"《吕氏春秋(安死)》:'人之寿,久之不过百。'《古诗》:'生年不满百。'"

〔三〕催逼:谓催人老也。渊明《杂诗》其一:"岁月不待人。"其七:"四时相催逼。"

〔四〕若不委穷达,素抱深可惜:意谓穷达命定,非可强求,亦不足挂于怀。若汲汲以求显达,岂不深负于平素之志乎?穷达:困厄与显达。《庄子·德充符》:"死生存亡,穷达贫富,贤与不肖毁誉,饥渴寒暑,是事之变,命之行也;日夜相代乎前,而知不能规乎其始者也。故不足以滑和,不可入于灵府。"素抱:平素之怀抱。

【析义】

"催逼"二字,深感于宇宙之久、岁月之速、人生之短也。

少年罕人事,游好在六经〔一〕。行行向不惑,淹留自一作遂无成[①]〔二〕。竟抱固穷原作穷苦,注一作固穷节[②],饥寒饱所更〔三〕。弊庐交悲风,荒草没前庭。披褐守长夜[③]〔四〕,晨鸡不肯鸣。孟公不在兹,终以一作已翳吾情[④]〔五〕。

【校勘】

①自:一作"遂",亦通。 ②固穷:原作"穷苦",底本校曰"一作固穷",今从之。"固穷"可称"节","穷苦"不可称"节"也。《饮酒》其二:"不赖固穷节,百世当谁传。" ③披:和陶本作"被",亦通。 ④以:一作"已",亦通。

【笺注】

〔一〕少年罕人事,游好在六经:回忆少年时代。罕人事:渊明《归园田居》其二:"野外罕人事。"人事:指世俗交往。游好:交游爱好。既不愿与世俗交往,遂与六经为伴。六经:指《诗》、《书》、《礼》、《乐》、《易》、《春秋》。

〔二〕行行向不惑,淹留自无成:回忆中年时代。行行:行而又行。向不惑:年近四十。《论语·为政》:"四十而不惑。"淹留:久留,此指岁月已久。《楚辞·九辩》:"时亹亹而过中兮,蹇淹留而无成。"王逸注:"虽久寿考,无成功也。"自:仍旧。

〔三〕竟抱固穷节,饥寒饱所更:叙述老年境况。渊明《有会而作》:"弱年逢家乏,老至更长饥。"竟:终于。更:经历。

〔四〕褐(hè):用粗布或粗麻制成之衣服。

〔五〕孟公不在兹,终以翳吾情:以张仲蔚自喻,叹无如刘龚(字孟公)之人能知己也。皇甫谧《高士传》:"张仲蔚者,平陵人也。与同郡魏景卿俱修道德,隐身不仕。明天官博物,善属文,好诗赋。常居穷素,所处蓬蒿没人。闭门养性,不治荣名。时人莫识,唯刘龚知之。"翳:隐蔽。翳吾情:吾情无可申述也。

【考辨】

"孟公",李注:"前汉陈遵字孟公,嗜酒,每大饮,宾客满堂。"陶澍注同。古《笺》:"孟公有二,一为陈遵,一为刘龚。诗曰:'弊庐交悲风,荒草没前庭。'则绝似蓬蒿没人、刘龚独知之张仲蔚家。此孟公必指刘龚也。《后汉书·苏竟传》:'龚字孟公,长安人,善论议。扶风马援、班彪并器重之。'章怀注引《三辅决录》曰:'唯有孟公论可观者。'班叔皮《与京兆丞郭季通书》曰:'刘孟公藏器于身,用心笃固。实瑚琏之器,宗庙之宝也。'"霈案:证以渊明《咏贫士》其六:"仲蔚爱穷居,绕宅生蒿蓬。翳然绝交游,赋诗颇能工。举世无知者,止有一刘龚。"则古说为是。

古《笺》于"行行向不惑"下注曰:"向不惑,则未至不惑也。盖三十九岁之作。”需案:恐非是。此乃追叙往事,少年如何,中年如何,至今老年又如何。“竟”字,“饱所更”三字,道尽“向不惑”之后多年情事,诗非“向不惑”之年所作也。或问曰:何以特举“向不惑”而言?因四十岁乃人生一大关键,有成与否,取决于此时。渊明《荣木》亦曰:“四十无闻,斯不足畏。”可证。将此诗与《荣木》对照,其生活与心情大相悬殊,显然不是同一时期之作。

【析义】

此诗有回顾一生之意,欲有成而仍无成,遂抱固穷之节。“披褐守长夜,晨鸡不肯鸣。”饥冻之切,盼望鸡鸣天亮,而天偏不亮,写尽贫穷之状。

幽兰生前庭,含薰待清风〔一〕。清风脱然一作若至①,见别萧艾中〔二〕。行行失故路,任道或能通一作前道或能穷②〔三〕。觉悟当念还,鸟尽废良弓〔四〕。

【校勘】

①然:一作“若”,于义为逊。 ②任道或能通:一作“前道或能穷”,意谓既失故路,向前则道穷矣,于义稍逊。

【笺注】

〔一〕幽兰生前庭,含薰待清风:比喻贤人怀其德而有待于圣明。幽:隐也。幽兰:《世说新语·言语》:“谢太傅问诸子侄:‘子弟亦何预人事,则正欲使其佳?’诸人莫有言者,车骑曰:‘譬如芝兰玉树,欲使其生于庭阶耳。’”需案:幽兰本生于山谷,不染尘俗。其生于前庭者,比喻贤者不隐于山林,而出仕以预人事。薰:香气。清风:《诗·大雅·烝民》:“穆如清风。”传:“清微之风,以养万物者也。”

〔二〕清风脱然至,见别萧艾中:意谓倘有清风吹来,则幽兰即可见别于萧艾之中矣。此二句乃设语,希望中之事,非真有清风至也。幽兰生于前庭本欲待清风以见别于萧艾,然清风未至。贤人出仕本欲待圣明,然圣明未至。故后四句有觉悟念还之意。萧艾:野蒿,臭草。《楚辞·离骚》:"户服艾以盈腰兮,谓幽兰其不可佩。""何昔日之芳草兮,今直为此萧艾也!"脱:或许。《吴子·励士》:"君试发无功者五万人,臣请率以当之。脱其不胜,取笑于诸侯,失权于天下矣。"渊明《与殷晋安别》:"脱有经过便,念来存故人。"

〔三〕行行失故路,任道或能通:意谓行行而迷失故路,遂任其道而行,或能通达,但终非良计也。故下言"觉悟当念还",应再回至故路耳。故路:旧路,此指平素之人生道路,亦即渊明《咏贫士》其一"量力守故辙"之"故辙"。失故路:意谓未能坚守故辙而迷路矣。曹操《苦寒行》:"迷惑失故路,薄暮无宿栖。行行日已远,人马同时饥。"任道:听任道路之所通,继续向前。此"道"字承上"故路",意谓道路,非"道德"之道。

〔四〕觉悟当念还,鸟尽废良弓:意谓任道虽或能通,但既已觉悟则当以还归为念,岂不知鸟尽而良弓藏耶?《史记·越王句践世家》载范蠡遗大夫种书曰:"蜚鸟尽,良弓藏;狡兔死,走狗烹。"又,《淮阴侯列传》:"狡兔死,走狗烹;高鸟尽,良弓藏;敌国破,谋臣亡。"

【考辨】

陶必铨《萸江诗话》曰:"非经丧乱,君子之守不见,寓意甚深。觉悟念还,傅亮、谢晦辈不知也。"古《笺》:"晋义熙八、九年之交,刘裕诛锄异己,不遗馀力。刘藩、谢混、刘毅、诸葛长民兄弟,皆见夷戮。史记诸葛长民之言曰:'昔年醢彭越,今(当作前)年杀韩信,祸其至矣。'既而叹曰:'贫贱常思富贵,富贵必蹈(当作履)危机。今日欲为丹徒布衣,岂可得邪?'诗盖因此托讽。"王叔岷《笺证稿》曰:"非仅为刘裕诛锄异己而托讽;盖亦所以自警。"

【析义】

前四句以幽兰为喻,后四句以行路为喻,前后若两诗,其实不然。前以幽兰生于前庭,比喻贤人之出仕,后遂就出仕而言。贤人出仕犹失去故路也,继续任道而行或亦能通,但应以还归为上,鸟尽弓废是为诫也。前四句中有一"脱"字,后四句有一"或"字,皆假设之辞。其实,清风难至,任道难通,幽兰终当处幽谷,贤人终当隐田园也。

子云性嗜酒〔一〕,家贫无由得。时赖好事人,载醪祛所惑〔二〕。觞来为之尽,是谘一作语无不塞[①]〔三〕。有时不肯言,岂不在伐国〔四〕。仁者用其心,何尝失显默〔五〕。

【校勘】

①谘:一作"语",非是。

【笺注】

〔一〕子云:西汉扬雄字子云。《汉书·扬雄传赞》:"家素贫,嗜酒,人希至其门。时有好事者载酒肴从游学,而钜鹿侯芭常从雄居,受其《太玄》、《法言》焉。"

〔二〕载醪:携酒。祛(qū):去,去除。祛所惑:去除自己之疑惑,指求教于扬雄。《文选》蔡邕《郭有道碑文》:"童蒙赖焉,用祛其蔽。"殷仲文《南州桓公九井作》:"伊余乐好仁,惑祛吝亦泯。"

〔三〕谘:询问。塞:答。《汉书·终军传》:"献享之精交神,积和之气塞明。”师古注：“塞，答也。”

〔四〕有时不肯言，岂不在伐国：意谓有时所不肯言者，唯伐国之事也。《汉书·董仲舒传》：“闻昔者鲁君问柳下惠：‘吾欲伐齐，何如？’柳下惠曰：‘不可。’归而有忧色，曰：‘吾闻伐国不问仁人，此言何为至于我哉！’”此以柳下惠喻指扬雄。

〔五〕仁者用其心，何尝失显默：意谓仁者之用心，何尝因出与处而改易，无论显默皆不失其仁心也。失：改易。《淮南子·原道训》：“今夫徙树者，失其阴阳之性，则莫不枯槁。”显默：出与处、语与默。《文选》傅亮《为宋公修张良庙教》：“显默之际，窅然难究。”

【析义】

汤汉曰：“此篇盖托子云以自况，故以柳下惠事终之。”陶澍曰：“载醪不却，聊混迹于子云；伐国不对，实希风于柳下。盖子云《剧秦美新》，正由未识不对伐国之义。必如柳下，方为仁者之用心，方为不失显默耳。此先生志节皭然，即寓于和光同尘之内，所以为道合中庸也。”古直曰：“汤注自况子云之说是矣。陶氏潜易其说，徒疑雄为莽大夫耳。不知汉魏六朝间人视雄犹圣人也。……盖《法言》云：‘或问柳下惠非朝隐者与？曰：（君子谓之不恭，）古者高饿显，下禄隐。’姚信《士纬》曰：‘扬子云有深才潜知，屈伸沉浮，从容显（玄）默，近于柳下惠朝隐之风。’（《御览》卷四四七引）子云以柳下惠自比，故靖节亦即以柳下惠比之。《抱朴子》曰：‘孟子不以矢石为功，扬云不以治民益世。求仁而得，不亦可乎？’靖节称为仁者，亦当时之笃论矣。班固赞雄‘恬于势利’，‘好古乐道’，‘用心于内，不求于外’，此岂肯言伐国者哉！不言伐国，从容朝隐，以希柳下之风，显默之际，窅乎远矣。靖节所以赞之曰：‘仁者用其心，何尝失显默。’”

需案：古直所论是也。此篇专咏扬雄，非兼咏扬雄、柳下惠二人，更非有所抑扬。扬雄《解嘲》曰："知玄知默，守道之极；爰清爰静，游神之廷；惟寂惟寞，守德之宅。"颜延之《陶征士诔》："在众不失其寡，处言愈见其默。"此篇既赞子云之显又赞其默，然主旨在默也。

畴昔苦长饥，投耒去学仕〔一〕。将养不得节，冻馁固一作故缠己[①]〔二〕。是时向立年[②]，志意多所耻[③]〔三〕。遂尽介然分，终死一作拂衣归田里[④]〔四〕。冉冉星气流，亭亭复一纪〔五〕。世路廓悠悠，杨原作扬，绍兴本、李注本作杨朱所一作疏以止一作扬歧何以止，又作扬生所以止[⑤]〔六〕。虽无挥金事，浊酒聊可恃[⑥]〔七〕。

【校勘】

①固：一作"故"，亦通。　②向：和陶本作"而"，亦通。　③多所：和陶本作"尚多"，亦通。　④终死：一作"拂衣"。　⑤杨朱所以止：杨：原作"扬"，曾集本、汤注本同，绍兴本、李注本作"杨"，今据改。一作"扬歧何以止"，于义稍逊。又作"扬生所以止"，亦通。所：一作"疏"，非。　⑥虽无挥金事，浊酒聊可恃：《文选》江淹《杂体诗》李善注引作"虽欲挥手归，浊酒聊自持"。

【笺注】

〔一〕畴昔苦长饥，投耒去学仕：指弱冠之年薄宦之事。沈约《宋书·陶潜传》："潜弱年薄宦，不洁去就之迹。"此二句即指此，既曰"薄宦"，时间当不长，惟详情已不可考。畴昔：往日。畴：曩也。长饥：陶诗中屡见，如《饮酒》其十一："长饥至于老。"《有会而作》："老至更长饥。"《感士不遇赋》："夷投老以长饥。"投耒：放下农具。

〔二〕将养不得节，冻馁固缠己：指薄宦后仍无法将养家人，解除自己之饥寒。将：养息。《广雅·释诂一》："将，养也。"王念孙疏证："今俗语犹云将养，或云将息矣。"《诗·小雅·四牡》："王事靡盬，不遑将父。"毛传："将，养也。"节：法度。固：常。《吕氏春秋·首时》："时固不易得，……故圣人之所贵唯时也。"高诱注："固，常也。"

〔三〕是时向立年，志意多所耻：指向立之年起为州祭酒之事。《宋书·陶潜传》："亲老家贫，起为州祭酒。不堪吏职，少日，自解归。"所咏当系此次出仕，因耻于吏职而复归。向立年：接近三十岁。《论语·为政》："三十而立。"渊明诗中"向"字用例尚有"向夕长风起"（《岁暮和张常侍》），"行行向不惑"（《饮酒》其十六）。志意：《礼记·乐记》："故听其雅颂之声，志意得广焉。"志犹意也。

〔四〕遂尽介然分（fèn），终死归田里：指坚持耿介之原则，辞彭泽县令，永归田里之事。吴注："顾炎武曰：二句用方望《辞隗嚣书》：'虽怀介然之节，欲洁去就之分。'"需案：方望书见《全后汉文》卷一一。遂，终于。介然：坚贞。《荀子·修身》："善在身，介然必以自好也。"杨倞注："介然，坚固貌。"分：制，原则。《文选》班固《答宾戏》："盖闻圣人有一定之论，烈士有不易之分。"

〔五〕冉冉星气流，亭亭复一纪：意谓自辞彭泽令后，日月星辰渐渐流转，又复十二年矣。冉冉：渐进貌。《楚辞·离骚》："老冉冉其将至兮。"星气：《后汉书·百官志》："灵台掌候日月星气，皆属太史。"星气与日月并举，盖星象也。流：古《笺》："《豳风》：'七月流火。'此流字所本。"亭亭：《文选》司马相如《长门赋》："澹偃蹇而待曙兮，荒亭亭而复明。"李善注："亭亭，远貌。”此指时间之久远漫长。一纪：十二年。《书·毕命》：“既历三纪。”传：“十二年为一纪。”复：又。自晋安帝义熙元年乙巳（四〇五）五十四岁辞彭泽令归田，又经一纪，则此诗作于义熙十三年丁巳（四一七）六十六岁。

〔六〕世路廓悠悠，杨朱所以止：意谓世路空阔遥远而又多歧，杨朱所以无所适从止步不前。世路：人生譬如行路，故谓处世之经历为世路。刘峻《广绝交论》：“世路险巇，一至于此！”廓：空。悠悠：远。《诗·王风·黍离》：“悠悠苍天。”毛传：“悠悠，远意。”马瑞辰《通释》：“悠悠，即遥遥之假借，古悠、遥同音通用。”《楚辞·九辩》：“袭长夜之悠悠。”杨朱：李注：“《淮南·说林训》：‘杨子见逵路而哭之，为其可以南可以北。墨子见练丝而泣之，为其可以黄可以黑。’”案：《太平御览》卷一九五引作“杨朱见歧路而哭，曰可以南可以北”。

〔七〕虽无挥金事，浊酒聊可恃：意谓虽不能如疏广之挥金取乐，但聊可凭浊酒以自陶醉也。张协《咏史》云：“挥金乐当年，岁暮不留储。”《汉书·疏广传》：广上疏乞骸骨，许之。加赐黄金二十斤，皇太子赠以五十斤。“广既归乡里，日令家共具设酒食，请族人故旧宾客，与相娱乐。数问其家金馀尚有几所，趣卖以共具。”

【析义】

“志意多所耻”，说得沉痛。“遂尽介然分”，说得坚决。“介然分”亦即“抱独”、“抱孤念”之意，故“与物多忤”也。

羲农去我久〔一〕，举世少复真〔二〕。汲汲一作波波鲁中叟[①]，弥缝使其淳〔三〕。凤鸟虽不至，礼乐暂得一作时新[②]〔四〕。洙泗辍微响，漂流逮一作待狂秦[③]〔五〕。诗书复何罪，一朝成灰尘④〔六〕。区区诸老翁,为事诚殷勤〔七〕。如何绝世下,六籍无一亲〔八〕！终日驰车走,不见所问一作凭津⑤〔九〕。若复不快饮,空负头上巾〔一〇〕。但一作所恨多谬误⑥,君当恕醉人〔一一〕。

【校勘】

①汲汲:一作"波波",形近而讹。 ②得:一作"时",于义稍逊。 ③逮:一作"待",音同而讹。 ④成:和陶本作"作",于义稍逊。 ⑤问:一作"凭",非是。 ⑥但:一作"所",亦通。

【笺注】

〔一〕羲农:伏羲、神农。

〔二〕真:指人之自然本性,与儒家所倡之"礼"相对立。"真"与"自然"有相通之处,但更具人生价值判断之意义。既属于抽象理念范畴,又属于道德范畴。"真"字,不见于《论语》、《孟子》,乃老庄特有之哲学范畴。《老子》曰:"孔德之容,惟道是从。道之为物,惟恍惟惚。……其中有精,其精甚真。"意谓"真"乃"道"之精髓。《庄子·渔父》:"礼者,世俗之所为也。真者,所以受于天也,自然不可易也。故圣人法天贵真,不拘于俗。愚者反此,不能法天而恤于人,不知贵真,禄禄而受变于俗,故不足。"又《秋水》曰:"无以人灭天,无以故灭命,无以得殉名。谨守而勿失,是谓反其真。"庄子认为每人皆有"真",惟能守真者方为圣人。渊明作品中不止一处言及"真",如"抱朴含真"(《劝农》),"任真无所先"(《连雨独饮》),"真想初在襟"(《始作镇军参军经曲阿》),"养真衡茅下"(《辛丑岁七月赴假还江陵夜行涂中》),"此中有真意"(《饮酒》其五),"自真风告逝,大伪斯兴"(《感士不遇赋》)。

〔三〕汲汲鲁中叟，弥缝使其淳：意谓孔子汲汲然弥缝其阙，而使其复归于淳。汲汲：心情急切貌。《礼记·问丧》："其往送也，望望然，汲汲然，如有追而弗及也。"《汉书·扬雄传》："不汲汲于富贵，不戚戚于贫贱。"鲁中叟：指孔子。弥缝：弥补缝合。《左传》僖公二十六年："弥缝其阙，而匡救其灾。"淳：质朴淳厚。《淮南子·齐俗训》："衰世之俗，……浇天下之淳，析天下之朴。"注："淳，厚也。"与"真"有相通之处，可以互相引发。《文选》张衡《思玄赋》："何道真之淳粹兮，去秽累而飘轻。"渊明《感士不遇赋》："望轩唐而永叹，甘贫贱以辞荣。淳源汩以长分，美恶作以异途。"《桃花源诗》："奇踪隐五百，一朝敞神界。淳薄既异源，旋复还幽闭。"《扇上画赞》："三五道邈，淳风日尽。九流参差，互相推陨。"

〔四〕凤鸟虽不至，礼乐暂得新：意谓孔子虽感生不逢时，但颇有整理礼乐之功。《论语·子罕》："子曰：'凤鸟不至，河不出图，吾已矣夫！'""子曰：'吾自卫反鲁，然后乐正，《雅》、《颂》各得其所。'"《史记·孔子世家》："孔子之时，周室微而礼乐废，《诗》、《书》缺。追迹三代之礼，序《书传》，上纪唐虞之际，下至秦缪，编次其事。……三百五篇孔子皆弦歌之，以求合《韶》、《武》、《雅》、《颂》之音。礼乐自此可得而述，以备王道，成六艺。"

〔五〕洙泗辍微响，漂流逮狂秦：意谓孔子死后洙泗之上微响辍绝，江河日下，乃至于狂暴之秦朝。洙泗：二水名。古时二水自今山东泗水县北合流西下，至鲁国首都曲阜北，又分为二水，洙水在北，泗水在南。洙泗之间，即孔子聚徒讲学之所。微响：精微要妙之音响，承上"礼乐"而言。《汉书·艺文志》："仲尼没而微言绝。"师古注："精微要妙之言。"

〔六〕诗书复何罪，一朝成灰尘：言秦始皇焚书之事。《史记·秦始皇本纪》："丞相李斯曰：'……臣请史官非秦记皆烧之。非博士官所职，天下敢有藏《诗》、《书》、百家语者，悉诣守、尉杂烧之。有敢偶语《诗》、《书》者弃市。……'制曰：'可。'"

〔七〕区区诸老翁，为事诚殷勤：言汉兴诸老翁专诚努力传授经书。《史记·儒林列传》："及今上即位，赵绾、王臧之属明儒学，而上亦乡之，于是招方正贤良文学之士。自是之后，言《诗》于鲁则申培公，于齐则辕固生，于燕则韩太傅。言《尚书》自济南伏生。言《礼》自鲁高堂生。言《易》自菑川田生。言《春秋》于齐鲁自胡毋生，于赵自董仲舒。"区区：拳拳，忠诚专一。为事：指传授经书之事。

〔八〕如何绝世下，六籍无一亲：感叹汉世之后无人亲近经籍矣，即使熟读六籍者，亦未必得其真旨也。古《笺》："《文选》干宝《晋纪总论》：'学者以老庄为师，而黜六经。'沈约《宋书·谢灵运传论》：'有晋中兴，玄风独振。为学穷于柱下，博物止乎七篇。……自建武暨乎义熙，历载将百，……莫不寄言上德，托意玄珠。'"丁《笺注》："绝世下，谓汉世既绝之后。"陈澧《东塾杂俎》卷三："陶公时读六籍者多矣，而以为'无一亲'，盖书自书，我自我，则不亲矣。'亲'之一字，陶公示人以问津处。"霈案：此乃夸张说法，极言世之忽视六经也。

〔九〕终日驰车走，不见所问津：意谓虽有驰车之人，但不见此问津者也。汤注曰："盖自况于沮溺而叹世无孔子徒也。"问津：《论语·微子》："长沮、桀溺耦而耕，孔子过之，使子路问津焉。"所：助词，此。

〔一〇〕若复不快饮，空负头上巾：表示失望之馀，惟饮酒为乐。《宋书·陶潜传》："郡将候潜，值其酒熟，取头上葛巾漉酒，毕，还复着之。”快:快意。

〔一一〕但恨多谬误,君当恕醉人:意谓所言多有谬误之处,当恕我也。古《笺》:“中多托讽之辞,故以醉自饰也。”恨:遗憾、后悔。

【析义】

此篇首言举世少“真”,“真”者,乃道家特有之哲学范畴也,孔、孟皆未言及。下忽接孔子,言孔子弥缝使其淳,是将孔子道家化矣。儒家之道家化乃当时思想界之潮流。再下又言孔子整理礼乐,始皇焚书后诸老翁传授六经,而感叹目前经术之无续,不复有孔子之徒出现。只好以饮酒为乐,寄托空虚寂寞。如此看来,渊明似是呼唤孔子再生、儒家复兴。诗末二句,自言“谬误”,似有触犯当世之处,如“六籍无一亲”,诚为激忿之语。

止酒一首

居止次城邑〔一〕,逍遥自闲止〔二〕。坐止高荫下,步一作行止荜门里①〔三〕。好味止园葵,大一作天欢止稚子②〔四〕。平生不止酒,止酒情一作惧无喜③。暮止不安寝,晨止不能起。日日欲止之,营卫止不理〔五〕。徒知止不乐,未信止利己。始觉止为善,今朝真止矣。从此一止去,将止扶桑涘〔六〕。清颜止宿容一作客④,奚止千万祀〔七〕。

【校勘】

①步:一作“行”,亦通。 ②大:一作“天”,形近而讹。 ③情:一作“惧”,亦通。 ④容:一作“客”,形近而讹。

【题解】

此诗共二十句,每句用一“止”字,共二十处。但“止”字涵义不尽相同,有停、至、静止等义,以及作语末助词之止。诗题《止酒》,意谓停止饮酒。渊明或曾一时戒酒,或从未戒酒,无须考究。但此“止”字,颇可玩味,人之祸患或因不知“止”所致也。《易·艮》:“时止则止,时行则行。动静不失其时,其道光明。”古《笺》:“《庄子(德充符)》曰:‘(人莫鉴于流水而鉴于止水,)惟止能止众止。’靖节能止荣利之欲,又何物不能止邪?”朱自清《陶诗的深度》曰:“《止酒》诗每句藏一‘止’字,当系俳谐体。以前及当时诸作,虽无可供参考,但宋以后此等诗体大盛,建除、数名、县名、姓名、药名、卦名之类,不一而足,必有所受之。逆而推上,此体当早已存在,但现存的只《止酒》一首,便觉得莫名其妙了。”此诗确有俳谐意味,但亦寄有感慨,笔墨非仅止于俳谐也。

【笺注】

〔一〕止:居也。次:近。

〔二〕逍遥:丁《笺注》:“倘佯自适也。《诗·郑风·清人》:‘河上乎逍遥。’”闲:清闲。止:语末助词。

〔三〕坐止高荫下,步止荜门里:意谓坐只在高荫之下,行只在荜门之内。止:仅、只。荜门:柴门。《玉篇》:“筚,荆竹织门也。亦作荜。”

〔四〕好味止园葵,大欢止稚子:意谓好味止于园葵,大欢止于稚子。葵:菜名。园葵:园中之葵。《诗·豳风·七月》:“七月亨葵及菽。”古乐府《长歌行》:“青青园中葵,朝露待日晞。”陆机《园葵诗》:“种葵北园中,葵生郁萋萋。”渊明《和郭主簿》:“弱子戏我侧,学语未成音。此事真复乐,聊用忘华簪。”

〔五〕营卫止不理:意谓止酒则营卫二气不顺。营卫:指人体中之营气与卫气。《灵枢经·营卫生会》:“五藏六府皆以受气,其清者为营,浊者为卫。营在脉中,卫在脉外。营周不休,五十而复大会。阴阳相贯,如环无端。”理:顺也。贾谊《新书·胎教》:“《易》曰:‘正其本而万物理,失之毫厘,差以千里。’”

〔六〕从此一止去,将止扶桑涘(sì):意谓此次一直止酒,即可至于仙界矣。扶桑:神木名,传说日出之处。涘:水边。渊明想象“扶桑涘”是仙界。

〔七〕清颜止宿容,奚止千万祀:意谓止酒之后可以长生不老。清颜:鲜洁之颜。陆机《日出东南隅行》:“高台多妖丽,濬房出清颜。淑貌耀皎日,惠心清且闲。”宿容:旧容。止宿容:去宿容也。王叔岷《笺证稿》:“《淮南子·说山篇》:‘止念虑。’高注:‘止,犹去也。’‘止宿容’,犹言‘去衰容’耳。”奚止:何止。祀:年。

【析义】

胡仔《苕溪渔隐丛话》后集卷三:“坐止于树荫之下,则广厦华居吾何羡焉?步止于荜门之里,则朝市声利我何趋焉?好味止于啖园葵,则五鼎方丈我何欲焉?大欢止于戏稚子,则燕歌赵舞我何乐焉?在彼者难求,而在此者易为也。渊明固穷守道,安于丘园,畴肯以此易彼乎!”

述酒一首

仪狄造,杜康润色之。宋本云:此篇与题非本意。诸本如此,误。黄庭坚曰:《述酒》一篇盖阙,此篇似是读异书所作,其中多不可解。

重离照南陆,鸣鸟声相闻〔一〕。秋草虽未黄,融风久已分〔二〕。素砾皛宋本作襟辉修渚[①],南岳无馀云〔三〕。豫章抗高门,重华固灵一作虚坟[②][四]。流泪抱中叹,倾耳听司晨[五]。神州献嘉粟,西灵一作云,又作零为我驯[③][六]。诸梁董师旅,芊原作羊,注一作芊胜丧其身[④][七]。山阳归下国,成名犹不勤[八]。卜生善斯牧,安乐不为君[九]。平王原作生,汤注本作王去旧京[⑤],峡中纳遗薰[一〇]。双陵一作阳甫云育[⑥],三趾显奇文[一一]。王子爱清吹,日一作星中翔河汾[⑦][一二]。朱公练九齿,闲居离世纷[一三]。峨峨西岭一作四顾内[⑧],偃息常一作得所亲[⑨][一四]。天容一作客自永固[⑩],彭殇非等伦[一五]。

【校勘】

① 砾皛:宋本作"襟辉",非是。 ② 灵:一作"虚",亦通。王叔岷《笺证稿》曰:作"虚"似较胜,"虚之俗书与灵形近,又涉下'四灵'字而误耳"。 ③ 灵:一作"云",又作"零"。恐非是。 ④ 芊:原作"羊",底本校曰"一作芊",今从之。 ⑤ 王:原作"生",汤注本作"王",云:"从韩子苍本,旧作生。"今据改。霈案:盖涉上句"卜生"而误为"生"。 ⑥ 陵:一作"阳",非是。 ⑦ 日:一作"星",恐非是。 ⑧ 西岭:一作"四顾",非是。 ⑨ 常:一作"是",亦通。 ⑩ 容:一作"客",非是。

【题解】

李公焕笺注引韩子苍曰:"余反覆之,见'山阳归下国'之句,盖用山阳公事,疑是义熙以后有所感而作也。故有'流泪抱中叹'、'平王去旧京'之语。渊明忠义如此。今人或谓渊明所题甲子,不必皆义熙后。此亦岂足论渊明哉!惟其高举远蹈,不受世纷,而至于躬耕乞食,其忠义亦足见矣!"

李公焕笺注引赵泉山曰:"此晋恭帝元熙二年也。六月十一日宋王裕迫帝禅位,既而废帝为零陵王,明年九月潜行弑逆。故靖节诗中引用汉献事。今推子苍意，考其退休后所作诗，类多悼国伤时感讽之语，然不欲显斥，故命篇云《杂诗》，或托以《述酒》、《饮酒》、《拟古》。惟《述酒》间寓以他语，使漫奥不可指擿。今于各篇姑见其一二句警要者，馀章自可意逆也。如'豫章抗高门，重华固灵坟'，此岂述酒语耶？'三季多此事'，'慷慨争此场'，'忽值山河改'，其微旨端有在矣，类之风雅无愧。《诔》称靖节'道必怀邦'，刘良注：'怀邦者，不忘于国。'故无为子曰：'诗家视渊明，犹孔门视伯夷也。'"

汤汉曰："晋元熙二年六月，刘裕废恭帝为零陵王，明年以毒酒一罂授张祎，使酖王，祎自饮而卒。继又令兵人逾垣进药，王不肯饮，遂掩杀之。此诗所为作，故以《述酒》名篇也。诗辞尽隐语，故观者弗省。独韩子苍以'山阳下国'一语疑是义熙后有感而赋，予反覆详考而后知为零陵哀诗也。因疏其可晓者，以发此老未白之忠愤。昔苏子读《述史》九章曰：'去之五百岁，吾犹见其人也。'岂虚言哉！仪狄、杜康乃自注，故为疑词耳。"

逯钦立《述酒诗题注释疑》曰："汤注此篇，大体明确。而其以刘裕遣张祎酖恭帝事，说明《述酒》名篇之意，尤卓绝不刊之论。顾尚不知此仪狄、杜康之注文，正与题目表里相成以示其诗之为兼斥桓玄、刘裕而哀东晋之两次篡祸也。夫东晋之亡，亡于两次之篡夺，……又莫不有关于酒。如桓玄酖杀道子，刘裕酖弑安、恭二帝，俱以酒取人天下。此略观《晋书·安恭纪赞》、《会稽王道子传》、《宋书·王韶之传》及《晋书·张祎传》，即可洞知。渊明所以设此题注，即以此也。"又，其《陶渊明集》注曰："为了篡位，桓玄曾酖杀司马道子，刘裕曾酖杀晋安帝，都是用毒酒完成篡夺。所以陶以述酒为题，以'仪狄造，杜康润色之'为题注。"

霈案：韩、汤之说，大体可信。唯"仪狄造，杜康润色之"系自注之说恐不可信也。汤注本、李注本皆有“旧注”二字。然更早之汲古阁藏十卷本、绍兴本、曾集本，均无“旧注”二字。此二字疑为汤汉所加，李注本因袭之。汤汉曰：“仪狄、杜康乃自注，故为疑词耳。”此乃汤汉之判断，未必有版本依据也。逯钦立据汤汉，以此句为渊明自注，而为之解说，更难成立矣。至于逯注以桓玄杀司马道子、刘裕杀晋安帝相提并论，显然不妥。司马道子虽执掌大权然非皇帝，刘裕虽使王韶之杀安帝，但因德文常在帝左右，不得间，遂以散衣缢帝，非以酒酖杀也。逯所谓“比喻桓玄篡位于前，刘裕润色于后，晋朝终于灭亡”之说，似嫌牵强。

“仪狄”、“杜康”，《初学记》卷二六引《世本》：“仪狄始作酒醪，变五味。少康作秫酒。”《说文解字·巾部》：“古者少康初作箕帚、秫酒。少康，杜康也。”《战国策·魏策二》：“昔者帝女令仪狄作酒而美，进之禹，禹饮而甘之。遂疏仪狄，绝旨酒，曰：‘后世必有以酒亡其国者。’”“润色”，本指修饰文字，使有光彩。《论语·宪问》：“东里子产润色之。”后也指使事物有光彩。左思《吴都赋》：“其奏乐也，则木石润色；其吐哀也，则凄风暴兴。”此曰“杜康润色之”，颇觉生硬，不必强解。

“宋本”，宋庠本。

【编年】

零陵王卒于宋武帝永初二年辛酉（四二一），姑系此诗于是年。

【笺注】

〔一〕重离照南陆，鸣鸟声相闻：意谓晋室南渡之初有群贤辅佐。重离：汤注：“司马氏出重离之后。”吴师道《诗话》：“愚谓以‘离’为‘黎’，则是陶公改讹其字以相乱。离，南也，午也。重黎，典午再造也。止作晋南渡说自通。《书（君奭）》：‘我则鸣鸟不闻。’陶正用此鸟指凤皇。此谓南渡之初，一时诸贤犹盛也。”张谐之《敬斋存稿·陶渊明述酒诗解》曰:“《易》:‘离为日’,又君象也。位在南,盛于午。‘重离’,言典午再造也。‘南陆’,夏至日躔南方,鹑火之次也。‘鸣鸟’,凤也,见《书·君奭篇》,言群才辅而凤鸣于郊也。二句以日照南陆、阳气盛大,喻晋室南迁,君德尚隆,而得群贤之辅佐也。”古《笺》引晋元帝《改元大赦令》:“景皇纂戎,文皇扇烈。重离宣曜,庸蜀稽服。”(《文馆词林》卷六九五)直案:“‘重离照南陆’,此喻元帝中兴江左也。《易·离彖》曰:‘离,丽也。……重明以丽乎正,乃化成天下。’象曰:‘明两作,离。大人以继明照于四方。’郭璞《晋元帝哀策文》:‘大人承运,重明继作。’即本《易》为说。‘重明’犹‘重离’也。《续汉书·律历志》:‘日行南陆谓之夏。’”逯钦立注曰:“寓言东晋孝武帝在位。司马氏称典午,午在南,于八卦为离,东晋于西晋为重。又,司马氏出于重黎,重黎,火正。《易经·说卦》:‘离为火。’故此重离可以寓言东晋。又孝武帝小字昌明。《易经·说卦》:‘离为火,为日。’重离,重日,即昌字,此并托言昌明在位。”霈案:综上各家之说,皆以重离指东晋,“重离照南陆”,指晋室南渡,而立论稍异,皆可通。要之,“重离”即“重黎”,故讹其字。“重黎”为晋帝司马氏之祖先,兹再举二证。《宋书·礼志三》:晋武帝平吴,混一区宇。太康元年九月庚寅,尚书令卫瓘等奏曰:“大晋之德,始自重黎。实佐颛顼,至于夏商。世序天地,其在于周,不失其绪。”《晋书·宣帝纪》:“宣皇帝讳懿,字仲达,河内温县孝敬里人,姓司马氏。其先出自帝高阳之子重黎,为夏官祝融。历唐、虞、夏、商,世序其职。及周,以夏官为司马。”照南陆:言东晋中兴气象。《史记·楚世家》:“重黎为帝喾高辛居火正,甚有功,能光融天下，帝喾命曰祝融。”重黎既能光融天下，故以“照南陆”指晋元帝中兴于江左也。鸣鸟：指凤也。“鸣鸟声相闻”，言南渡之初有王导等贤臣辅佐也。《诗·大雅·卷阿》：“凤皇鸣矣，于彼高冈。梧桐生矣，于彼朝阳。”后遂以鸣凤朝阳比喻贤才遇时而起。

〔二〕秋草虽未黄，融风久已分：意谓秋草虽未黄，而融风久已散去，比喻司马氏（祝融之后）之势力已经没落。汤注：“国虽未末，而势之分崩久矣，至于今则典午之气数遂尽也。”融风：《左传》昭公十八年：“夏五月，……丙子，风。梓慎曰：‘是谓融风，火之始也。七日，其火作乎！’戊寅，风甚。壬午，大甚。宋、卫、陈、郑皆火。”分：散也。《列子·黄帝》：“用志不分，乃凝于神。”张湛注：“分，犹散。”

〔三〕素砾（lì）皛（xiǎo）修渚，南岳无馀云：水涸云散，比喻晋室气数已尽。砾：碎石。皛：皎洁，明亮。修渚：修长之小洲。白石显露于洲上，以言水之干涸也。南岳：衡山。张谐之曰：“二句以水清石见、山不出云，喻君弱臣强，国势式微，而无从龙之彦也。”

〔四〕豫章抗高门，重华固灵坟：暗喻刘裕篡弑，晋恭帝幽于零陵之事。豫章：郡名，治所在南昌。安帝义熙二年封刘裕为豫章郡公，遂与高门（代指王室）抗衡。十五年后恭帝禅位于刘裕，而被幽于零陵，见害。重华：舜，其冢在零陵九疑。固：闭也。汤注：“义熙元年裕以匡复功封豫章郡公。重华，谓恭帝禅宋也。”古《笺》：“《诗（大雅）·绵》：‘乃立皋门，皋门有伉。’毛传：‘王之国（应为郭）门曰皋门，美太王作郭门以致皋门。’……皋、高通用。《礼记·明堂位》：‘天子皋门。’郑注：‘皋之为（为字衍）言高也。’”又曰：“‘重华固灵坟’，言零陵王何在？但有灵坟耳。《经传释词》曰:‘固,又作顾。顾犹但也。’孙绰《聘士徐君墓颂》:‘乃与友人殷浩等,束带灵坟。’”

〔五〕流泪抱中叹,倾耳听司晨:历来释为渊明悲叹晋室之亡,恐非是。渊明对晋室何至如此之忠耶？与篇末所表明之态度不合。此指恭帝被幽于零陵时帝后之忧叹也,此时恭帝身边唯帝后一人而已。中:犹忠。《睡虎地秦墓竹简·为吏之道》:“吏有五善:一曰中信敬上。”《隶释·魏横海将军吕君碑》:“以中勇显名州司。”洪适注:“碑以中勇为忠勇。”抱中:犹抱忠。司晨:雄鸡也。听司晨:盼望天亮。

〔六〕神州献嘉粟,西灵为我驯:暗指刘裕借符瑞以谋篡夺。汤注:“义熙十四年,巩县人献嘉禾,裕以献帝,帝以归于裕。‘西灵’当作‘四灵’,裕受禅文有‘四灵效征’之语。二句言裕假符瑞以奸大位也。”古《笺》:“恭帝禅诏有‘四灵效瑞,川岳启图’语,策书有‘上天垂象,四灵效征’语。又义熙十三年进奉裕为宋王诏曰:‘周道方远,则鸑鷟鸣岐;二南播德,则麟驺呈瑞。自公大号初发,爰暨告成,灵祥炳焕,不可胜纪。岂伊素雉远至,嘉禾近归(而)已哉!’此诏,裕腹心傅亮笔也。俗(裕)以符瑞惑人,其来渐矣。”案:“四灵”指麟、凤、龟、龙,见《礼记·礼运》。

〔七〕诸梁董师旅,芈胜丧其身:以楚国之内乱暗喻晋朝内讧,至于具体所指难以确定,众说纷纭,均未切,姑存疑。李注引黄山谷曰:“芈胜,白公也。沈诸梁,叶公也,杀白公胜。”诸梁:沈诸梁,楚左司马沈君戌之子,叶公子高。董:督也。芈胜:王孙胜,楚平王太子子建之子,号白公。《史记·楚世家》:“惠王二年,子西召故平王太子建之子胜于吴,以为巢大夫,号曰白公。……六年,白公请兵令尹子西伐郑。……子西许而未为发兵。……白公胜怒,乃遂与勇力死士石乞等袭杀令尹子西、子綦于朝,因劫惠王,置之高府,欲弑之。惠王从者屈固负王亡走昭王夫人宫。白公自立为王。月馀,会叶公来救楚,楚惠王之徒与共攻白公,杀之。惠王乃复位。"《国语·楚语》:"子西使人召王孙胜,沈诸梁闻之,见子西,曰:'……若召而近之,死无日矣。人有言曰:"狼子野心,怨贼之人也。"其又何善乎?……'不从,遂使为白公。子高以疾闲居于蔡。及白公之乱,……帅方城之外以入,杀白公而定王室。"

〔八〕山阳归下国,成名犹不勤:意谓恭帝甘心禅位,归于下国,犹如不勤于成名也。《晋书·恭帝纪》:"(元熙)二年夏六月壬戌,刘裕至于京师。傅亮承裕密旨,讽帝禅位,草诏,请帝书之。帝欣然谓左右曰:'晋氏久已失之,今复何恨!'乃书赤纸为诏。甲子,遂逊于琅邪第。刘裕以帝为零陵王,居于秣陵,……"山阳:汉献帝,魏降汉献帝为山阳公,此代指晋恭帝。"成名犹不勤",变化《逸周书·谥法解》"不勤成名曰灵"之成句。"灵"乃含有贬义之谥号,恭帝虽以"尊贤让善"而谥曰"恭",但从其甘心禅位而言之,亦犹成名不勤也。

〔九〕卜生善斯牧,安乐不为君:责恭帝自甘逊位,有似安乐公刘禅也。古《笺》:"此责零陵王有似安乐公也。'卜生'当为'卜年',形近而讹也。……晋恭帝禅位玺书曰:'故有国必亡,卜年著其数。'又曰:'历运改卜,永终于兹。'此书自是王韶之所草,然帝阅后,欣然操笔曰:'晋祚已移,重为刘公所延,将二十载。今日之事,本所甘心。'遂书赤纸为诏,以授傅亮。不能为高贵乡公以一死谢国,愿为刘禅降附,受安乐之封,是岂得为之君哉?深责之也。《左传》:'天生民而立之君,使司牧之。'《鲁语》:'君也者,将牧民而正其邪者也。'……人谓汝历数永终于兹而已,反谓祚移将二十载。斯牧卜年,抑何善邪?其词盖不严而厉矣。"汤注:"安乐公,刘禅也。丕既篡汉,则安乐不得为君矣。"

〔一〇〕平王去旧京,峡中纳遗薰:喻指晋室南迁,中原沦于胡人之手。平王:周平王。《史记·周本纪》:"平王立,东迁于雒邑,辟戎寇。"去旧京:指离旧京长安而东迁洛阳。峡:"郏"之借字。周之旧都,在今洛阳市西。薰:"獯"之借字。獯鬻之简称。《广韵·文韵》:"獯,北方胡名。夏曰獯鬻,……汉曰匈奴。"遗獯:獯鬻之后代也。古《笺》:"刘聪为匈奴遗类,寇陷洛阳,故曰'峡中纳遗薰'。"

〔一一〕双陵甫云育,三趾显奇文:意谓刘裕北伐后,遂加紧篡位。古《笺》:"双陵,即二陵。《左传》曰:'崤有二陵焉。'双陵甫云育,谓关洛已平,人民始可长育也。三趾者,三足乌也。……案《山海经》注又有三足鸟,主给使。……乌或为鸟也。……义熙十二年刘裕伐秦,克洛阳,遣长史王宏还都求九锡,此其事也。奇文者,世不常有之文,九锡文、禅位诏等是也。王宏回都而九锡文等以次出,故曰'三趾显奇文'。"

〔一二〕王子爱清吹,日中翔河汾:汤注:"王子晋好吹笙,托言晋也。"案:意谓晋已化去,喻指晋室之亡。王子晋,周灵王太子,名晋,以直谏废为庶人。一说,好吹竽,作凤鸣,游伊洛之间。道士浮丘生(当作公)接晋上嵩高山。三十馀年后见桓良,谓曰:"可告我家,七月七日候我于缑氏山颠。"至期,果乘白鹤驻山头,可望不可到。事见《逸周书·太子晋解》、《列仙传》等书。

〔一三〕朱公练九齿,闲居离世纷:此下言自处之态度。汤注:"朱公者，托言陶也。意古别有朱公修炼之事，此特托言陶耳。晋运既终，故陶闲居以避世，明言其志也。"逯注："越范蠡自称陶朱公，诗本此。练九齿，齿，年；九齿，长年；练九齿，练养生术。"

〔一四〕峨峨西岭内，偃息常所亲：意谓偃息于峨峨西岭之内，乃己心之所近者也。古《笺》："西岭，殆指昆仑山。昆仑，仙真之窟，正在西方也。"

〔一五〕天容自永固，彭殇非等伦：意谓天之容仪本自永固，即使彭祖亦不能相比也。天容：徐复曰："陆贾《新语·本行》：'圣人乘天威，合天气，承天功，象天容，而不与为功，岂不难哉！''天容'当谓自然之容。"彭殇：彭祖、殇子，此乃偏义复词，言彭祖也。《庄子·齐物论》："莫寿于殇子，而彭祖为夭。"陶注："即《楚辞》思远游之旨也。"古《笺》："'王子'以下故作游仙之词，以寄其无可如何之哀思。陶谓即《远游》之旨，是也。"

【考辨】

此诗多有歧解，兹择其要者录于下，备考。

"鸣鸟声相闻"：陶澍注："盖用《楚辞》：'恐鹈鴂之先鸣兮，使夫百草为之不芳。'《月令》：'仲夏之月，鵙始鸣，鸣则众芳皆歇。'"需案："相闻"与"先鸣"意殊远，陶澍盖因下文"秋草虽未黄"而有此误解。殊不知三四句另起一层意思，不必与一二句连属。逯注曰"逐渐减少"，恐亦非是。

"豫章抗高门，重华固虚坟"：张谐之曰："高门，言刘裕家本微寒，至是贵盛也。重华，虞帝，喻禅让也。虚坟，以九疑之虚墓喻安帝之失权也。二句言刘裕诛桓玄之后，功爵日高，而禅让之事将起，安帝祇坐拥虚位也。叙起祸之始。"逯钦立曰："《晋书·桓玄传》：玄窃据朝政后，即讽'朝廷以己平元显功封豫章公'。可见桓玄、刘裕之篡，皆以封豫章为始。抗者，分庭抗礼之抗，两相对峙的意思。豫章两个高门对峙，指刘裕继桓玄之后正在篡夺。"

"流泪抱中叹，倾耳听司晨"：汤注："裕既建国，晋帝以天下让而犹不免于弑，此所以流泪抱叹，夜耿耿而达曙也。"古《笺》："司晨，雄鸡也。雄鸡一鸣而天下白，以喻建义之师也。"霈案：汤、古之意，皆以为渊明流泪。古意似渊明盼望建义师以伐刘裕。观篇末之意，渊明未必如是也。

"诸梁董师旅，芊胜丧其身"：汤注："沈诸梁，叶公也，杀白公胜。此言裕诛剪宗室之有才望者。"黄文焕曰："白公胜欲杀王篡楚，得沈诸梁叶公诛之，楚国卒以存。晋之能为诸梁者何人乎？"古《笺》："言举世惑于符瑞，司晨不闻，而晋宗室又夷灭已尽也。芊胜以比司马休之，诸梁则比沈田子、沈林子兄弟。休之于芊胜事虽不同，其为复仇而举兵，则恍惚相似。胜为楚宗室，休之为晋宗室，开府荆楚，故以为比。姚秦之败，由于二沈，休之窜死，由于秦亡。"逯钦立注："桓玄篡晋后称楚，刘裕籍彭城为楚人，故以此叶公、白公事寓言桓玄之篡及其为刘裕所诛。"王叔岷《笺证稿》曰："如逯说，叶公诛芊胜，喻刘裕诛桓玄，则是褒刘裕矣。陶公恐无此意……汤氏以为叶公杀芊胜，言裕诛翦宗室之有才望者，其说较长。然以叶公比刘裕，终觉不伦。二句盖陶公借叶公诛芊胜事，慨叹当时无人诛弑篡国之刘裕耳。黄说最胜。"

"山阳归下国，成名犹不勤"：汤注："魏降汉献为山阳公，而卒弑之。《谥法》：'不勤成名曰灵。'古之人主不善终者，有灵若厉之号。此政指零陵先废而后弑也。"黄文焕曰："'成名犹不勤'者，言丕已成其帝位之名，犹能不以杀山阳为应勤之事，而置之度外，留其馀年也。"储皖峰《陶渊明述酒诗补注》曰："然吾谓'成名'者，恭帝逊位已成裕之名，裕犹不能僶勉以改前愆，而反以进毒不遂，遽加掩杀，斯则零陵处境之不及山阳也。”逯注：“用刘贺被废，昌邑除为山阳郡故事，托言晋恭帝被废为石阳公。”“不勤，不劳，不存问安慰。”

“卜生善斯牧，安乐不为君”：汤注：“魏文侯师事卜子夏，此借之以言魏文帝也。安乐公，刘禅也。丕既篡汉，则安乐不得为君矣。”黄文焕曰：此用《庄子·齐物论》“‘牧乎君乎’之语，为天子而不能自保其身，即求为人牧，亦何可得！自卜此生者，宁以人牧为善，为可安乐，而不愿为君也”。逯注：“卜生，卜式。善斯牧，善于牧羊。《汉书·卜式传》：式布衣草（案：应作屮）屩而牧羊。……上过其羊所，善之。式曰：‘非独羊也，治民亦犹是也。以时起居，恶者辄去，毋令败群。’上奇其言，欲试以（案：应作使）治民。案：卜生所以为善牧，在‘恶者辄去’一条原则。而这条原则，数术家视为改朝换代的手段。许芝奏启曹丕应该代汉称帝，曾引《京房易传》云：‘凡为王者，恶者去之，弱者夺之，易姓改代，天命应常。’卜生善斯牧，寓言刘裕剪灭晋朝宗室之强者，如司马休之等，为篡夺作准备，如卜生‘恶者辄去之’之善牧。”储皖峰曰：“前人释此诗范围只限于零陵，至此处无论如何解释，均不可通。……前十句为渊明对安、恭致慨之语，后六句乃对裕泄愤之语也。”储氏据《宋书·少帝纪》，少帝景平二年，皇太后废帝为营阳王。“时帝于华林园为列肆，亲自酤卖。又开渎聚土，以象破冈埭，与左右引船唱呼，以为欢乐。夕游天渊池，即龙舟而寝。”曰：“此即后二句之真实注脚。‘卜生善斯牧’，卜即卜筮之卜。《左传》闵二年：成季之将生也，使卜楚丘之父卜之，曰：男也。昭五年：初，穆子之生也，庄叔以《周易》筮之，遇明夷之谦，以示卜楚丘。观《少帝纪》，谓武帝晚无男，及帝生悦甚，则卜其将来可畀大任，善牧斯民。不料其一味耽于安乐，不足为君也。《论语》:‘予无乐乎为君。’当即此句所本。”

“天容自永固,彭殇非等伦”:陶澍注:“谓天老、容成,与下彭殇为对,言富贵不如长生,即《楚辞》思远游之旨也。”霈案:“天成”,黄帝之臣,著有《杂事阴道》二十五卷。事见《竹书纪年》上、《列子·黄帝》。“容成”,黄帝史官,始造律历。世传道家采阴补阳之术出自容成。《汉书·艺文志》有《容成阴道》二十六卷。《列仙传》:“容成公者,自称黄帝师,见于周穆王。能善辅导之事。”

【析义】

此诗颇不可解,以上综合诸家之说,断以己意,勉强使之圆融,恐难论定。大概言之,乃为刘裕篡晋而发,汤注是也。“重离”、“豫章”、“山阳”、“下国”、“不为君”等语可证。前六句言晋室衰微。第七句至第十八句,言刘裕篡晋。第十九句至第二十句,补叙刘裕篡晋之形势。第二十三句至篇末,托言游仙以示无可奈何之慨。

责子一首

舒俨、宣俟、雍份、端佚、通佟,凡五人。舒、宣、雍、端、通,皆小名。俟一作俣[①],佟一作佫[②]。

白发被两鬓,肌肤不复实〔一〕。虽有五男儿,总不好纸笔〔二〕。阿舒已二八一作十六[③],懒惰一作放故一作固无匹[④]〔三〕。阿宣行志学〔四〕,而不爱文术〔五〕。雍端年十三,不识六与七。通子垂九一作六龄〔六〕,但觅宋本作念梨与栗[⑤]。天运苟如此〔七〕,且进杯中物〔八〕。

【校勘】

①俟:一作“俣”,误。渊明《与子俨等疏》:“告俨、俟、份、佚、佟。” ②佟:一作“佫”,误。渊明《与子俨等疏》:“告俨、俟、份、

佚、佟。” ③二八：一作“十六”，亦通。 ④懒惰：一作“懒放”，亦通。故：一作“固”，意谓常常，于义稍逊。 ⑤觅：宋本作“念”，亦通。

【题解】

责子，责备诸子。然语气似非对诸子所言，而是自叹命运。与《命子》、《与子俨等疏》不同。

【编年】

诗曰：“阿舒已二八”，是年长子十六岁，阿舒乃渊明三十五岁所得，详前《命子》诗“编年”，此诗当作于渊明五十岁，晋安帝隆安五年辛丑（四〇一）。诗云：“白发被两鬓，肌肤不复实。”正与五十岁相合。

【笺注】

〔一〕白发被两鬓，肌肤不复实：意谓已不年轻矣。被：覆盖。不复实：肌肤松弛，不再坚实。

〔二〕总不好纸笔：意谓都不爱学习也。

〔三〕故：仍然。无匹：无比。

〔四〕行志学：行将十五岁。《论语·为政》：“吾十有五而志于学。”

〔五〕文：书籍。《国语·周语下》：“小不从文。”韦昭注：“文，诗书也。”《论语·学而》：“行有馀力，则以学文。”何晏注引马融曰：“文者，古之遗文也。”《汉书·孙宝传》：“前日君男欲学文。”颜师古注：“文谓书也。”文术：泛指学问。

〔六〕垂：将近。

〔七〕天运：天命。《后汉书·公孙瓒传论》：“舍诸天运。”注：“天运犹天命也。”

〔八〕杯中物:指酒。

【析义】

杜甫《遣兴》曰:“陶潜避俗翁,未必能达道。观其著诗集,颇亦恨枯槁。达生岂是足,默识盖不早。有子贤与愚,何其挂怀抱。”黄庭坚《书渊明责子诗后》曰:“观渊明之诗,想见其人岂弟慈祥,戏谑可观也。俗人便谓渊明诸子皆不肖,而渊明愁叹见于诗,可谓痴人前不得说梦也。”此后或为杜辩,或为黄辩,仁者见仁,智者见智,莫衷一是。霈案:渊明期望于诸子甚高,而诸子非僶俛于学,盖事实也。然渊明并不过分责备之。失望之中,见其谐谑;谐谑之馀,又见其慈祥。一切顺乎自然,有所求而不强求,求而得之固然好,不得亦无不可。渊明处世盖如是而已。

有会而作一首并序

旧谷既没,新谷未登〔一〕。颇为老农〔二〕,而值年灾。日月尚悠,为患未已。登岁之功〔三〕,既不可希。朝夕所资〔四〕,烟火裁通〔五〕。旬日已来,日原作始,注一作日念饥乏①。岁云夕矣,慨然永怀。今我不述,后生何闻哉!

弱年逢家乏〔六〕,老至更长饥。菽麦实所羡〔七〕,孰敢慕甘肥〔八〕!惄如亚九一作恶无饭②〔九〕,当暑厌寒衣〔一〇〕。岁月将欲暮,如何辛苦一作足新悲③。常善粥者心,深恨一作念蒙袂非④〔一一〕。嗟来何足吝,徒没空自遗〔一二〕。斯滥岂彼一作攸志⑤?固穷夙所归〔一三〕。馁也已矣夫,在昔余多师〔一四〕。

【校勘】

①日:原作“始”,底本校曰“一作日”,今从之。“饥乏”非自“旬

日"始也。 ②亚九:一作"恶无",非。 ③辛苦:一作"足新",难通。 ④恨:一作"念",亦通。 ⑤彼:一作"攸",亦通。

【题解】

"会",灾厄也,即诗序所谓"而值年灾"。"有会而作",有灾而作,年灾中作也。《后汉书·董卓传赞》:"百六有会,《过》、《剥》成灾。"可证。又,"会",领会。渊明于灾年长饥之后,对人生有不同于前之领悟:"嗟来何足吝,徒没空自遗。"故曰"有会而作",亦通。

【编年】

诗曰:"老至更长饥",显系老年所作。王瑶注、逯钦立注皆系于宋文帝元嘉三年丙寅(四二六),为是。是年天下大旱且蝗。

【笺注】

〔一〕旧谷既没,新谷未登:意谓青黄不接也。登:成熟。《孟子·滕文公上》:"五谷不登。"朱熹注:"登,成熟也。"《论语·阳货》:"宰我问:'三年之丧,期已久矣。君子三年不为礼,礼必坏;三年不为乐,乐必崩。旧谷既没,新谷既升,钻燧改火,期可已矣。'"

〔二〕颇为老农:意谓久为老农矣。颇:甚。

〔三〕登岁之功:指一年之收成。

〔四〕资:取用,此指每天粮食之需用。《左传》僖公三十三年:"吾子淹久于敝邑,唯是脯资、饩牵竭矣。"杜预注:"资,粮也。"《后汉书·袁绍传》:"北兵虽众,而劲果不及南军;南军谷少,而资储不如北。"

〔五〕烟火裁通:刚刚能不断炊。裁:才、仅。通:连接。

〔六〕弱年逢家乏:意谓二十岁时家道中落。弱:据《礼记·曲礼上》:"二十曰弱,冠。"渊明《怨诗楚调示庞主簿邓治中》:"弱冠逢世阻。"渊明二十岁时桓温废晋帝为东海王,又降封东海王为海西县公,自此政局混乱,民不聊生。渊明家道亦于是年衰落,生活发生困难。

〔七〕菽:豆类之总称。

〔八〕甘肥:指美味也。丁《笺注》:"《孟子》:'为肥甘不足于口与?'"

〔九〕惄(nì)如亚九饭:极写缺食饥饿之状,尚不如子思之三旬九食也。惄:饥意也,见《说文》。又《诗·周南·汝坟》:"未见君子,惄如调饥。"毛传:"惄,饥意也。"如:语末助词,相当于"然"。亚:《尔雅·释言》:"亚,次也。"《世说新语·识鉴》:"诸葛道明初过江左,自名道明,名亚王、庾之下。"九饭:《说苑·立节》:"子思居于卫,缊袍无表,三旬而九食。"

〔一〇〕当暑厌寒衣:丁《笺注》引闻人倓(《古诗笺》)曰:"当暑之服,至嫌夫寒衣之未改,则无衣又可知矣。"

〔一一〕常善粥者心,深恨蒙袂非:意谓嘉许施粥者之善心,而以不肯接受施舍为憾也。《礼记·檀弓下》:"齐大饥,黔敖为食于路,以待饿者而食之。有饿者蒙袂辑屦,贸贸然来。黔敖左奉食右执饮,曰:'嗟,来食!'扬其目而视之,曰:'予唯不食嗟来之食,以至于斯也。'从而谢焉,终不食而死。曾子闻之,曰:'微与!其嗟也,可去;其谢也,可食。'"郑氏曰:"蒙袂,不欲见人也。……嗟来食,虽闵而呼之,非敬辞。"恨:憾也。

〔一二〕嗟来何足吝,徒没空自遗:意谓乞食不足为耻,徒然饿死,而自弃于世方为可惜也。吝:羞耻。《后汉书·杨震传》:"三后成功,惟殷于民,皋陶不与焉,盖吝之也。"李贤注:"吝,耻也。"

〔一三〕斯滥岂彼志?固穷夙所归:意谓蒙袂者固穷守节。《论语·

卫灵公》:“君子固穷,小人穷斯滥矣。”滥:指不能坚持,无所不为。夙所归:平素所归依者。

〔一四〕馁也已矣夫,在昔余多师:意谓欲效法蒙袂者以及其他古代贫士,任凭饥饿而固穷守节。

【析义】

“常善粥者心,深恨蒙袂非。嗟来何足吝,徒没空自遗。”此四句沉痛之极!若非饥饿难耐,渊明不能为此语也;若非屡经饥饿,渊明不能为此语也。然渊明终不肯食嗟来之食,故诗末曰:“斯滥岂彼志,固穷夙所归。馁也已矣夫,在昔余多师。”檀道济赍以粱肉,渊明麾而去之,正是此语之应验,诚可敬哉!

蜡日一首

风雪送馀运,无妨时已和〔一〕。梅柳夹门植,一条有佳花一作葩。我唱尔言得,酒中适何多[①]〔二〕!未能一作知明多少[②],章山有奇歌〔三〕。

【校勘】

①何:逯钦立校《海录碎事》引作“句”。 ②能:一作“知”,亦通。

【题解】

“蜡(zhà)日”,古代年终大祭万物。《礼记·郊特牲》:“天子大蜡八,伊耆氏始为蜡。蜡也者,索也,岁十二月,合聚万物而索飨之也。”郑玄注:“所祭有八神也。”《世说新语·德行》:“(华)歆蜡日尝集子侄燕饮。”刘孝标注:“晋博士张亮议曰:‘蜡者,合聚百物索飨之,岁终休老息民也。’”

【笺注】

〔一〕风雪送馀运,无妨时已和:意谓风雪送走旧年,而不能阻挡春之到来也。运:年岁之运行。

〔二〕我唱尔言得,酒中适何多:写饮酒咏诗之乐。得:晓悟。《礼记·乐记》:"礼得其报则乐。"郑玄注:"得谓晓其义,知其吉凶之归。"适:悦也。《庄子·大宗师》:"是役人之役,适人之适,而不自适其适者也。"成玄英疏:"斯乃被他驱使,何能役人,悦乐众人之耳目。"

〔三〕章山:《山海经·中山经》:"(鲜山)又东三十里,曰章山,其阳多金,其阴多美石。皋水出焉,东流注于澧水,其中多脆石。"逯注曰:"鄣山,即石门山。《水经注》二(霈案:三误为二)十九:'庐山之北,有石门水,(……)其(水)下入江。南岭,即彭蠡泽西天子鄣也。'庐山诸道人《游石门山诗序》:'石门在精舍南十馀里,一名鄣山。'"

【考辨】

吴骞《拜经楼诗话》卷三:"陶靖节诗,大率和平冲淡,无艰深难读者,惟《述酒》一篇,从来多不得其解。或疑有舛讹。至宋韩子苍,始决为哀零陵王而作,以时不可显言,故多为廋辞隐语以乱之。汤文清汉复推究而细绎之,陶公之隐衷,始晓然表白于世。其《蜡日》诗,旧亦编次《述酒》之后,而文清未注。予细读之,盖犹之乎《述酒》意也。爰为补释于左,俟考古者论定焉。'风雪送馀运,无妨时已和。'此感蜡为岁之终,喻典午运已告讫,而宋祚方隆,臣民已多附从,不必更滋防忌,故曰无妨也。'梅柳夹门植,一条有佳花。'梅喻君子,柳比小人。夹门植谓参错朝宁。君子不能厉冰霜之操,小人则但知趋炎附时,望风而靡。'一条有佳花',有者犹言无有乎尔。'我唱尔言得,酒中适何多。'裕以毒酒一罂命张祎鸩帝,祎自饮之而卒;又命兵进药而害之。下句言酒中之阴计何多耶。'我唱尔言得',谓裕倡其谋,而附奸党恶者众也。'未能明多少,章山有奇歌。'《山海经》:'(鲜山)又东三十里,有(应作曰)章山。'《地理志》:章山在江夏竟陵县东北,古文以为内方山。按竟陵、零陵皆楚地,故假竟陵之山以寓意,犹《述酒》诗之用舜冢事也。渊明为桓公曾孙,昔侃镇荆楚,屡平寇难,勋在社稷。'未能明多少',谓若曹勿谓阴计之多,以时无英雄耳。使我祖若在,岂遂致神州陆沉乎!'有奇歌',盖欲效《采薇》之意也。"

霈案:吴说过于曲折,难以置信。此诗虽编在《述酒》之后,但中间隔《责子》与《有会而作》,岂可因此而必如《述酒》之有隐语耶?此诗写岁暮风物,兼及饮酒之乐,本不难晓。"梅柳夹门植,一条有佳花"二句尤佳。惟末二句费解,姑存疑可也。

四时一首

此顾凯之《伸情诗》,《类文》有全篇。然顾诗首尾不类,独此警绝。

春水满四泽,夏云多奇峰。秋月扬明晖,冬岭秀孤一作寒松。

刘斯立云:"当是凯之用此足成全篇,篇中唯此警绝,居然可知。或虽顾作,渊明摘出四句,可谓善择。"

【考辨】

《艺文类聚》卷三只存此四句,题作《神情诗》,且注明为"摘句"。此诗题下小注,未知何人所加,所谓"此顾凯之《伸情诗》",亦只可聊备一说,未必可信。兹据各宋本,仍存此诗于卷三末。至于是否渊明所作,姑存疑。

陶渊明集笺注卷第四诗四十八首内一首联句

拟古九首

荣荣窗下一作后窗兰①,密密堂前柳〔一〕。初与君别时〔二〕,不谓行当久。出门万里客〔三〕,中道逢嘉友。未言心相醉一作解②〔四〕,不在接杯酒。兰枯一作空柳亦衰③,遂令此言负一作时没身还朽④〔五〕。多谢诸少年,相知不中一作相,又作在厚⑤〔六〕。意气倾人命,离隔复何有〔七〕?

【校勘】

①窗下:一作"后窗",于义稍逊。"窗下"与"堂前"对举。 ②醉:一作"解",形近而讹。下句"不在接杯酒",故知当为"醉"。 ③枯:一作"空",声同而讹。 ④遂令此言负:一作"时没身还朽",恐非是。 ⑤中:一作"相",又作"在",亦通。李注本作"忠"。

【题解】

《拟古》九首,是模拟古诗之作。渊明之前以"古诗"为题者,今知有:见于《文选》之《古诗十九首》;见于《玉台新咏》之《古诗》八首（有重见于《古诗十九首》者）；见于《文选》、《古文苑》等书题作苏武、李陵诗，逯钦立汇为《李陵录别诗》二十一首；以及散见于各书之其他一些题作《古诗》之作，如“步出城东门”等。

《拟古》题目盖始于陆机，《文选》载其《拟古诗》十二首，其中十一首拟《古诗十九首》，一首拟“兰若生春阳”（《玉台新咏》卷一枚乘《杂诗》之六），均已标明。又，《文选》卷三一录有刘休玄《拟古》二首，亦是拟《古诗十九首》，且也已标明。渊明之《拟古》九首虽未标出所拟者何，但参考上述情况，拟《古诗十九首》以及上述其他古诗或不以古诗为题之汉魏诗歌，可能性很大，细加对照不难明白。各诗之有线索可寻者，在“析义”中说明。

【笺注】

〔一〕荣荣窗下兰，密密堂前柳：点明时令及居处环境，兼作比兴。

〔二〕君：指行人。

〔三〕出门万里客：王叔岷《笺证稿》引曹植《门有万里客行》：“门有万里客。”

〔四〕未言心相醉，不在接杯酒：意谓心相投合也。心相醉：丁《笺注》：“倾倒之至，如为酒所中也。”古《笺》：“《庄子·应帝王篇》：‘郑有神巫曰季咸，（知人之死生存亡，祸福寿夭，期以岁月旬日，若神。郑人见之，皆弃而走，）列子见之而心醉。’《汉书·司马迁传》：‘未尝衔杯酒，接殷勤之欢。’”

〔五〕兰枯柳亦衰，遂令此言负：兰枯柳衰比喻友情转薄，“此言”指“不谓行当久”也。古《笺》：“《楚辞（抽思）》：‘昔君与我成言兮，曰黄昏以为期。羌中道而回畔兮，反既有此他志。’诗意盖本此。”

〔六〕多谢诸少年，相知不中厚：意谓告知诸少年，谓其不忠厚也。《古诗为焦仲卿妻作》：“多谢后世人，戒之慎勿忘。”中：通

"忠",《睡虎地秦墓竹简·为吏之道》:"吏有五善:一曰中信敬上。"《隶释·魏横海将军吕君碑》:"以中勇显名州司。"洪适注:"碑以中勇为忠勇。"丁《笺注》曰:"因诸少年之负言而谢绝之,谓其不忠厚也。"亦通。

〔七〕意气倾人命,离隔复何有:意谓交友之道,尚意气而轻性命,虽为之死亦在所不惜;至于离隔又有何难乎? 意气:情谊、恩义。《三国志·吴书·孙破虏讨逆传》裴注引孙盛曰:"夫意气之间,犹有刎颈,况天伦之笃爱,豪达之英鉴,岂吝名号于既往,违本情之至实哉?"王叔岷《笺证稿》引古乐府《白头吟》:"男儿重意气。"何有:王叔岷曰:"《论语·里仁篇》:'能以礼让为国,于从政乎何有?'(今本脱"于从政"三字,刘宝楠《正义》有说。)何晏注:'何有者,言不难。'"

【考辨】

关于《拟古》九首之系年,多疑是晋宋易代后所作。刘履《选诗补注》:"凡靖节退休后所作之诗,类多悼国伤时托讽之词,然不欲显斥,故以拟古、杂诗等目名其题云。"黄文焕《陶诗析义》:"陶诗自题甲子者十馀首,其馀何年所作,诗中或自及之,其在禅宋以后,不尽可考。独此诗九首专感革运,最为明显,与他诗隐语不同。"温汝能纂辑《陶诗汇评》:"《拟古》九首大抵遭逢易代,感世事之多变,叹交情之不终,抚时度势,实所难言,追昔伤今,惟发诸慨。"翁同龢曰:"此数首皆在晋亡之后,故有'饥食首阳薇'及'忽值山河改'之语。"(姚培谦编《陶谢诗集》卷三眉批)梁启超《陶渊明年谱》系于宋武帝永初三年壬戌(四二二)。古直《陶靖节年谱》系于宋武帝永初元年庚申(四二〇)。王瑶注曰:"刘裕于义熙十四年戊午(四一八)十二月,幽晋安帝于东堂,而立恭帝,至恭帝元熙二年庚申(四二〇)六月,裕乃逼禅即位。恭帝前后共历三年,而晋室以终。诗中托兴的诗句多春景，如‘仲春遘时雨’、‘春风扇微和’，则本诗当作于宋武帝永初二年辛酉（四二一）。”逯钦立《陶渊明事迹诗文系年》于宋永初元年庚申（四二〇）下曰：“《拟古》诗第九首当作于是年。诗云：‘种桑长江边，三年望当采。枝条始欲茂，忽值山河改。’黄文焕曰：‘刘裕以戊午年十二月……立瑯邪王德文，是为恭帝。（己未为恭帝）元熙元年，（庚申二年）而裕逼禅矣。帝之年号虽止二年，而初立则在戊午，是已三年也。望当采者，既经三年，或可以自修内治，奏成绩也。长江边岂种桑之地，为裕所立，而无以防裕，势终受制。’”

需案：余反覆观此九诗，内容凡五类：一、友情与交往，如其一、其三、其六；二、怀念古今之贤人义士，如其二、其五、其八；三、功名难以持久，如其四；四、人生易逝，如其七；五、别有寓意，如其九。除其九或许寓有易代之感外，其他八首均系古诗之传统题材，无关易代也。即如其九，亦有他说，详该首下“考辨”。由此观之，未可轻易将此九诗统统系于宋初，首首坐实为刘裕篡晋而发。“拟古”者，模拟之作也，虽如方东树所说：“是用古人格作自家诗。”（《昭昧詹言》）然终以不离古诗之气格为佳，不必如《述酒》之寄托易代之慨也。

【析义】

刘履《选诗补注》曰：“‘君’谓晋君。……靖节见几而作，由建威参军即求为彭泽令，未几赋归。及晋宋易代之后，终身不仕。岂在朝诸亲旧或有讽劝之者，故作此诗以寄意欤?”黄文焕《陶诗析义》曰：“初首曰‘遂令此言负’，扶运之怀，无可伸于人世也。”

需案：刘履之说不可取，以“君”指晋君，非渊明本意也。此诗慨叹友情之难久，其模仿《古诗十九首》其二甚明。兹录其全诗如下，以便对照：“青青河畔草，郁郁园中柳。盈盈楼上女，皎皎当窗牖。娥娥红粉妆，纤纤出素手。昔为倡家女，今为荡子妇。荡子行不归，空床难独守。”对照两诗，开头两句十分相似，韵脚亦相同，而且诗之取材与主旨亦同。所不同者，《古诗》中荡子妇之身份在渊明《拟古》中已变为友人之交情。此乃拟古而不泥于古，正是渊明高明之处。渊明乃重友情之人，观其与友人酬答诗可知。一般少年丧失交友之道，渊明慨然系之。又，曹植《离友诗》三首序曰：“乡人有夏侯威者，少有成人之风。余尚其为人，与之昵好。王师振旅，送余于魏邦。心有眷然，为之陨涕，乃作离友之诗。”其二曰：“感离隔兮会无期，伊郁悒兮情不怡。”渊明诗言及“少年”之“不中厚”，或有感于曹植诗中之中厚少年耶？

辞家夙严驾〔一〕，当往志无终〔二〕。问君今何行？非商复非戎〔三〕。闻有田子春一作泰①，节义为士雄〔四〕。斯人久已死〔五〕，乡里习其风。生有高世名〔六〕，既没传无穷。不学狂一作驱驰子②，直在百年中〔七〕。

【校勘】

①春：一作“泰”，亦通。　②狂：一作“驱”，亦通。

【笺注】

〔一〕夙：早。严：装束，整饬。驾：车乘。

〔二〕志：王叔岷《笺证稿》曰：“至、志古通。《庄子·渔父篇》：‘真者，精诚之至也。’《文选》嵇叔夜《幽愤诗》注引至作志。《荀子·儒效篇》：‘行法至坚。’《韩诗外传》三引至作志。《文子·道德篇》：‘至德道行，命也。’唐写本至作志（《淮南子·俶真篇》同）。皆其证。”无终：县名，汉属右北平，今河北蓟县，即“田子春”家乡。

〔三〕非商复非戎：意谓非“四皓”、老子所往之地。“四皓”入商山避秦。商山，在陕西商县东南。详见《赠羊长史》“笺注”〔九〕。戎：古代泛指西部少数民族。《史记·老子韩非列传》裴骃《集解》引《列仙传》：“关令尹喜者，周大夫也。……与老子俱之流沙之西，服巨胜实，莫知其所终。”

〔四〕闻有田子春，节义为士雄：意谓田子春以节义立身，乃士人之杰出者也。《三国志·魏书·田畴传》：“田畴，字子泰，右北平无终人也。”古《笺》：“《后汉书·刘虞传》注引《魏志》曰：‘田畴，字子春。’是章怀所见《魏志》尚与靖节同也。”案《田畴传》载：畴好读书，善击剑。董卓迁帝于长安，幽州牧刘虞欲奉使展节，遂署田畴为从事。畴至长安致命，诏拜骑都尉，固辞不受。后还至乡里，入徐无山中，营深险平敞地而居，躬耕以养父母。百姓归之，数年间至五千馀家。畴为约束，兴举学校。众皆便之，道不拾遗。北边翕然服其威信。袁绍数遣使招命，皆拒不受。后助曹操平定乌桓，封畴亭侯，邑五百户。畴自以始为居难，率众遁逃，志义不立，反以为利，非本意也，固让。曹操知其至心，许而不夺。（魏）文帝践祚，高畴德义，赐畴从孙续爵关内侯，以奉其嗣。节义：《三国志·魏书·田畴传》裴注引《先贤行状》载太祖表论畴功曰：“畴文武有效，节义可嘉，诚应宠赏，以旌其美。”

〔五〕斯人久已死：指田畴。斯人：此人。《论语·雍也》：“斯人也，而有斯疾也！”

〔六〕高世名：高于当世之名。王叔岷《笺证稿》：“《战国策·秦策五》：‘虽有高世之名，无咫尺之功者不赏。’”

〔七〕不学狂驰子，直在百年中：意谓狂驰奔走以求名者，即使得名亦只在一生之中，不能长久也。直：仅。

【考辨】

前人注此诗，多取田畴早年事迹。李注："时董卓迁帝于长安，幽州牧刘虞欲遣使奔问行在，无其人。闻畴奇士，乃署为从事。畴将行，道路阻绝，遂循间道至长安。致命，诏拜骑都尉。畴以天子蒙尘，不可荷佩荣宠，固辞不受。得报还，虞已为公孙瓒所灭，畴谒虞墓，哭泣而去。瓒怒曰：'汝何不送章报于我？'畴答曰云云，瓒壮之。畴得北归，遂入徐无山中。"黄文焕《陶诗析义》曰："晋主被废，有一人能为田畴者乎？此诗当属刘裕初废晋帝为零陵王所作。盖当时裕以兵守之，行在消息，总无能知生死何若，故元亮寄慨于子春也。"

霈案：李注固可注意，所谓"节义"即指其对汉守节，对刘虞守义也。然此诗之推崇田畴，并与狂驰子对比，重点在其生平事迹之后半。诗中所谓"节义"亦曹操就其后来之作为而表彰之语。又所谓"斯人久已死，乡里习其风。生有高世名，既没传无穷。不学狂驰子，直在百年中"，田畴在徐无山聚百姓五千馀家，躬耕自给，以避世乱，俨然一桃花源也。陈寅恪《桃花源记旁证》曰："渊明《拟古》诗之第二首可与《桃花源记》互相印证发明。"陈说颇可注意。

【析义】

古《笺》引李审言曰："曹植《杂诗》'仆夫早严驾'，此首盖拟其体。"兹录其诗如下："仆夫早严驾，吾行将远游。远游欲何之？吴国为我仇。将骋万里涂，东路安足由！江介多悲风，淮泗驰急流。愿欲一轻济，惜哉无方舟。闲居非吾志，甘心赴国忧。"

霈案：此诗模拟曹植《杂诗》痕迹可寻。开首所谓"辞家夙严驾，当往志无终"，乃就己之意愿而言，非真往无终也。曹植曰"吾行将远游"，亦是意愿。故此诗可视为言志之作。渊明不甘心闲居，其"猛志"时有流露，此诗以田畴为"士雄"，最能见其志之所在。

抑渊明亦欲为“士雄”耶?

仲春遘时雨〔一〕,始雷发东隅。众蛰各潜骇〔二〕,草木从横一作此,一作是舒①〔三〕。翩翩新来燕,双双入我庐。先巢故尚在〔四〕,相将还旧居〔五〕。自从分别来,门庭日荒芜。我心固匪石,君情定何如〔六〕?

【校勘】

①横:一作“此”,一作“是”,亦通。

【笺注】

〔一〕仲春:二月。遘:遇。时雨:按时降落之雨。渊明《五月旦作和戴主簿》:“神渊泻时雨。”

〔二〕众蛰(zhé)各潜骇:古《笺》:“《(礼记)月令》:‘仲春之月(……)始雨水(……)雷乃发声(生),蛰虫咸动,启户始出。’”蛰:冬季潜伏之动物。潜骇:陆云《大将军宴会被命作诗》:“神风潜骇,有赫兹威。”

〔三〕从(zòng)横:纵横。

〔四〕故:今,见《尔雅·释诂》。

〔五〕相将:相偕。

〔六〕我心固匪石,君情定何如:此乃燕问渊明之语,意谓我心坚固而不可转移,君情究竟何如?《诗·邶风·柏舟》:“我心匪石,不可转也。我心匪席,不可卷也。”定:究竟。《世说新语·言语》:“卿云艾艾,定是几艾?”

【考辨】

前人多认为此诗有寓意,吴师道《吴礼部诗话》曰:“托言不背弃之义。”邱嘉穗《东山草堂陶诗笺》曰:“自刘裕篡晋,天下靡然从之，如众蛰草木之赴雷雨，而陶公独惓惓晋室，如新燕之恋旧巢。虽门庭荒芜，而此心不可转也。”马璞《陶诗本义》曰：“此首似讥仕宋室者之不如燕也。”古《笺》曰：“此首咏刘裕与桓玄之事也。”大意谓刘裕与何无忌起兵在二月，又在建康东，故曰“仲春遘时雨，始雷发东隅”。刘裕有同谋，刻期齐发，故曰“众蛰各潜骇，草木从横舒”。桓玄败，裕入建康，迎帝还，故曰“翩翩新来燕，双双入我庐。先巢故尚在，相将还旧居”。靖节辞彭泽令老死田里，故曰“自从分别来，门庭日荒芜”。耻复屈身异代，故曰“我心固匪石”。其故人如颜延之等勉事新朝者尚多，故曰“君情定何如”。逯钦立注大致本古《笺》而稍略。

霈案：此诗只是借燕归旧巢，抒发恋旧之情以及隐逸之坚。若曰通篇皆比喻刘裕讨桓玄事，句句凿实，如破谜语，则嫌牵强，且了无趣味。如：燕之复来，乃来我庐；门庭荒芜，亦我庐荒芜，此本渊明草庐实况，岂可以新燕比喻刘裕，我庐比喻晋室耶？

【析义】

邱嘉穗曰“末四句亦作燕语方有味”，颇为有见。燕既重来，则其情之固可知矣，无须主人再问。燕既重来，见门庭荒芜，不知主人有无迁徙之意，遂反问主人“君情定何如”，正在情理之中，且见天真趣味。写人与燕之感情交流，可见渊明物我情融之境。

迢迢百尺楼〔一〕，分明望四荒〔二〕。暮作归云宅，朝为飞鸟堂〔三〕。山河满目中，平原独一作转茫茫①〔四〕。古时功名士，慷慨争此场。一旦百岁后，相与还北邙〔五〕。松柏为人伐，高坟互低昂〔六〕。颓基无遗主，游魂在何方〔七〕？荣华诚足贵，亦复可怜伤！

【校勘】

①独:一作“转”,于义稍逊。

【笺注】

〔一〕迢迢:远貌。

〔二〕四荒:四方极远之地。《尔雅·释地》:“觚竹、北户、西王母、日下,谓之四荒。”注:“觚竹在北,北户在南,西王母在西,日下在东,皆四方昏荒之国。”

〔三〕暮作归云宅,朝为飞鸟堂:言所登之楼只有归云、飞鸟出入。

〔四〕山河满目中,平原独茫茫:意谓山河满目,而平原偏广大无边也。茫茫:《文选》阮籍《咏怀》:“旷野莽茫茫。”李善注:“毛苌曰:茫茫,广大貌。”

〔五〕北邙:山名,在河南省洛阳市北。何孟春注引《洛阳志》:“汉晋君臣坟多在此。”

〔六〕互低昂:相互错落,有低有高。

〔七〕颓基无遗主,游魂在何方:意谓有坟基已颓者,而无后人修复,其游魂亦不知在何方矣。

【考辨】

黄文焕曰:“前六语纯从国运更革寄怆,后八语兼拈士人生死分恨,然后总结以荣华怜伤。……盖感愤于废帝极矣。”陶《注》曰:“慷慨而争,同归于尽,后之视今,将亦犹今之视昔耳。哀司马即是哀刘裕,意在言外,当善会之。”

霈案:黄、陶之说牵强,非从诗中得出,而是先设定“忠愤”之说,强为之解。

【析义】

此乃寄慨于人生之作,兼采《古诗十九首》其十三“驱车上东门，遥望郭北墓”，其十四“古墓犁为田，松柏摧为薪”，感叹死亡之不可免与荣华之不足恃也。

东方有一士，被服常不完〔一〕。三旬九遇一作过食[1]，十年着一冠〔二〕。辛勤一作苦无此比[2]，常有好容颜。我欲观其人，晨去越河关。青松夹路生，白云宿檐端。知我故来意一作时[3]〔三〕，取琴为一作与我弹[4]。上弦惊别鹤，下弦操孤鸾〔四〕。愿留就君住〔五〕，从今至岁寒〔六〕。

【校勘】

①遇：一作“过”，形近而讹。　②勤：一作“苦”，亦通。　③意：一作“时”，非是。　④为：一作“与”，亦通。

【笺注】

〔一〕东方有一士，被服常不完：此东方之士乃设为理想中人，非固定指某人，亦非自指。汤注：“《国语》：‘东方之士孰愈。’《新序（节士篇）》：‘东方有士曰袁旌目。’”被服：《古诗十九首》其十二：“被服罗裳衣，当户理清曲。”其十三：“不如饮美酒，被服纨与素。”

〔二〕三旬九遇食，十年着一冠：上句言子思，详见《有会而作》“笺注”〔九〕。下句稍改易曾子事，与上句对仗。古《笺》引《庄子·让王》：“曾子居卫，……（三日不举火，）十年不制衣，（正冠而缨绝，捉衿而肘见，纳屦而踵决。曳縰而歌商颂，声满天地，若出金石。天子不得臣，诸侯不得友。故养志者忘形，养形者忘利，致道者忘心矣。）”

〔三〕故：王叔岷《笺证稿》：“故犹所以也。《史记·项羽本纪》：‘沛公曰：“所以遣将守关者，备他盗之出入与非常也。”’下文：‘樊哙曰：“故遣将守关者，备他盗出入与非常也。”’上言‘所以’，下言‘故’，其义相同。”

〔四〕上弦惊别鹤，下弦操孤鸾：意谓先弹奏《别鹤》，后弹奏《孤鸾》。上、下：表示时间、次序之前后。王引之《经义述闻·毛诗上》：“古者，上与前同义。”《古诗十九首》其十七：“上言长相思，下言久别离。”《乐府诗集·相和歌辞·饮马长城窟行》：“上言加餐饭，下言长相忆。”别鹤、孤鸾：琴曲名。古《笺》：“崔豹《古今注》曰：‘《别鹤操》，商陵牧子所作也。娶妻五年而无子，父兄将为之改娶。妻闻之，中夜（起，）依（应作倚）户而悲啸。牧子闻之，怆然而悲，乃援琴而歌。（歌曰……）后人因为乐章焉。’《西京杂记》：‘庆安世（年十五，为成帝侍郎，）善鼓瑟（琴），能为双凤、离鸾之曲。’”

〔五〕就：趋就，归从。

〔六〕岁寒：《论语·子罕》：“岁寒，然后知松柏之后凋也。”

【考辨】

黄文焕《陶诗析义》曰：“东晋祚移，而举世无复为东之人矣。特言‘东方有一士’，系其人于东也，鸾孤鹤别，岂复有耦哉？嗟夫！真能为晋忠臣者，渊明一身而已，自喻自负。”需案：仅就一“东”字，发挥渊明忠于东晋之意，过于牵强。以忠臣自喻之说，尤不可取。

【析义】

此诗抒发其理想人格也。被服不完，三旬九食，而有好容颜；居处有青松夹路，白云缭绕；所弹为别鹤、孤鸾，正见其安贫固穷，孤高不凡。全诗声吻格调绝似《古诗十九首》。“惊别鹤”之“惊”字，绝佳。

苍苍谷中树，冬夏常如兹〔一〕。年年见霜雪，谁谓不知时[二]？厌闻世上语，结友一作交到临淄①[三]。稷下多谈士，指彼一作往决吾一作狐疑一作柏社决五疑②[四]。装束既有日[五]，已与家人辞。行行停出门[六]，还坐更自思。不怨道里长，但畏人我欺。万一不合意，永为世笑之一作笑嗤③。伊怀难具道④[七]，为君作此诗。

【校勘】

①友：一作“交”，亦通。 ②彼：一作“往”。吾：一作“狐”，亦通。指彼决吾疑：一作“柏社决五疑”，非是。 ③之：一作“嗤”，亦通。此校语原在篇末，今移至此。 ④难具：绍兴本作“谁与”，亦通。

【笺注】

〔一〕苍苍谷中树，冬夏常如兹：此指松柏。古《笺》引《庄子·德充符》：“受命于地，惟松柏独也（正，）在冬夏青青。”苍苍：犹青青也。谷中树：左思《咏史》其二：“郁郁涧底松。”

〔二〕年年见霜雪，谁谓不知时：意谓松柏虽冬夏青青，然非不知时令之变化也，霜雪之寒岂能无感乎？谁谓：王叔岷《笺证稿》引《诗·召南·行露》：“谁谓雀无角，何以穿我屋？谁谓女无家，何以速我狱？”

〔三〕厌闻世上语，结友到临淄：意谓已厌倦世俗之论，而欲结友临淄，聆听稷下先生之谈也。临淄：战国时齐国都城。

〔四〕稷下多谈士，指彼决吾疑：意谓从稷下之谈士，望彼破解吾之疑惑。古《笺》：“《史记·孟荀列传》：‘自驺衍与齐之稷下先生，如淳于髡、慎到、环渊、接子、田骈、驺奭之徒，各著书言治乱（之事），以干世主，岂可胜道哉？’《文选》注引刘歆《七略》曰：‘齐有稷城门也。齐谈说之士，期会于稷下者甚众。’《楚辞(卜居)》:'余有所疑,愿因先生决之。'"谈士:王叔岷《笺证稿》引《史记·日者列传》:"公见夫谈士辩人乎?"《文选》孔融《论盛孝章书》:"今孝章实丈夫之雄也,天下谈士,依以扬声。"指:赴也,归也。《淮南子·原道训》:"趋舍指凑。"注:"指,所之也。"

〔五〕装束:整理行装。《三国志·魏书·荀彧传》裴注引《平原祢衡传》:"衡知众不悦,将南还荆州。装束临发,众人为祖道。"王叔岷《笺证稿》引《古诗为焦仲卿妻作》:"交语速装束。"

〔六〕行行停出门:丁《笺注》:"《后汉书·桓典传》:'行行且止,避骢马御史。'行行,踯躅道中也。停,中止也。"

〔七〕伊:代词,表示近指,相当于"是"、"此"。《诗·秦风·蒹葭》:"所谓伊人,在水一方。"郑笺:"伊,当作繄,繄犹是也。"

【考辨】

汤汉注:"前四句兴而比,以言吾有定见,而不为谈者所眩,似谓白莲社中人也。"霈案:前四句以松柏比喻自己之卓然独立,而又深感霜雪之寒也。于国家之治乱,心中有疑,欲向人求解,而竟无可与语者,孤独彷徨之情溢于言表。稷下谈士所论皆治乱之事、治国之术,如以稷下谈士比喻白莲社所信仰之佛教,不伦不类。汤说非是。

日暮天无云,春风扇微和〔一〕。佳人美清夜〔二〕,达曙酣且歌。歌竟长叹息,持此感人多〔三〕:皎皎云间月①〔四〕,灼灼叶中华〔五〕。岂无一时好,不久当如何?

【校勘】

①皎皎:《文选》、《玉台新咏》作"明明",亦通。

【笺注】

〔一〕扇:风起、风吹。嵇康四言《赠兄秀才入军诗》:“穆穆惠风,扇彼轻尘。”

〔二〕美:喜,快乐。《荀子·致士》:“美意延年。”杨倞注:“美意,乐意也,无忧患则延年也。”

〔三〕持:同“恃”,赖也。持此:指以下四句歌词。

〔四〕皎皎:明亮貌。《古诗十九首》:“迢迢牵牛星,皎皎河汉女。”

〔五〕灼灼:鲜明貌。《诗·周南·桃夭》:“桃之夭夭,灼灼其华。”

【考辨】

刘履《选诗补注》曰:“此诗殆作于元熙之初乎?‘日暮’以比晋祚之垂没。天无云而风微和,以喻恭帝暂遇开明温煦之象。‘清夜’则已非旦昼之景,而‘达曙’则又知其为乐无几矣。是时宋公肆行弑立,以应‘昌明之后,尚有二帝’之谶,而恭帝虽得一时南面之乐,不无感叹于怀,譬犹云间之月,行将掩蔽,叶中之华,不久零落,当如之何哉!其明年六月,果见废为零陵王,又明年被弑。此靖节预为悯悼之意,不其深欤?”古《笺》:“此首追痛会稽王道子之误国也。”其考颇详,兹不俱录。

需案:刘、古皆以此诗为政治讽喻诗,然讽喻对象不同。两说颇为曲折,而无明证。若依此法索隐,可引出多种解释。凡短者暂者、酣歌误国者,皆可成为此诗之讽喻对象矣。《述酒》一诗固多暗示隐喻,韩子苍、汤汉之诠释颇有可取。至于此诗之明白如话,题目又标明为《拟古》,径可照直解释,而不必取诠释《述酒》之法,以免深文周纳、牵强附会之嫌。

【析义】

古诗中颇多人生无常、良景易逝之叹,此诗亦是如此。末二句“岂无一时好,不久当如何”已点明主题矣。

少时壮且厉〔一〕，抚剑独行游〔二〕。谁言行游一作道近①，张掖至幽州〔三〕。饥食首阳薇〔四〕，渴饮易水流〔五〕。不见相知人，惟见一作纯是古时丘②。路边两高坟，伯牙与庄周〔六〕。此士难再得，吾一作君行欲何求③？

【校勘】

①游：一作"道"，于义稍逊。　②惟见：一作"纯是"，和陶本作"纯见"，于义稍逊。上句言"不见"，此接言"惟见"，为佳。　③吾：一作"君"，亦通。

【笺注】

〔一〕厉：猛，刚烈。《荀子·王制》："威严猛厉，而不好假道人，则下畏恐而不亲。"杨倞注："厉，刚烈也。"

〔二〕抚：持，见《广雅·释诂三》。

〔三〕张掖：汉代郡名，在今甘肃省境内。幽州：古九州之一，在今河北北部及辽宁等地。

〔四〕饥食首阳薇：表示对伯夷、叔齐之景慕。《史记·伯夷列传》："伯夷、叔齐，孤竹君之二子也。父欲立叔齐，及父卒，叔齐让伯夷。伯夷曰：'父命也。'遂逃去。叔齐亦不肯立而逃之。国人立其中子。于是伯夷、叔齐闻西伯昌善养老，盍往归焉。及至，西伯卒，武王载木主，号为文王，东伐纣。……武王已平殷乱，天下宗周，而伯夷、叔齐耻之，义不食周粟，隐于首阳山，采薇而食之。及饿且死，作歌。"首阳山，史传及诸书所记凡五处，各有案据。马融曰："在河东蒲阪华山之北，河曲之中。"

〔五〕渴饮易水流：表示对荆轲之景慕。《史记·刺客列传》："至易水之上，既祖，取道，高渐离击筑，荆轲和而歌，为变徵之声，士皆垂泪涕泣。又前而为歌曰:‘风萧萧兮易水寒,壮士一去兮不复还!’”

〔六〕伯牙与庄周:表示希望有知音者。古《笺》:“《淮南·修务训》:‘是故锺子期死,而伯牙绝弦破琴,知世莫赏也;惠施死,而庄子寝说言,见世莫可为语者也。’高诱注:‘伯牙,楚人。庄子,名周,宋蒙县人。’《后汉书(尹敏传)》:‘(尹敏)与班彪亲善,……自以为锺子期、伯牙,庄周、惠施之相得也。’”

【析义】

此诗托言少时远游,而追慕两类古人。其一,伯夷、叔齐、荆轲,取其义。其二,伯牙与锺子期、庄周与惠施,以寓渴望知己。渊明之追慕伯夷、叔齐,另见《饮酒》其二、《读史述》。其追慕荆轲,另见《咏荆轲》。其追慕锺子期,另见《怨诗楚调示庞主簿邓治中》。汤汉注:“伯牙之琴,庄子之言,惟锺、惠能听;今有能听之人而无可听之言,此渊明所以罢远游也。”义士既不可见,知音亦不可得,渊明深感孤独耳。

种桑长江边,三年望当采。枝条始欲茂,忽值山河一作川改①。柯叶自摧折〔一〕,根株浮沧海〔二〕。春蚕既无食,寒衣欲谁待〔三〕。本不植高原,今日复何悔!

【校勘】

①河:一作“川”,亦通。

【笺注】

〔一〕柯:树枝。

〔二〕株:露出地面之树根。《说文》:“株,木根也。”徐锴《系传》:“入土曰根,在土上者曰株。”

〔三〕谁：何也。

【析义】

此诗曰“山河改”，又言及沧海桑田，似有寓意。究竟何所指，则众说纷纭。汤汉注：“业成志树，而时代迁革，不复可骋，然生斯时矣，奚所归悔耶？”仅就时代迁革一般而论，着重于生不逢时之慨。此后，各家解说愈加复杂具体。何孟春注《陶靖节集》曰：“此诗全用鬼谷先生书意。《逸民传》（应为《艺文类聚》卷三六所引袁淑《真隐传》）：鬼谷遗苏秦、张仪书曰：‘二君岂不见河边之树乎？仆御折其枝，风浪荡其根，此木岂与天地有雠怨？所居然也。子见嵩岱之松柏乎？上枝干于青云，下枝通于三泉，千秋万岁不逢斧斤之患。此木岂与天地有骨肉？所居然也。’”黄文焕《陶诗析义》以为指恭帝之被废。恭帝戊午年立，庚申年被刘裕逼禅，首尾三年。何焯《义门读书记》曰：“此言下流不可处，不得谬比易代。”桥川时雄引傅咸《桑树赋序》：“世祖昔为中垒将军，于直庐种桑一株，迄今三十馀年，其茂盛不衰。皇太子入朝，以此庐为便坐。”兼及陆机《桑赋》、潘尼《桑树赋》，意谓晋室兴起与桑有关，“陶公此作，寓意典据，自然分明，盖溯想皇晋建国之初兆，而俯仰古今，而发桑田碧海之叹耳”（见郑文焯批、日本桥川时雄校补《陶集郑批录》）。古《笺》曰：“此首追痛司马休之之败也。《易》曰：‘其亡其亡，系于苞桑。’休之为晋室之重，故以桑起兴也。”意谓休之为荆州都督刺史镇江陵，后被刘裕征讨，兵败奔于后秦，晋自此更无所恃也。张芝《陶渊明传论》以为喻指桓玄。渊明本寄希望于桓玄，以为可以中兴晋室。不料其终于篡晋且败死也。

霈案：各家或曰喻指恭帝，或曰喻指司马休之，或曰喻指桓玄，多牵合“三年”之数。其实，“三年”者，自种桑至采桑叶，所需之时间也。直述而已，何必有所喻指？余以为此诗乃自述之辞：“忽值山河改”,环境变化也;“本不植高原”,择居不当也。既生不逢时,又不善处世,故难免困苦。汤汉、何焯所言近是。

杂诗十二首

人生无根蒂,飘如陌上尘〔一〕。分散逐风转,此已非常身〔二〕。落地为一作流落成兄弟①,何必骨肉亲〔三〕!得欢当作乐〔四〕,斗酒聚比邻。盛年不重来,一日难再晨〔五〕。及时当勉励,岁月不待人〔六〕。

【校勘】

①落地为:一作“流落成”,亦通。

【题解】

“杂诗”:《文选》卷二九杂诗上,卷三〇杂诗下,包括《古诗十九首》,以及题为《杂诗》(如王仲宣《杂诗》)或并不题为“杂诗”(如陆士衡《园葵诗》)者。李善注王仲宣《杂诗》曰:“五言杂者,不拘流例,遇物即言,故云杂也。”《文选》按文体分为三十九大类,大类之下再按题材分为若干小类,“杂歌”、“杂诗”、“杂拟”在诗类之最后,盖其内容难以列入“补亡”、“述德”、“祖饯”、“游仙”等小类也。

渊明《杂诗》十二首内容颇杂,大概包括以下方面:人生无常,盛年难再(其一、其三、其六、其七);岁月不待,有志未骋(其二、其五);不求空名,愿不知老(其四);拙于谋生,慨叹贫苦(其八);掩泪东游,羁役思归(其九、其十、其十一);其十二似有残缺,从所存六句看,似亦感叹人生无常者耶?

【编年】

渊明集中其他组诗如《咏贫士》、《饮酒》均系同时所作,《杂诗》是否同时所作？王瑶注曰："前八首词意连贯，当为一时所作；而第六首中有'奈何五十年'一句，知此八首当为晋安帝义熙十年甲寅（四一四）作。其馀第九首以下三首，都是写旅途行役之苦的；在《与子俨等疏》中，渊明自述'少而穷苦，每以家弊，东西游走'，知此三诗当为盛年所作。渊明于三十六七岁间，行役甚苦，有《庚子岁五月中从都还阻风于规林》及《辛丑岁七月赴假还江陵夜行涂中》等诗，内容与《杂诗》第九首以下三首相同，知当为同时所作。……第十二首与前面咏行役的三首，或为同时所作。今将前八首与后四首分编两处，皆题《杂诗》。除前八首系于晋安帝义熙十年甲寅（四一四）外，其馀四首暂列此处，系于晋安帝隆安五年辛丑（四〇一），本年渊明三十七岁。"

需案：因为王注取六十三岁说，无法兼顾"五十年"与行役之时间差，所以不得不将此一组诗分为两年所作，前后相距十三年。若取渊明享年七十六岁说，则五十馀岁正是行役最苦之时，前八首与后四首恰好时间吻合，不必勉强分作两处。

《杂诗》其六曰："昔闻长老言，掩耳每不喜。奈何五十年，忽已亲此事。"此"五十年"应从"昔"日算起。"长老言"，一作"长者言"，长老者之言语，联系下文应是关于人生易老之事，渊明昔日掩耳不喜闻者，儿童心理每如此。昔日童年不喜闻长者言及衰老之事，而今五十年已过，自身亲历人生衰老之事、亲友凋零之悲，故多有感慨。倘所谓昔日指四岁，则渊明写此诗或当五十四岁，晋安帝义熙元年乙巳（四〇五）。本年渊明行役最苦，自镇军参军转建威参军，东使都，又改任彭泽县令，终于辞官归里。验之诗中"飘如陌上尘"，"有志不获骋"，"荣华难久居"，"丈夫志四海，我愿不知老。亲戚共一处，子孙还相保"，"前途当几许，未知止泊处"，"代耕本非望，所业在田桑"，"掩泪泛东逝，顺流追时迁"，"趋役无停息，轩裳逝东崖”，“愁人难为辞，遥遥春夜长”，诗之思想感情与本年经历恰相吻合。其十曰：“荏苒经十载，暂为人所羁。”渊明四十七岁，安帝隆安二年（三九八）入桓玄幕，至此已前后八年，“十载”取其整数也。

【笺注】

〔一〕人生无根蒂，飘如陌上尘：意谓人与植物不同，生而无根，飘流转徙如陌上之尘耳。丁《笺注》：“根蒂，犹言根柢。蒂与柢为同音假借字。”古《笺》：“《古诗》：‘人生寄一世，奄忽若飙尘。’”王叔岷《笺证稿》：“阮籍《咏怀》：‘人生若尘露。’又云：‘飘若风尘逝。’”

〔二〕分散逐风转，此已非常身：意谓人如尘土随风转徙，无恒久不变之身，今日之我已非往日之我矣。

〔三〕落地为兄弟，何必骨肉亲：意谓尘土飘转，一旦落地即成兄弟矣，何必骨肉才相亲乎？丁《笺注》：“《论语（颜渊）》：‘四海之内皆兄弟也。’”又曰：“言何必真同胞始谓之兄弟，凡人皆兄弟也。”渊明《与子俨等疏》：“汝等虽不同生，当思四海之内皆兄弟之义。”

〔四〕得欢当作乐：意谓得遇友好当作乐也。欢：友好。《汉书·陈馀传》：“上使泄公持节问之箯舆前，卬视泄公，劳苦如平生欢。”

〔五〕盛年不重来，一日难再晨：盛年：壮年。古《笺》：“吴季重《答魏太子笺》：‘盛年一过，实不可追。’阮嗣宗《咏怀诗》：‘朝阳不再盛。’”

〔六〕及时当勉励，岁月不待人：古《笺》：“《论语（阳货）》：‘日月逝矣，岁不我与。’邢疏：‘岁月已往，不复留待我也。’”曹丕《与吴质书》：“动见瞻观，何时易乎？恐永不复得为昔日游也。

少壮真当努力,年一过往,何可攀援!”

【析义】

此诗言人生飘忽不定,短暂无常,既能相聚即为兄弟矣。遇友好则当以酒为乐,而不负此时光耳。末四句,非仅为饮酒而发,呼应开首四句,亦寓勉励之意于其中也。

白日沦西河一作阿①〔一〕,素月出东岭。遥遥万里辉,荡荡一作迢迢空中景②〔二〕。风来入房户,夜中一作中夜枕席冷③。气变悟时易一作异④〔三〕,不眠知夕永〔四〕。欲言无予一作或,又作馀和⑤〔五〕,挥杯劝孤影。日月掷一作榯,又作扫人去⑥,有志不获骋〔六〕。念此怀悲凄,终原作中,注一作终晓不能静⑦〔七〕。

【校勘】

①河:一作“阿”,意谓山阿,亦通。 ②荡荡:一作“迢迢”,意谓远,与上句“遥遥”意思重复,作“荡荡”为佳。 ③夜中:一作“中夜”,亦通。 ④易:一作“异”,亦通。 ⑤予:一作“或”,于义稍逊。又作“馀”,音同而讹。 ⑥掷:一作“榯”,又作“扫”,于义为逊。 ⑦终:原作“中”,底本校曰“一作终”,今据改。

【笺注】

〔一〕沦:沉沦,落。

〔二〕荡荡:广大。《左传》襄公二十九年:“为之歌《豳》,曰:‘美哉,荡乎!’”孔颖达疏:“荡荡,宽大之意。”景:光亮。

〔三〕气变悟时易:意谓由气候之变化而悟出季节之改易。

〔四〕不眠知夕永:古《笺》:“《古诗十九首》:‘愁多知夜长。’”

〔五〕欲言无予和:古《笺》:“《庄子·徐无鬼篇》:‘自夫子之死(也,吾无以为质矣),吾无与言之矣!’张茂先《杂诗》:‘寤言莫予应。'"

〔六〕骋:施展、发挥。《荀子·天论》:"因物而多之,孰与骋能而化之。"左思《咏史》:"铅刀贵一割,梦想骋良图。"

〔七〕终晓:直至天明。

【析义】

此诗句句精彩绝伦。首四句,两两相对,绘出月光中一片皎洁世界,且极具动感。"不眠知夕永",非失眠者不能体会"夕永"二字。"挥杯劝孤影",写尽寂寞孤独之状,李白《月下独酌》盖出于此。"日月掷人去,有志不获骋",言时光流逝。屈原《离骚》:"日月忽其不淹兮,春与秋其代序。"曹植《箜篌引》:"惊风飘白日,光景驰西流。"此二句有异曲同工之妙。"劝"字、"掷"字,极精当极工妙,却无一点斧凿痕。

荣华难久居,盛衰不可量〔一〕。昔为三春蕖一作英①〔二〕,今作秋莲房〔三〕。严霜结野草〔四〕,枯悴未遽央〔五〕。日月有环周一作复,又作还复周②,我去不再阳〔六〕。眷眷往昔时〔七〕,忆此断人肠。

【校勘】

①蕖:一作"英",于义稍逊。"蕖"与下"莲"对应,为佳。 ②有环周:一作"有环复",又作"还复周",亦通。

【笺注】

〔一〕荣华难久居,盛衰不可量:意谓荣华难以久持,盛衰不可预计。古《笺》:"曹子建《(杂)诗》:'荣华难久恃。'《古诗十九首》:'盛衰各有时。'"《文选》班固《答宾戏》:"朝为荣华,夕为憔悴,福不盈眦,祸溢于世,凶人且以自悔,况吉士而是赖乎?”居:守持、担当。《左传》昭公十三年:“获神一也,有民二也,令德三也,宠贵四也,居常五也。”量:估量。《古诗为焦仲卿妻作》:“自君别我后,人事不可量。”

〔二〕蕖:芙蕖,即荷花。

〔三〕莲房:莲蓬。

〔四〕严霜结野草:古《笺》:‘白露沾野草。’《乐府·焦仲卿妻诗》:“《古诗十九首》:‘严霜结庭兰。’”结:聚集。《文选》陆机《挽歌》:“悲风徽行轨,倾云结流蔼。”李善注:“结,犹积也。”

〔五〕枯悴未遽央:意谓枯悴未遂尽,尚有更为枯悴之时也。汉乐府古辞清调曲《相逢行》:“调弦未遽央。”遽:遂,就。《吕氏春秋·察今》:“其父虽善游,其子岂遽善游哉?”

〔六〕日月有环周,我去不再阳:意谓日月运转有循环往复,而我死则不再生矣。古《笺》:“张茂先《励志》诗:‘四气鳞次,寒暑环周。’《庄子·齐物论篇》:‘近死之心,莫使复阳也。’《释文》:‘复阳,阳谓生也。’陆士衡《短歌行》:‘华不再阳。’”

〔七〕眷眷:顾恋貌。

【析义】

汤注:“此篇亦感兴亡之意。”恐不然。此乃感叹人生无常,荣华难久,古诗中常见之主题也。

丈夫志四海〔一〕,我愿不知老。亲戚共一处,子孙还相保〔二〕。觞弦肆朝日〔三〕,樽中酒不燥〔四〕。缓带尽欢娱〔五〕,起晚眠常早。孰若当世士,冰炭满怀抱〔六〕。百年归一作埽丘垄一作埽垄①,用此空名道〔七〕?

【校勘】

①归:一作"埽",形近而讹。丘垄:一作"埽垄",非是。

【笺注】

〔一〕丈夫志四海,我愿不知老:古《笺》:"曹子建《赠白马王彪》诗:'丈夫志四海。'《论语(述而)》:'发愤忘食,乐以忘忧,不知老之将至云尔。'"

〔二〕保:安也。《孟子·梁惠王上》:"保民而王,莫之能御也。"赵岐注:"保,安也。"《汉书·叙传下》:"保此怀民。"颜师古注:"保,安也。"

〔三〕觞弦肆朝日:意谓每日设列弦歌宴席。肆:陈列。逯注:"朝日当作朝夕。"

〔四〕樽中酒不燥:陶注:"燥,干也。与孔文举'樽中酒不空'意同。"案:《后汉书·孔融传》:"及退闲职,宾客日盈其门,常叹曰:'坐上客常满,尊中酒不空,吾无忧矣。'"

〔五〕缓带:放宽衣带。古《笺》:"曹子建《箜篌引》:'缓带倾庶羞。'"王叔岷《笺证稿》:"《穀梁》文十八年传:'一人有子,三人缓带。'杨士勋疏:'缓带者,优游之称也。'"

〔六〕孰若当世士,冰炭满怀抱:意谓何能如当世之士,义利交战于胸中,而不得安宁耶?古《笺》:"《淮南·齐俗训》:'贪禄者见利不顾身,而好名者非义不苟得。此相为论,譬犹冰炭钩绳也,何时而合?'"丁《笺注》:"彼此不能相合者,恒以冰炭为喻。"

〔七〕百年归丘垄,用此空名道:意谓人死之后归于坟墓,安用此空名以称道哉?何注:"谢灵运《吊庐陵王》诗:'一随往化灭,安用空名扬?'"丘垄:冢,坟墓。道:黄文焕《陶诗析义》曰:"丘垄中复能用否乎?复能道否乎?"王叔岷《笺证稿》曰:

"古氏据《古诗》训道为宝,非也。丁氏训道为引,义亦难通。道犹称也,《论语·卫灵公篇》:'君子疾没世而名不称焉。'陶公反其意,谓百年归丘垄,安用此空名称哉?何注引谢诗'安用空名扬',扬亦称也,最得其旨。"

【析义】

以"丈夫"与"我"对举,"丈夫志四海",则"冰炭满怀抱",而所得不过"空名道"而已,我愿与"亲戚共一处",以安享天年耳。

忆我一作为,又作昔少壮时[①],无乐自欣豫[②]〔一〕。猛志逸四海〔二〕,骞一作轻翮思远翥[③]〔三〕。荏苒岁月颓,此心稍已去〔四〕。值欢无复娱,每每多忧虑。气力渐衰损〔五〕,转觉日不如〔六〕。壑舟无须臾,引我不得住。前涂当几许〔七〕?未知止泊一作宿处[④]。古人惜寸阴,念此使人惧〔八〕。

【校勘】

①我:一作"为",于义稍逊。一作"昔",亦通。 ②自:和陶本作"亦",亦通。 ③骞:一作"轻",亦通。 ④泊:一作"宿",亦通。"泊"与"舟"相应,为佳。

【笺注】

〔一〕无乐自欣豫:意谓虽无乐事亦自保持愉悦之心情也。

〔二〕猛志逸四海:意谓壮志超越四海之外,极其远大也。猛志:壮志。《文选》张华《鹪鹩赋》:"屈猛志以服养,块幽絷于九重。"逸:超绝。

〔三〕骞(qiān)翮(hé)思远翥(zhù):意谓愿振翅远翔也。骞:飞貌。翥:飞举也。

〔四〕荏苒岁月颓,此心稍已去:意谓岁月渐渐流逝,壮心亦渐渐消去。荏苒:《文选》潘岳《悼亡诗》其一:“荏苒冬春谢。”李善注:“荏苒,犹渐也。”颓:下坠。《楚辞·九章·悲回风》:“岁忽忽其若颓兮,时亦冉冉而将至。”洪兴祖补注:“颓,下坠也。”

〔五〕气力渐衰损,转觉日不如:意谓气力渐渐衰损,一日不及一日矣。转:刘淇《助字辨略》:“浸也。”《搜神后记》卷六:“(王戎)忽见空中有一异物如鸟,熟视转大。”如:及也。王叔岷《笺证稿》:“《艺文类聚》十八引张载诗:‘气力渐衰损。’”

〔六〕壑舟无须臾,引我不得住:意谓时光片刻不停,己身亦随之不断变化而渐衰老。丁《笺注》引《庄子·大宗师》:“夫藏舟于壑,藏山于泽,谓之固矣。然而夜半有力者负之而走,昧者不知也。”郭象注:“言死生变化之不可逃。”

〔七〕当:尚。《史记·魏公子列传》:“使秦破大梁而夷先王之宗庙,公子当何面目立天下乎?”

〔八〕古人惜寸阴:古《笺》:“《淮南子(原道训)》:‘圣人不贵尺之璧,而重寸之阴。时难得而易失也。’《晋书·陶侃传》:‘大禹圣者,乃惜寸阴;至于众人,当惜分阴。’”

【析义】

自叹年老无成,而仍欲有为也,故诗末曰“念此使人惧”。倘完全心灰意冷,则无须惧矣。

昔闻长者一作老言[①],掩耳每一作常不喜[②]〔一〕。奈何五十年,忽已亲此事〔二〕。求我盛年一作时欢[③],一毫无复意〔三〕。去去转欲远,此生岂一作难再值[④]〔四〕?倾家时一作特,又作持此作乐[⑤],竟此岁月驶〔五〕。有子不留金,何用身后置一作事[⑥]〔六〕。

【校勘】

①者:一作“老”,亦通。 ②每:一作“常”,亦通。 ③年:一作“时”,亦通。 ④岂:一作“难”,亦通。 ⑤时:一作“特”,于义稍逊。时作:一作“持此”,非是。 ⑥置:一作“事”,亦通。

【笺注】

〔一〕昔闻长者言,掩耳每不喜:意谓往昔每不喜闻长者言衰老及亲朋凋零等事。古《笺》:“陆士衡《叹逝赋序》:‘昔每闻长老追计平生,同时亲故,或凋落已尽,或仅有存者。余年方四十,而懿亲戚属,亡多存寡;昵交密友,亦不半在。……以是思哀,哀可知矣。’诗意本此。”

〔二〕奈何五十年,忽已亲此事:意谓奈何五十年后,自己忽已亲历此事耶!

〔三〕求我盛年欢,一毫无复意:意谓反求盛年之欢已不复向往矣。意:意向,心之所向也。

〔四〕去去转欲远,此生岂再值:意谓日月掷人而去,去去反而愈远,此生岂能再逢盛年乎?值:逢,遇。《庄子·知北游》:“明见无值。”成玄英疏:“值,会遇也。”

〔五〕倾家时作乐,竟此岁月驶:意谓竭尽家财及时行乐,以终此速去之馀年也。《汉书·疏广传》载:宣帝时疏广为太子太傅,以老告退,上许之,多加赏赐。“既归乡里,日令家共具设酒食,请族人故旧宾客,与相娱乐。数问其家金馀尚有几所,趣卖以共具。”

〔六〕有子不留金,何用身后置:意谓如疏广者,有子不留金与之,何须为身后置办产业耶?《汉书·疏广传》载:“广子孙窃谓其昆弟老人广所爱信者曰:‘子孙几及君时颇立产业基阯,今日饮食费且尽。宜从丈人所,劝说君买田宅。’老人即以闲暇时为广言此计。广曰:‘吾岂老悖不念子孙哉?顾自有旧田庐,令子孙勤力其中,足以共衣食,与凡人齐。今复增益之以为赢馀,但教子孙怠堕耳。贤而多财,则损其志;愚而多财,则益其过。且夫富者,众人之怨也;吾既亡以教化子孙,不欲益其过而生怨。又此金者,圣主所以惠养老臣也,故乐与乡党宗族共飨其赐,以尽吾馀日,不亦可乎!’”

【考辨】

李注曰:“此诗,靖节年五十作也。时义熙十年甲寅初。”又牵合庐山东林寺主释慧远结白莲社,邀渊明入社,而渊明谢之。邱嘉穗《东山草堂陶诗笺》遂据以发挥,谓“此生不再值”,“何用身后置”,皆破白莲社中前生后生、轮回净土之说。

霈案:此诗非五十岁所作,已见题下“编年”。且据汤用彤《汉魏两晋南北朝佛教史》及方立天《慧远及其佛学》考证,十八高贤结莲社之事以及《莲社高贤传》均不可信。李氏、邱氏之说,不能成立。

【析义】

渊明有《咏二疏》,专咏疏广、疏受叔侄,《集圣贤群辅录》亦载其事。二疏功成身退,颐养天年,正是渊明所钦羡者。此诗自叹盛年已逝,欲肆意以乐馀年也。

日月不肯迟,四时相催迫〔一〕。寒风拂枯条〔二〕,落叶掩一作满长陌[①]。弱质与原作兴,注一作与运颓一作颓龄[②]〔三〕,玄鬓早已白。素标插人一作君头[③],前涂渐就窄〔四〕。家为逆旅舍,我如当去客〔五〕。去去欲何之,南山有旧宅〔六〕。

【校勘】

①掩:一作“满”,亦通。　②与:原作“兴”,底本校曰“一作与”,

今据改。运颓：一作“颓龄”，于义稍逊。 ③ 人：一作“君”，亦通。

【笺注】

〔一〕四时相催迫：古《笺》：“陆士衡《日重光行》：‘（譬如）四时，固恒相催。’”

〔二〕寒风拂枯条：曹摅《思友人诗》：“严霜雕翠草，寒风振纤枯。”条：树枝。

〔三〕弱质与运颓：意谓柔弱之体质随时运而衰颓也。

〔四〕素标插人头，前涂渐就窄：意谓白发若标志然，以示来日无多矣。

〔五〕家为逆旅舍，我如当去客：古《笺》：“《列子·仲尼篇》：‘处吾之家，如逆旅之舍。’《古诗》：‘人生天地间，忽如远行客。’”逆：迎也。王叔岷《笺证稿》：“为、如互文，为犹如也。”又曰：“当犹将也。”

〔六〕南山有旧宅：丁《笺注》：“宅，茔兆也。陶公《自祭文》曰：‘陶子将辞逆旅之馆，永归于本宅。’”

【析义】

感叹岁月易逝来日无多，惟顺化以归旧宅而已。

代耕本非望〔一〕，所业在田桑〔二〕。躬亲未曾替①〔三〕，寒馁常糟糠。岂期过一作遇满腹②〔四〕，但愿一作就饱粳粮③〔五〕。御冬足一作禦冬乏大布④〔六〕，粗絺以应阳〔七〕。政原作止，注一作政尔不能得⑤〔八〕，哀哉亦可伤！人皆尽获宜，拙生失其方〔九〕。理也可奈何，且为陶一觞〔一〇〕。

【校勘】

①亲:和陶本作“耕”,亦通。 ②过:一作“遇”,形近而讹。 ③愿:一作“就”,于义稍逊。 ④御冬足:一作“禦冬乏”,“御”与“禦”,古通。“乏”乃“足”之讹,据上下文意,应为“足”。 ⑤政:原作“止”,底本校曰“一作政”,曾集本作“正”,通“政”,今据改。

【笺注】

〔一〕代耕:古《笺》:“《孟子(万章下)》:‘禄足以代其耕。’”王叔岷《笺证稿》:“《礼记·王制》亦云:‘夫禄足以代其耕也。’”《文选》任昉《启萧太傅固辞夺礼》:“昉往从末宦,禄不代耕。”李善注引《晋中兴书》:简文诏曰:“禄不代耕,非经通之制也。”

〔二〕业:从事于某事。田:耕种田地。《汉书·高帝纪》:“故秦苑囿园池,令民得田之。”颜师古注:“田,谓耕作也。”

〔三〕躬亲未曾替:意谓未曾放弃亲身耕作也。躬:亲身。《仪礼·士昏礼》:“宗子无父,母命之。亲皆没,已躬命之。”郑玄注:“躬,犹亲也。”诸葛亮《前出师表》:“臣本布衣,躬耕于南阳。”替:废弃。《书·大诰》:“已,予惟小子,不敢替上帝命。”孙星衍疏:“《释言》云:‘替,废也。’”

〔四〕岂期过满腹:意谓只希望果腹而已,并无更高之奢望。古《笺》:“《庄子·逍遥游篇》:‘偃鼠饮河,不过满腹。’”

〔五〕粳(jīng):稻之一种,不黏者。稻之黏者曰“秫”。《宋书·陶潜传》:“公田悉令吏种秫稻,妻子固请种粳,乃使二顷五十亩种秫,五十亩种粳。”

〔六〕御冬足大布:意谓御冬寒只需大布已足矣。大布:何注:“大犹粗也。”陶澍注:“《左传》(闵公二年):‘卫文公大布之衣。’”

〔七〕粗絺（chī）以应阳：意谓春夏只需粗葛布已足矣。粗：通“粗”。絺：本为细葛布，兹冠以粗字，则系粗葛布。《文选》张衡《西京赋》：“夫人在阳时则舒，在阴时则惨，此牵乎天者也。”李善注引薛综曰：“阳谓春夏。”

〔八〕政尔不能得：意谓仅此亦不可得。政：通“正”。徐震堮《世说新语校笺》附《世说新语语词简释》：“止也、仅也，乃晋宋人常语，亦作‘政’。”如《文学》：“许便问主人：‘有《庄子》不？’正得《渔父》一篇。”《宋书·庾炳之传》：“主人问：‘有好牛不？’云：‘无。’问：‘有好马不？’又云：‘无，政有佳驴耳。’”尔：如此。《世说新语·任诞》：“仲容以竿挂大布犊鼻裈于中庭。人或怪之，答曰：‘未能免俗，聊复尔耳。’”

〔九〕人皆尽获宜，拙生失其方：意谓别人皆有适当之方法以谋生，而自己谋生无方也。宜：适当。拙：自谓。生：生计。方：方计、方法。

〔一〇〕理也可奈何，且为陶一觞：意谓有道者贫，乃常理也，无可奈何，姑且饮酒自乐而已。

【析义】

躬耕不替而不得温饱，此乃理乎？答曰：“理也。”然则此“理”不亦有失其为理者欤？怨中有坦然之情，坦然中复有怨语。

遥遥从羁役〔一〕，一心处两端〔二〕。掩泪泛东逝，顺流追时迁〔三〕。日没星与昴，势翳西山巅〔四〕。萧条隔天涯，惆怅念常飡〔五〕。慷慨思南归，路遐无由缘〔六〕。关梁难亏替，绝音寄斯篇〔七〕。

【笺注】

〔一〕遥遥从羁役：意谓远离家乡出任外地之小官。从：为。羁：羁旅。《左传》昭公七年："单献公弃亲用羁。"杜预注："羁，寄客也。"役：《文选》谢灵运《邻里相送方山》："祗役出皇邑，相期憩瓯越。"李善注："役，所莅之职也。"渊明《归去来兮辞序》："于时风波未静，心惮远役。"

〔二〕一心处两端：意谓心情犹豫不定，既想从役又想归家。

〔三〕掩泪泛东逝，顺流追时迁：意谓在东去途中甚感悲伤，暂且顺流而下随时光之变迁而已。参照渊明《始作镇军参军经曲阿》"聊且凭化迁"，似有顺遂时势变迁之意。

〔四〕日没星与昴（mǎo），势翳西山巅：意谓太阳没落，星宿与昴宿显现，然其势隐翳不明也。星：二十八宿之一，南方朱鸟七宿之第四宿。昴：二十八宿之一，西方白虎七宿之第四宿。《书·尧典》："日短、星昴，以正仲冬。"《书》言"日短"，仲冬也。此言"日没"，不涉及季节，乃日暮时分也。

〔五〕萧条隔天涯，惆怅念常飡：意谓远在天涯萧条索寞，惆怅中思念平静闲居之生活。常飡：同常餐，平时所食，指平居生活。

〔六〕遐：远。由缘：缘由，事之由来也。《文选》曹植《与吴季重书》："天路高邈，良久无缘。"李善注："仲长子《昌言》：'荡荡乎若升天路，而不知夫所登也。'"

〔七〕关梁难亏替，绝音寄斯篇：意谓行役既难废，音问又断绝，惟寄情于此诗而已。关：关隘。梁：桥。丁《笺注》："亏，少也。替，废也。言少废关梁而不能也，即难废行役之意。音问既绝，故寄托于斯篇。"

【析义】

此诗言行役之苦，思乡之切。"一心处两端"，最见渊明之矛盾心情。

闲居执荡志,时驶不可稽〔一〕。驱役无停一作休息①,轩裳逝一作游东崖②〔二〕。泛舟拟董司原作沈阴拟薰麝,注一作泛舟拟董司,又作泛舟董司寒③〔三〕,悲风激我怀原作寒气激我怀,注一作悲风激我怀④。岁月有常御,我来淹已弥〔四〕。慷慨忆绸缪,此情久一作少已离⑤〔五〕。荏苒经十载,暂为人所羁〔六〕。庭宇翳馀木,倏忽日月亏〔七〕。

【校勘】

①停:一作"休",亦通。 ②逝:一作"游",亦通。 ③泛舟拟董司:原作"沉阴拟薰麝",底本校曰"一作泛舟拟董司",今据改。又作"泛舟董司寒",盖涉下"寒气"而讹。 ④悲风:原作"寒气",一作"悲风",今据改。王叔岷《笺证稿》曰:"言'激我怀',则作'悲风'较胜。秦嘉《赠妇诗》三首之二:'悲风激深谷。'" ⑤久:一作"少",于义为逊。

【笺注】

〔一〕闲居执荡志,时驶不可稽:追述闲居之时守持逸志,时光疾驶而不可留也。执:王叔岷《笺证稿》曰:"执,犹持也。《孟子·公孙丑篇》:'持其志。'"荡志:逸志。嵇康《四言诗》其四:"寔惟龙化,荡志浩然。"稽:留。

〔二〕驱役无停息,轩裳逝东崖:言此时正行役在外,乘车东往,不得停息。陶澍注:"何注:'《书(伪舜典)》:"车服以庸。"'车曰轩。服,上衣下裳。"崖:水边高岸,此指长江边。

〔三〕泛舟拟董司:意谓泛舟向刘裕也。拟:玄应《一切经音义》卷一六:"拟,向也。"原用于以武器指向某人,后向往某人某地亦可曰拟。谢灵运《石壁立招提精舍》:“敬拟灵鹫山,尚想祇洹轨。”萧纲《奉和登北固楼诗》:“皇情爱历览,游陟拟崆峒。”逯钦立注:“拟当是诣之讹字。诣,去见尊长。”稍嫌迂曲。又注曰:“董司,都督军事者。《晋书·谢玄传》:‘复令臣荷戈前驱,董司戎首。’据《晋书·安帝纪》,元兴三年,刘裕伐桓玄,为使持节、都督扬徐兖豫青冀幽并八州诸军事,董司当指刘裕。”《后汉书·百官志》注:“未尝不借蕃兵之权,挟董司之力,逼迫伺隙,陵夺冲幼。”

〔四〕岁月有常御,我来淹已弥:意谓岁月有常,运行有时,往者不可谏也,而我之东来滞留已久矣。御:时。《管子·五行》:“日至,睹甲子木行御。”尹知章注:“御,时也。”淹:滞留。弥:久。

〔五〕慷慨忆绸缪,此情久已离:意谓回忆往日与亲朋绸缪之情,久已不复有矣,为此不禁慷慨也。绸缪:丁《笺注》曰:“古诗皆以绸缪为昏姻之称。”又曰:“此意乃因行役而偶及悼亡也。”王叔岷《笺证稿》曰:“古人于朋友之情,亦可言绸缪。《文选》李少卿《与苏武》三首之二:‘与子结绸缪。’李善注:‘毛诗曰:“绸缪束薪。”毛苌曰:“绸缪,缠绵之貌也。”’”

〔六〕荏苒经十载,暂为人所羁:渊明自晋安帝隆安二年(三九八)入桓玄幕,至安帝义熙元年(四〇五)写此诗,前后凡八载,举其成数为“十载”。荏苒:时间渐渐过去。暂:偶或。张相《诗词曲语词汇释》:“暂,犹偶也,适也。”十载不可谓短暂,但其间断续出仕,故言偶或为人所羁也。羁:拘系,束缚。

〔七〕庭宇翳馀木,倏忽日月亏:意谓田园荒芜,岁月空逝。庭宇:庭院居处。翳馀木:庭宇为馀木所遮蔽。馀:饶也。亏:损耗。

【析义】

此诗亦写行役之愁。亲朋疏远，田园荒芜，不胜感慨之至。闲居既感岁月不待（如开首二句所言），出仕又悲为人所羁，然则不知如何是好，诚所谓“一心处两端”也。

我行未云远，回顾惨风凉〔一〕。春燕应节起，高飞拂尘梁〔二〕。边一作皃雁悲一作照无所①，代谢归北乡〔三〕。离鹍鸣清池，涉暑一作暮经秋霜②〔四〕。愁人难为辞，遥遥春一作喜夜长③〔五〕。

【校勘】

①边：一作“皃”，亦通。悲：一作“照”，非是。 ②暑：一作“暮”，形近而讹。 ③春：一作“喜”，非是。

【笺注】

〔一〕我行未云远，回顾惨风凉：意谓我行尚未久，而已春暖，前此则惨风悲凉也。

〔二〕春燕应节起，高飞拂尘梁：意谓燕顺应春之到来，自尘梁高飞而起。应节：顺应时令。

〔三〕边雁悲无所，代谢归北乡：意谓春已到来，塞上之大雁亦北归矣。代谢：亦有顺应时节变化之意。

〔四〕离鹍鸣清池，涉暑经秋霜：上句实写春景，下句所谓“暑”、“秋”皆回顾也。意谓涉暑经霜之鹍鸟如今鸣于清池。古《笺》：“嵇叔夜《琴赋》：‘嘤若离鹍鸣清池。’”

〔五〕愁人难为辞，遥遥春夜长：春燕、边雁、离鹍，皆有所归宿，而愁人有难言之隐，春夜无眠也。

【析义】

以春景衬托忧愁，一种徘徊不定难以言说之感情，蕴涵其中。诗写春景，可证是元兴三年春，渊明东下任镇军参军时所作。

袅袅松摽崖一作雀①〔一〕，婉娈柔童子〔二〕。年始三五间，乔柯何可倚一作柯条何滓滓，又作华柯真可寄②〔三〕。养色含津气，粲然有心理〔四〕。

【校勘】

①崖：一作“雀”，形近而讹。 ②乔柯何可倚：注一作“柯条何滓滓”，非是。篇末注又作“华柯真可寄”，今移至此句下。

【笺注】

〔一〕袅袅（niǎo）：长弱貌，见《广韵》。摽（biāo）：高举貌。《管子·侈靡》：“摽然若秋云之远，动人心之悲。”尹知章注：“摽然，高举貌。”

〔二〕婉娈：古《笺》：“《齐风（甫田）》：‘婉兮娈兮。’毛传：‘婉娈，少好貌。’郑笺：‘婉娈之童子，少自修饰。’”

〔三〕年始三五间，乔柯何可倚：王叔岷《笺证稿》：“盖谓弱松之年始在三年五年之间，何可待其乔柯已成而倚之乎？”

〔四〕养色含津气，粲然有心理：意谓松树养其气色，内涵津气，其心理粲然可见也。王叔岷《笺证稿》曰：“《素问·调经篇》：‘人有精气、津液。’《荀子·非相篇》：‘欲观圣王之迹，则于其粲然者矣。’杨倞注：‘粲然，明白之貌。’”

【考辨】

陶澍注：“汤本以此首别出，编于《归去来辞》之后。云：东坡和陶无此篇。澍按：诸本皆题《杂诗》十二首，并此首其数乃足。今仍从诸本。”

【析义】

邱嘉穗《东山草堂陶诗笺》曰：“比也，通篇俱指嫩松说，而正意自可想见。‘童子’句亦喻嫩松也，意公以老松自居，望后生辈如嫩松之养柯植节也。”王瑶注曰：“这是一首咏松的诗，童子也借以喻松；松树幼时虽为弱枝，但如得善养，必可成为高干大材。”

霈案：邱、王之说为是。此诗虽在《杂诗》之末，却与其九、其十、其十一不同，非行役诗也。

咏贫士七首

万族各有托，孤云独无依〔一〕。暧暧空中灭[①]，何时见馀晖[②]〔二〕？朝霞开宿雾，众鸟相与飞〔三〕。迟迟出林翮，未夕一作久复来归一作未夕已复归[③]〔四〕。量力守故辙〔五〕，岂不寒与饥？知音苟不存，已矣何所悲一作当告谁[④]〔六〕！

【校勘】

①空：《文选》作“虚”，于义稍逊。　②晖：《文选》作“辉”，字通。　③夕：一作“久”。复来归：一作“已复归”，亦通。　④何所悲：一作“当告谁”，于义稍逊。

【题解】

渊明诗文多次言贫，此七首则专咏贫士。《书·洪范》所谓“六极”，其四曰“贫”，孔传：“困于财。”渊明所咏贫士虽困于财，而志不挠，气不屈，安于贫，乐于道，故引以为知己也。其一、其二总写自己之无依与饥寒，及依赖古贤以慰怀之意。后五首分咏几位贫士及其知音。七诗之主旨乃在欲求知音而苦无知音耳。据锺嵘

《诗品序》:“陈思赠弟……陶公咏贫之制……斯皆五言之警策者也。”此七首当为组诗。

【编年】

渊明隐居之初,生活尚不致贫穷如是,此盖屡遭灾祸,七十岁以后所作。但细细揣摩诗意与口吻,亦非临终前“偃卧饥馁”时所为,兹系于宋文帝元嘉二年乙丑(四二五),渊明七十四岁。早于《有会而作》、《乞食》一年,一年后写此二诗时贫穷之状尤甚矣。

【笺注】

〔一〕万族各有托,孤云独无依:《文选》李善注:“孤云,喻贫士也。陆机《鳖赋》曰:‘总美恶而兼融,播万族乎一区。’《楚辞》曰:‘怜浮云之相佯。’王逸注曰:‘相佯,无所据依之貌也。’”霈案:浮云,非仅喻贫士,更是自喻也。

〔二〕暧暧空中灭,何时见馀晖:意谓孤云黯然自灭,不留痕迹。《文选》李善注引《楚辞·离骚》:“时暧暧其将罢兮,结幽兰而延伫。”王逸注:“暧暧,昏昧貌。”又引陆机《拟古》诗曰:“照之有馀晖。”

〔三〕朝霞开宿雾,众鸟相与飞:言早晨众鸟结伴高飞。宿雾:夜雾。《文选》李善注:“喻众人也。”刘履《选诗补注》:“且所谓朝霞开雾,喻朝廷之更新;众鸟群飞,比诸臣之趋附。而迟迟出林,未夕来归者,则又自况其审时出处与众异趣也。”霈案:以“宿雾”比晋朝,以“朝霞”比宋朝,未免牵强。渊明《丙辰岁八月中于下潠田舍获》“林鸟喜晨开”亦非有寓意也。众鸟朝飞,衬托下句迟迟出林之鸟,以喻自己与众不同,不甘于出仕,非必专指仕宋也。

〔四〕迟迟出林翮,未夕复来归:言独有一鸟出林既迟,来归又早。《文选》李善注:“亦喻贫士。”霈案:实亦自喻也。

〔五〕量力守故辙：意谓量力而行，返归故路。亦即《归园田居》其一"守拙归园田"之意。

〔六〕知音苟不存，已矣何所悲：《文选》李善注："《古诗》曰：'不惜歌者苦，但伤知音稀。'《楚辞》曰：'已矣，国无人兮莫我知！'"

【析义】

温汝能纂集《陶诗汇评》："以孤云自比，身分绝高。惟其为孤云，随时散见，所以不事依托，此渊明之真色相也。下以鸟言，不过因众鸟飞翻，而自言其倦飞知还之意尔。"

凄厉一作戾岁云暮①〔一〕，拥一作短褐曝前轩②〔二〕。南圃无遗秀〔三〕，枯条盈北园。倾壶绝一作弛馀沥③〔四〕，窥灶不见烟。诗书塞座外，日昃不遑研④〔五〕。闲居非陈厄，窃有愠见言〔六〕。何以慰吾怀？赖古多此贤〔七〕。

【校勘】

①厉：一作"戾"，相通。王叔岷《笺证稿》："《诗·小雅·四月》：'翰飞戾天。'《文选》班孟坚《西都赋》注引《韩诗》戾作厉，《庄子·让王篇》：'高节戾行。'《吕氏春秋·离俗篇》戾作厉，并其证。" ②拥：一作"短"，丁《笺注》引顾皓按："短或是裋之误。裋褐，敝衣襦也。"王叔岷《笺证稿》曰："短借为裋。"引《淮南子·览冥训》："短褐不完。"高诱注："短，或作裋字。"曝前轩：《初学记》作"抱南轩"。 ③绝：一作"弛"，同"弛"，形近而讹。 ④日昃不遑研：《初学记》作"白日去不还"，与上句语义不衔接，非是。

【笺注】

〔一〕凄厉：王叔岷《笺证稿》曰："《汉书·外戚·孝武李夫人传》：

‘秋气潜以凄泪兮。’颜师古注：‘凄泪，寒凉之意也。泪，音戾。’”岁云暮：古《笺》：“《小雅（小明）》：‘岁聿云暮。’《古诗》：‘凛凛岁云暮。’”

〔二〕拥褐（hè）曝（pù）前轩：言寒冷之状。拥：抱。渊明《自祭文》：“败絮自拥。”褐：兽毛或粗麻制成之短衣，贫人所服。曝：晒太阳。渊明《自祭文》：“冬曝其日，夏濯其泉。”前轩：前廊。

〔三〕秀：草木之花。汉武帝《秋风辞》：“兰有秀兮菊有芳，怀佳人兮不能忘。”

〔四〕倾壶绝馀沥，窥灶不见烟：意谓无酒无食。沥：滤过之清酒。《楚辞·大招》：“吴醴白蘖，和楚沥只。”王逸注：“沥，清酒也。”《史记·滑稽列传》：“侍酒于前，时赐馀沥。”

〔五〕诗书塞座外，日昃不遑研：意谓多有诗书，而无暇研究也。昃：《说文》：“日在西方时，侧也。”遑：暇也。

〔六〕闲居非陈厄，窃有愠见言：意谓自己之闲居，情形不同于孔子在陈之厄，但私自亦有子路愠见之言也。君子当如是之穷乎？故下言有赖古贤慰怀也。《论语·卫灵公》：“在陈绝粮，从者病，莫能兴。子路愠见曰：‘君子亦有穷乎？’子曰：‘君子固穷，小人穷斯滥矣。’”窃：私自。

〔七〕何以慰吾怀，赖古多此贤：意谓有赖古代众多贤士（即所咏贫士）安慰吾心也。

【析义】

贫穷之状，非亲历写不出。渊明心中有不平，亦有疑问，所谓“贫富常交战”，如此才真实。能以古贤释怀，已为不易矣。

荣叟老带一作素索[①]，欣然方弹琴〔一〕。原生纳决屦一作履[②]，清歌畅商音[3]〔二〕。重华去我久一作去我重华久[4]，贫士世相寻〔三〕。弊襟不掩肘[5]，藜羹常乏斟[6]〔四〕。岂忘袭轻裘？苟得非所钦〔五〕。赐也徒能辩，乃不见吾心〔六〕。

【校勘】

①带：一作“萦”，非。 ②屣：一作“履”，义同。《说文》：“履，屣也。” ③商：和陶本、绍兴本、李注本作“高”，稍逊。 ④重华去我久：一作“去我重华久”，亦通。 ⑤弊襟：《初学记》作“敛袂”，非。 ⑥乏斟：《初学记》作“乏恒”，非。

【笺注】

〔一〕荣叟老带索，欣然方弹琴：《列子·天瑞》：“孔子游于太山，见荣启期行乎郕之野，鹿裘带索，鼓琴而歌。孔子问曰：‘先生所以乐，何也？’对曰：‘吾乐甚多：天生万物，唯人为贵。而吾得为人，是一乐也。男女之别，男尊女卑，故以男为贵。吾既得为男矣，是二乐也。人生有不见日月、不免襁褓者，吾既已行年九十矣，是三乐也。贫者士之常也，死者人之终也。处常得终，当何忧哉？’孔子曰：‘善乎！能自宽者也。’”方：且。

〔二〕原生纳决屦，清歌畅商音：《韩诗外传》载：原宪居鲁，子贡往见之。原宪应门，振襟则肘见，纳履则踵决。子贡曰：“嘻！先生何病也？”宪曰：“宪贫也，非病也。……仁义之匿，车马之饰，……宪不忍为之也。”子贡惭，不辞而去。宪乃徐步曳杖，歌《商颂》而返，声沦于天地，如出金石。纳：着，穿。

〔三〕重华去我久，贫士世相寻：意谓虞舜之后，贫士世代不断。古《笺》：“《庄子·秋水篇》：‘当尧舜而天下无穷人，（非知得也。）’”重华：舜之号。《史记·五帝本纪》：“虞舜者，名曰重华。”寻：继续，连续。

〔四〕弊襟不掩肘，藜羹常乏斟：意谓衣食困乏。古《笺》："《庄子·让王篇》：'孔子穷于陈、蔡之间，七日不火食，藜羹不糁。'《吕氏春秋（任数）》：'糁作斟。'"丁《笺注》："斟与糁为同音假借字。"霈案：藜，藜科，嫩叶可食。《颜氏家训·勉学》："藜羹缊褐，我自欲之。"糁，以米和羹。《说文》："糂，以米和羹也。糁，古文糂从参。"常乏斟：犹"常乏糁"，野菜羹中乏米也。

〔五〕岂忘袭轻裘？苟得非所钦：意谓并非不愿富贵，但随便得来则非所望也。古《笺》："《说苑·立节篇》：'子思居（于）卫，缊袍无表。……田子方（闻之，）使人遗之狐白之裘，……子思（辞而）不受，……（子思）曰："……妄与不如遗弃物于沟壑。伋虽贫也，不忍以身为沟壑，是以不敢当也。"'"丁《笺注》："《礼记（曲礼）》：'临财毋苟得。'"

〔六〕赐也徒能辩，乃不见吾心：古《笺》："《史记·仲尼弟子列传》曰：'子贡利口巧辞，孔子常黜其辨。'""辩"、"辨"，古字通用。乃：而。

【析义】

邱嘉穗《东山草堂陶诗笺》曰："'赐也徒能辩'，亦指当时劝之仕者。"王叔岷《笺证稿》曰："慨贫居不见谅于妻室也。"

安贫守贱者，自古有黔娄〔一〕。好爵吾不荣①〔二〕，厚馈一作魄吾不酬②〔三〕。一旦寿命尽，弊服仍一作蔽覆乃不周③〔四〕。岂不知其极？非道故无忧〔五〕。从来将千载，未复见斯俦④〔六〕。朝与仁义生，夕死复何求〔七〕？

【校勘】

①不荣:《艺文类聚》作"弗营",意谓不营求,亦通。荣:焦本作"萦",亦通,渊明《辛丑岁七月赴假还江陵夜行涂中》:"不为好爵萦。" ②馈:一作"餽",通假字。 ③弊服仍:一作"蔽覆乃",非是。 ④斯:和陶本作"兹",亦通。

【笺注】

〔一〕黔娄:《列女传·贤明传·鲁黔娄妻传》:"(黔娄)先生死,曾子与门人往吊之。其妻出户,曾子吊之。上堂,见先生之尸在牖下,枕墼席槁,缊袍不表。覆以布被,手足不尽敛。覆头则足见,覆足则头见。……其妻曰:'昔先生君尝欲授之政,以为国相,辞而不为,是有馀贵也。君尝赐之粟三十钟,先生辞而不受,是有馀富也。彼先生者,甘天下之淡味,安天下之卑位。不戚戚于贫贱,不忻忻于富贵。求仁而得仁,求义而得义。'"

〔二〕好爵吾不荣:犹言不以好爵为荣也。渊明《感士不遇赋》:"既轩冕之非荣。"

〔三〕馈:赠。酬:丁《笺注》:"答也。赐而不受,是不见答也。"

〔四〕不周:不完备。渊明《拟古》其五:"东方有一士,被服常不完。"

〔五〕岂不知其极?非道故无忧:意谓非不知贫困已极,然贫无关乎道故无须忧也。王叔岷《笺证稿》:"《庄子·大宗师篇》又云:'(子桑)曰:"吾思夫使我至此极者,而弗得也。"'成玄英疏以极为穷极,与此极字同义。"《论语·卫灵公》:"君子忧道不忧贫。"

〔六〕从来将千载,未复见斯俦:意谓自黔娄以来将近千年矣,而未复见黔娄之辈也。

〔七〕朝与仁义生，夕死复何求：古《笺》："《论语（里仁）》：'朝闻道，夕死可矣。'"

【析义】

渊明《五柳先生传》："赞曰：'黔娄之妻有言："不戚戚于贫贱，不汲汲于富贵。"极其言，兹若人之俦乎？'"盖渊明于黔娄景仰尤甚，故此诗专咏之。

袁安困一作门积雪①，邈然不可干〔一〕。阮公见钱入〔二〕，即日弃其官。刍槁一作藁蒿有常温，采莒一作采之足朝飡②〔三〕。岂不实辛苦？所惧非饥寒。贫富常交战，道胜无戚一作厚颜③〔四〕。至德冠邦闾，清节映西关〔五〕。

【校勘】

①困：一作"门"，形近而讹。 ②采莒：一作"采之"，于义稍逊。 ③戚：一作"厚"，非是。

【笺注】

〔一〕袁安困积雪，邈然不可干：《后汉书·袁安传》：安，字邵公，东汉汝南汝阳人。注引魏周斐（亦作裴）《汝南先贤传》："时大雪积地丈馀，洛阳令身出案行，见人家皆除雪出，有乞食者。至袁安门，无有行路，谓安已死。令人除雪入户，见安僵卧。问：'何以不出？'答曰：'大雪，人皆饿，不宜干人。'令以为贤，举为孝廉也。"传载袁安不干人，此言袁安不可干，人虽贫而志不短也，意稍不同。干：冒犯。《说文》："干，犯也。"邈然：高远貌。

〔二〕阮公：事迹不详。

〔三〕刍槁有常温，采莒足朝飡：意谓藉草以眠、采野禾以食，于愿已足。陶澍注引何焯曰:"莒,疑作稆。《后汉·献纪》:'(群僚饥乏,)尚书郎以下自出采稆。'注云:'稆,音吕,与穭同。'"古《笺》:"《史记·秦始皇本纪》:'下调郡县,转输(菽粟)蒭槁。'案'刍槁'本供马食,而贫者藉之以眠。故曰'有常温'也。"案:"稆",同"穭(lǚ)",禾自生。《后汉书·孝献帝纪》:"群僚饥乏,尚书郎以下自出采稆。"李贤注:"《埤苍》:'穭,自生也。'稆与穭同。"《晋书·索靖传》:"百官饥乏,采稆自存。"

〔四〕贫富常交战,道胜无戚颜:意谓安贫与求富,两者常交于心,道胜则无愁容矣。王叔岷《笺证稿》曰:"《淮南子·精神篇》:'子夏见曾子,一臞、一肥。曾子问其故。曰:"出见富贵之乐而欲之,入见先生之道又说之。两者心战,故臞。先生之道胜,故肥。"'此诗言'道胜',盖直本于《淮南子》。"王说为是。

〔五〕至德冠邦闾,清节映西关:意谓至德冠于邦闾,清节辉映西关。上句或谓袁安,下句或谓阮公。至德:至高之品德。《论语·泰伯》:"泰伯,其可谓至德也已矣。"闾:泛指乡里。清节:清高之节操。西关:或系阮公之所居。

【析义】

此诗写袁安与阮公二人,亦以自况。"贫富常交战,道胜无戚颜。"贫士之内心并非毫无矛盾,道胜则有好容颜也。

仲蔚爱穷居,绕宅生蒿蓬〔一〕。翳然绝交游〔二〕,赋诗颇能工。举世无知者一作音[①],止一作正有一刘龚[②]〔三〕。此士胡独然?寔由罕所同〔四〕。介焉安其业一作弃本案其末[③],所乐非穷通〔五〕。人事固以一作已拙[④],聊得长相从〔六〕。

【校勘】

①者:一作"音",亦通。 ②止:一作"正",于义稍逊。 ③介焉安其业:一作"弃本案其末",非是。 ④以:一作"已",古通。

【笺注】

〔一〕仲蔚爱穷居,绕宅生蒿蓬:丁《笺注》引皇甫谧《高士传》:"张仲蔚者,平陵人也。与同郡魏景卿俱修道德,隐身不仕。明天官博物,善属文,好诗赋。常居穷素,所处蓬蒿没人。闭门养性,不治荣名。时人莫识,唯刘龚知之。"穷:荒僻。

〔二〕翳然:隐蔽貌。

〔三〕刘龚:丁《笺注》引《后汉书·苏竟传》:"龚,字孟公,长安人。善论议,扶风马援、班彪并器重之。"章怀注引《三辅决录(注)》曰:"唯有孟公,论可观者。班叔皮与京兆丞郭季通书曰:'刘孟公藏器于身,用心笃固,实瑚琏之器,宗庙之宝也。'"

〔四〕此士胡独然?寔由罕所同:意谓张仲蔚何独如此之穷居绝游耶?实因世人少有同调也。

〔五〕介焉安其业,所乐非穷通:意谓坚守其本业,而不以穷通为意。汤注:"《庄子(让王)》:'古之得道者,穷亦乐,通亦乐。所乐非穷通也。'"介焉:犹介然,坚固貌。丁《笺注》引《荀子·修身》:"善在身,介然必以自好也。"业:《国语·周语上》:"庶人工商,各守其业,以共其上。"马融《长笛赋》:"宦夫乐其业,士子世其宅。"

〔六〕人事固以拙,聊得长相从:意谓自己本来拙于人事,乐得长随张仲蔚以终耳。固:本来,原来。聊:乐。

【析义】

张仲蔚,遗世者也。所乐不在穷通与否,而自乐其所乐。渊明尝谓自己“性刚才拙，与物多忤”，每与世相违，故引仲蔚为同调也。

昔有原作在，注一作有黄子廉[①]〔一〕，弹冠佐名州。一朝辞吏归，清贫略难俦〔二〕。年饑感仁妻一作人事[②]，泣涕向我流〔三〕。丈夫虽有志，固为儿女一作孙忧[③]〔四〕。惠孙一晤叹，腆赠竟莫酬〔五〕。谁云固穷难一作节[④]，邈哉此前修〔六〕。

【校勘】

①有：原作“在”，底本校曰“一作有”，今从之。“在”乃“有”之形讹。　②饑：原作“飢”，和陶本、曾集本、绍兴本同；此言饥馑，当作“饑”。仁妻：一作“人事”，非。　③女：一作“孙”，亦通。王叔岷《笺证稿》曰：“女，一作孙，涉下惠孙字而误。”　④难：一作“节”，非。

【笺注】

〔一〕昔有黄子廉，弹冠佐名州：汤注：“《黄盖传》云：‘南阳太守黄子廉之后也。’”弹冠：且入仕也。《汉书·王吉传》：“吉与贡禹为友，世称‘王阳在位，贡公弹冠’，言其取舍同也。”佐名州：任州太守之副职。

〔二〕一朝辞吏归，清贫略难俦：意谓一旦辞职而归，则清贫全难比也。略：全。《世说新语·任诞》：“应声便许，略无慊吝。”

〔三〕年饑感仁妻，泣涕向我流：意谓仁妻有感于年饥，而向我哭诉也。

〔四〕丈夫虽有志，固为儿女忧：此乃仁妻之言。固：姑且。《淮南子·人间训》：“其事未究，固试往复问之。”

〔五〕惠孙一晤叹，腆赠竟莫酬：意谓惠孙曾晤见之而叹其贫，并有厚赠，而竟不被接受也。惠孙事不详。腆：丰厚，见《方言》。

酬：实现，实行。

〔六〕谁云固穷难，邈哉此前修：意谓固穷不难，已有古贤为榜样矣。邈：远，指时间久远。前修：《离骚》："謇吾法夫前修兮。"王逸注："前代远贤也。"此指黄子廉。

【考辨】

陶澍注："王应麟《困学纪闻》：《风俗通》云：'颍川黄子廉，每饮马，辄投钱于水。'黄溍曰：'陶靖节诗："昔在黄子廉，弹冠佐名州。"汤伯纪云：《三国志·黄盖传》注："南阳太守黄子廉之后。"刘潜夫《诗话》亦云："子廉之名，仅见盖传。"案：《后汉书》尚书令黄香之孙守亮，字子廉，为南阳太守。注及《诗话》举其孙而遗其祖，岂弗深考欤？子廉乃守亮之字，亦非名也。'吴骞曰：'黄文献溍《笔记》"汉黄香之孙守亮，字子廉，为南阳太守"云云，未审见于何书。考黄香及子琼、琼孙琬，并著于范史，而守亮独未见。且后汉人双名绝少，昔人论之详矣。窃疑自唐以后，各姓谱系多附会杜撰，不可尽信。文献岂亦据其家谱牒而云然耶？'"

儒案：黄子廉一见于《三国志·吴书·黄盖传》裴注引《吴书》："故南阳太守黄子廉之后也。"二见于《太平御览》卷四二六引《风俗通》："颍川黄子廉者，每饮马，投钱于水中。"吴淑《事类赋》卷一〇所引《风俗通》文字稍异。又《风俗通·愆礼》载："太原郝子廉，饥不得食，寒不得衣，一介不取诸人。曾过姊饭，留十五钱，默置席下去。每行饮水，常投一钱井中。"此郝子廉者，与黄子廉或是同一人，"黄"、"郝"声同，传写有异；或黄、郝均有此事。又《太平御览》卷一八九引《风俗通》："郄子路行饮马，投钱井中。"郄何人，未能详考。

【析义】

此诗咏黄子廉，亦以自况也。仁妻所劝之言，似亦切合渊明实际。

咏二疏一首①

大象转四时,功成者自去〔一〕。借问衰一作商周来②,几人得其趣〔二〕? 游目汉廷中,二疏复此举。高啸返旧居,长揖储君傅〔三〕。饯送倾皇朝,华轩盈道路。离别情所悲,馀荣何足顾③〔四〕! 事胜感行人〔五〕,贤哉岂常誉? 厌厌闾里欢,所营非近一作正务④〔六〕。促席延故老〔七〕,挥觞道平素〔八〕。问金一作尔终寄心⑤,清言晓未悟〔九〕。放意乐馀年〔一〇〕,遑恤身后虑〔一一〕? 谁云其人亡,久而道弥著〔一二〕!

【校勘】

①疏:底本作"踈",异体字。 ②衰:一作"商",恐非是。 ③足:和陶本作"肯",亦通。 ④近:一作"正",非。 ⑤金:一作"尔",非。

【题解】

"二疏":指西汉疏广(字仲翁)及其兄子疏受(字公子),东海兰陵人。《汉书·疏广传》:宣帝时,疏广为太子太傅,疏受为太子少傅。"太子每朝,因进见。太傅在前,少傅在后。父子并为师傅,朝廷以为荣。在位五岁,皇太子年十二,通《论语》、《孝经》。广谓受曰:'吾闻"知足不辱,知止不殆","功遂身退,天之道"也。今仕官至二千石,宦成名立,如此不去,惧有后悔。岂如父子相随出关,归老故乡,以寿命终,不亦善乎?'受叩头曰:'从大人议。'即日父子俱移病。满三月赐告,广遂称笃,上疏乞骸骨。上以其年笃老,皆许之。加赐黄金二十斤,皇太子赠以五十斤。公卿大夫故人邑子设祖道，供张东都门外，送者车数百两，辞决而去。及道路观者皆曰：'贤哉，二大夫！'或叹息为之下泣。广既归乡里，日令家共具设酒食，请族人故旧宾客，与相娱乐。数问其家金馀尚有几所，趣卖以共具。居岁馀，广子孙窃谓其昆弟老人广所爱信者曰：'子孙几及君时颇立产业基阯，今日饮食费且尽。宜从丈人所，劝说君买田宅。'老人即以闲暇时为广言此计。广曰：'吾岂老悖不念子孙哉？顾自有旧田庐，令子孙勤力其中，足以共衣食，与凡人齐。今复增益之以为赢馀，但教子孙怠惰耳。贤而多财，则损其志；愚而多财，则益其过。且夫富者，众人之怨也。吾既亡以教化子孙，不欲益其过而生怨。又此金者，圣主所以惠养老臣也，故乐与乡党宗族共飨其赐，以尽吾馀日，不亦可乎！'于是族人说服。皆以寿终。"张协有《咏史诗》一首，即咏二疏事，见《文选》卷二一。

【笺注】

〔一〕大象转四时，功成者自去：意谓四季按大道运转，功成者自去也。大象：《老子》三十五章："执大象，天下往。"河上公注："象，道也。"成玄英疏："大象，犹大道之法象也。"汤注："(《史记·蔡泽列传》)蔡泽曰：'四时之序，成功者去。'"

〔二〕借问衰周来，几人得其趣：意谓衰周以后，得其旨趣者不多矣。趣：归趣，旨意，旨趣。

〔三〕长揖储君傅：指二疏辞去太子太傅、少傅之职。储君：太子。

〔四〕馀荣何足顾：意谓二疏并不看重此多馀之荣耀。馀荣：张协《咏史》曰："达人知止足，遗荣忽如无。"

〔五〕事胜：指二疏辞归。胜：优越，佳妙。

〔六〕厌厌闾里欢，所营非近务：意谓安于闾里之欢，而不为子孙置办田产。厌厌：安也。《诗·小雅·湛露》："厌厌夜饮。"近务：目前之俗事。古《笺》："魏文帝《典论》：'营目前之务，而遗千载之功。'"

〔七〕促席:接席,座位靠近。延:邀请。

〔八〕平素:往日之事。

〔九〕问金终寄心,清言晓未悟:蒋薰评《陶渊明诗集》曰:"盖谓问金终是寄心于金,广以清言晓故老之未悟也。"清言:明澈通达之言。

〔一〇〕放意:犹言放怀,纵情。

〔一一〕遑恤身后虑:意谓何暇忧及子孙耶? 遑恤:《诗·邶风·谷风》:"我躬不阅,遑恤我后?"郑玄笺:"我身尚不能自容,何暇忧我后所生子孙也。"遑:何,怎能。恤:忧,忧虑。

〔一二〕谁云其人亡,久而道弥著:意谓其人虽亡,其道久而愈加光大,是则其人未亡也。

【析义】

此诗赞颂二疏功成身退,知足不辱。渊明虽无挥金之事,但其道相通也。

咏三良一首

弹冠乘通津,但惧时我遗〔一〕。服勤尽岁月,常恐功愈微〔二〕。忠一作中情谬获露,遂为君所私〔三〕。出则陪文舆,入必侍丹帷〔四〕。箴规向已从,计议初无亏一作物无非①〔五〕。一朝长逝后,愿言同此归。厚恩固一作心难忘②,君一作顾命安可违③〔六〕? 临穴罔惟一作迟疑④,投义志攸希〔七〕。荆棘笼高坟,黄鸟声正悲〔八〕。良人不可赎,泫然沾我衣〔九〕。

【校勘】

①初无亏:一作"物无非",非是。 ②固:一作"心",于义稍逊。李注本作"因"。 ③君:一作"顾",非是。 ④惟:一作"迟",亦通。

【题解】

"三良":指子车氏之三子奄息、仲行、针虎。《左传》文公六年:"秦伯任好卒,以子车氏之三子奄息、仲行、针虎为殉,皆秦之良也。国人哀之,为之赋《黄鸟》。"任好,秦穆公之名。子车,秦大夫也。《史记·秦本纪》曰:"三十九年,缪公卒,葬雍。从死者百七十七人,秦之良臣子與氏三人名曰奄息、仲行、针虎,亦在从死之中。"《左传》作"子车氏"。《诗·秦风·黄鸟》序曰:"黄鸟,哀三良也。国人刺穆公以人从死而作是诗也。"

【笺注】

〔一〕弹冠乘通津,但惧时我遗:意谓世人但求出仕,占据显要地位,而惧时之弃己。弹冠:且入仕也。《汉书·王吉传》:"吉与贡禹为友,世称'王阳在位,贡公弹冠',言其取舍同也。"乘:登,升。通津:犹通衢,要津,比喻仕途。丁《笺注》引《古诗》:"何不策高足,先据要路津。"时:时机、时运。《论语·阳货》:"好从事而亟失时,可谓知乎?"

〔二〕服勤尽岁月,常恐功愈微:意谓终年从事勤苦劳辱之事,常恐功绩不卓著也。古《笺》:"《礼记(檀弓上)》曰:'事君有犯而无隐,(左右就养有方,)服勤至死。'"孔颖达疏:"谓服持勤苦劳辱之事。"

〔三〕忠情谬获露,遂为君所私:意谓忠情既已表露,遂为君所厚爱,以致不得不殉身。本不应表露,故曰"谬获露"。私:古《笺》:"《仪礼·燕礼》:'寡君,君之私也。'郑注:'私,谓独受厚恩之谓也。'"

〔四〕出则陪文舆，入则侍丹帷：意谓出入皆随秦王左右，深得信任。丁《笺注》："文舆谓会集众彩以成锦绣之舆也。晋傅咸诗(《赠何劭王济》)：'并坐侍丹帷。'"王叔岷《笺证稿》曰："《史记·屈原列传》：'入则与王图议国事，以出号令。出则接遇宾客，应对诸侯。'即此诗句法所本。"

〔五〕箴规向已从，计议初无亏：意谓君王对三良言听计从，而三良为君王计议本无所缺失也。王叔岷《笺证稿》曰："《文选》何平叔《景福殿赋》：'图象古昔，以当箴规。'李善注：'韦昭《国语注》曰："箴，箴刺王阙。"郑玄《毛诗笺》曰："规，正圆之器。以思亲正君曰规也。"'"初无：意谓本来不，从来不。《诗·豳风·东山》："勿士行枚。"郑玄笺："亦初无行阵衔枚之事。"孔颖达疏："初无，犹本无。"亏：缺，缺欠。

〔六〕一朝长逝后，愿言同此归。厚恩固难忘，君命安可违：意谓三良殉葬，既是感谢君恩，亦是迫于君命也。三良殉葬，说法有异。杨伯峻《春秋左传注》曰："先秦皆谓三良被杀。自杀之说，或起于汉人。"引《史记·秦本纪》张守节《正义》引应劭云："秦穆公与群臣饮酒酣，公曰：'生共此乐，死共此哀。'于是奄息、仲行、针虎许诺。及公薨，皆从死。《黄鸟诗》所为作也。"《汉书·匡衡传》载匡衡上疏亦云："臣窃考《国风》之诗，……秦穆贵信，而士多从死。"郑玄《诗》笺亦云："三良自杀以从死。"霈案：穆公既有言曰"生共此乐，死共此哀"，以当时情势而论，众人不能不许诺，或已带有被迫成分。被杀与自杀，并无大异也。曹植有《三良诗》一首，曰："秦穆先下世，三臣皆自残。"王粲《咏史》一首亦咏三良，曰："秦穆杀三良，惜哉空尔为。"说法不同，立意亦异。渊明此诗两方面兼顾，合情合理,最能体会三良心情。

〔七〕临穴罔惟疑,投义志攸希:意谓三良临穴无疑,以殉身为投义,正是其志之所望也。丁《笺注》:"《诗·黄鸟》:'临其穴,惴惴其慄。'笺:'穴,谓冢圹中也。'攸,所也。希,望也。"徐复曰:"'惟疑'亦尔时常语,《三国志·蜀书·诸葛亮传》注引《襄阳记》载习隆、向充表云:'今若尽顺民心,则渎而无典,建之京师,又逼宗庙,此圣怀所以惟疑也。'吴君金华为举后汉昙果、康孟祥译《中本起经》及《晋书·高崧传》、《宋书·谢晦传》、《臧质传》、谢灵运《谢封康乐侯表》等文亦均有'惟疑'语。……又按'惟疑'亦与'怀疑'声转。……《尔雅·释诂》'惟'、'怀'均训'思也',故可通用矣。"

〔八〕荆棘笼高坟,黄鸟声正悲:意谓三良之坟荆棘丛生,黄鸟正为之悲鸣。《诗·秦风·黄鸟》:"交交黄鸟,止于棘。"王粲《咏史》:"黄鸟作悲诗,至今声不亏。"

〔九〕良人不可赎,泫然沾我衣:为良人不可赎回复生而哀伤也。《诗·秦风·黄鸟》:"彼苍者天,歼我良人!如可赎兮,人百其身。"孔颖达疏:"如使此人可以他人赎代之兮,我国人皆百死其身以赎之。"泫然:伤心流泪貌。

【考辨】

陶澍曰:"'厚恩固难忘','投义志攸希',此悼张祎之不忍进毒,而自饮先死也。"王瑶注从之。儒案:三良之事自《黄鸟》以来,曹植、王粲、阮瑀皆有吟咏。曹植题作《三良诗》,王粲、阮瑀皆题为《咏史》。渊明此诗不过模拟旧题,未必影射现实。张祎之死,与三良殊不类,亦难比附也。

【析义】

此诗首言人皆求仕达,尽殷勤,建功名;次言三良受重恩于秦穆公,君臣相合,求仕者至此盖无憾矣。而厚恩难忘,君命难违,一旦君王长逝,遂以身殉之。言外之意,反不如不乘通津,不恐功微,明哲以保身也。"忠情谬获露,遂为君所私。"一"谬"字最可深味。为君所私,无异投身罗网。渊明既为三良之死而伤感,又为其忠情谬露而遗憾也。

咏荆轲一首

燕丹善养士,志在报强嬴①〔一〕。招集百夫良〔二〕,岁暮得荆卿。君一作之子死知己②〔三〕,提剑出燕京。素骥鸣广陌,慷慨送我行〔四〕。雄发指危冠〔五〕,猛气冲长缨③〔六〕。饮饯易水上,四座列群英。渐离击悲筑,宋意唱高声〔七〕。萧萧哀风逝一作起④〔八〕,淡淡寒波生⑤〔九〕。商音更流涕,羽奏壮士惊〔一〇〕。公知去不归一作一去知不归⑥〔一一〕,且有后一作百世名⑦。登车何时顾〔一二〕,飞盖入秦庭〔一三〕。凌一作陵厉越万里⑧〔一四〕,逶迤过千城〔一五〕。图穷事自至,豪主正怔营〔一六〕。惜哉剑术疏,奇功遂不成。其人虽已没,千载有馀情一作斯人久已没,千载有深情⑨〔一七〕。

【校勘】

①报:和陶本作"服",于义为逊。　②君:一作"之",亦通。③冲:李注本作"充",于义为逊。　④逝:一作"起",亦通。⑤淡淡:《初学记》作"澹澹",水摇也,亦通。　⑥公知去不归:一作"一去知不归",亦通。李注本作"心知去不归",亦通。⑦后:一作"百",亦通。　⑧凌:一作"陵",古字通,逾越也。朱骏声《说文通训定声》:"夌,经传多以陵、以淩、以凌为之。"　⑨其人

虽已没，千载有馀情：一作“斯人久已没，千载有深情”，亦通。

【题解】

《史记·刺客列传》：“荆轲者，卫人也。……而之燕，燕人谓之荆卿。……荆轲既至燕，爱燕之狗屠及善击筑者高渐离。荆轲嗜酒，日与狗屠及高渐离饮于燕市，酒酣以往，高渐离击筑，荆轲和而歌于市中，相乐也，已而相泣，旁若无人者。……居顷之，会燕太子丹质秦亡归燕。……归而求为报秦者，国小，力不能。……于是尊荆卿为上卿，舍上舍。太子日造门下，供太牢具，异物间进，车骑美女恣荆轲所欲，以顺适其意。……顷之，未发，太子迟之，疑其改悔，乃复请曰：‘日已尽矣，荆卿岂有意哉？丹请得先遣秦舞阳。’荆轲怒，叱太子曰：‘何太子之遣？往而不返者，竖子也！且提一匕首入不测之强秦，仆所以留者，待吾客与俱。今太子迟之，请辞决矣！’遂发。太子及宾客知其事者，皆白衣冠以送之。至易水之上，既祖，取道，高渐离击筑，荆轲和而歌，为变徵之声，士皆垂泪涕泣。又前而为歌曰：‘风萧萧兮易水寒，壮士一去兮不复还！’复为羽声慷慨，士皆瞋目，发尽上指冠。于是荆轲就车而去，终已不顾。遂至秦，……秦王闻之，大喜，乃朝服，设九宾，见燕使者咸阳宫。荆轲奉樊于期头函，而秦舞阳奉地图柙，以次进。……轲既取图奏之，秦王发图，图穷而匕首见。因左手把秦王之袖，而右手持匕首揕之。未至身，秦王惊，自引而起，袖绝。……荆轲逐秦王，秦王环柱而走。……左右乃曰：“王负剑！”负剑，遂拔以击荆轲，断其左股。荆轲废，乃引其匕首以擿秦王，不中，中铜柱。秦王复击轲，轲被八创。轲自知事不就，倚柱而笑，箕踞以骂曰：“事所以不成者，以欲生劫之，必得约契以报太子也。”于是左右既前杀轲，秦王不怡者良久。……鲁句践已闻荆轲之刺秦王，私曰：‘嗟乎！惜哉，其不讲于刺剑之术也。’”

王粲有《咏史》咏轲，左思《咏史》八首之六、阮瑀《咏史》二首之二，亦咏荆轲。

【笺注】

〔一〕燕丹善养士，志在报强嬴：阮瑀《咏史》其二首句："燕丹养勇士，荆轲为上宾。"善：优待。嬴：秦王姓嬴氏。

〔二〕百夫良：古《笺》："《诗·黄鸟》：'百夫之特。'"郑玄笺："百夫之中最雄俊也。"

〔三〕君子死知己：意谓荆轲为知己者死。《战国策·赵策一》："豫让……曰：'士为知己者死。'"

〔四〕素骥鸣广陌，慷慨送我行：阮瑀《咏史》："素车驾白马，相送易水津。"素骥：犹白马也。

〔五〕指：直立，竖起。《史记·项羽本纪》："（樊哙）头发上指，目眦尽裂。"《吕氏春秋·必己》："孟贲瞋目而视船人，发植，目裂，鬓指。"高诱注："指，直。"危冠：高冠。

〔六〕缨：系冠之带。

〔七〕渐离击悲筑（zhú），宋意唱高声：汤汉注："《淮南子（泰族训）》：'高渐离、宋意为击筑而歌于易水之上。'"王叔岷《笺证稿》："《意林》、《御览》五七二并引《燕丹子》：'高渐离击筑，宋意和之。'（《水经注·易水》引宋意作宋如意）《淮南子》许慎注：'高渐离、宋意，皆太子丹之客也。筑曲，二十一弦。'《燕策三》、《史记·刺客（列）传》载荆轲事，并不涉及宋意。"筑：古击弦乐器，形似筝，颈细而肩圆。演奏时以左手握持，右手以竹尺击弦发音。

〔八〕萧萧：风声。

〔九〕淡淡：阮修《上巳会诗》："澄澄绿水，淡淡其波。"

〔一〇〕商音更流涕，羽奏壮士惊：二句互文见义，意谓高渐离之击筑与荆轲之高歌,使人流涕、震动。商、羽:古代五声音阶之第二音与第五音,相当于现代简谱中之“2”与“6”。五声为宫、商、角、徵、羽。羽比徵(相当于“5”)高一音阶。

〔一一〕公知去不归:意谓明知去不归。王叔岷《笺证稿》曰:“公犹明也,荆轲歌‘壮士一去兮不复还’,所谓‘明知去不归’也。《史记·吕(太)后本纪》:‘太尉尚恐不胜诸吕,未敢讼言诛之。’索隐:‘徐广(又)云:(讼)一作公。……公言,犹明言也。’”

〔一二〕顾:徐复曰:“回反也。《穆天子传》卷五(应作三):‘吾顾见汝。’郭璞注:‘故(应作顾),还也。’顾、反亦连用为回反义。”

〔一三〕盖:车盖,代指车。

〔一四〕凌厉:奋起直前貌。

〔一五〕逶迤(wēi yí):曲折前进。

〔一六〕豪主:指秦王。怔(zhēng)营:惶恐不安貌。《后汉书·郎颉传》:“怔营惶怖,靡知厝身。”

〔一七〕其人虽已没,千载有馀情:意谓荆轲虽亡,而其事迹与精神永远感动人心也。

【析义】

前人多认为是刘裕篡晋后渊明思欲报仇之作。如刘履《选诗补注》曰:“此靖节愤宋武弑夺之变,思欲为晋求得如荆轲者往报焉,故为是咏。观其首尾句意可见。”蒋薰评《陶渊明诗集》曰:“摹写荆卿出燕入秦,悲壮淋漓。知浔阳之隐,未尝无意奇功,奈不逢会耳,先生心事逼露如此。”邱嘉穗《东山草堂陶诗笺》曰:“抑公尝报诛刘裕之志,而荆轲事迹太险,不便明言以自拟也欤?”翁同龢曰:“晋室既亡,自伤不能从死报仇,此《三良》、《荆轲》诗之所以作也。”(清姚培谦《陶谢诗集》卷四眉批)需案:此说无旁证,不可取。

观渊明《述酒》等诗，其态度不至于如是之激烈也。此乃读《史记·刺客列传》及王粲等人咏荆轲诗，有感而作，可见渊明豪放一面。朱熹曰："渊明诗，人皆说是平淡。据某看他自豪放，但豪放得来不觉耳。其露出本相者，是《咏荆轲》一篇。平淡底人如何说得这样言语出来。"(《朱子语类》)朱说极是。

读山海经十三首

孟夏草木长，绕屋树扶疏〔一〕。众鸟欣有托，吾亦爱吾庐。既耕亦一作且已种①，时还读我书②〔二〕。穷巷隔深辙，颇回故人车〔三〕。欢然酌春酒③〔四〕，摘我园中蔬④。微雨从东来，好风与之俱。泛览周王传一作典⑤〔五〕，流观山海图〔六〕。俯一作俛仰终宇宙⑥〔七〕，不乐复一作将何如⑦？

【校勘】

①亦：一作"且"，亦通。　②时：《文选》、《艺文类聚》作"且"，于义稍逊。　③然：和陶本作"言"，锺嵘《诗品》亦引作"言"，助词，无义。丁《笺注》曰："'然'与'言'为同音通借字。《诗·大东》：'睠言顾之。'《后汉书·刘陶传》作'眷然顾之'。《荀子·宥坐篇》作'眷焉顾之'。'然'、'焉'、'言'三字，皆通用。"　④摘：《文选》作"擿"，古字通。　⑤传：一作"典"，非是。　⑥俯：一作"俛"，古字通。　⑦复：一作"将"，亦通。

【题解】

《山海经》：古代典籍中最早提及此书者为《史记》："故言九州山川，《尚书》近之矣。至《禹本纪》、《山海经》所有怪物，余不敢言之也。"(《大宛列传赞》)《汉书·艺文志》于"数术略·形法家"之首列《山海经》十三篇。《汉志》采自《七略》，其中数术诸书乃成帝时太史令尹咸校定者。汉哀帝建平元年，刘秀(即刘歆)又校上《山海经》十八篇。晋郭璞就刘秀校本整理注释，并著《山海经图赞》二卷，即今传《山海经》之祖本。《山海经》今传本共十八卷，三十九篇。

此诗乃读《山海经》及其图而作。渊明所见图，当即郭璞所见并为之作赞者也。第一首写耕种之馀，饮酒读书之乐；以下十二首就《山海经》内容，参以《穆天子传》，撮其要以咏之，间或流露其情怀。

【编年】

其一曰："众鸟欣有托，吾亦爱吾庐。"与《归鸟》诗心情相近。"穷巷隔深辙，颇回故人车。"与《归园田居》"野外罕人事，穷巷寡轮鞅"之生活相近。从"欢然酌春酒，摘我园中蔬"看来，显然是闲居躬耕时所作，而且生活尚有馀裕。姑与《归园田居》、《归鸟》同系于晋安帝义熙二年丙午(四〇六)。其五曰："在世无所须，唯酒与长年。"与《形影神》诗异趣。论其思想，当早于《形影神》(义熙九年，四一三)也。

【笺注】

〔一〕扶疏：李善注："《上林赋》曰：'垂条扶疏。'"《文选》司马相如《上林赋》李善注："《说文》曰：'扶疏，四布也。'《吕氏春秋(辨士)》：'树肥无使扶疏。'"

〔二〕时：时常，经常。

〔三〕穷巷隔深辙，颇回故人车：意谓居在僻巷，少有故人来往也。李善注："《汉书(陈平传)》：'张负随陈平至其家，乃负郭穷巷，以席为门，门外多长者车辙。'《韩诗外传》：'楚狂接舆妻曰："门外车辙何其深。"'"渊明《归园田居》其二："穷巷寡轮鞅。"《戊申岁六月中遇火》:"草庐寄穷巷。"颇:王叔岷《笺证稿》曰:"颇犹每也。《史记·汉兴以来诸侯王年表》:'汉独有三河、东郡、颍川、南阳,自江陵以西至蜀,北自云中至陇西,与内史凡十五郡,而公主列侯颇食邑其中。'《汉书·田千秋传》:'至今馀巫,颇脱不止。'(脱犹或也)两颇字亦并与每同义。"逯钦立注曰:"深辙,大车的辙;车大辙深。古人常以门外多深辙,表示贵人来访的多。……诗言隔深辙,是说无贵人车到穷巷。"回:转回,掉转。这句是说连故人的车子也掉头他去,把故人不来故意说成是由于"穷巷隔深辙"。

〔四〕欢然酌春酒:古《笺》:"春馀夏始,春酒未罄,故云尔。"

〔五〕泛览周王传:李善注:"周王传,《穆天子传》也。"西晋太康二年汲郡人不准盗发魏襄王墓(或言安釐王冢),得竹书数十车,其中有《穆天子传》。晋郭璞有注。《春秋正义》引王隐《晋书·束皙传》曰:"《周王游行》五卷,说周穆王游行天下之事,今谓之《穆天子传》。"晁公武《郡斋读书志》亦曰:"郭璞注本谓之《周王游行记》。"

〔六〕流观山海图:朱熹曰:《山海经》"疑本依图画而述之"(王应麟《王会补注》引)。此后,胡应麟、杨慎、毕沅皆认为《山海经》乃《山海图》之文字说明。需案:此说不为无据,书中有少数文字确实类似图画之文字说明,如"叔均方耕"之类。书中可能有一部分内容系根据上古流传之图画记录成文,但不可以偏概全,说整部书都是图画之文字说明。今所见山海经图,皆《山海经》成书后绘制之插图。《史记·大宛列传》:"汉使穷河源,河源出于窴,其山多玉石,采来,天子案古图书,名河所出山曰昆仑云。"武帝所案古图书,据篇末赞语,是《禹本纪》与《山海经》。如果所谓图书既有文又有图,则武帝时已有一部《山海经图》,其时代在《山海经》成书之后。郭璞注有"画似仙人"、"画似猕猴"、"在畏兽画中"等语,可见郭曾见图画,可惜郭璞所见之图已佚,不可考其绘自何时。渊明此诗所谓"山海图",亦不可详考其究竟矣。至于杨慎、毕沅所谓《山海经》出自禹鼎图,更不可信。

〔七〕俯仰终宇宙:意谓短时间内即可神游遍及宇宙。李善注:"《庄子(在宥)》:'老聃曰:"其疾也俯仰之间,再抚四海之外。"'"

【考辨】

黄文焕曰:"盖从晋室所由式微之故寄恨于此。""怆然于易代之后,有不堪措足之悲焉。"(《陶诗析义》卷四)吴崧曰:"案此数首,皆寓篡弑之事。"(《论陶》)陶汼曰:"晋自王敦、桓温,以至刘裕,共、鲧相寻,不闻黜退,魁柄既失,篡弑遂成。此先生所为托言荒渺,姑寄物外之心,而终推本祸原,以致其隐痛也。"王瑶注曰:"帝者慎用才","盖慨叹于晋室的灭亡"。又据其十一曰:"显然是为刘裕弑逆而作。按宋武帝即位后,即废晋恭帝为零陵王;永初二年九月,以毒酒谋鸩零陵王,王不肯饮,遂掩杀之。诗中开首就说'孟夏草木长',则本诗当为零陵王被害的次年,宋武帝永初三年壬戌(四二二)所作。"逯《系年》系此诗于义熙四年戊申(四〇八):"这年六月中遇火。《读山海经》是遇火前作品。"

霈案:黄文焕等以此诗寓指刘裕之篡晋,恐难自圆其说。《读山海经》其十一"巨猾肆威暴",故事见《山海经·西山经》与《山海经·海内西经》,一是"鼓"与"钦䲹"杀"葆江",遭帝之惩罚;一是"贰负"与"危"杀"窫窳",遭帝之惩罚。此二事并不涉及篡位,与刘裕之篡晋不伦不类,不必勉强比附。其一曰:"泛览周王传,流观山海图。俯仰终宇宙,不乐复何如?"明言浏览异书俯仰宇宙之乐趣,何愤慨之有?何深意之有?自汤汉解释《述酒》以来,或以为陶诗多有寓意,《读山海经》内容荒渺,尤易作种种猜测,恐失之穿凿。元刘履《选诗补注》卷五:"词虽幽异离奇,似无深旨耳。""愚意渊明偶读《山海经》,意以古今志林多载异说,往往不衷于道,聊为咏之,以明存而不论之意,如求其解,则凿矣。"此说最为通达。

【析义】

此乃陶诗中上乘之作。"众鸟欣有托,吾亦爱吾庐",物我情融,最见渊明特有之意境。"微雨从东来,好风与之俱",自然淡雅,最是渊明口吻。"俯仰终宇宙,不乐复何如",十字写尽读书之乐。

玉堂一作台凌霞秀①,王母怡一作积妙颜②〔一〕。天地共俱生,不知几何年〔二〕。灵化无穷已,馆宇非一山〔三〕。高酣发新谣,宁效俗中言〔四〕?

【校勘】

① 堂:一作"台",亦通。和陶本作"王",非是。　② 王:和陶本作"生",形近而讹。怡:一作"积",于义稍逊。

【笺注】

〔一〕玉堂凌霞秀,王母怡妙颜:意谓西王母居于玉堂之上,高凌云霞,其容颜怡然而美也。《山海经·西山经》:"又西三百五十里,曰玉山,是西王母之所居也。西王母其状如人,豹尾,虎齿而善啸,蓬发戴胜。"古《笺》引《庄子·大宗师》释文引《汉武内传》:"西王母与上元夫人降帝,美容貌,神仙人也。"

〔二〕天地共俱生,不知几何年:意谓西王母长生不老。《庄子·大宗师》:"夫道,……先天地生而不为久,长于上古而不为老。……西王母得之,坐乎少广,莫知其始,莫知其终。"

〔三〕灵化无穷已，馆宇非一山：意谓西王母变化无穷，其馆宇亦不在一处也。《山海经·大荒西经》："昆仑之丘，……有人，戴胜，虎齿，有豹尾，穴处，名曰西王母。"郭璞注："《河图玉版》亦曰：'西王母居昆仑之山。'《西山经》曰：'西王母居玉山。'《穆天子传》曰：'乃纪名迹于弇山之石，曰西王母之山'也。然则西王母虽以昆仑之宫，亦自有离宫别窟，游息之处，不专住一山也。"灵：言其变化之奇异也。

〔四〕高酣发新谣，宁效俗中言：意谓西王母酒酣之后所为歌谣，非世俗之言也。《穆天子传》："天子觞西王母于瑶池之上。西王母为天子谣曰：'白雪在天，山陵自出。道里悠远，山川间之。将子无死，尚能复来。'"郭璞《山海经图赞·西王母》："韵外之事，难以具言。"

【析义】

此诗专咏西王母，"宁效俗中言"，特拈出一"俗"字，渊明平生最厌俗也。其五言《答庞参军》曰"谈谐无俗调"，或可对照。

迢递槐一作櫰江岭①，是谓玄圃丘〔一〕。西南望昆墟一作仑②，光气难与俦〔二〕。亭亭明玕照，落落清瑶流〔三〕。恨不及周穆，托乘一来游〔四〕。

【校勘】

①槐：一作"櫰"，非是。　②墟：一作"仑"，亦通。

【笺注】

〔一〕迢递槐江岭，是谓玄圃丘：意谓高耸之槐江岭乃帝所居之玄圃也。《山海经·西山经》："又西三百二十里，曰槐江之山。丘时之水出焉，而北流注于泑水。其中多蠃母，其上多青雄黄，多藏琅玕、黄金、玉。其阳多丹粟，其阴多采黄金银。实惟帝之平圃，神英招司之。”郭璞注：平圃“即玄圃也”。迢递：高貌。左思《魏都赋》：“神钲迢递于高峦，灵响时惊于四表。”

〔二〕西南望昆墟，光气难与俦：意谓自槐江山西南望见昆仑山，其光气难与相比也。《山海经·西山经》：“南望昆仑，其光熊熊，其气魂魂。”《西山经》：“西南四百里，曰昆仑之丘，是实惟帝之下都。”墟：大丘。《说文·丘部》：“虚，大丘也。昆仑丘，谓之昆仑虚。”

〔三〕亭亭明玕照，落落清瑶流：《山海经·西山经》：“爰有淫（瑶）水，其清洛洛。”亭亭：高貌，明玕在山上，故言。落落：《山海经》作“洛洛”，郭璞注：“水留下之貌也。”王叔岷《笺证稿》：“落、洛古通，《左·闵元年传》：‘公及齐侯盟于落姑。’《公羊》、《穀梁》落并作洛，即其比。”

〔四〕恨不及周穆，托乘一来游：意谓恨不能追上周穆王，附其车驾一游槐江、昆仑也。及：《说文》：“逮也。”《论语·季氏》：“见善如不及，见不善如探汤。”《穆天子传》：“乃为铭迹于玄圃之上。”

【析义】

渊明偶读《山海经》遂发为奇想，愿一游仙界耳。黄文焕《陶诗析义》曰：“怆然于易代之后，有不堪措足之悲焉。”恐不免穿凿矣。

丹木生何许？乃在密山阳〔一〕。黄花复朱实，食之寿命长。白玉凝素液，瑾瑜发奇一作其光[①]〔二〕。岂伊君子宝？见重我轩黄一作皇[②]〔三〕。

【校勘】

①奇:一作“其”,于义稍逊。 ②轩黄:一作“轩皇”。王叔岷《笺证稿》曰:“轩黄,一作轩皇,盖浅人所改。《路史·后纪》五引《河图握拒》云:‘黄帝名轩。’故称轩黄;亦称黄轩,《刘子·审名篇》:‘黄轩四面。’”

【笺注】

〔一〕丹木生何许?乃在密山阳:《山海经·西山经》:“又西北四百二十里,曰峚山,其上多丹木,员叶而赤茎,黄华而赤实,其味如饴,食之不饥。”郭璞注:“峚音密。”

〔二〕白玉凝素液,瑾瑜发奇光:《山海经·西山经》:“又西北四百二十里,曰峚山,……丹水出焉,西流注于稷泽,其中多白玉,是有玉膏,其原沸沸汤汤,黄帝是食是飨。是生玄玉,玉膏所出,以灌丹木。丹木五岁,五色乃清,五味乃馨。黄帝乃取峚山之玉荣,而投之钟山之阳。瑾瑜之玉为良,坚粟精密,浊泽而有光。五色发作,以和柔刚。天地鬼神,是食是飨;君子服之,以御不祥。”

〔三〕岂伊君子宝?见重我轩黄:意谓岂惟君子重之,亦见重于黄帝也。伊:语气词,相当于“惟”。王叔岷《笺证稿》引《文选》张平子《西京赋》“岂伊不虔”,薛综注:“伊,惟也。”

【析义】

就《山海经·西山经》所载峚山而成此诗,亦有略加点染之处,如“食之寿命长”。

翩翩三青鸟,毛色奇一作甚可怜①〔一〕。朝为王母使,暮归三危山②。我欲因此鸟〔二〕,具一作期,又作且向王母言③〔三〕:在世无所须一作愿④〔四〕，唯酒与长年一作唯愿此长年⑤〔五〕。

【校勘】

①奇：一作"甚"，亦通。 ②归：和陶本作"登"，亦通。 ③具：一作"期"，又作"且"，亦通。 ④须：一作"愿"，亦通。 ⑤唯酒与长年：一作"唯愿此长年"，于义稍逊。

【笺注】

〔一〕翩翩三青鸟，毛色奇可怜。朝为王母使，暮归三危山：《山海经·西山经》："又西二百二十里，曰三危之山，三青鸟居之。"《海内北经》蛇巫之山："其南有三青鸟，为西王母取食，在昆仑墟北。"奇：极、甚、特别，见杨树达《词诠》卷四。《世说新语·品藻》："刘尹亦奇自知，然不言胜长史。"可怜：可爱。

〔二〕因：依靠，凭借。

〔三〕具：通"俱"。

〔四〕须：要求，寻求。

〔五〕长年：长寿。渊明《读史述》七十二弟子章："赐独长年。"

【析义】

末言"在世无所须，唯酒与长年"，可参照《形影神》诗中"形"与"影"之对话。

逍遥芜皋上，杳然望扶木〔一〕。洪柯百万寻，森散覆旸谷〔二〕。灵人侍一作待丹池①，朝朝为日浴〔三〕。神景一作愿一登天②，何幽不见烛〔四〕？

【校勘】

①侍：一作"待"，亦通。 ②景：一作"愿"，非。

【笺注】

〔一〕逍遥芜皋上,杳然望扶木:意谓游于无皋山上,可远望扶木。《山海经·东山经》:“又南水行五百里,流沙三百里,至于无皋之山,南望幼海,东望榑木,无草木,多风。”芜:陶澍注:“芜,当作无。”王叔岷《笺证稿》曰:“芜谐无声,与无古盖通用。”扶木:扶桑。神话中树名。《淮南子·墬形训》:“扶木在阳州,日之所曊。”高诱注:“扶木,扶桑也,在汤谷之南。”逍遥:屈原《离骚》:“折若木以拂日兮,聊逍遥以相羊。”王逸注:“逍遥、相羊,皆游也。”

〔二〕洪柯百万寻,森散覆旸谷:形容扶木枝条之长,密布而覆盖旸谷。《山海经·大荒东经》:“大荒之中,有山名曰孽摇頵羝,上有扶木,柱三百里,其叶如芥。有谷曰温源谷,汤谷上有扶木,一日方至,一日方出,皆载于乌。”旸谷:即汤谷。

〔三〕灵人侍丹池,朝朝为日浴:意谓神人侍于丹池,每天早晨为太阳沐浴。《山海经·海外东经》:“汤谷上有扶桑,十日所浴,在黑齿北。”《大荒南经》:“东南海之外,甘水之间,有羲和之国,有女子名曰羲和,方日浴于甘渊。羲和者,帝俊之妻,生十日。”古《笺》:“甘渊,疑丹渊之讹。甘字到(倒)看,即是丹字,因而致讹也。阮嗣宗《咏怀诗》(其二十三):‘沐浴丹渊中,照耀日月光。’”

〔四〕神景一登天,何幽不见烛:意谓太阳登天之后,其光普照。神景:犹灵景,指日光。左思《咏史》其五:“皓天舒白日,灵景耀神州。”幽:幽暗之处。烛:照。

【析义】

邱嘉穗《东山草堂陶诗笺》:“日者,君象也。天子当阳,群阴自息,亦由时有忠臣硕辅浴日之功耳。此诗殆借日以思盛世之君臣,而悲晋室之遂亡于宋也。岂非以君弱臣强而然耶?”此说颇穿凿,渊明仅就《山海经》之记述敷衍成诗,并无寓意也。

粲粲三珠树,寄生赤水阴〔一〕。亭亭凌风桂,八干共成林〔二〕。灵凤抚云舞,神鸾调玉音〔三〕。虽非世上宝,爰得王母心母一作子①〔四〕。

【校勘】

①母:一作“子”,非。

【笺注】

〔一〕粲粲三珠树,寄生赤水阴:意谓鲜盛之三珠树,寄生于赤水之南也。《山海经·海外南经》:“三珠树在厌火北,生赤水上。其为树如柏,叶(《御览》九五四引叶下有实字)皆为珠。”粲粲:文采鲜美貌。《诗·小雅·大东》:“西人之子,粲粲衣服。”毛传:“粲粲,鲜盛貌。”

〔二〕亭亭凌风桂,八干共成林:意谓桂树高耸凌风,八株即成林矣。《山海经·海内南经》:“桂林八树,在番隅东。”郭璞注:“八树而成林,言其大也。”

〔三〕灵凤抚云舞,神鸾调玉音:意谓神凤拍云而舞,神鸾奏出玉石般悦耳之音。《山海经·海外西经》:“此诸夭之野,鸾鸟自歌,凤鸟自舞。”关于鸾凤,又见《大荒南经》、《大荒西经》、《海内经》。抚:拍,轻击。《仪礼·乡射礼》:“左右抚矢而乘之。”郑玄注:“抚,拊之也。”贾公彦疏:“言抚者,抚拍之义。”

〔四〕爰:乃。

【析义】

三珠树、桂林八树、灵凤、神鸾,皆非一地之物也,渊明合而咏之。结尾言得王母之心，出自想象，加以点染。“虽非世上宝，爰得王母心”，意谓世人虽不以为宝，而王母珍惜也。

自古皆有没，何人得一作河氏独灵长①〔一〕？不死复一作亦不老②，万岁如平常〔二〕。赤泉给我饮，员丘足我粮〔三〕。方与三辰游，寿考一作老岂渠央③〔四〕。

【校勘】

①何人得：一作“河氏独”，非是。 ②复：一作“亦”，亦通。 ③考：一作“老”，亦通。

【笺注】

〔一〕自古皆有没，何人得灵长：意谓自古以来人皆有死，谁能长得福祐以不死耶？灵：祐，福。《汉书·董仲舒传》：“受天之祐，享鬼神之灵。”王叔岷《笺证稿》引《论语·颜渊》：“自古皆有死。”缪袭《挽歌诗》：“自古皆有然，谁能离此者？”

〔二〕不死复不老，万岁如平常：意谓不死又不老，虽过万年犹无变化也。

〔三〕赤泉给我饮，员丘足我粮：《山海经·海外南经》交胫国：“不死民在其东，其为人黑色，寿，不死。”郭璞注：“有员丘山，上有不死树，食之乃寿。亦有赤泉，饮之不老。”

〔四〕方与三辰游，寿考岂渠央：意谓且与日月星辰同游，寿命岂能速尽也。古《笺》：“《庄子(天下)》：‘上与造物者游。’岂渠央，犹岂遽央也。”丁《笺注》：“三辰，日月星也。”王叔岷《笺证稿》引《庄子·大宗师》：“彼方且与造物者为人，而游乎天地之一气。”

【析义】

诗言人皆有死,然能得赤泉之水、员丘之粮,与三辰同游,则可长生矣。

夸父诞宏志,乃与日竞走〔一〕。俱至虞渊一作泉下①,似若无胜负〔二〕。神力既殊妙,倾河焉足有〔三〕?馀迹寄邓林,功竟在身后〔四〕。

【校勘】

① 渊:一作"泉",乃避唐高祖李渊讳。

【笺注】

〔一〕夸父诞宏志,乃与日竞走:《山海经·海外北经》:"夸父与日逐走,入日,渴欲得饮,饮于河渭;河渭不足,北饮大泽。未至,道渴而死。弃其杖,化为邓林。"诞:放,放纵,放纵其宏志而不加约束也。

〔二〕俱至虞渊下,似若无胜负:意谓夸父与日俱至虞渊之下,似无胜负也。《山海经·大荒北经》:"夸父不量力,欲追日景,逮之于禺谷。"郭璞注:"禺渊,日所入也。今作虞。"

〔三〕神力既殊妙,倾河焉足有:意谓夸父之神力既甚妙,倾河之水饮之亦不足也。《山海经·大荒北经》:"将饮河而不足也,将走大泽,未至,死于此。"

〔四〕馀迹寄邓林,功竟在身后:意谓夸父渴死,弃其杖化为邓林,则邓林是其馀迹之所寄托,其功亦在死后也。邓林:郝懿行《山海经笺疏》:"《列子·汤问篇》云:'邓林弥广数千里。'今案其地盖在北海外。"

【考辨】

黄文焕《陶诗析义》曰:“寓意甚远甚大。天下忠臣义士,及身之时,事或有所不能济,而其志其功足留万古者,皆夸父之类,非俗人目论所能知也。胸中饶有幽愤。”陶澍《靖节先生集》曰:“此盖笑宋武垂暮举事,急图禅代,而志欲无厌。究其统绪所贻,不过一隅之荫而已。乃反言若正也。”古直《陶靖节诗笺》曰:“此托夸父以悼司马休之之死也。《晋书》:休之败,奔后秦。后秦为裕所灭,乃奔魏,未至,道卒。此绝似夸父之状。抗表讨裕,是与日竞走,败奔于秦,是饮于河渭。秦亡奔魏,是北饮大泽。未至,道卒,则未至,道渴而死也。考《通鉴》:义熙十三年九月癸酉,司马休之、司马文思、司马国璠、司马道赐、鲁轨、韩延之、刁雍、王慧诣魏降,是则休之虽死,馀党犹多,借魏之力,或可以乘刘裕之隙。馀迹寄邓林,功竟在身后,靖节所以望也。”

霈案:以上诸家之说,皆以为渊明有所寄托。而所寄托者为何,竟南辕北辙,大相径庭,皆臆测之辞。余以为此篇乃耕种之馀,流观之间,随手记录,敷衍成诗,未必有政治寄托。如作谜语视之,求之愈深,离之愈远矣。

精卫衔微木[①],将以填沧海〔一〕。形夭无千岁[②]〔二〕,猛志故常在。同物既无虑,化去不复一作何复悔[③]〔三〕。徒设一作役,又作使在昔心[④],良晨讵可待〔四〕?

【校勘】

①木:和陶本、绍兴本作“石”,亦通。 ②形夭无千岁:汤注本、李注本作“形天舞干戚”。曾纮《说》:“顷因阅《读山海经》诗,其间一篇云:‘形夭无千岁,猛志固常在。’且疑上下文义不甚相贯,遂取《山海经》参校。《经》中有云:‘刑天,兽名也,口中好衔干

戚而舞。’乃知此句是‘刑天舞干戚’，故与下句‘猛志固常在’意旨相应。五字皆讹，盖字画相近，无足怪者。间以语友人岑穰彦休、晁咏之之道，二公抚掌惊叹，亟取所藏本是正之。”周必大《二老堂诗话》曰：“余谓纮说固善，然靖节此题十三篇大概篇指一事，如前篇终始记夸父，则此篇恐专说精卫衔木填海，无千岁之寿，而猛志常在，化去不悔。若并指刑天，似不相续。又况末句云：‘徒设在昔心，良晨讵可待。’何预干戚之猛耶？后见周紫芝《竹坡诗话》第一卷，复袭纮意以为己说，皆误矣。”此后，或依陶集，或从曾说，聚讼纷纭，而无新见。陶澍总结各家之说曰：“‘刑天舞干戚’，正误始于曾端伯。洪容斋、朱子、王伯厚皆从其说，独周益公以为不然。近世犹有伸周绌曾者，如何义门、汪洪度皆是。微论原作‘刑夭’，字义难通，即依康节书作‘形夭’，既云夭矣，何又云无千岁？夭与千岁相去何啻彭殇，恐古人无此属文法也。若谓每篇止咏一事，则钦䲹、窫窳，固亦对举。若谓刑天争神，不得与精卫通论。未知断章取义，第怜其猛志常在耳。以此说诗，岂非固哉高叟乎？”但陶澍之后，仍有不取曾说者，如丁《笺注》：“陶注非是。《酉阳杂俎》卷十四：‘形夭与帝争神，帝断其首，葬之常羊山。乃以乳为目，脐为口，操干戚而舞焉。’则形夭之夭，不作夭折解。据《酉阳杂俎》及陶诗，知陶公当时所读之《山海经》，皆作‘形夭’。且‘形夭无千岁’与上下句文义亦相贯。宜仍从宋刻江州《陶靖节集》，作‘形夭无千岁’为是，不可妄改。”王叔岷《笺证稿》亦曰：“《海外西经》之‘形夭’，曾氏引作‘刑天’，形、刑古通。毕沅《山海经新校正》称唐《等慈寺碑》作‘形夭’，郭璞《图赞》亦作‘形夭’，并与《酉阳杂俎》合。则此诗‘形夭’二字，本于《山海经》不误。‘无千岁’三字，亦当从丁说，无烦改字。‘形夭无千岁’谓形夭为帝所斩也。‘猛志固常在’，谓其仍能操干戚而舞也。”惟毕沅曰:“千岁则干戚之讹,形夭是也。”逯钦立注从毕沅,作“形夭无干戚”,曰:“诗强调形夭猛志常在,作无干戚亦可,作舞干戚更生动。”需案:异文形近,作“刑天舞干戚”,于义较长;作“形夭无千岁”,版本有据。可两说并存。今反覆斟酌,仍以维持底本为妥也。 ③不复:一作“何复”,亦通。 ④设:一作“役”,又作“使”,形近而讹。

【笺注】

〔一〕精卫衔微木,将以填沧海:《山海经·北山经》:“又北二百里,曰发鸠之山,其上多柘木。有鸟焉,其状如乌,文首、白喙、赤足,名曰精卫,其鸣自詨。是炎帝之少女,名曰女娃。女娃游于东海,溺而不返,故为精卫。常衔西山之木石,以堙于东海。”

〔二〕形夭无千岁,猛志固常在:意谓形夭虽亡,其猛志常在也。《山海经·海外西经》:“形夭与帝至此争神,帝断其首,葬之常羊之山。乃以乳为目,以脐为口,操干戚以舞。”

〔三〕同物既无虑,化去不复悔:以上四句系叙述《山海经》中故事,此下四句乃渊明之议论。此二句先一般而论,意谓生时既无虑,死后亦不悔也,生死如一,何必挂怀。王叔岷《笺证稿》引贾谊《鹏鸟赋》:“化为异物兮,又何足患!”最确。或以为此二句乃就精卫、形夭而言,然精卫填海、形夭操干戚以舞,并非无悔者也。

〔四〕徒设在昔心,良晨讵可待:此二句仍是议论,意谓精卫、形夭徒然存有往昔之心,而良机难待。在昔心:犹上言“猛志”。

【析义】

孙人龙《陶公诗评注初学读本》曰:“显悲易代,心事毕露。”翁同龢曰:“以精卫、刑天自喻。”(姚培谦编《陶谢诗集》眉批)鲁迅则称之为“金刚怒目式”(《且介亭杂文二集·题未定草六》)。然细读全诗,旨在悲悯精卫、形夭之无成且徒劳也。非悲易代,亦非以精卫、刑夭自喻也。

巨猾注一作危肆威暴①〔一〕,钦駓违帝旨②〔二〕。窫窳强能变〔三〕,祖江遂独死。明明上天鉴,为恶不可履〔四〕。长枯固已剧,鵕鶚注一作鸡鹗岂足恃③〔五〕?

【校勘】

①巨猾:“猾”一作“危”。丁《笺注》:当作“臣危”,“巨因形而误,猾因双声而误也”。 ②钦駓:《山海经》作“钦䲹”,《后汉书·张衡传》注引此经作“钦碼”,通。 ③鵕鶚:注一作“鸡鹗”。王叔岷《笺证稿》:“鼓化为鵕,钦䲹化为鹗。鹗,一作鶚,盖因鵕字联想而误。(《说文》:‘鶚,鵕鶚也。’)”

【笺注】

〔一〕巨猾肆威暴:《山海经·海内西经》:“贰负之臣曰危,危与贰负杀窫窳。帝乃梏之疏属之山,桎其右足,反缚两手与发,系之山上木。”

〔二〕钦駓违帝旨:《山海经·西山经》:“又西北四百二十里曰钟山,其子曰鼓,其状如人面而龙身,是与钦碼杀葆江于昆仑之阳,帝乃戮之钟山之东曰䍶崖。钦䲹化为大鹗,其状如雕而黑文白首,赤喙而虎爪,其音如晨鹄,见则有大兵。鼓亦化为鵕鸟,其状如鸱,赤足而直喙,黄文而白首,其音如鹄,见则其邑大旱。”郭璞注:“葆,或作祖。”

〔三〕窫窳(yà yǔ)强能变:《山海经·北山经》:“又北二百里,曰少咸之山,无草木,多青碧。有兽焉,其状如牛而赤身,人面马足，名曰窫窳。其音如婴儿，是食人。”《海内南经》：“窫窳龙首，居弱水中。”郭璞注：“窫窳，本蛇身人面，为贰负臣所杀，复化而成此物也。”

〔四〕明明上天鉴，为恶不可履：意谓有上天鉴视善恶，其鉴明明，为恶不可行也。《诗·大雅·大明》：“天监在下。”郑笺：“天监视善恶于下。”

〔五〕长枯固已剧，鵕鹗岂足恃：意谓臣危长久被桎梏，此刑固已甚矣；至于钦䲹死后化为大鹗，又何足恃负哉！枯：古《笺》释为“桎梏”。丁《笺注》径改为“梏”，曰形近而误。又曰：“言被杀者，虽有能变不能变之殊，而臣危为恶，长梏于山，固已甚矣。即化为鵕鹗，岂能逃于戮乎？”

【析义】

陶澍注曰：“此篇为宋武弑逆所作也。陈祚明曰：‘不可如何，以笔诛之。今兹不然，以古征之。人事既非，以天临之。’”丁《笺注》曰：“盖心嫉晋宋之间之为大恶违帝旨者，而痛切言之如此。”霈案：臣危杀窫窳、钦䲹杀祖江，遭帝惩罚，事与刘裕弑逆不伦不类，不可强比。此篇乃言上天明鉴，为恶必有报也，不必有所喻指。

鵃鵝原作鵩鹅，注一作鸣鹄，汤注本作鵃鵝见城邑①，其国有放士〔一〕。念彼一作昔怀王世一作母②，当时一作亦得数来止③〔二〕。青丘有奇鸟，自言独见尔一作理④〔三〕。本为迷者生，不以喻君子⑤〔四〕！

【校勘】

①鵃鵝：原作“鵩鹅”，底本校曰“一作鸣鹄”。汤注本、李注本曰：“当作鵃鵝。”今从之。 ②彼：一作“昔”，亦通。世：一作

“母”,和陶本作“玉”,非。 ③当时:一作“亦得”,于义稍逊。 ④尔:一作“理”,亦通。 ⑤不:和陶本作“欲”,亦通。

【笺注】

〔一〕鸱鴸(chī zhū)见城邑,其国有放士:《山海经·南山经》:柜山“有鸟焉,其状如鸱而人手,其音如痹,其名曰鴸,其鸣自号也,见则其县多放士。”郭璞注:“放,放逐。”

〔二〕念彼怀王世,当时数来止:意谓楚怀王之世,鸱鴸多次来止也。此不见于《山海经》,乃渊明由鸱鴸之见而多放士,联想屈原。

〔三〕青丘有奇鸟,自言独见尔:《山海经·南山经》:青丘之山“有鸟焉,其状如鸠,其音若呵,名曰灌灌,佩之不惑”。王叔岷《笺证稿》曰:“独见者不惑,尔与耳同,‘自言独见尔’,谓此鸟自言不惑耳。此鸟不惑,所以为迷惑者生也。……阮籍《咏怀》:‘林中有奇鸟,自言是凤凰。’”

〔四〕本为迷者生,不以喻君子:陶澍曰:“诗意盖言屈原被放,由怀王之迷。青丘奇鸟,本为迷者而生,何但见鸱鴸,不见此鸟,遂终迷不悟乎?寄慨无穷。”吴崧《论陶》曰:“鵩鹅见则迷而放士,青丘鸟见则不惑,正两相对照。结言此乃本迷者耳,若君子亦何待于鸟哉!”亦通。

【析义】

读《山海经》忽联想及于屈原、怀王,同情屈原之被放,而惋惜怀王之迷也。

岩岩一作悠悠显朝市[①],帝者慎一作善用才[②]〔一〕。何以废共鲧[③]?重华为之来〔二〕。仲父一作文献诚言[④],姜公乃见猜。

临没告饥渴,当复何及哉〔三〕!

【校勘】

①岩岩:一作"悠悠",亦通。 ②慎:一作"善",于义稍逊。 ③废:和陶本作"放",亦通。 ④父:一作"文",非。

【笺注】

〔一〕岩岩显朝市,帝者慎用才:意谓帝者高居于京师,用才须慎也。古《笺》:"《大学》曰:'《诗》云:"节彼南山,维石岩岩。赫赫师尹,民具尔瞻。"有国者不可以不慎,辟则为天下僇矣。'郑注:'岩岩,喻师尹之高严。'《华阳国志》:'董扶曰:"京师,天下之市朝。"'"

〔二〕何以废共鲧,重华为之来:意谓帝舜何以流放共工而杀鲧耶?共:共工。《山海经·海外北经》:"共工之臣曰相柳氏,九首,以食于九山。相柳之所抵,厥为泽溪。禹杀相柳,其血腥,不可以树五谷种。禹厥之,三仞三沮,乃以为众帝之台,在昆仑之北。"鲧:《山海经·海内经》:"洪水滔天,鲧窃帝之息壤以堙洪水,不待帝命。帝令祝融杀鲧于羽郊。"《尚书·舜典》:"流共工于幽州,放驩兜于崇山,窜三苗于三危,殛鲧于羽山。"《史记·尧本纪》:"于是舜归而言于帝,请流共工于幽陵,……殛鲧于羽山。"正义:"《尚书》及《大戴礼》皆作幽州。"来:语末助词。

〔三〕仲父献诚言,姜公乃见猜。临没告饥渴,当复何及哉:意谓管仲向齐桓公献诚言,远易牙等四人,反被猜疑。桓公临死方知其言之长,但已无济于事矣。姜公:指齐桓公,姜姓。何注:"易桓为姜者,避长沙公(陶侃)谥之嫌耳。"《管子·小称》:"管仲有病,桓公往问之,曰:'仲父之病病矣!若不可讳而不起此病也,仲父亦将何以诏寡人?'……管仲摄衣冠起对曰：'臣愿君之远易牙、竖刁、堂巫、公子开方。夫易牙以调和事公，公曰："惟烝婴儿之未尝。"于是烝其首子而献之公。人情非不爱其子也，于子之不爱，将何有于公？公喜宫而妒，竖刁自刑而为公治内。人情非不爱其身也，于身之不爱，将何有于公？公子开方事公十五年，不归视其亲。齐、卫之间，不容数日之行。臣闻之，务为不久，盖虚不长。其生不长者，其死必不终。'桓公曰：'善。'管仲死，已葬，公憎四子者，废之官。逐堂巫，而苛病起兵。逐易牙，而味不至。逐竖刁，而宫中乱。逐公子开方，而朝不治。桓公曰：'嗟！圣人固有悖乎？'乃复四子者。处期年，四子作难，围公一室，不得出。有一妇人，遂从窦入，得至公所。公曰：'吾饥而欲食，渴而欲饮，不可得，其故何也？'妇人对曰：'易牙、竖刁、堂巫、公子开方四人分齐国，涂十日不通矣。公子开方以书社七百下卫矣，食将不得矣。'公曰：'嗟兹乎，圣人之言长乎哉！死者无知则已，若有知，吾何面目以见仲父于地下！'乃援素幭以裹首而绝。"

【析义】

黄文焕《陶诗析义》曰："首章专言读书之快，曰'不乐复何如'。至十二章而《山海经》内所寄怀者，递举无馀矣，却于经外别作论史之感。自了一身则易乐，念及朝廷则易悲。以乐起，以悲结，有意于布置。题只是《读山海经》，结乃旁及论史，有意于隐藏。因读经，生肆恶放士之叹，故亟承十一、十二之后，言及举士黜恶，有意于穿插。'当复何及哉'一语，大声哀号，哭世之泪无穷。"陶澍注曰："晋自王敦、桓温，以至刘裕，共、鲧相寻，不闻黜退。魁柄既失，篡弑遂成。此先生所为托言荒渺，姑寄物外之心，而终推本祸原，以致其隐痛也。"

霈案:此篇亦由《山海经》引起,非专论史也。盖由《山海经》所记废共工与鲧之事,联想而及齐桓公不听管仲之言,既废易牙等人又复之。感慨帝者倘不慎用才,必遭祸患。

拟挽歌辞三首[①]

有生必有死,早终非命促〔一〕。昨暮同为人,今旦在一作作鬼录[②]〔二〕。魂气一作魄散何之[③]?枯形寄空木〔三〕。娇儿索父啼,良友抚我哭。得失不复知,是非安能觉〔四〕?千秋万岁后,谁知荣与辱〔五〕?但恨在世时,饮酒不得足一作常不足[④]。

【校勘】

① 拟挽歌辞:《文选》录其第三首,题《挽歌诗》。 ② 在:一作"作",亦通。 ③ 气:一作"魄",亦通。 ④ 不得足:一作"常不足",亦通。

【题解】

《文选》卷二八有缪袭《挽歌诗》一首五言,陆机《挽歌诗》三首五言,渊明此三诗当系拟缪、陆等人之作。缪诗曰:"造化虽神明,安能复存我。"陆诗其二曰:"人往有反岁,我行无归年。"从死者方面立言。渊明诗曰:"肴案盈我前,亲旧哭我傍。"亦是从死者方面立言。缪诗曰:"朝发高堂上,暮宿黄泉下。"陆诗曰:"昔居四民宅,今托万鬼乡。"写生死之异。渊明诗曰:"昔在高堂寝,今宿荒草乡。"亦写生死之异,摹拟痕迹明显。《北堂书钞》卷九二有傅玄《挽歌》,曰:"欲悲泪已竭,欲辞不能言。"陶诗曰:"欲语口无音,欲视眼无光。"立意亦同。

【编年】

魏晋文人有自挽之习，且非必临终所作也。李公焕引赵泉山曰："晋桓伊善挽歌，庾晞亦喜为挽歌，每自摇大铃为唱，使左右齐和。袁山松遇出游，则好令左右作挽歌。类皆一时名流达士习尚如此，非如今之人例以为悼亡之语而恶言之也。"袁山松事见《世说新语·任诞》："张湛好于斋前种松柏。时袁山松出游，每好令左右作挽歌。时人谓：'张屋下陈尸，袁道上行殡。'"李公焕引祁宽曰："昔人自作祭文挽诗者多矣，或寓意骋辞，成于暇日。宽考次靖节诗文，乃绝笔于祭挽三篇，盖出于属纩之际者。"

需案：所谓"寓意骋辞，成于暇日"，为是；而"出于属纩之际"，非是也。陆机仓促间死于军中，其《挽歌诗》显非临终所作者。渊明《拟挽歌辞》亦非临终所作也，旧注及各家所撰年谱大都系此三诗于临终前，殊不妥。或据"早终非命促"，考定渊明系早终者。然无论主六十三岁、五十六岁、五十二岁，都不得谓之"早终"也。古《笺》："靖节卒时仅五十二，故曰'早终'。"然五十二何得谓之"早终"耶？梁启超据颜延之《陶征士诔》所谓"年在中身"，考定渊明卒于五十六岁，姑不论此"中身"是否指其卒于中年，既然称"中身"亦不得谓"早终"矣。逯《系年》系于五十一岁，不为无据。兹细玩《拟挽歌辞》，诙谐达观，想象死后情形，绘声绘色，语带讥讽。《自祭文》回顾一生之艰难，于死后情形反觉茫然："人生实难，死如之何？"二者显然不是同一时间同一心境下所作。《自祭文》乃逝世前不久所作，《拟挽歌辞》乃壮年所作。其一曰"娇儿索父啼"，如系临终所作，无论享年取何家之说，其子不应如此幼小也。据拙作《陶渊明年谱汇考》，其幼子佟盖生于渊明四十三岁，既称"娇儿"，当在三四岁间，即渊明四十六岁前后。《和郭主簿》曰："弱子戏我侧，学语未成音。"系于四十五岁下。然则《拟挽歌辞》系于四十六岁，出入不致太大。时当晋安帝隆安元年丁酉(三九七)。

【笺注】

〔一〕有生必有死,早终非命促:意谓人之有生则必有死;且无所谓长短寿夭,早终亦非命短也。此二句乃一般而论,包含两层意思:首句言人必有死,犹渊明《神释》所谓“老少同一死”。次句递进一层,言生命亦无长短之别,此本于《庄子·齐物论》:“天下莫大于秋毫之末,而太山为小;莫寿于殇子,而彭祖为夭。”寿夭乃相对而言,彭祖未必命长,殇子未必命短也。

〔二〕鬼录:古《笺》:“魏文帝《与吴质书》曰:‘观其姓名,已为鬼录。’”录:簿籍也。

〔三〕魂气散何之?枯形寄空木:意谓魂魄已散,惟留枯形于棺木之中。古《笺》:“《(礼记)檀弓(下)》:‘(骨肉归复于土,命也。)若魂气则无不之也。’”空木:中空之木。《说苑·反质》:“昔尧之葬者,空木为椟。”

〔四〕觉:感知。《世说新语·言语》:“王司州至吴兴印渚中看,叹曰:‘非惟使人情开涤,亦觉日月清朗。’”

〔五〕千秋万岁后,谁知荣与辱:古《笺》:“阮嗣宗《咏怀诗》:‘千秋万岁后,荣名安所之。’”

在昔无酒饮,今但一作旦湛空觞①〔一〕。春醪生浮蚁〔二〕,何时更一作复能尝②〔三〕?肴案盈我前〔四〕,亲旧哭我傍③。欲语口无音,欲视眼无光〔五〕。昔在高堂寝,今宿荒草乡。荒草无人眠,极视正茫茫原无此二句,注一本有此二句。今从之。极又作直④。一朝出门去一作易⑤,归来良未央⑥〔六〕。

【校勘】

①但：一作“旦”，非是。今但：《乐府诗集》作“但恨”。　②更：一作“复”，通“更”。　③旧：《乐府诗集》作“戚”，亦通。　④《乐府诗集》亦多此二句。　⑤去：一作“易”。　⑥来：《乐府诗集》作“家”。

【笺注】

〔一〕湛（zhàn）：盈满。《淮南子·览冥训》：“故东风至而酒湛溢，蚕咡丝而商弦绝。”

〔二〕春醪生浮蚁：意谓酒上泛有浮沫，酒之新酿就者也。《文选》曹子建《七启》：“于是盛以翠樽，酌以雕觞。浮蚁鼎沸，酷烈馨香。”李善注引《释名》曰：“酒有泛齐，浮蚁在上，泛泛然。”渊明《停云》：“樽湛新醪。”

〔三〕更：复，再。

〔四〕肴案：指陈列祭品之几案。

〔五〕眼无光：意谓看不见。

〔六〕一朝出门去，归来良未央：意谓一旦出门而宿于荒草之乡，诚永归于黑夜之中矣。良：诚然。未央：未旦。《诗·小雅·庭燎》：“夜如何其，夜未央。”毛传：“央，旦也。”

荒草何茫茫，白杨亦萧萧〔一〕。严霜九月中，送我出一作来远郊①〔二〕。四面无人居，高坟正嶕峣〔三〕。马为仰天鸣，风为自萧条一曰鸟为动哀鸣，林为结风飙②〔四〕。幽室一已闭，千年不复朝〔五〕。千年不复朝，贤达无奈何〔六〕。向来相送人，各自一作已还其家③〔七〕。亲戚或馀悲，他人亦已歌。死去何所道？托体同山阿〔八〕。

【校勘】

①出：一作“来”，亦通。 ②马为仰天鸣，风为自萧条：一作“鸟为动哀鸣，林为结风飙”，未若原作自然。《乐府诗集》作“鸟为动哀鸣”。风为：《太平御览》作“风日”。 ③自：一作“已”，亦通。《太平御览》作“亦”。还：《太平御览》作“归”。

【笺注】

〔一〕荒草何茫茫，白杨亦萧萧：李善注：“《古诗》曰：‘四顾何茫茫，东风摇百草。’又曰：‘白杨何萧萧，松柏夹广路。’”

〔二〕严霜九月中，送我出远郊：李善注：“《楚辞》曰：‘冬又申之以严霜。’《尔雅》曰：‘邑外曰郊。’”古《笺》：“杜子春《周礼注》：‘距国百里，为远郊。’”

〔三〕嶕峣（jiāo yáo）：李善注：“《字林》曰：‘嶕峣，高貌也。’”

〔四〕马为仰天鸣，风为自萧条：李善注：“蔡琰诗曰：‘马为立踟蹰。’《汉书》息夫躬《绝命辞》曰：‘秋风为我吟。’”萧条：风声。自：另自、别自。《汉书·张汤传附张安世》：“上曰：‘吾自为掖庭令，非为将军也。’安世乃止，不敢复言。”

〔五〕幽室一已闭，千年不复朝：意谓墓圹一旦封闭，永不得见天日矣。丁《笺注》：“幽室，犹泉壤也。”

〔六〕千年不复朝，贤达无奈何：意犹渊明《神释》所谓：“三皇大圣人，今复在何处？彭祖寿永年，欲留不得住。老少同一死，贤愚无复数。”

〔七〕向来：刚才。《颜氏家训·兄弟》：“沛国刘琎尝与兄瓛连栋隔壁，瓛呼之数声，不应，良久方答。瓛怪问之，乃曰：‘向来未着衣帽故也。’”

〔八〕死去何所道？托体同山阿：意谓死亡是常事，身体复归于大地，无须多虑也。阿：《尔雅·释地》：“大陵曰阿。”渊明《杂诗》其二:“白日沦西阿,素月出东岭。”

【析义】

此三诗全是设想之辞。渊明或设想自己死后情况与心情,或以第三者眼光观察死后之自己,以及周围之人之事,而自身这一主体反而客观化,构思巧妙之极。其一,写刚死之际,乍离人世恍惚之感。娇儿、良友、是非、荣辱,全无意义,“但恨在世时,饮酒不得足”,诙谐中见出旷达。其二,写祭奠与出殡,一反上首之诙谐旷达,字里行间透出些许悲哀。其三,写送殡与埋葬,尤着笔于埋葬后独宿荒郊之寂寞。“亲戚或馀悲,他人亦已歌。”观察人情世故透彻,笔墨冷峻、率直、深刻。渊明认为人本是禀受大块之气而生,死后复归于大块,此乃自然之理。直须顺应大化,无复忧虑也。

联句

鸣雁乘风飞,去去当何极〔一〕?念彼穷居士,如何不叹息[渊明]〔二〕!虽欲腾九万,扶摇竟无原作何,注一作无力①〔三〕。远招王子乔一作晋,云驾庶可饬[愔之]〔四〕。顾侣正徘徊一作离离,又作争飞②,离离翔天侧一作附羽天池则③〔五〕。霜露岂不切一作霜落不切肌④?徒爱双飞翼原作务从忘爱翼,注一作徒爱双飞翼[循之]⑤〔六〕。高柯擢条干,远眺同天色。思绝庆未看,徒使生迷惑〔七〕。

【题解】

何注:“愔之,循之,集内不再见,莫知其姓。考晋、宋书及《南史》,亦无此人。意必《晋书》潜本传所谓其乡亲张野及周旋人羊松龄、裴遵等辈中人也。”霈案:《宋书·符瑞志下》:“泰始六年十二月壬辰，木连理生豫章南昌，太守刘愔之以闻。”泰始六年，公元四七〇年，距渊明逝世已四十三年。与渊明联句者未知是否此人，录以备考。

【校勘】

①无：原作“何”，底本校曰“一作无”，今从之。　②徘徊：一作“离离”，盖涉下句而致。又作“争飞”，于义稍逊。　③离离翔天侧：一作“附羽天池则”，“则”乃“侧”之误。《庄子·逍遥游》言鹏鸟之高举：“南溟者，天池也。”此诗所咏乃鸣雁，虽欲扶摇而上，苦于无力。不得言“附羽天池侧”也，非是。　④霜露岂不切：一作“霜落不切肌”，于义稍逊。　⑤原作“务从忘爰翼”，底本校曰一作“徒爱双飞翼”，于义较胜，今从之。

【笺注】

〔一〕鸣雁乘风飞，去去当何极：意谓鸣雁乘风而飞，将以何处为顶点耶？当：将。《仪礼·特牲馈食礼》：“佐食当事，则户外南面。”郑玄注：“当事，将有事而未至。”极：顶点。段玉裁《说文解字注》：“极，凡至高至远皆谓之极。”

〔二〕念彼穷居士，如何不叹息：由鸣雁之高飞，转念穷居士之困顿偃蹇，而叹息也。

〔三〕虽欲腾九万，扶摇竟无力：意谓鸣雁虽有飞腾九万里之雄心，而终究无力也。《庄子·逍遥游》：“鹏之徙于南溟也，水击三千里，抟扶摇而上者九万里。”陆德明曰：“司马云：‘上行风谓之扶摇。’《尔雅》：‘扶摇谓之飙。’郭璞云：‘暴风从下上。’”

〔四〕远招王子乔，云驾庶可饬：意谓远招王子乔，云驾庶几可以备妥矣。王子乔：周灵王太子，名晋。好吹笙，作凤鸣。游伊、洛之间，道士浮丘生（应作公）接晋上嵩高山。三十馀年后见桓良，谓曰：“可告我家，七月七日候我于缑氏山颠。”至期，果乘白鹤驻山头,可望不可到。事见《逸周书·太子晋解》、《列仙传》等书。饬:备也。

〔五〕顾侣正徘徊,离离翔天侧:古《笺》:"苏子卿诗:'黄鹄一远别,千里顾徘徊。'《礼记》郑注:'离,两也。'"离离:有序也。

〔六〕霜露岂不切?徒爱双飞翼:意谓霜露切肌,虽爱飞翼,亦徒然矣。

〔七〕思绝庆未看,徒使生迷惑:大意谓庆幸未看高天,看则迷惑矣。

【析义】

联句非出一人之手,意思未必首尾一贯。此篇大意谓鸣雁不能如鹏鸟之高翔,亦不必思与鹏鸟齐飞也。

陶渊明集笺注卷第五赋辞三首

感士不遇赋并序①

昔董仲舒作《士不遇赋》〔一〕，司马子长又为一作悲之②〔二〕。余尝以三馀之日〔三〕，讲习之暇〔四〕，读其文，慨然惆怅。夫履信思顺〔五〕，生人之善行〔六〕；抱朴守静〔七〕，君子之笃素一作业③〔八〕。自真风告逝〔九〕，大伪斯兴〔一〇〕，闾阎懈廉退之节一作廉退之文节④〔一一〕，市朝驱易进之心〔一二〕。怀正志道之士，或潜玉于当年一作或潜于当年⑤〔一三〕；洁己清操之人，或没世以徒勤一作想，又作或没于往世⑥〔一四〕。故夷皓有安归之叹〔一五〕，三闾发已矣之哀〔一六〕。悲夫！寓形百年〔一七〕，而瞬息已尽；立行之难〔一八〕，而一城莫赏〔一九〕。此古人所以染翰慷慨，屡伸而不能已者也。夫导达意气，其惟文乎？抚卷踌躇，遂感而赋之。

咨大块之受气〔二〇〕，何斯人之独灵〔二一〕！禀神智以藏照一作往⑦，秉三五而垂名〔二二〕。或击壤以自欢〔二三〕，或大济于苍生。靡潜跃之非分〔二四〕,常傲然以称情〔二五〕。世流浪而遂徂,物群分以相形〔二六〕。密网裁而鱼骇,宏罗制而鸟惊。彼达人之善觉〔二七〕,乃逃禄而归耕。山嶷嶷而怀影一作褐[8],川汪汪而藏声〔二八〕。望轩唐而永叹〔二九〕,甘贫贱以辞荣。淳源汨一作消以长分[9],美恶作以一作纷其,其又作然异途[10]〔三〇〕。原百行之攸贵,莫为善之可娱〔三一〕。奉上天一作天地之成命[11],师圣人之遗书。发忠孝于君亲,生信义于乡闾。推诚心而一作以获显[12],不矫然而祈誉〔三二〕。嗟乎!雷同毁异〔三三〕,物恶其上〔三四〕。妙算者谓迷〔三五〕,直道者云妄。坦一作恒至公而无猜[13],卒蒙耻以受谤。虽怀琼一作瑰,又作瑶而握兰[14]〔三六〕,徒芳洁而谁亮〔三七〕?哀哉!士之不遇,已不在炎帝帝魁之世[15]〔三八〕。独祗修以自勤〔三九〕,岂三省之或废〔四〇〕。庶进德以及时〔四一〕,时既至而不惠〔四二〕。无爰原作奚,注一作爰生之晤一作格言[16],念张季之终蔽〔四三〕。愍冯叟于郎署,赖魏守以纳计〔四四〕。虽仅然于必知一作智[17],亦苦心而旷岁〔四五〕。审夫市之无虎一作有兽[18],眩三夫之献说〔四六〕。悼贾傅之秀朗,纡远辔于促界〔四七〕。悲董相之渊致,屡乘危而幸济〔四八〕。感哲人之无偶一作遇[19]〔四九〕,泪淋浪以洒袂〔五〇〕。承前王之清诲〔五一〕,曰天道之无亲〔五二〕。澄得一以作鉴,恒辅善而佑仁〔五三〕。夷投老以长饥〔五四〕,回早夭而又贫〔五五〕。伤请车以备椁〔五六〕,悲茹薇而殒身〔五七〕。虽好学与行义〔五八〕,何死生之苦辛!疑报德之若兹,惧斯言之虚陈〔五九〕。何旷世之无才,罕无路之不涩〔六〇〕。伊古人之慷慨,病一作痛奇名之不立[20]〔六一〕。广结发以从政,不愧赏于万邑〔六二〕。屈雄志于戚竖,竟尺土之莫及〔六三〕。留诚信于身后,恸一作动众人之悲泣㉑〔六四〕。商尽规以拯弊,言始顺而患入〔六五〕。奚良辰之易倾,胡害胜其乃急〔六六〕。苍旻遐缅,人事无已。有感有昧,畴测其理〔六七〕?宁固穷以济意,不委曲而一作以累己〔六八〕。既轩冕之非荣〔六九〕,岂缊袍之为耻〔七〇〕?诚谬会以取拙,且欣然而一作于归止㉒〔七一〕。拥孤襟以毕岁〔七二〕,谢良价于朝市〔七三〕。

【校勘】

①曾集本题下无“并序”二字。 ②为:一作“悲”,非是。 ③素:一作“业”,亦通。 ④廉退之节:一作“廉退之文节”,“文”字衍。 ⑤或潜玉于当年:一作“或潜于当年”,于音节稍逊。校记原在“或没世以徒勤”下,今移至此。 ⑥或没世以徒勤:一作“或没于往世”,于音节稍逊。勤:一作“想”,非是。 ⑦照:一作“往”,非是。 ⑧影:一作“褐”,非是。 ⑨汩:一作“消”,亦通。 ⑩美恶作以异途:一作“美恶纷其异途”。其:又作“然”,亦通。 ⑪上天:一作“天地”,非是。 ⑫而:一作“以”,亦通。⑬坦:一作“恒”,亦通。 ⑭琼:一作“瑰”,又作“瑶”,亦通。⑮绍兴本“已”下无“不”字。 ⑯爰:原作“奚”,底本校曰“一作爰”,今从之。晤:一作“格”。 ⑰知:一作“智”,恐非是。⑱无虎:一作“有兽”,非是。 ⑲偶:一作“遇”,非是。 ⑳病:一作“痛”,亦通。 ㉑恸:一作“动”,非是。 ㉒而:一作“于”,亦通。

【题解】

“遇”,遇合,投合。《孟子·公孙丑下》:“千里而见王,是予所欲也。不遇故去，岂予所欲哉？”文学作品中之“士不遇”主题盖滥觞于屈原《离骚》、宋玉《九辩》。此赋乃读董仲舒之《士不遇赋》、司马迁之《悲士不遇赋》，有感而作。

【编年】

赋曰：“宁固穷以济意，不委曲而累己。既轩冕之非荣，岂缊袍之为耻。诚谬会以取拙，且欣然而归止。”细揣文意，当是初归园田所作，兹系于晋安帝义熙三年丁未（四〇七），渊明时年五十六岁。

【笺注】

〔一〕董仲舒：生于公元前一七九年，卒于前一〇四年。哲学家、今文经学大师。西汉广川（今河北枣强东）人。景帝时为博士，武帝举贤良文学之士。除江都相，迁胶西相，去官，以寿终于家。著有《春秋繁露》十七卷。《汉书·艺文志》著录其文百二十三篇，大多已佚。其《士不遇赋》见《艺文类聚》卷三〇。

〔二〕司马子长：司马迁，字子长，西汉史家，著有《史记》一百三十卷。其《悲士不遇赋》见《艺文类聚》卷三〇。

〔三〕三馀：《三国志·魏书·王肃传》裴注引《魏略》曰：“（董）遇善治《老子》，为《老子》作训注。又善《左氏传》，更为作朱墨别异。人有从学者，遇不肯教，而云‘必当先读百遍’，言‘读书百遍而义自见’。从学者云：‘苦渴无日。’遇言：‘当以三馀。’或问三馀之意，遇言：‘冬者岁之馀，夜者日之馀，阴雨者时之馀也。’由是诸生少从遇学，无传其朱墨者。”

〔四〕讲习：讲议研习。《易·兑》：“《象》曰：丽泽兑，君子以朋友讲习。”孔颖达疏：“朋友聚居，讲习道义，相悦之盛莫过于此也。”

〔五〕履信思顺：行为诚信，思想和顺。《易·系辞上》：“佑者，助也。天之所助者顺也；人之所助者信也。履信思乎顺，又以尚贤也,是以‘自天佑之,吉无不利也’。”

〔六〕生人:众人,民众。

〔七〕抱朴守静:意谓保持人之本性。《老子》十九章:“见素抱朴,少私寡欲。”十六章:“致虚极,守静笃。”

〔八〕笃素:纯厚朴实之质素。

〔九〕真:就一般意义而言,指真实;就哲学意义而言,指人之本性。其源乃出自老庄哲学。《老子》二十一章:“孔德之容,惟道是从。道之为物,惟恍惟惚。……其中有精,其精甚真。”五十四章:“修之身,其德乃真。”老子认为“真”是道之精髓。《庄子·渔父》:“谨修而身,慎守其真,还以物与人,则无所累矣。……真者,精诚之至也。……真者,所以受于天也,自然不可易也。故圣人法天贵真,不拘于俗。”庄子认为“真”是至淳至诚之境界,受之于天者。圣人与俗人之区别即在于能否守住性分之内原有之“真”。真风:指上古时代礼教与智慧未兴时之状况。

〔一〇〕大伪:《老子》十八章:“大道废,有仁义;智慧出,有大伪。”此所谓“伪”,就一般意义而言,指虚伪;就哲学意义而言,指人为。

〔一一〕闾阎懈廉退之节:意谓乡里间已不再砥砺廉洁退让之节操。闾阎:里巷之门。懈:懈怠。《晋书·李重传》:“重奏曰:‘……如诏书之旨,以二品系资,或失廉退之士,故开寒素以明尚德之举。’”

〔一二〕市朝驱易进之心:意谓市朝间盛行巧取升迁之心。市朝:指人众会集之处。《孟子·公孙丑上》:“思以一豪挫于人,若挞之于市朝。”亦指集市。《盐铁论·本议》:“市朝以一其求,致士民,聚万货,农商工师,各得所欲,交易而退。”

〔一三〕潜玉：指隐居不仕。《论语·子罕》："子贡曰：'有美玉于斯，韫椟而藏诸，求善贾而沽诸？'子曰：'沽之哉！沽之哉！我待贾者也。'"当年：毕生。《汉书·司马迁传》："六艺经传以千万数，累世不能通其学，当年不能究其礼。"

〔一四〕没世：终身。《庄子·天运》："以舟之可行于水也而求推之于陆，则没世不行寻常。"徒勤：犹言徒劳无功。

〔一五〕故夷皓有安归之叹：《史记·伯夷列传》："武王已平殷乱，天下宗周，而伯夷、叔齐耻之，义不食周粟，隐于首阳山，采薇而食之。及饿且死，作歌。其辞曰：'登彼西山兮，采其薇矣。以暴易暴兮，不知其非矣。神农、虞、夏忽焉没兮，我安适归矣？于嗟徂兮，命之衰矣！'"皇甫谧《高士传》："四皓者，皆河内轵人也，或在汲。一曰东园公，二曰甪里先生，三曰绮里季，四曰夏黄公，皆修道洁己，非义不动。秦始皇时，见秦政虐，乃退入蓝田山，而作歌曰：'莫莫高山，深谷逶迤。晔晔紫芝，可以疗饥。唐虞世远，吾将何归？驷马高盖，其忧甚大。富贵之畏人，不如贫贱之肆志。'"

〔一六〕三闾发已矣之哀：屈原曾任楚国三闾大夫，其《离骚》曰："已矣哉！国无人莫我知兮，又何怀乎故都？既莫足与为美政兮，吾将从彭咸之所居。"

〔一七〕寓形：寄托形体。百年：一生。

〔一八〕立行：行为举动。《后汉书·袁敞传》："郎朱济、丁盛立行不修，俊欲举奏之，二人闻，恐……"

〔一九〕一城莫赏：意谓无一城之封赏。

〔二〇〕大块：《庄子·齐物论》："夫大块噫气，其名为风。"成玄英疏："大块者，造物之名，亦自然之称也。"又《大宗师》："夫大块载我以形，劳我以生，佚我以老，息我以死。"《文选》张华

《答何劭诗》其二："洪钧陶万类，大块禀群生。"李善注："大块，谓地也。"受气：《庄子·知北游》："人之生，气之聚也。聚则为生，散则为死。"

〔二一〕何斯人之独灵：《书·泰誓上》："惟天地，万物父母；惟人，万物之灵。"

〔二二〕禀神智以藏照，秉三五而垂名：意谓或承受神智以藏其明，隐而不仕；或秉持三五而建功立业，垂名后世。三：指君、父、师。《国语·晋语一》："民生于三，事之如一。"韦昭注："三，君、父、师也。"五：五常，即五种伦常道德：父义、母慈、兄友、弟恭、子孝，见《书·泰誓下》孔疏。

〔二三〕击壤：古代一种游戏。壤：以木为之，前广后狭，长尺四寸，阔三寸，其形如履。将戏，先侧一壤于地，远三四十步，以手中壤击之，中者为上。见《太平御览》卷七五五引三国魏邯郸淳《艺经》。皇甫谧《帝王世纪》："帝尧陶唐氏，……天下大和，百姓无事。有八十老人击壤于道，观者叹曰：'大哉，帝之德也！'老人曰：'吾日出而作，日入而息，凿井而饮，耕田而食。帝何力于我哉！'"

〔二四〕靡潜跃之非分：意谓无论潜隐或者仕进，皆出自本分，合乎自然。《易·乾卦》："初九，潜龙勿用。""九四，或跃在渊。"

〔二五〕傲然：高傲貌。《晏子春秋·谏下》："（齐景公）带球玉而冠且，被发乱首，南面而立，傲然。"称情：心满意足。

〔二六〕世流浪而遂徂，物群分以相形：意谓世事流迁不定，上古自然淳朴之社会一去不返，人亦分化为各不相同之群体。物：人，众人。《左传》昭公十一年："晋荀吴谓韩宣子曰：'不能救陈，又不能救蔡，物无以亲。'"群分：以类区分。《易·系辞上》传："方以类聚，物以群分。"相形：相互对待区别。

〔二七〕达人：通达之人。《左传》昭公七年："圣人有明德者，若不当世，其后必有达人。"孔颖达疏："谓知能通达之人。"

〔二八〕山嶷嶷而怀影，川汪汪而藏声：意谓达人藏于高山大川，隐居不仕。嶷嶷：高耸貌。王褒《九怀·陶壅》："越炎火兮万里，过万首兮嶷嶷。"汪汪：深广貌。《艺文类聚》卷一〇引班固《典引》："汪汪乎丕天之大律，其畴能亘之哉。"

〔二九〕轩唐：古代传说中之帝王轩辕氏（黄帝）、陶唐氏（尧）。陆云《晋故豫章内史夏府君诔》："披图承禅，袭化轩唐。"

〔三〇〕淳源汩（gǔ）以长分，美恶作以异途：意谓淳朴之源已乱，则如水之分流，美恶兴而异途矣。盖渊明认为上古道德浑一，无善恶、美丑之别，后来淳源既乱，则善恶分、美丑起矣。汩：乱。《书·洪范》："鲧湮洪水，汩陈其五行。"孔传："汩，乱也。"

〔三一〕原百行之攸贵，莫为善之可娱：意谓寻究各种品行之所贵，莫若为善之可足遣忧娱情也。百行：各种品行。《周礼·地官·师氏》："二曰敏德，以为行本。"郑玄注："德行，内外之称；在心为德，施之为行。"《诗·卫风·氓》："士之耽兮，犹可说也。"郑玄笺："士有百行，可以功过相除。"嵇康《与山巨源绝交书》："故君子百行，殊途而同致。"贵：重要。《论语·学而》："礼之用，和为贵。"

〔三二〕推诚心而获显，不矫然而祈誉：意谓扩展诚心以获得显达，而不虚诈矫情以祈求荣誉。推：扩展。《孟子·公孙丑上》："推恶恶之心。"矫：假托。董仲舒《士不遇赋》："虽矫情而获百利兮，复不如正心而归一善。"

〔三三〕雷同：《礼记·曲礼上》："毋剿说，毋雷同。"郑玄注："雷之发生，物无不同时应者；人之言各当由己，不当然也。"毁异：诋毁异己。

〔三四〕物恶其上：世人憎恶高于自己者。逯注引《晋书·袁宏传》："人恶其上，世不容哲。"

〔三五〕妙算者：有神妙谋划之人。

〔三六〕怀琼、握兰：比喻有美好之品德。

〔三七〕亮：相信，信任。刘向《九叹·愍命》："昔皇考之嘉志兮，喜登能而亮贤。"

〔三八〕炎帝帝魁之世：《文选》张衡《东京赋》："昔常恨《三坟》《五典》既泯，仰不睹炎帝帝魁之美。"薛综注："炎帝，神农后也。帝魁，神农名。并古之君号也。"李善注引宋衷《春秋传》："帝魁，黄帝子孙也。"

〔三九〕祗（zhī）修：敬修。

〔四〇〕三省：《论语·学而》："曾子曰：'吾日三省吾身：为人谋而不忠乎？与朋友交而不信乎？传不习乎？'"

〔四一〕庶进德以及时：《易·乾卦》："君子进德修业，欲及时也，故无咎。"

〔四二〕惠：善。《礼记·表记》："先王谥以尊名，节以壹惠，耻名之浮于行也。"郑玄注："惠，犹善也。"

〔四三〕无爰生之晤言，念张季之终蔽：《汉书·张释之传》："张释之字季，南阳堵阳人也。与兄仲同居，以赀为骑郎，事文帝，十年不得调，亡所知名。释之曰：'久宦减仲之产，不遂。'欲免归。中郎将爰盎知其贤，惜其去，乃请徙释之补谒者。释之既朝毕，因前言便宜事。文帝曰：'卑之，毋甚高论，令今可行也。'于是释之言秦汉之间事，秦所以失，汉所以兴者。文帝称善，拜释之为谒者仆射。"晤言：见面并接谈。《诗·陈风·东门之池》："彼美淑姬，可与晤言。"

〔四四〕愍(mǐn)冯叟于郎署,赖魏守以纳计:意谓可怜冯唐已老而仅任中郎署长,依靠为魏尚辩解被文帝采纳才得以升迁。《史记·张释之冯唐列传》:冯唐为中郎署长,事文帝。上以胡寇为意,问冯唐何以知吾不能用廉颇、李牧。冯唐答曰:"臣愚,以为陛下法太明,赏太轻,罚太重。且云中守魏尚坐上功首虏差六级,陛下下之吏,削其爵,罚作之。由此言之,陛下虽得廉颇、李牧,弗能用也。"文帝说。是日令冯唐持节赦魏尚,复以为云中守,而拜唐为车骑都尉,主中尉及郡国车士。

〔四五〕虽仅然于必知,亦苦心而旷岁:意谓张释之、冯唐虽勉强得以知遇,但亦苦心经营空度许多岁月矣。仅然:才得以如此,勉强能如此。《史记·滑稽列传》:"公车令两人共持举其书,仅然能胜之。"

〔四六〕审夫市之无虎,眩三夫之献说:《韩非子·内储说上》庞恭谓魏王曰:"今一人言市有虎,王信之乎?"王曰:"不信。""二人言市有虎,王信之乎?"王曰:"不信。""三人言市有虎,王信之乎?"王曰:"寡人信之。"庞恭曰:"夫市之无虎也明矣,然而三人言而成虎。"审:确实。眩:迷惑。

〔四七〕悼贾傅之秀朗,纡远辔于促界:《史记·屈原贾生列传》载:贾生名谊,文帝召以为博士。是时贾生年二十馀,最为少。文帝说之,超迁,一岁中至太中大夫。"诸律令所更定,及列侯悉就国,其说皆自贾生发之。于是天子议以为贾生任公卿之位。绛、灌、东阳侯、冯敬之属尽害之,乃短贾生曰:'雒阳之人,年少初学,专欲擅权,纷乱诸事。'于是天子后亦疏之,不用其议,乃以贾生为长沙王太傅。"秀朗:秀美俊朗。陆机《汉高祖功臣颂》:"袁生秀朗,沉心善照。"纡:屈抑。葛洪《抱朴子·道意》："皂隶之巷，不能纡金银之轩；布衣之门，不能动六辔之驾。"远辔：可以行远之马。促界：促狭之界，不足以施展其能力。

〔四八〕悲董相之渊致，屡乘危而幸济：《史记·董仲舒列传》："以治《春秋》，孝景时为博士。……今上即位，为江都相。……中废为中大夫，居舍，著《灾异之记》。是时辽东高庙灾，主父偃疾之，取其书奏之天子。天子召诸生示其书，有刺讥。……于是下董仲舒吏，当死，诏赦之。董仲舒为人廉直。……以（公孙）弘为从谀。弘疾之，乃言上曰：'独董仲舒可使相胶西王。'胶西王素闻董仲舒有行，亦善待之。董仲舒恐久获罪，疾免居家。"渊致：精深之旨趣。济：度过，引申为得救。

〔四九〕无偶：无与匹比。《三国志·魏书·管宁传》："德行卓绝，海内无偶。"

〔五〇〕淋浪：泪流不止貌。袂（mèi）：衣袖。

〔五一〕清诲：明教。《后汉书·赵壹传》："冀承清诲，以释遥悚。"

〔五二〕无亲：犹言无所偏爱。《书·蔡仲之命》："皇天无亲，惟德是辅。"《老子》："天道无亲，常与善人。"河上公注："天道无有亲疏，惟与善人。"

〔五三〕澄得一以作鉴，恒辅善而佑仁：意谓天道澄明如同明镜，常择善者仁者而福佑之。《老子》："天得一以清，地得一以宁。"一：指唯一之道。

〔五四〕夷：伯夷。《史记·伯夷叔齐列传》载：伯夷、叔齐耻食周粟，隐于首阳山，采薇而食，遂饿死。投老：垂老、临老。《后汉书·循吏传·仇览》："母守寡养孤，苦身投老，奈何肆忿于一朝，欲致子以不义乎？"

〔五五〕回：颜回。《史记·仲尼弟子列传》："回年二十九，发尽白，蚤死。”

〔五六〕伤请车以备椁:《论语·先进》:“颜渊死,颜路请子之车以为之椁。”何晏《集解》:“孔曰:路,颜父也,家贫,欲请孔子之车卖以作椁。”

〔五七〕茹薇而殒身:言伯夷、叔齐饿死之事。茹:食菜。

〔五八〕好学:指颜回。《论语·雍也》:“哀公问:‘弟子孰为好学?’孔子对曰:‘有颜回者好学,不迁怒,不贰过。’”行义:指伯夷、叔齐之事。

〔五九〕斯言:指天道无亲,辅善佑仁。虚陈:空言无验。

〔六〇〕何旷世之无才,罕无路之不涩:意谓岂是久无英才,只因各条道路均已阻滞而不能使人才施展。何:哪里,表示反问。旷世:历时久远。涩:道路阻滞不畅。

〔六一〕病:忧。《礼记·乐记》:“病不得其众也。”郑玄注:“病,犹忧也。”奇:佳,美。《古诗为焦仲卿妻作》:“今日违情义,恐此事非奇。”

〔六二〕广结发以从政,不愧赏于万邑:意谓李广自结发以来即已从政,所立之功虽赏赐万邑亦无愧也。《史记·李将军列传》:“广既从大将军青击匈奴,既出塞,青捕虏知单于所居,乃自以精兵走之,而令广并与右将军军,出东道。……广自请曰:‘臣部为前将军,今大将军乃徙令臣出东道。且臣结发而与匈奴战,今乃一得当单于,臣愿居前,先死单于。’大将军青亦阴受上诫,以为李广老,数奇,毋令当单于,恐不得所欲。……军亡导,或失道,后大将军。……大将军使长史急责广之幕府对簿。广曰:‘诸校尉无罪,乃我自失道。吾今自上簿。’至莫府,广谓其麾下曰:‘广结发与匈奴大小七十馀战,今幸从大将军出接单于兵,而大将军又徙广部行回远,而又迷失道，岂非天哉！且广年六十馀矣，终不能复对刀笔之吏。’遂引刀自刭。”

〔六三〕屈雄志于戚竖，竟尺土之莫及：意谓李广屈其雄志于外戚小人，竟不得尺土之封赏。戚竖：指卫青等。卫青乃汉武帝卫皇后之弟。《史记·李将军列传》：“广尝与望气王朔燕语，曰：‘自汉击匈奴而广未尝不在其中，而诸部校尉以下，才能不及中人，然以击胡军功取侯者数十人，而广不为后人，然无尺寸之功以得封邑者，何也？岂吾相不当侯邪？且固命也？’”

〔六四〕留诚信于身后，恸众人之悲泣：《史记·李将军列传》：广自刭，“广军士大夫一军皆哭。百姓闻之，知与不知，无老壮皆为垂涕”。太史公曰：“余睹李将军悛悛如鄙人，口不能道辞。及死之日，天下知与不知，皆为尽哀。彼其忠实心诚信于士大夫也？”

〔六五〕商尽规以拯弊，言始顺而患入：《汉书·王商传》载：成帝即位，徙商为左将军，甚敬重之。而帝元舅大司马大将军王凤与商不和。后，商为丞相，益封千户。凤阴求其短，使人上书言商闺门内事，遂下其事司隶。左将军丹等亦奏商不忠不道。商免相，发病卒。尽规：尽谏。《吕氏春秋·恃君览·达郁》：“是故天子听政，使公卿列士正谏，……近臣尽规，亲戚补察，而后王斟酌焉。”高诱注：“规，谏。”许维遹曰：“尽与进通，《列子》书‘进’多作‘尽’。”（《吕氏春秋集释》）

〔六六〕奚良辰之易倾，胡害胜其乃急：意谓王商之良辰何其如此易尽，而王凤等人谗害才能超过自己之人何其急迫。

〔六七〕苍昊遐缅，人事无已。有感有昧，畴测其理：意谓苍天遥远，天命既不可知；而人事无尽，其变化亦难以预料。有可感应者,亦有昧而不觉者。谁能预测其中之规律耶?

〔六八〕宁固穷以济意,不委曲而累(lèi)己:自此以下乃渊明言其自身之态度。宁可固穷以成全自己之意愿,而不委曲事人以损害自己。累:使损害。《书·旅獒》:"夙夜罔或不勤,不矜细行,终累大德。"

〔六九〕轩冕:古时大夫以上官员之车乘与冕服,借指官位爵禄及显贵者。《管子·立政》:"生则有轩冕服位谷禄田宅之分,死则有棺椁绞衾圹垄之度。"

〔七〇〕缊(yùn)袍:以新旧混合之乱絮制成之袍。《礼记·玉藻》:"纩为茧,缊为袍。"郑玄注:"纩谓今之新棉也,缊谓今纩及旧絮也。"《汉书·东方朔传》:"衣缊无文。"颜师古注:"缊,乱絮也。"

〔七一〕诚谬会以取拙,且欣然而归止:意谓诚然是谬取守拙之路,且欣然归田。谬会:错误之解会。

〔七二〕孤襟:孤介之情怀。毕岁:终此一年。

〔七三〕谢:辞谢。良价:《论语·子罕》:"子贡曰:'有美玉于斯,韫椟而藏诸?求善贾而沽诸?'子曰:'沽之哉!沽之哉!我待贾者也。'"

【析义】

序谓写作之由,点明"士不遇赋"之传统。赋则从上古说起,对淳厚之风向往之至。既而密网裁、宏罗制,达人逃禄归耕,而入仕者命运多舛。历数张释之、冯唐、贾谊、董仲舒、伯夷、叔齐、颜回、李广、王商等人事迹,感叹不已。最后归结自己之人生态度,更加坚定归隐决心。

闲情赋并序

初张衡作《定情赋》一无赋字〔一〕,蔡邕作《静情一作检逸赋》一无赋字〔二〕,检逸辞而宗澹泊[①]〔三〕,始则一本无检逸辞而宗澹泊始则九字,则一作皆荡以思虑,而终归闲正〔四〕。将以抑流宕之邪心,谅有助于讽谏。缀文之士,奕代一作世继作。并固触类[②],广其辞义〔五〕。余园闾多暇,复染翰为之一作文[③]。虽文妙一作好学不足[④],庶不谬作者之意乎一无乎字〔六〕?

夫何瑰逸之令姿〔七〕,独旷世以一作而秀群〔八〕。表倾城之艳一作令色〔九〕,期有德一作听于传闻[⑤]〔一〇〕。佩鸣玉以比洁,齐幽兰以争芬。淡柔情于俗内,负雅志于高云〔一一〕。悲晨曦之易夕,感人生之长勤〔一二〕。同一尽一作昼于百年[⑥],何欢寡而愁殷〔一三〕。褰朱帏而正坐〔一四〕,泛清瑟以自欣〔一五〕。送纤指之馀好,攘皓袖一作腕之缤纷〔一六〕。瞬美目以流眄,含言笑而不分〔一七〕。曲调将半,景落西轩〔一八〕。悲商叩林〔一九〕,白云依山。仰睇天路,俯促鸣弦〔二〇〕。神仪妩媚,举止详妍〔二一〕。激清音以感余,愿接膝一作手以交言〔二二〕。欲自往以结誓,惧冒礼之为諐〔二三〕。待凤鸟一作鸣凤以致辞,恐他人之我先。意惶惑而靡宁,魂须臾而九迁〔二四〕。愿在衣而为领,承华首之馀芳;悲罗一作素襟之宵离,怨秋夜之一作其未央〔二五〕。愿在裳而为带〔二六〕,束窈窕之纤身;嗟温凉之异气,或脱故而服新〔二七〕。愿在发而为泽〔二八〕，刷玄鬓于一作以颓肩[⑦]〔二九〕；悲佳人之屡沐，从白水一作永日以枯煎[⑧]。愿在眉而为黛〔三〇〕，随瞻视以闲扬〔三一〕；悲脂一作红粉之尚鲜〔三二〕，或取毁于华妆〔三三〕。愿在莞而为席〔三四〕，安弱体于三秋〔三五〕；悲文茵之代御〔三六〕，方经年而见求〔三七〕。愿在丝而为履，附素足以周旋〔三八〕；悲行止之有节〔三九〕，空委弃一作余于床前。愿在昼而为影，常依形而一作以西东；悲高树之多荫，慨有时而一作之不同。愿在夜而为烛，照玉容于两楹〔四〇〕；悲扶桑之舒光〔四一〕，奄灭景而藏明〔四二〕。愿在竹而为扇，含凄飙一作命凄风于柔握[⑨]〔四三〕；悲白露之一作以晨零，顾襟袖以一作之缅邈〔四四〕。愿在木而为桐，作膝上之鸣琴；悲乐极以哀来，终推我而辍音。考所愿而必违，徒契契一作絜絜，又作契阔以苦心[⑩]〔四五〕。拥劳情而罔诉〔四六〕，步容与于南林〔四七〕。栖木兰之遗露〔四八〕，翳青松之馀阴。傥行行之有觌〔四九〕，交欣惧于中襟。竟寂寞而无见，独悁想一作摇摇以空寻〔五〇〕。敛轻裾以复一作候路〔五一〕，瞻夕阳而流叹。步徙倚以忘趣〔五二〕，色惨凄一作懔而矜颜〔五三〕。叶燮燮以一作而去条〔五四〕，气凄凄而就寒。日负影以偕没，月媚景于云端。鸟凄声以孤归，兽索偶而不还。悼当年之晚暮〔五五〕，恨兹岁之欲殚〔五六〕。思宵梦以从之，神飘飖而不安。若凭舟之失棹〔五七〕，譬缘崖而无攀。于时毕昴一作夜景盈轩〔五八〕，北风凄凄。耿耿原作惘惘，注一作耿耿不寐[⑪]〔五九〕，众念徘徊。起摄带以伺晨〔六〇〕，繁霜粲于素阶。鸡敛翅而未鸣，笛流远以一作远嗷而清哀。始妙密一作密勿以闲和〔六一〕，终寥亮而藏摧[⑫]〔六二〕。意夫人之在兹〔六三〕，托行云以送怀。行云逝而无语，时奄冉而就过一本云：行云逝而不我留，时亦奄冉而就过〔六四〕。徒勤思以自悲，终阻山而滞原作带，注一作滞河⑬。迎清风以祛累，寄弱志于归波〔六五〕。尤一作遮蔓草之为会，诵邵南之馀歌〔六六〕。坦万虑以存诚，憩遥情于八遐〔六七〕。

【校勘】

①"检逸辞而宗澹泊"七字乃是单句，或夺去一句。一本无"检逸辞而宗澹泊，始则"九字。无"始则"二字，语气不畅，恐非。"则"一作"皆"，亦通。 ②固：绍兴本作"因"，亦通。 ③为之：一作"为文"，亦通。 ④文妙：一作"好学"，于义稍逊。⑤德：一作"听"，于义稍逊。 ⑥尽：一作"昼"，形近而讹。⑦于：一作"以"，亦通。 ⑧从：绍兴本作"徒"，形近而讹。白水：一作"永日"，形近而讹。 ⑨含凄飙：一作"命凄风"，形近而讹。 ⑩契契：又作"契阔"，非是。 ⑪耿耿：原作"惘惘"，底本校曰"一作耿耿"，今从之。霈案："惘"，意谓小明或记忆，于义不合。或系"炯炯"之误。《楚辞·哀时命》："夜炯炯而不寐兮，怀隐忧而历兹。"王逸注："言己中心愁怛，目为炯炯而不能眠。" ⑫而：绍兴本作"以"。 ⑬滞：原作"带"，底本校曰"一作滞"。霈案："滞河"与"阻山"相对，作"滞"为胜。

【题解】

《说文》："闲，阑也，从门中有木。"注："以木歫门也。"引申为"防"、"限"、"闭"、"正"。《广韵》："闲，阑也，防也，御也。"《广雅·释诂》："闲，正也。"《春秋繁露·循天之道》："故君子闲欲止恶以平意，平意以静神，静神以养气。"可见"闲"有防闲之意。《闲情赋序》曰："始则荡以思虑，而终归闲正。"则"闲情"犹正情也，情已流荡，而终归于正。《序》又曰：“将以抑流宕之邪心，谅有助于讽谏。”“抑”者，止也，与“闲”义近。《闲情赋》末尾曰：“坦万虑以存诚，憩遥情于八遐。”“憩”者，止也，与“闲”亦义近。以上内证足以说明“闲情”意谓抑憩流宕之情使归于正也，与渊明在序中所谓张衡《定情赋》、蔡邕《静情赋》之“定”、“静”意思相符。此外，“闲”之意义可参看王粲《闲邪赋》，“邪”字已指明此类“情”之性质。孔子曰：“《诗》三百，一言以蔽之，曰思无邪。”（《论语·为政》）“邪”意为不正，“闲邪”是使邪归正之义。

从《闲情赋》之题目、承传关系、序中自白，可以断定此赋乃模拟之作，渊明写作此赋之主观动机是防闲爱情流荡。然而赋之为体劝百讽一，不铺陈（如此赋中之“十愿”）则不合赋体，而铺陈太过又难免掩其主旨。客观效果与主观动机或不尽吻合，乃赋体通常情况，渊明此赋亦难免如此也。

【编年】

此赋写爱情之流荡，又序曰“余园闾多暇”，可见乃渊明少壮闲居时所作。姑系于晋海西公太和五年庚午（三七〇），渊明十九岁。

【笺注】

〔一〕张衡《定情赋》：佚文见《艺文类聚》卷一八：“夫何妖女之淑丽，光华艳而秀容。断当时而呈美，冠朋匹而无双。叹曰：大火流兮草虫鸣，繁霜降兮草木零。秋为期兮时已征，思美人兮愁屏营。”

〔二〕蔡邕《静情赋》：一作《检逸赋》，佚文见《艺文类聚》卷一八：“夫何姝妖之媛女，颜炜烨而含荣。普天壤其无俪，旷千载而特生。余心悦于淑丽，爱独结而未并。情罔象而无主，意徙倚而左倾。昼骋情以舒爱，夜托梦以交灵。”

〔三〕检：约束，限制。《书·伊训》：“与人不求备，检身若不及。”

孔颖达疏:“检,谓自摄敛也。”逸辞:放逸之文辞。宗:尊。

〔四〕始、终:指赋的前后。

〔五〕缀文之士,奕代继作。并固触类,广其辞义:情赋有爱情与闲情之分。爱情赋始于《楚辞》,《九歌》可视为先河,《离骚》中求女一段虽非抒写爱情,但其写法对后世颇有影响。宋玉有《高唐赋》、《神女赋》、《登徒子好色赋》,可视为此类赋之发端;汉司马相如有《美人赋》,蔡邕有《协和婚赋》、《青衣赋》;魏杨修有《神女赋》,陈琳有《神女赋》,应玚有《神女赋》,徐幹有《嘉梦赋》,曹植有《洛神赋》;晋张敏有《神女赋》。《闲情赋》亦出自宋玉而改变其主题,汉张衡《定情赋》发其端,继之蔡邕有《静情赋》,魏王粲有《闲邪赋》、《神女赋》,应玚有《正情赋》,陈琳、阮瑀均有《止欲赋》,曹植有《静思赋》,晋张华有《永怀赋》,傅玄有《矫情赋》。渊明主要继承闲情一类,在辞义两方面加以铺陈。奕代:犹奕世,累世,代代。《国语·周语上》:“奕世载德,不忝前人。”

〔六〕虽文妙不足,庶不谬作者之意乎:意谓虽然文妙不足,但庶几不违背张衡等原作者之主旨也。

〔七〕瑰逸:瑰奇超迈。令:美。

〔八〕旷世:绝代,空前。张衡《东京赋》:“故旷世而不觌。”秀群:秀出于众人之上。

〔九〕倾城:《汉书·外戚传》:“北方有佳人,绝世而独立。一顾倾人城,再顾倾人国。”

〔一〇〕期:希望。

〔一一〕淡柔情于俗内,负雅志于高云:意谓淡然于世俗之柔情,而抱清高不俗之雅志。柔情:曹植《洛神赋》:“柔情绰态,媚于语言。”

〔一二〕感人生之长勤:《楚辞·远游》:“惟天地之无穷兮,哀人生之长勤。”

〔一三〕殷:多。

〔一四〕褰:撩起。帏:帐幕。

〔一五〕泛:古琴通过特定之演奏法所发出之轻而清之音曰泛,也泛指弹奏,此系泛指。瑟:弦乐器名。

〔一六〕送纤指之馀好,攘皓袖之缤纷:形容弹瑟时手部腕部之优美动作。送:传送出。曹植《美女篇》:“攘袖见素手,皓腕约金环。”

〔一七〕瞬美目以流眄,含言笑而不分:意谓美目流转,似言似笑。瞬:目光转动。

〔一八〕景:日光。轩:窗。

〔一九〕商:五音之一。《礼记·月令》:“孟秋之月,……其音商。”

〔二〇〕仰睇天路,俯促鸣弦:连上四句意谓其弹奏与大自然之声音相谐和。天路:天上之路,此泛指天空。曹植《杂诗》其二:“高高上无极,天路安可穷。”促:急促弹奏。

〔二一〕详妍:安详美好。

〔二二〕激清音以感余,愿接膝以交言:意谓其音乐感动自己,而愿与之接近也。接膝:两人之膝相接。

〔二三〕欲自往以结誓,惧冒礼之为諐(qiān)。待凤鸟以致辞,恐他人之我先:意谓自往结誓既恐为諐,而待凤鸟为媒又恐落后于他人也。冒礼:冒犯礼法。諐:过失。《楚辞·离骚》:“心犹豫而狐疑兮,欲自适而不可。凤凰既受诒兮,恐高辛之先我。”

〔二四〕意惶惑而靡宁,魂须臾而九迁:极言心神不宁。《楚辞·九章·抽思》:“惟郢路之辽远兮,魂一夕而九逝。”

〔二五〕悲罗襟之宵离，怨秋夜之未央：意谓为其衣领固可承华首之馀芳，然当夜晚脱衣而睡则不得不分离矣，而秋夜漫漫难尽，深怨离别之久长也。

〔二六〕裳（cháng）：下衣。

〔二七〕嗟温凉之易气，或脱故而服新：意谓为其下衣固可束其美好之纤身，然气候温凉变化，衣裳亦随之脱故服新，终不能永随其身也。

〔二八〕泽：润发之膏泽。

〔二九〕玄：黑。颓肩：削肩。

〔三〇〕黛：青黑色颜料，古代女子用以画眉。

〔三一〕闲扬：形容眉毛跟随眼睛瞻视而扬起之闲雅表情。

〔三二〕尚鲜：言脂粉以新鲜为好。

〔三三〕或取毁于华妆：意谓被华丽之化妆品所取代。

〔三四〕莞（guǎn）：蒲草。《尔雅·释草》郭璞注："今西方人呼蒲为莞蒲，……用之为席。"

〔三五〕三秋：秋季三月。

〔三六〕文茵：车上之虎皮坐褥。代御：取代使用。

〔三七〕方经年而见求：意谓下年秋季莞席才会再次用上。

〔三八〕周旋：指步履之移动。

〔三九〕行止：偏义复词，此指行动。有节：有节制。

〔四〇〕楹：厅堂前部之柱子。

〔四一〕扶桑：传说日出之处。舒光：舒布其光也。

〔四二〕奄：忽然。景、明：此指烛光。

〔四三〕凄飙：冷风。

〔四四〕顾襟袖以缅邈：意谓秋季则远弃不用，不得与之亲近矣。

〔四五〕契契：忧苦。《诗·小雅·大东》："契契寤叹，哀我惮人。"

〔四六〕劳：忧愁。《诗·邶风·燕燕》："瞻望弗及，实劳我心。"

〔四七〕容与：徘徊不进貌。

〔四八〕栖木兰之遗露：《楚辞·离骚》："朝饮木兰之坠露兮，夕餐秋菊之落英。"

〔四九〕傥：倘或，表示希望。觌（dí）：见。

〔五〇〕悁（yuān）：忧也，见《说文》。《一切经音义》："悁，忧貌也。"

〔五一〕裾：衣服之大襟。

〔五二〕趣：同趋，行也。忘趣：意谓心神不定，不知所之。

〔五三〕矜颜：容貌严肃。

〔五四〕燮燮：叶落声。条：树枝。

〔五五〕当年：壮年。

〔五六〕殚：尽。

〔五七〕棹：船桨。

〔五八〕毕：二十八宿之一。昴（mǎo）：二十八宿之一。

〔五九〕耿耿：形容心中不能安宁。《诗·邶风·柏舟》："耿耿不寐，如有隐忧。"

〔六〇〕摄带：束带，意谓穿衣。

〔六一〕妙密：精微细密。

〔六二〕藏摧：哀伤貌。

〔六三〕意：料想。夫（fú）人：彼人。

〔六四〕奄冉：犹荏苒，形容时光逐渐推移。就：副词，表示时间，相当于逐渐。梁范云《四色诗》其四："乌林叶将賈，墨池水就干。"

〔六五〕迎清风以祛（qū）累，寄弱志于归波：意谓上述爱慕之情乃多馀之杂念，意志柔弱之表现，亦即序文中所谓"流宕之邪心"，使随清风流水而去。

〔六六〕尤蔓草之为会，诵邵南之馀歌：意谓责备男女之私会，而以礼教约束自己。蔓草：指《诗·郑风·野有蔓草》，《毛诗序》曰："男女失时，思不期而会焉。"邵南：指《诗》中之《召南》，《诗大序》曰："《周南》、《召南》，正始之道，王化之基。"

〔六七〕坦万虑以存诚，憩遥情于八遐：意谓宽舒种种思虑，而仅存诚正之心；停止放荡之感情于八方以外。亦即序文所谓"终归闲正"之意。

【析义】

历来对此赋诠释不同，评价不一，有言情与寄托两说，言情说又有肯定与否定两种态度。兹举其要者如下：萧统认为此赋乃言情之作，其《陶渊明集序》曰："余爱嗜其文，不能释手；尚想其德，恨不同时。故更加搜求，粗为区目。白璧微瑕者，惟在《闲情》一赋。扬雄所谓劝百而讽一者，卒无讽谏，何必摇其笔端？惜哉，无是可也！"苏轼亦不认为《闲情赋》有讽谏之寓意，而确信是言情之作，但无伤大雅："渊明《闲情赋》，正所谓《国风》好色而不淫，正使不及《周南》，与屈、宋所陈何异？而统乃讥之，此乃小儿强作解事者。"（《东坡题跋》卷二《题文选》）张自烈则认为此赋别有寓意："此赋托寄深远，……合渊明首尾诗文思之，自得其旨。……或云此赋为眷怀故主作，或又云续之辈虽居庐山，每从州将游，渊明思同调之人而不可得，故托此以送怀。"（《笺注陶渊明集》）刘光蕡曰："其所赋之词，以为学人之求道也可，以为忠臣之恋主也可，即以为自悲身世以思圣帝明王也亦无不可。"（陶渊明《闲情赋注》）

需案：主寄托说者所用方法，乃是以渊明其他作品为参照，以解释《闲情赋》此一特定作品，而不是从本文之诠释中得出结论，故难免牵强附会，主观臆测。如就其题目、承传关系、序中之自白而言，可以断定渊明写作此赋之主观动机确是防闲爱情流宕。无论如何不宜将渊明欲防闲之情，释为怀念故主之情，或某种理想之寄托。萧统、苏轼虽然评价不同，但皆视之为言情之作，宜也。

归去来兮辞并序[①]

余家贫，耕植不足以自给。幼稚盈室一作兼稚子盈室，瓶无储粟〔一〕，生生所资，未见其术〔二〕。亲故多劝余为长吏〔三〕，脱然有怀〔四〕，求之靡途。会有四方之事〔五〕，诸侯以惠爱为德〔六〕，家叔以余贫苦，遂见用为小邑[②]〔七〕。于时风波未静〔八〕，心惮远役〔九〕，彭泽去家百里〔一〇〕，公田之秫原作利，注一作秫，过足为润原作足以为酒，注一作过足为润[③]〔一一〕，故便求之。及少日，眷然有归欤之情〔一二〕。何则？质性自然，非矫励所得〔一三〕。饥冻虽切，违己交病〔一四〕。尝一作曾从人事，皆口腹自役〔一五〕。于是怅然慷慨，深愧平生之志〔一六〕。犹望一稔〔一七〕，当敛裳宵逝〔一八〕。寻程氏妹丧于武昌，情在骏奔，自免去职〔一九〕。仲秋至冬，在官八十馀日。因事顺心〔二〇〕，命篇曰归去来兮。乙巳岁十一月也[④]。

归去来兮！田园将芜胡不归[⑤]〔二一〕？既自以心一作身为形役[⑥]，奚惆怅而独悲〔二二〕！悟已往之不谏，知来者之可追〔二三〕。实迷途其未远，觉今是而昨非〔二四〕。舟遥遥以轻飏[⑦]〔二五〕，风飘飘而吹衣。问征夫以前路〔二六〕，恨晨光之熹一作晞微[⑧]〔二七〕。乃瞻衡宇〔二八〕，载欣载奔。僮仆欢迎[⑨]，稚子候门。三径就荒〔二九〕，松菊犹存。携幼入室，有酒盈樽[⑩]。引壶觞以自酌一作适[⑪]，眄庭柯以怡颜[⑫]。倚南窗以寄傲⑬〔三〇〕，审容膝之易安〔三一〕。园日涉以成趣一作径⑭〔三二〕，门虽设而常关。策扶老以流憩⑮〔三三〕，时矫首而遐观⑯〔三四〕。云无心以出岫⑰，鸟倦飞而知还〔三五〕。景翳翳以将入⑱〔三六〕，抚孤松而盘桓⑲〔三七〕。归去来兮！请息交以绝游⑳〔三八〕。世与我而相遗㉑，复驾言兮焉求〔三九〕？悦亲戚之情话，乐琴书以消忧。农人告余以春及一无及字，一作暮春，又作仲春㉒，将有事于西畴㉓〔四〇〕。或命巾车㉔〔四一〕，或棹孤舟㉕〔四二〕。既窈窕以寻壑㉖〔四三〕，亦崎岖而经一作寻丘。木欣欣以向荣，泉涓涓而始流〔四四〕。善万物之得时㉗，感吾生之行休㉘〔四五〕。已矣乎！寓形宇内能一无能字复几时㉙，曷不委心任去留㉚〔四六〕？胡为乎遑遑兮一无兮字欲何之㉛〔四七〕？富贵非吾愿，帝乡不可期〔四八〕。怀良辰以孤往〔四九〕，或植杖而耘耔㉜〔五〇〕。登东皋以舒啸〔五一〕，临清流而赋诗。聊乘化以归尽㉝，乐夫天命复奚疑一作为〔五二〕！

【校勘】

①曾集本无“并序”二字。《文选》作“归去来一首”。　②为：李注本作“于”。　③公田之秫，过足为润：原作“公田之利，足以为酒”。底本校曰：“利”一作“秫”，“足以为酒”一作“过足为润”，今从之。霈案：原作亦通，然语涉诙谐，而此文通篇庄重，且上文一言“余家贫，耕植不足以自给。幼稚盈室，瓶无储粟”，再言“饥冻虽切”，所求者唯食饱也，非为酒也，且语极沉痛。此处竟以“足以为酒”为求彭泽县令理由，文义未能衔接。原作“公田之利，足以为酒”，疑是因萧统《陶渊明传》而改。《传》曰：“公田悉令种秫，曰：‘吾尝得醉于酒，足矣！’”　④《文选》李善注所载《序》较短：“余家贫，又心惮远役。彭泽县去家百里，故便求之。

及少日,眷然有归与之情,自免去职。因事顺心,故命篇曰《归去来》。” ⑤田园:《宋书》作“园田”。将:《宋书》作“荒”。 ⑥心:一作“身”。“心”与“形”相对而言,作“身”于义稍逊。 ⑦遥遥:《宋书》作“超遥”,亦通。以:《艺文类聚》作“而”,亦通。⑧熹:一作“晞”,《宋书》、《晋书》作“希”。 ⑨欢:《晋书》作“来”。 ⑩盈:《宋书》作“停”,非是。 ⑪以:《宋书》、《南史》作“而”。 ⑫眄:《宋书》、六臣注《文选》作“盼”。 ⑬以:《宋书》、《南史》作“而”。 ⑭以:《宋书》、《晋书》作“而”。 ⑮憩:《宋书》作“愒”。 ⑯矫:《晋书》作“翘”。而:《艺文类聚》作“以”。 ⑰以:李注本、《艺文类聚》、《晋书》作“而”。 ⑱以:《宋书》、《晋书》、《南史》作“其”。 ⑲而:《宋书》作“以”。⑳以:《宋书》、《南史》作“而”。 ㉑而:《宋书》作“以”。遗:李注本作“违”。 ㉒春及:《宋书》作“上春”,《文选》作“春兮”,于义皆稍逊。六臣注《文选》无“及”字。 ㉓于:《文选》、《晋书》作“乎”,《南史》作“兮”。 ㉔或命巾车:《文选》江文通《杂体诗》李善注引作“或巾柴车”。 ㉕孤:《宋书》、《南史》作“扁”。 ㉖以:《艺文类聚》作“而”。寻:《宋书》、《南史》作“穷”。 ㉗时:《艺文类聚》作“所”。 ㉘生:《艺文类聚》作“年”。 ㉙复:《艺文类聚》此字下有“得”字。 ㉚曷:《宋书》作“奚”。 ㉛乎:和陶本、《文选》无此字。遑遑:和陶本作“皇皇”。 ㉜耘:和陶本作“芸”。 ㉝以:《晋书》作“而”。

【题解】

“辞”,文体名,源出于《楚辞》,但《文选》单列一类“辞”体,以区别于骚、赋。

先秦文献屡见“归来”一词,如《楚辞·招魂》:“魂兮归来!东方不可以托些。”《战国策·齐策》:“长铗归来乎!食无鱼。”此后仍不乏用例，如淮南小山《招隐士》：“王孙兮归来！山中不可以久留。”王褒《碧鸡颂》：“深溪回谷，非土之乡。归来归来，汉德无疆。”《文选》张衡《东征赋》：“且归来以释劳，膺多福以安悆。”潘岳《西征赋》：“作归来之悲台，徒望思其何补？”“来”字置于“归”字之后，有强调、呼唤之语气，而其意义或已虚化，“长铗归来乎”，其实是离孟尝君而去，但不言归去，而曰归来，归来犹归去，其方向性已经虚化。

至于“归去来”乃六朝习语，《乐府诗集》卷二五梁鼓角横吹曲《黄淡思歌辞》其四：“绿丝何葳蕤，逐郎归去来。”（又有“还去来”，《乐府诗集》卷二五《黄淡思歌辞》其一：“归归黄淡思，逐郎还去来。”）《乐府诗集》卷八九《梁武帝时谣》：“城中诸少年，逐欢归去来。”同卷《陈初时谣》：“日西夜乌飞，拔剑倚梁柱。归去来，归山下。”沈约《八咏诗·解佩去朝市》：“眷昔日兮怀哉，日将暮兮归去来。”（《玉台新咏》卷九）吴均《赠别新林诗》：“去去归去来，还倾鹦鹉杯。”（《文苑英华》卷二八六）卢思道《听鸣蝉诗》：“归去来，青山下。秋菊离离日堪把，独焚枯鱼宴林野。”（《艺文类聚》卷九七）

尤可注意者，《史记·孟尝君列传》所载《弹歌》：“长铗归来乎！食无鱼。”《北堂书钞》作“大丈夫，归去来兮”。在“归”字与“来”字之间加一“去”字，可见“归去来”义犹“归来”。又有“隐去来”，《晋书》卷九四《祈嘉传》：嘉字孔宾，“年二十馀，夜忽窗中有声呼曰：‘祈孔宾，祈孔宾！隐去来，隐去来！修饰人世，甚苦不可谐。所得未毛铢，所丧如山崖。’”

总之，“归去来”之涵义重在“归”字，而“去”、“来”之方向性已逐渐淡化，重在表示强调、呼唤之语气。渊明所谓“归去来兮”，或本于冯驩，而引祈嘉为同调耶？

【编年】

《序》末署“乙巳岁十一月也”，已言明写作时间，乃将归未归之际。至于文中涉及归途及归后情事，乃想象之辞。兹系于晋义熙元年乙巳（四〇五）十一月。

【笺注】

〔一〕瓶无储粟：意谓连一瓶粟之微尚无所储，极言贫穷之状。《说文》：“瓶，罋也。从缶并声。”“瓶，瓶或从瓦。”“罋，汲瓶也。”《诗·小雅·蓼莪》：“瓶之罄矣，维罍之耻。”瓶小罍大，皆酒器也。《左传》昭公二十四年：“瓶之罄矣。”注：“瓶，小器。”可见“瓶”或用以汲水，或用以盛酒，非储粟器也。苏轼《东坡志林》卷三《书渊明归去来序》：“俗传书生入官库，见钱不识。或怪而问之，生曰：‘固知其为钱，但怪其不在纸裹中耳。’予偶读渊明《归去来辞》云：‘幼稚盈室，瓶无储粟。’乃知俗传信而有征。使瓶有储粟，亦甚微矣，此翁平生只于瓶中见粟也耶！”苏说恐未当，此序乃十分严肃之文字，言其贫状，不涉诙谐，全是写实手法。且渊明虽贫，尚不至在汲水瓶或酒瓶中储粟也。“瓶”，疑本作“䍶”（píng）。《说文·甾部》：“甾，东楚名缶曰甾。”“䍶，极也，从甾并声。杜林以为竹筥，扬雄以为蒲器。”《巾部》：“帗，蒲席𥫱也。”“㡊，载米𥫱也。”则“䍶”、“帗”、“㡊”、“𥫱”均系储米器，或以竹编，或以蒲编。

〔二〕生生所资，未见其术：意谓未见有何方法可充养育幼稚之用也。生生：孳息不绝，此谓养育幼稚也。《易·系辞上》传：“生生之谓易。”孔疏：“生生，不绝之辞。”《书·盘庚中》：“汝万民乃不生生，暨予一人猷同心。”孔疏：“物之生长则必渐进，故以生生为进进。”《文选》张华《鹪鹩赋》：“鹪鹩，小鸟也。生于蒿莱之间，长于藩篱之下，翔集寻常之内，而生生之理足矣。”慧远《沙门不敬王者论·出家二》：“知生生由于禀化，不顺化以求宗。”资：用。术：方法。此非泛泛言其生活无法维持，乃承上“幼稚盈室，瓶无储粟”，强调无以养育幼稚也。

〔三〕长吏：《汉书·百官公卿表》：“县令、长皆秦官，掌治其县。……皆有丞、尉，秩四百石至二百石，是为长吏；百石以下有斗食、佐史之秩，是为少吏。”

〔四〕脱然有怀：渊明原为“生生所资，未见其术”所苦，亲故劝为长吏，遂舒然释怀而有此想。《淮南子·精神训》：“今夫繇者揭钁臿、负笼土，盐汗交流，喘息薄喉。当此之时，得茠越下，则脱然而喜矣。”高诱注：“脱，舒也。言繇人之得小休息，则气得舒，故喜也。”有怀：《诗·邶风·泉水》：“有怀于卫，靡日不思。”《文选》颜延年《秋胡诗》：“有怀谁能已，聊用申苦难。”

〔五〕会：恰逢。四方之事：李注：“衔建威命使都。”逯注：“经营四方的大事，指刘裕等的起兵勤王。《晋书·虞潭传》：‘大驾逼迁，潭势弱，（不能独振，）乃固守以俟四方之举。’是其例证。”需案：“四方”者，诸侯也。《周礼·夏官·训方氏》：“掌道四方之政事。”注：“四方，诸侯也。”《礼记·中庸》：“柔远人则四方归之。”孔疏：“四方，则蕃国也。”然则，“四方之事”，即诸侯之事，与下文“诸侯以惠爱为德”呼应。事：变故，多指重大之政治军事事件，《商君书·农战》：“国有事，则学民恶法，商民善化，技艺之民不用，故其国易破也。”此所谓“四方之事”指当时各地刺史、都督之间及其与东晋王朝间之矛盾战争，即自王恭起兵以来变化莫测之政治局面。

〔六〕诸侯以惠爱为德：意谓诸侯有事，故皆以惠爱人才为德，延揽人才以为己用也。诸侯：泛指各地刺史、都督，非专指某一人如刘裕或刘敬宣。

〔七〕家叔以余贫苦，遂见用为小邑：陶澍《靖节先生年谱考异》曰："家叔当即《孟府君传》所谓叔父太常夔也。"李公焕注："当时刺史得自采辟所部县令而版授之，故云。"需案：观此二句行文，似乎家叔用之为小邑，其实不然。陶夔曾任王孝伯（恭）参军、太常、尚书，但未尝任刺史；亦不见渊明另有任刺史之家叔，家叔用之为小邑云云颇可疑也。若联系上文"诸侯以惠爱为德"，显系某诸侯用之为小邑。因疑"家叔以余贫苦，遂见用为小邑"中之"苦"字，乃"告"字之误。"苦"、"告"形近。家叔乃"劝余为长吏"之众"亲故"中之一人，渊明自己既"求之靡途"，家叔遂以其贫告知诸侯，而被诸侯用为小邑。是年陶夔任尚书，迎元帝还建康，当可推荐渊明也。至于小邑则渊明自选之彭泽县也。关于陶夔，《太平御览》卷二四九引《俗说》曰："陶夔为王孝伯参军。三日，曲水集，陶在前行坐，有一参军都护在坐。陶于坐作诗，随得五三句，后坐参军都护随写取。诗成，陶犹更思补缀，后坐写其诗者先呈，陶诗经日方成。王怪陶参军乃复写人诗，陶愧愕不知所以。王后知陶非滥，遂弹去写诗者。"《晋故征西大将军长史孟府君传》曰："渊明从父太常夔。"《魏书·司马叡传》曰："德宗复僭立于江陵，改年义熙。尚书陶夔迎德宗，达于板桥，大风暴起，龙舟沉没，死者十馀人。"

〔八〕风波：指桓玄篡晋，刘裕起兵讨桓。

〔九〕惮：畏惧。远役：行役至远处。

〔一〇〕彭泽：自汉置县，在今江西省北部、长江南岸，邻近安徽省，距渊明家乡寻阳不远。

〔一一〕公田之秫，过足为润：渊明任彭泽县令得公田三顷，所获可资养家，较原先饥贫之状已过足且为丰润矣。公田：《汉书·苏武传》："赐钱二百万，公田二顷。"《后汉书·百官志》注引《献帝起居注》："其若公田，以秩石为率，赋与令各自收其租税。"

〔一二〕眷然：反顾貌。《说文》段注："眷者，顾之深也。"《三国志·魏书·高堂隆传》："上天不蠲，眷然回顾。"归欤：《论语·公冶长》："子在陈，曰：'归欤！归欤！……'"集注："道不行而思归之叹也。"

〔一三〕质性自然，非矫励所得：意谓吾之质性天然如此，非刻意力求所及，不堪绳墨也。质性：天性、天资。《韩非子·难言》："殊释文学，以质性言，则见以为鄙。"《说苑·建本》："质性同伦，而学问者智。"自然：自然而然，以自己本来之面貌存在，依自己固有之规律演化，无须外在之条件或力量。矫励：勉励磨练。《庄子·天下》："以绳墨自矫而备世之急。"郭注："矫，厉也。"成疏："用仁义为绳墨，以勉励其志行也。"《荀子·性恶》："故枸木必将待檃栝烝矫然后直，钝金必将待砻厉然后利。"阮籍《达庄论》："矫厉才智，竞逐纵横。""厉"同"励"。《晋书·王敦传》："初，敦务自矫厉，雅尚清谈，口不言财色。"得：及。

〔一四〕饥冻虽切，违己交病：意谓饥冻虽感急迫，而违反自己之本性则于饥冻之外更遭耻辱矣。切：急迫。病：《仪礼·士冠礼》："某不敏，恐不能共事，以病吾子，敢辞。"注："病，犹辱也。"与下文"深愧平生之志"相呼应。交：两相接触，引申为遭遇某种情况。

〔一五〕尝从人事，皆口腹自役：意谓过去曾经从政，皆因图一饱而役使自己，非本性所好也。口腹：《孟子·告子上》："饮食之人无有失也，则口腹岂适为尺寸之肤哉？"《东观汉记·闵贡》："闵仲叔岂以口腹累安邑耶！"

〔一六〕于是怅然慷慨，深愧平生之志：意谓此次任彭泽令亦复怅然若失，慷慨不已，深愧于平生志也。

〔一七〕一稔（rěn）：一年。谷物成熟曰"稔"。

〔一八〕当敛裳宵逝：意谓恭恭敬敬辞去官职，毫不留恋迟疑，连夜离去。敛裳："敛衽"之活用。《文选》潘岳《秋兴赋》："且敛衽以归来兮，忽投绂以高厉。"向注："衽，衣襟也。"敛衽，整饬衣襟以示敬。宵逝：夜行。潘岳《萤火赋》："颎若飞焱之宵逝，嘒如移星之云流。"

〔一九〕寻程氏妹丧于武昌，情在骏奔，自免去职：寻：不久。程氏妹：嫁于程氏之妹。骏奔：疾奔。《诗·周颂·清庙》："骏奔走在庙。"《文选》应璩《与从弟君苗君胄书》："徒有饥寒骏奔之劳。"李善注："《尚书》曰：'骏奔走。'"关于妹丧与辞官之关系，前人多有论述。李公焕引韩子苍曰："《传》言渊明以郡遣督邮至，即日解印绶去。而渊明自叙，以程氏妹丧，去奔武昌。余观此士既以违己交病，又愧役于口腹，意不欲仕久矣。及因妹丧即去，盖其孝友如此。世人但以不屈于州县吏为高，故以因督邮而去。此士识时委命，其意固有在矣。岂一督邮能为之去就哉！躬耕乞食且犹不耻，而耻屈于督邮，必不然矣。"洪迈《容斋随笔·五笔》："观其语意，乃以妹丧而去，不缘督邮。所谓矫励违己之说，疑心有所属，不欲尽言之耳。词中正喜还家之乐，略不及武昌，自可见也。"林云铭评注《古文析义初编》卷四："陶元亮作令彭泽，不为五斗米折腰，竟成千秋佳话。岂未仕之先，茫不知有束带谒见之时，孟浪受官，直待郡遣督邮，方较论禄之微薄、礼之卑屈耶？盖元亮生于晋祚将移之时，世道人心，皆不可问；而气节学术，无所用之，徒劳何益。五斗折腰之说，有托而逃，犹张翰因秋风而思莼鲈，断非为馋口垂涎起见。故于词内前半段以‘心为行役’一语，后半段以‘世与我遗’一句，微见其意也。”陶澍曰：“先生之归，史言不肯折腰督邮，《序》言因妹丧自免。窃意先生有托而去，初假督邮为名，至属文，又迁其说于妹丧以自晦耳。其实闵晋祚之将终，深知时不可为，思以岩栖谷隐，置身理乱之外，庶得全其后凋之节也。”

〔二〇〕因事顺心：意谓就妹丧之事辞官而去，得以顺遂心愿矣。《庄子·庚桑楚》：“欲神则顺心。”

〔二一〕田园将芜胡不归：《诗·式微》：“式微式微，胡不归？”

〔二二〕既自以心为形役，奚惆怅而独悲：意谓既然自己求官出仕，以心为形所役使，何以又惆怅而独悲乎？李善注引《淮南子》曰：“是皆形神俱役者也。”奚：为何。惆怅：悲愁貌。

〔二三〕悟已往之不谏，知来者之可追：《论语·微子》：“楚狂接舆歌而过孔子曰：‘凤兮，凤兮！何德之衰？往者不可谏，来者犹可追。已而，已而！今之从政者殆而！’”谏：止，挽救。追：补救。

〔二四〕实迷途其未远，觉今是而昨非：《楚辞·离骚》：“回朕车以复路兮，及行迷之未远。”《庄子·则阳》：“蘧伯玉行年六十而六十化，未尝不始于是之，而卒诎之以非也。未知今之所谓是之非五十九非也。”

〔二五〕遥：飘荡。《楚辞·大招》：“魂魄归徕，无远遥只。”王逸注：“遥，犹漂遥，放流貌也。”

〔二六〕征夫:行路之人。

〔二七〕熹微:晨光微明。

〔二八〕乃:竟,终于。衡宇:衡木为门之屋宇。

〔二九〕三径就荒:意谓旧居接近荒废。三径:李善注引赵岐《三辅决录》:"蒋诩字元卿,舍中三径,唯羊仲、求仲从之游,皆挫廉逃名不出。"

〔三〇〕寄傲:寄托旷放高傲之情怀。陆云《逸民赋》:"眄清霄以寄傲兮,溯凌风而颓叹。"

〔三一〕审:诚知。容膝:仅能容纳双膝,言容身之地狭小。《韩诗外传》卷九:"今如结驷列骑,所安不过容膝;食方丈于前,所甘不过一肉。以容膝之安,一肉之味,而殉楚国之忧,其可乎?"

〔三二〕涉:经过。成趣:李善注引《尔雅》曰:"堂上谓之行,堂下谓之步,门外谓之趋,中庭谓之走。"郭璞曰:"此皆人行步趋走之处。"胡克家《文选考异》曰:"趣当作趋,……倘作趣,此一节全无附丽矣。五臣良注云:'自成佳趣',乃作趣也。各本皆以五臣乱善而失著校语。"

〔三三〕策:扶杖。曹植《苦思行》:"策杖从我游。"扶老:原谓手杖可供老人扶持,后用为手杖之别称。《周礼·夏官·司马》:"罗氏:掌罗乌鸟。蜡,则作罗襦。中春,罗春鸟,献鸠以养国老,行羽物。"《艺文类聚》卷九二引应劭《风俗通》:"汉无罗氏,故作鸠杖以扶老。"一些可供做手杖之树、竹,亦称扶老。

〔三四〕矫首:抬头。遐观:远望。

〔三五〕云无心以出岫(xiù),鸟倦飞而知还:以景物比喻自己之出处。出仕并无心于仕,归隐乃倦飞而还。岫:峰峦。

〔三六〕景:日光。翳翳:光线暗淡。

〔三七〕盘桓:徘徊。《文选》班固《幽通赋》:"承灵训其虚徐兮,伫盘桓而且俟。”李善注:“盘桓,不进也。”

〔三八〕请息交以绝游:表示自己欲断绝交游,不与世俗来往。

〔三九〕世与我而相遗,复驾言兮焉求:意谓世人既与我道不相同,则复驾车出游何所求耶?驾言:驾车外出。《诗·邶风·泉水》:“驾言出游。”言:语助词。

〔四〇〕西畴:西田。

〔四一〕命:指派,使用。巾车:以帏幕装饰车子,因指整车出行。《孔丛子·记问》:“文武既坠,吾将焉归。……巾车命驾,将适唐都。”也用以指有帏幕之车。长沙金盆岭出土晋陶制明器,有衣车,两轮,周围及顶部有帏幕。此处“巾车”与下句“孤舟”对举,当系有帏幕之车也。

〔四二〕棹:划船具,此处用作动词,划船。

〔四三〕窈窕:幽深貌。

〔四四〕涓涓:细水慢流貌。

〔四五〕感吾生之行休:感叹吾之生命将要结束。行:将。《文选》曹丕《与吴质书》:“岁月易得,别来行复四年。”李善注:“行,犹且也。”

〔四六〕寓形宇内能复几时,曷不委心任去留:意谓寄身世间无复多时矣,何不顺遂本心,听任死生耶?委心:《淮南子·精神训》:“委心而不以虑,弃聪明而反太素,……死之与生,一体也。”去留:死生。嵇康《琴赋》:“齐万物兮超自得,委性命兮任去留。”

〔四七〕遑遑:匆促不安。《盐铁论·散不足》:“孔子栖栖,疾固也。墨子遑遑,闵世也。”

〔四八〕帝乡:神话中天帝所居之地,此指仙境。《庄子·天地》:“千岁厌世,去而上仙,乘彼白云,至于帝乡。”

〔四九〕怀：念思也，见《说文·心部》。良辰：美好时光。阮籍《咏怀》其九：“良辰在何许，凝霜沾衣襟。”

〔五〇〕植杖：见《癸卯岁始春怀古田舍二首》其一“笺注”〔八〕。耘：除草。耔：培土于苗根上。《诗·小雅·甫田》：“今适南亩，或耘或耔。”

〔五一〕东皋：《文选》阮籍《奏记诣蒋公》：“方将耕于东皋之阳，输黍稷之税，以避当涂者之路。”铣曰：“泽畔曰皋。”舒啸：撮口长啸，古人抒发感情之一种方式。《世说新语·栖逸》刘孝标注引《魏氏春秋》：“籍乃嘐然长啸，韵响寥亮。苏门先生乃逌尔而笑。籍既降，先生喟然高啸，有如凤音。”

〔五二〕聊乘化以归尽，乐夫天命复奚疑：意谓聊且顺应大化以了此一生，乐天知命，不必有何怀疑。乘化：见《形影神》注。《易·系辞》：“乐天知命故不忧。”

【考辨】

清林云铭曰：“就彭泽言，谓之归去；就南村言，谓之归来。篇中从思归以至到家，步步叙明，故合言之曰归去来。”（《古文析义初编》卷四）毛庆蕃曰：“于官曰归去，于家曰归来，故曰归去来。”（《古文学馀》卷二六）林、毛二氏之说难免望文生义之嫌，“归去来”，并非就“归去”与“归来”合言之。吴淇《六朝选诗定论》曰：“‘园日涉’一段，先生归去来一年中之事也。”王瑶注曰：“本文是渊明辞彭泽令后归田初所作，叙述归来后的心情和乐趣。……本文作于晋义熙元年（四〇五）归田之初。”逯注曰：“然辞涉春耕，全文写成在次年。”需案：以上诸说皆因坐实归途与次年春耕之事而致。归途及春耕之事释为预想之辞，更有意趣，且与序文所记年月不相悖也。

周策纵《说“来”与“归去来”》一文考释甚详，兹不具引，其结论之要点如下：一、“归去来兮”既已有“兮”字，则“来”字似非叹词。二、“归”字在这里是主要动词，其基本意义是回家，但不强调行动之过程或完成。三、“去来”是“归”字之补助词，以补足及加强其过程之意。四、“去”与“来”表示坚强之决心与愿望。五、“归去来”虽表示行动之方向是向家而来，但说话人无论在到家之前或到家之后都可以用。兹录以备考。

【析义】

此篇是了解渊明出处行藏之重要作品，然亦不可胶柱鼓瑟。例如，渊明之求官固然因为家贫，但亦欲有所为，所谓“时来苟冥会，宛辔憩通衢”（《始作镇军参军经曲阿》）也，而此文则讳莫如深，一再言其家贫，而于用世之志决不提及一字。再如，渊明任彭泽令前曾任镇军、建威参军，而此文只字不提，似乎因家贫直接出仕为小邑者。此皆渊明行文之巧，而读者未可轻信也。至于渊明归隐原因，前人多有据此文未言及不为五斗米折腰，而怀疑其事者。盖此文所未言及者未必无有。程氏妹丧虽情在骏奔，但妹丧无须服孝，不能成为辞官之理由，若不欲辞官大可骏奔之后再回彭泽。妹丧只是促成其立即辞官之理由，其辞官之根本原因乃在于：“质性自然，非矫励所得。饥冻虽切，违己交病。尝从人事，皆口腹自役。于是怅然慷慨，深愧平生之志。”至于不为五斗米折腰、程氏妹丧，皆是近因。违己与顺己，乃是两种人生态度，渊明之终归田里，顺己而已。

李公焕注：“欧阳修曰：‘晋无文章，惟陶渊明《归去来兮辞》一篇而已。’”需案：此语见《东坡志林》卷七。

陶渊明集笺注卷第六记传赞述十三首

桃花源记并诗

晋太元中①〔一〕，武陵人捕鱼为业②。缘溪行③〔二〕，忘路之远近④。忽逢桃花林，夹岸数百步⑤，中无杂树一作草⑥，芳华鲜美⑦，落英缤纷〔三〕。渔人甚异之⑧，复前行⑨，欲穷其林⑩。林尽水源⑪〔四〕，便得一山⑫。山有小口，仿佛若有光，便舍船从口入⑬。初极狭，才通人⑭〔五〕，复行数十步⑮，豁然开朗。土地平旷，屋舍俨一作晏，一作鱼然〔六〕，有良田、美池、桑竹之属，阡陌交通，鸡犬相闻⑯〔七〕。其中往来种作，男女衣着，悉如外人〔八〕。黄发垂髫一作髻龀〔九〕，并怡然自乐⑰。见渔人乃大惊⑱，问所从来，具答之〔一〇〕。便要还家〔一一〕，为设酒杀鸡作食。村中闻有此人，咸来问讯⑲〔一二〕。自云先世避秦时乱⑳，率妻子邑人来此绝境㉑〔一三〕，不复出焉㉒，遂与外人间隔㉓。问今是何世，乃不知有汉，无论魏晋一本有等也二字㉔〔一四〕。此人一一为具言所闻，皆叹惋〔一五〕。馀人各复延至其家〔一六〕，皆出酒食。停数日，辞去。此中人语一本无语字云："不足为外人道也[25]。"既出，得其船，便扶一作于向路〔一七〕，处处志之〔一八〕。及郡下，诣太守说如此。太守即遣人随其往，寻向所志〔一九〕，遂迷不复得路。南阳刘子骥〔二〇〕，高尚士也〔二一〕。闻之，欣然规往一本有游焉二字〔二二〕，未果〔二三〕，寻病终〔二四〕。后遂无问津者[26]〔二五〕。

诗

嬴氏乱天纪〔二六〕，贤者避其世。黄绮之商山〔二七〕，伊人亦云逝〔二八〕。往迹寖复湮，来径遂芜废〔二九〕。相命肆农耕〔三〇〕，日入从所憩。桑竹垂馀荫，菽稷随时艺〔三一〕。春蚕收长一作良丝，秋熟靡王税〔三二〕。荒路暧交通〔三三〕，鸡犬互鸣吠。俎豆犹古法，衣裳无新制〔三四〕。童孺纵行歌，班白欢游一作迎诣[27]〔三五〕。草荣识节和，木衰知风厉〔三六〕。虽无纪历志，四时自成岁〔三七〕。怡然有馀乐，于何劳智慧〔三八〕。奇踪隐五百〔三九〕，一朝敞神界〔四〇〕。淳薄既异源，旋复还幽蔽一作闭[28]〔四一〕。借问游方士，焉测尘嚣外一作尘外地[29]〔四二〕？愿言蹑轻风〔四三〕，高举寻吾契〔四四〕。

【校勘】

①太元：《艺文类聚》作"太康"。霈案：《桃花源诗》云"奇踪隐五百"，自秦至西晋太康中，约五百年，至东晋太元则又过百年矣，似作"太康"为是。然文中所云刘子骥乃太元中人，则作"太元"为是。或刘子骥寻访桃花源，并非渔人当时之事。姑存疑。②为业：《艺文类聚》无此二字，亦通。　③缘溪行：《艺文类聚》、《太平御览》作"从溪而行"，亦通。　④忘路之远近：《艺文

类聚》无此句。《太平御览》作“忘路远近”。 ⑤夹岸数百步:《艺文类聚》“夹”下有“两”字。《太平御览》作“夹两岸”。 ⑥中无杂树:《艺文类聚》作“无杂木”。《太平御览》无此句。 ⑦华:李注本作“草”。鲜美:《艺文类聚》作“芬暧”。 ⑧渔人甚异之:《艺文类聚》无“甚”字,《太平御览》无此句。 ⑨复前行:《艺文类聚》无“复”字,《太平御览》无此句。 ⑩欲穷其林:《艺文类聚》作“穷林”,《太平御览》无此句。 ⑪水源:《艺文类聚》作“见山”,《太平御览》作“得山”。 ⑫便得一山:《艺文类聚》、《太平御览》无此句。 ⑬仿佛若有光,便舍船从口入:《艺文类聚》无“若”字,“从口”作“步”。《太平御览》无此二句。 ⑭才通人:《艺文类聚》、《太平御览》无此句。 ⑮复行数十步:《艺文类聚》作“行四五十步”,《太平御览》作“行四五步”。 ⑯自“土地平旷”至“鸡犬相闻”:《艺文类聚》作“邑室连接,鸡犬相闻”,《太平御览》作“邑屋连接,鸡犬相闻”。 ⑰自“其中往来种作”至“并怡然自乐”:《艺文类聚》作“男女被发,怡然并足”,《太平御览》仅“男女衣着悉如外人”一句。 ⑱见渔人乃大惊:《艺文类聚》无“乃”字,《太平御览》作“见渔父惊”。 ⑲自“问所从来”至“咸来问讯”:《艺文类聚》作“问所从来,要还,为设酒食”,《太平御览》作“为设酒食去”,李注本无“为”字。 ⑳自云先世避秦时乱:《艺文类聚》无“自”字、“时”字,《太平御览》无“自云”二字、“时”字。 ㉑率妻子邑人来此绝境:《艺文类聚》作“率妻子来此”,《太平御览》作“率妻子家此”。 ㉒不复出焉:《艺文类聚》、《太平御览》均无此句。 ㉓遂与外人间隔:《艺文类聚》作“遂与外隔绝”,《太平御览》作“遂与外隔”。 ㉔问今是何世,乃不知有汉,无论魏晋:《艺文类聚》作“不知有汉,无论魏晋也”。《太平御览》作“问今是何代,不知有汉,不论魏晋”。

㉕自"此人"至"道也":《艺文类聚》、《太平御览》均无此数句。㉖自"既出"至"问津者":《艺文类聚》作"既出,白太守。太守遣人随而寻之,迷不复得路",《太平御览》作"既出,白太守,遣人随往寻之,迷不复得"。两书均无"南阳刘子骥"至篇末数句。规:绍兴本、李注本作"亲",非是。 ㉗游:一作"迎",非是。㉘蔽:一作"闭",亦通。 ㉙尘嚣外:一作"尘外地",于义稍逊。

【题解】

《记》明言:"武陵人"偶入桃花源,则桃花源应在武陵。武陵,今湖南常德。前人及今人对其地点之种种考证,或在鼎州(陶集注引康骈说),或在北方之弘农或上洛(陈寅恪《桃花源记旁证》),或在其他某地,恐不足为据也。此《桃花源记并诗》记述一仙境故事,此仙境乃渔人偶然发现,且不可再觅,所谓"一朝敞神界","旋复还幽蔽"。此亦无甚奇者,一般神仙故事多如此。桃花源与一般仙界故事不同之处乃在于:其中之人并非不死之神仙,亦无特异之处,而是普通人,因避秦时乱而来此绝境,遂与世人隔绝者。此中人之衣着、习俗、耕作,亦与桃花源外无异,而其淳厚古朴又远胜于世俗矣,渊明借此以寄托其理想也。渊明所关心者原是其本人之出处穷达,《桃花源记并诗》则超出个人之外,而及于广大人民之幸福,此点应特加标举。前人或曰是愤宋之作,如黄文焕《陶诗析义》曰:"当属晋衰裕横之日,借往事以抒新恨耳。"则又落忠愤说之窠臼矣。诚如马璞《陶诗本义》曰:"其托避秦人之言,曰'乃不知有汉,无论魏晋',是自露其怀确然矣,其胸中何尝有晋,论者乃以为守晋节而不仕宋,陋矣。"

【编年】

宋洪迈《容斋随笔·三笔》卷一〇曰:"予窃意桃源之事,以避秦为言,至云'无论魏晋',乃寓意于刘裕,托之于秦,借以为喻耳。"

赖义辉《陶渊明生平事迹及其岁数新考》曰:“按古《谱》次之于太元十八年时,以篇首标‘晋太元中’四字也。梁《谱》亦据篇首‘晋太元中’,惟谓‘或是隆安前后所作’。按梁《谱》所考似嫌空泛,至古《谱》所考未免有误。《与子俨等疏》云:‘济北氾稚春,晋时操行人也。’按此文为入宋之作,故云‘晋时’。不然,使为晋制,则不应有‘晋时’,而应为‘国朝’、‘我朝’或‘我晋’矣。先生《命子》诗,晋作也,有句云‘在我中晋’,即其例。《桃花源》首标‘晋太元中’,此例与前者同而后者异,其为晋亡后之作可知。顾抑有言者,《祭程氏妹文》云‘维晋义熙三年’,此固晋时之作也,然标晋年号,岂不与前所云相悖?但彼此文例不同,云‘晋太元中’,云‘晋时’是追述之词,云‘维晋义熙三年’是直述之词。祭文凡标国号,皆必指当代者,其方式固如有也。今试举例以实其说。周祗《祭梁鸿文》首标云‘晋隆安四年十一月’,而祗为晋人。颜延之《祭屈原文》篇首云‘惟有宋五年’,而延之为宋人。王僧达《祭颜光禄文》篇首云‘维宋孝建三年’,而僧达为宋人。此三文,皆为当代之作而皆书各当代之朝号者也。由此可知,祭文所标皆为当代朝号,而益信《桃花源记》为鼎革后之作。”

需案:陈寅恪《桃花源记旁证》曰:“渊明《拟古》诗之第二首可与《桃花源记》互相印证发明。”王瑶注以《拟古》诗作于宋永初二年辛酉(四二一),“《桃花源记并诗》当也是同时所作”。逯《系年》系于义熙十四年(四一八),皆大致系年,且相差无几,难以详考也。兹姑系于宋永初三年壬戌(四二二),渊明七十一岁,以待详考。

【笺注】

〔一〕太元:东晋孝武帝年号(三七六—三九六)。

〔二〕缘:循,沿。

〔三〕落英缤纷:落花纷繁貌。或曰始开之花纷繁,亦通。

〔四〕林尽水源:意谓桃花林之尽头,正是溪水之源。

〔五〕才通人:刚能通过一人。

〔六〕俨然:此谓整齐。

〔七〕阡陌:田间小道,南北曰阡,东西曰陌。鸡犬相闻:《老子》八十章:"邻国相望,鸡犬之声相闻,民至老死不相往来。"

〔八〕其中往来种作,男女衣着,悉如外人:意谓桃花源中往来耕种之情形以及男女之衣着,完全与桃花源以外之人相同。"悉如外人",指种作与衣着等各方面之生产生活习俗,犹此诗所谓"俎豆犹古法,衣裳无新制"。此文中"外人"共出现三次,另有"遂与外人间隔","此中人语云:'不足为外人道也。'"皆指桃花源以外之人。

〔九〕黄发:指老人。《诗·鲁颂·閟宫》:"黄发台背,寿胥与试。"郑笺:"皆寿征也。"垂髫(tiáo):指儿童。小儿垂发为饰曰髫。

〔一〇〕具:全部。

〔一一〕要:邀请。

〔一二〕咸来问讯:意谓都来询问外界消息。《说文》:"问,讯也。""讯,问也。"《高僧传·康会传》:"采女先有奉法者,因问讯云:'陛下就佛寺中求福不?'"

〔一三〕绝境:与世人隔绝之地。

〔一四〕不知有汉,无论魏晋:意谓桃源中人连汉代尚不知,别说魏晋矣。

〔一五〕惋:惊叹也,见《玉篇》。

〔一六〕延:邀请、引导。

〔一七〕扶:沿着。曹植《仙人篇》:"玉树扶道生,白虎夹门枢。"向路:旧路,指来时之路。

〔一八〕志：作标志。

〔一九〕寻向所志：寻找过去所作标志。

〔二〇〕南阳刘子骥：名驎之，南阳（今河南南阳）人。《晋书·隐逸传》："好游山泽，志存遁逸。尝采药至衡山，深入忘返，见有一涧水，水南有二石囷，一囷闭，一囷开，水深广不得过。欲还，失道，遇伐弓人，问径，仅得还家。或说囷中皆仙灵方药诸杂物，驎之欲更寻索，终不复知处也。"

〔二一〕高尚士：隐士。

〔二二〕规：谋划。《商君书·错法》："是以明君之使其民也，使必尽力以规其功。"《后汉书·荀彧传》："古人尚帷幄之规，下攻拔之力。"

〔二三〕果：实现。《韩非子·外储说左下》："君谋欲伐中山，臣荐翟角而谋得果。"未果：未实现。曹植《与杨德祖书》："若吾志未果，吾道不行，则将……"

〔二四〕寻：不久。

〔二五〕问津：意谓访求。用孔子使子路向长沮、桀溺问津事。

〔二六〕嬴氏：指秦始皇嬴政。乱天纪：《书·胤征》："俶扰天纪，遐弃厥司。"孔颖达正义："始乱天之纪纲，远弃所主之事。"

〔二七〕黄绮：夏黄公、绮里季，与东园公、角里先生于秦末隐于商山，合称"商山四皓"，见皇甫谧《高士传》。

〔二八〕伊人：指桃花源中人。

〔二九〕往迹寖（jìn）复湮，来径遂芜废：意谓桃花源中人往来此处之踪迹路径已经湮没荒芜。"往迹"与"来径"互文见义。寖：止息，废弃。湮：湮没。

〔三〇〕肆农耕：努力耕种。

〔三一〕菽：豆类。稷：指谷类。随时艺：按照季节及时耕种。

〔三二〕靡：无。

〔三三〕荒路暧交通：意谓荒路被草木掩蔽，有碍交通。

〔三四〕俎豆犹古法，衣裳无新制：意谓礼制与穿着均保持古风。俎豆：古代祭祀所用礼器。新制：新式样。

〔三五〕班白：指老人。班：通"斑"，指鬓发花白。诣：往、至。游诣：意谓清闲舒适自由自在。

〔三六〕草荣识节和，木衰知风厉：意谓因草木之茂盛或凋谢，而知道季节之变化。厉：烈。

〔三七〕虽无纪历志，四时自成岁：意谓虽无岁历之推算记载，而四季更替自成一年。《书·尧典》："帝曰：'咨！汝羲暨和，期三百有六旬有六日，以闰月定四时，成岁。允厘百工，庶绩咸熙。'"

〔三八〕于何劳智慧：意谓智慧无处可用也。《老子》十八章："智慧出，有大伪。"《庄子·缮性》："人虽有知，无所用之。"道家认为智慧带来虚伪，以无须智慧之古朴生活为理想生活。

〔三九〕奇踪：谓桃源人之踪迹。陆云《吊陈永长书》其三："奇踪玮宝，灼尔凌群。"

〔四〇〕敞：敞开、显露。

〔四一〕淳薄既异源，旋复还幽蔽：意谓桃源与世俗之间，淳厚与浇薄既然不同，所以此神界显露之后随即重新隐蔽矣。异源：本源不同。傅玄《秋胡行》："清浊必异源，凫凤不并翔。"

〔四二〕借问游方士，焉测尘嚣外：意谓世俗中人不能测知尘世以外之事。游方士：游于方内之士，指世俗中人。《庄子·大宗师》："孔子曰：'彼，游方之外者也；而丘，游方之内者也。'"《文子·精诚》："老子曰：'若夫圣人之游也，即动乎至虚，游心乎太无，驰于方外，……不拘于世，不系于俗。'"《世说新语·任诞》:“阮方外之人,故不崇礼制;我辈俗中人,故以仪轨自居。”尘嚣:尘世。

〔四三〕蹑:蹈、踏。

〔四四〕吾契:与我志趣相投之人,指桃源中人。

【析义】

《桃花源记》乃渊明作品中影响极大之一篇,历来说者甚多。早在唐代,王维有《桃源行》、韩愈有《桃源图》、刘禹锡有《桃源行》,皆在题咏之中有所评论。宋代,王安石有《桃源行》,苏轼有《和桃花源诗》,汪藻有《桃源行》。元代,赵孟頫有《题桃源图》,王恽有《题桃源图后》。文人竞相推毂,桃源故事遂日益深入人心。亦有考察桃源之地望者,考证其故事之来源者,考论其文章之寓意者,不必一一列举矣。

晋故征西大将军长史孟府君传[①]

君讳嘉,字万年,江夏鄳人也原作鄂,《晋书》作鄳[②]〔一〕。曾祖父宗,以孝行称,仕吴司空[③]。祖父揖,元康中为庐陵太守〔二〕。宗葬武昌阳新县原作新阳县,《世说新语》、《晋书》作阳新县[④]〔三〕,子孙家焉,遂为县人也。君少失父,奉母二弟居。娶大司马长沙桓公陶侃第十女[⑤]〔四〕,闺门孝友,人无能间〔五〕,乡闾称之一作乡里伟之。冲默有远量〔六〕,弱冠,俦类咸敬之〔七〕。同郡郭逊,以清操知名,时在君右〔八〕。常叹君温雅平旷〔九〕,自以为不及。逊从弟立,亦有才志,与君同时齐誉,每推服焉。由是名冠州里,声流京邑。太尉颍川庾亮〔一〇〕,以帝舅民望,受分陕之重〔一一〕,镇武昌,并领江州,辟君部庐陵从事〔一二〕。下郡还，亮引见，问风俗得失，对曰："嘉不知，还传当问从吏〔一三〕。"亮以一作举麈尾掩口而笑〔一四〕。诸从事既去，唤弟翼语之曰〔一五〕："孟嘉故是盛德人也。"君既辞出外，自除吏名⑥。便步归家，母在堂，兄弟共相欢乐，怡怡如也。旬有馀日，更版为劝学从事〔一六〕。时亮崇修学校，高选儒官，以君望实〔一七〕，故应尚德之举〔一八〕。太傅河南褚裒⑦〔一九〕，简穆有器识〔二〇〕，时为豫章太守，出朝宗亮〔二一〕，正旦大会州府人士〔二二〕，率多时彦〔二三〕，君坐次一作第甚远⑧。裒问亮："江州有孟嘉，其人何在？"亮云："在坐，卿但自觅。"裒历观，遂指君谓亮曰："将无是耶〔二四〕？"亮欣然而笑，喜裒之得君，奇君为裒之所得，乃益器焉。举秀才，又为安西将军庾翼府功曹〔二五〕，再为江州别驾〔二六〕、巴丘令、征西大将军谯国桓温参军。君色一作既和而正，温甚重之。九月九日，温游龙山，参佐毕集，四弟二甥咸在坐。时佐吏并着戎服。有风吹君帽堕落，温目左右及宾客勿言，以观其举止。君初不自觉，良久如厕〔二七〕。温命取以还之。廷尉太原孙盛〔二八〕，为谘议参军，时在坐，温命一作授纸笔令嘲之。文成示温，温以着坐处。君归，见嘲笑而请笔作答，了不容思〔二九〕，文辞超卓，四座叹之。奉使京师，除尚书删定郎〔三〇〕，不拜〔三一〕。孝宗穆皇帝闻其名〔三二〕，赐见东堂。君辞以脚疾，不任拜起〔三三〕，诏使人扶入。君尝为刺史谢永别驾，永，会稽人，丧亡，君求赴义〔三四〕，路由永兴〔三五〕。高阳许询〔三六〕，有隽才，辞荣不仕，每纵心独往。客居县界，尝乘船近行，适逢君过〔三七〕,叹曰:“都邑美士,吾尽识之,独不识此人。唯闻中州有孟嘉者,将非是乎? 然亦何由来此?”使问君之从者。君谓其使曰:“本心相过,今先赴义,寻还就君。”及归,遂止信宿〔三八〕,雅相知得〔三九〕,有若旧交。还至,转从事中郎,俄迁长史。在朝隤一作随然〔四〇〕,仗正顺而已,门无杂宾。常会神情独得〔四一〕,便一作而超然命驾,径之龙山,顾景酣宴,造夕乃归〔四二〕。温从容谓君曰:“人不可无势,我乃能驾御卿。”后以疾终于家,年五十一⑨。始自总发〔四三〕,至于知命〔四四〕,行不苟合,言无夸矜,未尝有喜愠之容〔四五〕。好酣饮,逾多不乱。至于任怀得意,融然远一作永寄,傍若无人。温尝问君:“酒有何好,而卿嗜之?”君笑而答曰:“明公但不得酒中趣尔。”又问听妓,丝不如竹〔四六〕,竹不如肉〔四七〕,答曰:“渐近自然⑩。”中散大夫桂阳罗含〔四八〕,赋之曰:“孟生善酣,不愆其意〔四九〕。”光禄大夫南阳刘耽〔五〇〕,昔与君同在温府,渊明从父太常夔尝问耽〔五一〕:“君若在,当已作公不〔五二〕?”答云:“此本是三司人〔五三〕。”为时所重如此。渊明先亲,君之第四女也。凯风寒泉之思〔五四〕,实钟厥心〔五五〕。谨按采一作采拾行事〔五六〕,撰为此传。惧或乖谬,有亏大雅君子之德〔五七〕,所以战战兢兢,若履深薄一作薄冰云尔〔五八〕。

赞曰:孔子称:“进德修业,以及时也〔五九〕。”君清蹈衡门,则令问孔昭〔六〇〕;振缨公朝,则德音允集〔六一〕。道悠运促,不终远业〔六二〕,惜哉! 仁者必寿〔六三〕,岂斯言之谬乎!

【校勘】

①征西:李注本作“西征”,非是。 ②鄳:原作“鄂”,《晋书·孟嘉传》作“鄳”。《世说新语·识鉴》刘孝标注引《嘉别传》:“江夏鄳人。”《晋书·地理志》:“江夏郡”下有“鄳”,而无“鄂”。今据改。 ③司空:李注本作“司马”,非是。《世说新语·栖逸》:“孟万年及弟少孤,居武昌阳新县。”刘孝标注引袁宏《孟处士铭》:“处士名陋,字少孤,武昌阳新人,吴司空孟宗后也。”《世说新语·识鉴》刘孝标注引《嘉别传》:“曾祖父宗,吴司空。” ④阳新县:原作“新阳县”,《世说新语·栖逸》及刘孝标注均作“阳新县”。《晋书·地理志》武昌郡下有阳新县,而无新阳县。今据改。 ⑤第:原作“弟”,李注本作“第”,今据改。 ⑥自除吏名:李注本无“名”字。 ⑦褚裒:《世说新语·识鉴》刘孝标注作“褚裦”。《晋书·孟嘉传》亦作“褚裦”。《晋书》卷九三有传,亦作“褚裦”。“裒”、“裦”异体字,《集韵》:“裒或作裦。” ⑧君坐次甚远:李注本“君”下有“在”字。 ⑨年五十一:《世说新语·识鉴》刘孝标注引《嘉别传》作“年五十三而卒”。
⑩渐近自然:《晋书·孟嘉传》作“渐近使之然”,非是。《世说新语·识鉴》引《嘉别传》亦作“渐近自然”。

【题解】

“征西大将军”,指桓温。《晋书·桓温传》:“永和二年,率众西伐。……振旅还江陵,进位征西大将军、开府,封临贺郡公。”《晋书·孟嘉传》:“后为征西桓温参军,温甚重之。”“长史”,南朝凡刺史之带将军开府者,其幕府亦设长史。“府君”,汉代对郡相、太守之尊称,后仍沿用。对已故者亦可尊称为府君。

此传云:“渊明先亲,君之第四女也。”则孟嘉乃渊明外祖父。

【编年】

当作于晋安帝元兴元年壬寅(四〇二),渊明五十一岁之后。

王瑶注:“渊明母卒于晋隆安五年辛丑,本文大概即作于渊明居忧的时候。今暂系于晋安帝元兴元年壬寅(四〇二)。”大矢根文次郎《陶渊明年表》亦系于是年。《传》曰:“渊明先亲,君之第四女也。凯风寒泉之思,实钟厥心。”既称“先亲”,显然作于母丧之后。

【笺注】

〔一〕江夏:郡名,治所在今湖北省安陆县。鄳(méng):江夏所辖县,故治在今河南省罗山县西南九里。

〔二〕元康:西晋惠帝年号(二九一—二九九)。庐陵:郡名,今江西省吉水县东北。

〔三〕阳新县:三国时吴置,晋时属武昌郡。

〔四〕陶侃:字士行,本鄱阳人。吴平,徙家庐江之寻阳。东晋时以功封柴桑侯,改封长沙郡公。成帝咸和七年卒,时年七十六。追赠大司马,谥曰桓。《晋书》卷六六有传。渊明曾祖父。

〔五〕闺门孝友,人无能间:意谓家中父子兄弟关系亲密,谁也不能离间。《礼记·乐记》:“在闺门之内,父子兄弟同听之,则莫不和亲。”《论语·先进》:“子曰:‘孝哉闵子骞!人不间于其父母昆弟之言。’”注:陈曰:“言子骞上事父母,下顺兄弟,动静尽善,故人不得有非间之言。”

〔六〕冲默:冲和谦虚沉静寡言。《老子》四十五章:“大盈若冲,其用不穷。”远量:志向远大,度量宽广。《三国志·魏书·郭嘉传》裴注引《傅子》:“嘉少有远量。……不与俗接。”

〔七〕俦类:同辈。

〔八〕右:古人或以右为上。

〔九〕温雅:温润典雅。《汉书·扬雄传上》:“蜀有司马相如,作赋甚弘丽温雅。”应劭《风俗通·十反》:“李统内省不疚,进对温雅。”

〔一〇〕庾亮：字元规，东晋明帝穆皇后之兄，成帝时以帝舅任司徒，咸康六年卒，追赠太尉。《晋书》卷七三有传。

〔一一〕分陕之重：周成王即位时年幼，周公与召公辅佐朝政，周公治陕以东，召公治陕以西。陕：今陕西省陕县。晋明帝以遗诏遣庾亮与王导辅幼主，故曰庾亮有分陕之重。

〔一二〕辟君部庐陵从事：意谓征召为部卢陵从事。辟：征召。徐复曰："'部庐陵从事'，即分管庐陵郡之从事史，五字官名。吴君金华为检《通典》卷三十二：'部郡国从事史，每郡国各一人，汉制也。主督促文书，举非法。'魏晋之书，'部郡国从事史'或省称'部郡国从事'，亦简称'部郡从事'。"

〔一三〕还传（zhuàn）：回到驿站。

〔一四〕麈尾：魏晋名士清谈时手执之物，平时亦或执在手，用麈毛制成。麈：鹿类，相传麈迁徙时，以前麈之尾为方向标志，故称。

〔一五〕翼：庾翼，庾亮弟，字稚恭。《晋书》卷七三有传。

〔一六〕更：更改。版：授职，任命。不经朝命，而用白版授予官职或封号，曰版授。《宋书·王镇恶传》："进次渑池，造故人李方家，升堂见母，厚加酬赉，即版授方为渑池令。"劝学从事：官名。

〔一七〕望实：声望与实绩。

〔一八〕尚德之举：《晋书·裴颀传》："又表云：'咎繇谟虞，伊尹相商，……或明扬侧陋，或起自庶族，岂非尚德之举，以臻斯美哉！'"又《晋书·李重传》："重奏曰：'……如诏书之旨，以二品系资，或失廉退之士，故开寒素以明尚德之举。'"

〔一九〕褚裒：字季野，河南人。康献皇后父，历任豫章太守、建威将军、江州刺史等职，永和五年卒，追赠侍中、太傅。《晋书》卷九三有传。

〔二〇〕简穆：清简肃穆。器识：度量见识。《世说新语·德行》："谢太傅绝重褚公，常称：'褚季野虽不言，而四时之气亦备。'"《世说新语·赏誉》："桓茂伦云：'褚季野皮里阳秋。'谓其裁中也。"刘孝标注引《晋阳秋》："裒简穆有器识。"

〔二一〕朝宗：本指诸侯朝见天子，《周礼·春官·大宗伯》："春见曰朝，夏见曰宗。"此泛指朝见。亮：指庾亮。

〔二二〕正旦：正月初一。

〔二三〕时彦：当时之俊彦，才智过人之士。《书·太甲上》："旁求俊彦，启迪后人。"《后汉书·班固传》："盖清庙之光辉，当世之俊彦也。"

〔二四〕将无：表示揣度而意思偏于肯定，犹言难道不、恐怕。《世说新语·德行》："王戎云：'太保居在正始中，不在能言之流。及与之言，理中清远，将无以德掩其言！'"又《文学》："阮宣子有令闻，太尉王夷甫见而问曰：'老、庄与圣教同异？'对曰：'将无同。'"《雅量》："谢太傅盘桓东山时，与孙兴公诸人泛海戏。……既风转急，浪猛，诸人皆喧动不坐。公徐云：'如此，将无归！'众人即承响而回。"

〔二五〕功曹：官名。汉代郡守下有功曹史，简称功曹，除掌人事外，并得与闻一郡之政务。历代沿置。庾翼当其兄庾亮卒后，授都督江荆司雍梁益六州诸军事、安西将军、荆州刺史，假节，代亮镇武昌，故下设功曹。

〔二六〕别驾：官名。汉置别驾从事史，为刺史之佐吏，刺史巡视辖境时别驾乘驿车随行，故名。魏晋以后均承汉制，诸州置别驾，总理众务，职权甚重。

〔二七〕如：往也。《史记·项羽本纪》："坐须臾，沛公起如厕，因招樊哙出。"

〔二八〕廷尉:官名,掌刑狱。孙盛:字安国,太原中都人。庾翼代亮,以盛为安西谘议参军,寻迁廷尉正。会桓温代翼,留盛为参军。《晋书》卷八二有传。

〔二九〕了不容思:完全用不着构思。了:完全。《世说新语·文学》:"支道林初从东出,住东安寺中。……支徐徐谓曰:'身与君别多年,君义言了不长进。'"

〔三〇〕除:授职。

〔三一〕不拜:不受任命。

〔三二〕孝宗穆皇帝:晋穆帝司马聃,庙号孝宗,谥号穆。在位十七年(三四五—三六一)。

〔三三〕不任拜起:意谓不堪行拜见之礼。

〔三四〕赴义:此指前往吊丧。

〔三五〕永兴:在今浙江省萧山县西。

〔三六〕许询:《世说新语·言语》:"刘真长为丹阳尹,许玄度出都就刘宿。"刘孝标注引《续晋阳秋》:"许询字玄度,高阳人,魏中领军允玄孙。总角秀惠,众称神童,长而风情简素,司徒掾辟(余嘉锡案:当作辟司徒掾),不就,蚤卒。"《文选》江淹拟许征君《自序诗》,李善注引《晋中兴书》:"高阳许询,字玄度。寓居会稽,司徒蔡谟辟不起。询有才藻,善属文,时人皆钦爱之。"

〔三七〕过:访,探望。《史记·魏公子列传》:"臣有客在市屠中,愿枉车骑过之。"

〔三八〕信宿:再宿曰信。

〔三九〕雅:很,极。

〔四〇〕隤(tuí)然:柔貌。《易·系辞下》:"夫坤,隤然示人简矣。"

〔四一〕神情:精神意态。得:合适。王褒《圣主得贤臣颂》:"聚精会神,相得益章。”

〔四二〕造夕:至晚。

〔四三〕总发:犹结发,束发成童,十五岁以上。

〔四四〕知命:指五十岁。《论语·为政》:“五十而知天命。”

〔四五〕未尝有喜愠之容:喜怒不形于色,言其冲和淡泊。《世说新语·德行》:“王戎云:‘与嵇康居二十年,未尝见其喜愠之色。’”刘孝标注引《康别传》:“康性含垢藏瑕,爱恶不争于怀,喜怒不寄于颜。”

〔四六〕丝:弦乐。竹:管乐。

〔四七〕肉:指人唱歌。

〔四八〕罗含:字君章,桂阳耒阳人。历任郡功曹、州主簿、桓温征西参军,温雅重其才。及温封南郡公,引为郎中令。以长沙相致仕。《晋书》卷九二《文苑》有传。

〔四九〕愆:过失。

〔五〇〕刘耽:字敬道,南阳人。博学,明习《诗》、《礼》、三史。桓玄,耽女婿也。及玄辅政,以耽为尚书令,加侍中,不拜,改授特进、金紫光禄大夫。《晋书》卷六一有传。

〔五一〕从父:叔父。太常:官名,司祭祀礼乐。

〔五二〕公:周代以司马、司徒、司空为三公。东汉以太尉、司徒、司空合称三公,又称三司。为共同负责军政之最高长官。

〔五三〕三司:即三公。

〔五四〕凯风寒泉之思:思念母亲之心。《诗·邶风·凯风》:“凯风自南,吹彼棘心。棘心夭夭,母氏劬劳。”又曰:“爰有寒泉,在浚之下。有子七人,母氏劳苦。”

〔五五〕钟:汇聚。

〔五六〕按:审察。采:采访。行事:往事。干宝《搜神记序》:“缀片言于残阙,访行事于故老。”

〔五七〕有亏大雅:有损于大雅。

〔五八〕战战兢兢,若履深薄:意谓唯恐记述有误而深自警惕也。《诗·小雅·小旻》:“战战兢兢,如临深渊,如履薄冰。”

〔五九〕进德修业,以及时也:《易·乾·文言》:“子曰:‘君子进德修业,欲及时也。’”

〔六〇〕君清蹈衡门,则令问孔昭:意谓在家贫居,则美名甚著也。清:清高。蹈:践。衡门:横木为门,贫士所居。问:通“闻”。《墨子·非命下》:“遂得光誉令闻于天下。”孔昭:《诗·小雅·鹿鸣》:“我有嘉宾,德音孔昭。”郑玄笺:“孔,甚;昭,明也。”

〔六一〕振缨公朝,则德音允集:意谓在朝为官,则美誉诚多也。振缨:抖落冠缨上之尘土,意谓出仕。德音:《诗·豳风·狼跋》:“公孙硕肤,德音不瑕。”朱熹集传:“德音,犹令闻也。”

〔六二〕道悠运促,不终远业:意谓天道久远而运命短促,未克终其远大之事业。孟嘉卒年五十一,故言。

〔六三〕仁者必寿:《论语·雍也》:“知者乐,仁者寿。”

【析义】

文中对孟嘉赞美之辞,诸如“冲默有远量”,“温雅平旷”,“盛德人”,“色和而正”,“文辞超卓”,“在朝隤然,仗正顺而已”,“行不苟合,言无夸矜,未尝有喜愠之容”,“好酣饮,逾多不乱,至于任怀得意,融然远寄,傍若无人”,“孟生善酣,不愆其意”,皆可用以论渊明本人也。至如孟嘉答桓温“明公但不得酒中趣尔”,“渐近自然”,渊明之嗜酒而得酒中趣,渊明之崇尚自然,皆有所自也。

五柳先生传

先生不知何许人也〔一〕,亦不详其姓字①。宅边有五柳树一无树字②,因以为号焉。闲靖少言③,不慕荣利。好读书,不求甚解,每有会意,便欣然忘食④〔二〕。性嗜酒,家贫不能常一作恒得⑤,亲旧知其如此,或置酒而招之⑥〔三〕。造饮辄尽〔四〕,期在必醉,既醉而退,曾不吝情去留〔五〕。环堵萧然〔六〕,不蔽风日。短褐穿结〔七〕,箪瓢屡空〔八〕,晏如也〔九〕。常著文章自娱⑦,颇示己志。忘怀得失,以此自终。

赞曰:黔娄之妻原无之妻二字,注一有之妻二字有言⑧〔一〇〕:“不戚戚于贫贱,不汲汲一作惶惶于富贵。”极其言,兹若人之俦乎⑨〔一一〕?酣觞赋诗⑩,以乐其志一作酒酣自得,赋诗乐志。无怀氏之民欤?葛天氏之民欤〔一二〕?

【校勘】

①亦不详其姓字:萧统《陶渊明传》引作“不详姓字”。需案:有“亦”字音节较佳。 ②五柳树:注“一无树字”。需案:有“树”字音节较佳。 ③靖:萧统《陶渊明传》引作“静”,亦通。 ④便:萧统《陶渊明传》所引无此字。 ⑤家贫不能常得:萧统《陶渊明传》引作“而家贫不能恒得”。 ⑥或置酒而招之:萧统《陶渊明传》所引无“而”字。 ⑦常:萧统《陶渊明传》引作“尝”,通。 ⑧黔娄之妻:原无“之妻”二字,底本校曰“一有之妻二字”,今从之。据刘向《列女传》,应是黔娄之妻所言。 ⑨极其言,兹若人之俦乎:李注本无“极”字,恐非是。 ⑩酣:李注本作“酬”,亦通。

【解题】

萧统《陶渊明传》曰："尝著《五柳先生传》以自况。"又曰："时人谓之实录。"然清张廷玉《澄怀园语》卷一曰："余二十岁时读陶渊明《五柳先生传》，以为此后人代作，非先生手笔也。盖篇中'不慕荣利'、'忘怀得失'、'不戚戚于贫贱，不汲汲于富贵'诸语，大有痕迹，恐天怀旷逸者不为此等语也。此虽少年狂肆之谈，迄今思之，亦未必全非。"需案：张说恐未必，渊明篇中自述情怀屡屡可见，如"少无适俗韵"、"屡空常晏如"，岂可谓后人代作耶？

【编年】

王瑶据萧统《陶渊明传》之叙述次序，暂系于晋太元十七年（三九二），渊明二十八岁。逯《系年》引林云铭评注《古文析义》，谓此传无怀、葛天，"暗寓不仕宋意"；吴楚材《古文观止》谓"刘裕移晋祚，耻不复仕，号五柳先生，此传乃自述其生平"，系于宋永初元年（四二〇），渊明五十六岁。且曰"陶之无酒可饮，乃五十一至五十七岁时事"。需案：细审文章意趣，颇为老成，五柳先生之形象亦不类青年。文曰："性嗜酒，家贫不能常得。亲旧知其如此，或置酒而招之。造饮辄尽，期在必醉。既醉而退，曾不吝情去留。"渊明于晋义熙十一年乙卯（四一五）六十四岁前后与友人交往较多，其狷介之情益发突出，姑系于此年下。至于暗寓不仕宋意，恐难免穿凿之嫌；刘裕移晋祚，而号五柳先生，并无根据，兹不取。

【笺注】

〔一〕何许：何处。《后汉书·逸民传·汉阴老父》："汉阴老父者，不知何许人也。"

〔二〕好读书，不求甚解，每有会意，便欣然忘食：意谓虽然好读书，但不作繁琐之训诂，所喜乃在会通书中旨略也。此与汉儒章句之学大异其趣，而符合魏晋玄学家之风气。《世说新语·

轻诋》注引《支遁传》:“遁每标举会宗,而不留心象喻,解释章句或有所漏,文字之徒多以为疑。谢安石闻而善之,曰:‘此九方皋之相马也,略其玄黄而取其俊逸。’”汤用彤《魏晋玄学论稿·言意之辨》:“汉代经学依于文句,故朴实说理,而不免拘泥。魏世以后,学尚玄远,虽颇乖于圣道,而因主得意,思想言论乃较为自由。汉人所习曰章句,魏晋所尚者曰通。章句多随文饰说,通者会通其意义而不以辞害意。”

〔三〕置:置备。

〔四〕造:往。

〔五〕曾(zēng)不吝情去留:意谓欲去欲留皆表现于外,直率任真,无所顾惜。曾:副词,相当于“乃”、“竟”。吝情:惜情。渊明《饮酒》其三:“道丧向千载,人人惜其情。”颜延之《重释何衡阳达性论》:“似由近验吝情,远猜德教。故方罚矜功,而滥咎忘贤。”

〔六〕环堵:指狭小简陋之居室。《礼记·儒行》:“儒者有一亩之宫,环堵之室。”郑玄注:“环堵,面一堵也。五版为堵,五堵为雉。”《淮南子·原道训》:“环堵之室,茨之以生茅,蓬户瓮牖,揉桑为枢。”高诱注:“堵长一丈,高一丈,……故曰环堵,言其小也。”萧然:萧条状。《史记·司马相如列传》:“家居徒四壁立。”

〔七〕短褐:粗布短衣。穿结:谓衣上之破洞与补绽。

〔八〕箪瓢屡空:意谓常无饮食。《论语·雍也》:“子曰:‘贤哉,回也!一箪食,一瓢饮,在陋巷,人不堪其忧,回也不改其乐。贤哉,回也!’”

〔九〕晏如:安然。

〔一〇〕黔娄之妻:刘向《列女传·鲁黔娄妻》:“黔娄死,曾子与门人往吊之。……其妻曰:'彼先生者,甘天下之淡味,安天下之卑位。不戚戚于贫贱,不忻忻于富贵。求仁而得仁,求义而得义。其谥为康,不亦宜乎?'"戚戚:忧貌。汲汲:心情急切貌。《礼记·问丧》:"其往送也,望望然,汲汲然,如有追而弗及也。"孔颖达疏:"汲汲然者,促急之情也。"

〔一一〕极其言,兹若人之俦乎:意谓推究黔娄之妻所言,黔娄则五柳先生同类人也。极:尽,穷尽。《楚辞·天问》:"冥昭瞢暗,谁能极之?"洪兴祖补注:"此言幽明之理瞢暗难知,谁能穷极其本原乎?"兹:连词,则。《左传》昭公二十六年:"若可,师有济也;君而继之,兹无敌矣。"若人:近指,相当于"此人"。《论语·宪问》:"君子哉若人!尚德哉若人!"

〔一二〕无怀氏、葛天氏:均传说中上古之帝王。《管子·封禅》:"昔无怀氏封泰山。"尹知章注:"古之王者,在伏羲前。"《吕氏春秋·古乐》:"昔葛天氏之乐,三人操牛尾,投足以歌八阕。"

【析义】

文中关键乃在"不慕荣利"、"不求甚解"、"曾不吝情去留"、"忘怀得失"等语。全是不求身外之物,唯以自然自足自适为是,最能见渊明之人生态度。文曰:"常著文章自娱,颇示己志。"又可见渊明之创作态度,著文乃自娱,非为娱人,亦非祈誉。为人为文如此,非常人所及也。

【考辨】

此文影响后世,王绩有《五斗先生传》,白居易有《醉吟先生传》,陆龟蒙有《甫里先生传》,欧阳修有《六一居士传》等。此外,《晋书·瞿硎传》:"瞿硎先生者,不得姓名,亦不知何许人也。太和末,常居宣城郡界文脊山中,山有瞿硎,因以为名焉。"袁粲有《妙德先生传》,见《宋书·袁粲传》:"愍孙(袁粲初名)清整有风操,自遇甚厚，常著《妙德先生传》以续嵇康《高士传》以自况。”瞿硎与渊明同时，袁粲自称续嵇康《高士传》，亦可供参考。

扇上画赞

荷蓧丈人　　长沮、桀溺

於陵仲子　　张长公

丙曼容原作客，绍兴本、李注本作容①　　郑次都

薛孟尝　　周阳珪②

三五道邈，淳风日尽〔一〕，九流参差，互相推陨〔二〕。形逐物迁，心无常准〔三〕，是以达人〔四〕，有时而隐。

四体不勤，五谷不分，超超丈人，日夕在耘〔五〕。辽辽沮溺，耦耕自欣，入鸟不骇，杂兽斯群〔六〕。

至矣於陵，养气浩然，蔑彼结驷，甘此灌园〔七〕。张生一仕，曾以事还，顾我不能，高一作长谢人间〔八〕。

岧岧丙公，望崖辄归，匪矫一作骄匪吝，前路威夷〔九〕。郑叟不合，垂钓川湄，交酌林下，清言究微〔一〇〕。

孟尝一作生游学，天网时疏，眷言哲友，振褐偕徂〔一一〕。美哉周子〔一二〕，称疾闲居，寄心清尚③，悠然一作悠悠自娱④。

翳翳衡门，洋洋泌流〔一三〕，曰琴曰书⑤，顾眄有俦⑥〔一四〕。饮河既足，自外皆休〔一五〕。缅怀千载〔一六〕，托契孤游〔一七〕。

【校勘】

①容：原作“客”，绍兴本、李注本作“容”，今据改。　②周阳珪：《艺文类聚》作“周妙珪”。　③尚：《艺文类聚》作“商”。　④悠：

《艺文类聚》作“恬”。 ⑤曰琴曰书:《艺文类聚》作“日玩群书”。 ⑥眄:李注本作“盻”,亦通。有:《艺文类聚》作“寡”。

【题解】

本文乃就扇上所绘古代九位隐士而作之赞语,每位四句(长沮、桀溺合赞),首尾各八句是总述与结语。全是四言韵语。

【编年】

王瑶注曰:“内容也与《读史述九章》相似,大概是同时所作。”可供参考。然而内容相近未必同时所作,暂阙疑。

【笺注】

〔一〕三五道邈,淳风日尽:意谓三五之时邈远而不可追,其真淳之风气亦日渐消失而殆尽矣。此犹渊明《饮酒》其二十所谓“羲农去我久,举世少复真”。三五:三皇五帝。据《世本》,三皇指伏羲、神农、黄帝。据《易·系辞下》,五帝指伏羲、神农、黄帝、尧、舜。此“三五”泛指远古之时。

〔二〕九流参差,互相推陨:意谓九流学说各异,互相排斥。此犹《感士不遇赋》所谓“世流浪而遂徂,物群分以相形”。九流:《汉书·艺文志》所谓儒、道、阴阳、法、名、墨、纵横、杂、农等九家学派。推陨:排斥诋毁。

〔三〕形逐物迁,心无常准:意谓世人皆跟随世事之变化而变化,失去固定之准则。

〔四〕达人:事理通达之人。

〔五〕四体不勤,五谷不分,超超丈人,日夕在耘:赞颂荷蓧丈人。《论语·微子》:“子路从而后,遇丈人,以杖荷蓧。子路问曰:‘子见夫子乎?’丈人曰:‘四体不勤,五谷不分,孰为夫子?’植其杖而芸。”超超:远貌。

〔六〕辽辽沮溺，耦耕自欣，入鸟不骇，杂兽斯群：赞颂长沮、桀溺耦耕自欣，与鸟兽同群。《论语·微子》："长沮、桀溺耦而耕，孔子过之，使子路问津焉。……夫子怃然曰：'鸟兽不可与同群也，吾非斯人之徒与而谁与？天下有道，丘不与易也。'"

〔七〕至矣於(wū)陵，养气浩然，蔑彼结驷，甘此灌园：赞颂陈仲子之德达到极致。皇甫谧《高士传》：陈仲子居于於陵，"楚王闻其贤，欲以为相，遣使持金百镒，至於陵聘仲子。仲子入谓妻曰：'楚王欲以我为相，今日为相，明日结驷连骑，食方丈于前，意可乎？'妻曰：'夫子左琴右书，乐在其中矣。结驷连骑，所安不过容膝；食方丈于前，所甘不过一肉。今以容膝之安、一肉之味，而怀楚国之忧。乱世多害，恐先生不保命也！'于是出谢使者，遂相与逃去，为人灌园。"结驷：一车并驾四马，表示高贵显赫。《史记·仲尼弟子列传》："子贡相卫，而结驷连骑，排藜藿入穷阎，过谢原宪。"

〔八〕张生一仕，曾以事还，顾我不能，高谢人间：赞颂张挚。张挚字长公，《史记·张释之列传》："其子曰张挚，字长公，官至大夫，免。以不能取容当世，故终身不仕。"

〔九〕岧岧丙公，望崖辄归，匪矫匪吝，前路威夷：赞颂丙曼容。《汉书·龚胜传》："(邴)汉兄子曼容亦养志自修，为官不肯过六百石，辄自免去，其名过出于汉。"岧岧：高超貌。望崖辄归：言其为官不肯逾越一定之界限。匪矫匪吝：不矫饰亦不吝情。威夷：险阻。《文选》潘岳《西征赋》："登崤阪之威夷，仰崇岭之嵯峨。"李善注："《韩诗》曰：'周道威夷。'薛君曰：'威夷，险也。'"

〔一〇〕郑叟不合，垂钓川湄，交酌林下，清言究微：赞颂郑敬。《后汉书·郅恽传》载："敬字次都，清志高世，光武连征不到。"李贤等注引《谢沈书》曰："敬闲居不修人伦，新迁都尉逼为功曹。厅事前树时有清汁，以为甘露。敬曰：'明府政未能致甘露，此清木汁耳。'辞病去，隐处精学蛾陂中。阴就、虞延并辟，不行。同郡邓敬因折芰为坐，以荷荐肉，瓠瓢盈酒，言谈弥日，蓬庐荜门，琴书自娱。光武公车征，不行。"川湄：河边。究微：探究精妙之理。

〔一一〕孟尝游学，天网时疏，眷言哲友，振褐偕徂：赞颂薛包。《后汉书·刘赵淳于江刘周赵列传》："安帝时，汝南薛包孟尝，好学笃行，丧母，以至孝闻。……建光中，公车特征，至，拜侍中。包性恬虚，称疾不起，以死自乞。有诏赐告归，加礼如毛义。年八十馀，以寿终。"天网时疏：意谓朝廷法令偶有疏漏，得以称疾不起。振褐：抖落粗布衣服上之尘土。偕徂：共同隐去。

〔一二〕周子：指周阳珪，事迹不详。

〔一三〕翳翳衡门，洋洋泌流：《诗·陈风·衡门》："衡门之下，可以栖迟；泌之洋洋，可以乐饥。"泌：泉水。洋洋：大水貌。

〔一四〕俦：伴侣。

〔一五〕饮河既足，自外皆休：意谓生活要求容易满足，别无他求。《庄子·逍遥游》："鹪鹩巢于深林，不过一枝；偃鼠饮河，不过满腹。"

〔一六〕缅怀：遥念。

〔一七〕托契孤游：意谓寄托契合于古之孤游之人，即上述隐士。

读史述九章余读《史记》有所感而述之

夷齐①

二子让国，相将海隅②〔一〕。天人革命〔二〕，绝景穷居〔三〕。采薇高歌[四],慨想黄虞[五]。贞风凌俗,爰感懦夫[六]。

【校勘】

①夷齐:《艺文类聚》作"夷齐赞"。 ②相将:《艺文类聚》作"相随"。

【题解】

此九章皆读《史记》有感而发。"述",文体名,史篇后之论述,四言韵语。刘知幾《史通·论赞》:"马迁《自叙传》后,历写诸篇,各叙其意。既而班固变为诗体,号之曰述。范晔改彼述名,呼之以赞。"

"夷齐",伯夷、叔齐,孤竹君之二子。《史记·伯夷列传》载:夷、齐互让王位,先后逃海去。周武王伐纣,叩马而谏。武王统一天下,义不食周粟,隐于首阳山,采薇而食,遂饿死。

【编年】

葛立方以为晋宋易代后之作,其《韵语阳秋》:"世人论渊明自永初以后,不称年号,只称甲子,与思悦所论不同。观渊明《读史九章》,其间皆有深意,其尤章章者,如《夷齐》、《箕子》、《鲁二儒》三篇。《夷齐》云:'天人革命,绝景穷居。''贞风凌俗,爰感懦夫。'《箕子》云:'去乡之感,犹有迟迟。矧伊代谢,触物皆非。'《鲁二儒》云:'易代随时,迷变则愚。介介若人,特为正夫。'由是观之,则渊明委身穷巷,甘黔娄之贫而不自悔者,岂非以耻事二姓而然邪?"吴仁杰《陶靖节先生年谱》于晋恭帝元熙二年下曰:"夏六月,晋禅于宋。宋高祖改元永初。《读史述九章》……当是革命时作。"兹暂系于宋武帝永初元年庚申(四二〇)。

【笺注】

〔一〕相将:相随。海隅:海滨。《孟子·尽心上》:"伯夷辟纣,居北海之滨。”

〔二〕天人革命:指周武王伐纣。《易·革卦》:“汤、武革命,顺乎天而应乎人。”

〔三〕绝景:绝影,隐匿形迹。穷居:居于荒僻之地。

〔四〕采薇高歌:《史记·伯夷列传》:“武王已平殷乱,天下宗周,而伯夷、叔齐耻之,义不食周粟,隐于首阳山,采薇而食之。及饿且死,作歌。其辞曰:‘登彼西山兮,采其薇矣。以暴易暴兮,不知其非矣。神农、虞、夏忽焉没兮,我安适归矣?于嗟徂兮,命之衰矣!’遂饿死于首阳山。”薇:蕨也,山菜也。茎叶皆似小豆,蔓生,其味亦如小豆藿,可作羹,亦可生食。

〔五〕黄虞:黄帝、虞舜。

〔六〕贞风凌俗,爰感懦夫:意谓伯、齐之贞风非世俗之可及,且能激励懦夫也。《孟子·尽心下》:“故闻伯夷之风者,顽夫廉,懦夫有立志。”

箕子

去乡之感,犹有迟迟。矧伊代谢,触物皆非〔一〕。哀哀一作猗嗟箕子①,云胡能夷〔二〕?狡僮之歌②,凄矣其悲〔三〕。

【校勘】

①哀哀:一作“猗嗟”,亦通。 ②狡僮:李注本作“狡童”,亦通。

【题解】

“箕子”,殷纣臣。《史记·殷本纪》:“纣愈淫乱不止。微子数谏不听,乃与大师、少师谋,遂去。比干曰:‘为人臣者,不得不以死争。’乃强谏纣。纣怒曰:‘吾闻圣人心有七窍。’剖比干,观其心。箕子惧,乃佯狂为奴,纣又囚之。……周武王遂斩纣头,……释箕子之囚。”

【笺注】

〔一〕去乡之感,犹有迟迟。矧伊代谢,触物皆非:意谓离开故国尚且依依不舍,何况朝代更换,触物皆与昔日不同,感慨尤甚也。

〔二〕哀哀箕子,云胡能夷:意谓箕子之哀,何以能平乎?夷:平。

〔三〕狡僮之歌,凄矣其悲:意谓《麦秀》一诗表明箕子之悲也。《史记·宋微子世家》:“其后箕子朝周,过故殷虚,感宫室毁坏,生禾黍,箕子伤之,欲哭则不可,欲泣为其近妇人,乃作《麦秀》之诗以歌咏之。其诗曰:‘麦秀渐渐兮,禾黍油油。彼狡僮兮,不与我好兮!’所谓狡童者,纣也。殷民闻之,皆为流涕。”

管鲍

知人未易〔一〕,相知实难。淡美初交,利乖一作我岁寒[①]〔二〕。管生称心,鲍叔必安。奇情双亮,令名俱完〔三〕。

【校勘】

①乖:一作“我”,非是。

【题解】

“管鲍”,管仲、鲍叔。《史记·管晏列传》载:管仲“少时常与鲍叔牙游,鲍叔知其贤。管仲贫困,常欺鲍叔,鲍叔终善遇之,不以为言。已而鲍叔事齐公子小白,管仲事公子纠。及小白立为桓公,公子纠死,管仲囚焉。鲍叔遂进管仲。管仲既用,任政于齐,齐桓公以霸,九合诸侯,一匡天下,管仲之谋也。管仲曰:‘吾始困时,尝与鲍叔贾,分财利多自与,鲍叔不以我为贪,知我贫也。吾尝为鲍叔谋事而更穷困,鲍叔不以我为愚,知时有利不利也。吾尝三仕三见逐于君,鲍叔不以我为不肖,知我不遭时也。吾尝三战三走,鲍叔不以我为怯,知我有老母也。公子纠败,召忽死之,吾幽囚受辱,鲍叔不以我为无耻,知我不羞小节而耻功名不显于天下也。生我者父母,知我者鲍子也。'鲍叔既进管仲,以身下之。子孙世禄于齐,有封邑者十馀世,常为名大夫。天下不多管仲之贤而多鲍叔能知人也"。

【笺注】

〔一〕知人未易:《史记·范雎列传》:"人固未易知,知人亦未易也。"

〔二〕淡美初交,利乖岁寒:意谓初交时淡而且美,岁寒时则因利而乖离。淡美:《礼记·表记》:"故君子之接如水,小人之接如醴。君子淡以成,小人甘以坏。"岁寒:《论语·子罕》:"子曰:'岁寒,然后知松柏之后凋也。'"

〔三〕奇情双亮,令名俱完:意谓管鲍之佳事与美名交相辉映,俱得臻于至境也。奇:佳,美。情:事。《商君书·垦令》:"无宿治,则邪官不及为私利于民,而百官之情不相稽。"

程杵

遗生良难〔一〕,士为知己。望义如归,允伊二子〔二〕。程生挥剑,惧兹馀耻〔三〕。令德永闻,百代见纪一作祀〔四〕。

【题解】

"程杵",程婴、公孙杵臼,皆春秋时晋国人。程与赵朔友善,公孙为赵朔门人。赵朔为屠岸贾所害,满门遭斩,赵妻为公主,得免。屠岸贾欲杀害其遗腹子。公孙杵臼与程婴定计,营救赵氏孤儿。

公孙被害,程婴抚养孤儿长大,是为赵武。后赵武攻灭屠岸贾,程亦自杀以报公孙。事见《史记·赵世家》。

【笺注】

〔一〕遗生:舍弃生命,此指公孙杵臼与程婴先后捐躯。

〔二〕望义如归,允伊二子:意谓此二人诚然是望义如归也。允:信。

〔三〕程生挥剑,惧兹馀耻:意谓程生与公孙相约,冒死共同营救赵氏孤儿,公孙既已先死,程生后来遂亦挥剑自刭,以免耻辱。

〔四〕令德:美德。纪:纪念。

七十二弟子

恂恂舞雩,莫曰匪贤〔一〕。俱映日月,共飡至言〔二〕。恸由才难〔三〕,感为情牵〔四〕。回也早夭〔五〕,赐独长年一作永年,又作卒年①〔六〕。

【校勘】

①长年:一作"永年",亦通;又作"卒年",于义稍逊。

【题解】

"七十二弟子",《史记·孔子世家》:"孔子以诗书礼乐教,弟子盖三千焉,身通六艺者七十有二人。"

【笺注】

〔一〕恂恂(xún)舞雩,莫曰匪贤:意谓孔子弟子莫非温恭之贤人也。《史记·仲尼弟子列传》:"曾蒧字皙,侍孔子,孔子曰:'言尔志。'蒧曰:'春服既成,冠者五六人,童子六七人,浴乎沂,风乎舞雩,咏而归。'孔子喟尔叹曰:'吾与蒧也!'"恂恂:温恭之貌。舞雩:祈雨之祭坛。

〔二〕俱映日月,共飡至言:意谓孔子弟子道德高尚,皆与日月相辉映;共同聆听孔子之至理名言也。飡:同“餐”。《文选》王俭《褚渊碑文》:“餐舆诵于丘里,瞻雅咏于京国。”李善注:“餐,听也。”

〔三〕恸由才难:意谓孔子为颜回早亡而悲恸。《史记·仲尼弟子列传》:“回年二十九,发尽白,蚤死。孔子哭之恸,曰:‘自吾有回,门人益亲。’鲁哀公问:‘弟子孰为好学?’孔子对曰:‘有颜回者好学,不迁怒,不贰过。不幸短命死矣,今也则亡。’”才:指颜回。

〔四〕感为情牵:意谓孔子之感情为弟子所牵动。

〔五〕回:颜回。早夭:早死。

〔六〕赐:端木赐,即子贡。长年:长寿。

屈贾

进德修业,将以及时〔一〕。如彼稷契〔二〕,孰不愿之?嗟乎二贤,逢世多疑一作多逢世疑①。候詹写志②〔三〕,感鹏献辞〔四〕。

【校勘】

①逢世多疑:一作“多逢世疑”,于义稍逊。　②候詹:李本作“候瞻”,何本作“怀沙”,非是。

【题解】

“屈贾”,屈原、贾谊。《史记·屈原贾生列传》载:屈原者,名平,为楚怀王左徒,王甚任之。上官大夫与之同列,争宠而心害其能。因谗之,王怒而疏屈平。屈平疾王听之不聪也,谗谄之蔽明也,邪曲之害公也,方正之不容也,故忧愁幽思而作《离骚》。屈平既绌,其后,怀王大兴师伐秦。秦发兵击之,大破楚师于丹、淅,遂取楚之汉中地。时秦昭王与楚婚，欲与怀王会。怀王欲行，屈平曰：“秦虎狼之国，不可信，不如毋行。”怀王稚子子兰劝王行，怀王卒行。入武关，秦伏兵绝其后，因留怀王，以求割地。怀王怒，不听。亡走赵，赵不内。复之秦，竟死于秦而归葬。长子顷襄王立，以其弟子兰为令尹。楚人既咎子兰以劝怀王入秦而不反也。屈平既嫉之，虽放流，眷顾楚国，系心怀王，不忘欲反，冀幸君之一悟，俗之一改也。其存君兴国而欲反覆之，一篇之中三致志焉。令尹子兰闻之大怒，卒使上官大夫短屈原于顷襄王，顷襄王怒而迁之。乃作《怀沙》之赋。于是怀石遂自投汨罗以死。自屈原沉汨罗后百有馀年，汉有贾生，为长沙王太傅，过湘水，投书以吊屈原。贾生名谊，雒阳人也，文帝召以为博士。是时贾生年二十馀，最为少。孝文帝说之，超迁，一岁中至太中大夫。于是天子议以为贾生任公卿之位。绛、灌、东阳侯、冯敬之属尽害之，乃短贾生。于是天子后亦疏之，不用其议，乃以贾生为长沙王太傅。贾生既辞往行，闻长沙卑湿，自以寿不得长，又以适去，意不自得。及渡湘水，为赋以吊屈原。后岁馀，贾生征见。居顷之，拜贾生为梁怀王太傅。居数年，怀王骑，堕马而死，无后。贾生自伤为傅无状，哭泣岁馀，亦死。贾生之死时年三十三矣。

【笺注】

〔一〕进德修业，将以及时：《易·乾·文言》：“子曰：‘君子进德修业，欲及时也。’”

〔二〕如彼稷契（xiè），孰不愿之：意谓谁不愿如稷、契之得君王信任也。稷契：虞舜时二贤臣。稷：即后稷，名弃，任舜农官，教民稼穑，见《史记·周本纪》。契：商始祖帝喾之子，任舜司徒，敬敷五教，见《史记·殷本纪》。

〔三〕候詹写志：意谓屈原向郑詹尹问卜，并作《卜居》以明己志。

候:访。《汉书·张禹传》:"又禹小子未有官,上临候禹,禹数视其小子,上即禹床下拜为黄门郎,给事中。"詹:郑詹尹。屈原《卜居》云:"屈原既放,三年不得复见。竭知尽忠,而蔽鄣于谗。心烦虑乱,不知所从。往见太卜郑詹尹曰:'余有所疑,愿因先生决之。'"

〔四〕感鹏献辞:意谓贾谊有感于鹏鸟止于座隅,而作《鹏鸟赋》。鹏:鸮鸟,古人以为不祥。《史记·屈原贾生列传》:"贾生为长沙王太傅三年,有鸮飞入贾生舍,止于坐隅。楚人命鸮曰'服'。贾生既以适居长沙,长沙卑湿,自以为寿不得长,伤悼之,乃为赋以自广。"

韩非

丰狐隐穴,以文自残〔一〕。君子失时,白首抱关〔二〕。巧行居灾一作贤①〔三〕,忮辩召一作招患②〔四〕。哀矣韩生,竟死说难〔五〕。

【校勘】

①灾:一作"贤",李注本亦作"贤",非是。　②忮辩召患:绍兴本云"辩召"一作"自招",于义稍逊。忮:逯注曰李本作"伎"。需案:李本实亦作"忮"。

【题解】

"韩非",《史记·老子韩非列传》载:韩非者,韩之诸公子也。喜刑名法术之学,善著书。与李斯俱事荀卿,斯自以为不如非。非见韩之削弱,数以书谏韩王,韩王不能用。于是韩非作《孤愤》、《五蠹》、《内外储》、《说林》、《说难》十馀万言。人或传其书至秦。秦王曰:"嗟乎,寡人得见此人与之游,死不恨矣!"李斯曰:"此韩非之所著书也。"秦因急攻韩。韩王始不用非，及急，乃遣非使秦。秦王悦之，未信用。李斯、姚贾害之，毁之曰："韩非，韩之诸公子也。今王欲并诸侯，非终为韩不为秦，此人之情也。今王不用，久留而归之，此自遗患也，不如以过法诛之。"秦王以为然，下吏治非。李斯使人遗非药，使自杀。韩非欲自陈，不得见。秦王后悔之，使人赦之，非已死矣。

【笺注】

〔一〕丰狐隐穴，以文自残：意谓巨狐因皮毛美丽反而受害，比喻善辩者容易招祸。丰狐：巨狐。《庄子·山木》："夫丰狐、文豹，栖于山林，伏于岩穴，静也。……然且不免于罔罗机辟之患。是何罪之有哉？其皮为之灾也。"《韩非子·喻老》："翟人有献丰狐、玄豹之皮于晋文公。文公受客皮而叹曰：'此以皮之美自为罪。'"

〔二〕君子失时，白首抱关：意谓君子若失去时机，到老只能屈居下位。《史记·魏公子列传》载："魏有隐士曰侯嬴，年七十，家贫，为大梁夷门监者。公子闻之，往请，欲厚遗之。不肯受，曰：'臣修身洁行数十年，终不以监门困故而受公子财。'公子于是乃置酒大会宾客。坐定，公子从车骑，虚左，自迎夷门侯生。侯生摄敝衣冠，直上载公子上坐，不让，欲以观公子。公子执辔愈恭。"后侯嬴果为魏公子出奇计窃符却秦军。抱关：指监门小吏。

〔三〕巧行：指机巧之行为。居灾：处于祸患之中。

〔四〕忮（zhì）辩：强辩，指韩非。召患：召致祸患。

〔五〕哀矣韩生，竟死说难：意谓韩非虽知说之难，而竟未能自免于说难也。《史记·老子韩非列传》："然韩非知说之难，为说难书甚具，终死于秦，不能自脱。"

鲁二儒[1]

易代一作大易随时[2]，迷变则愚〔一〕。介介若人[3]，特为贞夫〔二〕。德不百年，污我诗书〔三〕。逝然不顾[4]〔四〕，被褐幽居。

【校勘】

①鲁二儒:《艺文类聚》作"鲁二儒赞"。　②易代:一作"大易";《艺文类聚》作"易大",于义稍逊。　③介介:《艺文类聚》作"芬芳",亦通。　④逝然:《艺文类聚》作"逝焉",亦通。

【题解】

"鲁二儒",《史记·刘敬叔孙通列传》载:"汉五年,已并天下,诸侯共尊汉王为皇帝于定陶,叔孙通就其仪号。高帝悉去秦苛仪法,为简易。群臣饮酒争功,醉或妄呼,拔剑击柱,高帝患之。叔孙通知上益厌之也,说上曰:'夫儒者难与进取,可与守成。臣愿征鲁诸生,与臣弟子共起朝仪。'高帝曰:'得无难乎?'叔孙通曰:'五帝异乐,三王不同礼。礼者,因时世人情为之节文者也。故夏、殷、周之礼所因损益可知者,谓不相复也。臣愿颇采古礼与秦仪杂就之。'上曰:'可试为之,令易知,度吾所能行为之。'于是叔孙通使征鲁诸生三十馀人。鲁有两生不肯行,曰:'公所事者且十主,皆面谀以得亲贵。今天下初定,死者未葬,伤者未起,又欲起礼乐。礼乐所由起,积德百年而后可兴也。吾不忍为公所为。公所为不合古,吾不行。公往矣,无污我!'叔孙通笑曰:'若真鄙儒也,不知时变。'"

【笺注】

〔一〕易代随时,迷变则愚:意谓应易代随时,如不知时变则愚蠢矣。此二句重复叔孙通之论。

〔二〕介介若人，特为贞夫：意谓鲁之二儒不苟同叔孙通，真乃耿介忠贞之人也。介介：介然孤高，不同流俗。若人：彼人，指鲁二儒。特：特立出众。贞夫：志节坚定、操守方正之人。

〔三〕德不百年，污我诗书：指鲁二儒所谓"礼乐所由起，积德百年而后可兴也。吾不忍为公所为。公所为不合古，吾不行。公往矣，无污我！"

〔四〕逝然：逝通"誓"，表示决绝。

张长公①

远一作达哉长公②〔一〕，萧然何事〔二〕？世路多端，皆为我异一曰出路皆为，而我独异③〔三〕。敛辔朅来〔四〕，独养其志④。寝迹穷年〔五〕，谁知斯意。

【校勘】

①张长公：《艺文类聚》作"张长公赞"。　②远：一作"达"，《艺文类聚》作"达"，亦通。　③世路多端，皆为我异：注一曰"出路皆为，而我独异"。注原在篇末，兹移至句下。绍兴本注：一作"世路多伪，而我独异"。《艺文类聚》作"世路皆同，而我独异"。④独：《艺文类聚》作"闲"。

【题解】

"张长公"，《史记·张释之列传》："久之，释之卒。其子曰张挚，字长公，官至大夫，免。以不能取容当世，故终身不仕。"

【笺注】

〔一〕远：魏晋品评人物多用"远"字，如"远操"（《世说新语·栖逸》），"远致"（《世说新语·品藻》）。意谓高出世人，不同流俗。

〔二〕萧然何事:意谓生活宁静而无世俗之干扰。《世说新语·栖逸》:"阮光禄在东山,萧然无事,常内足于怀。"

〔三〕世路多端,皆为我异:意谓世路纷乱歧出,而皆与张长公相异也。为:犹"与"。《孟子·公孙丑下》:"得之为有财,古之人皆用之。"王引之《经传释词》卷二:"为,犹与也。……言得之与有财也。"

〔四〕敛辔朅(qiè)来:意谓收回缰绳辞官归隐。朅:去。《文选》张衡《思玄赋》:"回志朅来从玄谋,获我所求夫何思。"李善注:"朅,去也。刘向《七言》曰:'朅来归耕永自疏。'"

〔五〕寝迹:隐没踪迹,意犹隐居。穷年:整年。

陶渊明集笺注卷第七疏祭文四首

与子俨等疏[1]〔一〕

告俨、俟、份、佚、佟〔二〕:天地赋命〔三〕,生必有死[2]。自古贤圣,谁独能免[3]? 子夏有言曰[4]:"死生有命,富贵在天〔四〕。"四友之人一曰四方之友[5],亲受音旨一作德音〔五〕。发斯谈者〔六〕,将非穷达不可妄求[6],寿夭永无外请故耶? 吾年过五十,而穷苦荼毒原作少而穷苦,一下有荼毒二字。《宋书》、《南史》、《册府元龟》作吾年过五十,而穷苦荼毒[7]〔七〕,每以家弊[8],东西游走〔八〕。性刚才拙,与物多忤〔九〕。自量为己〔一〇〕,必贻俗患[9]〔一一〕。僶俛辞世〔一二〕,使汝等幼而饥寒[10]。余尝感孺仲贤妻之言〔一三〕,败絮自原作息,《册府元龟》作自拥[11],何惭儿子。此既一事矣〔一四〕。但恨邻靡二仲〔一五〕,室无莱妇〔一六〕,抱兹苦心,良独内愧[12]〔一七〕。少学一作好琴书一作少来好书,偶爱闲静,开卷有得,便欣然忘食。见树木交荫,时鸟变声,亦复欢然一作尔有喜。常言:五六月中[13],北窗下卧,遇凉风暂至〔一八〕,自谓是羲皇上人〔一九〕。意浅识罕[14]〔二〇〕,谓斯言可保〔二一〕。日月遂一作逝往，机巧好疏〔二二〕。缅求在昔〔二三〕，眇然如何〔二四〕！疾患以来，渐就衰损〔二五〕。亲旧不遗[15]，每以药石见救〔二六〕，自恐大分将有限也[16]〔二七〕。汝辈稚小家贫，每一作无役柴水之劳，何时可免？念之在心，若何可言。然汝等虽不原作曰，注一作不同生[17]〔二八〕，当思四海皆兄弟之义〔二九〕。鲍叔、管仲，分财无猜〔三〇〕；归生、伍举，班荆道旧〔三一〕，遂能以败为成〔三二〕，因丧立功〔三三〕。他人尚尔，况同父之人哉！颍川韩元长〔三四〕，汉末名士。身处卿佐，八十而终[18]。兄弟同居，至于没齿〔三五〕。济北范稚春《南史》作幼春，《宋书》作氾稚[19]〔三六〕，晋时操行人也。七世同财，家人无怨色一作辞。《诗》曰[20]："高山仰止，景行行止〔三七〕。"虽不能尔，至心尚之一作善〔三八〕。汝其慎哉！吾复何言。

【校勘】

①与子俨等疏：《宋书》、《南史》、《册府元龟》作"与子书"。②生必有死：《宋书》作"有往必终"，《册府元龟》作"有生必终"。③独能：李注本作"能独"。④子夏有言曰：李注本无"曰"字。⑤四友之人：一作"四方之友"，非是。⑥将：《宋书》作"岂"。⑦吾年过五十，而穷苦荼毒：原作"吾年过五十，少而穷苦"。底本校曰"一下有荼毒二字"。霈案：检《宋书》、《南史》、《册府元龟》，均作"吾年过五十，而穷苦荼毒"，无"少"字而多"荼毒"二字，"吾年过五十"下接"少而穷苦"，上句既已曰"年过五十"，下句复曰少时如何，文意殊不连贯。且后文又曰"少学琴书，偶爱闲静"，叙述次序亦颇颠倒。当从《册府元龟》、《宋书》、《南史》。⑧每以家弊：《宋书》作"以家贫弊"。⑨俗患：《册府元龟》作"患累"。⑩《宋书》无"等"字，句末有"耳"字。⑪自：原作

"息",《册府元龟》、《宋书》、李注本作"自",今据改。 ⑫内愧:《册府元龟》、《宋书》作"罔罔",亦通。 ⑬五六月中:《册府元龟》、《宋书》无"中"字。 ⑭罕:《册府元龟》、《宋书》作"陋",亦通。 ⑮亲:《册府元龟》作"故",亦通。 ⑯《宋书》句首有"恨"字。 ⑰不:原作"曰",底本校曰"一作不",今据改。 ⑱八十:李注本作"七十",为是。 ⑲范稚春:《南史》作"幼春",《宋书》作"氾稚"。 ⑳曰:《宋书》作"云"。

【题解】

《艺文类聚》卷二三"鉴诫"中多有诫子书,其用散文者,如后汉郑玄有《戒子》,魏王肃、王昶有《家诫》,诸葛亮有《诫子》,晋嵇康有《家戒》。另,汉刘向有《诫子歆书》,后汉张奂有《诫兄子书》、司马徽有《诫子书》、马援有《诫兄子书》,晋羊祜有《诫子书》、雷次宗有《与子侄书》。渊明此文题目或作《与子书》,亦属同类。可见汉魏以来通行此种文体,主旨在训诫后辈;或有感叹生死之内容,未必即是遗嘱也。与渊明同时之雷次宗《与子侄书》曰:"犬马之齿,已逾知命。"并非临终之遗嘱,此文亦然。郑文焯曰:"李公焕谓为临终诫子遗训,未免迂缪耳。又有'大分有限',即承上文'渐就衰损'句意,非谓疾之在渐,沾沾虑及身后也。《宋书·隐逸传》所云与子书以言其志,并为训诫,斯语得之。"桥川时雄曰:"《与子俨等疏》一篇,目为陶公遗训,不始于元李公焕,唐人已有此说。《太平御览》卷五百九十三引为《陶渊明遗诫》,然细味文义,即知其非,仍以大鹤说为是。"(清郑文焯批日本桥川时雄校补《陶集郑批录》)

【编年】

文曰:"疾患以来,渐就衰损。亲旧不遗,每以药石见救,自恐大分将有限也。"可见是病中所作。据《册府元龟》、《宋书》、《南史》所录"吾年过五十,而穷苦荼毒",则此文必作于五十岁后。文曰:“性刚才拙,与物多忤。自量为己,必贻俗患。俛俛辞世,使汝等幼而饥寒。”乃指其出仕之经历与感受,以及最终辞彭泽令事。辞彭泽令在五十四岁,兹姑系此文于晋安帝义熙三年(四〇七),五十六岁,或大致不差。渊明辞彭泽令时长子十九岁,幼子十一岁,与《疏》所谓“汝辈稚小家贫”不悖。又,文曰:“济北范稚春,晋时操行人也。”或以为既称“晋时”,当是入宋后所作。然上文有“颍川韩元长,汉末名士”之语,故下接“晋时”,以承上“汉末”。不能据此肯定此文必作于入宋之后也。

【笺注】

〔一〕俨:渊明长子名。疏:书信。

〔二〕俨、俟、份、佚、佟:渊明五子,见《责子》诗注。

〔三〕天地赋命:意谓天地赋予人生命。

〔四〕死生有命,富贵在天:《论语·颜渊》:“子夏曰:‘商闻之矣:死生有命,富贵在天。君子敬而无失,与人恭而有礼;四海之内,皆兄弟也。君子何患乎无兄弟也?’”子夏,姓卜,名商,孔子弟子。

〔五〕四友之人,亲受音旨:意谓四友亲受孔子之教诲。四友:旧题孔鲋撰《孔丛子·论书》:“孔子曰:‘吾有四友焉。自吾得回(颜渊)也,门人加亲,是非胥附乎?自吾得赐(子贡)也,远方之士日至,是非奔辏乎?自吾得师(子张)也,前有光,后有辉,是非先后乎?自吾得仲由(子路)也,恶言不至于门,是非御侮乎?’”《孔丛子》所谓“四友”无子夏。或渊明另有所据,四友包括子夏;或意谓子夏与四友同列。音旨:言辞旨意。《世说新语·赏誉》:“讽味遗言,不如亲承音旨。”或渊明意谓“死生有命,富贵在天”乃闻自孔子也。

〔六〕斯谈:指“死生有命,富贵在天”之论。

〔七〕吾年过五十，而穷苦荼毒：意谓五十以后而仍穷困且甚感苦痛也。荼毒：《书·汤诰》："尔万方百姓，罹其凶害，弗忍荼毒。"孔传："荼毒，苦也。"

〔八〕每以家弊，东西游走：渊明享年七十六岁，其五十岁前后正在"东西游走"，五十岁在桓玄幕中，曾回寻阳休假，又赴江陵；五十三岁任镇军参军，自寻阳至京口；五十四岁为建威参军，使都，经钱溪；同年为彭泽县令，在官八十馀日，自免职。渊明五十岁后之经历与此二句正合。

〔九〕物：人，众人。《左传》昭公十一年："晋荀吴谓韩宣子曰：'不能救陈，又不能救蔡，物以无亲。'"《世说新语·方正》："卢志于众坐问陆士衡：'陆逊、陆抗是君何物？'"忤：抵忤。

〔一〇〕量：思量。

〔一一〕贻：遗留，致使。陆机《吊魏武帝文》："既睎古以遗累，信简礼而薄葬，彼裘绂于何有，贻尘谤于后王。"俗患：世俗之患难。

〔一二〕僶俛辞世：努力辞世归隐。辞世：避世，隐居。陆机《汉高祖功臣颂》："怡颜高览，弥翼凤戢。托迹黄老，辞世却粒。"

〔一三〕孺仲贤妻：指王霸之妻，霸字孺仲。《后汉书·列女传》："太原王霸妻者，不知何氏之女也。霸少立高节，光武时，连征不仕。霸已见《逸民传》。妻亦美志行。初，霸与同郡令狐子伯为友，后子伯为楚相，而其子为郡功曹。子伯乃令子奉书于霸，车马服从，雍容如也。霸子时方耕于野，闻宾至，投耒而归，见令狐子，沮怍不能仰视。霸目之，有愧容，客去而久卧不起。妻怪问其故，始不肯告，妻请罪，而后言曰：'吾与子伯素不相若，向见其子容服甚光，举措有适，而我儿曹蓬发历齿，未知礼则，见客而有惭色。父子恩深，不觉自失耳。'妻曰：'君少修清节，不顾荣禄。今子伯之贵孰与君之高？奈何忘宿志而慚儿女子乎！’霸屈起而笑曰：‘有是哉！’遂共终身隐遁。”《后汉书·逸民传》：“王霸字儒仲，太原广武人也。少有清节。及王莽篡位，弃冠带，绝交宦。建武中，征到尚书，拜称名，不称臣。有司问其故，霸曰：‘天子有所不臣，诸侯有所不友。’司徒侯霸让位于霸。阎阳毁之曰：‘太原俗党，儒仲颇有其风。’遂止。以病归。隐居守志，茅屋蓬户。连征不至，以寿终。”

〔一四〕此既一事矣：连上句意谓自己之境遇既与孺仲一样，使诸子陷于饥寒之中；但恨妻子不如孺仲妻之贤也。

〔一五〕二仲：指求仲、羊仲。赵岐《三辅决录》：“蒋诩字元卿，舍中三径，唯羊仲、求仲从之游。皆挫廉逃名不出。”

〔一六〕莱妇：老莱子之妻。刘向《列女传》：“莱子逃世，耕于蒙山之阳。……其妻戴畚莱挟薪樵而来，曰：‘何车迹之众也？’老莱子曰：‘楚王欲使吾守国之政。’妻曰：‘许之乎？’曰：‘然。’妻曰：‘妾闻之，可食以酒肉者，可随以鞭捶；可授以官禄者，可随以铁钺。今先生食人酒肉，受人官禄，为人所制也，能免于患乎？妾不能为人所制！’投其畚莱而去。……老莱子乃随其妻而居之。”

〔一七〕良：甚。

〔一八〕暂：猝，忽然。郭在贻《陶集劄迻》引《汉书·李广传》：“暂腾而上胡儿马。”《论衡·讲瑞》：“非卒见暂闻而辄名之为圣也。”《三国志·蜀书·郤正传》：“故从横者欻披其胸，狙诈者暂吐其舌也。”曰：卒、暂互文，欻、暂互文，暂即卒、欻也。

〔一九〕羲皇上人：伏羲氏以前之人，指远古真淳之人。

〔二〇〕意浅识罕：意谓所思者简单，所见者亦寡陋也。

〔二一〕谓斯言可保：意谓原以为上所常言之生活可保无虞也。

〔二二〕机巧好疏：意谓县疏于投机取巧之事。与上“性刚才拙”意近。

〔二三〕缅求：远求。在昔：昔日之生活。

〔二四〕眇然如何：意谓昔日之生活已渺茫不可求矣。

〔二五〕疾患以来，渐就衰损：此指中年染疾之事，非临终之疾病也。

〔二六〕药石：泛指药物。《左传》襄公二十三年：孟孙卒，“臧孙入哭，甚哀，多涕。出，其御曰：‘孟孙之恶子也，而哀如是。季孙若死，其若之何？’臧孙曰：‘季孙之爱我，疾疢也；孟孙之恶我，药石也。美疢不如恶石。夫石犹生我，疢之美，其毒滋多。孟孙死，吾亡无日矣。’”孔颖达疏：“治病药分用石，《本草》所云钟乳、矾、磁石之类多矣。”

〔二七〕大分(fèn)：大限，寿数。

〔二八〕虽不同生：此谓虽非同母所生。

〔二九〕四海皆兄弟：《论语·颜渊》：“司马牛忧曰：‘人皆有兄弟，我独亡！’子夏曰：‘商闻之矣：死生有命，富贵在天。君子敬而无失，与人恭而有礼；四海之内，皆兄弟也。君子何患乎无兄弟也？’”

〔三〇〕鲍叔、管仲，分财无猜：意谓鲍叔与管仲同贾，而分财无所猜忌也。《史记·管晏列传》：“管仲夷吾者，颍上人也。少时常与鲍叔牙游，鲍叔知其贤。管仲贫困，常欺鲍叔，鲍叔终善遇之，不以为言。已而鲍叔事齐公子小白，管仲事公子纠。及小白立为桓公，公子纠死，管仲囚焉。鲍叔遂进管仲。”《索隐》引《吕氏春秋》：“管仲与鲍叔同贾南阳，及分财利，而管仲尝欺鲍叔，多自取。鲍叔知其有母而贫，不以为贪也。”

〔三一〕归生、伍举，班荆道旧：意谓归生（子朝之子，即声子）与伍举旧谊不改。《左传》襄公二十六年：“初，楚伍参与蔡太师子朝友,其子伍举与声子相善也。伍举娶于王子牟。王子牟为申公而亡,楚人曰:'伍举实送之。'伍举奔郑,将遂奔晋。声子将如晋,遇之于郑郊,班荆相与食,而言复故。声子曰:'子行也,吾必复子。'"后来,声子果真通过令尹子木报告楚王,让伍举回到楚国,益其禄爵。

〔三二〕以败为成:上接鲍叔、管仲事。《史记·管晏列传》:"管仲既用,任政于齐,齐桓公以霸,九合诸侯,一匡天下,管仲之谋也。管仲曰:'吾始困时,尝与鲍叔贾,分财利多自与,鲍叔不以我为贪,知我贫也。吾尝为鲍叔谋事而更穷困,鲍叔不以我为愚,知时有利不利也。吾尝三仕三见逐于君,鲍叔不以我为不肖,知我不遭时也。吾尝三战三走,鲍叔不以我为怯,知我有老母也。公子纠败,召忽死之,吾幽囚受辱,鲍叔不以我为无耻,知我不羞小节而耻功名不显于天下也。生我者父母,知我者鲍子也。'"

〔三三〕因丧立功:上接归生、伍举事,意谓伍举原先逃亡在外,后来回到楚国,终于立功。《左传》昭公元年:"冬,楚公子围将聘于郑,伍举为介。未出竟,闻王有疾而还。伍举遂聘。十一月己酉,公子围至,入问王疾,缢而弑之,遂杀其二子幕及平夏。"是为楚灵王。

〔三四〕韩元长:《后汉书·韩韶传》:"子融,字元长。少能辩理而不为章句学。声名甚盛,五府并辟。献帝初,至太仆。年七十卒。"又《申屠蟠传》:"中平五年,复与爽、玄及颍川韩融、陈纪等十四人并博士征,不至。明年,董卓废立,蟠及爽、融、纪等复俱公车征,唯蟠不到。众人咸劝之,蟠笑而不应。居无几,爽等为卓所协迫,西都长安,京师扰乱。及大驾西迁,公卿多遇兵饥,室家流散,融等仅以身脱。"渊明所谓八十而终,恐未确。

〔三五〕兄弟同居，至于没齿：未知渊明何据。没齿：终身。《论语·宪问》："问管仲。曰：'人也。夺伯氏骈邑三百，饭疏食，没齿无怨言。'"

〔三六〕范稚春：《晋书·儒林传》："氾毓字稚春，济北卢人也。奕世儒素，敦睦九族，客居青州，逮毓七世，时人号其家'儿无常父，衣无常主'。毓少履高操，安贫有志业。父终，居于墓所三十馀载，至晦朔，躬扫坟垄，循行封树，还家则不出门庭。或荐之武帝，召补南阳王文学、秘书郎、太傅参军，并不就。于时青土隐逸之士刘兆、徐苗等皆务教授，惟毓不蓄门人，清净自守。时有好古慕德者谘询，亦倾怀开诱，以一隅示之。合三传为之解注，撰《春秋释疑》、《肉刑论》，凡所述造七万馀言。年七十一卒。"

〔三七〕高山仰止，景行行止：见《诗·小雅·车辖》。

〔三八〕至心尚之：意谓以至诚之心向慕之。至：极。至心：诚心。孔融《论盛孝章书》："昭王筑台以尊郭隗，隗虽小才而逢大遇，竟能发明主之至心。"

【考辨】

李注引赵泉山曰：五十当作三十，"靖节从此十一年间，自浔阳至建业，再返；又至江陵，再返，故云东西游走。及四十一岁，序其倦游于《归去来》云：'心惮远役。'四十八岁《答庞参军》诗云：'我实幽居士，无复东西缘。'若年过五十，时投闲十年矣，尚何游宦之有？"陶注："序云'少而穷苦'，乃追述之辞，岂谓东西游走在五十后哉？即依《宋书》无少字，非追述，游走不定解作游宦。先生虽赋归，而与王抚军、殷晋安往来酬答，亦无妨以东西游走为言也。赵说似滞，五十不必改三十。"

需案：赵说并无版本依据，臆改原文，以迁就渊明享年六十三岁之说，不可取。陶说亦牵强，游走前有“东西”二字，显非寻阳一地之酬答也。且殷晋安与渊明为邻，其相互酬答更不可谓之东西游走。陶澍拘于渊明享年六十三岁说，此处绝难解释，遂曲为之说，亦不可取。

【析义】

渊明此文自叙平生，感叹家庭贫困，疾患缠身，不为妻子理解。劝勉诸子安贫乐道，和睦相处。其中解释其辞官原因为避患：“性刚才拙，与物多忤。自量为己，必贻俗患。”所谓莱妇之言亦是避患意，颇可注意。“少学琴书”一段令人向往。方宗诚《陶诗真诠》曰：“‘开卷有得’二句，与古为徒也。‘见树木交荫，时鸟变声，亦复欢然有喜’，与天为徒也。‘自谓是羲皇上人’，渊明平生自期待者如此。”

祭程氏妹文

维晋义熙三年〔一〕，五月甲辰〔二〕，程氏妹服制再周〔三〕。渊明以少牢之奠〔四〕，俯而酹一作裸之①〔五〕。呜呼哀哉！寒往暑来，日月寖疏〔六〕。梁尘委积〔七〕，庭草荒芜〔八〕。寥寥空室，哀哀一作哀哉遗孤②。肴觞虚奠，人逝焉如〔九〕！谁无兄弟，人亦同生。嗟我与尔，特百原作迫，注一作百常情③〔一〇〕。慈妣早世〔一一〕，时尚孺婴。我年二六〔一二〕，尔才九龄。爰从靡识，抚髫一作髻相成④〔一三〕。咨尔一作余令妹⑤〔一四〕，有德有操。靖恭鲜一作斯言⑥〔一五〕，闻善则乐。能正能和，惟友惟孝。行止中闺，可象可效〔一六〕。我闻为一作惟善⑦，庆自己蹈〔一七〕。彼苍何偏，而不斯报〔一八〕！昔在江陵，重罹天罚〔一九〕。兄弟索居，乖隔楚越〔二〇〕。伊我与尔一作令妹⑧，百哀一作忧是切⑨〔二一〕。黯黯高云，萧萧冬月。白雪原作白云，注一作白雪掩晨⑩，长风悲节〔二二〕。感惟崩号，兴言泣血〔二三〕。寻念平昔，触事未远〔二四〕。书疏犹存，遗孤满眼。如何一往，终天不返〔二五〕！寂寂高堂，何时复践？藐藐孤女，曷依曷恃〔二六〕？茕茕游一作孤魂⑪，谁主谁祀〔二七〕？奈何程妹，于此永已！死如有知，相见蒿里〔二八〕。呜呼哀哉！

【校勘】

①酹：一作“裸”，祭名，酌酒灌地之礼。亦通。 ②哀哀：一作“哀哉”，亦通。 ③百：原作“迫”，底本校曰“一作百”，今据改。李注：“《（晋书）谢玄传》：‘痛百常情。’作迫，非。”霈案：此语见谢玄上疏：“不谓臣愆咎夙积，罪钟中年，上延亡叔臣安、亡兄臣靖，数月之间，相系殂背，下逮稚子，寻复夭昏。哀毒兼缠，痛百常情。臣不胜祸酷暴集，每一恸殆弊。” ④鬒：一作“髩”，非是。 ⑤尔：一作“余”，亦通。 ⑥鲜：一作“斯”，形近而讹。 ⑦为：一作“惟”，亦通。 ⑧与尔：一作“令妹”，亦通。 ⑨哀：一作“忧”，亦通。 ⑩白雪：原作“白云”，底本校曰“一作白雪”，今据改。上句曰“黯黯高云”，复言“白云掩晨”，于义为逊。 ⑪游：一作“孤”，亦通。

【题解】

“程氏妹”，嫁于程氏之妹，渊明庶母所生。

【编年】

文曰：“维晋义熙三年，五月甲辰，程氏妹服制再周。渊明以少牢之奠，俯而酹之。”是年为丁未年，公元四〇七年。据《归去来兮辞》,程氏妹卒于义熙元年(四〇五)。

【笺注】

〔一〕维:句首助词。

〔二〕甲辰:据《二十四史朔闰表》为五月六日。

〔三〕服制再周:服制,丧服制度。据《仪礼·丧服》,丧服分五等,名为五服。已嫁姊妹,按服制为大功服,其服用熟麻布做成,服期九月。渊明撰《归去来兮辞》时在义熙元年十一月,此时程氏妹"寻卒于武昌",至义熙三年五月,正十八个月,即已满两个服期,故曰服制再周。

〔四〕少牢:祭祀时用牛、羊、猪三牲曰太牢;只用羊、猪二牲曰少牢。奠:祭奠。

〔五〕酹(lèi):以酒洒地表示祭奠。

〔六〕寒往暑来,日月寖(jìn)疏:意谓距程氏妹之丧,岁月已渐远矣。寖:逐渐。

〔七〕梁尘:屋梁上之尘土。

〔八〕庭草:庭院中之荒草。

〔九〕肴觞虚奠,人逝焉如:意谓虚有肴觞之奠,而人已不知何往矣。

〔一〇〕谁无兄弟,人亦同生。嗟我与尔,特百常情:意谓兄弟中我唯与尔感情最深也。同生:谓同父所生。特百常情:独百倍于常情。

〔一一〕慈妣:此指渊明庶母,程氏妹生母。

〔一二〕二六:十二岁。

〔一三〕爰从靡识,抚髫相成:意谓从童年无知之时,即相抚相亲一起成长。爰:乃。靡识:无知。髫:小儿垂发。

〔一四〕咨:叹息声。令:美,表示赞美。

〔一五〕靖恭鲜言:意谓静肃恭谨而少言寡语。《文选》班昭《东征赋》:“靖恭委命,唯吉凶兮。”刘良注:“靖思恭敬。”

〔一六〕行止中闺,可象可效:意谓一动一静,皆可作为妇女之榜样。可象:可以作榜样。《左传》襄公三十一年:“有威而可畏谓之威,有仪而可象谓之仪。君有君之威仪,其臣畏而爱之,则而象之,故能有其国家,令闻长世。……文王之行,至今为法,可谓象之。”效:效法。

〔一七〕我闻为善,庆自己蹈:意谓福取决于自己之行为,为善可得也。庆:福。蹈:履行。《穀梁传》隐公元年:“蹈道则未也。”陆德明释文:“蹈,履行之名也。”

〔一八〕彼苍何偏,而不斯报:意谓苍天何其偏颇,而不予善人以善报耶?彼苍:《诗·秦风·黄鸟》:“彼苍者天。”

〔一九〕昔在江陵,重罹天罚:指渊明在江陵桓玄幕中,母孟氏卒,时在晋隆安五年(四〇一)。罹:遭受。天罚:上天之惩罚。逯注:“古人以为父母逝世,由于本人得罪上天,祸延于父母,故此以母死乃遭受天罚。又因庶母前已死亡,所以这里说重罹天罚。”

〔二〇〕兄弟索居,乖隔楚越:意谓兄弟分离,不得团聚。逯注:“《庄子·德充符》:‘自其异者视之,肝胆楚越也。’楚越指地区不同,非实指地名。”

〔二一〕百哀是切:深感百哀也。

〔二二〕悲节:犹言悲声。节:节奏、节拍。

〔二三〕感惟崩号,兴言泣血:意谓有感于心则悲痛号哭,一举哀即泣而出血。崩:痛也,如崩伤、崩感、崩摧。号:号哭。兴:举,指举哀。言:语助词。

〔二四〕寻念平昔,触事未远:意谓追念往昔丧母情形,如在眼前。触事：遇事。郭璞《方言序》："余少玩雅训，旁味方言，复为之解。触事广之，演其未及，摘其谬漏，庶以燕石之瑜，补琬琰之瑕。"

〔二五〕终天：意谓如天之久远。潘岳《哀永逝文》："今奈何兮一举，邈终天兮不反。"

〔二六〕藐藐孤女，曷依曷恃：意谓程氏妹之遗孤远在异地，无所依靠。藐藐：遥远貌。《楚辞·离骚》："抑志而弭节兮，神高驰之邈邈。"王逸注："邈邈，远貌。"渊明《时运》："邈邈遐景，载欣载瞩。"曷：何。恃：依靠。《诗·小雅·蓼莪》："无父何怙？无母何恃？"

〔二七〕茕茕（qióng）游魂，谁主谁祀：意谓程氏妹孤独之游魂，谁为之主为之祭耶？

〔二八〕蒿里：相传是死者魂魄所归之处，在泰山下。《乐府诗集》相和曲《蒿里》："蒿里谁家地，聚敛魂魄无贤愚。"

【考辨】

梁启超谓"慈妣"乃"慈考"之误。梁《谱》太元八年下曰：先生十二岁丧父，"先生以是年丁忧，明见于《祭程氏妹文》。……据此文则是丧母也。然颜《诔》云：'母老子幼，就养勤匮。'颜延之与先生交旧，语当可信。此两文不能相容，必有一为传写之误，非颜《诔》父误母，则《祭文》考误妣矣。按《命子》篇称其父曰'仁考'，是长子俨生时，先生父已没。又《庚子岁从都还篇》云：'归子念前途，凯风负我心。'是先生二十九岁时其母犹存。然则《祭文》'妣'字必误也。殆原作'慈考'，俗子传钞，以慈当属妣，故妄改耶？"古《谱》太元十二年下申其说，证以"称父为慈，盖常语也。……况《祭妹文》曰：'谁无兄弟，人亦同生。嗟我与汝，特百常情。'其为同母兄妹，先生固明言之。"

需案:梁氏所说乃其推测,并无版本依据。陶《谱》所言不差:“然则‘慈妣早世’者,盖程氏妹之生母,而先生之庶母也。”

【析义】

程氏妹虽非渊明同母所生,然因其九岁丧母,由渊明生母抚养,感情非同一般。故先以其卒而辞彭泽令,后又为文祭之,而且特别回忆自己生母丧时,两人之悲痛也。文末言:“死如有知,相见蒿里。”情深意厚,足见渊明之为人。

祭从弟敬远文

岁在辛亥,月惟仲秋〔一〕,旬有九日〔二〕,从弟敬远,卜辰云窆,永宁后土[①]〔三〕。感平生之游处,悲一往之不返〔四〕。情恻恻以一作而摧心[②]〔五〕,泪愍愍一作悠悠而盈眼[③]〔六〕。乃以园果时醪,祖其将行〔七〕。呜呼哀哉!於铄吾弟一作子[④]〔八〕,有操有概。孝发幼龄,友自天爱。少思寡欲,靡执靡介〔九〕。后己先人,临财思惠〔一〇〕。心遗得失〔一一〕,情不依世〔一二〕。其色能温,其言则厉〔一三〕。乐胜朋高〔一四〕,好是文艺〔一五〕。遥遥帝乡,爰感奇心〔一六〕。绝粒委务〔一七〕,考盘山阴〔一八〕。淙淙悬溜〔一九〕,暧暧荒林。晨采上药〔二〇〕,夕闲素琴〔二一〕。曰仁者寿〔二二〕,窃独信之。如何斯言,徒能见欺[⑤]。年甫过立〔二三〕,奄与世辞〔二四〕。长归蒿里〔二五〕,邈无还期。惟我与尔,匪但一作且,一作偶亲友[⑥]〔二六〕,父则同生,母则从母〔二七〕。相及龆齿[⑦],并罹偏咎〔二八〕。斯情实深,斯爱实厚。念畴昔日,同房之欢〔二九〕。冬无缊褐〔三〇〕,夏渴瓢箪〔三一〕。相将以道〔三二〕,相开以颜一作欢[⑧]〔三三〕。岂不多乏，忽忘饥寒。余尝学仕，缠绵人事。流浪无成，惧负素志。敛策归来〔三四〕，尔知我意。常愿携手，置彼众意一作宜众特异⑨〔三五〕。每忆有秋，我将其刈〔三六〕。与汝偕行，舫一作泛舟同济⑩〔三七〕。三宿水滨，乐饮川界〔三八〕。静月澄高，温风始逝。抚杯而言，物久人脆〔三九〕。奈何吾弟，先我离世。事不可寻，思亦何极〔四〇〕。日徂月流〔四一〕，寒暑代息〔四二〕。死生异方，存亡有域。候晨永归〔四三〕，指涂载陟〔四四〕。呱呱遗稚，未能正言〔四五〕。哀哀嫠人〔四六〕，礼仪孔闲〔四七〕。庭树如故，斋宇廓然〔四八〕。孰云敬远，何时复还⑪。余惟人斯，昧兹近情〔四九〕。蓍龟有吉一作告⑫，制我祖行〔五〇〕。望旐翩翩〔五一〕，执笔涕盈。神其有知，昭余中诚〔五二〕。呜呼哀哉！

【校勘】

①后土：陶注曰："李本、何本作'右土'。何云：'右'疑当作'吉'。"需案：细审李公焕《笺注陶渊明集》内府藏原刻本，实为"后"，而非"右"。对照同书《晋故征西大将军长史孟府君传》中两"右"字，可知。　②以：一作"而"，亦通。　③愍愍：一作"悠悠"，形近而讹。　④弟：一作"子"，非是。　⑤徒能见欺：《艺文类聚》作"独能见斯"，非是。　⑥但：一作"且"，亦通。一作"偶"，于义稍逊。　⑦相及龆齿：曾本、绍兴本、东坡和陶本均无异文。李注本正文亦作"相及龆齿"，注曰："龆与龀义同，毁齿也。"陶注本遂改为"相及龆龀"，案曰："龆，髫之俗字。髫，小儿发。龀，毁齿也。"古《谱》又据"相及龆龀"及陶澍案语，考证渊明生年，以"龆"（十二岁）属渊明，以"龀"（七岁）属敬远，两人相差五岁。辛亥敬远三十一岁，则渊明三十六岁。因以证成其渊

明享年五十二岁之说。霈案:各宋本均作"相及龆齿",陶澍改为"相及龆龀",并无版本依据,不可取,其案语亦未必可信。古直据之所作考证,实难成立也。 ⑧颜:一作"欢",形近而讹。⑨置彼众意:一作"宜众特异",于义稍逊。 ⑩舫:一作"泛",亦通。 ⑪还:《艺文类聚》作"旋",亦通。 ⑫吉:一作"告",绍兴本作"告",一作"吉"。霈案:作"吉"于义较长。

【题解】

敬远,渊明从弟也。文曰:"父则同生,母则从母。"可知敬远之父与渊明之父为同胞兄弟,而敬远之母与渊明之母为姊妹,其关系非同一般。敬远比渊明年幼,八岁丧父后,或由渊明抚养,故文有"念畴昔日,同房之欢"等语也。渊明又有《癸卯岁十二月中作与从弟敬远》,可参阅。

【编年】

文曰:"岁在辛亥,月惟仲秋,旬有九日。"知此文作于晋安帝义熙七年辛亥(四一一)。

【笺注】

〔一〕月惟仲秋:指八月。

〔二〕旬有九日:指十九日。一旬为十日。

〔三〕卜辰云窆(biǎn),永宁后土:意谓占卜吉日为敬远安葬,永息于地下。卜辰:占卜择日。窆:下棺安葬。

〔四〕悲一往之不返:曹植《文帝诔》:"嗟一往之不返兮,痛閟闼之长扃。"

〔五〕摧心:形容伤心至极。潘岳《寡妇赋》:"少伶俜而偏孤兮,痛切怛以摧心。"

〔六〕愍(mǐn):忧伤。《左传》昭公元年:"吾代二子愍矣。"孔颖达疏引服虔曰:“愍,忧也。”

〔七〕祖:出行时祭祀路神,死者将葬时之祭亦曰“祖”。《仪礼·既夕礼》:“有司请祖期。”郑玄注:“将行而饮酒曰祖。”贾公彦疏:“此死者将行,亦曰祖。为始行,故曰祖也。”

〔八〕於(wū):叹词。《书·尧典》:“於!鲧哉!”王念孙《读书杂志·汉隶拾遗》:“於,音乌,叹词也。”烁(shuò):明亮。《文选》颜延之《宋文皇帝元皇后哀策文》:“圆精初烁,方祇始凝。”吕延济注:“烁,明。”

〔九〕靡执靡介:意谓性情随和。靡:无。执:固执。《庄子·人间世》:“将执而不化,外合而内不訾,其庸讵可乎?”介:单独。《史记·张耳陈馀列传》:“将军今以三千人下赵数十城,独介居河北,不王无以填之。”

〔一〇〕惠:施惠于人。

〔一一〕遗:遗忘。

〔一二〕情不依世:意谓感情不随世俗之好恶而变化。

〔一三〕厉:严肃刚直。《论语·述而》:“子温而厉,威而不猛,恭而安。”

〔一四〕乐胜朋高:乐与佳士相处,与高人结交也。胜:言事物优越美好,如“胜士”、“胜流”。《晋书·羊祜传》:“自有宇宙,便有此山。由来贤达胜士,登此远望,如我与卿者多矣!”朋:结交。

〔一五〕好是文艺:意谓所爱好者乃文艺也。文艺:指撰述文章之技巧。《大戴礼记·文王官人》:“有隐于知理者,有隐于文艺者。”

〔一六〕遥遥帝乡,爰感奇心:意谓遥遥帝乡乃其好奇之处。帝乡:神话中天帝所居之地,此指仙境。《庄子·天地》:“千岁厌世,去而上仙，乘彼白云，至于帝乡。"

〔一七〕绝粒：犹辟谷，道教养生术，屏除火食、不进五谷，以求延生益寿。孙绰《游天台山赋》："非夫遗世玩道，绝粒茹芝者，乌能轻举而宅之。"委务：委弃世务。

〔一八〕考盘：《诗・卫风》篇名，亦作"考槃"。诗前小序曰："考槃，刺庄公也。不能继先公之业，使贤者退而穷处。"故后以考槃喻隐居。毛传："考，成；槃，乐也。"陈奂传疏："成乐者，谓成德乐道也。"

〔一九〕淙淙（cóng）：流水声。悬溜：倾泻之小股水流。郦道元《水经注・耒水》："两岸连山，石泉悬溜，行者辄徘徊留念，情不极已也。"

〔二〇〕上药：指仙药。《文选》嵇康《养生论》："故神农曰：上药养命，中药养性者，诚知性命之理，因辅养以通也。"李善注引《本草》曰："上药一百二十种，为君，主养命以应天。无毒，久服不伤人，轻身益气，不老延年。"

〔二一〕闲：习。素琴：未加绘饰之琴。

〔二二〕曰仁者寿：《论语・雍也》："子曰：'知者乐水，仁者乐山；知者动，仁者静；知者乐，仁者寿。'"

〔二三〕年甫过立：意谓刚刚超过三十岁。《论语・为政》："三十而立。"

〔二四〕奄：忽然。

〔二五〕蒿里：本为山名，相传位于泰山南，为死者葬所。因以泛指葬所。

〔二六〕匪但亲友：意谓不仅亲爱友善也。《书・君陈》："惟孝，友于兄弟。"

〔二七〕父则同生，母则从母：敬远之父与渊明之父为同胞兄弟，而敬远之母与渊明之母为姊妹。

〔二八〕相及龆齿，并罹偏咎：意谓相继至于龆齿之年，均丧己父也。龆齿：毁齿。《韩诗外传》：“故男八月生齿，八岁而龆齿。”《大戴礼记·本命》：“八岁而毁齿。”罹：遭受。偏咎：偏孤之咎也。《文选》潘岳《寡妇赋》：“少伶俜而偏孤兮。”李善注：“偏孤，谓丧父也。”

〔二九〕同房：犹同室，意谓同居一室。《仪礼·丧服》：“何以缌也？以为相与同室，则生缌之亲焉。”贾公彦疏：“言同室者，直是舍同，未必安坐。”

〔三〇〕缊（yùn）褐：犹缊袍，以乱絮或乱麻为絮之衣，泛指贫者所服粗陋之衣。《论语·子罕》：“衣敝缊袍，与衣狐貉者立，而不耻者，其由也与！”

〔三一〕瓢箪：指简单饮食。《论语·雍也》：“贤哉！回也。一箪食，一瓢饮，在陋巷。人不堪其忧，回也不改其乐。贤哉！回也。”

〔三二〕相将以道：意谓以道义互相扶持、勉励。

〔三三〕相开以颜：意谓以和颜悦色互相宽慰、解忧。

〔三四〕敛策：收起马鞭，指辞官归隐。

〔三五〕置彼众意：弃置而不顾众人之意。

〔三六〕刈：收割庄稼。

〔三七〕舫舟：即方舟，两船相并，或泛指船。济：渡河。

〔三八〕川界：犹“江界”。刘向《九叹·离世》：“立江界而长吟兮，愁哀哀而累息。”王逸注：“言已还入大江之界。”

〔三九〕人脆：人身脆弱，人生短暂。蔡琰《悲愤诗》：“平土人脆弱，来兵皆胡羌。”

〔四〇〕事不可寻，思亦何极：意谓往事既不可寻而得之矣，思念亦无终无已也。《诗·唐风·鸨羽》:“悠悠苍天,曷其有极!”郑笺:“极,已也。”

〔四一〕日徂月流:岁月流逝。

〔四二〕寒暑代息:寒暑交互替代。

〔四三〕候晨永归:意谓选定日期安葬。晨:同“辰”。

〔四四〕指涂载陟:走上送葬之路。指涂:就道,上路。陆机《赠弟士龙》:“指涂悲有馀,临觞欢不足。”陟:登程。

〔四五〕未能正言:意谓遗孤稚小,吐字尚不准确也。

〔四六〕嫠(lí)人:寡妇。

〔四七〕礼仪孔闲:甚闲熟于礼仪也。

〔四八〕廓然:空廓貌。

〔四九〕昧兹近情:意谓不能理解我兄弟之亲近感情也。

〔五〇〕蓍(shī)龟有吉,制我祖行:意谓以蓍龟占卜决定吉日以祖奠也。古人以蓍草或龟甲卜筮吉凶,此泛指占卜。祖行:死者将葬之祭。参见本文“笺注”〔七〕。

〔五一〕旐(zhào):出殡时灵柩前之旐旗。

〔五二〕神其有知,昭余中诚:意谓敬远之灵如有知,当明白我内心之感情也。

【析义】

渊明与敬远既是堂兄弟,又是姨表兄弟,自幼关系亲密。且敬远性情淡远,与渊明志趣相投。故渊明此文感情真挚,非一般祭文可比也。

自祭文

岁惟丁卯①,律中无射〔一〕。天寒夜长,风气一作凉风萧索。鸿雁于征〔二〕,草木黄落[2]。陶子将辞逆旅之馆〔三〕,永归于本宅[3]〔四〕。故人凄其相悲,同祖行于今夕〔五〕。羞以嘉蔬〔六〕,荐以清酌〔七〕。候颜已冥,聆音愈漠〔八〕。呜呼哀哉!茫茫大块〔九〕,悠悠高旻[4]〔一〇〕。是生万物,余得为人〔一一〕。自余为人,逢运之贫〔一二〕。箪瓢屡罄〔一三〕,絺绤冬陈〔一四〕。含欢谷汲,行歌负薪〔一五〕。翳翳柴门,事我宵晨〔一六〕。春秋代谢,有务中园。载耘载耔〔一七〕,乃育乃繁〔一八〕。欣以素牍〔一九〕,和以七弦〔二〇〕。冬曝其日,夏濯其泉。勤靡馀劳,心有常闲〔二一〕。乐天委分,以至一作慰百年[5]〔二二〕。惟此百年,夫人爱之。惧彼无成,愒一作渴日惜时[6]〔二三〕。存为世珍,殁亦见思[7]〔二四〕。嗟我独迈,曾是异兹〔二五〕。宠非己荣,涅岂吾缁〔二六〕?捽兀穷庐〔二七〕,酣饮一作歌赋诗[8]。识运知命[9],畴能罔眷〔二八〕?余今斯化,可以无恨〔二九〕。寿涉百龄,身慕肥遁。从一作以老得终[10],奚所复恋〔三〇〕!寒暑逾迈,亡既异存〔三一〕。外姻晨来〔三二〕,良友宵奔〔三三〕。葬之中野〔三四〕,以安其魂。窅窅我行[11]〔三五〕,萧萧墓门〔三六〕。奢耻宋臣[12]〔三七〕,俭笑一作非,又作美王孙[13]〔三八〕。廓兮已灭,慨焉已遐一作多[14]〔三九〕。不封不树〔四〇〕,日月遂过。匪贵前誉〔四一〕,孰重后歌〔四二〕。人生实难,死如之何〔四三〕?呜呼哀哉!

【校勘】

①岁惟丁卯:《艺文类聚》作"岁惟丁未",非是。颜延之《靖节征士诔》曰"元嘉四年卒",是年为丁卯。　②鸿雁于征,草木黄落:李注本无此二句。　③永归于本宅:《艺文类聚》无"于"字。

④高旻：绍兴本作“苍旻”。　⑤至：一作“慰”，亦通。　⑥愒：一作“渴”，形近而讹。　⑦殁：李注本作“没”，亦通。　⑧酣饮：一作“酣歌”，与下“赋诗”意思重复。　⑨识运知命：《艺文类聚》作“已达运命”，亦通。　⑩从：一作“以”，亦通。　⑪窅窅：《艺文类聚》作“寂寂”，亦通。　⑫耻：李注本作“侈”，音近而讹。　⑬笑：一作“非”，亦通。又作“美”，形近而讹。　⑭遐：一作“多”，亦通。

【题解】

临终留有遗言者，检《左传》已可见。惟死前自作祭文，设想自己已死而祭吊之者，实始自渊明也。文中语气沉痛，感情惘然，乃逝世前不久自忖将永归于后土时所作，与中年所作《拟挽歌辞》之诙谐不同。

【编年】

文曰“岁惟丁卯”，在宋文帝元嘉四年（四二七）。又曰“律中无射”，此文当作于是年秋。朱熹《通鉴纲目》：元嘉四年“十一月，晋征士陶潜卒”，不知何据。若依此，则本文写于卒前两月。

【笺注】

〔一〕律中无射：指九月。古人将乐律分为十二，阴阳各六，并以十二律配一年之十二月。无射与九月相当。《礼记·月令》：“季秋之月，……其音商，律中无射。”

〔二〕鸿雁于征：此指大雁南飞。征：行。

〔三〕逆旅之馆：以旅店比喻世间，人生如过客也。

〔四〕本宅：指后土。渊明《感士不遇赋》：“咨大块之受气，何斯人之独灵。”人乃由大地而生，死后自当归于大地也。

〔五〕祖行：死者将葬时之祭。

〔六〕羞：进献。

〔七〕荐：进献。《周礼·天官·庖人》："凡其死生鲜薨之物，以共王之膳，与其荐羞之物，及后、世子之膳羞。"郑玄注："荐，亦进也。备品物曰荐，致滋味乃为羞。"清酌：清酒。

〔八〕候颜已冥，聆音愈漠：想象自己临终时之所见所闻，意谓察望周围人之面孔已经模糊，聆听周围之声音愈益稀微矣。

〔九〕大块：《庄子·齐物论》："夫大块噫气，其名为风。"成玄英疏："大块者，造物之名，亦自然之称也。"又《大宗师》："夫大块载我以形，劳我以生，佚我以老，息我以死。"《文选》张华《答何劭诗》其二："洪钧陶万类，大块禀群生。"李善注："大块，谓地也。"

〔一〇〕高旻：高天。

〔一一〕是生万物，余得为人：意谓天地化生万物，而余幸而得为人也。是：此，指天地。皇甫谧《高士传·荣启期》："天生万物，惟人为贵，吾得为人矣，是一乐也。"

〔一二〕逢运之贫：意谓遭遇贫寒之命运。

〔一三〕罄：空。

〔一四〕絺绤（chī xì）冬陈：意谓冬天犹穿夏衣。絺：细葛布。绤：粗葛布。

〔一五〕含欢谷汲，行歌负薪：意谓甘于贫困勤劳之生活。谷汲：从山谷中汲水。《汉书·地理志下》："土狭而险，山居谷汲。"

〔一六〕翳翳柴门，事我宵晨：意谓甘于隐居柴门之下，日复一日。

〔一七〕耘：锄草。耔：为苗根培土。

〔一八〕乃育乃繁：意谓作物得以生长繁育。

〔一九〕素牍：指书籍。

〔二〇〕七弦：指琴。

〔二一〕勤靡馀劳，心有常闲：意谓虽然身体勤苦而不必为俗事操劳，常可保持心情闲静也。馀：其他。

〔二二〕乐天委分，以至百年：意谓乐天知命，终此一生。委分：听任天命之安排。陆云《晋故豫章内史夏府君诔》："任道委分，亮曰斯然。"

〔二三〕愒（kài）：贪恋。

〔二四〕存为世珍，殁亦见思：意谓世俗之人希望生前死后皆为世人所珍重怀念。

〔二五〕嗟我独迈，曾（zēng）是异兹：意谓我独不同于世俗之想也。独迈：独行，自行其是。曾：乃。

〔二六〕宠非己荣，涅岂吾缁：意谓不因受宠而为己之荣，亦不会因世俗之污辱而变黑也。涅：染。缁：黑。《论语·阳货》："不曰白乎？涅而不缁。"

〔二七〕捽（zuó）兀：挺拔貌，此谓意态高傲。

〔二八〕识运知命，畴能罔眷：意谓即如识运知命之人，谁能不眷恋人生？畴：谁。眷：留恋。

〔二九〕余今斯化，可以无恨：意谓我如今去世，则可以无憾矣。化：指死。《孟子·公孙丑下》："且比化者，无使土亲肤。"朱熹注："化者，死者也。"

〔三〇〕寿涉百龄，身慕肥遁。从老得终，奚所复恋：《吕氏春秋·安死》："人之寿，久之不过百，中寿不过六十。"渊明《饮酒》其十五："宇宙一何悠，人生少至百。"《感士不遇赋》："寓形百年，而瞬息已尽。"寿涉百龄：泛指人之一生。身：自身、自己。肥遁：指隐遁。《易·遁卦》："上九，肥遁无不利。"肥：通"飞"。《法言·重黎》："至蠡策种而遁，肥矣哉。"刘师培补释："此肥字亦与飞同。"嵇康《养生论》："至于措身失理，亡之于微。积微成损，积损成衰，从衰得白，从白得老，从老得终。”细审以上数句之意，渊明非早终者。

〔三一〕寒暑逾迈，亡既异存：意谓寒暑消逝，不复再来，死生既异，死后亦不能复生矣。逾迈：《书·秦誓》：“我心之忧，日月逾迈，若弗云来。”孔传：“言我心之忧，欲改过自新，如日月并行过，如不复云来。”

〔三二〕外姻：外亲。

〔三三〕奔：奔丧。

〔三四〕葬之中野：意谓将自己安葬于荒野之中。《易·系辞下》传：“古之葬者，厚衣之以薪，葬之中野，不封不树，丧期无数。”

〔三五〕窅窅我行：意谓我今行在隐晦之中。

〔三六〕萧萧：萧条寂静貌。

〔三七〕奢耻宋臣：意谓以宋臣之奢侈为耻。宋臣：指宋国桓魋。《孔子家语》：“孔子在宋，见桓魋自为石椁，三年而不成，工匠皆病，夫子愀然曰：‘若是其靡也。’”

〔三八〕俭笑王孙：意谓以王孙之过于节俭为可笑。王孙：杨王孙。《汉书·杨王孙传》载：杨王孙死前叮嘱：“死则为布囊盛尸，入地七尺，既下，从足引脱其囊，以身亲土。”

〔三九〕廓兮已灭，慨焉已遐：意谓死后一切变为空虚遐远。

〔四〇〕不封不树：不堆土做坟，不在墓边栽树。语见《易·系辞下》传。

〔四一〕前誉：生前之美誉。

〔四二〕后歌：死后之歌颂。

〔四三〕人生实难，死如之何：《左传》成公二年：“人生实难，其有不获死乎！”《文选》王粲《赠蔡子笃诗》：“人生实难，愿其弗与。”李善注引张奂《与崔子书》曰：“人生实难，所务非此。”《后汉书·逸民传》载:"向长字子平,河内朝歌人也。隐居不仕,性尚中和,好通《老》、《易》。贫无资食,好事者更馈焉,受之取足而反其馀。王莽大司空王邑辟之,连年乃至,欲荐之于莽,固辞乃止。潜隐于家。读《易》至《损》、《益》卦,喟然叹曰:'吾已知富不如贫,贵不如贱,但未知死何如生耳。'"

【析义】

渊明一向达观,似已觑破生死,但自知将终仍不免于惘然。"人生实难,死如之何?"生之难,实已饱经矣,死后犹复如是乎?面对过去之生可以无憾,面对将来之死却一无所知也。

外　集

天子孝传赞

虞舜　夏禹　殷高宗　周文王

虞舜父顽母嚚，事之于畎亩之间，以孝蒸蒸。是以尧闻而授之，富有天下，贵为天子。以为不顺于父母，若穷而无归，惟闻亲可以得意。苟违朝夕，若婴儿之思恋。故称舜五十而慕。《书》曰："戛击鸣球，搏拊琴瑟以咏，祖考来格。"言思其来而训一作谓之。爱敬尽于事亲，是以德教加于百姓，刑于四海。

夏禹有天下以奉宗庙，然躬自菲薄以厚其孝。孔子曰："禹，吾无间然矣。菲饮食，而致孝乎鬼神；恶衣服，而致美乎黻冕。"禹之德于是称闻。圣人之德无以加于孝敬，孝敬之道，美莫大焉。

殷高宗谅阴，三年不言，百官总己而听于冢宰。三年而后言，天下咸欢。德教大行，殷道以兴。《诗》曰："一人有庆，兆民赖之。”其此之谓乎？

周文王之为世子也，朝于王季日三。鸡鸣至于寝门，问于内竖。内竖曰安，文王乃喜；不安则色忧，行不能正履。日中、暮亦如之。食上，必视寒温之节；食下，必问所膳而后退。文王孝道光大，其化自近至远。刑于寡妻，以御于家邦。故得万国之欢心，以事其先王矣。

赞曰：至哉后德，圣敬自天。陶渔致养，菲薄飧先。亲瘠色忧，谅阴寝言。一人有庆，千载赖旃。

诸侯孝传赞

周公旦　鲁孝公　河间惠王

周公旦，武王之弟。成王幼少，周公摄政。制礼作乐，郊祀后稷以配天；宗祀文王于明堂，以配上帝。是以四海之内，各以其职来祭。《诗》曰：“於穆清庙，肃雍显相。”言诸侯乐其位而敬其事也。仲尼曰：“孝莫大于严父，严父莫大于配天，则周公其人也。”贵而不骄，位高弥谦。自承文武之休烈，孝道通于神明，光被四海。武王封之于鲁，备其礼乐，以奉宗庙焉。

鲁孝公之为公子，周宣王问公子能道训诸侯者立之，樊穆仲称其孝曰：“肃恭明神，而敬事耆老。赋事行刑，必问于遗训，咨于固实。不干所问，不犯所咨。”王曰：“然则能训理其民矣。”乃命之于夷宫，是为孝公。夫宗庙致敬，不忘亲也，有国不亦宜乎！

汉河间惠王，献王之曾孙也。西京藩臣多骄放之失，其名德者唯献王，而惠王继之。《汉书》称其能修献王之行。母薨，服丧尽礼。哀帝下诏书褒扬，以为宗室仪表，增封万户。礼，古之人皆然。至于末俗衰薄，固以一作已贤矣，贵而率礼又难，其见褒赏，不亦宜乎？

赞曰：贵骄殊途，不期而会。周公劳谦，乃成光大。二侯承鲁，遵俭去泰。河间率礼，汉宗是赖。

卿大夫孝传赞

孔子　孟庄子　颍底本作"颖"，下同考叔

孔子，鲁人也。入则事父兄，出则事公卿，丧事不敢不勉，故称曰："孝乎惟孝，友于兄弟，是亦为政也。"君赐腥，必熟而荐之。虽蔬食而齐，祭如在。乡人傩，朝服立于阼阶，孝之至也。至德要道，莫大于孝。是以曾参受而书之，游、夏之徒，常咨禀焉。许止不尝药，书以杀父。宰我暂言减丧，责以不仁。言合训典一作典训，行合世范。德义可尊，作事可法。遗文不朽，扬名千载。

孟庄子，鲁人也。孔子称其孝。其他可能也，其不改父之政与父之臣，是难能也。夫孝子之事亲也，事亡如事存，故当不义则争之，存所不争，则亡亦不敢改父之道，犹谓之孝，况终身乎。

颍考叔，郑人也。庄公以叔段之故，与母誓曰："不及黄泉，无相见也。"既而悔之。考叔为封人，闻之，有献于公。公赐之食，而舍肉。公问之，对曰："小人有母，未尝君之羹，请以遗之。"公曰："汝有母遗，繄我独无。"考叔曰："何谓也？"公语之故，且告之悔。考叔曰："若掘地及泉，隧而相见，其谁曰不然？"公从之，遂为母子如初。君子曰："颍考叔，纯孝也，爱其母而施及庄公。"《诗》云："孝子不匮，永锡尔类。"其是之谓乎？

赞曰：仁惟本悌，圣亦基孝。恂恂尼父，固天攸造一作导。二子承亲，式礼遵诰。永锡纯懿，无改遗操。

士孝传赞

高柴　乐正子春　孔奋　黄香

高柴，卫人也。丧亲，泣血三年，未尝见齿。所谓哭不偯，言不文也。为武城宰而化行，民有不服其亲者改之，行丧如礼。君子之德风也，以身先之，而民不遗其亲。

乐正子春，鲁人也。下堂伤足，既瘳，数月不出，犹有忧色。曰：吾闻之曾子："父母全而生之，亦当全一作己全而归之，所一作可谓孝矣。"故君子一举足，一出言，不敢忘父母，不敢毁伤，孝之始也。夫能敬慎若斯，而灾患及者，未之有也。

孔奋，扶风人也。少以孝行著名州里，供养至谨。在官，唯母极甘美，妻息菜食，历位以清。夫人情莫不欲厚其亲，然亦有分焉。奋则难继，能致俭以全养者，鲜矣。

黄香，江夏人也。九岁失母，思慕骨立。事父竭力以致养，冬无被袴，而尽滋味，暑则扇床枕，寒则以身温席。汉和帝嘉之，特加异赐。历位恭勤，宠禄荣亲，可谓夙兴夜寐，无忝尔所生者也。

赞曰：显允群士，行殊名钧。咸能夙夜，以义荣亲。率彼城邑，用化厥民。忠以悟主，其一作真孝乃一作力纯。

庶人孝传赞

江革　廉范　汝郁　殷陶

江革，齐人也。汉章帝时，避贼负母而逃。贼贤之，不害而告其生路。竭力佣赁以致甘暖，和颜悦色以尽欢心。欲亲之安，自挽车以行。乡人归之，号曰江巨孝。位至五官中郎将，天子嘉焉，宠遇甚厚。告归，诏书褒美。就家礼其终身，以显异行。

廉范，京兆人也。少孤，十五入蜀迎父丧，遇石船覆，范抱棺一作执骸而没。船人救之，仅免于死，遂以丧归。及仕郡，拯太守于危难，送故尽节。章帝时，为郡守，百姓歌咏之。夫孝者，人之本，教之所由生也。是以范之临危也勇，宰民也惠，能以义显也。

汝郁，陈郡人也。五岁，母病不食，郁亦不食。母怜之，强食。郁能察色知病，辄复不食。族人号曰异童。年十五，著于乡里。父母终，思慕致毁，推财与兄弟，隐于草泽。君子以为难。况童齓孝于自然，可谓天性也。

殷陶，汝南人也。年十二以孝称。遭父忧，率情合礼。有长蛇带其门，举家奔走。陶以丧柩在焉，独居庐不动。亲戚扶持晓喻，莫能移之，啼号益盛。由是显名，屡辞辟命。夫智者不惑，勇者不惧。陶孝于其亲，而智勇并彰乎弱龄，斯又一作亦难矣。

赞曰：事亲尽欢，其难在色。彼养以禄，我养以力。义在一作存爱敬，荣不假饰。嗟尔众庶，鉴兹前式。

集圣贤群辅录上一曰四八目

明由晓升级宋均曰：级，等差，政所先后也。必育受税俗宋均曰：受赋税及徭役，所宜施为也。成博受古诸宋均曰：古诸侯职等也。陨丘一作立受延嬉宋均曰：延，长。嬉，兴也。主受此录也。

右燧人四佐。燧人出天，四佐出洛。宋均曰：出天，天所生也。出洛，地所生也。

金提一作堤主化俗宋均曰：为民除灾害也。鸟明主建福宋均曰：福利民也。视默主灾恶宋均曰：为民除灾恶也。纪通为中职宋均曰：为田主，主内职也。仲起为海陆宋均曰：主平地兼统海也。阳侯一作使为江海宋均曰：主江海事，一本俱作江湖。

右伏羲六佐。六佐出世。宋均曰：宓戏不及燧人，故增二佐。出世，人所生也。

风后受金法宋均曰：金法，言能决理是非也。天老受天箓宋均曰：箓，天教命也。五圣受道级宋均曰：级，次序也。知命受纠俗宋均曰：纠，正也。窥纪受变复宋均曰：有祸变能补复也。地典受州络宋均曰：络，维络也。力墨受准斥宋均曰：准斥，凡事也。力墨或作力牧。

右黄帝七辅。州选举翼佐帝德。自燧人四佐至七辅，见《论语摘辅象》。

重 该 修 熙

右少昊四叔。实能金木及水。使重为勾芒，该为蓐收，修及熙为玄冥。世不失职，遂济穷桑。见《左传》蔡墨辞。

羲仲 羲叔 和仲 和叔

右羲和四子。孔安国云："即尧之四岳，分掌四岳诸侯。"郑玄云："尧既分阴阳为四时，命羲仲、和仲、羲叔、和叔等为之官，又主方岳之事，是为四岳。"见郑《尚书注》。

伯夷为阳伯乐舞侏离，歌曰招阳。羲仲之后为羲伯乐舞鼚哉，歌曰南阳。弃为夏伯乐舞武漫哉，歌曰祁虑。一无武字。羲叔之后为羲伯乐舞将阳，歌曰朱华。咎繇为秋伯乐舞蔡俶，歌曰零落。和仲之后为和伯乐舞玄鹤，歌曰归来。垂为冬伯乐舞丹凤，一曰齐落。歌曰齐乐，一曰缦缦。

右八伯。自羲和死后，分置八伯。舜既即位，元祀，巡狩，每至其方，各贡两伯之乐。《大传》，冬伯后阙一人。郑玄云："此上下有脱辞，其说未闻。"十有五祀后，又百工相和，而歌《庆云》，八伯稽首而进者也。见《尚书大传》。

讙兜　共工　鲧　三苗

右四凶。

苍舒　隤敳　梼戭　大临　龙降　庭坚　仲容　叔达

右高阳氏才子八人。齐圣广渊，明允笃诚，天下之民谓之八凯。

伯奋　仲堪　叔献　季仲　伯虎　仲熊　叔豹　季狸

右高辛氏才子八人。忠肃恭懿，宣慈惠和，天下之民谓之八元。从四凶至此，悉见《左传》季文子辞。

禹作司空　弃作稷　契作司徒　皋陶作士　益作朕虞　垂作共工　伯夷作秩宗　龙作纳言　夔作典乐

右九官。舜登帝位所选命，见《尚书》。

雄陶　方回　续牙　伯阳　东不訾或云不识　秦不虚或云秦不空　灵甫

右舜七友。并为历山雷泽之游。《战国策》颜斶云："尧有九佐，舜有七友。"而《尸子》只载雄陶等六人，不载灵甫。皇甫士安作《逸士传》云："视其友，则雄陶、方回、续牙、伯阳、东不訾、秦不空、灵甫之徒，是为七子。"与《战国策》相应。

禹　稷　契　皋陶　益

右舜五臣。见《论语》。已列九官中。

禹　稷　契　皋陶　伯夷　垂　益　夔

右八师。见《楚辞·七谏》。

伯夷　禹　稷

右三后。伯夷降典，制民惟刑。禹平水土，主名山川。稷降播种，农植嘉谷。三后成功，惟殷于民。汉太尉杨赐曰："昔三后成功，皋陶不与焉，盖吝之也。"见《尚书·甫刑》、《后汉书》。

微子　箕子　比干

右殷三仁。《论语》曰："微子去之，箕子为之奴，比干谏而死。"孔子曰："殷有三仁焉。"

伯夷　太公

右二老。《尚书大传》曰："太公避纣，居东海之滨，伯夷居北海之滨，皆率其党，曰盍归乎。吾闻西伯昌善养老。此二人者，盖天下之大老也。往而归之，是天下之父归之也。天下之父归之，其子曷往。”孔融曰：“西伯以二老开王业。”

闳夭　太公望　南宫适　散宜生

右文王四友。《尚书大传》云：“闳夭、南宫适、散宜生三子，学于太公望，望曰：‘嗟乎！西伯，贤君也。’四子遂见西伯于羑里。”孔子曰：“文王有四臣，丘亦得四友。”此四人则文王四邻也。

伯达　伯适　仲突　仲忽　叔夜　叔夏　季随　季騧

右周八士。见《论语》。贾逵以为文王时，郑玄以为成王时也。

伯邑考　武王发　管叔鲜　周公旦　蔡叔度　曹叔振铎　霍叔武　郕叔处　康叔封　聃季载一本无郕叔处，有毛叔凰

右太姒十子。太史公曰：“太姒十子，周以宗强。”见《史记》。

周公旦　邵公奭　太公望　毕公　毛公　闳公　大颠　南宫适　散宜生　文母太姒也

右周十乱。见《论语》。其四人已列四友。

秦公牙　吴班　孙尤　大夫冉赞　公子麋

右五王。并能相焉。尸子曰：“才有五王之相。”乃谓

之王，其贵之也。

狐偃　赵衰　颠颉　魏武子　司空季子

右晋文公从亡五人。叔向曰："公生十七年，有士五人。"见《左传》及晋太尉刘琨诗曰："重耳凭五臣。"

奄息　仲行　针虎

右三良。子车氏之子。秦穆公没，要以从死，诗人悼之，为赋《黄鸟》。见《左传》、《毛诗》。

子展赋《草虫》子罕子　子西赋《黍苗》子驷子　子产赋《隰桑》子国子　公孙段赋《桑扈》子丰子　伯有赋《鹑之贲贲》子良孙子耳子　子大叔赋《野有蔓草》子游孙子矫子　印段赋《蟋蟀》子印孙子张子

右郑七穆一作卿，谓之七子。郑穆公子十有一人，罕、驷、丰、印、游、国、良七人子孙并有才名，世任郑国之政，以免晋楚之难，谓之七穆。叔向曰："郑七穆氏其后亡乎。"及诸侯为宋之盟，郑伯享赵武于垂陇，七卿皆从。文子曰："七卿从君以宠武也，请皆赋诗，以卒君贶，亦以观七子之志。"见《左传》。又《吴质书》云："赵武过郑，七子赋诗。"

仲孙穀文伯献子、庄子、孝伯、僖子、懿子、武伯　叔孙得臣庄叔穆子、昭子、成子、武子、文子　季孙行父文子武子、悼子、平子、桓子、康子右鲁桓公之曾孙。世秉鲁政,号曰三桓。孔子曰:“三桓之子孙微矣。”见《论语》、《左传》。

赵无恤襄子赵衰始为卿,至无恤四世　范吉射昭子士会始为卿,至吉射五世　智瑶襄子荀首始为卿,至瑶六世　荀寅文子荀林父始为卿,至寅四世　魏多襄子魏绛始为卿,至多四世　韩不信简子韩厥始为卿,至不信四世

右六族。世为晋卿,并有功名。此六人实弱晋国。淳于越云:“卒有田常六卿之臣。”刘向亦曰:“田常复见于今,六卿必起于汉。”见《左传》、《史记》、《汉书》。

仪封人　荷蒉　晨门　楚狂接舆　长沮　桀溺　荷篠丈人一作伯夷、叔齐、虞仲、夷逸、朱张、柳下惠、少连

右作者七人。《论语》曰:“贤者避世,其次避地,其次避色,其次避言。”孔子曰:“作者七人。”见包氏注。董威赞诗曰:“洋洋乎盈耳哉,而作者七人。”(霈案:《晋书》卷九四《董京传》:董京字威辇,《答孙楚诗》曰:“洋洋乎满目,而作者七。”)

德行:颜渊　闵子骞　冉伯牛　仲弓
言语:宰我　子贡
政事:冉有　季路
文学:子游　子夏

右四科。见《论语》。

颜回　子贡　子路　子张

右孔子四友。文王有胥附、奔奏、先后、御侮，谓之四邻。孟懿子曰："夫子亦有四邻乎？"子曰："吾有四友焉。自吾得回，门人益亲，是非胥附乎？自吾得赐，远方之士日至一作盈，是非奔奏乎？自吾得师，前有光，后有辉，是非先后乎？自吾得由，恶言不至于门，是非御侮乎？"见《孔丛子》。

颜回　冉伯牛　子路　宰我　子贡　公西华

右六侍。仲尼志意不立，子路侍；仪服不修，公西华侍；礼不习，子贡侍；辞不辩，宰我侍；亡忽古今，颜回侍；节小物，冉伯牛侍。曰：吾以夫六子自厉也。见《尸子》。

檀子　盼子　黔夫　种首

右齐威王疆埸四臣。齐威王与魏惠王会田于郊。魏王问威王曰："王有宝乎？"威王曰："无有。"魏王曰："若寡人国虽小，犹有径寸之珠，照前后车各十二乘者十枚，奈何为万乘之国而无宝乎？"威王曰："寡人之所以为宝与王异。吾臣有檀子者，使守南城，则楚人不敢为寇；东取泗上，十二诸侯皆来朝。吾臣有盼子者，使守高唐，则魏人不敢东渔于河。吾臣有黔夫者，使守徐，则燕人祭北门，赵人祭西门一作东门，徙而从之者七十馀家。吾臣有种首者，使备盗贼，则道不拾遗。以此为宝，将以照千乘一作里，岂直一作特十二乘哉！"魏惠王惭,不怿而去。见《史记》及《春秋后语》。

齐孟尝君田文　魏信陵君无忌　赵平原君赵胜　楚春申君黄歇

右战国四豪。见《史记》。

太子少傅留文成侯张良　相国酂文终侯沛萧何　楚王淮阴侯韩信

右三杰。汉高祖曰:此三人,人之杰也。见《汉书》。

园公姓园名秉,字宣明,陈留襄邑人。常居园中,故号园公。见《陈留志》　绮里季　夏黄公姓崔名廓,字少通,齐人。隐居修道,号夏黄公。见《崔氏谱》　甪里先生

右商山四皓。当秦之末,俱隐上洛商山。皇甫士安云:并河内轵人。见《汉书》及皇甫谧《高士传》。

太子太傅疏广字仲翁宣帝本始四年,魏相为御史大夫,荐广于霍光,时年六十。以元康三年告退,年六十七　太子少傅疏受字公子广兄子也

右二疏。东海人。宣帝时,并为太子师傅。每朝,太傅在前,少傅在后,朝廷以为荣。授太子《论语》、《孝经》。各以老疾告退。时人谓二疏。见《汉书》。

重合令子舆居宋里　栎阳令子羽居东观里　东海太守子仲居宜唐里　兖州刺史子明居西商里　颍阳令子良居遂兴里

右郡决曹掾汝南周燕少卿之五子，号曰五龙。各居一里，子孙并以儒素退让为业，天下著姓。见《周氏谱》及《汝南先贤传》。

龚胜字君宾　龚舍字君倩或曰长倩

右并楚人，皆治清节，世号二龚。见《汉书》。

唐林字子高　唐尊字伯高

右并沛人，亦以洁履著名于成、哀之世，号为二唐，比楚二龚。后皆仕王莽。见《汉书》。左思曰："二唐洁己，乃点反污。"

平阿侯王谭　成都侯王商　红阳侯王章　曲阳侯王根　高平侯王逢时

右并以元后弟同日受封，京师号曰五侯。并奢豪富侈，招贤下士。谷永、楼护皆为宾客。时人为之语曰："谷子云之笔札，楼君卿之唇舌。"言出其门也。见《汉书》。张载诗曰："富侈拟五侯。"

北海逢萌字子康　北海徐房字平原　李昙字子云　平原王遵字君公

右皆怀德秽行，不仕乱世，相与为友，时人号之四子。见《后汉书》、嵇康《高士传》。

求仲　羊仲

右二人不知何许人，皆治车为业，挫廉逃名一作世。蒋元卿之去兖州，还杜陵，荆棘塞门，舍中有三径，不出，唯二人从之游，时人谓之二仲。见嵇康《高士传》。

太傅高密元侯南阳邓禹字仲华　大司马广平忠侯南阳吴汉字子颜　左将军胶东刚侯南阳贾复字君文　建威大将军好畤愍侯扶风耿弇字伯昭　执金吾雍奴威侯上谷寇恂字子翼　征西大将军阳夏节侯颍川冯异字公孙　征南大将军舞阳壮侯南阳岑彭字君然　征虏将军颍阳成侯颍川祭遵字弟孙　太常灵寿侯信都邳彤字伟君　东郡太守东莞成侯钜鹿耿纯字伯山　上谷太守淮阴侯颍川王霸字元伯　左中郎将朗陵愍侯颍川臧宫字君翁　骠骑大将军栎阳侯冯翊景丹字孙卿　骠骑大将军参蘧侯南阳杜茂字诸公　建议（应作义）大将军鬲侯南阳朱祐字仲先　骠骑将军慎靖侯南阳刘隆字元伯　扬武将军全椒侯南阳马成字君迁　大司空阜成侯渔阳王梁字君严　卫尉安城忠侯颍川铫期字次元（案《后汉书·铫期列传》作次况）　左冯翊安平侯渔阳盖延字巨卿　捕虏将军杨虚侯南阳马武字子张　骁骑将军昌城侯钜鹿刘植字伯先　左将军阿陵侯南阳任光字伯卿　豫章太守中水侯东莱李忠字仲都　左将军槐里侯扶风万修字君游　琅邪太守祝阿侯南阳陈俊字子昭　积弩将军昆阳威侯颍川傅俊字子卫　扬化将军合肥侯颍川坚镡字子伋

右河北二十八将。光武所与定天下，见《后汉书》。张衡《东京赋》云："受钺四七，共工以除。"

武威太守梁统字仲宁　金城太守库钧一作钜字巨公　张掖太守史苞字叔文　酒泉太守竺曾字巨公　燉煌太守辛肜字大房

右河西五守。是时更始已为赤眉所害，隗嚣密有异志，统等五人共推窦融为河西大将军，内抚吏民，外御寇戎，东伐隗嚣，归心世祖，克建功业。见《后汉书》及《善文》。

大鸿胪韦孟达　上党太守公孙伯达　河阳长魏仲达

右并扶风平陵人，同时齐名，世号三达。孟达名彪，丞相贤五世孙，明帝时人。见《汉书》及《决录》。

光禄大夫周举　光禄大夫杜乔　光禄大夫周栩　尚书栾巴　青州刺史冯羡　兖州刺史郭遵　太尉长史刘班　侍御史张纲

右八使。汉顺帝时，政在权官，官以贿成。周举等议遣八使，循行风俗，同日俱发，天下号曰八使。见张璠《汉纪》。

平舆令韦顺字叔文历位乐平相，去官以琴书自娱，不应三公之命。后为平舆令，吏民立祠社中　顺弟武阳令豹字季明友人罗陵犍为县丞，卒官，丧柩流离，豹弃官致丧归。比辟公府，辄弃去。司徒刘恺尤敬之　豹弟广都长义字季节少好学，不求荣利。四十乃仕，三为令长，皆有惠化。以兄丧去官，比辟公府，不就。广都为立生祠焉

右清河太守韦文高之三子，皆以学行知名，时人号韦氏三君。见《京兆旧事》。

杨震字伯起以太常为司徒，迁太尉　震子秉字叔节以太常为太尉　秉子赐字伯献以光禄勋为公，再司徒，一太尉　赐子彪字文先以太中大夫为公，一司徒，一太尉

右杨氏四公。弘农华阴人。自孝安至献帝七世，父子以德业相继为三公。见《续汉书》。

袁安字邵公以太仆为司空，迁司徒　安子敞字叔平以光禄勋为司空　敞子汤字仲河以太仆为司空，迁司徒　汤子逢字周阳以屯骑校尉为司空　逢弟隗字次阳以太常为司空、太尉

右袁氏四世五公。见《续汉书》。

处士豫章徐稚字孺子　京兆韦著字休明　汝南袁闳字夏甫　彭城姜肱字伯淮　颍川李昙字子云

右太傅汝南陈公时为尚书令，与诸尚书悉名士也，共荐此五人，时号五处士。见《续汉书》及《善文》。

周子居　黄叔度　艾伯坚　郅伯向　封武兴　盛孔叔

右汝南六孝廉。太守李倀选此六人以应岁举，受版未行。倀死，子居等遂驻行丧。倀妻于柩侧下帷见之，

厉以宜行。子居叹曰:“不有行者,莫宣公;不有止者,莫恤居。”于是与伯坚即日辞行,封、黄四人留随柩车。见杜元凯《女戒》。

大将军槐里侯扶风平陵窦武字游平天下忠诚窦游平　太傅高阳乡侯汝南平舆陈蕃字仲举天下义府陈仲举　侍中河间乐成刘淑字仲承天下德弘刘仲承

右三君。

少傅颍川襄城李膺字元礼天下模楷李元礼　司空山阳高平王畅字叔茂天下英秀王叔茂　太仆颍川城阳杜密字周甫天下良辅杜周甫　司隶校尉沛国朱寓字季陵天下冰凌朱季陵　尚书会稽上虞魏朗字少英天下忠贞魏少英　沛相颍阴荀昱字伯条天下好交荀伯条　大司农博陵安平刘祐字伯祖天下稽古刘伯祖　太常蜀郡成都赵典字仲经天下才英赵仲经

右八俊。

有道太原介休郭泰字林宗天下和雍郭林宗　太常陈留圉夏馥字子治天下慕恃夏子治　尚书令河南巩尹勋字伯元天下英藩尹伯元　河南尹太山平阳羊陟字嗣祖天下清苦羊嗣祖　议郎东郡发刘儒字叔林天下琁金刘叔林　冀州刺史陈国项蔡衍字孟喜天下雅志蔡孟喜　颍川太守渤海东城巴萧字恭祖天下卧虎巴恭祖(需案:“萧”字误,应作“肃”。巴肃,《后汉书》有传)　议郎南阳安众宗慈字孝初天下通儒宗孝初

右八顾。《后汉书》无刘儒,有范滂

御史中丞汝南召陵陈翔字子麟海内贵珍陈子麟　卫尉山阳高平张俭字元节海内忠烈张元节　太尉掾汝南细阳范滂字孟博海内謇谔范孟博　蒙令山阳高平檀敷字文友海内通士檀文友　洛阳令鲁国孔昱字世元海内才珍孔世元,《后汉书》云字元世　太山太守渤海重合宛康字仲真海内彬彬宛仲真　太尉掾南阳棘阳岑晊字公孝海内珍好岑公孝　镇南将军荆州牧武城侯山阳高平刘表字景升海内所称刘景升

右八及。《后汉书》无范滂,有翟超(霈案:底本作"八友"。绍兴本、李注本均作"八及"。据《后汉书·党锢传》,作"八及"为是。今据改。又案:宛康,《后汉书》作"苑康"。)

少府东莱曲城王商字伯义海内贤智王伯义,《后汉书》作王章　郎中鲁国蕃向字嘉景海内修整蕃嘉景　北海相陈留己吾秦周字平王海内贞良秦平王　侍御史太山奉高胡毋班字季皮海内珍奇胡毋季皮　太尉掾颍川阴刘翊字子相海内光光刘子相　冀州刺史东平寿张王孝字文祖海内依怙王文祖(陶澍按:《后汉书·党锢传》作王考)　陈留相东平寿张张邈字孟卓海内严恪张孟卓　荆州刺史山阳湖陆度尚字博平海内清明度博平

右皆倾财竭己,解释怨结,拯救危急,谓之八厨。《后汉书》无刘翊,有刘儒　从三君至此,并见《三君八俊录》。

太丘长颍川陈寔字仲弓　寔子大鸿胪纪字元方　纪弟司空掾谌字季方

右并以高名，号曰三君。见《甄表状》及邯郸淳《纪碑》。

集圣贤群辅录下

太尉河南杜乔字叔荣《状》：“乔治《易》、《尚书》、《礼记》、《春秋》，晚好《老子》，隐居不仕。年四十为郡功曹，立朝正色，有孔父之风。” 太常燉煌张奂字然明《状》：“奂廉方亮直，学该群籍。前后七征十要，三为边将，财货珍宝，一无所取。矫王孙裸形，宋司马为石椁，幅巾时服，无棺而葬焉。” 侍中河内向诩字甫兴《状》：“诩博览群籍，兼好黄老玄虚，泊然肆志，不慕时伦，积三十年。” 太傅汝南陈蕃字仲举《状》：“蕃瑰伟秀出，雅亮绝伦。学该坟典，忠壮蹇谔。”又曰：“明允贞亮，与大将军窦武志匡社稷，机事不密，为群邪所害。” 太尉沛国施延字君子《状》：“延清公洁白，进士许国，临难不顾，名著汉朝。” 少府颍川李膺字元礼《状》：“膺承三公之后，生高洁之门，少履清节，非法不言。英声宣于华夏，高名冠于搢绅。” 司隶沛国朱寓字季陵一名诩。右一人，访其中正，无识知行状者。告本郡，访问耆老识寓云：“桓帝时遭难，无后。” 太仆颍川杜密字周甫《状》：“密清高雅达，名播四海。历统五郡，恩惠化民。” 大鸿胪颍川韩融字元长《状》：“融聪识知机，发于岐嶷，时人名之曰穷神知化。兄弟同居，至于没齿。处卿相之位且二十年，奉身守约，不陨厥问。” 司空颍川荀爽字慈明《状》：“爽年十二随父在公府，群公卿校咸丈人也。或遣进奏，或亲候从，儒林归服，究极篇籍。” 司空清河房植字伯武《状》：“植少履清苦，孝友忠正。历位州郡，政成化行。既登三事，靖恭衮职。虽季文相鲁，晏婴在齐，清风高节，不是过也。” 聘士彭城姜肱字伯淮《状》：“肱禀履玄知，立性纯固，事亲至孝，五十而慕。学综六艺，穷通究微，行隆华夏，名播四海。” 太尉下邳陈球字伯真《状》：“球清高忠直，孝灵中年欲诛黄门常侍，以此遇害。” 司空山阳王畅字叔茂《状》：“畅雅性贞实，以礼文身，居家在朝，节行异伦。” 征士陈留申屠蟠字子龙《状》：“蟠年九岁丧父，号泣过于成人，未尝见齿。每至父母亡日，三日不食。在冢侧，致甘露白雉，以孝称。州郡表其门闾。征聘不就。年七十二，终于家。” 卫尉山阳张俭字元节《状》：“俭体性忠直，阖门孝友。临官赏罚，清亮绝俗。” 大司农北海郑玄字康成《状》：“玄含海岱之纯灵，体大雅之洪则。学无常师，讲求道奥，敷宣圣范，错综其数。作五经注义，穷理尽性也。” 征士乐安冉璆字孟玉《状》：“璆体清纯之性，蹈高洁之行。前后十五辟，皆不就。除高唐令，色斯而举。时陈仲举、李元礼、仲弓皆叹其高风。” 太尉汉中李固字子坚《状》：“固当顺、桓之际，号称名臣。大将军梁冀恶直丑正，害其道。桓帝即位，遂死于谗。” 有道太原郭泰字林宗《状》：“泰器量弘深，孝友贞固，名布华夏，学冠群儒。州郡礼命，曾不旋轨。辟司徒，征有道，并不屈。” 益州刺史南阳朱穆字公叔《状》：“穆中正严恪，有才数明见。初补丰令，政平民和，有虙子贱之风。上书陈损益，辞切情至。” 尚书会稽魏朗字少英《状》：“朗资纯美之高亮，干辅国朝，忠謇正直之节，播于京师。” 聘士豫章徐稚字孺子《状》：“稚妙德高伟，清英超世。前后三征，未尝降志。抗名山栖，养志浩然，有夷、齐之高，蘧伯玉卷舒之术。” 度辽将军安定皇甫规字威明《状》：“规少有岐嶷正直之节，对策指刺黄门。梁冀不能用，退隐山谷，敦乐诗书。”

右魏文帝初为丞相魏王所旌表二十四贤。后，明帝乃述撰其状。见文帝《令》及《甄表状》。

太常燉煌张奂字然明为度辽将军，幽并清静，吏民歌之。征拜大司农，赐钱，除家一人为郎，辞不受。愿徙居华阴，故始为弘农人 度辽将军安

定皇甫规字威明　太尉武威段颎字纪明

右凉州三明，并著威名于桓、灵之世，悉名士也。见《续汉书》。

韦权字孔衡　弟瓒字孔玉　瓒弟矩字孔规

右太尉掾韦子才之三子。皆修仁义，兄弟孝友。逢盗贼，一人病，不能去。兄弟相慕，兵至，俱死。时人称之，号韦三义。见《三辅决录》。

荀俭字伯慈汉侍中悦之父　俭弟绲字仲慈济南相汉光禄大夫彧之父，年六十六　绲弟靖字叔慈或问汝南许劭："靖、爽孰贤？"劭曰："二人皆玉也。慈明外朗，叔慈内润。"靖隐身修学，动必以礼。太尉辟，不就，年五十五　靖弟寿字慈光举孝廉，年七十　寿弟汪字孟慈昆阳令，年六十　汪弟爽字慈明公车征，为平原相，迁光禄勋、司空。出自岩薮，九十三日，遂登台司。年六十三　爽弟肃字敬慈守舞阳令，年五十　肃弟旉字幼慈司徒掾，年七十

右朗陵令颍川荀季和之八子，并有德业，时人号之八龙。居西豪里。勃海宛康知名士也（需案：宛康，《后汉书》作"苑康"），时为颍阴令，美之曰：高阳氏有才子八人，遂改所居为高阳里。见张璠《汉纪》及《荀氏谱》。

公沙绍字子起　绍弟孚字允慈《北海耆旧传》称："孚与荀爽共约，出不得事贵势。而爽当董卓时脱巾未百日，位至司空。后相见，以爽违约，割席而坐。"　孚弟恪字允让　恪弟逵字义则　逵弟樊字义起

右北海公沙穆之五子。并有令名，京师号曰："公沙五

龙，天下无双。”穆亦名士也。见魏明帝《甄表状》及《后汉书》。

胶东令卢汜昭字兴先　乐城令刚戴祈字子陵　颍阴令刚徐晏字孟平　泾令卢夏隐字叔世　州别驾蛇丘刘彬字文曜一云世州

右济北五龙。少并有异才，皆称神童。当桓、灵之世，时人号为五龙。见《济北英贤传》。

孝廉杜陵金敞字元休位至兖州刺史　上计掾长陵第五巡字文休兴先之子。兴先名种，司空伯鱼之孙，名士也。不详巡位所至，时辟太尉掾　上计掾杜陵韦端字甫休位至凉州牧、太尉

右同郡齐名，时人号之京兆三休，并以光和元年察举。见《三辅决录》。

晋宣帝河南司马懿字仲达　魏司空颍川陈群字长文　中领军谯朱铄字彦才　侍中济阴吴质字季重

右魏文帝四友。见《晋纪》。

魏步兵校尉陈留阮籍字嗣宗　中散大夫谯嵇康字叔夜　晋司徒河内山涛字巨源　建威参军沛刘伶字伯伦　始平太守陈留阮咸字仲容籍兄子　散骑常侍河内向秀字子期　司徒琅玡王戎字濬冲

右魏嘉平中，并居河内山阳，共为竹林之游，世号竹林

七贤。见《晋书》、《魏书》。袁宏、戴逵为《传》，孙统又为《赞》。

吴范相风吴人　刘惇占气河内人　赵达算河内人　皇象书广陵人　严子卿棋名昭武，卫尉畯从子　宋寿占梦十不失一　曹不兴画为孙权画屏风，笔墨误点，因以为蝇。后张御坐，权以为真蝇，手弹不去，方知其非也　孤城郑妪相见王粲《于童赋》（霈案：李注本作"童贱"），谓仕必至师傅，后为太子太傅

右吴八绝。见张勃《吴录》。

陈留董昶字仲道　琅邪王澄字平子　陈留阮瞻字千里一云阮八百，八百即瞻弟孚，字遥集，朗率多通。故大将军王敦云："方瞻有减，故云八百。"　颍川庾凯字子嵩（霈案：《晋书》卷五十：庾敳字子嵩，颍川人）　陈留谢鲲字幼舆　太山胡毋辅之字彦国　沙门于法龙　乐安光逸字孟祖

右晋中朝八达，近世闻之于故老。

裴徽字文秀魏冀州刺史　裴楷字叔则徽第三子，晋光禄大夫　裴绰字季舒楷弟，长水校尉　裴瓒字国宝楷子，中书郎　裴邈字景初楷孙，钦子，太傅、左司马　裴遐字叔道瓒子，太傅、主簿　裴康字仲豫徽第二子，太子左率　裴頠字逸民楷孙，季子，晋尚书仆射

王祥字休徵晋太保　王戎字濬冲（案底本作"濬仲"，《晋书·王戎传》作"濬冲"，上文亦作"濬冲"，据改）父浑，凉州刺史，祥族子，司徒　王澄字平子衍弟，裴绰女婿，荆州刺史　王导字茂弘览孙，裁子，敦从弟，丞相　王绥字万子戎子，早亡，裴康女婿　王衍字夷甫父乂，平北将

军。戎从弟,太尉　王敦字处仲览孙,基第二子,大将军(需案:底本作"处冲"。绍兴本,李注本作"王敦字处仲",《晋书·王敦传》同,据改)　王玄字眉子衍子,陈留内史

右河东八裴,琅邪八王,闻之于故老。

魏司空王昶字文舒　昶子汝南太守湛字处仲(需案:《晋书》王湛字处冲)　湛子东海内史承字安期　承子骠骑将军述字怀祖　述子安北将军坦之字文度　魏尚书仆射杜畿字伯侯　畿子幽州刺史恕字务伯　恕子镇南将军预字元凯　预子散骑常侍锡字世嘏　锡子光禄大夫乂字弘治

右太原王、京兆杜,各称五世盛德,闻之于故老。凡书籍所载及故老所传,善恶闻于世者,盖尽于此矣。汉称田叔、孟舒等十人及田横两客、鲁八儒,史并失其名。夫操行之难,而姓名翳然,所以抚卷长慨,不能已已者也。

八儒

二子没后,散于天下,设于中国,成百氏之源,为纲纪之儒。居环堵之室,荜门圭窦,瓮牖绳枢,并日而食,以道自居者,有道之儒,子思氏之所行也。衣冠中动作顺,大让如慢,小让如伪者,子张氏之所行也。颜氏传《诗》为道,为讽谏之儒。孟氏传《书》为道,为疏通致远之儒。漆雕氏传《礼》为道,为恭俭庄敬之儒。仲梁氏传《乐》为道,以和阴阳,为移风易俗之儒。乐正氏传《春秋》为道,为属辞比事

之儒。公孙氏传《易》为道，为洁净精微之儒。

三墨

不累于俗，不饰于物，不尊于名，不忮于众，此宋钘、尹文之墨。裘褐为衣，跂蹻为服，日夜不休，以自苦为极者，相里勤、五侯子之墨。俱诵经，而背谲不同，相谓别墨，以坚白，此苦获、已齿、邓陵子之墨。

【考辨】

《五孝传》及《四八目》(《集圣贤群辅录》)，是否伪作，不可不辨。

梁代以前陶集有八卷本及六卷本两种，均已佚失。北齐阳(一作杨)仆射休之所编《陶渊明集》有序录曰："其集先有两本行于世，一本八卷，无序；一本六卷，并序目；编比颠乱，兼复阙少。萧统所撰八卷，合序目传诔，而少《五孝传》及《四八目》，然编录有体，次第可寻。余颇赏潜文，以为三本不同，恐终至忘失。今录统所阙并序目等，合为一帙，十卷，以遗好事君子。"可见阳休之所编十卷本，乃据萧统八卷本，而参以其他六卷、八卷两种而成，所谓"合为一帙"也。《五孝传》及《四八目》虽不见于萧统本，然见于其他旧本，非阳休之本人凭空杜撰者也。

北宋丞相宋庠又编有陶集，其《私记》载："余前后所得本仅数十家，卒不知何者为是。晚获此本，云出于江左旧书，其次第最若伦贯。又《五孝传》已下至《四八目》，子注详密，广于他集。惟篇后《八儒》、《三墨》二条，此似后人妄加，非陶公本意。且《四八目》之末，陶自为说曰：'书籍所载及故老所传，善恶闻于世者，盖尽于此。'即知其后无馀事矣。故今不著，辄别存之，以俟博闻者。"

今所见宋元刊本，如汲古阁藏十卷本、李公焕《笺注陶渊明集》十卷本，均录有《五孝传》及《四八目》，向无异议。

至《四库全书总目提要》，始根据乾隆帝之意断定《五孝传》及《四八目》为赝。其陶集提要曰："今世所行，即庠称江左本也。然昭明太子去潜世近，已不见《五孝传》、《四八目》，不以入集，阳休之何由续得？……今《四八目》已经睿鉴指示，灼知其赝，别著录于子部类书，而详辨之。其《五孝传》文义庸浅，决非潜作。既与《四八目》一时同出，其赝亦不待言。"又，《四库提要》子部类书类存目曰："《圣贤群辅录》二卷，一名《四八目》，旧附载陶潜集中。唐宋以来，相沿引用，承讹踵谬，莫悟其非。迩以编录遗书，始蒙睿鉴高深，断为伪托。臣等仰承圣训，详悉推求，乃知今本潜集，为北齐仆射阳休之编。休之序录称：……是《五孝传》及《四八目》实休之所增，萧统旧本无是也。统《序》称深爱其文，故加搜校，则八卷以外，不应更有佚篇。其为晚出伪书，已无疑义。"

需案：《五孝传》及《四八目》固然是阳休之所加，萧统所编陶集无此二篇。然阳休之所据乃梁以前旧本，未可轻易断定其为伪作。此二篇或渊明平日读书之杂录，或闻之于故老而条录之者，所谓"凡书籍所载及故老所传，善恶闻于世者，盖尽于此矣"。萧统不取或以其不是渊明所作诗文也。惟《八儒》、《三墨》二条，似后人妄加。宋庠所说为是。

《四库提要》又就陶集提出内证，不可不辨。一曰："集中《与子俨等疏》称子夏为孔子四友，而此录四友乃为颜回、子贡、子路、子张。"需案：四友之称，据《孔丛子·论书》指颜渊、子贡、子张、子路，与《集圣贤群辅录》恰好相同。至于《与子俨等疏》称子夏为四友之人，或另有所据，或记忆之误。同一人笔下偶有差异，本属常情，何得据以否定其乃同出一人之手乎？二曰："如《五孝传》引'孝乎惟孝友于兄弟'之文,句读尚从包咸注,知未见古文《尚书》。而此录'四岳'一条,乃引孔安国传(孔安国整理古文《尚书》),其出两手,尤自显然。"需案:《论语·为政》:"子曰:'《书》云:"孝乎惟孝友于兄弟,施于有政。"'"包咸注:"孝乎惟孝,美大孝之辞。友于兄弟,善于兄弟。"是在"惟孝"下断句。而孔安国传古文《尚书·君陈》:"惟孝友于兄弟,克施有政。"断句不同。《四库提要》以为《五孝传》引文句读既从包注,则未见孔传,而《集圣贤群辅录》中"四岳"一条又引孔传,则必出自两人。其说难以成立。此句之句读两可,渊明虽见古文《尚书》,未必即不可依包咸也。《集圣贤群辅录》既引孔传,《五孝传》未必不可依包咸也。即使两处断句不同,亦未能据以断定皆系伪作也。三曰:"至书以《圣贤群辅》为名,而鲁三桓、郑七穆、晋六卿、魏四友,以及仕莽之唐林、唐遵,叛晋之王敦,并列简编,名实相迕,理乖风教,亦决非潜之所为。"关于此点,潘重规《圣贤群辅录新笺》曰:"《圣贤群辅录》本名《四八目》,宋以前盖未有称《圣贤群辅录》者。阳休之《序录》称'昭明以前旧本有四八目',未尝举'圣贤群辅录'之名也。宋初宋庠本《私记》所得旧本,亦惟举'四八目',初无'圣贤群辅录'之名。北宋英宗治平三年僧思悦编定陶集,其书后亦称《四八目》上下二篇。是《四八目》乃其本名。宋本有题为《集圣贤群辅录》者,下注云'一曰四八目',然则'集圣贤群辅录',盖出于后人所改题,非其本名如此也。《四八目》之末陶自为说曰:'凡书籍所载及故老所传,善恶闻于世者,盖尽于此矣。汉称田叔、孟舒等十人及田横两客、鲁八儒,史并失其名,夫操行之难而姓名翳然,所以抚卷长叹,不能已已者也。'是陶公明谓善恶兼载,则原名非'圣贤群辅录'可知。特所载善多恶少,故后人改其名耳。及乾隆帝见《四八目》中多载鲁三桓、晋六卿、司马懿、王敦之流,恶其有不臣之心,故深所不喜。所谓'名实相迕,理乖风教’，即乾隆帝之隐私也。诸臣迎合其意，遂罗织周内以成其狱。当时诸臣处清帝淫威之下，自有其不得已之苦衷，独怪二百年来，号称博学方闻之士，随声附和，竟不之察，使渊明著作，横遭剥削，亦可哀矣！”（《新亚书院学术年刊》第七期）潘重规此番考辨入情入理，可谓定论矣。

总之，《五孝传》及《四八目》皆渊明平日之札记，原非具备完整构思之文章也。作者信手条录，本不求严谨，读者更不必以严谨之文章强求之。四库馆臣秉承乾隆旨意，提出以上三条理由，先有结论再找证据，终嫌勉强。

兹姑且编入外集，以供读者参考，并俟方家考证。

归园田居其六

种苗在东皋，苗生满阡陌。虽有荷锄倦，浊酒聊自适。日暮巾柴车，路暗光已夕。归人望烟火，稚子候檐隙。问君亦何为，百年会有役。但愿桑麻成，蚕月得纺绩。素心正如此，开径一作卷望三益。或云此篇江淹杂拟，非渊明所作。

【考辨】

此诗原在卷二，为《归园田居》六首之六，篇后原注：“或云此篇江淹杂拟，非渊明所作。”曾集本同。汤注本《归园田居》题曰“六首”，而题下仅五首。其六附于书后，注曰：“此江淹拟作，见《文选》。其音节文貌绝似。至‘但愿桑麻成，蚕月得纺绩’，则与陶公语判然矣。”霈案：《文选》卷三一杂拟下有江文通《杂体诗》三十首，其中有拟《陶征君田居》，即此诗也。观其诗意确似模拟渊明《归园田居》及《归去来兮辞》之作。兹列入外集。

问来使南唐本有此一首

尔从山中来，早晚发天目。我屋南窗下，今生几丛菊。蔷薇叶已抽，秋兰气当馥。归去来山中，山中酒应熟。

【考辨】

此诗原在卷二，《归园田居》后。曾集本同。蔡绦《西清诗话》曰：此篇"独南唐与晁文元家二本有之。……李太白《浔阳感秋诗》：'陶令归去来，田家酒应熟。'其取诸此云"。洪迈《容斋诗话》曰："盖天目疑非陶居处，然李白云：'陶令归去来，田家酒应熟。'乃用此耳。"严羽《沧浪诗话》曰："予谓此篇诚佳，然其体制气象与渊明不类。得非太白逸诗，后人谩取以入陶集尔？"汤注本附于书后，题下注曰："此盖晚唐人因太白《感秋诗》而伪为之。"

霈案：以上诸家所说不为无据，兹编入外集。

尚长禽庆赞

尚子昔薄宦，妻孥共早晚。贫贱与富贵，读易悟益损。禽生善周游，周游日已远。去矣寻名山，上山岂知反。

【考辨】

《艺文类聚》卷三六《人部·隐逸上》，录宋陶潜《赞》共五篇，即《张长公赞》、《周妙珪赞》、《鲁二儒赞》、《夷齐赞》、《尚长禽庆赞》。前四篇皆见于本集《读史述九章》中，惟《尚长禽庆赞》本集不载。何孟春本据《艺文类聚》采附《扇上画赞》注中，陶注本置诸卷六《扇上画赞》之后。然此篇五言，与《扇上画赞》各篇之四言不同,不应属于《扇上画赞》。究竟是否渊明所作,亦难详考。今姑移入外集。

"尚长",见《高士传》。《后汉书·逸民传》作"向长":"向长字子平,河内朝歌人也。隐居不仕,性尚中和,好通《老》、《易》。贫无资食,好事者更馈焉,受之取足而反其馀。王莽大司空王邑辟之,连年乃至,欲荐之于莽,固辞乃止。潜隐于家。读《易》至《损》、《益》卦,喟然叹曰:'吾已知富不如贫,贵不如贱,但未知死何如生耳。'建武中,男女娶嫁既毕,敕断家事勿相关,当如我死也。于是遂肆意,与同好北海禽庆俱游五岳名山,竟不知所终。"

附录一　诔传序跋

靖节征士诔并序

宋金紫光禄大夫赠特进颜延年撰

夫旋玉致美，不为池隍之宝；桂椒信芳，而非园林之实。岂其乐深而好远哉？盖云殊性而已。故无足而至者，物之藉也；随踵而立者，人之薄也。若乃巢由之抗行，夷皓之峻节，故一作故已父老尧禹，锱铢周汉，而绵世寖远，光灵不属。至使菁华隐没，芳流歇绝，不亦惜乎？虽今之作者，人自为量，而首路同尘，辍涂殊轨者多矣。岂所以照一作昭末景、泛馀波乎？有晋征士浔阳陶渊明，南岳之幽居者也。弱不好弄，长实素心。学非称师，文取旨达一作远。在众不失其寡，处言愈一作每见其嘿。少而贫苦一作病，居无仆妾，井臼弗任，藜菽不给，母老子幼，就养勤匮。远惟田生致一作取亲之议，追一作近悟毛子捧檄之怀。初辞州府三命，后为彭泽令。道不偶物，弃官从好。遂乃解体世纷，结志区外，定迹深栖。于是乎遂一作远灌畦鬻蔬，为供鱼菽之祭；织絢纬萧，以充粮粒之费。心好异书，性乐酒德，简弃烦促，就成省旷。殆所谓国爵屏贵，家人忘贫者欤！有诏征著作郎，称疾不赴，春秋六十有三（霈案：《文选》作"春秋若干”），元嘉四年某月日，卒于浔阳县柴桑一作之某里。近识悲悼，远士伤情，冥默福应，呜呼淑贞。夫实以诔华，名由谥高。苟允德义，贵贱何算焉？若其宽乐令终之美，好廉克己之操，有合谥典，无愆前志。故询诸友好，宜谥曰靖节征士。其词曰：

物尚孤一作特生，人固介立。岂伊时遘，曷云世及？嗟乎若士，望古遥集。韬此洪族，蔑彼名级。睦亲之行，至自非敦。然诺之信，重于布言。廉深简洁，贞夷粹温。和而能峻，博而不繁。依世尚同，诡时则异。有一于此，而两一作两非默置。岂若夫子，因心达理一作事。畏荣好古，薄身厚志。世爵虚礼，州壤推风。孝惟义养，道必怀邦。人之秉彝，不隘不恭。爵同下士，禄等上农。度量难钧，进退可限。长卿弃官，稚宾自免。子之悟之，何早之辨。赋辞归来，高蹈独善。亦既超旷，无适非心。汲流旧巘，葺宇家林。晨烟暮霭，春煦秋阴。陈书缀卷，置酒弦琴。居备勤俭，躬兼贫病。人否其忧，子然其命。隐约就闲，迁延辞聘。非直明也一作也明，是惟道性。纠缪一作缠斡流，冥漠报施。孰云与仁，实疑明智。谓天盖高，胡愆斯义。履信曷凭，思顺何置。年在中身，疢惟痁疾。视化如归，临凶若吉。药剂弗尝，祷祠非恤。傃幽告终，怀和长毕。呜呼哀哉！敬述清一作靖节，式遵遗占。存不愿一作顾丰，没无求赡一作赐。省讣却赙，轻哀薄敛。遭壤以穿，旋葬而窆。呜呼哀哉！深心追往，远情逐化。自尔介居，及我多暇。伊好之洽，接檐一作阎邻舍。宵盘昼憩，非舟非驾。念昔宴私，举觞相诲。独正者危，至方则碍。哲人卷舒，布在前载。取鉴不远，吾规子佩。尔实愀然，中言而发。违众速尤，迕风先蹶。身才非实，荣声有歇。徽一作叡音永矣，谁箴余阙。呜呼哀哉！仁焉而终，智焉而毙。黔娄既没，展禽亦逝。其在先生，同尘往世。旌此靖（原作静）节，加彼康惠。呜呼哀哉！

陶潜传

沈　约

陶潜字渊明，或云渊明字元亮，寻阳柴桑人也。曾祖侃，晋大司马。

潜少有高趣，尝著《五柳先生传》以自况，曰：

> 先生不知何许人，不详姓字，宅边有五柳树，因以为号焉。闲静少言，不慕荣利。好读书，不求甚解，每有会意，欣然忘食。性嗜酒，而家贫不能恒得。亲旧知其如此，或置酒招之，造饮辄尽，期在必醉，既醉而退，曾不吝情去留。环堵萧然，不蔽风日，裋褐穿结，箪瓢屡空，晏如也。尝著文章自娱，颇示己志，忘怀得失，以此自终。

其自序如此，时人谓之实录。

亲老家贫，起为州祭酒，不堪吏职，少日，自解归。州召主簿，不就。躬耕自资，遂抱羸疾，复为镇军、建威参军，谓亲朋曰："聊欲弦歌，以为三径之资，可乎？"执事者闻之，以为彭泽令。公田悉令吏种秫稻，妻子固请种粳，乃使二顷五十亩种秫，五十亩种粳。郡遣督邮至，县吏白应束带见之，潜叹曰："我不能为五斗米折腰向乡里小人。"即日解印绶去职。赋《归去来》，其词曰：

> 归去来兮，园田荒芜，胡不归。既自以心为形役，奚惆怅而独悲。悟已往之不谏，知来者之可追。实迷涂其未远，觉今是而昨非。舟超遥以轻飏，风飘飘而吹衣。问征夫以前路，恨晨光之希微。
>
> 乃瞻衡宇，载欣载奔。僮仆欢迎，稚子候门。三径就荒，松菊犹存。携幼入室，有酒停尊。引壶觞而自酌，眄庭柯以怡颜。倚南窗而寄傲，审容膝之易安。园日涉而成趣，门虽设而

常关。策扶老以流憩，时矫首而遐观。云无心以出岫，鸟倦飞而知还。景翳翳其将入，抚孤松以盘桓。

归去来兮，请息交而绝游。世与我以相遗，复驾言兮焉求。说亲戚之情话，乐琴书以消忧。农人告余以上春，将有事于西畴。或命巾车，或棹扁舟。既窈窕以穷壑，亦崎岖而经丘。木欣欣以向荣，泉涓涓而始流。善万物之得时，感吾生之行休。

已矣乎，寓形宇内复几时。奚不委心任去留，胡为遑遑欲何之。富贵非吾愿，帝乡不可期。怀良辰以孤往，或植杖而耘耔。登东皋以舒啸，临清流而赋诗。聊乘化以归尽，乐夫天命复奚疑。

义熙末，征著作佐郎，不就。江州刺史王弘欲识之，不能致也。潜尝往庐山，弘令潜故人庞通之赍酒具于半道栗里要之，潜有脚疾，使一门生二儿轝篮舆，既至，欣然便共饮酌，俄顷弘至，亦无忤也。先是，颜延之为刘柳后军功曹，在寻阳，与潜情款。后为始安郡，经过，日日造潜，每往必酣饮致醉。临去，留二万钱与潜，潜悉送酒家，稍就取酒。尝九月九日无酒，出宅边菊丛中坐久，值弘送酒至，即便就酌，醉而后归。潜不解音声，而畜素琴一张，无弦，每有酒适，辄抚弄以寄其意。贵贱造之者，有酒辄设，潜若先醉，便语客："我醉欲眠，卿可去。"其真率如此。郡将候潜，值其酒熟，取头上葛巾漉酒，毕，还复着之。

潜弱年薄宦，不洁去就之迹，自以曾祖晋世宰辅，耻复屈身后代，自高祖王业渐隆，不复肯仕。所著文章，皆题其年月，义熙以前，则书晋氏年号，自永初以来唯云甲子而已。与子书以言其志，并为训戒曰：

天地赋命，有往必终，自古贤圣，谁能独免。子夏言曰：

"死生有命，富贵在天。"四友之人，亲受音旨，发斯谈者，岂非穷达不可妄求，寿夭永无外请故邪。吾年过五十，而穷苦荼毒，以家贫弊，东西游走。性刚才拙，与物多忤，自量为己，必贻俗患，僶俛辞世，使汝幼而饥寒耳。常感孺仲贤妻之言，败絮自拥，何惭儿子。此既一事矣。但恨邻靡二仲，室无莱妇，抱兹苦心，良独罔罔。

少年来好书，偶爱闲静，开卷有得，便欣然忘食。见树木交荫，时鸟变声，亦复欢尔有喜。尝言五六月北窗下卧，遇凉风暂至，自谓是羲皇上人。意浅识陋，日月遂往，缅求在昔，眇然如何。

疾患以来，渐就衰损，亲旧不遗，每以药石见救，自恐大分将有限也。恨汝辈稚小，家贫无役，柴水之劳，何时可免，念之在心，若何可言。然虽不同生，当思四海皆弟兄之义。鲍叔、敬仲，分财无猜，归生、伍举，班荆道旧，遂能以败为成，因丧立功，他人尚尔，况共父之人哉。颍川韩元长，汉末名士，身处卿佐，八十而终，兄弟同居，至于没齿。济北氾稚春，晋时操行人也，七世同财，家人无怨色。《诗》云："高山仰止，景行行止。"汝其慎哉！吾复何言。

又为《命子诗》以贻之曰：

悠悠我祖，爰自陶唐。邈为虞宾，历世垂光。御龙勤夏，豕韦翼商。穆穆司徒，厥族以昌。纷纭战国，漠漠衰周。凤隐于林，幽人在丘。逸虬绕云，奔鲸骇流。天集有汉，眷予愍侯。于赫愍侯，运当攀龙。抚剑夙迈，显兹武功。参誓山河，启土开封。亹亹丞相，允迪前踪。浑浑长源，蔚蔚洪柯。群川载导，众条载罗。时有默语，运固隆污。在我中晋，业融长沙。桓桓长沙，伊勋伊德。天子畴我，专征南国。功遂辞归，临宠不惑。孰谓斯心，而可近得。肃矣我祖，慎终如始。直方二台，惠和千里。于皇仁考，淡焉虚止。寄迹夙运，冥兹愠喜。嗟余寡陋，瞻望靡及。顾惭华鬓，负景只立。三千之罪，无后其急。我诚念哉，呱闻尔泣。卜云嘉日，占尔良时。名尔曰俨，字尔求思。温恭朝夕，念兹在兹。尚想孔伋，庶其企而。厉夜生子，遽而求火。凡百有心，奚待于我。既见其生，实欲其可。人亦有言，斯情无假。日居月诸，渐免于孩。福不虚至，祸亦易来。夙兴夜寐，愿尔斯才。尔之不才，亦已焉哉。

潜元嘉四年卒，时年六十三。

（据中华书局一九七四年点校本《宋书》）

陶渊明传　　昭明太子撰

陶渊明字元亮，或云潜字渊明，浔阳柴桑人也。曾祖侃，晋大司马。渊明少有高趣，博学善属文，颖脱不群，任真自得。尝著《五柳先生传》以自况，曰："先生不知何许人也，不详一作亦不详姓字，宅边有五柳树一无树字，因以为号焉。闲静少言，不慕荣利。好读书，不求甚解，每有会意，欣然忘食。性嗜酒，而家贫不能恒得。亲旧知其如此，或置酒招之。造饮辄尽，期在必醉，既醉而退，曾不恪情去留。环堵萧然，不蔽风日，短褐穿结，箪瓢屡空，晏如也。尝著文章自娱，颇示己志。忘怀得失，以此自终。"时人谓之实录。亲老家贫，起为州祭酒。不堪吏职，少日，自解归。州召主簿，不就，躬耕一作稼自资，遂抱羸疾。江州刺史檀道济往候之，偃卧瘠馁有日矣。道济谓曰："贤者处世，天下无道则隐，有道则至。今子生文明之世，奈何自苦如此？"对曰："潜也何敢望贤，志不及也！"道济馈以梁（应作粱）肉，麾而去之。复一作后为镇军、建威参军，谓亲朋曰："聊欲弦歌，以为三径之资，可乎?”执事者闻之，以为彭泽令。不以家累自随，送一力给其子，书曰：“汝旦夕之费自给为难，今遣此力助汝薪水之劳。此亦人子也，可善遇之。”公田悉令吏种秫，曰：“吾常得醉于酒，足矣。”妻子固请种粳，乃使二顷五十亩种秫，五十亩种粳。岁终，会郡遣督邮至县，吏请曰：“应束带见之。”渊明叹曰：“我岂能为五斗米折腰向乡里小儿!”即日解绶去职，赋《归去来》。征著作郎，不就。江州刺史王弘欲识之，不能致也。渊明尝往庐山，弘命渊明故人庞通之赍酒具，于半道栗里之间邀之。渊明有脚疾，使一门生二儿举一作舁篮舆。既至，欣然便共饮酌。俄顷弘至，亦无迕也。先是，颜延之为刘抑后军功曹，在浔阳，与渊明情款。后为始安郡，经过浔阳，日造渊明饮焉，每往，必酣饮致醉。弘欲邀延之坐一作赴坐，弥日不得。延之临去，留二万钱与渊明，渊明悉遣送酒家，稍就取酒。尝九月九日出宅边菊丛中坐，久之，满手把菊，忽值弘送酒至，即便就酌，醉而归。渊明不解音律，而蓄无弦琴一作无弦素琴一张，每酒适，辄抚弄以寄其意。贵贱造之者，有酒辄设。渊明若先醉，便语客：“我醉欲眠，卿可去。”其真率如此。郡将常候之，值其酿熟，取头上葛巾漉酒。漉毕，还复着之。时周续之入庐山事释惠远，彭城刘遗民亦遁迹匡山，渊明又不应征命，谓之“浔阳三隐”。后刺史檀韶苦请续之出州，与学士祖企、谢景夷三人，共在城北讲《礼》，加以雠校。所住公廨，近于马队，是故渊明示其诗云：“周生述孔业，祖谢响然臻。马队非讲肆，校书亦已勤。”其妻翟氏亦能安勤苦，与其同志。自以曾祖晋世宰辅，耻复屈身后代。自宋高祖王业渐隆，不复肯仕。元嘉四年，将复征命，会卒，时年六十三曾集本注：一无六十三字，世号靖节先生。

陶渊明文集序

梁昭明太子统

夫自炫自媒者，士女之丑行；不忮不求者，明达之用心。是以圣人韬光，贤人遁一作避世。其故何也？含德之至，莫逾于道；亲己之切，无重于身。故道存而身安，道亡而身害。处百龄之内，居一世之中，倏忽比之白驹，寄寓谓之逆旅。宜乎与大块而荣枯一作盈虚，随中和而任放一作放荡，岂能戚戚劳于忧畏，汲汲役于人间？齐讴赵女之娱，八珍九鼎之食，结驷连镳之游一作连骑之荣，侈袂执圭之贵，乐既乐矣，忧亦随之。何倚伏之难量，亦庆吊之相及！智者贤人居之，甚履薄冰；愚夫贪士竞之一作此，若泄尾闾。玉之在山，以见珍而招一作终破；兰之生谷，虽无人而犹一作自芳。故庄周垂钓于濠，伯成躬耕于野，或货海东之药草，或纺江南之落毛。譬彼鸳雏，岂竞鸢鸱之肉；犹斯杂县一作海鸟，宁劳文仲之牲！至如子常、宁喜之伦，苏秦、卫鞅之匹，死之而不疑，甘之而不悔。主父偃言："生不五鼎食，死则五鼎烹。"卒如其言，岂不痛哉一作矣！又有楚子观周，受折于孙满；霍侯骖乘，祸起于负芒。饕餮之徒，其流甚众。唐尧四海之主，而有汾阳之心；子晋天下之储，而有洛滨之志。轻之若脱屣，视之若鸿毛，而况于他乎！是以至人达士，因以晦迹。或怀釐而谒帝，或被褐一作披裘而负薪，鼓楫清潭，弃机汉曲。情不在于众事，寄众事以忘情者也。有疑陶渊明诗篇篇有酒，吾观其意不在酒，亦寄酒为迹焉。其文章不群，词彩精拔；跌宕昭彰，独超众类；抑扬爽朗，莫之与京。横素波而傍流，干青云而直上。语时事则指一作诣而可想，论怀抱则旷而且真。加以贞志不休，安道苦节，不以躬耕为耻，不以无财为病，自非大贤笃志，与道污隆，孰能如此乎！余爱嗜其文，不能释手，尚想其德，恨不同时。故更加搜求，粗为区目。白璧微瑕者,唯在《闲情》一赋。扬雄所谓劝百而讽一者,卒一作幸无讽谏,何必摇其笔端?惜哉,无是可也!并粗点定其传,编之于录。尝谓有能读渊明之文者,驰竞之情遣一作远,鄙吝之意袪,贪夫可以廉,懦夫可以立,岂止仁义可蹈,亦乃爵禄可辞!不劳复傍游太华,远求柱史,此亦有助于讽教尔。

(据绍兴本《陶渊明文集》)

北齐阳仆射休之序录

余览陶潜之文,辞采虽未优,而往往有奇绝异语,放逸之致,栖托仍高。其集先有两本行于世,一本八卷,无序;一本六卷,并序目;编比颠乱,兼复阙少。萧统所撰八卷,合序目传诔,而少《五孝传》及《四八目》,然编录有体,次第可寻。余颇赏潜文,以为三本不同,恐终致忘失。今录统所阙一作撰,并序目等,合为一帙十卷,以遗好事君子焉。

本朝宋丞相私记

右集,按《隋经籍志》:《宋征士陶潜集》九卷,又云梁有五卷,录一卷。《唐志》:《陶泉明集》五卷。今官私所行本凡数种,与二志不同。有八卷者,即梁昭明太子所撰,合序传诔等在集前为一卷,正集次之,亡其录。有十卷者,即杨仆射所撰。按:休之字子烈,事北齐,为尚书左仆射。以好学文藻知名,与魏收同时。按吴氏《西斋录》,有《宋彭泽令陶潜集》十卷,疑即此也。其序并昭明旧序、诔传等合为一卷,或题曰第一,或题曰第十,或不署于集端。别分《四八目》,自《甄表状》杜乔以下为第十卷,然亦无录。余前后所得本仅数十家,卒不知何者为是。晚获此本,云出于江左旧书,其次第最若伦贯。又《五孝传》已下至《四八目》,子注详密,广于他集。惟篇后《八儒》、《三墨》二条,此似后人妄加,非陶公本意。且《四八目》之末,陶自为说曰:"书籍所载及故老所传,善恶闻于世者,盖尽于此。"即知其后无馀事矣。按:《四八目》例,每一事已,陶即具疏所闻,或经传所出,以结前意。此二条既无后说,益知赘附之妄。故今不著,辄别存之,以俟博闻者。广平宋庠私记。

书靖节先生集后

梁锺记室嵘评先生之诗为古今隐逸诗人之宗。今观其风致孤迈,蹈厉淳源,又非晋宋间作者所能造也。昭明太子旧所纂录,且传写寖讹,复多脱落,后人虽加综缉,曾未见其完正。愚尝采拾众本,以事雠校。诗赋传记赞述杂文凡一百五十有一首,洎《四八目》上下二篇,重条理编次为一十卷。近永嘉周仲章太守枉驾东岭,示以本朝宋丞相刊定之本,于疑阙处甚有所补。其阳仆射《序录》、宋丞相《私记》存于正集外,以见前后记录之不同也。时皇宋治平三年五月望日思悦书。

(据绍兴本《陶渊明文集》)

曾纮说

余尝评陶公诗,语造平澹,而寓意深远;外若枯槁,而中实敷腴:真诗人之冠冕也。平生酷爱此作,每以世无善本为恨。顷因阅《读山海经》诗,其间一篇云:"形夭无千岁,猛志固常在。"且疑上下文义不甚相贯,遂取《山海经》参校。《经》中有云:"刑天,兽名也。

口中好衔干戚而舞。”乃知此句是“刑天舞干戚”，故与下句“猛志固常在”意旨相应。五字皆讹，盖字画相近，无足怪者。间以语友人岑穰彦休、晁咏之之道，二公抚掌惊叹，亟取所藏本是正之。因思宋宣献言：“校书如拂几上尘，旋拂旋生。”岂欺我哉！亲友范元羲寄示义阳太守公所开陶集，想见好古博雅之意，辄书以遗之。宣和六年七月中元临汉曾纮书刊（霈案：刊字衍）。

佚名氏跋

靖节先生江左伟人，世高其节，先儒谓其最善任真者。方其为贫也，则求为县令；仕不得志也，则挂冠而归。此所以为渊明。设其诗文不工，犹当敬爱，况如浑金璞玉，前贤固有定论耶！仆近得先生集，乃群贤所校定者，因锓于木，以传不朽云。绍兴十年十一月　日书。

（据绍兴本《陶渊明文集》）

曾集题识

《渊明集》行于世，尚矣。校雠卷第，其详见于宋宣徽《私记》、北齐阳休之《论载》。南康盖渊明旧游处也，栗里、上京东西不能二十里。世变推移，不复可识。独醉石隐然荒烟草树乱流中，榛莽丛翳，人迹不到。乡来晦翁在郡时，始克芟夷支径，植亭山巅。幽人胜士因得相与摩莎石上，吊古怀远，有翛然感慨之意。求其集，顾无有，岂非此邦之轶事欤？集窃不自揆，模写诗文，刊为一编，去其卷第与夫《五孝传》以下《四八目》杂著。所为犯是不韪，非敢有所去取,直欲嚅哜真淳,吟咏情性,以自适其适,尚庶几乎！所谓遣驰竞之情,祛鄙吝之心者,虽以是获罪世之君子,亦不辞也。绍熙壬子立冬日赣川曾集题。

（据曾集刊本）

陶靖节先生诗注序

陶公诗精深高妙,测之愈远,不可漫观也。不事异代之节,与子房五世相韩之义同。既不为狙击震动之举,又时无汉祖者可托以行其志,故每寄情于首阳、易水之间,又以荆轲继二疏、三良而发咏,所谓“抚己有深怀,履运增慨然”,读之亦可以深悲其志也已。平生危行孙言,至《述酒》之作始直吐忠愤,然犹乱以廋词,千载之下读者不省为何语。是此翁所深致意者,迄不得白于后世,尤可以使人增欷而累叹也。余偶窥见其指,因加笺释以表暴其心事,及他篇有可发明者,亦并著之。文字不多。乃令缮写模传,与好古通微之士共商略焉。又按诗中言本志少,说固穷多,夫惟忍于饥寒之苦,而后能存节义之闲,西山之所以有饿夫也。世士贪荣禄,事豪侈,而高谈名义,自方于古之人,余未之信也。淳祐初元九月九日鄱阳汤汉敬书。

（据汤汉注本）

附录二　和陶诗九种十家

【说明】

苏轼，北宋人，字子瞻，号东坡居士，曾追和陶诗一百零九首。其和陶诗除见于其诗集外，另有宋刊《东坡先生和陶渊明诗》四卷。本书即以此宋刊本为底本，编排一仍其旧。另参校宋刊施元之、施宿、顾禧合注之《东坡先生诗》残本。

苏辙，字子由，苏轼弟。《东坡先生和陶渊明诗》中收有子由继和陶诗四十四首，附于各题之后。今一仍其旧，不单列出。另据施、顾注苏诗补入苏辙《东坡先生和陶渊明诗引》。

刘因，元代人，字梦吉，号静修。至元十九年应召入朝，为承德郎、右赞善大夫，不久辞官归隐。元世祖再遣使召之，辞不赴。本书所收其和陶诗，录自《四部丛刊》影印元至顺间刊本《静修先生文集》卷三。

戴良，字叔能，浦江人。通经史百家暨医卜释老之说。元顺帝授江北行省儒学提举，良见时事不可为，避地吴中。洪武六年变姓名隐四明山，太祖物色得之。十五年召至京师，欲官之，以老疾固辞忤旨。明年四月暴卒，盖自裁也。良世居金华九灵山下，自号九灵山人。本书所收其和陶诗，录自《四部丛刊》影印明正统间戴统刊《九灵山房集》卷二四。

周履靖，明嘉禾人，字逸之，号梅墟。万历中布衣。筑舍鸳湖之滨，种梅百馀株，时咿唔其下。人呼为梅颠道人，自称螺冠子。著述甚富。本书所收其和陶诗录自《夷门广牍》本《五柳赓歌》，前有茅坤、屠隆等人序。

黄淳耀，明嘉定人，字蕴生，号陶庵。举崇祯进士。明亡，嘉定已破，缢于西城僧舍。本书所收其和陶诗，录自康熙十五年嘉定黄氏刻本《陶庵集》。

方以智，字密之，号曼公，桐城人。明崇祯十三年进士。明亡抗清，事败为僧，法名弘智，字无可，号药地。有《通雅》、《物理小识》、《浮山文集》。其和陶诗见《浮山后集》卷之一《无生寱》。台湾省故宫博物院藏有方以智手书和陶诗十首，题"旧和陶诗，书似又明老兄一笑，无道人知"。钤印二：愚者智，方外外人无可。本书所收录前十首即以其手书为底本，校以《浮山后集》。后十首据《浮山后集》。《浮山后集》，清初此藏轩刻本，现藏安徽省博物馆。

舒梦兰，字白香，清嘉庆间秀才，有《白香词谱》、《天香词》等。其和陶诗百首，收入《天香全集》中。前有嘉庆庚申南州曾煜敬修氏序，己未长州王芑孙序。嘉庆癸酉刊本。

姚椿，字春木，江苏娄县人。举孝廉方正不就，主讲开封夷山、湖北荆南等书院。卒于咸丰三年。其《通艺阁和陶集》三卷，有道光癸卯自序。道光己酉姚氏刻本。

孔继鑅，字宥函，号廓甫，山东曲阜人。道光十六年进士，任刑部主事等职，咸丰八年卒。本书所收和陶诗录自其《心向往斋集》，有南林刘氏求恕斋民国十年刻本。

东坡先生和陶渊明诗

目录

第二卷

第三卷

第四卷

东坡先生和陶渊明诗引

东坡先生和陶渊明诗卷第一

饮酒诗二十首并引　　　　子瞻和并引

吾饮酒至少,常以把盏为乐,往往颓然坐睡。人见其醉,而吾中了然,盖莫能名其为醉为醒也。在扬州时,饮酒过午辄罢,客去,解衣磐薄,终日欢不足而适有馀。因和陶渊明《饮酒》二十诗,庶几仿佛其不可名言者,以示舍弟子由、晁无咎学士。

我不如陶生,世事缠绵之。如何得一适,亦有如生时。寸田无荆棘,佳处正在兹。纵心与事往,所遇无复疑。偶得醉中趣,空杯亦常持。

二豪诋醉客,气涌胸中山。濯然忽冰释,亦复在一言。啬气实其腹,云当享长年。少饮得径醉,此秘君勿传。

道丧士失己,出语辄不情。江左风流人,醉中亦求名。渊明独清真,谈笑得此生。身如受风竹,掩冉众叶惊。俯仰各有态,得酒诗自成。

蠢蠕食叶虫,仰空慕高飞。一朝傅两翅,乃得粘网悲。啁啾厌巢雀,沮泽疑可依。赴水生两壳,遭闭何时归?二虫竟谁是,一笑百念衰。幸此未化间,得酒君莫违。

小舟真一叶,下有暗浪喧。夜棹醉中发,不知枕几偏。天明问前路,已度千银山。嗟我亦何为,此道常往还。未来宁早计,已往复何言。

百年六十化,念念竟非是。是身如虚空,谁受誉与毁。持酒未举杯,丧我固忘尔。倒床自甘寝,不择菅与绮。

顷者大雪年,海波翻玉英。有士常痛饮,饥寒见真情。床头有败榼,孤坐时复倾。未能平体粟,且复浇肠鸣。脱衣裹冻酒,每醉念此生。

我坐华堂上,不改麋鹿姿。时来蜀冈头,喜见霜松枝。谁知百尺底,已结千岁奇。煌煌凌霄花,缠绕复何为?举觞酹其根,无事莫相羁。

芙蕖在秋水,时节自阖开。清风亦何意?入我芝兰怀。一随采折去,永与江湖乖。断丝不复续,斗水何足栖!不如玉井莲,结根天池泥。感此每自慰,吾事幸不谐。醉中有归路,了了初不迷。乘流且复逝,得坎吾当回。

篮舆兀醉守,路转古城隅。酒力如过雨,清风消半途。前山正可数,后骑且勿驱。我缘在东南,往寄白发馀。遥知万松岭,下有三亩居。

民劳吏无德,岁美天有道。暑雨避麦秋,温风送蚕老。三咽初有闻,一溉未濡槁。诏书宽积欠,父老颜色好。再拜谢吾君,获此不贪宝。颓然笑阮籍,醉几书谢表。

我梦入小学,自谓总角时。不记有白发,犹诵论语辞。人间本儿戏,颠倒略似兹。惟有醉时真,空洞了无疑。坠车终莫伤,庄叟不吾欺。呼儿具纸笔,醉语辄录之。

醉中虽可乐,犹是生灭境。云何得此身,不醉亦不醒。大如景升牛,莫保尻与领。小如东郭㕙,束缚作毛颖。乃知嵇叔夜,非坐虎文炳。

我家小冯君,天性颇淳至。清坐不饮酒,而能容我醉。归休要相依,谢病当以次。岂知山林士,肮脏乃尔贵。乞身当念早,过此恐少味。

去乡三十年,风雨荒旧宅。惟存一束书,寄食无定迹。每用愧渊明,尚取禾三百。倾然六男子,粗可传清白。于吾岂不多,何事复叹息?

哓哓六男子,弦诵各一经。复生五丈夫,戢戢丁欲成。归田了门户,与国充践更。普儿初学语,玉骨闻天庭。淮老如鹤雏,破壳已长鸣。举酒属千里,一欢愧凡情。

淮海虽故楚,无复轻扬风。斋厨圣贤杂,无事时复中。谁言大道远,正赖三杯通。使君不夕坐,牙门散刀弓。

何人筑东台?一郡坐可得。亭亭古浮图,独立表众惑。芜城阅兴废,雷塘几开塞。明年起华堂,置酒吊亡国。无令竹西路,歌吹久寂默。

晁子天麒麟,结交及未仕。高才固难及,雅志或类己。各怀伯业能,共有丘明耻。歌呼时就君,指我醉乡里。吴公门下客,贾谊独见纪。请作鹏鸟赋,我亦得坎止。为乐当及时,绿发不可恃。

盖公偶谈道,齐相独识真。颓然不事事,客至先饮醇。当时刘项罢,四海疮痍新。三杯洗战国,一斗消强秦。寂寥千载后,阳公嗣前尘。醉卧客怀中,多言笑徒勤。我时阅旧史,独与三人亲。未暇餐脱粟,苦心学平津。草书亦何用,醉墨淋衣巾。一挥三十幅,持去听座人。

子由继和

我性本疏懒,父母强教之。逡巡就科选,逮此年少时。幽忧二十年,懒性祇如兹。偶然践黄阀,俯仰空自疑。乞身未敢言,常愧外物持。

人言性本静,不必林与山。世虽有此理,谁知非妄言?自我作归计,于今十馀年。低回轩冕中,此语愧虚传。

世人岂知我,兄弟得我情。少年喜文章,中年慕功名。自从落江湖,一意事养生。富贵非所求,宠辱未免惊。平生不解饮,欲醉何由成？

秋鸿一何乐，空际乘风飞。秋虫一何忧，壁间终夜悲。忧乐本何有，力尽两无依。物生逐所遇，久行不知归。少年气难回，老者百事衰。聊复沃以酒，永与狂心违。

昔在建成市，盐酒昼夜喧。夏潦恐天漏，冬雷知地偏。妻孥日告我，胡不反故山？一来朝廷上，七年不知还。有寓均建成，且志昔日言。

梦中见百怪，一一皆谓是。醉中身已忘，万事随亦毁。此心不应然，外物妄使尔。安心十年后，此语知非绮。

开卷观古人，谁非一世英？骨肉委黄垆，泯灭俱无情。憧憧来无尽，扰扰相夺倾。惊雷震朱夏，鲜能及秋鸣。得酒且酣饮，间谁逃死生。

明月出东墙，万物含馀姿。孤蝉庇繁阴，众鸟栖高枝。解衣适少事，扪腹知亡奇。朝与群动作，莫复何所为？此时不自有，日出还受羁。

尺书千里至，辍食手自开。将卜东南居，故乡非所怀。勿言湖山美，永与平生乖。鸿雁秋南来，及春思故栖。蛟龙乘风云，既雨反其泥。兄弟适四海，叩门事谁谐？直道竟三黜，去国终恐迷。何如自卫反，阙里从参回。

羌虏忘君恩，战鼓惊西隅。边候失晨夜，驿骑驰中途。诏书止穷征，诸将守来驱。敌微势可料，师竞力无馀。防边未云失，忧愧怀安居。

修己以安人，嗟古有此道。平生妄谓得，忽忽恨衰老。年来亦见用，何益世枯槁。逡巡事朝谒，出入自媚好。报君要得人，被褐信怀宝。斯人何时见？即上归耕表。

春旱麦半死，夏雨欣及时。出郊视禾田，父老有好辞。秋阴结愁霖,似欲直败兹。冥冥人天际,景响良不疑。精诚发中禁,愍默非有欺。鸡号日东出,乃令民信之。

天厨酿冰地,摇荡畏出境。衰年杂羸病,一醑百不醒。鸾台异诸曹,有政非簿领。颓然虽无责,固谢出囊颖。回首愧周行,群英粲彪炳。

淮海老使君,受诏行当至。居官不避事,无事辄径醉。平生自相许,兄先弟亦次。东南岂徒往,多难嫌暴贵。白首六卿中,嚼蜡那复味?

去年旅都城,三月不求宅。彼哉安知我?争扫习礼迹。三已竟无愠,心伏鸷鸟百。无私心如丹,经患发先白。功名已不求,馀事复何惜?

家居简馀事,犹读外景经。浮尘扫欲尽,火枣行当成。清晨委群动,永夜依寒更。低帷闷重屋,微月流中庭。依松白露上,历坎幽泉鸣。功从猛士得,不取儿女情。

南方有贫士,征怪如病风。垢面发如葆,自污屠酒中。导我引河水,上与昆仑通。长箭挽不尽,不中无尤弓。

清秋九日近,菊酒皆可得。永愧陶翁饥,虽饥心不惑。怀忠受正命,赋命本通塞。斯人今苟在,可与同事国。惜哉委荆榛,忍饥长嘿嘿。

我友二三子,兼有仕未仕。青松出林秀,岂独私与己?敛然不求人,而我自衅耻。临风忽长鸣,谁信日千里。江行视渔父,但自正纲纪。持纲起万目,鲂鳟皆可止。老成日就衰,所馀殆难恃。

诸妄不可赖,所赖惟一真。内欲求性命,油然反清淳。外将应物化,致一常日新。商于四父老,携手初逃秦。翻然感汉德,投足复践尘。出处盖有道,岂为诸吕勤?嗟我千岁后,淡然与之亲。还将山林姿,俯首要路津。囊中旧时物,布衣白纶巾。功成不归去,愧此同心人。

归园田居六首　　子瞻和并引

三月四日，游白水山佛迹岩，沐浴于汤泉，晞发于悬瀑之下，浩歌而归。肩舆却行，以与客语，不觉至水北荔枝浦上。晚日葱茏，竹阴萧然，时荔子累累如芡实矣。有父老年八十馀，指以告余曰："及是可食，公能携酒来游乎？"意欣然许之。归卧既觉，闻儿子过诵渊明《归田园居》诗六首宋刊施顾合注《东坡先生诗》作"归园田居"，乃悉次其韵。始余在广陵和渊明《饮酒》二十首，今复为此，要当尽和乃已。今书以寄妙总大士参寥子。

环州多白水，际海皆苍山。以彼无尽景，寓我有限年。东家着孔丘，西家着颜渊。市为不二价，农为不争田。周公与管蔡，恨不茅三间。我饱一饭足，薇蕨补食前。门生馈薪米，救我厨无烟。斗酒与只鸡，酣歌饯华颠。禽鱼岂知道，我适物自闲。悠悠未必尔，聊乐我所然。

穷猿既投林，疲马初解鞅。心空饱新得，境熟梦馀想。江鸥渐驯只需案：施顾合注本作"集"，为是，蜒叟已还往。南池绿钱生，北岭紫笋长。复施顾合注本作"提"，为是壶岂解饮，好语时见广。春江有佳句，我醉堕渺莽。

新浴觉身轻，新沐感发稀。风乎悬瀑下，却行咏而归。仰见江摇山，俯见月在衣。步从父老语，有约吾敢违？

老人八十馀，不识城市娱。造物偶遗漏，同侪尽丘墟。平生不渡江，水北有幽居。手插荔支子，合抱三百株。莫言陈家紫，甘冷恐不如。君来坐树下，饱食携其馀。归舍遗儿子，怀抱不可虚。有酒持饮我，不问钱有无。

坐倚朱藤杖，行歌紫芝曲。不逢商山翁，见此野老足。愿同荔支社，长作鸡黍局。教我同光尘，月固不胜烛。庄子曰：“月固不胜火。”郭象注云：“大而暗，不如小而明。”陋哉斯言也！予为更之曰：明于大者必晦于小，月能烛天地而不能烛毫厘，此其所以不胜火也。然卒之火胜月，月胜火耶？需案：施顾合注本此下有二句：“霜飙散氛祲，廓然似朝旭。”

昔我在广陵，怅望柴桑陌。长吟饮酒诗，颇获一笑适。当时已放浪，朝坐夕不夕。矧今长闲人，一劫展过隙。江山互隐见，出没为我役。斜川追渊明，东皋友王绩。诗成竟何用，六博本无益。

咏二疏　　　　子瞻和

二疏事汉时，迹寓心已去。许侯何足道，宁识此高趣？可怜魏丞相，免冠谢陋举。中兴多名臣，有道独两傅。世途方毂击，谁肯行此路？是身如委蜕，未蜕何所顾？已蜕则两忘，身后谁毁誉？所以遗子孙，买田岂先务？我尝游东海，所历若有素。神交久从君，屡梦今乃悟。渊明作诗意，妙想非俗虑。庶几二大夫，见微而知著。

咏三良　　　　子瞻和

此生太山重，忽作鸿毛遗。三子死一言，所死良已微。贤哉晏平仲，事君不以私。我岂犬马哉？从君求盖帷。杀身固有道，大节要不亏。君为社稷死，我则同其归。顾命有治乱，臣子得从违。魏颗真孝爱，三良安足希？仕宦岂不荣？有时缠忧悲。所以靖节翁，服此黔娄衣。

咏荆轲　　　　子瞻和

秦如马后牛，吕氏非复嬴。天欲厚其毒，假手李客卿。功成志自满，积恶如陵京。灭身会有时，徐观可安行。沙丘一狼狈，笑落冠与缨。太子不少忍，顾非万人英。魏韩裂智伯，肘足本无声。胡为弃成谋，托国此狂生？荆轲不足说，田子老可惊。燕赵多奇士，惜哉亦虚名！杀父囚其母，此岂容天庭？亡秦只三户，况我数十城。渐离非不伤，陛戟加周营。至今天下人，愍燕欲其成。废书一太息，可见千古情！

怨诗楚调示庞主簿及邓治中　　　　子瞻和

当欢有馀乐，在戚亦颓然。渊明得此理，安处固有年。嗟我与先生，所赋良奇偏。人间少宜适，惟有归耘田。我昔堕轩冕，毫厘真市廛。归来卧重茵，忧愧自不眠。如今破茅屋，一夕或三迁。风雨睡不知，黄叶满枕前。宁当出怨句，惨惨如孤烟。但恨不早悟，犹推渊明贤。

东坡先生和陶渊明诗卷第二

和形赠影　　　　子瞻

天地有常运，日月无闲时。孰居无事中，作止推行之。细察我与汝，相因以成兹。忽然乘物化，岂与生灭期？梦时我方寂，偃然无知思。胡为有哀乐，辄复随涟洏。我舞汝凌乱，相应不少疑。还将醉时语，答我梦中辞。

和影答形

丹青写君容，常恐画师拙。我依月灯出，相肖两奇绝。妍媸本自君，我岂相媚悦？君如火上烟，火尽君乃别。我如镜中像，镜坏我不灭。虽云附阴晴，了不受寒热。无心但因物，万变岂有竭？醉醒皆梦尔，未用议优劣。

和神释

二子本无我，其初因物著。岂惟老变衰？念念不如故。知君非金石,安足长托附。莫从老君言,亦莫用佛语。仙山与佛国,终恐无是处。甚欲随陶公,移家酒中住。醉醒要有尽,未易逃诸数。平生逐儿戏,处处馀作具。所至人聚观,指目生毁誉。如今一弄火,好恶都焚去。既无负载劳,又无寇攘惧。仲尼晚乃觉,天下何思虑。

东方有一士　　子瞻和

瓶居本近危,甑坠知不完。梦求亡楚弓,笑解适越冠。忽然反自照,识我本来颜。归路在脚底,殽潼失重关。屡从渊明游,云山出毫端。借君无弦物,寓我非指弹。岂惟舞独鹤?便可蹑飞鸾。还将岭茅瘴,一洗月关寒。

咏贫士七首　　子瞻和并引

予迁惠州一年,衣食渐窘,重九俯迩,樽俎萧然。乃和渊明《贫士》诗七篇,以寄许下、高安、宜兴诸子侄,并令过同作。

长庚与残月,耿耿如相依。以我旦暮心,惜此须臾辉。青天无今古,谁知织鸟飞?我欲作九原,独与渊明归。俗子不自悼,顾忧斯人饥。堂堂谁有此,千驷良可悲。

夷齐耻周粟,高歌诵虞轩。产禄彼何人?能致绮与园。古来避世士,死灰或馀烟。末路益可羞,朱墨手自研。渊明初亦仕,弦歌本诚言。不乐乃径归,视世差独贤。

谁谓渊明贫?尚有一素琴。心闲手自适,寄此无穷音。佳辰爱重九,芳菊起自寻。疏巾叹虚漉,尘爵笑空斟。忽饷二万钱,颜生良足钦。急送酒家保,勿违故人心。

人皆有耳目,夫子旷与娄。弱毫写万象,水镜无停酬。闲居惜重九,感此岁月周。端如孔北海,只有尊空忧。二子不并世,高风两无俦。我后五百年,清梦未易求。

芙蓉杂金菊，枝叶长阑干。遥怜退朝人，糕酒出太官。岂知江海上，落英言可餐。典衣作重九，徂岁惨将寒。无衣粟我肤，无酒颦我颜。贫居真可叹，一事长相关。

老詹亦白发惠守詹范，相对垂霜蓬。赋诗殊有味，涉世非所工。扶藜山谷间，状类渤海龚。半道要我饮，意与王弘同。有酒我自至，不须遣庞通。门生与儿子，杖屦聊相从。

我家六儿子，流落三四州。辛苦见不识，今与农圃俦。买田带修竹，筑室依清流。未能遣一力，分汝薪水忧。坐念北归日，此劳未易酬。我独遗以安，鹿门有前修。

九日闲居并引　　子瞻和并引

明日重九，雨甚，展转不能寐。起坐索酒，和渊明一篇。熟醉昏然，殆不能佳也。

九日独何日？欣然惬平生。四时靡不佳，乐此古所名。龙山忆孟子，栗里怀渊明。鲜鲜霜菊艳，溜溜糟床声。闲居知令节，乐事满馀龄。登高望云海，醉觉三山倾。长歌振履商，起舞带索荣。坎轲失天意，淹留见人情。但愿饱粳稌原作杜，今从施、顾注本，年年乐秋成。

己酉岁九月九日　　子瞻和并引

十月初吉，菊始开，乃与客作重九，因次韵渊明《己酉岁九月九日》一首。胡广饮菊潭水而寿，然李固传赞云："其视胡广、赵戒，犹粪土也。"

今日我重九，谁谓秋冬交？黄花与我期，草中实后雕。香馀白露干，色映青松高。怅望南阳野，古潭霏庆霄。伯始真粪土，平生夏畦劳。饮此亦何益，内热中自焦。持我万家春，一酹五柳陶。夕英幸可掇，继此木兰朝。

读山海经十三首　　　　子瞻和并引

渊明《读山海经》十三首,其七首皆仙语。予读《抱朴子》有所感,用其韵赋之。

今日天始霜,众木敛以疏。幽人掩关卧,明景翻空庐。开心无良友,寓眼得奇书。建德有遗民,道远我无车。无粮食自足,岂谓谷与蔬?愧此稚川翁,千载与我俱。画我与渊明,可作三士图。学道虽恨晚,赋诗岂不如?

稚川虽独善,爱物均孔颜。欲使蟪蛄流,如有龟鹤年。辛勤破封执,苦语剧移山。博哉无穷利,千载食此言。

渊明虽中寿,雅志仍丹丘。远矣无怀民,超然邈无俦。奇文出纩息,岂复生死流。我欲作九原,异世为三游。

子政信奇逸,妙算穷阴阳。淮仙枕中诀,养练岁月长。岂伊臭浊中,争此顷刻光。安知青藜火,丈人非中黄?

乱离弃弱女,破冢割恩怜。宁知效龟息,三岁号穷山。长生定可学,当信仲弓言。支床竟不死,抱一无穷年。

三山在咫尺,灵药非草木。玄芝生太元,黄精出长谷。仙都浩如海,岂不供一浴?何当从火山,束缊分寸烛?

蜀士李八百,穴居吴山阴。默坐但形语,从者纷如林。其后有李宽,鸡鹄非同音。口耳固多伪,识真要在心。

黄华育甘谷,灵根固深长。廖井窖丹砂,红泉涌寻常。二女戏口鼻,松膏以为粮。闻此不能寐,起坐夜未央。

谈道鄙俗儒,远自太史走。仲尼实不死,于圣亦何负?紫文出吴宫,丹雀本无有。辽然广桑君,独显三季后。

金丹不可成,安期渺云海。谁为黄门妻,至道乃近在。支解竟不传,化去空馀悔。丹成亦安用?御气本无待。

郑君固多方，玄翁所亲指。奇文二百字，了未出生死。素书在黄石，岂敢辞跪履。万法等成坏，金丹差可恃。

古强本妄庸，蔡诞亦夸士。曼都斥仙人，谒帝轻举止。学道未有得，自欺谁不尔。稚川亦隘人，疏录此庸子。

东坡信畸人，涉世真散才。仇池有归路，罗浮岂徒来？践蛇及茹蛊，心空了无猜。携手葛与陶，归哉复归哉！

游斜川并引　　子瞻和正月五日与儿子过出城游作

谪居淡无事，何异老且休？虽过靖节年，未失斜川游。春江渌未波，人卧船自流。我本无所适，泛泛随鸣鸥。中流遇洑洄，舍舟步曾丘。有口可与饮，何必逢我俦？过子诗似翁，我唱儿辄酬。未知陶彭泽，颇有此乐不。问点尔何如？不与圣同忧。问翁何所笑？不为由与求。

和郭主簿二首　　子瞻和并引

清明日，闻过诵书，声节闲美。感念少时，怅然追怀先君宫师之遗意，且念淮、德二幼孙。无以自遣，乃和渊明此二篇，随意所遇，无复伦次也。

今日复何日？高槐布初阴。良辰非虚名，清和盈我襟。孺子卷书坐，诵诗如鼓琴。却去四十年，玉颜如汝今。闭户未尝出，出为闾里钦。家世事酌古，百史手自斟。当年二老人，喜我作此音。淮德入我梦，角羁未胜簪。孺子笑问我，公何念之深？

雀鷇含淳音，竹萌抱静节。此两句先君少时诗，失其全篇。诵我先君诗，肝肺为澄澈。独为鸣鹤和，未作获麟绝。愿因骑鲸李，追此御风列。丈夫贵出世，功名岂人杰？家书三万卷，独取服食诀。地行即空飞，何必挟日月！

移居二首　　　　　　　　子瞻和并引

余去岁三月，自水东嘉祐寺迁居合江楼。逮今一年，多病寡欢，颇怀水东之乐也。得归善县后隙地数亩，父老云："此古白鹤观也。"意欣然，欲居之，乃和此诗。

昔我初来时，水东有幽宅。晨与乌鹊朝，暮与牛羊夕。谁令迁近市？而有造请役。歌呼杂闾巷，鼓角鸣枕席。出门无所诣，乐事非宿昔。病瘦独弥年，束薪谁与析？

洄潭转埼岸，我作江郊诗。今为一廛氓，此地乃得之。葺为无邪斋，思我无所思。古观废已久，白鹤归何时？我岂丁令威，千岁复还兹。江山朝福地，古人不吾欺。

和刘柴桑　　　　　　　　子瞻和

万劫玄起灭，百年一踟躇。漂流四十年，今乃言卜居。且喜天壤间，一席亦吾庐。稍理兰桂丛，尽平狐兔墟。黄橼出旧枿，紫茗抽新畬。我本早衰人，不谓老更劬。邦君助畚锸，邻里通有无。竹屋从低深，山窗自明疏。一饱便终日，高眠忘百须。自笑四壁空，无妻老相如。

岁暮和张常侍　　　　　　　　子瞻和并引

十二月二十五日，酒尽，取米欲酿，米亦竭。时吴远游、陆道士皆客于予，因读渊明《岁暮和张常侍》诗，亦以无酒为叹，乃用其韵赠二子。

我生有天禄，玄膺流玉泉。何事陶彭泽，乏酒每形言。仙人与道士，自养岂在繁。但使荆棘除，不忧梨枣愆。我年六十一，颓景薄西山。岁暮似有得，稍宽施顾合注本作"觉"，为是散亡还。有如千丈松，常苦弱蔓缠。养我岁寒枝,会有解脱年。米尽初不知,但怪饥鼠迁。二子真我客,不醉亦陶然。

答庞参军并引 子瞻和并引

周循州彦质,在郡二年,书问无虚日。罢归过惠,为余留半月。既别,和此诗追送之。

我见异人,且得异书。挟书从人,何适不娱?罗浮之趾,卜我新居。子非玄德,三顾我庐。

旨酒荔蕉,绝甘分珍。虽云晚接,数面自亲。海隅一笑,岂云无人?无酒酤我,或乞其邻。

将行复止,眷言孜孜。苟有于中,倾倒出之。奕奕千言,粲焉陈诗。觞行笔落,了不容思。

丱妙侍侧,两髦丫分。歌舞寿我,永为欢欣。曲终凄然,仰视浮云。此曲此声,何时复闻!

击鼓其镗,船开橹鸣。顾我而言,雨泣载零。子卿白首,当还西京。辽东万里,亦归管宁。

感子至意,托词西风。吾生一尘,寓形空中。愿言谦亨,君子有终。功名在子,何异我躬!

东坡先生和陶渊明诗卷第三

时运并序 子瞻和并引

丁丑二月十四日,白鹤峰新居成,自嘉祐寺迁入。咏渊明诗云:"斯晨斯夕,言息其庐。"似为予发也,乃次其韵。长子迈,与予别三年矣,挈携诸孙,万里远至。老朽忧患之馀,不能无欣然。

我卜我居,居非一朝。龟不吾欺,食此江郊。废井已塞,乔木干霄。

昔人伊何，谁其裔苗？下有碧潭，可饮可濯。江山千里，供我遐瞩。木固无胫，瓦固无足。陶匠自至，啸歌相乐。我视此邦，如洙如沂。邦人劝我，老矣安归？自我幽独，倚门或挥。岂无亲友？云散莫追。旦朝丁丁，谁款我庐？子孙远至，笑语纷如。剪鬃垂髫，覆此瓠壶。三年一梦，乃复见余。

止酒　　子瞻和并引

丁丑岁，余谪海南，子由亦贬雷州。五月十一日，相遇于藤，同行至雷。六月十一日，相别渡海。余时病痔呻吟，子由亦终夕不寐。因诵渊明诗劝余止酒。乃和元韵，因以赠别，庶几真止矣。

时来与物逝，路穷非我止。与子各意行，同落百蛮里。萧然两别驾，各携一稚子。子室有孟光，我空惟法喜。相逢山谷间，一月同卧起。茫茫海南北，粗亦足生理。劝我师渊明，力薄且为己。微痾坐杯勺，止酒则瘳矣。望道虽未见，隐约见津涘。从今东坡室，不立杜康祀。

子由继和

少年无大过，临老重复止。自言衰病根，恐在酒杯里。今年各南迁，百事付诸子。谁言瘴雾中，乃有相逢喜。连床闻动息，一夜再三起。溯流俯仰得，此病竟何理？平生不尤人，未免亦求己。非酒犹止之，其馀真止矣。飘然从孔公，乘桴南海涘。路逢安期生，一笑千万祀。

拟古九首　　子瞻和

有客扣我门，系马门前柳。庭空马雀噪（需案：施顾注诗作“鸟雀散”），门闭客立久。主人枕书卧,梦我平生友。忽闻剥啄声,惊散一杯酒。倒裳起谢客,梦觉两愧负。坐谈杂今古,不答颜愈厚。问我何处来,我来无何有。

酒尽君可起,我歌已三终。由来竹林人,不数涛与戎。有酒从孟公,慎勿从扬雄。崎岖颂沙麓,尘埃污西风。昔我未尝达,今者亦安穷。穷达不到处,我在阿堵中。

客去室幽幽,鹏鸟来座隅(霈案:"鹏"应作"鵩")。引吭伸两翮,太息意不舒。吾生如寄耳,何者为我庐。去此复何之?少安与汝居。夜中闻长啸,月露荒榛芜。无问亦无答,吉凶两何如?

少年好远游,荡志隘八荒。九夷为藩篱,四海环我堂。卢生与若士,何足期杳茫。稍喜海南州,自古无战场。奇峰望黎母,何异嵩与邙?飞泉写万仞,舞鹤双低昂。分流未入海,膏泽弥此方。芋魁倘可饱,无肉亦奚伤!

黎山有幽子,形槁神独完。负薪入城市,笑我儒衣冠。生不闻诗书,岂知有孔颜。翛然独往来,荣辱未易关。日暮鸟兽散,家在孤云端。问答了不通,叹息指屡弹。似言君贵人,草莽栖龙鸾。遗我吉具布,海风今岁寒。

冯冼古烈妇,翁媪国于兹。策勋梁武后,开府隋文时。三世更险难,一心无磷淄。锦伞平积乱,犀渠破馀疑。庙貌空复存,碑板漫无辞。我欲作铭志,慰此父老思。遗民不可问,偻句莫予欺。犦牲菌鸡卜,我当一访之。铜鼓壶卢笙,歌此迎送诗。

沉香作庭燎,甲煎纷相和。岂若炷微火,萦烟袅清歌?贪人无饥饱,胡椒亦求多。朱刘两狂子,陨坠如风花。本欲竭泽渔,奈此明年何朱初平、刘谊欲冠带黎人,以取水沉尔。

鸡窠养鹤发,及与唐人游。来孙亦垂白,颇识李崖州。再逢卢与丁,阅世真东流。斯人今在亡,未遽掩一丘。我师吴季札,守节到晚周。一见春秋末,渺焉不可求。

城南有荒池,琐细谁复采?幽姿小芙蕖,香色独未改。欲为中州信,浩荡绝云海。遥知玉井莲,落蕊不相待。攀跻及少壮,已失那容悔!

子由继和

客居远林薄,依墙种杨柳。归期未可必,成阴定非久。邑中有佳士,忠信可与友。相逢话禅寂,落日共杯酒。艰难本何求,缓急肯相负?故人在万里,不复为薄厚。米尽鬻衣衾,时劳问无有。

闭门不复出,兹焉若将终。萧然环堵间,乃复有为戎。我师柱下史,久以雌守雄。金刀虽云利,未闻能斫风。世人欲困我,我已安长穷。穷甚当辟谷,徐观百年中。

萧萧发垂素,晡日迫西隅。道人闵我老,元气时卷舒。岁恶风雨交,何不完子庐?万法灭无馀,方寸可久居。将扫道上尘,先拔庭中芜。一净百亦净,我物皆如如。

夜梦被发翁,骑驎下大荒。独行无与游,闯然款我堂。高论何峥嵘,微言何渺茫!我徐听其说,未离翰墨场。平生气如虹,宜不葬北邙。少年慕遗文,奇姿揖昂昂。衰罢百无用,渐以圆斫方。隐约就所安,敛退还自伤。

海康杂蛮蜒,礼俗多未完。我居近阛阓,请先化衣冠。衣冠一有耻,其下胡为颜?东邻有一士,读书寄贤关。归来奉先友,跬步行必端。慨然顾流俗,叹息未敢弹。提提乌鸢中,见此孤翔鸾。渐能衣裘褐,袒裼知恶寒。

佛法行中原,儒者耻论兹。功施冥冥中,亦何负当时。此方旧杂染,浑浑无名缁。治生守家室,坐使斯人疑。未知酒肉非,能与生死辞?炽哉吴闽间,佛事不可思。生子多颖悟,得报岂汝欺?时有正法眼，　山照耀之。谁为邑中豪？勤诵我此诗。

忧来感人心，悒悒久未和。呼儿具浊酒，酒酣起长歌。歌罢还独舞，黍麦力诚多。忧长酒易销，释去如风花。不悟万法空，子如此心何？

杜门人笑我，不知有天游。光明遍十方，咫尺陋九州。此观一日成，衮衮通法流。竿木常自随，何必反故丘？老聃白发年，青牛去西周。不遇关令尹，履迹谁能求？

锄田种紫芝，有根未堪采。逡巡岁月度，叹息毛发改。修然玉露下，滴沥投沧海。须牙忽长茂，枝叶行可待。夜烧沉水香，持戒慎无悔！

杂诗　　子瞻和

斜日照孤隙，始知空有尘。微风渡众窍，谁信我忘身？一笑问儿子，与汝定何亲？从我来海南，幽绝无四邻。耿耿如缺月，独与长庚晨。此道固应尔，不当怨无人。

故山不可到，飞梦隔五岭。真游有黄庭，闭目寓两景。室空无可照，火灭膏自冷。披衣起视夜，海阔河汉永。西窗半明月，散乱梧楸影。良辰不可系，逝水无由骋。我苗期后枯，持此一念静。

真人有妙观，俗子多妄量。区区劝粒食，此岂知子房！我非徒跣相，终老怀未央。兔死缚淮阴，狗功指平阳。哀哉亦可羞，世路皆羊肠。

相如偶一官，嗤鄙蜀父老。不记犊鼻时，涤器混庸保。著书曾几许，渴肺尘土燥。琴台有遗魄，笑我归不早。作书遗故人，皎皎我怀抱。馀生幸无愧，何与君平道。

孟德黠老狐，奸言嗾鸿豫。哀哉丧乱世，枭鸾各腾翥。逝者知几人，文举独不去。天方斫汉室，岂计一郗虑。昆虫正相啮，乃比蔺相如。我知公所坐，大名久难住。细德方险微，岂有容公处。既往不可悔，庶为来者惧。

博大古真人，老聃关尹喜。独立万物表，长生乃馀事。稺川差可近，傥有接物意。我顷登罗浮，物色恐相僊施顾合注本作"值"，为是。徘徊朱明洞，沙水自清驶。满把菖蒲根，叹息复弃置。

蓝乔近得道，常苦世褊迫。西游王屋山，不践长安陌。尔来宁复见，鸟道渡太白。昔与吴远游，同藏一瓢窄。潮阳隔云海，岁晚傥见客。伐薪供养火，看作栖凤宅。

南荣晚闻道，未肯化庚桑。陶顽铸强犷，枉费尘与糠。越子古成人，韩生教休粮。参同得灵钥，九锁启伯阳。鹅城见诸孙，贫苦我为伤。空馀焦先室，不传元化方。遗像似李白，一奠临江觞。

馀龄难把玩，妙解寄笔端。常恐抱永叹，不及丘明迁。亲友复劝我，放心饯华颠。虚名非我有，至味知谁餐。思我无所思，安能观诸缘。已矣复何叹，旧说易两篇。

申韩本自圣，陋古不复稽。巨君纵独欲，借经作岩崖。遂令青衿子，珠璧人人怀。凿齿井蛙耳，信谓天可弥。大道久分裂，破碎日愈离。我如终不言，谁悟角与羁。吾琴岂得已？昭氏有成亏。

我昔登朐山，日出观苍凉。欲济东海县，恨无石桥梁。今兹黎母国，何异于公乡。蚝浦既黏山，暑路亦飞霜。所欣非自誷，不怨道里长。

子由继和时有赦书北还

大道与众往，疾驱祇自尘。徐行听所之，何者非吾身？却过白鹤峰，鸡犬来相亲。筑室依果树，有无通四邻。安眠岂有足？良夜惟恐晨。晨朝亦何事，倦对往来人。

莫言三谪远，归路近庾岭。谁怜东坡穷，垂老徙此景。幸无薪炭役,岂念冰雪冷。平生笑子厚,山水记柳永。孜孜苦怀归,何异走逃影。吾观两蛮触,出缩方驰骋。百年寄龟息,幸此支床静。

我来适恶岁,斗米如珠量。何时举头看,岁月守心房。念我东坡翁,忍饥海中央。愿翁勿言饥,稷卨调阴阳。玉池有清水,生肥满中肠。

故山纵得归,无复昔遗老。家风知在否,后生恐难保。似闻老翁泉,曾作泥土燥。穷冬忽涌溢,络绎瓶罂早。此翁终可信,明月耿怀抱。从我先人游,安得不闻道老翁泉在先人坟下?

幽忧如蛰虫,雷雨惊奋豫。无根不萌动,有翼皆骞翥。嗟我独枯槁,无来孰为去。念兄当北迁,海阔煎百虑。往来七年间,信矣梦幻如。从今便筑室,占籍无所住。四方无不可,莫住生灭处。纵浪大化中,何喜复何惧!

尝闻左师言,少子古所喜。二儿从两父,服辱了百事。佳子何关人,自怪馀此意。看书时独笑,屡与古人值。他年会六子,道眼谁最驶。衣钵傥可传,田园不须置。

舜以五音言,二雅良褊迫。变风犹井牧,驱人遂阡陌。周馀几崩怀,况经甫与白。崎岖收狂澜,还付滥觞窄。二庄泾渭杂,恐有郭象客。壁藏待知者,金石闻旧宅。

大道如衣食,六经所耕桑。家传易春秋,未易相秕糠。久种终不获,岁晚嗟无粮。念此坐叹息,追飞及颓阳。天公亦假我,书成麟未伤。可怜陆忠州,空集千首方。何如学袁盎,日把无何觞。

五年寓黄阁,盛服朝玄端。愧无昔人姿,谬作奇章迁牛僧孺亦贬循州。还从九渊底,回望百尺巅。身世俱一梦,往来适三餐。天公本无心,谁为此由缘?从今罢述作,尽付逍遥篇。

吾兄昔在朝,屡欲请会稽。誓将老阳羡,洞天隐苍崖兄已买田阳羡,近张公、善卷西洞天。时事乃大谬,宁复守此怀。区区芥子中,岂有两须弥。举眼即见兄,何者为别离? 尻舆驾神马,孰为策与羁? 弭节过蓬莱,悔波看增亏。

红炉厄夏景,团扇悲秋凉。来鸿已遵渚,法案:应作去燕亦辞梁。冰蚕怀冻薮,火鼠安炎乡。曲士漫谈道,夏虫岂知霜。物化何时休,叹息此路长!

东坡先生和陶渊明诗卷第四

连雨独饮　　　　子瞻和并引

吾谪海南,尽卖饮器以供衣食。独有一荷叶杯,工制美妙,留以自娱。乃和渊明《连雨独饮》二首。

平生我与我,举意辄相然。岂比磁石针,虽合犹有间。此外一子由,出处同偏仙。晚景敢可惜,分飞海南天。纠缠不吾欺,宁此忧患先。顾影一杯酒,谁谓无往还? 寄语海北人,今日为何年? 醉里有独觉,梦中无杂言。

阿堵不解醉,谁与此颓然? 误入无功卿,掉臂嵇阮间。饮中八仙人,与我俱得仙。渊明岂知道,醉语忽谈大施顾合注本作天,为是。偶见此物真,遂超天地先。醉醒可还酒,此觉无所还。清风洗徂暑,连雨催丰年。床头伯雅君,此子可与言。

癸卯岁始春怀古田舍二首　　　　子瞻和并引

儋人黎子云兄弟,居城东南,躬农圃之荣施顾合注本作劳,为是。偶与军使张中同访之,居临大池,水木幽茂。坐客欲为醵钱作屋,予亦欣然许之,名其屋曰载酒堂。用渊明《怀古田舍》韵作二首。

退居有成言,垂老竟未践。何曾渊明归,屡作敬通免。休闲等一味,妄想生愧觍渊明本用缅字,今取其同音耳。聊将自知明,稍积在家善。

城东两黎子,室迩人自远。呼我钓其池,人鱼两忘返。使君亦命驾,恨子林塘浅。

茆茨破不补,嗟子乃尔贫。菜肥人愈瘦,灶闲井常勤。我欲致薄少,解衣劝坐人。临池作虚堂,雨急瓦声新。客来有美载,果熟多幽欣。丹荔破玉肤,黄柑溢芳津。借我三亩地,结茅为子邻。鴂舌傥可学,化为黎母民。

劝农　　　　子瞻和并引

海南多荒田,俗以贸香为业。所产粳稌原作杜,今从施、顾注本不足于食,乃以薯时诸切芋杂米作粥糜案:应作糜以取饱。予既哀之,乃和渊明《劝农》诗,以告其有知者。

咨汝汉黎,均是一民。鄙夷不训,夫岂其真? 怨忿劫质,寻戈相因。欺谩莫诉,曲自我人。

天祸尔土,不麦不稷。民无用物,怪珍是植。播厥熏木,腐馀是穑。贪夫污吏,鹰鸷狼食。

岂无良田? 膴膴平陆。兽踪交缔,鸟喙谐穆。惊麏朝射,猛豨夜逐。芋羹薯糜案:应作糜,以饱耆宿。

听我苦言,其福永久。利尔锄耜,好尔邻耦。斩艾蓬藋,南东其亩。父兄搢挺,以抶游手。

天不假易,亦不汝匮。春无遗勤,秋有厚冀。云举雨决,妇姑毕至。我良孝爱,袒跣何愧!

逸谚戏侮,博弈顽鄙。投之生黎,俾勿冠履。霜降稻实,千箱一轨。大作尔社,一醉醇美。

子由继和并引

子瞻兄和渊明诗六章,哀儋耳之不耕。予居海康,农亦甚惰,其耕者多闽人也。然其民甘于鱼鳅蟹虾,故蔬果不毓。冬温不雪,衣被吉贝,故藙麻而不绩,生蚕而不织,罗纨布帛,仰于四方之负贩。工习于鄙朴,故用器不利。医夺于巫鬼,故方术不治。余居之半年,凡羁旅之所急,求皆不获。故亦和此篇,以告其穷,庶几有劝焉。

我迁海康,实编于民。少而躬耕,老复其真。乘流得坎,不问所因。愿以所知,施及斯人。我行四方,稻麦黍稷。果蔬满荷,百种咸植。粪溉耘耔,乃后有穑。尔独何为?开口而食。掇拾于川,搜捕于陆。俯鞠妇子,仰荐昭穆。闽乘其媮,载耒逐逐。计无百年,谋止信宿。我归无时,视汝长久。孰为沮溺,风雨相耦。筑室东皋,取足南亩。后稷为烈,夫岂一手?斫木陶土,器则不匮。绩麻缫茧,衣则有冀。药饵具前,病曷从至。坐而告穷,相视徒愧。莫为之唱,冥不谓鄙。一夫前行,百夫具履。以为不信,出视同轨。期尔十年,风变而美。

停云并序　　　　子瞻和并引

自立冬来,风雨无虚日。海道断绝,不得子由书,乃和渊明《停云》诗以寄。

停云在空,黯其将雨。嗟我怀人,道修且阻。眷此区区,俯仰再抚。良辰过鸟,逝不我伫。

飓作海浑,天水冥濛。云屯九河,雪立三江。我不出门,寤寐北窗。念彼海康,神驰往从。

凛然清臞,落其骄荣。馈莫化之,廓兮忘情。万里迟子,晨兴宵征。远虎在侧,以宁先生。

对弈未终,摧然斧柯。再游兰亭,默数永和。梦幻去来,谁少谁多?弹指叹息,浮云几何?

子由继和并引

丁丑十月，海道风雨，儋雷邮传不通。子瞻兄和陶渊明《停云》诗四章，以致相思之意。辙亦次韵以报。

云跨南溟，南北一雨。瞻望匪遥，槛阱斯阻。梦往从之，引手相抚。笑言未卒，舍我不伫。

晚稻欲登，白露宵濛。人饮嘉平，浆酒如江雷人以十月腊祭，凡三日，饮酒作乐。我独何为？观成于窗。欲诘其端，来无所从。

欣然微笑，是无枯荣。手足相依，所钟则情。情忘意消，神凝不征。可以安身，可以长生。

跋扈飞扬，谁非南柯？运历相寻，忧喜杂和。我游其外，所享则多。拔木之深，其如予何！

与殷晋安别并序　　　　子瞻和送昌化军使张中

孤生知永弃，末路嗟长勤。久安儋耳陋，日与雕题亲。海国此奇士，官居我东邻。卯酒无虚日，夜棋有达晨。小瓮多自酿，一瓢时见分。仍将对床梦，伴我五更春。暂聚水上萍，忽散空中云。恐无再见日，笑说来生因。空吟清诗送，不救归装贫。

于王抚军坐送客　　　　子瞻和再送张中

胸中有佳处，海瘴不汝腓。三年无所愧，十口今同归。汝去莫相怜，我生本无依。相从大块中，几合几分违。莫作往来相，而生爱见悲。悠悠衔山日，炯炯留清辉。悬知冬夜长，不恨晨光迟。梦中与汝别，作诗记忘遗。

答庞参军并序　　　　子瞻和三送张中

留灯坐达晓，要与影晤言。下帷对古人，何暇复窥园？使君本学武，少诵十三篇。时能口击贼，戈戟亦森然。才智谁不如，功名叹无缘。独来向我说，愤懑当奚宣？一见胜百闻，往鏖皋兰山。白衣挟三矢，趁此征辽年。

庚戌岁九月中于西田获早稻并引　子瞻和并引

小圃栽植渐成，取渊明诗，有及草木蔬谷者五篇，次其韵。
蓬头二獠奴，谁谓愿且端？晨兴洒扫罢，饱食不自安。愿治此圃畦，少资主游观。昼功不自觉，夜气乃潜还。早韭欲争春，晚菘先破寒。人间无正味，美好出艰难。早知农圃乐，岂有非意干？尚恨不持锄，未免骍我颜。此心苟未降，何适不间关？休去复休去，食菜何所叹！

丙辰岁八月中于下潠田舍获　子瞻和

聚粪西垣下，凿井东垣隈。劳辱何时休？燕安不可怀。天公岂相喜，雨霁与意谐。黄崧养土羔，老楮生树鸡。未忍便烹煮，绕观日百回。跨海得远信，冰盘鸣玉哀。茵蔯点脍缕，照坐如花开。一与蜒叟醉，苍颜两摧颓。齿根日浮动，自与粱肉乖。食菜岂不足？呼儿拆鸡栖。

五月旦作和戴主簿　子瞻和

日南无冬夏，安知岁将穷？时时小摇落，荣悴俯仰中。上天信包荒，佳植无由丰。锄櫌代肃杀，有择非霜风。手栽兰与菊，侑我清宴终。撷芳眼已明，饮水腹尚冲。草去土自隤原作莫去土上聩，今据施顾合注本改，井深墙愈隆。勿笑一亩园，蚁垤齐衡嵩。

酬刘柴桑　子瞻和

红薯与紫芋，远插墙四周。且放幽兰春，勿争霜菊秋。穷冬出瓮盎，磊落胜农畴。淇上白玉延淇上出山药，一名玉延，能复过此不？一饱忘故山，不思马少游。

和胡西曹示顾贼曹　　子瞻和

长春如稚女，飘摇倚轻飔。卯酒晕玉颊，红绡卷生衣。低颜香自敛，含睇意颇微。宁当配黄菊，未肯似戎葵。谁言此弱质？阅世观盛衰。頩然疑薄怒，沃盥未敢挥。瘴雨吹蛮风，凋零岂容迟？老人不解饮，短句空清悲。

示周掾祖谢周续　祖企　谢景夷子瞻和游东城学舍作

闻有古学舍，窃怀渊明欣。摄衣造两塾，窥户无一人。邦风方杞夷，庙貌犹殷因。先生馔已缺，弟子散莫臻。忍饥坐谈道，嗟我亦晚闻。永言百世祀，未补平生勤。今此复何国，岂与陈蔡邻？永愧虞仲翔，弦歌沧海滨。

还旧居　　子瞻和梦归惠州白鹤山中作

痿人常念起，夫我岂忘归？不敢梦故山，恐兴坟墓悲。生世本暂寓，此身念念非。鹅城亦何有？偶拾鹤毳遗。穷鱼守故沼，聚沫犹相依。大儿当门户，时节供丁推。梦与邻翁言，闵默怜我衰。行来赴造物，未用相招挥。

赠羊长史并序　　子瞻和并引

得郑嘉会静老书，欲于海舶载书千馀卷见借。因读渊明《赠羊长史》诗云："愚生三季后，慨然念黄虞。得知千载事，上赖古人书。"次韵以谢郑君。

我非皇甫谧，门人如挚虞。不持两瓯酒，肯借一车书！欲令海外士,观经似鸿都。结发事文史,俯仰六十逾。老马不奈放,长鸣思服舆。故知枥尘在,未免病药俱。念君千里足,历块犹踟蹰。好学真伯业,比肩可相如。此书久已熟,救我今荒芜。顾慚桑榆迫,岂厌诗酒娱?奏赋病未能,草玄老更疏。犹当距杨墨,稍欲惩荆舒。

乙巳岁三月为建威参军使都经钱溪

子瞻和游城北谢氏废园作

乔木卷苍藤,浩浩崩云积。谢家堂前燕,对语悲宿昔。仰看桄榔树,女鹤舞长翮。新年结荔子,主人黄壤隔。溪阴宜馆我,稍省薪水役。相如卖车骑,五亩亦可易。但恐鹏鸟来,此生还荡析。谁能插篱槿,护此残竹柏?

辛丑岁七月赴假还江陵夜行涂中作口号

子瞻和郊行步月作

缺月不早出,长林踏青冥。犬吠主人怒,愧此闾里情。怪我夜不归,茜袂窥柴荆。云间与地上,待我两友生。惊鹊再三起,树端已微明。白露净原野,始觉生陵平。暗蛩方夜绩,孤云亦宵征。归来闭户坐,寸田且默耕。莫赴花月期,免为诗酒萦。诗人如布谷,聒聒常自名。

始作镇军参军经曲阿 子瞻和

虞人非其招,欲往畏简书。穆生责酒醴,先见我不如。江左古弱国,强臣擅天衢。渊明堕诗酒,遂与功名疏。我生信良时,朱金义当纡原作紆,据施顾合注本改。天命适如此,幸收废弃馀。独有愧此翁,大名难久居。不思牺牛龟,兼收熊掌鱼。北郊有大赉,南冠解囚拘。眷言罗浮下,白鹤返故庐。

乞食　　　　子瞻和

庄周昔贷粟，犹欲舂脱之。鲁公亦乞米，炊煮尚不辞。渊明端乞食，亦不避嗟来。呜呼天下士，生死寄一杯。斗酒何所直，远汲愁姜诗。幸有馀薪米，养此老不才。至味久不坏，可为子孙贻。

桃花源记并诗　　　　子瞻和并引

世传桃源事多过其实。考渊明所记，止言先世避秦乱来此，则渔人所见似是其子孙，非秦人不死者也。又云“杀鸡作食”，岂有仙而杀者乎？旧说南阳有菊水，水甘而芳，居民一十馀家，饮其水皆寿，或至百二三十岁。蜀青城山老人村，有见五世孙者。道极险远，生不识盐醯，而溪中多枸杞，根如龙蛇，饮其水，故寿。近岁道稍通，渐能致五味，而寿益衰。桃源盖此比也，使武陵太守得而至焉，则已化为争夺之场久矣。常意天壤间若此者甚众，不独桃源。予在颍州，梦至一官府，人物与俗间无异，而山川清远有足乐者。顾视堂上，榜曰仇池。觉而念之，仇池，武都氐故地，杨难当所保，予何为居之？明日以问客，客有赵令畤德麟者，曰：公何问此？此乃福地小有洞天之附庸也。杜子美盖云：“万古仇池穴，潜通小有天。”他日，工部侍郎王钦臣仲至，谓予曰：吾常奉使过仇池，有九十九泉，万山环之，可以避世，如桃源也。

凡圣无异居，清浊共此世。心闲偶自见，念起忽已逝。欲知真一处，要使六用废。桃源信不远，藜杖可小憩。躬耕任地力，绝学抱天蓺。臂鸡有时鸣，尻驾无可税。苓龟或晨吸，杞狗忽夜吠。耘樵从甘芳，龁齿谢炮制。子骥虽形隔，渊明已心诣。高山不难越，溪水何足厉！不知我仇池，高举复几岁。从来一生死，近又等痴慧。蒲涧安期境，罗浮稚川界。梦往从之游，神交发吾蔽。桃花满庭下，流水在户外。却笑逃秦人，有畏非真契。

归去来兮辞并序

子瞻和并引

子瞻谪居昌化，追和渊明《归去来词》。盖以无何有之乡为家，虽在海外，未尝不归云尔！

归去来兮！吾方南迁安得归？卧江海之澒洞，吊鼓角之凄悲。迹泥蟠而愈深，时电往而莫追。怀西南之归路，梦良是而觉非。悟此生之何常，犹寒暑之异衣。岂袭裘而念葛，盖得粗而丧微。我归甚易，匪驰匪奔。俯仰还家，下帷阖门。藩援虽缺，堂室故存。挹我天醴，注之洼樽。饮月露以洗心，飡朝霞而眩颜。混客主以为一，俾妇姑之相安。知盗窃之何有，乃掊门而折关。廓圜镜以外照，纳万象而中观。治废井以晨汲，滃百泉之夜还。守静极以自作，时爵跃而鲵桓。归去来兮！请终老于斯游。我先人之弊庐，复舍此而焉求？均海南与漠北，挈往来而无忧。畸人告余以一言，非八卦与九畴。方饥须粮，已济无舟。忽人牛之皆丧，但乔木与高丘。惊六用之无成，自一根而反流。望故家而永息，曷中道而三休。已矣乎！吾生有命归有时，我初无行亦无留。驾言随子听所之，岂以师南华而废从安期？谓汤稼之终枯，遂不溉而不耔。师渊明之雅放，和百篇之清诗。赋归来之新引，我其后身盖无疑。

子由继和并引

予谪居海康，子瞻以《和渊明归去来》之篇要予同作。时予方再迁龙川，未暇也。辛巳岁，予既还颍川。子瞻渡海浮江至淮南而病，遂没于晋陵。是岁十月，理家中旧书，复得此篇，乃泣而和之。盖渊明之放与子瞻之辩，予皆莫及也，示不逆其违意焉耳(需案:“违”应作“遗”)。

归去来兮！归自南荒又安归？鸿乘时而往来，曾奚喜而奚悲？曩所恶之莫逃，今虽欢其足追。蹈天运之自然，意造物而良非。盖有口之必食，亦无形而莫衣。苟所顿之无几(需案："顿"应作"赖")，则虽丧其亦微。吾驾非良，吾行弗奔，心游无垠，足不及门。视之若穷，挹焉则存，俯仰衡茆，亦有一尊。既饭稻以食肉，抚箪瓢而愧颜。感乌鹊之夜飞，树三绕而未安。有父兄之遗书，命却扫而闭关。知物化之如幻，盍舍物而内观。气有习而未忘，痛斯人之不还。将筑室乎西廛，堂已具而无桓。归去来兮！世无斯人谁与游，龟自闭于床下，息眇绵乎无求。阅岁月而不移，或有为予深忧。解刀剑以买牛，拔萧艾以为畴。蓬累而行，捐车舍舟。独栖栖于图史，或以佞而疑丘。散众说之纠纷，忽冰溃而川流。曰吾与子二人，取已多其罢休。已矣乎！斯人不朽谁知时，时不我知谁为留？岁云往矣今何之？大地不吾欺，形影尚可期。相冬廪之亿秭，勤春垄之耘耔。视白首之章钹，信稚子之书诗。若妍丑之已然，岂复临镜而自疑？

追和陶渊明诗引子由作

东坡先生谪居儋耳，置家罗浮之下。独与幼子过负担度海，葺茅竹而居之。日啖薯芋，而华屋玉食之念不存于胸中。平生无所嗜好，以图史为园囿，文章为鼓吹。至是亦皆罢去，犹独喜为诗，精深华妙，不见老人衰惫之气。是时，辙亦迁海康，书来告曰："古之诗人有拟古之作矣，未有追和古人者也。追和古人则始于东坡。吾于诗人无所甚好，独好渊明之诗。渊明作诗不多，然其诗质而实绮，癯而实腴。自曹、刘、鲍、谢、李、杜，诸人皆莫及也。吾前后和其诗凡一百有九篇，至其得意，自谓不甚愧渊明。今将集而并录之，以遗后之君子，其为我志之。然吾于渊明，岂独好其诗也？如其为人，实有感焉。渊明临终疏告俨等：‘吾少而穷苦，每以家弊，东西游走。性刚才拙，与物多忤。自量为己，必贻俗患。僶勉辞世，使汝等幼而饥寒。’渊明此语盖实录也。吾真有此病而不蚤自知，平生出仕以犯世患，此所以深愧渊明，欲以晚节师范其万一也。”嗟乎！渊明不肯为五斗米一束带见乡里小儿，而子瞻出仕三十馀年，为狱吏所折困，终不能悛，以陷大难。乃欲以桑榆之末景自托于渊明，其谁肯信之！虽然，子瞻之仕，其出处进退，犹可考也。后之君子其必有以处之矣。孔子曰：“述而不作，信而好古，窃比于我老彭。”孟子曰“曾子、子思同道”，区区之迹，盖未足以论士也。辙少而无师，子瞻既冠而学成，先君命辙师焉。子瞻尝称辙诗有古人之风，自以为不若也。然自其斥居东坡，其学日进，沛然如川之方至。其诗比李太白、杜子美有馀，遂与渊明比。辙虽驰骤从之，而常出其后。其和渊明，辙继之者亦一二焉。绍圣丁丑十二月十九日海康城南东斋引。

刘因和陶诗

和九日闲居

深居忘晦朔，好事惟侯生。偶因菊酒至，喜闻佳节名。香醪泛寥廓，醉境还空明。青天凛危帽，浩空秋秋声。缅怀长沙孙，生气流千龄。乾坤一东篱，南山久已倾。回看声利徒，仅比秋花荣。抚时感遗事，可见万古情。兴诗此三复，淹留岂无成？

和归田园居五首

少小不解事，谈笑论居山。为问五柳陶，栽培几何年？安得十亩宅，背山复临渊？东邻汉阴圃，西家鹿门田。前通仇池路，后接桃源间。熙熙小国乐,梦想羲皇前。石上无禾生,灿烂空白烟。营营区中民,扰扰风中颠。未论无田归,归田谁独闲?迂哉仲长统,论说徒纷然。

商颜高在秦,天马脱羁鞅。东陵高在汉,云鸿渺遐想。超然秦汉外,当年谁长往?每读渊明诗,最爱桃源长。北望徐无山,幽栖亦深广。空和归田吟,商声振林莽。

块坐生理薄,生门交友稀。田翁偶招饮,意惬淡忘归。游秦惊避灶,过宋须微衣。永谢门外屦,从翁不相违。

鲁甸五十亩,箪瓢足自娱。颜生未全贫,贫在首阳墟。商颜遇狂秦,萧然真隐居。箕山彼何为?结巢松一株。富贵岂不好?有时贫不如。在卷非不足,当舒岂有馀?谁持三径资,笑我囊空虚。佣书易斗米,吾田亦非无。

吾宗古清白,耕牧巨河曲。虽非公卿门,纡朱相接足。陵谷变浮云,家世如残局。举目遗安斋先考尝题所居斋曰遗安,先训炳如烛。区区寸草心,依然抱朝旭。

和乞食

好廉中无实,触事或发之。万钟忘义理,一箪形色辞。吾贫久自信,笑听沟壑来。偶闻啼饥子,低眉向残杯。儿啼尚云可,最愧南陔诗。岂无乞贷念?惭非动时才。人理谅多阙,清规亦徒贻。

和连雨独饮

吾心物无竞,未醉已颓然。乾坤万万古,坐我春风间。弱女亦何知,挽衣呼我仙。窥人檐鸟喜,共舞风雩天。举觞属羲皇,身在太古先。忽遇弄丸翁,见责久不还。一笑了无间,今夕是何年?遥遥望白云,欲辩已忘言。

和移居二首

十年寓兹邑，浑家如泛宅。言念息吾庐，颓然在斯夕。床头四子书，补闲薪水役。寒蔬挂庭柯，风叶满粗席。藩垣护清贫，箪瓢阅今昔。珍重颜乐功，先贤重剖析。

躬耕力不任，闭户传书诗。资生岂师道？舍此无所之。今年谷翔贵，自笑还自思。安居逢岁歉，乘除动天时。强颜慰妻孥，一饱在来兹。雪好炊饼大，占年不吾欺。

和还旧居

巨河西北来，浩浩东溟归。河边两榆柳，游子无穷悲。树老我何堪？物是人已非。邻翁醉相劳，自云鬼录遗。早晚见先公，问尔今何依？岂无磊磊功？使下地下推。吞声谢邻翁，读书志未衰。持此报吾亲，馀事手一挥。

和九月九日

九月闭物初，孤阳困无交。园木眩霜红，岂解忧风凋？物外风雩春，气横湖海高。举手谢浮世，凝睇思层霄。挥觞送秋节，哀此造物劳。倾河泻万象，随手如沃焦。崇高笑山斗，未能出钧陶。况复草间虫，区区寒露朝。

和饮酒二十首

尊罍上玄酒，此意谁得之？人道何所本，乃在羲皇时。颇爱陶渊明，寓情常在兹。子倡我为和，乐矣夫何疑？有问所乐何，欲赠不可持。

醉翁意自乐，非酒亦非山。颓然气坤适，酒功差可言。谓此不在酒，得饱忘丰年。君知太和味，方得酒中传。

阮生本嗜狂，欺世仍不情。酒中苟有道，当与世同名。何为戒儿子，不作大先生？良心于此发，慨想令人惊。士生道丧后，美才多无成。

草木望子成，岂忧霜露飞？禽鸟忘身劳，但恐饥雏悲。生意塞两间，乾坤果何依？我既生其中，此理须同归。喜见儿女长，不虑岁月衰。虽为旷士羞，理在庶无违。

山人有静癖，苦厌一瓢喧。奈何众窍号，万木随风偏！我常涉千里，险易由关山。今古一长途，遇险焉得还？哀歌叹安归，夷皓无此言。我安适归，谓伯夷歌。吾将何归，谓四皓歌。此司马迁、皇甫谧所作，非知夷、皓之心者。

茫茫开辟初，我祖竟谁是？于今万万古，家居几成毁。往者既已然，未来亦必尔。何以写我心？哀泉鸣绿绮。

生备万人气，乃号人中英。以此推众类，可见美恶情。阴偶小故多，阳奇屹无倾。谁将春雷具，散作秋虫鸣？既知治常少，莫叹才虚生。

凝冰得火力，郁郁阳春姿。宁灭不肯寒，阳火如松枝。诗家有醇醪，酿此松中奇。一饮尽千山，枯株彼何为？所以东坡翁，偃蹇不可羁。

黄河万古浊，猛势三峰开。客持一寸醪，澄清动高怀。飞驾探昆仑，尚恐志易乖。嘱我乘浮槎，径往天地栖。就引明河清，为洗昆仑泥。相看泪如雨，千年苦难谐。何当御元化，摆落人世迷。下览浊与清，瞬息千百回。

十年小学师，一屋荒城隅。饥寒吾自可，畜养无一途。亦愧县吏劳，催征费驰驱。平生御穷气，沮丧恐无馀。长歌以自振，贫贱固易居。"贫贱固易居，贵盛难为工。"嵇叔夜诗。

士穷失常业，治生谁有道？身闲心自劳，齿壮发先老。客从东方来，温言慰枯槁。生事仰小园，分我瓜菜好。指授种艺方，如获连城宝。他年买溪田，共住青林表。

此身与世味，恍若不同时。唯馀云山供，有来不径辞。时当持诗往，报复礼在兹。有客向我言，于道未无疑。不为物所役，乃受烟霞欺。闻此忽自失，一笑姑置之。

执价韩伯休，混迹在人境。百钱严君平，阅世心独醒。我无腾化术，凌虚振衣领。又无辟谷方，终年酌清颍。会须学严韩，遗风相焕炳。

吾宗几中表，访我时一至。自吾居此庵，才得同两醉。逆数百年间，相会能几次？每会不尽欢，亲情安足贵？所欢在亲情，杯水亦多味。

器饮代洼尊，巢居化安宅。凡今佚乐恩，孰非圣神迹？况彼耕战徒，勤力有千百。乞我一身闲，坐看山云白。内省吾何功？停觞时自惜。

四时有代谢，寒暑皆常经。二气有交感，美恶皆天成。天既使之然，人力难变更。区区扶阳心，伐鼓达天庭。乾坤固未坏，杞人已哀鸣。虽知无所济，安敢遂忘情！

诸生聚观史，掩卷慕高风。兀如远游仙，独居无事中。盛衰阅无常，倚伏谁能通？天方卵高鸟，地已产良弓。

人生皆乐事，忧患谁当得？人皆生盛时，衰世将尽惑。水性但知下，安能择通塞。不见纥干雀，贪生如乐国。古今同此天，相看无显默。

人生丧乱世，无君欲谁仕？沧海一横流，飘荡岂由己？弱肉强之食，敢以凌暴耻？优游今安居？欢然接邻里。曲直有官刑，高下有人纪。贫羸谁我欺？田庐安所止？举酒贺生民，帝力真可恃。

人君天下师，垂衣贵清真。羲皇立民极，坐见风俗淳。有德岂无位，万古汤盘新。师道嗟独行，此风自周秦。独行尚云可，谁以儒自尘？有名即有对，况乃一行勤！圣人人道尔，岂止儒当亲？儒虽百行一，致远非迷津。矧伊末世下，空有儒冠巾。何当正斯名，遥酹千载人！

和有会而作并序

今岁旱，米贵而枣价独贱。贫者少济以黍食之，其费可减粒食之半。且人之与物，贵贱亦适相当，盖亦分焉而已。因有所感而和此诗。

农家多委积，渊明犹苦饥。况我营日夕，凶岁安得肥？衾裯一饱计，何暇谋寒衣？经过米麦市，自顾还自悲。彼求与此有，相直成一非。尚赖枣价廉，殆若天所遗。惟人有贵贱，物各以类归。小儿法取小，浅语真吾师。

和拟古九首

郁郁岁寒松，濯濯春风柳。与君定交心，金石不坚久。君衰我不改，重是平生友。相期久自醉，中情有醇酒。义在同一家，何地分胜负？彼此无百年，几许相爱厚？持刀断流水，纤瑕固无有。

客从关洛来，高论听未终。连称古英杰，秉田或从戎。建立天地极，蔚为盖世雄。功成脱弊屣，飘然笨遗风。生世此不恶，君何守贱穷？急呼酌醇酒，延客无何中。

同游非所思，所思天一隅。有问所思谁，意尽言不舒。古今犹旦暮，四海同一庐。恍忽精灵通，似见与我居。揽衣欲从之，寒月照平芜。茫然不知处，叹息将焉如！

朝游易水侧，步上燕台荒。燕王好神仙，不见金银堂。江山古神器，海色围苍茫。哀哉王风颓，日化争夺场。救世岂无人，赍志归北邙。抚此重长叹，青山忽轩昂。呼酒乐今朝，往事置一方。遥知盖棺后，亦起千载伤。

依依月光缺，荧魄恒独完。清光如素丝，长怀缀君冠。形虽隔万里，咫尺皆君颜。望君君不来，十年不开关。岂无黄金赠？籍以青锦端。爱惜明月珠，肯为黄雀弹？庭前秋柏实，月夜栖孤鸾。君尝寸心苦，中有千岁寒。

河流高拍天，沇水洑在兹。自伤困无力，乘彼朝宗时。颜色变泾渭，风味存渑淄。愿君深识察，期君不相疑。此情良可怜，感慨赠以辞。辞云丹山鸟，千载多苦思。身游九霄上，不受尘世欺。忍饥待竹实，浩荡今何之？歌为灵凤谣，乱以猛虎诗。

西山有佳气，草木含清和。道逢方瞳翁，援琴为我歌。音声一何希，一唱三叹多！问翁和此谁，指我蟠桃华。所望在千年，君今将奈何？

翩翩谁家子？慷慨歌远游。忽记少年日，猛志隘九州。何物能动人？有此岁月流。君心海无底，亦使成高丘。赠君一卷书，其传自衰周。读此当自悟，扰扰将焉求？

岩岩牛山木，久矣困樵采。望望深涧芝，无人香不改。一叶振江潭，轻波欲达海。幽明理一贯，影响不相待。愿天诱臣衷，所求惟寡悔。

和杂诗十一首

日食百马刍，足有万里尘。乃知一骏骨，可惊驽骀身。生汝天已艰，天复无私亲。安肯养一物，侵夺空四邻？长饥汝自取，况值秋霜晨。难生复难长，愁绝艺兰人。

胸中无全山，横则变峰岭。不及灵椿秋，遂谓长春景。只见柏参天,岂知根独冷?井蛙见自小,夏虫年不永。天人互偿贷,千年如响影。廓哉神道远,瞬息苦驰骋。平生远游心,观物有深静。

昼长夜乃短,百刻君自量。嬴馀虽可致,君看蜜蜂房。董生论齿角,三策奏未央。乐天喻花实,妙理通阴阳。白诗:荔枝非名花,牡丹无佳实。稠薄只升米,听尔宜饥肠。

好事理艰阻,人情多畏豫。芝兰种不生,鸾鸿动高翥。遂令好贤心,难亲恐易去。巢燕不待招,庭花免忧虑。所以末世下,凡百古不如。皎皎千里驹,肯为场苗住?求贤非吾分,切己在何处?平生取友志,持此当警惧。

因观倚伏机,亦爱柱下老。时危不易度,逊默庶自保。不见春花树,隆冬抱枯燥。生意敛根柢,发泄敢独早?圣德实天生,自信耿中抱。犹存悄悄心,庸人安足道!

幼安返乡郡,知音得程喜。有问平生心,但说临流事。乾坤魏山阳,史笔凛生意。物外此天民,与魏偶相值。见《通鉴纲目》。淡然涉世情,月闲云自驶。我作安化箴,上安其贤,民化其得。见《管宁传》注。韦弦不须置。

太玄岂无知,不觉世运迫。为问莽大夫,何如成都陌?扬雄尝师严君平。扶摇得真易,长卧山云白。扶摇、白云皆陈图南号。中有安乐窝,气吐宇宙窄。消长灿以密,彼主我为客。观先天图可见。问子居何方?环中有真宅。

朝耕隆中田,暮采成都桑。平生澹泊志,丑女同糟糠。爱此真丈夫,忘我厨无粮。当年静修铭,团茅鸡距阳。鸡距,保府泉名。旧尝取武侯"静以修身"语,名所寓舍静修庵。回头十五载,尘迹徒自伤!山居久岑寂,主静岂无方?安得无极翁,酌我上池觞?

燕南可避世,逸兴生云端。安得百里封,一邑不改迁?弦诵和寒流,沟涂映晴巅。思此良自苦,躬耕望盘餐。愿从八吟翁,横渠有《八翁吟》，因自谓八吟翁。同结一井缘。买山不用诗，探囊谩千篇。

西山霍原宅，古迹犹可稽。见《水经注》。重吟豆田谣，愁云落崩崖。《豆田谣》见霍原本传。鲁酒邯郸围，抚事伤人怀。林宗自高士，此世淹已弥。一闻孺子语，西风草离披。知几在明哲，何事绁尘羁。君观括囊戒，无盈庶无亏。

我游深意寺，郎山古清凉。兴妖如米贼，乘时起陆梁。事见《五代史记》。不见重华帝，所居亦城乡。乾坤师道废，春阳变秋霜。抚事三太息，欲语意何长。

和咏贫士七首

陶翁本强族，田园犹可依。我惟一亩宅，贮此明月辉。翁复隐于酒，世外冥鸿飞。我性如延年，与众不同归。孤危正自念，谁复虑寒饥？努力岁云暮，勿取贤者悲。独正者危，至方则碍。尔实愀然，中言而发。违众速尤，迕风先蹶。此渊明规颜延年语也，见延年诔公文。

王风与运颓，一轾不再轩。消中正有长，冬温见瓜园。人才气所钟，亦如焰后烟。寥寥洙泗心，千载谁共研？龙门有遗歌，三叹诵微言。意长日月短，持此托后贤。

渊明老解事，抚世如素琴。似人犹可爱，况乃怀好音！乡闾谁尽贤？招饮亦相寻。岂有江州牧？既来不同斟。仲尼每讳鲁，邦君诚可钦。史笔自好异，谁求贤者心？

木石能受唾，岂独相国娄？视唾若如雨，褊人亦不酬。无心乃直道，矫情实庄周。身外不为我，袒裼吾何忧？伯夷视四海，愿人皆我俦。吾谓下惠隘，此说君试求。

饮酒不为忧，立善非有干。偶读形神诗，大笑陶长官。伤生遂委运，一如咽止餐。参回岂不乐？履薄心常寒。天运安敢委？天威不违颜。庄生虽旷达，与道不相关。

物外有幽人，阅世如飞蓬。浮名不可近，造物难为工。西京二百年，藉藉楚两龚。岂知老父观，才与薰膏同。为问老父谁？身隐名不通。偶逢荷蓧者，欣然欲往从。

生类各有宜，风气异九州。易地必衰悴，盖因不同俦。水物困平陆，清鱼死浊流。麟亡回既夭，时也跖无忧。天亦无奈何，自献敢望酬？寄语陶渊明，虽贫当进修。

和咏二疏

委质义有归，乞骸老当去。岂无恋阙心？难忘首丘趣。在礼此常典，末世成高举。汉廷多公卿，图画两疏传。至今秦中吟，感叹东门路。目睹霍将军，功高擅恩顾。一朝产危机，千载损英誉。仲翁幸及年，安肯婴世务？圣主赐臣金，奉养行所素。造物佚我老，馀龄今自悟。田园付子孙，身后复无虑。神交冥漠中，乐境尚森著。

和咏三良

江山错如绣，死与弊屣遗。安用亲爱人？共此丘土微。秦人多尚气，宜与儿女私。乃亦如当途，区区恋衣帷。因伤秦政恶，三叹王纲亏。殉人已可诛，而况收良归！坐令百夫特，含恨与世违。祇应墓前柏，直干千年稀。遥知作俑戒，为感诗人悲。重吟黄鸟章，泪下沾人衣。

和咏荆轲

两儿戏邯郸，六国朝秦嬴。秦人鸷鸟姿，得饱肯顾卿？燕丹一何浅，结客报咸京。当时势已危，奇谋不及行。政使无此举，宁免系颈缨。如丹不足论，世岂无豪英？天方事除扫，孰御狂飙声。我欲论成败，高歌呼贾生。乾坤有大义，迅若雷霆惊。堂堂九国师，谁定讨罪名？一战固未晚，何为割边庭？区区六孱王，山东但空城。孟荀岂无术？乘时失经营。今虽圣者作，不救乱已成。酒酣发羽奏，乱我怀古情。

和读山海经十三首

寰区厌迫隘，思见旷以疏。四壁画诸天，爱此金仙庐。丹青焕神迹，胜读谈天书。乃知屈子怀，托兴青虬车。回首千百世，朝露栖园蔬。归来诵陶诗，复与山经俱。山经何所似？俚媪谈浮图。汗漫恐不已，身心归晏如？

凤鸟久不至，思君惨别颜。中心藏竹实，炯炯空千年。千年何所往？云在丹穴山。何当一呼来，征尔无稽言。

翩翩三危鸟，为我使昆丘。闻有西天母，灵化苦难俦。愿清黄河源，一洗万里流。吾生岂无志，所居非上游。

潇湘帝子宅，缥缈乘阴阳。欲往从之游，风波道阻长。秋风动环佩，星汉摇晶光。月明江水白，万里同昏黄。

重华去已久，身世私自怜。皇灵与天极，苍梧渺河山。晴空倚翠壁，白云淡无言。愁心似湘水，犹望有归年。

梦登日观峰，高抚扶桑木。手持最上枝，传与甘渊谷。一笑天惊白，苍凉出新浴。何方积九阴，区区尚龙烛？

累累玉膏实，泠泠琪树阴。鸾凤自歌舞，瑟瑟风动林。风林奏何乐？宾天有遗音。君何坎井念，永负琅园心。

明星捧玉液，太华参天长。仙掌一挥谢，此乐殊非常。矫首望夸父，饥渴无馀粮。奔竞竟何得？归哉此中央。

水物自一隅，亦复具飞走。乃知造化工，错综无欠负。茫茫山海间，形类靡不有。此亦何可穷？一览置肘后。

遥酹楚江骚，清愁浩如海。蹈袭此何人，兴寄果安在？岂期紫阳出，夸谩莫追悔。见朱文公《楚辞辩证》。五臧今九丘。五臧见《山海经序》。除去尚奚待？

流观山海图，渊明有深旨。抚心含无疆，观形易生死。异世有同神，此境若亲履。何以发吾欢？浊酒真可恃。

扶疏穷巷阴，回车想高士。厌闻世上语，相约扶桑止。读君孟夏诗，千载如见尔。开襟受好风，试学陶夫子。

陶令自高士，葛侯亦奇才。中州乱已成，翩然复南来。三游领坡意，厌世多惊猜。不妨成四老，雅兴更悠哉。

戴良和陶诗

和陶渊明归去来兮辞

余客海上，追和渊明归去来词。盖渊明以既归为高，余以未归为达。虽事有不一，要其志未尝不同也。

归去来兮，时不我偶将安归！念此生之如寄，忽感悟而增悲。老冉冉其将及，体力欻乎莫追。旁人见余以惊愕，曰影是而形非。望东南之归路，想儿女之牵衣。顾迷途之已远，愧前贤之知微。缅怀故山，若蹲若奔，郁乎松楸，拥我衡门。田园故在，图书尚存。散襟颓檐，亦有一尊。无嚣声之入耳，无忧色之在颜。比鸋鴂与蝘蜓，固无适而不安。胡出疆以载质，脂余辖之间关。奉先师之遗训，冀国光之一观。岂祸福之无门，乃一出而一还。因伤今以怀昔，心欲绝而桓桓。归去来兮，姑放浪以遐游，既反观而内足，复于世以何求！使有荣而有辱，宁无乐以无忧。匪斯世之可忘，惧夫人之难畴。我之所历，如水行舟。始欹倾于滩濑，终倚泊乎林丘。视末路之狂澜，睹薄俗之横流。知此来之幸济，诚祖考之馀休。已矣乎！富贵真有命，利达亦有时，时命未至谁为留，岁云莫矣今何之。古人不可见，来哲亦难期。逐猿鹤以长往，俯陇亩而耘耔。歌接舆之古调，和渊明之新诗。为一世之逸民，委运待尽盖无疑。

和陶渊明杂诗十一首

大钧播万类，飘忽如风尘。为物在世中，倏焉成我身。弟兄与妻子，于前定何亲。生同屋室处，死与丘山邻。彼苍无私力，宵尽已复晨。独有路旁堠，长阅往来人。

忆昔客吴山，门对万松岭。松下日行游，况值长春景。朅来卧穷海，时秋枕席冷。还同泣露蛩，唧唧吊宵永。岂无栖泊处，寄此形与影。行矣临逝川，前途无由骋。以之怀往年，一念讵能静。

羲驭不肯迟，荣悴讵可量。举头望穹昊，日月已宿房。陨霜凋众类，惨惨未渠央。李梅忽冬实，又复值愆阳。物化苟如此，祇乱我中肠。

逊默度危时，无如庄与老。膏火终受焚，樗栎庶自保。我昔献三策，论辨吻常燥。一闻倚伏言，颇恨归不早。此理端足信，明月耿中抱。愁绝旧同袍，学广未闻道。

我无猛烈心，出处每犹豫。或同燕雀栖，或逐枭鸾翥。向焉固非就，今者孰为去。去就本一途，何用独多虑。但虑末代下，事事古不如。从今便束装，移入醉乡住。醉乡固云乐，犹是生灭处。何当乘物化，无喜亦无惧。

东汉有两士，幼安与程喜。爰得交友心，知音乃馀事。伯牙绝其弦，岂亦会斯意。如何百代下，不与昔人值。涉江采芳馨，颓波正奔驶。四顾无寄者，三嗅复弃置。

唐尧忽以远，遗风浸褊迫。子陵识其机，竟别洛阳陌。自非大圣人，谁能试坚白。长啸望前途，宇宙乃尔窄。徘徊东海上，庶遇烟霞客。此事已荒唐，且向环中宅。

朝耕谷口田,暮采陌上桑。岁晚望有收,嗟哉成秕糠。白头去逐食,所谋惟稻粱。嗷嗷天海际,何异雁随阳。昨宵得奇梦,可喜复可伤。为言东海上,却粒有其方。早晚西王母,酌以瑶池觞。

天地有常运,阴阳无定端。夏虫时不永,安睹岁月迁。嗟我在世中,倏忽已华颠。何能得仙诀,拾取朝霞飡。蓬莱去此近,欲往无由缘。从今弃诸事,尽付悟真篇。

秦灰未遽冷,于古何所稽。前行有衢路,往往变岩崖。我来一问津,感叹伤人怀。是道在天地,大可六合弥。诸儒拾煨烬,破裂日愈离。遂令高世才,放荡莫控羁。时无洛中叟,此事谅终亏。

文武久不作,周德日以凉。老聃隐柱史,庄叟避濠梁。正声沦郑卫,礼俗变邅乡。是来谈治道,夏虫以鸣霜。悠悠溯黄唐,古意一何长。

和陶渊明拟古九首

皎皎云间月,濯濯风中柳。一时固云好,相看不坚久。我昔途路中,谈笑得石友。殷勤无与比,常若接杯酒。当其定交心,生死肯余负。一朝临小利,何者为薄厚。平居且尚然,缓急复何有。

抚剑从羁役,岁月已一终。借问所经行,非夷亦非戎。中遭世运否,言依盖世雄。尘埃纵满目,肯污西来风。举世嘲我拙,我自安长穷。孤客难为辞,寄意一言中。

白日忽已晚,流光薄西隅。老人闭关坐,惨惨意不舒。日月我户牖,天地吾室庐。自非夺元化,此中宁久居。今夕复何夕,凉月满平芜。悠悠望去途,叹息将焉如。

我昔年少时,高视隘八荒。惟思涉险道,谁能戒垂堂。南辕与北轨,所历何杳茫。一旦十年后,尽化争战场。岂无英雄士,几人归北邙。抚此重长叹,壮志失轩昂。敛退就衡宇,蹙蹙守一方。往事且弃置,身在亦奚伤。

圭玷犹足磨,甑堕不可完。素行有一失,诚负头上冠。孔门诸弟子,贤者是曾颜。超然季孟中,穷达了不关。我尝慕其人,相从叩两端。形影忽不及,咄咄指空弹。取琴置膝上,以之操孤鸾。寸心固云苦,中有千岁寒。

天运相寻绎,世道亦如兹。王孙泣路旁,宁似开元时。所以古达人,是心无磷缁。弁髦视轩冕,草泽去不疑。西方有一士,与世亦久辞。介然守穷独,富贵非所思。岂不瘁且艰,道胜心靡欺。恨无史氏笔,为君振耀之。谁是知音者,请试弦吾诗。

劝君勿沉忧,沉忧损天和。尊中有美酒,胡不饮且歌。我观此身世,变幻一何多。无相亦无坏,信若空中花。戚戚以终老,君今其奈何!

故国日已久,朝暮但神游。谁谓相去远,夙昔隘九州。此计一云失,坐见岁月流。岁月未足惜,恐遂忘首丘。在昔七人者,抱节去衰周。不遇鲁中叟,履迹将安求!

墙头有丛菊,粲粲谁复采。蹉跎岁年晚,香色日以改。我欲一往问,渺渺阻烟海。遥知霜霰繁,茎叶不余待。亦既轻去国,已矣今何悔!

和陶渊明饮酒二十首并序

余性不解饮,然喜与客同倡酬。士友过从辄呼酒对酌。颓然竟醉,醉则坐睡终日,此兴陶然。壬子之秋,乍迁凤湖,酒既艰得,客亦罕至。湖上诸君子知余之寡欢也,或命之饮,或馈之酒。行游之暇,辄一举觞。饮虽至少,而乐则有馀。因读渊明饮酒二十诗,爱其语淡而思逸,遂次其韵以示里中诸作者,同为商确云耳。

今晨风日美，吾行欲何之。平生慕陶公，得似斜川时。此身已如寄，无为待来兹。况多载酒人，任意复奚疑。山颠与水裔，一觞欢共持。

好鸟不鸣旦，好水不出山。入冥而止坎，古亦有遗言。所以彭泽翁，折腰愧当年。不有酣中趣，高风竟谁传。

渊明旷达士，未及至人情。有田惟种秫，似为酒中名。过饮多患害，曷足称养生。此生如聚沫，忽忽风浪惊。沉醉固无益，不醉亦何成。

一鸟乘风起，逍遥天畔飞。一鸟堕泥涂，嗷嗷鸣声悲。升沈亦何常，时去两无依。我昔道力浅，磬折久忘归。迩来解其会，百念坐自衰。惟寻醉乡乐，一任壮心违。

昔出非好荣，今处非避喧。中行有前训，恐遂堕一偏。商于四老人，遗之在西山。朝歌紫芝去，暮逐白云还。当其扶汉储，亦复吐一言。

纷纭世中事，梦幻无乃是。方梦境谓真，既觉境随毁。岂惟世事然，我身亦复尔。请看竺乾书，此语谅非绮。

幽兰在浚谷，众卉没其英。清风一吹拂，卓然见高情。万物皆有时，泰至否自倾。蛰雷声久闷，未必先春鸣。有酒且欢酌，何用叹此生。

三春布阳德，万物发华滋。凌霄直微类，近亦附乔枝。低迷众无睹，高出乃见奇。煌煌九霄中，荣夸遽尔为。我道似不尔，一笑悬吾羁。

我卜山中居，柴门林际开。湖光并野色，一一入吾怀。勿言此居好，殆与素心乖。越鸟当北翔，夜夜思南栖。蛟龙去窟宅，常怀蛰其泥。此土固云乐，我事寡所谐。惟于酣醉中，归路了不迷。时时沃以酒，吾驾亦忘回。

悠悠从羁役,故里限东隅。风波岂不恶,游子念归途。朝随一帆逝,暮逐一马驱。如何十舍近,翻胜千里馀。在世俱是客,且此葺吾居。

我如北塞驹,困此东南道。有力不获骋,长鸣至于老。苒苒阴阳移,万物递荣槁。既无腾化术,此身岂长好。一朝委运往,恐遂失吾宝。何当携曲生,纵浪游八表。

靡靡岁云晏,此已非吾时。深居执荡志,逝将与世辞。破屋交悲风,得处正在兹。握粟者谁子,无烦决所疑。道丧士失己,节义久吾欺。于心苟不愧,穷达一任之。

世间有真乐,除是醉中境。可能得美酒,一醉不复醒。陶生久已没,此意竟谁领。东坡与子由,当是出囊颖。和陶三四诗,粲粲夜光炳。

里中有一士,爱客情亦至。生平不解饮,而独容我醉。我亦高其风,往还日几次。尔汝且两忘,何知外物贵。尚惧数见疏,淡中自多味。

老我爱穷居,蒿蓬荒绕宅。与世罕所同,车马绝来迹。寓形天壤内,几人年满百。顾独守区区,保此坚与白。若复不醉饮,此生端足惜。

大男逾弱冠,粗尝传一经。小男年十三,玉骨早已成。亦有两女子,家事幼所更。女解事舅姑,男可了门庭。悉如黄口雏,未食已先鸣。此日不在眼,何以慰吾情。

五十知昨非,伯玉有遗风。而我岂谓然,野蓬生麻中。年来更世患,颇悟穷与通。所失岂鲁宝,所亡非楚弓。

栖栖徒旅中,美酒不常得。偶得弗为饮,人将嘲我惑。天运恒往还,人道有通塞。伊洛与瀍涧,几度吊亡国。酒至且尽觞,馀事付默默。

结交数丈夫，有仕有不仕。静躁固异姿，出处尽忘己。此志不获同，而我独多耻。先师有遗训，处仁在择里。怀此颇有年，兹行始堪纪。四海皆兄弟，可止便须止。酣歌尽百载，古道端足恃。

陶翁种五柳，萧散本天真。刘生荷一锸，似亦返其淳。步兵哭途穷，诗思日以新。子云草太玄，亦复赋剧秦。四士今何在，贤愚同一尘。当时不痛饮，为事亦徒勤。嗟我百代下，颇与四士亲。遥遥涉其涯，敛然一问津。但惧翻醉墨，污此衣与巾。君其恕狂谬，我岂独醒人。

和陶渊明移居二首并序

余去岁六月迁居慈溪之华屿，迨今逾一年。僻处寡俦，颇怀凤湖士俗之盛，意欲居之，后游其地，得钱仲仁氏山斋数椽，遂欣然徙家焉。因和此二诗，以呈仲仁。

昔我客华屿，古寺分半宅。穷年无俗调，看山阅朝夕。如何舍之去，遥遥从兹役。朋游方饯送，赋诗仍设席。共言新居好，今更胜畴昔。高歌纵逸舟，持用慰离析。

我未践斯境，已赋考盘诗。怀此多年岁，一廛今得之。陶翁徙南村，言笑慰相思。斗酒洽邻曲，亦有如翁时。投身既得所，何能复去兹。鹪鹩一枝足，古语不余欺。

和陶渊明岁暮答张常侍一首

长蛇惊赴壑，逸骑渴奔泉。岁月亦如是，吾生复何言。容鬓久已衰，矧兹忧虑繁。俯仰念今昔，其能免厥愆。马老犹伏枥，鸟倦尚归山。一来东海上，十载不知还。竟如庭下柏，受此蔓草缠。茎叶日已固，何有挺出年。人生无定在，形迹凭化迁。请弃悠悠谈，有酒且陶然。

和陶渊明连雨独饮一首并序

吾居海上，旅怀郁郁。方钱诸地主时馈名酒，慰此寂寥。闷至辄引满独酌，坐睡竟日。乃和此诗以寄。

平生不解醉，未饮辄颓然。近赖好事人，置我嵇阮间。一酌忧尽忘，数斟思已仙。似同曾点辈，舞此风雩天。人道何所本，乃在羲皇先。如何末代下，莫挽淳风还。淫雨动连月，此日复何年。履运有深怀，酒至已忘言。

和陶渊明咏贫士七首并序

余居海上之明年，适遭岁俭。生计日落，饥乏动念，况味萧然。乃和此七诗，以寄鹤年，且邀同志诸公赋。

乌鹊失其群，栖栖无所依。岂不遇良夜，谁共星月辉。两翮已云倦，何力求奋飞。遥见青松树，决起一来归。孤危正自念，复虑岁晚饥。苟遂一枝托，安知沟壑悲。

大道邈难及，我已后羲轩。代耕非所愿，十年躬灌园。晨兴当抱瓮，破突寒无烟。寥寥千古心，岂暇相磨研。凤兮有遗歌，三叹讽微言。馀生倘可企，托知此前贤。

永夜寒不寐，起坐弹鸣琴。清哉白雪操，世已无知音。座上何所有，五穷迭相寻。呼酒欲与酌，尘罍屡罢斟。箪瓢世所弃，鼎食众争钦。固穷有高节，谁见昔贤心。

长吟望穹昊，煜煜明降娄。时秋属收敛，此愿竟莫酬。自余逢家乏，岁月几环周。姬公忽以远，白屋终怀忧。我岂忘世者，嗟哉谁与俦。伯夷本不隘，此说君当求。

陶翁固贫士，异患犹不干。公田足种秫，亦且居一官。我无半亩宅，三旬才九餐。况多身外忧，有甚饥与寒。委怀穷榈下，何以开此颜。清风飒然至,高歌吾掩关。

僦居当陋巷,举目但蒿蓬。岂忘翦刈心,家窭罕人工。且兹敦苦节,窃附楚两龚。其人不并世,兹怀谁与同。有荣方觉辱,无屈岂求通。适值偶耕者,欣然将往从。

畴昔解尘鞅,抚剑游东州。饥劬十年久,遂与樵牧俦。世人见不识,翳然成俗流。子廉感妻仁,靖节为子忧。因念南归日,此责复难酬。吾事可奈何,终以愧前修。

周履靖和陶诗

五柳赓歌目录

卷之四

杂文

五柳赓歌卷之一

雪窗读五柳诗即事三十韵

癸巳之芳春，风雨遍郊陌。愁云布碧空，昏暝连朝夕。新水溢剡溪，灞桥雪盈尺。虚牖吼风声，空庭响滴沥。山麓映寒光，闲愁满胸臆。岐路鲜屐痕，花柳无人摘。蜂蝶息蒙丛，紫燕翻湿翮。苔径落花堆，芳林宿雨积。槐绿柳垂丝，花落莺声涩。良辰暗里过，繁英半狼籍。韶光电影飞，来往玉梭掷。倏忽首夏临，春去令人惜。芳草没闲门，扃扉足不出。寥寥无所闻，寂寂卧虚室。下帷瞑双瞳，胡床抱两膝。溪上到扁舟，云是吴会客。手持五柳诗，自言宋所刻。茧白墨如新，剞劂皆妙画。孤怀顿尔欢，展玩手弗释。二美不易逢，欣然与货殖。夙慕高人踪，得此忘寝食。玉腋生清风，灵台开茅塞。山林达者师，百世称高逸。谩读饮酒吟，景仰征君德。吟哦集古风，追和仿嘉则。如溷撒佛头，拙鄙敢云敌。陶公嗜黄花，我亦爱梅质。意气颇相投，却恨世悬隔。兴追四五题，摹写晋人笔。聊以适闲情，高风胡可匹。

和停云四首

霭霭停云，濛濛时雨。水溢路岐，轩车乃阻。独坐幽斋，焦桐静抚。相思美人，驻弦一伫。

停云霭霭，时雨濛濛。水溢路岐，新涨平江。摊书摊书，静究阴窗。孤怀忆友，何时相从。

荒墟疏梅，春至敷荣。欲期逸叟，对酒叙情。曦阳易坠，皓魄速征。如何不饮，虚过此生。

山鸟倦翮，少憩梅柯。并翅相依，流声谐和。如何美人，会寡离多。

寄言我辈，岁月几何。

和时运四首

时光易掷，忽过花朝。杨花点径，麦浪翻郊。暄风拂面，野鹤凌霄。碍巾绿槐，当路兰苗。

漪漪绿波，堪饮堪濯。芳菲春郊，我目欣瞩。生平所嗜，百杯乃足。造物纷忙，予心独乐。

喜彼游鱼，洋洋澄沂。羡彼飞鸟，双双而归。睹此佳景，杯酒宜挥。芳春不醉，老至徒追。

朝游我墟，夕偃我庐。梅花满目，清馥何如。汉史闲几，醽醁盈壶。孤琴独鹤，尽日随余。

和荣木四首

采采荣木，结根在兹。芳春茂发，遇秋摧之。朱颜易悴，虚度其时。猛思老至，徒伤悲而。

采采荣木，沃土盘根。芬敷春日，至冬无存。五侯华屋，何如衡门。易成易败，古道谁敦。

乐予散人，貇古匪陋。梅花几新，家声还旧。知非才是，知足乃富。迹遁一墟，内省无疚。

寄迹荒墟，雅志不坠。景贤述书，知者敬畏。腰悬宝刀，足跨骐骥。勿惮路遥，千里斯至。

和酬丁柴桑二首

村酒可斟，茅茨可止。意若纫兰，心驰万里。何为莫逆，谨终于始。

金兰相契，交本有由。对君一晤，蠲我隐忧。如胶投漆，何时乃休。浴沂咏归，春日斯游。

和答庞参军六首

兴来斟酒，醉馀枕书。复醉复卧，任我欢娱。意忘尘想，日憩山居。风飘竹牖，月满茅庐。

梅开如玉，筵列奇珍。心期晤对，日欲相亲。金兰永结，独羡斯人。志同道契，德必有邻。

美人悬隔，企慕孜孜。新笃清冽，可共斟之。期酣午夜，秉烛赓诗。别悰既久，岂不尔思。

良晤未稽，何其袂分。举杯歧路，颜色不欣。悠悠汉水，漠漠溪云。客中嘉话，何日得闻。

美人云别，绿绮不鸣。举杯凄其，朋好飘零。江干一晤，文驾之京。寄音鸿雁，欣闻安宁。

送君折柳，飏帆随风。悠悠我怀，并蓄于中。归期有日，思君无终。加飧歧路，愿爱其躬。

和劝农六首

田有腴瘠，勤惰由民。农家务兹，志在子真。黍稷稻粱，各从其因。春弛夏芜，怨天尤人。

资身上策，本在黍稷。应候犁锄，乘时艺殖。盈畴绿水，耘耔稼穑。朝夕勿怠，频年足食。

桑麻丛圃，牛羊眠陆。菜畦蒙茸，黍麦秀穆。采桑刈麻，老幼相逐。农人晓锄，蚕妇废宿。

市廛易迁，田家永久。朝耕暮织，子女匹耦。宜室宜家，勤于南亩。期在竭力，岂云停手。

春畊夏耘，岂虑乏匮。老幼得所，不必希冀。一近奢靡，危亡立至。安土乐天，俯仰无愧。

乐志田园，心无吝鄙。勤于畎亩，昼不闲履。教诲在励，居范循轨。德贻后昆，门闾致美。

和命子十首

诗书精蕴，复振汉唐。诵诗读书，吾道增光。学希孔孟，时遵夏商。夙夜勉旃，奕世斯昌。

政教礼乐，隆于有周。六经之艺，宗于孔丘。明道蓄德，穷源溯流。绳绳未艾，驯致公侯。

韬略之雄，世称卧龙。文艺之学，当加苦功。身显名扬，祖父褒封。式化厥训，步武圣踪。

书中珠玉，月窟桂柯。人皆可攀，目前森罗。学业无成，堕于下窊。欲仿书法，用锥画沙。

后世之贤，藉祖之德。为文为武，货于上国。朝夕勤劬，甚志匪忒。慎始虑终，三祀斯得。

教子勖孙，谨于其始。蹈矩循规，宜于闾里。学戒自满，业贵不止。姓氏登庸，宗祖冥喜。

艺优入仕，惟恐不及。自幼励勉，三十乃立。百凡庶务，训嗣为急。少而弗学，老大徒泣。

一岁之功，惟在春时。文字之奥，妙于静思。夙兴夜寐，从事于兹。子如仲谋，方遂心而。

白雪为灯，流萤代火。以文会友，勿论尔我。道在天地，有何不可。至要之语，谁云是假。

自幼习成，莫谓婴孩。怜竖姑息，患在将来。督诲有则，必量其才。学就大业，岂不美哉。

和赠长沙公族祖

同枝共本，世远情疏。浔阳邂逅，得究厥初。尊卑有分，岂云代徂。

喜叙令族，奚用踌躇。

尔祖我宗，共寝明堂。德丰上世，有圭有璋。碧川毓秀，翠柏凌霜。孙枝奕奕，后先增光。

分枝分派，其源本同。传之异世，尔西我东。悠悠沧海，渺渺长江。路岐隔越，芳音可通。

久离乍晤，不忍别言。眺望白云，徘徊青山。一杯浊酒，分袂怅然。何以慰思，附雁秋先。

和归鸟四首

间关归鸟，晓迁乔林。翩凌碧汉，旋绕高岑。声鸣人耳，影落波心。饥啄稻粱，夜栖松阴。

间关归鸟，奋翼高飞。投林入树，枝叶相依。音声乃和，并翅而归。同栖共止，其情不遗。

间关归鸟，绕枝徘徊。天衢倦奋，择干幽栖。于止得所，流音和谐。新声入耳，助我诗怀。

间关归鸟，羡彼梅条。倦游芳树，求息花标。其思悠悠，其音交交。欲避网罗，抟风弗劳。

和归园田居六首

性与俗寡谐，所志在青山。幻身被俗羁，倏忽五十年。羡鸟栖高枝，欣鱼潜深渊。猛追夙所好，犁原成秫田。结茅临碧涧，门径通谷间。槿枳绕篱茂，槐柳荫檐前。悠悠鲜人迹，树霭茶灶烟。野猿挂古木，独鹤唳松巅。村杳无尘辙，客同白云闲。昔为风尘驱，今喜情翛然。

村幽多鸟声，林迥绝尘鞅。茅堂垂湘帘，昼寝忘梦想。起来日欲晡，扶筇竹径往。散步茂林中，喜见稚笋长。心无俗事干，情闲志亦广。静几且翻书，衡门翳草莽。

锄秫陟北硐，径僻人语稀。禽声伴幽独，倚锄看云归。情高忘日暮，不觉月满衣。自适田中趣，世路总相违。

身膺台府贵，莫若田家娱。桑麻茂首夏，青翠盈郊墟。澄流回古岸，绿树绕村居。屋后竹万竿，门前柳几株。幽然日无事，卧起常晏如。昼永恍似岁，地窄闲有馀。处世类萍踪，斯言岂为虚。倏忽风波兴，飘荡总归无。

采芝登高冈，陟巇穿径曲。歧路翳松阴，踞石聊憩足。忽遇负薪叟，释担相对局。情高已忘还，山月岭头烛。归家醉壶觞，醒来天忽旭。

雨过豆苗肥，新水盈南陌。欢然茆茨下，开樽情自适。倾倒乐妻孥，酕醄已终夕。身世等浮沤，流光驹过隙。嗤彼世途人，空将幻躯役。豆熟得炊餐，桑长得丝绩。尘事更纷忙，归田诚有益。

和饮酒二十首

穷达自有定，嗤彼空谋之。项羽乌江上，焉想鸿门时。人事多变迁，谁能深念兹。智者悟其机，饮酒何足疑。老去不复少，良辰杯可持。

逸少集兰亭，谢安卧东山。良时契雅致，修禊成嘉言。哲人既已往，芳躅流千年。畅饮与吟咏，幽怀今古传。

东升与西没，谁能解其情。但得杯中物，何论宇内名。达人自先觉，既死岂复生。花前且沉醉，荣辱不足惊。滚滚红尘里，首白嗟无成。

暮陟郊甸路，寒鸟失群飞。往来栖未定，流声令人悲。三匝林莽外，翩翩无所依。遥望古荒冢，松杪可于归。晚烟迷圹土，霜摧原草衰。睹此萧条景，雄心顷尔违。

但喜酒常满，厌闻廛市喧。得兴吟花柳，始觉俗情偏。临溪坐芳草，持觞对青山。飘飘遂遗世，时看野云还。静中得真乐，寂寂已无言。

爱憎鼓簧舌，非非与是是。此心苟不欺，一任世誉毁。心朗胸次宽，问谁何能尔。村醪乐馀生，韦布胜罗绮。

梅持岁寒操，严冬发奇英。契彼冰雪姿，玩此忘俗情。悠然兴自适，开樽花底倾。夕阳下西岭，归鸦林端鸣。优游茆茨间，诗酒了馀生。

黄菊绽东篱，傲霜逞幽姿。羡此怡情物，欣欣折其枝。玩对斯忘久，相看兴愈奇。狂歌百壶罄，醉去一何为。心远志自旷，岂为俗情羁。

孤山逢腊日，疏梅的皪开。稚子持松醪，满斟惬我怀。心共花酒契，情与世事乖。遁迹郊墟间，优游成闲栖。懒踏红尘迹，何妨醉似泥。情高眷幽独，喧嚣不相谐。山水敦夙好，犹喜意无迷。且罄樽中物，青春去不回。

志抱烟霞癖，结庐傍山隅。操瓢拂尘廛，飘然脱迷涂。但与杯酒洽，不为利禄驱。人生达天命，自觉乐有馀。何者为高策，无如岩壑居。

陶公称达哉，言言皆见道。岂肯折其腰，与酒相谐老。至今遗清声，虽死名不槁。遗蜕竟何为，人生乐更好。不惜有限春，惟嗜世上宝。残躯伴土堆，勤劳有谁表。

彭泽陶五柳，诗酒名晋时。挂冠卧柴桑，赋就归来辞。高风振千载，芳声犹在兹。超然尘世外，安命复何疑。斯人著青史，昭昭弗我欺，于今追靖节，无日不颂之。

把酒幽怀舒，樽前有佳境。契彼每忘情，十旬九不醒。出言各一途，斯意谁能领。高情寄糟丘，此身犹脱颖。不独醉花间，长夜有烛炳。

山月照我怀,荆妻携酒至。花下漫盘桓,畅饮倏尔醉。猖狂不知疲,高歌忘序次。万物总归虚,此身诚可贵。生平一无为,独乐杯中味。

与世多相违,萧然卧颓宅。蒿莱蔽行踪,门静寡车迹。徜徉天地间,五十可抵百。行乐须及时,莫待双鬓白。良辰不成欢,老至诚堪惜。

常谙酒德颂,不识史与经。床头储宿酝,逸兴斯可成。开樽酣永昼,秉烛醉深更。明月适我趣,清光流空庭。弗管玉漏促,还待晓钟鸣。颓然隐静几,谁解此中情。

乘闲坐松下,携樽面凉风。蝉声聒两耳,月色盈杯中。但酬此夕兴,何计穷与通。高鸟任来去,不必惮劲弓。

生平耽浊醪,真乐闲中得。性本厌暄嚣,卜居志不惑。萧然岩穴中,时将兑门塞。日与鹿豕游,无意干京国。阖户踞胡床,玄修惟默默。

醉乡尽日欢,何羡身登仕。盘桓泉石间,是非不干己。试观辱与荣,安贫斯远耻。寂寂守家风,翛然栖故里。兴来衔酒杯,诗就集成纪。尘事总如麻,还当识知止。性拙倦趍奔,惟以诗酒恃。

寄身宇宙间,达者知匪真。羲黄去我远,浇薄销其淳。境界仍似昔,田园几易新。帝室每更革,倏忽项灭秦。山河时换主,阿房已成尘。万事固有定,浮生徒自勤。顷尔老大至,海内谁相亲。双鬓侵白雪,形衰竭玄津。陶公能解道,漉酒卸葛巾。欣然倾壶觞,醉脸笑醒人。

五柳赓歌卷之二

和拟古九首

与子别江干，含愁折杨柳。为言及时归，岂期岁月久。寂莫思颓然，晤对无良友。何以慰幽独，还凭一壶酒。不念绾角交，却把初心负。情寄一诗中，勉焉全其厚。三复忆桃园，念此情更有。

武侯真人豪，扶汉全其终。划策峙三国，麾旄掌元戎。军营明赏罚，筹幄罗英雄。百世称忠烈，千古钦雄风。韬略谁敢匹，芳声颂不穷。出师前后表，至今垂史中。

风恬春色丽，策杖东山隅。闲寻诗酒伴，行歌幽怀舒。绿柳飏夹岸，白云霭吾庐。求仁静灵府，乐志抱道居。一丘荣古木，三径任蘼芜。守此固穷操，识者为何如。

阿房宫阙丽，巍巍接大荒。今为狐兔穴，宿昔皆华堂。芳草没故址，千古恨茫茫。何知身后事，庄生梦一场。幻躯忽朝蜕，杳杳埋北邙。废冢变阡陌，平治无低昂。寒乌归何处，魂骨各一方！自古多废兴，令人倍感伤。

栗里隐高士，饔飧日不完。何肯屈其膝，归来弃其冠。心无尘事累，怡怡酡其颜。晚岁罹足疾，肩舆出荆关。白衣送旨酒，黄菊绽篱端。每抱无弦琴，解音何必弹。孤松巢白鹤，修竹舞青鸾。放浪形骸外，悠然忘暑寒。

身犹岭上柏，青青每如兹。任彼霜霰至，胡虑摧颓时。不喜混尘垢，诛茅傍清淄。颇谙循环理，遁迹终不疑。浪迹烟霞里，却与人世辞。此志已熟筹，何必更三思。深究六经奥，圣贤不我欺。逍遥天壤间，去住任所之。寄言同心者，衷情赋此诗。

春来天气佳，风轻日融和。临流开野酌，把盏肆狂歌。人生易聚散，良辰苦不多。松杪悬皎月，枝头吐秾华。清光沦碧海，花落将奈何。

忆昔佩琴剑，鞚骏五陵游。侠情空四海，雄心窄九州。青春去不返，江波无回流。骋目郊甸外，多半是荒丘。低昂几坟墓，谁辨商与周。毋为千载策，睹此何必求。

园中灼灼花，欲待清朝采。夜半风雨深，花落情思改。君看遥汉月，天曙光沉海。时事多变更，岁月不我待。何如樽酒倾，此心无复悔。

和杂诗十二首

浮生枝上花，风摧逐飞尘。开落因天时，当知易敝身。一夜风雨恶，枝叶不相亲。为乐须及时，与酒常为邻。老去不复少，夜酌还达晨。请看百岁者，尘中能几人。

夜月沉沧海，晓日升高岭。升沉旦暮间，搬运好光景。闲中有佳怀，静里观炎冷。寂寂山林中，白日如年永。娇鸟流新声，和风弄花影。谁能解幽意，惟喜骏骥骋。沉迷荣与华，何肯易此静。

富贵天际霞，显晦谁能量。一区荒草地，倏忽构高房。人事数变易，成败似未央。荣多乃有辱，阴极必返阳。古往皆如是，思之欲断肠。

英雄盖当世，难以辞衰老。金玉盈华堂，终无千岁保。华堂忽迁更，朱颜顷枯燥。莫待老大至，为乐当及早。新诗写高怀，宿酝畅忧抱。世人但爱名，此语谁能道。

挟剑鞚青骢，蚤岁多逸豫。志喜遨寰区，奋翼四海翥。无术驻朱颜，岁月忽尔去。年来百事羁，心萦千种虑。神衰筋骨颓，追思岂能知。惜气保天和，猿马牢拴住。闲居一室中，悠然慎独处。恐铄精气神，形惫令人惧。

被毁亦不怒，闻誉总无喜。惟愿酒盈杯，畅饮忘尘事。陶然入醉乡,谁人解此意。青春岂云再,良辰不易值。乌兔疾如梭,奔驰迅若驶。但愿世称贤,腴田何必置。

一心众欲攻,四体寒暑迫。金币盈千箱,牛羊遍阡陌。形容暗里衰,毛发镜内白。光景苦无多,寸中何许窄。桑田频变迁,人生逆旅客。何时脱尘缘,岩阿结幽宅。

郭外数亩秫,屋后几株桑。桑长能成织,秫登免糟糠。床头窨宿酝,瓮内储馀粮。醉饱一无事,茅檐趁颓阳。岁月甚觉迫,思之倍感伤。卫生问何术,纵酒是良方。乐志吟佳句,陶情在壶觞。

韶华计有限,尘事苦多端。桑田与沧海,朝更暮复迁。残照下林麓,新月吐岭巅。光阴嗟迅速,努力且加飡。杯酒心相洽,富贵我无缘。踪迹寄山水,幽情述短篇。

登山与玩水,兴逸何肯稽。扶杖青溪曲,乘槎沧海涯。浊醪祛俗虑,高歌畅幽怀。人事恶满足,天时忌盈弥。吾心解道理,爱欲渐脱离。逍遥岩穴间,不为孽所羁。醉去忘人我,奚管世赢亏。

花边堪对酒,松底可纳凉。清风动襟袂,皎月在屋梁。奔趍利禄途,何如乐醉乡。常使颜半酡,莫待鬓染霜。二三忘形友,潦倒话更长。

心本傲烟霞,欲追赤松子。骑鹤访蓬莱,寻真藤杖倚。谷口逢麻姑,相共谈玄理。

和咏贫士七首

蓬户绝炊烟,萧然无所依。亭午未成饷,颓檐照残晖。枫叶林杪落,愁云窗外飞。渔艇乘潮出,寒乌背日归。月临溪畔树,柰子腹尚饥。何肯移清操,睹此令人悲。

林杪三竿日,犹自卧北轩。萧条半篱菊,衰草迷荒园。竹甑蒙尘垢,土釜断青烟。蛛丝网瓮牖,经史犹自研。浑如陈仲子,不堪向人言。恨非同其时，光景似先贤。

渊明常乞食，犹抚无弦琴。庄生贷监粟，赠金不知音。世远俗已颓，二贤何由寻。粝饭时不足，浊醪亦无斟。黔娄辞金聘，此志吾独钦。远追先达迹，瞭然遗欲心。

室陋比颜子，目明如离娄。谁敢匹其德，屡空或可酬。鹑衣踞木榻，阖户究庄周。才华惜我短，绝粮非我忧。上古有贤者，此志思与俦。人生有定分，嗤彼苦强求。

老莱耕蒙山，荣利何肯干。楚王幸车驾，妻子阻其官。不为人所制，饮水甘菽飡。采薇能充腹，绩毛可御寒。富贵非我愿，生平无忧颜。不为饥馑累，萧然闭其关。

不愿弁其首，任我两鬓蓬。孔嵩辞范式，新野甘佣工。仲蔚修道德，知者惟刘龚。二子抱清操，我志颇与同。生平多狂态，意气似陆通。固贫不足耻，荣利焉肯从。

仲尼三弟子，甘贫轻九州。道德冠今古，后世莫与俦。当时守清操，至今称贤流。但苦道不达，岂为饥寒忧。事业谁可匹，清贫我能酬。箪瓢究坟典，阖户乐潜修。

和读山海经十三首

春去槐阴密，日长尘事疏。莺声听渐涩，兀坐山中庐。兴来呼旨酒，意到诵古书。径僻多鸟迹，路幽无客车。稚子沽邻酝，山妻芼园蔬。悠然南轩下，高怀与酒俱。静究山海经，古冢获其图穆天子传乃晋太康二年汲县民发古冢所获书也。徜徉丘壑内，谁云有弗如。

彩霞飞玉馆，色映王母颜。寿从天地始，岂论延千年。西池遍瑶草，琼花开满山。对酒发清歌，不比尘内言。

槐江近碧汉，玄圃间丹丘。昆仑之东北，高耸不可俦。琅玕灿五色，祥光映清流。使遇穆天子，跨骏同遨游。

峚山长丹木,黄花灿朝阳。朱实结千岁,入口得久长。良璧白似雪,明瑾耀瑞光。君子堪服饵,可能侍轩黄。

琪树巢奇鸟,翱翔动人怜。仙家为青使,西母共栖山。欲向瑶池乞,昆仑寄此言。相期飞蓬岛,世外同延年。

缥缈仙山巅,千寻几株木。乔干万丈馀,重阴荫其谷。丹沼水澄妍,时待太阳浴。灵光透碧空,四海无不烛。

珠树产赤水,丛干翳浓阴。彩凤舞树杪,青鸾巢桂林。珠光灿瑞日,风入发琴音。王母犹堪重,观之长道心。

交胫国之东,斯民寿何长。如吞不死药,千载是寻常。灵丹若可授,使我顷辟粮。假令到蓬岛,万岁应未央。

神人称夸父,追日迅奔走。直至于禺谷,此心乃不负。河渭岂足饮,大泽泉还有。邓林弃其杖,渴死名垂后。

帝女名女娃,衔木欲填海。弗返为精卫,奇名千古在。刑天身虽逝,干戚不肯悔。灵魂去无归,炎帝还应待。

钟山神其子,肆暴帝敕旨。钦䲹戮祖江,帝命至其死。穹苍鉴巨猾,何容昆仑履。二恶化鵕鹗,凶顽何可恃。

柜山有鴸鸟,一现多逐士。彼亦怀清时,频来此栖止。异禽翔青丘,言世何有尔。天生化迷人,勿可闻君子。

帝念好道德,何用横暴才。重华智明睿,为诛四凶来。至言出仲父,不须姜公猜。身终在其渴,将当如何哉。

五柳赓歌卷之三

和形影神三首

和形赠影

穹苍永不晦,黄河难清时。禽兽与花卉,盛衰相随之。人为万物灵，荣悴亦同兹。徒作千载谋，焉得百岁期。白昼众忧集，良宵万种思。一朝精气竭，凄凄双眼洏。驻颜无妙诀，幻化何必疑。为乐在年少，遇饮休云辞。

和影答形

生死无贵贱，莫辨巧与拙。数尽疾患侵，神劳气欲绝。朝夕每相随，与尔同愁悦。昼寝与宵眠，尔我暂云别。人生岂久长，顷间遂能灭。制欲如灰寒，涵心祛燥热。何虑处世贫，但恐壶内竭。乌免旦暮催，不论贤与劣。

和神释

天网鉴恢恢，应报分明著。形居大块间，纷纭多世故。得失在目前，骄奢艰苦附。悟此先达机，意到浑无语。尧舜暨禹汤，同归北邙处。日月如车轮，长绳难挽住。生死谁预知，昼夜应无数。良谋置腴田，何如亲酒具。智者恋醉乡，百世流芳誉。万事听自然，衰荣任来去。遇顺不足欣，逢逆胡可惧。寸心苟无欺，朝夕斯忘虑。

和述酒

幽怀惟在酒，尘事性厌闻。三杯意始悦，一醉百忧分。幻身看掣电，浇世等浮云。出郭闲登眺，愁见墓与坟。宿鸟知景夕，窗鸡报晓晨。旨酒欢相洽，哦诗性自驯。梅花供逸兴，山鹤伴闲身。存心惟是拙，把盏意甚勤。辞章羡靖节，道德宗老君。得失浑无定，功名若莸薰。喜歌酒德颂，不读送穷文。高怀爱篱菊，野兴泛河汾。狂歌祛俗虑，痛饮扫尘纷。生平无所嗜，唯与樽酒亲。穷居甘贫贱，敢与古人伦。

和止酒

逃名止华岳，诛茅可居止。踞止苍松阴，行止古洞里。盘飧止蕨薇，悦止挈幼子。情性懒止酒，止酒心勿喜。卧止玉漏声，旦止红日起。馀事能止时，卫生止道理。但闻止不欣，焉审止为己。知止静能安，故止曰得矣。只今止以行，岂止于涯涘。寿考止千龄，德止后世祀。

和咏二疏

高爵与厚禄，上疏飘然去。唐虞共商周，谁识挂冠趣。两疏诚见机，汉室谁能举。婆娑卸弁裳，慷慨辞太傅。杯酒送长亭，车马填岐路。凄凄各分袂，登轩弗回顾。高风遗万年，当代播芳誉。欣欣乐故乡，何肯干时务。晤对喜盈眸，一樽抒其素。身闲入隐沦，心朗道自悟。快哉憩林泉，长夜饮无虑。斯人不可攀，昭昭青史著。

和咏三良

三良诚异节，芳声千载遗。贤良耀今古，赤胆雄不微。永怀报主义，寸心一无私。行行从车盖，憩息伫锦帷。出入循其矩，至论弗令亏。君命即长逝，欢颜慷慨归。洪德重山岳，钧旨岂敢违。毅然入土穴，高风谁能希。愁云覆衰草，凄凄令我悲。国人赋黄鸟，听之泪沾衣。

和咏荆轲

六国称燕丹，所志灭秦嬴。广募天下士，偶喜遇荆卿。威猛胜百夫，挟匕离神京。鞚骢驰古道，奋迅向前行。侠气冲牛斗，昂昂振其缨。易水三杯尽，慷慨辞豪英。击筑有渐离，悠悠歌别声。悲风吹客袂，凄情顷尔生。毅然厉志往，兹行诚足惊。一去何能返，惟能播芳名。长揖弗回首，亟赴秦皇庭。驱驰登远道，飘飖历千城。秘计藏图册，轲心时经营。却恨筹疏拙，功勋惜无成。身亡百世后，犹怀壮士情。

和九日闲居

每惜岁易迈，恒虑虚其生。更喜实其腹，何肯沽斯名。凉飙动襟袂，皓魄照人明。篱落黄花色，庭除促织声。抚景堪题咏，餐英可延龄。兀坐颓檐下，壶觞向月倾。但恐樽内竭，不羡世上荣。啸傲忘尔我，高歌畅幽情。欲为千岁计，此计胡能成。

和游斜川

光景易代谢，人生贵知休。良辰不易遇，拉友川上游。趺坐依芳草，披襟面中流。渔艇漾碧波，汀沙眠白鸥。弱柳含金色，新莺出林丘。情与山水契，人共鱼鸟俦。开樽尽其量，诗成可必酬。兴追此夕欢，未知明日否。数子同啸傲，高歌可忘忧。壶觞性所嗜，冠盖奚容求。

和和郭主簿二首

临风踞苔石，翛然憩槐阴。孤云停远汉，荷气袭清襟。枝头山鸟语，声脆如鸣琴。摊书觉有益，研究知古今。衡门人共羡，道德世所钦。来韵闲堪和，浊醪兴独斟。翔鹤空中影，飞泉涧底音。啸傲烟霞里，何必问朝簪。世路竟已违，山林不厌深。

皓魄吐光华，开襟值嘉节。玉露浥秋兰，金风林杪澈。白云满穹苍，万叠无断绝。层阴松底稠，清影当牖列。翠柏挺冈陵，堪拟人中杰。行乐是嘉言，纵酒诚妙诀。人生不久长，莫负好岁月。

和移居二首

喧嚣厌廛市，徙居苎村宅。墟闲但植梅，艺圃怡朝夕。穷年计有期，何肯被尘役。高堂非吾愿，陋室陈几席。溪桥故人来，把酒论往昔。意到赋新诗，衷情句内析。

春课耕南亩，客至酒共诗。狂歌拚一醉，兴尽任所之。农人告水旱，力稼动忧思。勃然禾黍茂，忽尔刈获时。稻粱登场圃，妻孥欣在兹。还从勤苦得，昊天信无欺。

和赠羊长史

吾侪希古道，企仰嘉唐虞。心究道与德，日诵坟典书。汉魏重词赋，华藻在二都。贤关与圣域，轨范胡敢逾。不入五侯宅，路僻寡车舆。幽怀谐木石，栖迟云水俱。处世惟落魄，看山多踟躇。常羡陶五柳，高致谁能如。挂冠赋归来，三径就荒芜。种菊东篱下，樽酒日欢娱。民浇风俗颓，代远淳朴疏。落落性寡合，聊将诗酒舒。

和怨诗楚调示庞主簿遵郑治中

所志唯在道，苍穹胡使然。愁蹙两眉睫，迍邅十馀年。不独贫病集，丧偶又丧偏。家奴背主遁，亢旱荒腴田。徭役无计避，鬻房远市廛。终朝犹艰食，夜寝怜独眠。韩公送穷语，顺至逆可迁。何足挂胸臆，得失后与前。富贵逞骄奢，过眼如云烟。但能明道德，贫者亦称贤。

和庚子岁五月中从都还阻风于规林二首

仲夏归兴急，何能返故居。未得承亲悦，无由乐友于。风阻帆樯滞，云暝江水隅。岂畏波浪恶，崎岖涉长涂。凫鹥遍游目，桂楫殢澄湖。山川望不极，远树盼全疏。梦寐在乡井，身寄千里馀。抵岸知谁日，安居乐晏如。

世云涉道险，此日方监之。重云连远水，入望何尽期。狂风掀巨浪，声撼无停时。安危未可卜，徨徨逗留兹。中流难定止，沦溺何计辞。处世亦如是，睹此信弗疑。

和辛丑岁七月赴假还江陵夜行涂中

林栖悦所志，始觉世路冥。开卷对贤圣，鸣琴理性情。无由辞兹往，迢迢赴湖荆。晚烟渡口暝，海月水底生。悠悠村路夕，耿耿河汉明。夜阑天籁寂，舟静一川平。归心浓似酒，不寐向前征。趋荣信何益，谷口乐岩耕。弃冠如脱屣，岂为利禄萦。弦歌衡门下，安期斯世名。

和癸卯岁始春怀古田舍二首

素志怀西畴，闲身今始践。荷锄意不违，蓑衣岂能免。稼穑情所谐，荣禄无心缅。枝头鸣鸧鹒，茅屋亦称善。土腴桑柘肥，村幽尘自远。使得农家乐，徜徉何肯返。处世固非难，但愧我才浅。

禾稼稔畎亩，农家岂谓贫。秋深满场圃，因知春务勤。朝犁驱黄犊，昼饷犬近人。桔槔逢薄暮，树杪月色新。碧水平畦岸，盈盈意自欣。肩车归茅屋，渔艇渡渌津。索鱼问篷底，贳酒过北邻。岁晚征输毕，逍遥太古民。

和丙辰岁八月中于下潠田舍获

资身在畎亩，秉耒耕村隈。春能殚其力，秋至有好怀。晨夕亲稼穑，情与农父谐。郊畔特乳犊，桑杪鸣午鸡。晓起看星没，薄暮披蓑回。悲风疏林吼，征雁云边哀。雨声夜入耳，重云亭午开。粳秫登场广，荷蒉力未颓。欣然乐田舍，荣名心久乖。遥追郑子真，期共俗口栖。

和乙巳岁三月为建威参军使都经钱溪

大道久不闻，尘滓胸中积。世路事事非，山水仍是昔。草木布阳和，社燕翻轻翮。经溪情绪乖，入望云树隔。岂能冒风霜，不堪被行役。奔驰苦穷途，所志焉肯易。衷肠向谁言，惟凭数语析。归帆若迅驶，明月照古柏。

和戊申岁六月中遇火

栗里淳更朴，渊明葺小轩。季夏邻火发，居处顷尔燔。片椽毁无迹，瓦砾堆庭前。秋月还依旧，皎皎仍复圆。废址惟衰草，梁燕无复还。愁绪满胸臆，知命岂悠天。生平抱道德，何期罹乖年。迍邅有定数，惟使此心闲。偃蹇志不易，恬然靖节坚。莫谓篱无菊，犹欣郭有田。奚容鸡犬宿，便于狐兔眠。诛茅重结构，卜筑在南园。

和己酉岁九月九日

露下天气肃，凉炎林杪交。南陌千畦秀，空林万木凋。绿水芙蓉媚，天边雁翅高。篱畔繁黄菊，好月吐青霄。玩客狂落帽，刈禾农父劳，逢时须进酒，休使寸心焦。高歌信口出，既醉乐陶陶。生死无定限，何必计来朝。

和庚戌岁九月于西田获早稻

居家何所事，耕织以为端。车戽昼不息，宵织妇不安。三春能努力，深秋禾可观。负锄戴星出，荷笠冒露还。黄雀喧残照，西风袭袂寒。此日及西畴，方知稼穑难。依时输征税，州郡岂能干。登场濯我足，樽酒酡其颜。长歌卧蓬户，柴门昼日关。勤劳延岁月，无复生嗟叹。

和岁暮和张常侍

韶光去不返，恰似川上泉。春花复冬雪，迅速岂堪言。镜中易颜色，蓬鬓犹丝繁。道德未全究，何能释其愆。晓日忽西坠，皎月升东山。晴霞幻五色，倦鸟知飞还。焉能长寿考，况多孽缘缠。遇酒弗畅饮，虚生度流年。富贵与贫贱，倏尔易变迁。静观有定数，何如乐自然。

和五月旦作和戴主簿

闲居北窗下，幽然兴不穷。仲夏贻新句，高情寓此中。榴花槛畔灼，菡萏沼中丰。弗用摇纨扇，松间来薰风。人生匪金石，百年亦有终。虑寡心常逸，身闲意自冲。陟世多险阻，玄修道自隆。阖户成山林，何必慕恒嵩。

和示周续之祖企谢景夷三郎

芸窗究经史，意到殊自欣。探彼三代语，精蕴启后人。立言俱契道，敷教皆有因。仲尼删诗书，斯世学者臻。易理最难达，至道岂易闻。非图过耳目，旦暮惟事勤。克志终不怠，颜孟为比邻。高风标青史，千载仰海滨。

和始作镇军参军经曲阿

早岁性耽读，时契古人书。囊萤与映雪，常愧吾弗如。适有远游兴，志在登天衢。金门思献策，乡井日已疏。迢迢云水阔，回首路萦纡。不惮关河远，心追万里馀。烟树障吾目，白云覆吾居。危樯集海燕，佳楫惊游鱼。名缰与利锁，此身冠裳拘。得遂生平志，还当返故庐。

和还旧居

去家忽六载，倦游始言归。松菊半凋落，俯视令人悲。田园喜犹昔，世事已觉非。盘桓邻巷曲，野老弗我遗。会晤话亲故，欢然情相依。岁月如瞬息，升沉旦暮推。对景追欢笑，莫待朱颜衰。远却尘中网，壶觞昼日挥。

和和刘柴桑

入山与逃海，奚俟多踌躇。枯槎能泛水，深林可隐居。紫蕨聊充茹，白云护吾庐。村寂无尘扰，惟馀草蒙墟。树密翳清阴，禾黍年盈畬。鱼鸟情相狎，诗酒意勤劬。琴书盈几榻，思虑灵台无。日喜山水洽，渐觉世路疏。羽毛堪成绩，供织俟其须。身谢千载后，乡评谓何如。

和酬刘柴桑

人事几迁变，倏尔复一周。梅花雪中看，又值黄菊秋。良辰忙里过，形骸非昔畴。与君此夕晤，未知明日不。为乐当乘时，携樽花间游。

和与殷晋安别

遇子情更洽，晤言意甚勤。倾倒忘去住，意气尤相亲。今夕话远别，昔时为比邻。离怀诉未尽，窗鸡报侵晨。不堪对卮酒，岂忍襟袂分。征雁传秋信，陇梅寄早春。滔滔东流水，漠漠天际云。美人隔云水，觌颜苦无因。友谊胶投漆，岂论富与贫。何年返闾里，壶觞醉故人。

和癸卯十二月中作与从弟敬远

屏足憩荆扉，情忘尘自绝。喧嚣总不闻，闭门白云闲。鸟声杂清歌，梅英傲冰雪。静养葆天和，洗心惟事洁。古研棐几陈，焦桐榻上设。盘桓一室内，萧然幽抱悦。青史闲中披，晤对企高烈。独羡陶征君，弃冠全靖节。我本山林徒，此生甘守拙。诗怀寄隐沦，一任彼鉴别。

和和胡西曹示顾贼曹

夏半苦炎燠，松下纳清飔。盘枝成偃盖，重阴覆絺衣。闲云停远汉，莺声出翠微。碧沼开菡萏，空庭灼榴葵。妍华苦不久，旬日忽尔衰。为乐趁光景，杯酒及时挥。秋来霜霰至，萧索兴已迟。穷达总如是，思之令人悲。

和答庞参军

缔交非寻常，时喜聆嘉言。良辰岂易值，乘兴过我园。命子开宿酒，歌我闲云篇。情投不辞醉，得句共欣然。但知诗酒趣，浑忘尘世缘。偶尔成神句，幽意为君宣。高怀凌碧汉，隐迹寄青山。与君此夕订，相期乐暮年。

和于王抚军座送客

疏林凉飙生，衰柳渐觉腓。江干开饯酌，计子何日归。云山千里障，入望思依依。离情歌剀切，分袂意重违。落景偏增怅，秋风听更悲。归鸟投林息，行舟月色辉。弗谓崎岖道，鸿音附暮迟。送别浑无语，新诗伫待遗。

和连雨独饮

生死无定数，古今皆同然。籛铿称永寿，于今亦何阙。樽中常不竭，岂用慕神仙。宿雨荒林积，彤云布苍天。得失任其所，谶赏酒为先。乌鬓易堆雪，青春弗再还。记得学舞剑，倏尔五十年。不须忧贫贱，为乐是良言。

和有会而作

早岁逢家窘，衰年值馁饥。蓺床与脱粟，亦可代轻肥。良宵惜无酒，腊月怅单衣。命运苟如此，我侪何足悲。静看富与贵，转眼忽已非。何胜歌雅调，句逸足可遗。坚志甘清操，道德斯能归。世羡陶五柳，堪为达者师。

和乞食

因饥陟曲径，何处可止之。索食疗腹馁，有酒亦弗辞。欢颜主人语，谓我不易来。开樽北牖下，尽兴酒百杯。醉去忘宇宙，胡乱赓陶诗。君多待贤意，吾岂渊明才。一饭感大德，言谢无所贻。

和责子

清霜侵鬓毛，有子匪云实。四男在膝前，不能亲砚笔。兆隆虽二六，质钝世无匹。梦雷方五龄，勉强为儒术。梦震年四春，杯酒十饮七。阿科方二周，弗乳即啖栗。柰何未成人，奚必贪世物。

和诸人共游周家墓柏下

欣然憩嘉树，鸟音疑弦弹。苍翠浮襟袂，对友成佳欢。衰草伴白骨，清樽酡朱颜。狂歌归落日，吾侪兴未殚。

和问来使

健足至中庭，询彼来天目。孤雁度哀声，东篱绽黄菊。白云满径闲，瓮中酒初馥。对菊试新筜，园蔬煮令熟。

和四时

春郊遍花柳，夏雨暗山峰。秋露浥篱菊，冬雪积苍松。

和蜡日

腊月风雪遍，岁暮渐阳和。杨柳含金色，灞岸发梅花。玩景幽怀适，持杯吟兴多。醉来情更好，慷慨且高歌。

和悲从弟仲德

含愁一往吊，泪洒如珠零。忆昔同携手，何期归幽冥。眷爱顷尔绝，遗容俨若生。悠悠九泉下，身朽名不倾。精灵何所托，世事嗟无成。痛哉堂上母，二子方弱龄。广厦无客至，孤房哭有声。蛛丝蒙绿牖，苔藓馀闲庭。惟有梁间燕，依依恋故情。白骨埋黄土，丹青写病形。不堪题挽句，凄怆衷肠盈。

和拟挽歌辞三首

生死人之常，忽殒悲甚促。午上共经行，夜半入死录。魂魄散幽冥，形骸贮方木。朋侪吊英魂，妻孥徒自哭。音声总无闻，珍味亦弗觉。虽贵死无荣，贫贱亦不辱。岂知一旦倾，所欲恨未足。

生苦乏旨酒，而今盈壶觞。哀哉空列座，死者岂能尝。布帛殓其躯，儿女啼其傍。耳不闻人声，目不见天光。房栊虚枕席，踪迹绝一乡。扶柩入草莽，黄沙覆中央。

哀子遽辞世，虚室冷萧萧。精灵依故土，枯骨埋荒郊。松柏翳孤冢，蒿莱混刍荛。悲风吼长夜，哀乌鸣枝条。黄土闭幽圹，不知夕与朝。不知夕与朝，问尔却如何。惟受生前孽，安知室与家。朋旧哀未彻，悲声入挽歌。愁云封陇树，狐兔伴坟阿。

和联句

丈夫毓英气，一吐冲北极。兴如长江流，昼夜岂能息。遨游万仞山，乃仗神骏力。嗤彼尘中人，惟事富贵饰。闲泛沧海间，醉卧青云侧。忽朝大鹏抟，期展垂天翼。自怜此微躯，日混声与色。已悟大道机，衷心永不惑。

五柳赓歌卷之四

和归去来兮辞

归去来兮，鸳湖之滨可来归。冀此心无日不怿，丁颓俗而堪悲。睹东升与西没，叹神骏之难追。哀人事之易变，奚待艾而知非。采杞菊以成饷，纫荷芰而为衣。潜身虚室之中，静究道之玄微。畏溺不涉，虑蹶不奔。松风满耳，白云盈门。逍遥容与，幽怀常存。兴来倚石，诗卷酒樽。任清霜之侵鬓，有旨酒以酡颜。嗤崇宫与华屋，喜蓬居之可安。羡沼鱼之踊跃，听山鸟之间关。得此心之旷逸，常徘徊以纵观。闲扶筇而陟径，日衔山而始还。悦邻翁之见访，趺芳草以盘桓。归去来兮，偕鹿豕以遨游。与木石而共处，乐其志而何求。鸣绿绮以适意，临禊帖而忘忧。喜此心之无俗累，陋广厦与沃畴。逃禅萧寺，把钓扁舟。朴质同于太古，踪迹寄于林丘。慨人情之迁变，任逝水之东流。悟浮生之大梦，知万事之咸休。已矣乎，此生不乐待何时，芳春一去不可留。胡为乎营营兮诚哀之。荣枯有定数，生死无常期。艺诗书以为圃，藉心田而耘耔。

度岁月以尊酒，悦情趣而赓诗。信生平之无愧，任其化去而无疑。

和闲情赋

夫何人之生于世，和其处而不群。潜居于山之阿，喜嚣喧之不闻。心如秋月之朗，行比疏梅之芬。身时偕于木石，情恒契于溪云。厌此中之迫厄，惧力行之未勤。恣逍遥于物外，惟诗酒之日殷。踞石床而得暇，抚焦桐而意欣。乐熙熙同太古，任岐路之俗纷。耽林泉之高洁，总富贵情何分。酌酒半醺，抱膝北轩。禽声聒耳，苍翠凝山。微吟适意，绝胜管弦，潜形遁迹，静睹媸妍，闲追寻于汉晋，如对古而共言。觉昨非而今是，免处世之过愆。宗老聃之奥语，奚敢为天下先。傲烟霞而深隐，遇险巇而不迁。幽怀乃得静默，岂骋时以求芳。念此身之难得，喜居处于中央。守雅操以毕志，免祸患之及身。睹叔季之浇漓，悔其过而日新。羡夷齐之高节，冀巢许之比肩。叹世途之碌碌，悲旦暮之忧煎。戴齿发于震土，愧姓氏之宣扬。彼华堂与大厦，竞丽饰而奇妆。岂若山中茅舍，得散诞于春秋。采紫薇与青蕨，日饱饫而何求。视富贵与贫贱，乃天道之环旋。如碧汉流虹电，顷变幻于目前。时或显在西垠，而复隐晦于东。纵此性之狷狂，迥尘世于不同。喜有酒之盈斝，时独酌于前楹。仰皓魄之悬汉，当良宵而倍明。听灵籁之无声，摇清风之一握。忝生居于陋俗，去羲皇之绵邈。雅志无以为好，惟经史与瑟琴。忆子期之逝远，举世殆鲜知音。阖衡门以高蹈，乃能涵其道心。郊墟环以梅植，追仿孤山之林。春嗅罗浮异馥，夏憩渭川清阴。冲云霄之逸思，豁溷俗之尘襟。欣鱼鸟之共乐，悦渔樵之相寻。啸傲恒耽丘壑，心无疚而奚叹。身卑栖而志旷，首虽皓而童颜。采黄精可充腹，纫碧萝以御寒。固陆沈于樗李，时驰志于毫端。喜灵台之明觉，期淳朴之复还。遇芳辰胡不乐,苦岁暮之将殚。欲登高必虑险,心无求乃得安。群沙鸥而戏狎,扪藤萝而跻攀。常使形骸放浪,此意无凄,遗绝世故,任我徘徊。每游神于蓬岛,远俗躅于廷阶。慨隙驹之过速,即物化而生哀。贵金宝终销铄,重梓桂还至摧。企江左之英豪,岂胜陶令之怀。西江之流迅逝,东山之日易过。鹪鹩一枝亦足,不效偃鼠饮河。漱齿必借砺石,洗耳须向澄波。此梅巅之赘语,赋闲情之长歌。甘茅茨之栖止,何寿龄之不遐。

和感士不遇赋

人禀混元正炁,昭此心之虚灵。涵道德于渊衷,嗟萦扰于利名。理期探于玄奥,形躯庶非虚生。目恒涉于坟典,得究古圣之情。身宜节其嗜慾,躅憔悴其骸形。遵礼法于素履,宵安寝而何惊。慕庞公之锄陇,效子真之谷耕。瞩野云之变幻,听山鸟之新声。闲盘桓于山水,何羡世之昌荣。日栖迟于蔀屋,胜奔走于长途。时樵山以供爨,坐钓矶以自娱。或抚伯牙之操,或诵庄生之书。纵篔筜以碍径,任蒿莱之闭闾。获此身之安逸,胡欣世之芳誉。嗟乎!俗多寒燠,贵耳贱目。明喆者谓迂,真淳者为妄。柔愚则萃众辱,智巧则罹群谤。冥契混沌,不凿柰时,识之未亮。拙哉我之弗遇,且藏其身于太平之世。不傲慢而惕勤,追东篱之放废。日遵古圣之言,静养志于不怠。一箪蔬食亦饱,敝庐风雨可蔽。徜徉于岩之阿,何劳千载之计。落落于天地间,悠悠在于晚岁。日缄默于虚斋,倦对时辈闲说。腹无荆棘之肠,身处清虚之界。即富贵于当时,徒纷忙而何济。树芳梅于郊墟,喜清馨之袭袂。与烟霞以为侣,喜猿鹤时相亲。隐林壑全高致,杜衡门而求仁。心逸而成独,乐知足而身何贫。岂以千驷枉己,不为五斗屈身。昼仿书而遣思,夜搜句而艰辛。是山人之事业,懒与市井敷陈。慨生平之未遇，陟崎岖而多涩。惊飞霜之侵鬓，无芳名之可立。悯绳枢于陋居，哀困身于乡邑。志与仲蔚相符，名拟孺子不及。有启期行歌乐，无阮籍穷途泣。嗟一事之无成，囊琴书寻山入。视日月之升沉，观江波之湍急。毋营外慕，身安而已。完节潜名，固穷循理。勿动一念之妄，庶免后世非己。虽终身之弗荣，喜此生之远耻。羡明月与清风，日往来之无止。持靖操于明时，甘韫椟而不市。

和桃花源诗

秦皇亡道德，高士辞浊世。遁迹卜桃源，一往成长逝。惧客相追寻，岐路草莽废。凿田亦可耕，诛茅乃得憩。竹木翳村墟，四时足树艺。所喜避征徭，更悦蠲课税。桑杪有鸡声，洞口闻犬吠。食饮恣胡麻，冠服循古制。徜徉岩壑中，男妇时相诣。花发识阳春，秋至风霜厉。玉历不待颁，荣悴知一岁。达哉遗世翁，何其聪且慧。独处人莫俦，天成此境界。犹虑究其源，丛丛芳树蔽。为问此渔郎，入内可识外。欲期探幽踪，愿与彼相契。

和五柳先生传并赞

梅颠道人传

梅颠，咸称醉里氏也。生平酷研文字，荒墟惟栽梅树，颠而成号焉。恬澹寡言，厌趋禄利。日翻书，静悟心解，适会真意，则废寝忘食。耽浊醪，奇句每醉中得。朋侪爱敬，若此咸相而慕之。浮白殆尽，常至沉醉，高怀弗退。怡于闲情，身居安堵，悠然以竟日。鹑衣百结，观世皆空守道也。或成小诗自娱，少畅所志，不计得失，乐天以终。

赞曰：渊明高致，何肯身屈卑贱。乐林泉，等其贵，意气相若，堪为侣乎？观梅成诗，静养所志，似羲皇之民欤？似唐虞之民欤？

跋五柳诗四言五十韵

岁在癸巳，时维孟春。彤云蔽汉，四野霾阴。鸠鸣树杪，郊甸烟暝。严风白雪，连宵兼旬。漫空梨瓣，飘飖蝶翎。阶盈琼玖，崎岖无分。沙汀迷迹，鸥鸟潜形。梅英增白，柳条减青。碧桃间玉，绿竹披银。乌鸦混鹭，枝栖素莺。子猷乘兴，袁安阖门。寒窗寂寂，笑傲山人。开樽酌酒，拥炉燃薪。焚香凭几，聊遣良辰。檐噪寒鹊，村犬狺狺。家僮走报，岸舣短舲，来自茂苑，兴顾隐沦。迎风鼓楫，冒雪登临。疑似访戴，剡溪之征。列坐言阔，促膝温存。奚囊一束，靖节诗文。云是宋刻，楮洁板新。世所罕睹，保护如珍。寄货之物，见售甚勤。高情眷眷，幽怀欣欣。慨尔沽易，命酒对斟。情意相洽，举杯殷勤。展展意悦，心骇目惊。四言绝倡，旷世寡闻。辞骚句雅，荣木停云。劝农命子，志旷思宏。衡门高志，答庞参军。饮酒雅调，归园居吟。大都汉魏，尺璧兼金。拟古杂诗，其声琤琤。贫士七韵，毛诗逼真。欲知奇论，细玩海经。述酒止酒，逸思纵横。怨诗楚调，情惨哀深。挽歌责子，悉其死生。归去来辞，独步词林。不遇古赋，妙在闲情。桃花源记，宛如亲行。五柳小传，高逸之铭。遍阅全帙，利禄毛轻。再咏再歌，高怀顷增。情契胶漆，遂尔和赓。窃其糟粕，摭成鄙吟。狂人孟浪，遗嗤宾朋。匪敢垂世，少畅余心。

黄淳耀和陶诗

和饮酒二十首并引

辛巳杪冬，客海虞荣木楼。宾朋不来，霰雪萧然。唯苏氏兄弟《和陶诗》一帙，连日吟讽。因举酒自沃，次韵《饮酒》诗如左。盖亦陶公所云"闲居寡欢，纸墨遂多"者也。

我生劳造化，如器陶埏之。一入圆方间，永离胚浑时。纵心观虞唐，履运伤今兹。忧乐两纠缠，孤胸积群疑。沃以一尊酒，形影相携持。

平生麋鹿姿，结爱林与山。误怀济物心，汩没俗中言。一经如法律，亭疑三十年。彼哉曲学生，功名已流传。

锺期不常有，我自得我情。营道亦干禄，入世仍逃名。荡荡宋华子，莫知鲁儒生。如醉被雷烧，此骨不受惊。清狂幸如初，巑岏将何成。

飞鸟衔我发，是夕亦梦飞。飞飞遭金丸，翼塌心中悲。车前有役夫，梦醒心依依。忆为南面王，悔使魂魄归。梦觉两相羡，更迭为盛衰。未辨觉非梦，饮矣休猗违。

朝光入山楼，栖鸟已惊喧。揽裘曝新阳，暖气无颇偏。仰视天宇清，得我檐前山。山中出岫云，变灭何时还？我心正惆怅，默与风铃言。

聋明而瞽聪，尚存一者是。是非两变易，乃复成誉毁。深居观物态，至竟尔为尔。蚊眉栖蟭螟，厕床幻锦绮。

挂书在牛角，仰面思豪英。虎争一鸿沟，割弃父子情。舜禹安在哉？所持夺与倾。萧条二千年，不见岐阳鸣。痛饮呼竖子，斯人岂狂生？

白雪艳清冬，流风送馀姿。梅花独先觉，蓓蕾动高枝。巡檐一笑粲，所得乃经奇。草木有雕镌，我心无思为。一悟众妙门，曝然脱罦羁。

吴趋百货集，日中市门开。轻重各相得，龟贝俱满怀。一夫操尺璧，坚卧与时乖。问子何高尚？又复非岩栖。什袭诚已勤，不如荐涂泥。答言万乘宝，贵与连城谐。捉裾使尔观，我宁怀宝迷。一市更俳笑，拂衣吾将回。

北山颇孱颜，陟自城之隅。风急毛发寒，四顾多荒涂。一笑语山英，我至尔勿驱。逝汲清泠泉，浣此忧患馀。高栖斯可约，岂必神丽居？

战伐扬兵尘，饥荒殣行道。怀哉漆室忧，发白岂待老？酌此三雅杯，如雨洒枯槁。枯多雨未足，一溉色亦好。丹砂何时成，天地秘鸿宝。置我尘壒间，商歌望八表。

万马脱辔头，岂有独立时？举世尚鞶帨，我亦绣其辞。顾念古人心，将无不在兹。微言较分寸，中蕴丘山疑。长啸上东门，恐为时俗欺。安得盖世雄？障江使东之。

醉乡无町畦，我亦践斯境。陶令终日醉，次公终日醒。醒醉尽称狂，醉者得要领。生平钝如槌，觞至便脱颖。犹嫌醉乡人，身后名炳炳。

我从瞟水来，新知喜我至。我从琴川归，故友邀我醉。新故两相于，何独安即次？本追河汾游，不慕主父贵。至言如醲醪，咽之有隽味。

逾壮添一丁，酒徒饮我宅。醉歌尚盈耳，殇去杳无迹。古来大圣人，乃衍螽斯百。岂无襄陵邓，亦有香山白。此理茫昧然，而我何叹惜！

我有小弱弟，授以田何经。经史略上口，羽毛新欲成。与作百里别，每叹寒暑更。嗟我贫负米，嗟汝勤趋庭。祝汝勿学我，赤霄奋雄鸣。孤云飞寒原，鹡鸰有深情。

至乐走马猎，好之能发风。君看日月耀，自在金庭中。圣人守中规，塞极乃得通。所以苦县言，天道犹张弓。

少小味义根，探珠云可得。岁月难把玩，冉冉向不惑。坠绪既微茫，贤关屡开塞。一室且芜秽，况乃活邦国。逝将耕守田，稼穑在玄默。

我友两三人，夭枉皆未仕。覃思颇追古，苦节洵求己。彼贻君房言，我怀贡公耻。何知弹指间，相率赴蒿里。使我为涂人，学问失纲纪。老骥疲欲休，修畛浩无止。俯仰百虑煎，耿耿或可恃。

我爱陶夫子，逸气含清真。遗民耦柴桑，默语如饮醇。有时荷锄归，悦喜良苗新。薄醉便忘天，急觞欲椎秦。后此李谪仙，胸中亦无尘。王侯轻蝉翼，纪叟独殷勤。以我学二子，颇觉风期亲。有如桃花源，渔子能问津。倾壶就钓碣，漉酒裁疏巾。安用圣人为？臣今中圣人。

和形赠影

海鲲能化鹏，麦有为蝶时。当其鹏与蝶，故我岂恋之。如何我与尔，百年拘系兹。虽非胶漆坚，坐卧如有期。不见尔去我，尔又无留思。日月两跳丸，俯仰情凄洏。去去蹑紫庭，愆室恐受疑。屋漏如可葺，为我商一辞。

和影答形

一镜持照君，尽见君妍拙。馀镜复照我，镜镜皆肖绝。君我同镜华，等无可喜悦。念居历劫中，几聚还几别！君清我之明，君没我之灭。终无至人术，水火不濡热。感此相因依，微分为君竭。木叶将斡壳，一视无优劣。

和神释

我在天地间，肖貌则斯著。刀亡利可灭，我独无新故。譬造土偶者，泥水相依附。泥溃复归土，曾闻昔人语。今我与二子，假合为同处。我动尔岂知，尔行我仍住。生灭一霎间，那复由气数。多君束缚我，遣作闲家具。冰炭成哀乐，波澜生毁誉。如今弃不将，不待将不去禅家有死时将不去之说。猛虎在山林，独往无怖惧。至人如孩提，不学兼不虑。

和辛丑岁七月赴假还江陵夜行涂中口号昆阳舟中遇雪作

岁暮多烈风，同云复冥冥。遭回百里间，亦似千里情。忆我寒梅花，兹晨笑柴荆。喧啾下鸟雀，剥啄来友生。岂知孤篷下，一笑双眼明。泱泱文澌流，遥遥岩岫平。舟重既晨发，路迷且宵征。所欣丰岁祥，农麢可以耕。兼悲冻死骨，不见蔓草萦。一觞酬袁安，愧尔千秋名。

和与殷晋安别送天河令徐孟新

临歧多淡然，别后心长勤。况兹万里游，隔我平生亲。彩紟入胶庠，得子成芳邻。俯仰二十年，不异夕与晨。循道岂有殊，眷此行藏分。我居子献策，荏苒逾冬春。人归筮盍簪，客去咏停云。章缝及铜墨，笑谈阻清因。所愿酌贪泉，不改吴生贫。上言敬皇休，下言抚烝人。

和于王抚军座送客再送徐孟新

我昔游西江，春尽花草腓。竹间坠猿狖，木杪闻催归。子今行此道，我梦犹依依。梦中与子行，既觉乃乖违。交淡欲无言，事欢宜塞悲。群龙今满朝，火辰扬其晖。赢粮兼策马，尚恨功名迟。赠子青兰花，以当琼玖遗。

和答庞参军三送徐孟新

宜阳蛮蜒国，颇习中州言。苍山拥县城，隐几如丘园。闲咀马槟榔，静咏春陵篇。喧喧铜鼓中，琴歌独悠然。我欲往从之，奋飞无阶缘。伫闻嘉政声，愤懑当一宣。吾家老涪翁，清风满江山。将子留妙染，馀事垂千年。

和乞食

方朔虽长身，侏儒颇笑之。贫欲去扬子，避席反逊辞。嗟余累口腹，此日贸贸来。堂下设粗食，筵前置残杯。对之骍我颜，强咏衡门诗。事事逊渊明，独如彼寡才。才拙性复刚，我穷真自贻。

和连雨独饮

影与我为双，无解此茕然。孤斟劝我影，终胜监史间。缸花艳深杯，起舞聊蹁跹。欣戚两何为，我上不有天。天岂让一夫，久处安排先。乘流且安行，遇坎当徐还。庶几风波中，养此草木年。不见桃李花，去去无多言。

和咏三良

忠臣死社稷，忽若鸿毛遗。不闻弃发肤，下荐蝼蚁微。堂堂百夫特，杀身奉恩私。清血沾便房，游魂依穗帷。小节亦何有？君德良已亏。不见蹇叔徒，黄发各有归。苍然墓木拱，死岂忘塞违。遗风既墋黩，容悦更相希。诈泣与佞哀，生作牛山悲。吾诚爱吾鼎，不愿衣人衣。

和咏二疏

仕宦如饮酒，酒半当辞去。环坐式号呼，宁复有佳趣。二疏昔在汉，抗志黄鹄举。天子重元寮，储君惜贤傅。蜚遁竟超然，叹息动行路。便便夸毗子，登陇左右顾。进慕钟鼎膻，退邀朋党誉。白首缨华簪,此岂真急务。陶公弃五斗,千载符风素。高车感倾覆,旷语发深悟。伊余老匹夫,无复羁绁虑。富贵倘不免,斯理久昭箸。

和咏荆轲

六国本蚩蚩,弱姬而为嬴。前锋指督亢,太子呼荆卿。雪泣视日影,戴头入咸京。金注岂再掷,不待彼客行。秦强资盗马,楚霸用绝缨。取士以度外,能屈四海英。忆昨燕市上,剑歌有雄声。狗屠与渐离,皆足托死生。拈掇苦不广,自致七鬯惊。丹诚昧大计,轲亦负虚名。客中有此奇,寄在何门庭?早进黄金台,当值数十城。在燕非一昔,临发乃经营。岂惟剑术疏?好谋不好成。千秋博浪椎,一击非凡情。

和癸卯十二月中作与从弟敬远舍弟伟恭初为博士弟子作此示之

毛义非通人,意与当世绝。抚兹劬劳愿,卫门未能闭。寄食漂母餐,养高袁安雪。进退欲如何?终然抱孤洁。今朝讲肆开,俎豆为尔设。跹跹媚学子,游戏亦可悦。所愿遵周行,前修有芳烈。既撷三春华,仍存贯霜节。吾衰甚矣夫,丘园将牧拙。不见同人爻,语默本无别。

和答庞参军送侯生记原游北雍

养真衡茅,我读我书。瑶珠玉璇,斐然清娱。岂无雅曲?骇彼爰居。子非侯芭,载酒吾庐。子有群从,维席之珍。穆穆醇酒,不可疏亲。草木同臭,矧伊喆人。一室邈然,天涯比邻。嘉运遘会,抚情孜孜。天阍既开,将子谒之。策尔名骥,陈我伧诗。嗟老羞卑,亦匪我思。缓子旬日,终当离分。子遄行矣,谢戚招欣。屹屹燕台，亭亭昊云。岂必风翮，嘉声遥闻。八音绸缪，黄钟独鸣。枭卢先得，陋彼撩零。祈祈国胄，集于上京。鹊起争高，龙盘靡宁。陶陶朱夏，飒来雄风。六翮既齐，在盈宜冲。抗手一揖，鼓琴三终。爰赠爰处，各敬乃躬。

和读山海经十三首

陶诗多游仙语，坡公读《抱朴子》和之。余读陶隐居《真诰》有感，聊仿两公之意。

今日昼景清，雨翻蕉叶疏。真气一回薄，虚白生我庐。缅怀千载人，授记得奇书。中苞仙五品，旁载鬼一车。华阳有高隐，灵笔勤记疏。开帙再三叹，我岂火宅俱？愿学张激子，闯然遇山图。慧业有先后，精诚或相如。

隐居高蹈士，长揖宾龙颜。灵风结遐想，驻彼无穷年。千秋征虏亭，不远句曲山。吾欲剧醪醴，谁当餐至言？

我闻兴宁中，龙书满山丘。许君及杨羲，灵气相与俦。真经有渊源，此书导其流。逝追长史辙，改字为远游。

仙人紫清妃，偶景匹阴阳。假合夫妇名，二曜同久长。凡夫想搔背，终不见神光。咄哉张陵术，误人赤与黄。

短世积悲愁，慾房生爱怜。舟车载人罪，送入罗酆山。高真发慷喟，谨谨有苦言。世智等蜉蝣，不思龟鹤年。

吾家子阳翁，服饵兼草木。颓龄九十馀，忍死卧空谷。朝剥桃皮食，莫赴黄水浴。丹成入霞门，玉晨光照烛。

阿映初得道，百鬼来太阴。周鲂严白虎，捕诘纷如林。人马忽惊散，空中有佳音。火铃是何物，旌此勤苦心。

荆棘满人世，中藏火枣长。剪棘出火枣，啖之亦寻常。鸾音唱作曲，凤脑剖为粮。来去若飞鸟，游戏天中央。

天地昔崩分,英雄竞驰走。秦项与曹刘,百战争胜负。下视山泽臞,渺然亦何有?岂知宾四明,坐落此曹后?

琅花非一叶,丹炉满山海。散形入空虚,无在无不在。十试一不过,退落俄成悔。风火诚可惜,日月不相待。

仙释本一机,如月在摽指。因烦而领无,此事出生死。内欲存中黄,外不遗践履。三官倘钩考,虚皇信可恃。

青乌本凡材,朱豜实贱士。直以辛勤故,飙轮为之止。高人体萧萧,视彼奴隶尔。有心如右英,得不许斧子。

浮世真肉人,前身忝仙才。清都有朋旧,联袂望我来。歧涂与素丝,举目堪疑猜。过此少味矣,我生岂徒哉。

和游斜川游桃源礀观水作

山行无前期,佳处辄小休。爱此岩壑名,慰我寂寞游。沿缘一水曲,目运心自流。洄洑类修蛇,呀呷如惊鸥。寻源忽而止,惆怅复经丘。丘中戴胜鸣,关关互相俦。农歌隔田水,此倡疑彼酬。丈人吾师乎,知有秦汉不?枕流虽未能,乐水且忘忧。顾惭濠濮趣,天机犹外求。

和癸卯岁始春怀古田舍二首并引

沈生隐居城南,有地数百弓。凿渠通水,杂植珍木。余与唐陈二三子,以春晴访之。留饮海棠花下,遥望夹岸桃花,与平畴相映,悠然乐之。因取陶公语,名其亭曰“怀新”,并题诗二首而去。

在昔闻桃源,渔人一来践。蹑寻久未得,怆恨岂能免?番番市南翁,迹迩心自缅。力穑同齐民,传家师上善。手植千树花,春至令人远。我行流水上,心荡不知返。游侣亦相忘,缘源弄清浅。

旧谷满场圃,知子良非贫。糟床注春醪,酬汝四体勤。开轩一笑粲,莫适为主人。莽芽花乳香,鲙缕银丝新。咄嗟行酒炙,童仆皆欣欣。中原有格斗,行子劳问津。不能济时代,甘与农圃邻。逝辞谢景夷,来就刘遗民。

和止酒并引

与伟恭共申戒杀之禁,因戏和陶公此诗。诗中有云:"好味止园葵",是公亦学佛作家。

昔和岐亭诗,见杀即劝止。欲将不见闻,摄入见闻里。迩来纵鸾刀,老饕何氏子。譬彼刚制酒,触酒复欢喜。默思丧乱来,冤魂呼不起。糟猪恣咀嚼,春磨无天理朱粲云:醉人肉如糟猪。黄巢有春磨寨。是生皆恶死,何分物与己?己物即不分,微命亦同矣。断杀有顿渐梵网顿制,鹿苑以来,毗尼渐制,悲力无涯涘。纵嘲儒入墨,杀牛逊禴祀。

和停云

黄文旦敬渝楚产也,谈性理之学,兼通世务。以计偕路阻,纡轸过瞾,抵掌而谈,有诗见赠。于其行也,和《停云》诗答之。

密云在郊,憯其思雨。瞻望金台,道路修阻。倾盖得朋,孤琴载抚。尔骖既停,我辀斯伫。有晦者学,千禩冥濛。我障我疏,如彼河江。月出皎兮,谈话西窗。抗怀古初,掉鞅以从。春葩曜林,秋丧其荣。子落华芬,孔思周情。于古有言,斯迈斯征。尊闻行知,以勖鄙生。水有澄波,松无改柯。舆卫具矣,式鸣鸾和。ヰヰ苍生,望子实多。我亦枕戈,如祖生何!

和示周掾祖谢夏镇谒先圣庙作

此邦本尚武,弦诵亦可欣。投戈拜宣圣,感彼歌风人地属徐之沛县,有汉高帝遗迹。我来访遗黎，兵烽岁相因。胶黉隔荆杞，狐兔竞来臻。豪圣两歇绝，英图竟无闻。延颈待贼刃，拜跽良已勤土人云：今年流寇以三四骑穿土城而过，居人奔避不暇。其不及避者，皆长跽受刃，不复敢以一矢向。吾闻古黔夫，牧守祭四邻。淮海未云晏，浩叹黄河滨。

和始作镇军参军经曲阿并引

过武城泊甲马营驿村中，籼米已熟，居民颇有乐生之意。偶至野老周渭南家，与之谈，有足异者。因诵陶诗云："目倦川涂异，心念山泽居。"次韵以赠渭南。

客行倦永久，晨夕无可书。此乡风土佳，宛尔吴会如。青蘘绕场圃，皂槲垂交衢。中藏十亩园，沟塍自通疏。主人种瓜者，银青莫肯纡。丁壮合二耜，儿童课三馀。我非贾大夫，思与季子居。冥飞学归鸿，乐游随倏鱼。不知谁迫我，心迹乃尔拘。驱驱黄金台，愧尔南阳庐。

和九日闲居癸未九日寓京邸和陶九日二首寄伟恭及诸亲旧

羁心如秋草，方枯已旋生。良辰过我前，端忧乃无名。厉厉惊飙严，皑皑山雪明。朔雁流寒影，边鞞动悲声。古之豪俊人，感此多促龄。我独胡为尔，樽开且徐倾。平吟怀惠连，默对思公荣。知音不在侧，何以诉中情？愿为双飞鸿，羽翼不可成。

和己酉岁九月九日

晨风鴥北林，好音时一交。听之忽不乐，庭柯已秋凋。搔首望蓟丘，策马欲登高。终风卷虫沙，万里曀璇霄。沉叹自骚屑，斗酒蠲烦劳。酒半生清悲，焚我肠胃焦。遥遥知此心，独有五柳陶。浮名弃之去，千载同今朝。

和赠羊长史请假南还经乐毅墓作贻同年二三子

七雄昔横骛，君臣相诈虞。明明望诸君，丹青照遗书。金台久摧塌，丘陇存旧都。孰云土一抔，峻巀不可逾。我来观国光，艰难抚皇舆。寤思明义存，寐与精诚俱。南辕过良乡，拔剑心踌躇。骑劫今在军，岩疆定何如？乾坤日萧索，江海多榛芜。问谁列周行，翕习乃多娱。壮士方虎步，庙谟慎勿疏。西当封崤函，南请惩荆舒。

和还旧居

俶装已伤离，望门反愁归。吾生如波澜，流坎皆可悲。潜身学闭关，卷舌谢百非。玩思天地心，编划古所遗。真交二三子，相见语依依。谭谐未及终，急景已相催。万境如檐花，当盛便有衰。童子勿弄影，忧乐付一挥。

和岁暮和张常侍寒夜与所知者小饮

朔风鸣枯桑，寒冰合井泉。万物皆知时，夫我独何言？翳翳掩兰室，心思悁已繁。故人一来斯，音旨良未愆。问讯我无恙，单车度千山。笑指青镜中，携此白发还。暮景来飞腾，儒墨两徽缠。坐忘先师训，无闻送华年。逝水昧还期，菁华知暗迁。一觞且尽醉，醉醒两茫然。

和乙巳岁三月为建威参军使都经钱溪送侯生智含看梅西山

西崦有佳花，首春烟雾积。良游阻尘鞅，耿耿怀在昔。野寺流晨钟，云林矫风翮。湖山光皎镜，千里如不隔。之子天机深，平吟谢形役。一持金石韵，如与清赏易。幽悰方悁勤，况复暂离析。寄言山中人，参取庭前柏。山中有僧，谈临济禅，智含将从参学。

和咏贫士七首

平生蹈丘轲，遇物心依依。孤灯倚空壁，思借寒女辉。力少意自多，如走不逐飞。盛夏赋行役，凌冬复来归。崎岖何所得，所得寒与饥。逝展丈夫雄，永释儿女悲。

我兴旷古怀，不见羲与轩。章韨岂不好，未能易丘园。疲马愁路歧，破剑销炎烟。曷以抗老饥，道书读且研。南邻不厌余，讲德有微言。原宪蓬蒿人，谁谓赐也贤。

孙登弹一弦，陶有无弦琴。宫商虽巉嵯，千载流孤音。客有为余言，枉尺蕲直寻。轩渠聊对客，酒贵吾不斟。亭亭山上松，高节为众钦。孰云异语默？而不同此心。

朝得故人书，缄题日在娄郑同年寄书至。开缄酾十觞，天末遥献酬。杞国忧天倾，嫠妇恤宗周。哀哉许汜辈，乃怀田舍忧。赤风荡中原，飞鸟亡其俦。倾筐谋一醉，已矣惭苟求。

坎坎伐檀者，乃在河之干。山榛有深思，退隐于伶官。吾道若拱璧，岂以贸盘飧？应知贤达人，亦迫饥与寒。清风洒空虚，永慕陋巷颜。猪肝累乡邑，去去之河关。

落花坠茵席，其半随飞蓬。繄岂赋命殊，无心成化工。绛灌排贾生，何侯荐两龚。得失自在彼，屈伸将无同。默思塞翁旨，固穷有馀通。逃富岂情欤，执鞭未可从。

好游非蜀严，亦历四五州。出处云无心，颇与帘肆俦。灭釜燃孤炊，投钱酌清流。我生如百草，遑代春雨忧。客来仰屋梁，有谘多不酬。问我何苦心，居贫宜进修。

和杂诗十一首

劫风吹南山，化作海底尘。四大互腾转，忽然有吾身。狂驰百年中，扰扰分怨亲。岂知冰炭怀，静与虚空邻。有生会归尽，有夜会向晨。星灯两翳幻，吾将问化人。

精卫何其愚！填海欲成岭。夸父持杖走，猛气逐日景。彼为不可成，至竟同灰冷。余持一寸胶，澄彼江汉永。大明抶阳乌，萤尾灭无影。儒门诚淡泊，分道贵同骋。身中草贼败，信矣烟尘静。

细物有蚍蜉，撼树不自量。下士笑大道，如路拟诸房。翼然望觚棱，何者为中央？河汾称释迦，龙门纪伯阳。信美未探本，多歧误羊肠。

夸者争荣名，几人能至老？孔翠伤其尾，明膏不自保。中台星未坼，金谷酒将燥。此时褰裳去，岂非见几蚤。咄哉彼蜣螂，丸粪死犹抱。相牵入祸门，叹息复何道。

拔剑登高台，旷望悲楚豫。谁为虎傅翼，喂肉使腾翥。厚下有长策，兵食急可去。如何截足趾，而为适屦虑。维水载覆舟，民情两相如。奔鲸挟骇浪，跌荡安得住。平生湖海客，高卧恐无处。栋折将压人，国侨能无惧。

丑者自云妍，言丑辄不喜。抚镜百丑呈，何与言者事。刀蜜不可尝，谏果有深意。古来苦硬人，我独不相值。飞光转檐宇，流暮何其驶。四十嗟无闻，百念都弃置。

正风何冲融，楚骚浅以迫。元封逮建安，祖述递阡陌。波澜涨庾鲍，酋帅雄甫白。崎岖文章境，坐使堂奥窄。吾观道与文，不啻分主客。永言思无邪，性情有真宅。

汉儒于六经，寝食犹农桑。千百存什一，踳驳米与糠。后人恣拣汰，适道资赢粮。回斡侔云汉，条通俪阴阳。我耕君食之，此意勤可伤。侧闻斫轮言，冥会神无方。林中日观易，如举瑶池觞。

昨预曲江游，龙楼拜玄端。有诏推史才，惭愧丘明迁。贞女耻自炫，硁硁已华颠。我岂利齿哉，名可啖而飡。东方隐金门，庞蕴空世缘。季孟参处之，志在渊明篇。

高人夏仲御，木石隐会稽。儿抚贾太尉，拂衣归苍崖。阮公称旷达，奇志寓咏怀。竟造九锡文，此秽天可弥。君子终日行，不使辎重离。应龙潜玄关，曷识剪与羁。窢乎飘风旋，不消还不亏。

铄石始南薰，折绵始微凉。秋鸿随阳来，春燕定巢梁。喆人见未形，如矢来无乡。风诗戒绸缪，周易谨履霜。此意久欲吐，复恐吾言长。

和归田园居六首并引

余欲耕无田，欲灌无园，偶读容城先生和陶诗云："安得十亩宅，背山复临渊。"是亦贫者之作也。因本其意和之，使伟恭讽于座隅，以为嬉笑焉。

家尢环堵宫余随家大人僦屋以居，所至思买山。何异俟河清，人寿期千年。安得如古人，采山复临渊。敬受十赉文，赉以北阪田。岩栖高百层，老屋馀三间。湖江流东西，竹木萦后前。中央置讲堂，文史浩如烟。歌风复蹈雅，乐死忘华颠。此意恐蹉跎，飞光去闲闲。画饼不可食，诙谐聊复然。

枥马贪栈豆，至死困羁鞅。涸鱼纵老湫，岂复有还想！物性限通塞，喆人矢长往。逍遥漆园吏，简洁彭泽长颜延年《陶征君诔》："廉深简洁"。天全不求凿，性褊聊自广。脱略世教外，报我以卤莽。

菊潭有甘泉，饮者寿古稀。华阳有真境，游者憺忘归。安得乘飞轮，灵风卷行衣。选丽尽所惬，研神永无违。

村氓不解事，妄意城市娱。岂知金闺彦，亦复怀村墟。超遥至人心，适我成安居。视世等尘露，视身同橛株。乐是蓬蒿间，中心常晏如。东邻牙筹多，西邻木石馀。雅俗更相诮，至竟皆空虚。尔有倘非有，吾无岂真无。

天道夷且简，人情险而曲。乘云招松乔，高屋翘吾足苏耽诗："翘足高屋，下见群儿"。柴桑有深意，会者唯玉局。酣歌岂足恃？日月如转烛。冥灵忘春秋，朝菌限昏旭。

吴山如好女，恣态浮绮陌。往买二顷田，饮河心易适。梅开玉雪眩，枫落雾雨夕。五湖白浩浩，揽取入檐隙。花鸟吾友于，文赋尔仆役。野老课耕牧，家人勤纺绩。此意信悠哉，梦游果何益。

和拟古九首

严雪秀松柏，劲秋凋蒲柳。贞脆各有终，金石独坚久。郁郁复郁郁，起坐思亲友。出门无所见，入室斟吾酒。山川多白云，契阔两愧负。非无千黄金，不敌寸心厚。寸心岂云多？市道乃无有。

朝见东日升，暮见西日终。咄哉宴安毒，怀之剧兵戎。大禹惜寸阴，卓为天下雄。千秋长沙孙，荣木悲劲风。往古去不极，来今浩无穷。讵忍学草木，悠悠时序中。

亭亭采桑女，清光映城隅。罗衣形纤手，皎若春荑舒。芳风何飘飖，薄暮归重庐。行子皆叹息，愿言与之居。空帘隔星汉，白露委蘼芜。渊意不可道，蹇修定何如？

步上姑胥台，悲风来大荒。古坟何嶕峣，下有黄金堂。宝衣化寒灰，月露浩茫茫。前朝割据时，复作繁华场。侯王及厮役，聚敛归北邙。感此拔剑舞，青山为低昂。秉烛方视夜，欻忽明东方。我非好名人，亦起羊公伤。

秦王索赵璧，举国莫能完。相如睨殿柱，猛气冲危冠。归逢廉将军，煦妪有好颜。两虎不私斗，丸泥封函关。奄奄曹李徒，竟死持两端。如彼千岁狐，伏匿辞抨弹。道远识良骥，鸟多知孤鸾。恻怆无衣子，谁为共岁寒？

弱年见承平，自谓长如兹。一从更事来，世已非前时。雕虎横井陉,黄流混渑淄。仗剑出门去,行行复狐疑。路逢季主俦,问彼龟策辞。龟策不我告,黾勉自研思。仁义心所安,皇天吾不欺。泻水置平地,东西任所之。抚琴操猗兰,乱之以佹诗。

华月漾闺景,丝管含清和。美人如飞鸾,楚舞能吴歌。歌竟兰膏灭,永夜欢情多。嘤嘤巧言鸟,荣荣朱槿华。华落鸟飞去,愉艳其如何!

万物互胶辐,至人独天游。太仓含稊米,稊米含九州。心栖无何乡,水定桥自流。纤尘点灵台,蔽翳同山丘。堂奥开西竺,合辙推庄周。斯言有妙理,当以寂寞求。吾友夏子云:"列子近仙,庄子近佛。"

崇兰有遗芳,幽谷行采采。斯须落鲍肆,坐觉清芬改。脂车适昆丘,舣舟济沧海。日短道路长,况复堪久待。洁清存灵神,矢之以靡悔。

和时运再游城南沈氏园亭作

翩翩同人,蔼蔼芳朝。非驾非舟,即彼近郊。新萍泛沚,温煦凝霄。一雨如丝,溪卉皆苗。悠悠方塘,我缨既濯。瀌瀌清圳,载游载瞩。时节来斯,怅如未足。寓目成赏,式陶且乐。昔经鲁邦,吟咏清沂。古人邈矣,浩叹遄归。茝香在怀,独弦是挥。岂有荣名?投竿以追。班荆荫松,指曰吾庐。雉雊登垄,鸥行炯如。弟子撰杖,先生提壶。物我欣欣,一欢在余。

和劝农

维我海壖,杂居四民。兼贫擅富,滑其醇真。流庸失业,旱蝗相因。易子而食,几如宋人辛巳岁大荒,民相杀食。稽古农皇,爰及唐稷。无有舄卤,而不播殖。吉贝麻麦,功比力穑。孰云疗饥?必需鼎食。有滜春兴,膏此原陆。牛犁整齐,男妇悦穆。只鸡祭社,其至麔逐。

坐贾行商,不如野宿。博戏诚乐,呰窳难久。居有僮指,出有邻耦。古称区种,十斛一亩。弃稷弗务,咄汝游手。乐岁厚积,凶犹勤匮。有匮靡积,汝复奚冀?肥硗同畤,劳逸异至。验彼收获,惰农斯愧。同是烝民,或生边鄙。焦烂有期,锋刃是履。此焉不思,祸灾一轨。尔耕尔畲,一变俗美。

和移居二首携家寓邱氏乡园作

我营瓜牛庐,君乃推大宅。暑借竹柏阴,寒庇风雨夕。一从懒惰来,事事避形役。不能理墙屋,幸许均茵席。身非漆园吏,蘧庐如夙昔。来此诚偶尔,去彼非荡析。

邻翁天机深,不读书与诗。我为道今古,耳学颇有之。日出长营营,日入无所思。青青舍北松,识彼年少时。见人无揖让,亲疏并如兹。祝尔勿入城,恐遭童子欺。

和和刘柴桑

我经山泽间,细行每踌躇。今兹荷天力,静寄田园居。墙连友生家,竹映从弟庐。流水周屋下,鸡鸣应遥墟。闲访齐民术,精微在菑畲。井臼时一操,习气通劳劬。宾阶绿苔长,萧散礼数无。去去久如兹,人代自相疏。默哂桃源人,衣食烦百须。彼居既不出,我往定焉如?

和庚戌岁九月于西田获早稻并引

伯父正宇先生,老于南亩,种树穿池,皆有深意。余移居相近,日盘桓场圃之间。因仿坡公意,取渊明诗有及草木蔬谷者,次韵五首以呈。

西郊青冥色,在此长林端。主人未梳头,先报竹平安。风吹雨裹时，客来但遥观。独行篱落中，细斩恶竹还。今年惊蛰早，笋萌破春寒。烹煎杂羹臛，馈饷周贫难。我来吟空庭，高兴不可干。横空一缟鹤，识此清癯颜。此君本萧萧，与世无相关。两袖清泠风，相对亦可叹。

和丙辰岁八月中于下潠田舍获

旄桃结水滨，雀梅出墙隈。我涎如饥蛟，饱啖兼袖怀。园丁栽接时，巧与物性谐。浇培三四年，根高可栖鸡。曾爱花萼好，提壶赏周回。再来见绿叶，节序迅可哀。舍南葡萄藤，满架微花开。清香落卮酒，玉山自倾颓。野芳递滋蔓，野情无张乖。寻玩草木性，甘从山泽栖。

和五月旦作和戴主簿

村居如修斋，瓶罍笑艰穷。有时思鸡豚，往预社案中。独有三亩园，藿靡无凶丰。新蕨养耆齿，老韭延温风。闭门种芜菁，可御一岁终。食肉智常昏，采山趣弥冲。尧禹真父老，未谢玉食隆。弃机从汉阴，砺齿怀碧嵩。

和酬刘柴桑

芝菌含云气，不屑生道周。紫兰本孤芳，抽茎待素秋。独有大宛麻，扶疏绕西畴。八谷性虽良，能复胜此不？服胡麻能断谷。陶弘景云：八谷之中，惟此为良。服食嗤子房，赤松岂堪游？

和和胡西曹示顾贼曹

芙蕖开方塘，晨朝倚轻飔。有如翠幕中，秦女卷红衣。玄天一滴露，夜气杳微微。浮荣笑朱槿，假色羞戎葵郑樵云：女人以葵渍粉，傅颜为假色。我来高柳阴，默坐观盛衰。畏此芳香散，却扇不敢挥。鱼鸟日亲狎，怊怅归田迟。蒲荒菱复少，池上含空悲。

方以智和陶渊明饮酒诗

和陶饮酒辛卯梧州冰舍作，尚白倡之

论诗于陶，不必其《饮酒》二十首也，和者风其风耳。栗里如故，葛巾常着，岂非天乎！余虽不饮，倘然若醉。不饮非戒，亦非不戒，余当为渊明受双非之戒。

举世无可语，曳杖将安之？残生不能饿，乞食今何时。东篱一杯酒，遗风常在兹。赤松言辟谷，其事终然疑。容易一餐饭，此钵原难持。

北窗草木盛，壁立如深山。四顾虽无人，可歌不可言。短歌四五字，上下尝千年。终古北窗下，一片心谁传？

多生此世间，安问情无情。古书书何字？名山山何名？死死者不死，以死知其生。傥然遇虎狼，徒步能无惊。安坐爱边幅，闻道何年成一作推琴安卧耳，灯影不求成。

子安问黄鹄，万里将安飞。四面一作八极纷茫茫，中路能无悲？三萍飘大海，风波还相依。安得如海潮一作潮头，朝夕自言归。一经乱离中，盛年忽已衰。有心不敢椎，有口常猗违。

十年避乱走，畏闻人语喧。天地已倾覆，何论东南偏。网罗不可脱，杀戮到深山。有路不早达，无家何用还。所以蜗牛庐，十问无一言。

带索与披裘，素心只如是。被发如佯狂，高冠不妨毁。葛巾漉更着，古人聊复尔。大布苟御寒，自不用罗一作纨绮。

衰柳蔽秋日，黄华纷落英。慨然一念至，一往无人情。不知地气

热，不知天河倾。溪水日夜流，蟋蟀随时鸣。哀乐所不受，乐得蜉蝣生。

庭前养白鹤，枉惜凌云姿。珊瑚施铁网，安贵琼树枝。寄信三青鸟，所言何太一作大奇！颓然厌斯世，长年复何为。山中爱神骏，不用黄金羁。

荆扉当谷口，一径临流开。逍遥足千古，想见前人怀。珍重此颠沛，自问何当乖。所见不空旷，长林如羁栖。出门风以雨，杖履皆污泥。洸洋任蒙庄，志怪听齐谐。直下无可悟，悟者天然迷。途穷亦常一作尝事，何用恸哭回。

自然林薮命，何论天一隅。风波卷地起，蓬瀣一作海皆危涂。一进不能退，枉为世所驱。到处容木榻，抱膝原无馀。自非一茎草，广厦难安居。

诗书不忍弃，但读勿复道。此时合墙壁，对之可以老。冷灰自爆豆，衔木定枯槁。客来问此意，慎莫自言好。洒墨无黑白，白室以为宝。猛火炉无烟，香气出林表。

生有幸不幸，士诚难此时。衣冠饰剑珮，人人能言辞。一当刀锯前，风流谁在兹。黄金畏众口，白璧翻自疑。妻子不相信，何怪朋友欺。古人故独往，不知其所之。

流水不曾流，滚滚桃源境。随流见此句，万年不须醒。讲经诚多事，高卧自能领。长夜幽漫漫，无所事毛颖。宁当化流萤，草间飞炳炳。

孤岛越洪涛，人人有路至。但笑不复言，见者以为醉。石火电光中，死生见语次。直立塞天地，横议何足贵。一瓢赤仓米，几人知其味。

我闻鄱阳岸，尚有渊明宅。寻阳彭泽路，所至传遗迹。乱后村烟少，千家不满百。匡庐三叠泉，□□案：此二字漫灭不可辨，人或以笔补“历年”。安徽省博物馆藏清初刻本《浮山后集》作“至今”。见任道斌《方以智的〈和陶诗〉》,《文献》一九八三年第四期。飞空白。余时写一纸,自病自爱惜。

常翻博物志,流览神异经。飞身不可信,黄冶知无成。篝灯对古人,开卷尝三更。风雨不出户,披衣周中庭。闭目若有见,两耳时一鸣。蠹鱼成神仙,此是天地情。

我歌君和之,满座生凄风。闻者数行下,一句三声中。咫尺竟阻隔,言语不得通。终当合神剑,何必求遗弓?

忽忽四十馀,努力何所得。读书好山水,此中颇不惑。狂澜久汹涌,一篑何可塞?人生是行路,招魂还故国。吾道何所言,相视但嘿嘿。

岂少五斗米,乃公多一仕。贫贱分所甘,何必求知己?青蝇为吊客,自听沟渠耻。独以老亲故,凄然念乡里。老大爱忘事,甲子犹可纪。人传凤凰山,枳棘非所止。宁且随鷦鷯,一枝良可恃。

修士多顾忌,吾宁率吾真。末世风俗薄,犹喜山中淳。终岁无闻见,但道禾苗新。虽历干戈后,口不言胡秦。茅屋各相望,永无车马尘。始知衡山懒,无异丈人勤。远公不饮酒,偏与陶公亲。饱食但高枕,绝迹不问津。有时濯清流,漉以手中巾。古今不同调,同是羲皇人。

舒梦兰和陶诗

戊午腊日映雪读陶诗有感因和饮酒廿首上弘双丰将军

暮雪愈明快,游眺乏所之。朗吟渊明诗,想见倾觞时。八埏旷以洁,酒德良若兹。饮水亦能豪,味道方无疑。惭余不解醉,一编空自持。

采薇亦易饱，宁必登西山。济世贵崇德，宁必资繁言。先生落尘劫，不欲希长年。诗篇聊寄情，不欲时人传。

直道共今古，人谁爱其情。末俗饰私智，因之争利名。孔颜忧世乱，庄老全性生。志业初无殊，宠辱恶能惊？区区小人儒，比比夸宦成。

严霜凋弱羽，敢向寥天飞。冥鸿慕高举，折翅鸣尤悲。孤云失其群，雨意将何依。于陵有遗宅，负耒今来归。耕植虽云劳，精力尚未衰。勉勉百年内，所性期无违。

一雪净五浊，市声不敢喧。立贤允若兹，何忧习俗偏。疾风偃万木，巍然见东山。围棋未终局，已听凯歌还。任相得其人，外患奚足言？

众口铄坚金，能令非作是。所以志学人，达生齐毁誉。呼牛偏应马，玩世聊复尔。拥炉看冰山，羊裘傲罗绮。

秋兰脱艳骨，聊为众草英。清霜倘无怨，摧之殊不情。佳人一颦眉，下蔡犹能倾。胡为两龙剑，挂壁空悲鸣。掀髯发长啸，浩气凌虚生。

独鹤铩其羽，终抱冲霄姿。栖乌总无定，绕树争一枝。飞潜虽异势，识者将谁奇？卑卑徇所欲，蠢蠢何能为？王乔若见招，矫翼离尘羁。

六花无一叶，亿万同时开。天地为改色，能舒旷士怀。至乐在幽独，时命何妨乖。鹓雏思远害，犹弗羞卑栖。螣蛇虽乘雾，犹尚蟠污泥。小儒弄章句，动讥世不谐。道为适治路，语此辄复迷。无怪竹林叟，青盼终难回。

四维何由张？所赖修廉隅。臣贞与妇节，异趣归同涂。林渊忽腾沸，鹯獭为之驱。试问獭与鹯，果腹应有馀。胡为乱鱼鸟，不使安其居。

双公将相才，得力在明道。五十尚无子，萧然乐贫老。卧疾手一卷，身心任枯槁。我忘公发白，但觉须眉好。魏徵讵妩媚，忠直为时宝。矫矫若木枝，独出青云表。

虬松挺劲节，千岁犹四时。炎凉亦常态，霜露皆难辞。人或谓尔拙，至巧良在兹。盛夏不争妍，后凋奚足疑？回春须大力，弱卉徒自欺。把酒属苍松，固穷当共之。

彭殇原一辙，梦觉为两境。四座皆屠沽，莫辨醉与醒。振衣高无难，所贵得要领。不使锥处囊，何从观脱颖？虎羊若同鞟，宁须夸蔚炳。

飞霜才几时，倏已坚冰至。御寒乏善策，相恃惟一醉。生死速传邮，所在皆旅次。可怪暖姝士，但喜身前贵。没世苟无称，鼎食亦何味！

吾家业农圃，密迩徐孺宅。湖东飏清风，行吟吊遗迹。贤才仅什一，爵位盈千百。即使官得人，犹难辨黑白。陈蕃亦徒劳，反为先生惜。

务本当务农，读书当读经。勋业本公物，何必自我成。时平养庸懦，事久生变更。怀襄试经济，鲧禹分径庭。重华实潜龙，三载不一鸣。恭默裕霖雨，慰我苍生情。

忆昔登严陵，缅怀高士风。汉东诚可仕，卒隐渔钓中。顾我何不才，射策求自通。感此掷柔翰，罢猎无须弓。

弱冠业虚文，亦尝务苟得。渐知患所立，始悟初心惑。人情恶苛敛？士习矜变塞。民吏既相雠，谁复忧君国。所以陶征士，衔杯学渊默。

读书三十年，不觉臻强仕。禄养已无及，求伸虑枉己。闻道殊未先，虽贱不遑耻。但思春事作，负耒归田里。农隙戏丹铅，得善聊私纪。名山讵敢藏，良用师仰止。幸无膏粱癖，一饱尚可恃。

贫交亦颇众,难得如公真。聪明不败道,学养何其淳!追陪逾五年,旧情弥日新。耆炙有同味,何论吾与秦。深心绝浅语,至性离纤尘。于我独嗜痂,礼貌偏劬勤。惭无分寸长,负此平生亲。欲别辄垂泪,遂久迷归津。公守带砺盟,我着漉酒巾。云泥虽异趣,同作升平人。

和渊明杂诗十二首答印香将军霞轩世子之问兼呈永大贝勒丹益亭上公丁巳

积善可崇德,山岳基微尘。无为小丈夫,汲汲利一身。物我不能化,鄙陋谁与亲?孤生亦孤死,骨肉如比邻。高义久落落,不翅星在晨。何期两王子,尚友羲皇人。

青松抱奇节,托根在重岭。云壑郁苍翠,因之点寒景。徘徊听风涛,日暮衣裳冷。阳春别已久,晷短怜宵永。剪烛各回顾,人人对孤影。结驷拥高牙,壮心思一骋。途穷始闻道,性体原虚静。

得陇必望蜀,人欲未可量。果传缩地法,反傲费长房。循环无初终,何者为中央?太极握元宰,平半分阴阳。治乱古相准,先儒空断肠。

守雌任自然,吾最服庄老。齿亡舌犹存,寿命可长保。道原同矢直,性本如弓燥。性道不相违,致身何必早。将军好禅悦,妙理盈襟抱。耻学名都篇,走马长楸道。

大孝未易称,厥功在底豫。祥麟与威凤,德至自腾翥。玉笥黯愁云,孤翔不忍去。九歌裂金石,短节怀长虑。郑袖癖申椒,芳兰岂能如?行吟寄怨慕,卜居商去住。毕竟赴湘流,鸣冤亦无处。何妨学守辱,懵懵销疑惧。

至乐在平淡,无忧亦无喜。凡愚乏深识,务作惊人事。此得彼必失,称心缘败意。荣枯相倚伏,盛年难再值。羲和性浮躁,纵辔各奔驶。勉旃竭吾诚，是非可姑置。

诸贤学强恕，性善非督迫。玉叶离雕镂，芳声腾绮陌。我质同蒹葭，萧条风露白。但觉烟波宽，讵忧云路窄？感君知我拙，始作王家客。苟弗事忠告，何如反敝宅。

民生无多途，所恃惟农桑。织女安败絮，农夫咽秕糠。舆台厌锦绮，犬马轻刍粮。逐末恐戕本，抑阴当扶阳。文王真圣人，视彼恒如伤。闺门裕身教，雅化流遐方。豳风最宜人，歌此聊称觞。

为学始诚意，制之非一端。礼法为藩篱，勿随外物迁。念从广漠起，引至蓬莱巅。腐鼠讵敢吓，高霞良易飡。声色固可娱，毕竟多邪缘。吾当堕此障，爱玩过诗篇。

丽赋乱人意，荒唐不可稽。楚襄才宋玉，岂尽无颠崖。名流厌卑俗，寄托舒狂怀。犹言芥子内，休休纳须弥。诗禅既破参，作语翻迷离。终当意逆志，莫为尘网羁。吾目争三光，一指能蔽亏。

乐生负奇才，歌啸殊悲凉。著作方邹枚，先我来游梁。相视即莫逆，岂仅怜同乡。君侯几面失，何况葭中霜。间平信贤藩，礼士知所长。

吾王服恭俭，振振大君子。轩轩贤父兄，桓桓自相倚。限韵徵刍荛，言多愧条理。

和陶咏贫士寄怀叶石屏杨执吾涂西桥三丈

孤云不出山，何至失所依。无端学为霖，冉冉弥春辉。飘风殊忌才，吹作旋蓬飞。转羡樵苏人，日暮行歌归。对此发灵悟，至乐忘輖饥。饥寒固可忧，且免岐路悲。

卫公昔好鹤，亦使乘高轩。胡为学道人，反耻居田园。吾形实委蜕，宁必图凌烟？志降身始辱，心清理易研。假令身化鹤，乘轩奚足贤？

三子极绣淡,各有无弦琴。南中金石交,独我知此音。钱神既绝迹,病魔复相寻。忧之不能寐,薄酒聊自斟。惭余拙弥甚,殊负远朋钦。映雪和陶诗,一寄平生心。

和敬修拟渊明怀古田舍诗韵

华灯照一室,众星反不如。萤火细已甚,聚之可窥书。从知贵守约,穷大乃失居。吾侪太平民,生涯在犁锄。鼎烹非所羡,累世甘园蔬。春气日昌昌,负暄依敝庐。泉声浣尘耳,听我言太初。
太初不贱货,太初不贵德。并无贵贱心,君民如气血。一体相流通,何须妄分别。群臣为股肱,万物为毛发。痛痒无弗同,宁忍互残灭。慈乌自能孝,孤雁自能节。率性之谓道,经书亦饶舌。暮三与朝四,众狙已大悦。狙公殊未仁,障目欺明月。

寒夕读苏和陶诗叹其知言偶用神释韵作一首寄长六两侄

见事贵明决,无微不成著。远公绝灵运,实以心杂故。典午祚将尽,何劳别攀附。鹰鹯与鸾鹤,讵可同年语!倬彼陶先生,萧条寄何处?酒德独无伪,聊向此中住。自谓羲皇人,宁须悲历数。东坡晚乃悟,贫不卖酒具。死生尚馀事,生平万事足,所欠惟一死。东坡语也。遑复计毁誉。舟楫徒劳劳,终随逝波去。吾宁学槁木,无喜亦无惧。沧桑一弹指,何从作远虑。子由有云:渊明不肯为五斗米一束带见乡里小儿。而子瞻出仕三十年,为狱吏所折困,终不能悛,以陷大难。乃欲以桑榆之末景,自托于渊明,其谁信之?嗟乎!子由殆恐后之人议其兄不审进退,故作此悲愤语耳。究之渊明、东坡,遭际不同,出处遂别。所谓曾子、子思,易地则皆然者也。吾侄幸勿以躁进訾苏,亦勿以忘世疑陶,则两得之矣。叔又笔。

和咏二疏寄兄子长德

太傅好兄子,乐随家长去。少傅好叔父,独识止足趣。两贤志道合，联翩事高举。汉宣终有道，二疏犹作傅。若都未出山，宁须问归路。孟子昔出昼，一宿一回顾。胡为侈祖帐，略情希令誉。殆以廉励顽，洁身修本务。渊明殊不尔，不绘以全素。东坡惜早仕，到晚始大悟。虽皆咏二疏，各有伤时虑。吾生太平日，不乐诗名著。

和乞食寄兄子建侯

吾子贫且病，乞食靡所之。肥马不易逐，风尘安敢辞？衣食固难得，富贵羞傥来。今年寿双亲，岁暮无一杯。痴叔拙弥甚，依人聊赋诗。饥寒亦其分，所愧都非才。刺绣不倚门，伊戚诚自贻。

用陶诗岁暮和张常侍韵呈家兄叆亭小千兼示诸侄

苏和陶序云："十二月二十五日，酒尽，取米欲酿，米亦竭。时吴远游、陆道士客于余，因读渊明《岁暮和张常侍》，亦以无酒为叹。"兰不饮，不叹无酒，故用其韵而不和。

吾亲不及养，岁暮悲穷泉。所怀日万端，握管无一言。少年苦尚气，束带犹厌繁。中年戒覆竦，虑获干糇愆。逡巡不敢进，聊复栖小山。淮南共歌啸，八公资往还。馆餐宁所恋，情礼相羁缠。倏忽近强仕，蹉跎将廿年。临渊愧吕望，继志非史迁。立言与立功，两志俱徒然。

和陶述酒韵述怀呈七叔父洎玉书正思两兄

读书颇亦久，于道未有闻。渐知学内省，义利随时分。譬彼月在水，显晦因流云。游心资六艺，好古稽三坟。偃卧或至晡，兀坐恒侵晨。名缰虽易断，意马真难驯。职是不敢仕，且务修吾身。阮嵇讵疏懒，董贾原忠勤。识高徐处士，节慕陶征君。养生期淡泊，染翰滋秾熏。寄托偶在兹，岂欲工虚文？游梁谢枚马，讲学师河汾。

天花固寂寞，落蕊良缤纷。守此丘壑情，慰我骨肉亲。述怀同述酒，所癖殊伯伦。

和陶公责子诲儿普读

俗士矜浮华，儒家贵笃实。先生责子意，岂仅在纸笔。要知沮溺辈，本是松乔匹。穷达听身世，行藏赖经术。怨愁诗莫四，启发辞皆七。论语譬箫韶，法言方鬻栗。体用不相应，胸中定无物。

和癸卯岁始春怀古田舍二首贻敬修居士

宝峰筑菟裘，宿诺倘能践。慧刀割魔事，庶自此生免。力耕情可系，出世思殊缅。小水不风波，溪流泠然善。骑牛吹笛去，一笠秋声远。日落山层层，孤云亦忘返。羡汝龙丘双溪之南源，敬修居也。下，垂纶对清浅。

敬修既主我，豁然忘贱贫。荷锄带经籍，用力良益勤。不为俗学牵，刻意追古人。古人骨已朽，咳唾犹光新。世福仅俄顷，富寿非所欣。枯蓬入苦海，岂复知归津。萧萧木石居，依依鱼鸟邻。于斯索性道，尚友无怀民。

还旧居和柬舍弟文略

昔者偶出游，八载尚未归。新知苦难割，死别旋相悲。人寿若灯光，一灭事事非。情迁动成感，境过皆如遗。是以柴桑君，息交靡所依。吾宁受饥寒，不乐受解推。早为衣食计，勿待筋力衰。耦耕幸有弟，谈麈犹堪挥。

蜡日和柬西桥姊丈为卜隐居

东南有佳境，气候常清和。山水不改色，草木亦易花。西桥好远游,所遇良已多。何村可卜筑?足使吾啸歌。

和陶悲从弟仲德韵悲从兄俨思本立炳文程立宁周翔皋诸先生

近宗本贫弱,群从复凋零。初心怅仳离,此别悲幽冥。惊禽喜同集,散木欣丛生。秋威假霜立,草德随风倾。寡嫂目俱槁,诸孤学未成。孰知秉厚性,举弗臻遐龄。八载屡功缞,频年多哭声。矧余守迍贱,何力支门庭。空抱折羽痛,弥伤游子情。返真定适意,入世徒寓形。凄凄长漏中,耿耿百虑盈。

和陶问来使答荆州将军来问

书来正雨雪,开缄皎双目。忽忆送君时,篱边臭残菊。麟角毓天章,兰言当袖馥。江陵好山水,梦里经行熟。

九日闲居和除夜酬索玉斋额驸

元旦与除夕,欣戚随境生。所以欲立事,必思先正名。民时始正朔,燮理资钦明。望道耻后尘,裕化基先声。煌煌稽二典,语语垂千龄。堂堂岁月驰,煦煦葵藿倾。勿兴迟暮悲,勿羡朝槿荣。离居易生感,达性期忘情。积学等四序,奈何希速成。

与殷晋安别和除夕酬内兄蠡湖

除夜愈怀旧,客梦良已勤。悠悠总行路,爱我惟交亲。寒星射重帘,爆竹喧四邻。斯时忆天台,在昔悲刘晨。一丝秦晋合,半载人天分。石火仅遗响,镜花延古春。依依金粟影,黯黯西湖云。聊酬相攸意,未了平生因。我方学固穷,讵暇忧贱贫。倘能副兄望,不枉劳冰人。

和陶形赠影影答形二首呈彻悟和尚洎坳堂镜川果泉三丈

影幻形更幻，生灭曾几时。蕞尔五浊中，遑遑欲何之？业力转相迫，报缘在今兹。脱复恋此形，轮回无尽期。影反得自然，任运靡所思。愧我恒累汝，悲来共涟洏。荼毗真善法，形影两不疑。虚空亦粉碎，一笑忘言辞。

影曰吾本无，光明怜汝拙。令我护持汝，终身不相绝。汝若无汝相，我与佛皆悦。和合即苦恼，清凉在离别。勿谓空是寿，顽空亦终灭。三公善知识，入世忘冷热。昔在彻公坐，舌海都不竭。独我似孤影，追随惭薄劣。

和移居二首呈家兄瑷亭小千兼酬敬修

忽欲居南城，亦岂卜其宅？乐就吾两兄，清言永朝夕。嗟余不入世，犹尚为形役。曷敢云卷怀，所恃心匪席。面背任盈亏，襟期仍宿昔。笑谓左右手，汝幸无离析。

百事不乐为，胡为和陶诗？窃喜斯士吉，雅欲私淑之。一真灭诸妄，万象成于思。安心守愚贱，便是羲皇时。敬修佐予迂，负笈同来兹。赋此报幽意，片诺曾无欺。

和渊明始作镇军参军经曲阿一首示从孙启谟呈吾族诸祖父兄有札

恭王孙顷始嗣爵，差慰叹逝之怀，便拟南下荆州。弘将军因辟予佐其戎幕，自信迂疏，无所可用，已具笺辞，会须得报乃归耳。诸父兄既有前闻，度岁内已迟其至，爰寓书启谟孝廉，俾敬告焉。香叔白。

渊明懒折腰,却肯裁军书。愧我一无能,学古百不如。何暇钓磻溪,但喜游康衢。迹虽都市近,意与冠盖疏。偶感王子勤,暂令归思纡。果辞赴江陵,到家须闰馀。时平罢草檄,养拙仍闲居。公如上鞲鹰,我若脱网鱼。父兄雅相信,度弗疑牵拘。诸孙比松菊,益使怀敝庐。

拟陶诗饮酒八首寄长德建侯壬子

平生不嗜饮,到今方喜醉。涉世云浮浮,虑险心惴惴。诡遇多捷径,从上每颠踬。孙阳誉驽马,声价倍骐骥。胡为不自逸?常抱千里志。颓然一杯尽,聊复成假寐。

从兹志温饱,不乐贵其身。负耒学农事,田园亦已春。畦东一泓水,风动波粼粼。鉴此怀古贤,入世徒损真。

前贤贵勋德,此义该穷通。宁独无远志,进取羞雷同。力饮唾面酒,勉栽栖凤桐。猗猗竹林叟,插翅追晨风。

太平无阙事,处士何必官!城南好耕凿,得饱殊未难。春酿足馀生,披褐聊御寒。谁能辨荣辱,百岁如惊丸。

孤檠照良夜,四壁生光彩。初心本无垢,逆诈意方改。淡定得真吾,虚名偶然在。掩冉受风竹,襟期共潇洒。

乐事在穷理,用世当寡欲。一身宰万变,恶可任枵腹。渴饮步兵酒,饱看南村菊。落照生微凉,池台浮万绿。

学道如艺兰,幽香聊自娱。求名似鹈鹕,竭泽乃得鱼。忘机最适意,真乐良在余。欢然杖藜行,影动形亦俱。

秋树护残叶,摧之伤客心。明河悬屋角,况复多寒砧。喓喓当户虫,尽作哀弦音。感此不成寐,衔杯方苦吟。

藩邸客夜和陶诗拟古九首诫兄子春兼示诸外甥子侄己未

淮南爱丛桂,并爱先生柳。我自柴桑来,相依日已久。情真类亲戚，礼更过宾友。设醴何其勤，怜余不知酒。两山迓筇屐，每恨游多负。攀枚才既弱，追马颜逾厚。窃比河汾儒，王前说三有。

至道本冲漠，无初亦无终。机心涴纯白，方寸斯兴戎。馈浆讽予圣，执爨夸贤雄。幽兰质良弱，煦煦生光风。仲子升堂人，犹且商固穷。莫言守节易，过激反非中。

贻谋难备述，试各举一隅。吾家在东周，失爵始姓舒。初祖提学公出皖山，奉使来匡庐。双溪美风俗，解组方卜居宋大观中也。书田为世业，迄今未荒芜。故我惟力耕，汝辈当何如？

高文无实行，书田亦仍荒。甲第非肯构，立德乃肯堂。俗学矜微名，望道殊茫茫。制艺可明经，差胜筑词场。究之视圣学，何翅嵩与邙。儒术慎诚伪，治效分低昂。父师不讲此，安能有义方？汝曹失衣珠，忍使吾心伤？

杜道学干禄，节行恶得完？纵使珥貂蝉，何异沐猴冠。为邦固空谈，圣帝师孔颜。周南启风化，亦只鸠关关。治忽由寸衷，感召非一端。修词不修身，徒自招讥弹。奈何学雕鹗，不务为鹓鸾。园林乏松柏，何以禁岁寒。

高祖文林公勇为义，所志恒在兹。席丰耻自奉，屡值饥荒时。倾囷济乡里，涸鲋甘渑淄。其间一权豪，妒我生嫌疑。公曰拯众溺，灭顶奚忍辞？曾祖奉直公性仁讷，言动辄再思。屋漏栖明神，虽暗不敢欺。尝闻拒奔女村佃某鬻妻为媵，将行矣，适公过宿，指一囷赎之。其母德公，潜遣妇人侍，拒不纳，且教以礼，真盛德事也，厥姑自言之。公转为妇讳，是用传诸诗。

吾祖威远公兄从祖刺史公，至性真孝和。一乳同日生，鹿鸣同日歌。可怜从祖没，祖泪何其多！宰邑驯傲象永川有弟讼兄者，吾祖折狱时，追念从祖，痛失声。厥弟感泣，卒为善。载《南州郡志》，笺诗废棣华。汝曹亦兄弟，视此当云何？

吾父中宪公秉正直，万里为宦游。添孙适同日春初度适与祖同，秋八月十四日也，时在迪化州。命兄瑗亭观察教尔我，质厚亲儒流。问学源六经，博识登九丘。终穷未足耻，颜闵齐伊周。富贵既由天，执鞭亦奚求？

崇兰只自媚，幽芳我能采。学古但有获，非之可无改。叔痴比精卫，衔木欲填海。四十未闻道，馀年复何待？所望在汝辈，言行寡尤悔。

和陶诗连雨独饮怀杨丈少晦附札

长德书中谓有方其文于杨少晦者，少晦未易才，往见其与兰雪书谬称余诗。余于诗未必知，然其文则诚善矣。以是思见其容貌辞气粹然之风，汝识之否？聊复和此章怀之。香叔白。

吾少本未学，赋诗特偶然。放心驰不收，乃在羲农间一本此韵作闻或作关，东坡和二首则皆间字。坐此益枯寂，亦匪希神仙。死生仅百岁，今古同一天。区区蟪蛄声，鼓翼争相先。斯人遂独酌，绝迹谁往还？杨子吾神交，识面须何年？名山共风雨，晤对应忘言。

和渊明挽歌三首哭怡恭亲王

天容亦愁惨，薤露何繁促。贤王不虚贵，功在名臣录。累叶析桐圭，高霜摧若木。我受东山知，敢忘西州哭？交情忽中断，幻梦已先觉。平生说忠孝，从不计宠辱。忠孝既无愧，可云万事足。

只鸡陈广殿，我亦奠一觞。祭品纵山积，知王先我尝。太妃号宫中，三孙跪柩傍。可怜不知哭，两目睊睊光王长孙始七岁。见之徒增悲，盍早归吾乡。何辞慰王母，此恸殊未央百日后恩命王长孙袭爵亲王，入尚书房读书，异数也，足慰母心。谨补注于此。

王薨适重九王生端阳，忌重阳，亦奇，丹林正萧萧。既晦遂移殡，悲风号四郊。烟尘遏西山，势欲争岧峣。天声助人哭，夹道鸣枯条。忆昔从王游王殡宫在柏林别墅，过此多春朝。讵知有今秋，为时曾几何？世子复先没，惨极恭王家。忧思岂胜言，聊和三挽歌。我转怜应刘，不幸知东阿。

怀人诗十三首和陶读山海经韵并引

家兄小千，顷再至京邸。拥炉夜话，屈指四方亲旧，曾唱和者，或文字相知，或素心相许。交非有为，义本难忘。短梦重寻，已间生荣落之感。随所叹忆，聊步韵合缀数言，百无一肖，亦不复诠次齿德。初非有意以山海珍奇喻诸贤也。

其一宋曜寰师

吾师既远戍，人事日益疏。被褐怀连城，宝气盈毡庐。夜雪等身积，肃然方著书。先子攸好德，式之遂停车。片言契金兰，小酌陈冰蔬。命予执经从，弦诵与道俱。忘年商圣学，抵掌话雄图。墓柏倏森森，泣拜空涟如。

其二陈从周明府

陈侯志不朽，积善聊驻颜。愁容勒民心，岂有衰朽年？弦歌对双溪，面面窥名山。此际足千古，归来无一言。

其三李峀漾外舅

嗜学不嗜仕，乐道安林丘。翁家固多才，志节谁与俦？独行朗玉山，高枕环碧流。飘然遂长逝，五岳应神游。

其四方坳堂方伯胡果泉观察鄂五峰侍郎

三公不识马，识诗类孙阳。联镳韵苦窄，追和鞭空长。退食日孤吟,粉署凝秋光。人前诵我句,莫辨骊与黄。

其五王芗南别驾帅丙君姊丈蔡澹芗孝廉周东帆妹婿

志士甘厄穷,偃蹇不自怜。有时同得句,仰眺百丈山。达生良适意,好古斯忘言。醉乡为寓公,何暇悲流年。

其六刘亦尹太史蔡眉山检讨杨雪樵明府

学道既有闻,言行愈讷木。袅袅风中兰,茕茕老空谷。躬耕牛幸肥,妇织蚕始浴。篝灯赋新诗,不羡金莲烛。

其七永从公辅国霞轩亲王李介夫编修

猗欤两王子,奕奕来芳阴怡邸别业。清言潄文玉,好鸟鸣竹林。介夫亦同游,叩寂求元音。凌空几笙鹤,渺渺伤余心。

其八赵汉青许桐柏詹朴园三令尹

汉青羲皇人,作令违所长。桐柏亦豪饮,器识皆非常。朴园千里驹,不聚三月粮。弹琴治小邑,所乐咸未央。

其九张晏如贡士戈庄溪主簿鲁云岩明经胡黄海广文

四君绝静慧,饥驱事奔走。所志虽难同,初心总孤负。闲情绘丘壑,刻露良希有。好句不逢时,清声落人后。

其十铅山三蒋谓香雪秋竹藕船也

藏园老祖师,一钵大于海。鲤庭出三宗,禅灯宛如在。诗原喜寒瘦,品自离尤悔。我过东林时,钟声远相待。

其十一吴茗香兰雪乐莲裳三弟

三子并才绝，远游为甘旨。茗香质尤脆，失路已先死。矫矫西江诗，栖栖东郭履。我尝谓吴乐，名山伊可恃。

其十二郎蠡湖别驾方藕堂司马

蠡公性明达，雅慕古高士。鸱夷泛五湖，风流在知止。司马负奇识，立志弥卓尔。开遍石门花，春心向才子。

其十三缕香宝公汪巽泉榜眼

香公袭世爵，绰有翰苑才。巽泉居玉堂，却喜吟归来。绝伦始超群，合论何须猜？崎岖步散韵，即兴良悠哉！

姚椿和陶诗卷上

和饮酒二十首有序

予既以酒成疾，频年多事，苦肢不能运，乃以药渍酒救之，亦古人解酲意也。秋凉少纾，和渊明《饮酒》诗寄舍弟。

百年共扰扰，往者何所之？问君重泉下，何似驻世时。昔人苦忧劳，今兹每念兹。明者久闻道，昏昧徒蓄疑。口语且勿喧，愿子勤操持。

贤达弗自满，涓壤益海山。君看圣取善，宁弃菅蒯言。庄生澹荡人，妄计大小年。此身纵易朽，美恶岂无传？

子车道性善，其次乃其情。达人虽自娱，饮酒不为名。匪惟晦我迹，兼亦养吾生。讦责纠纷事，醉后了不惊。岂日付达观，吾琴有亏成。

台垣皆北拱，孤云独南飞。岂无众允怀，奈此子舍悲。云飞太行顶，问子何所依？少壮不逮养，投老犹未归。田园既云芜，筋力亦以衰。身名两无有，空叹此心违。

吾生苦多杂，境静心乃喧。不饮上池水，焉能救其偏？不见谢康乐，浪迹游名山。才高不自晦，故墅何当还？大节一以渝，安用工语言？

无可无不可，维圣乃有是。吾非斯人徒，不恤丛众毁。呼牛与呼马，问子胡为尔。不见聃耳翁，见刺士成绮事见《庄子·庚桑楚》篇。

暮食叶底实，朝采枝上英。花实翻衍间，朝暮胡异情？古交弗尽欢，权势无由倾。大钟列宫悬，匪击胡自鸣？嗟哉驰逐辈，扰攘毕此生。

草堂松树子，郁郁含古姿。昔年逾我长，屡抚岁寒枝。雪虐苦相妒，使我失此奇。众生不自聊，一物亦奚为？有如化龙去，尘坌安可羁？

秋花弗惜晚，往往凌霜开。问君胡为然？惟称君子怀。春风匪无惠，奈此运会乖。虽无灵凤来，幸乏恶鸟栖。微虫亦毋蠹，与尔偕涂泥。桃李固非连，艾萧亦岂谐？大造洪无私，受性幸弗迷。君樽有馀沥，且复相徘徊。

少壮好杂博，退修失东隅。本无九十程，况此千里涂。车疲马复蹇，安能良御驱。智慧苦不足，名理焉有馀？为语后来贤，择术慎所居。

人生理气合，衣食固有道。苟非辟谷人，焉能终我老？思文歌乃粒，为救形神槁。有田固为艰，无田岂云好？不有亚与伯，西成孰为宝。载咏甫田章，嗟哉八荒表！

古人重世禄，端在明盛时。自顾诚非才，高爵良可辞。授田一以废，躬耕待来兹。量己固已审，寸心何然疑。惟圣有至言，斗杓不吾欺。开径跂良诲,勿谓耄及之。

山林与皋壤,区别诚两境。有如竹林醉,匪类湘潭醒。微言端有悟,深意各自领。嗟彼好文徒,枉秃兔千颖。此中苟无立,文采惜彪炳。炳韵。陶集作秉,东坡、静修和诗皆作炳,二公当有所据也。

清风与我故,当暑适然至。明月复有情,照我顾影醉。闲居犹可乐,况复客旅次。一钱不费买,足敌万金贵。君问逍遥游,与君味无味。

我家无良田,我家有广宅。为是先世传,不忍弃遗迹。躬耕既老大,食指仅逾百。孰能相料理,家事断关白。诗书苟有托,微躯岂遑惜?

弱龄颇英迈,足迹万里经。嗟哉病竖淹,一惰百不成。虽然险阻历,剧困曾未更。人言清白遗,风过月在庭。羊鹤不善舞,越鸡讵能鸣?成连刺船去,已矣伤我情。

鸟鸣求其侣,和好偕天风。人生许与勤,固在气类中。一朝各分散,万里云逵通。君听空外音,心伤楚人弓。

人生归有道,动静理各得。苟非贪饵心,耿耿良不惑。是心如清渊,流远有通塞。迢迢畏垒山,皎皎建德国。一醉欢有馀,万言不如默。

家世颇游宦,有弟漫从仕。惟予蹇拙资,谢病善谅已。长饥自难耐,嗟来亦所耻。世间宏达人,相去才几里。安赖萤爝微,往助日星纪。举杯不愿馀,行藏遇坻止。惟有昔人书,颓暮差可恃。

浮世善作伪,赤子丧其真。为问大造心,何时复还淳?文质相循环,日月何非新。不然百世下,六籍经几秦。人心炯难昧,曷拭胸中尘。不惜弹者难,为有听者勤。榛涂尔弗辟,砥道何由亲?烟雾本廓然,离娄自迷津。陶公非妄语,证此漉酒巾。遥遥千载贤,孰为耦耕人?

和拟古九首

达生莫如陶，忧生有如柳。苟非借文字，二者俱莫久。东坡南迁日，挟此为二友。南溪互忧乐，南村篇篇酒。柳州晚年悔，此意端不负。千秋有范老文正公语见本集，相知庶忠厚。维圣期改过，自文尔何有？

山北与山南，回环何始终？古人云三端，口笔皆召戎。老去甘自屈，守雌黜其雄。何以为予言，咄哉庶人风。简拙誉且非，君子期固穷。松柏苟无心，久凋岁寒中。

日光曜万国，不逮屋角隅。岂繄天公私，匪惨胡有舒。光远乃自他，剥象斯及庐。不有广大怀，安得君子居？陶公一出归，田园亦已芜。嗟公岂不哲，九江水涟如。

抚剑忽四顾，莽莽穷八荒。昔时荣达人，鸟雀登华堂。释云因果事，持论胥眇茫。易书垂至言，该括众妙场。不见骊山冢，牛羊上修邙。空馀白杨枝，与风共低昂。缅彼蒹葭水，远在天一方。霜露递相嬗，安用多感伤！

士生三代下，犹望志节完。古云冠一免，安可再着冠。子真托谷口，四皓栖商颜。终日长闭门，有客亦叩关。匪云敢简傲，舌锋涩谈端。安得十指爪，为君千万弹。囿游必麟虞，桐栖必鹓鸾。汝非渔钓人，焉知江上寒？

日出扶桑高，倏忽没奄兹。人生论际会，安可无其时？渭源乃殊泾，渑水岂合淄？少年贵有立，自信端不疑。德行首孝友，馀力攻文词。本末一以兼，他事安足思？谁能本诚意，立心戒自欺。匪但当世全，亦无后世嗤。此言诚浅薄，智者知此诗。

秋冬多凛烈，岂无暄风和？始知天地恩，亦爰薰弦歌。宣尼重先进，今人胡才多。渺彼累累实，昭此灼灼华。吾生自阱擭，已矣终奈何！

屈生矫厉衷，托意在远游。嗟嗟宗国臣，安能历九州？仰攀琼树枝，俯瞰琅玕流。车无八骏良，何自登昆丘？贤人彼麻中，君子思道周。人生足衣食，足矣何所求！

蓬山有仙实，道远莫可采。虽然未登盘，千载花不改。槃槃云中木，桑田几经海。我欲洗倦眸，流光且相待。百年旦暮耳，恶改善莫悔。

和杂诗十二首

圣言治与乱，佛言劫与尘。可知虚实间，相去千亿身。四海皆兄弟，不害区别亲。万物皆可观，四大亦吾邻。汝何自瓮牖，苦愬曷旦晨。能忧复能乐，安得素心人？

黄河溯高深，远出昆仑岭。若木有乔枝，长挂扶桑景。冰山热难炎，火井浇不冷。冥灵与日及，安复论促永？罢驽不自策，骐骥无息影。与杂皂枥中，坐视白日骋。何如放空山，万古松林静。

扰扰人世才，斗升岂堪量？君看世族系，各别东西房语见《唐书·宰相世系表》。鸡鸣亦何哀，风雨夜未央。匪吾多隐忧，亦知有朝阳。埘坏失吾栖，安用充微肠？

子房少豪逸，幸遇圯上老。不然鸟尽馀，安得辟谷保？愁霖与亢暵，反覆互濡燥。至理古无馀，生世安用早？官闲腰难折，隆中膝长抱。经济亦虚言，浮荣何足道！

姬爻系明训，鸣谦勿鸣豫。岂有翰音登，能逐凤翔翥。钟声初未了，心念与之去。惶惶百事杂，岂尽忧患虑？学道无苦心，安能古人如？来诚莫知向，去亦何所住？焚香净扫地，欲得归宿处。安能希君子，不忧亦不惧？

老年世虑遗，有得亦辄喜。自嫌语伤烦，不敢问世事。譬如枯庭槐,憔悴乏生意。纵欲强发舒,阳和岂常值?涂长晷以促,自恨车不驶。壑丘亦劳人,吾生竟安置?

韶华舍我去,素领亦已迫。乘舟悼黄河,走马忘紫陌。镜中不可掩,未镊数茎白。懒持书卷重,喜见酒杯窄。清风与明月,常自为主客。观化未易言,吾庐有故宅。

洛阳二顷田,成都八百桑。生计各有宜,谁耐孺子糠。吾生通塞间,曾未绝糇粮。吾居有丙舍,远在东佘阳。躬耕良未能,久客每自伤。谁能相料理,惠我齐民方。泽畔期耦耕,相与举此觞。

子孙苦夭折,忧来每无端。明知彭殇齐,心复与境迁。老生衰颓景,日没桑榆颠。书卷孰分付,念此不能餐。先哲重积德,顾我何因缘?儿童不识字,且勿废此篇。陆放翁诗:"儿童不识字,耕稼郑公庄。"自注:谓魏郑公后人也。

俗士惮接语,往往愁无稽。一言与之忤,有若阻峻崖。自伤度失宏,未通彼我怀。与人虽云厚,在己宁免弥《唐韵》:弥,满也?苟非责躬深,彼心能无离?既与人为徒,安得脱罥羁?嗟汝石一拳,何能补天亏?

秋暑酷毒人,忽热忽已凉。故人去何之?一水愁河梁。人生各有情,匪必期故乡。百岁曾几何?倏焉屡经霜。我词良复费,词短歌乃长。

菊花之隐逸,莲花之君子。西江二寓贤,中立端不倚。观物与玩物,请君审名理。

和咏贫士七首

富贵世所愿,仁义众乃依。君看斜日光,安得留馀晖?潜鱼寒欲蛰,穷鸟倦怠飞。处世各有宜,于人为大归。名达身故悴,貌丰心乃饥。古有辞粟人,尔病何所悲?

成康美刑措，前古希黄轩。岂有用世人？乃欲老丘园。尊中倾馀沥，灶突袅孤烟。此理讵易明，俯首空钻研。汝非遁世士，如何顿忘言。有心不自制，何者斯为贤？
古帝垂制作，养心是名琴。汝无太古心，焉有太古音？有时亦仿佛，少纵不可寻。何以救其穷，杯药聊一斟。此中苦无馀，安能寤寐钦？古云尊德性，曷思求放心？
聪听有师旷，明目维离娄。汝无聪与明，何以为献酬？自昔多慨叹，颇闻雍门周。如何旦暮人，怀此千岁忧。夷叔偕饿士，管鲍胡良俦。人世不自治，百年终何求？
古人贵道胜，瑶树复莫干。今人尚多文，舍心任五官。诗书曷刍豢，当饿焉可餐？大千多凛烈，旸谷奚驱寒？达闻连骑赐，乐有陋巷颜。予非名利人，闭门孰叩关？
人事不自保，汝生如飞蓬。况予拙劣人，安得逢世工？蹇率谢章奏，何由遭葛龚？岂若三语贤，万古将毋同？王宏尚可屦，杯酒偕庞通。苟非旷世贤，问心吾安从？
柴桑处衰乱，解带辞江州。容城当盛时，耿介谁与俦？士固各有志，安得与读去声一流？逸民古多轨，胸次谁同忧？万古万万古，圣言孰为酬？渊明复难期，吾师刘静修。

和拟挽歌辞三首

人世不须臾，百年胡局促？朝通永明籍，暮入泰山录。有吊或鼓琴，有歌或登木。要知往来事，有歌必有哭。试问新旧人，谁为先后觉？战兢斯为幸，冥没真是辱。渊哉贤圣怀，负手或启足。
穗帐启灵风，微动奠馀觞。嗟彼泉下人，眼付枯鼠尝。骨亲浊土底，神驰白云旁。长夜何漫漫，不见白日光。大块极浩眇，招魂来何乡？仿彼形与声，犹疑水中央。

人生朝露栖，抚庭哀苞萧。出门复何见？摵摵白杨郊。白杨逾我长，初种胡峣峣？一宵疾风拔，不见枯枝条。何况树下人，永诀遂终朝。终朝复终朝，永诀将奈何？相依有何人，此是千载家。没有千载名，生衹一旦歌。乌鸢与蝼蚁，零落同岩阿。

和还旧居一首

吴楚地相接，胡为苦思归？人生垂老年，能无岁暮悲？成物岂吾任，忘己毋乃非。安有滔滔人，而乃与世遗。荣木念将悴，孤云渺无依。林泉差有托，寒暑苦相推。释老吾无论，孔圣犹嗟衰。知悔诚已晚，我涕不可挥。

和归园田居五首

少小爱五岳，历览游名山。忽然胜具衰，往复三十年。鸟思巢长林，鱼当潜深渊。安得七尺躯，归守二顷田。二顷亦何有，丙舍屋数椽。青山抱宅后，流水绕门前。邻舍十数家，时见炊起烟。白石自有情，何必昆仑巅？人事会无尽，吾生安得闲？但愿粗衣食，此心长悠然。

繄予寡宦情，早岁谢尘鞅。如何逮晚暮，犹作乞食想？授田良以微，负耒亦已往。体勤与分谷，愧未率少长。学耕两成负，此心何由广？举手谢田父，我事诚卤莽。

千载数高士，真隐良亦稀。苟非彭泽翁，九原吾安归？举足度素履，开径望白衣。平生真率怀，独往嗟愿违。

百岁未老前，安能不为娱？古来贤达人，何限归丘墟？诚念九州广，何地非吾居？劝我此乡住，安用窘守株？多谢相爱言，古人吾岂如？举觞且复尽，一醉不愿馀。首丘吾何有，归骨毋乃虚？常恐道路绝，此言君信无。末四句一作乐天与忧天，此语两不虚。君看川上叹，圣言亦非无。

山云荡予心，流水和我曲。我归抱山死，此愿良亦足。感君恕我真，对众意自局。安得日月照？幽隐为予烛。我吟夜不眠，倚枕迟明旭。

和癸卯岁始春怀古田舍二首

少读先圣书，行义颇思践。四体不自勤，饥寒讵能免？陶公劝农训，望古发遐缅。岂但利养生，庶几力为善。人生忧患事，亵近虑忘远。畏途古多歧，迷路困乃返。即今久衰老，欲悔亦已浅。

吾生天地初，何者为富贫？故为享成劳，我惰人乃勤。寻思彼我间，亦复同此人。不能自力作，敢论陈与新？古来贤达士，所遇多欢欣。流行坎乃止，安问要路津？读书望来裔，为善多四邻。高隐非所希，吾蕲免游民。

和九日闲居一首

今岁苦亢旱，雨意旷莫生。重九世所爱，吾亦钦其名。前林喜未悴，近陂犹半明。鸿雁尔何知，哀哀空外声。劝我一尊酒，可以娱衰龄。吾衰不能醉，有酒姑细倾。本自泉石徒，何心更遗荣？君看柴桑家，妻子无世情。此事莫勉强，我诗胡能成？

和有会而作一首

先师有遗训，忧道不忧饥。嗟汝饮食人，口腹良自肥。饮食未可少，御寒必须衣。悯彼纲弋者，生声胡其悲？既饱又欲精，此意毋乃非？古圣折厥衷，民物无有遗。斯人诚吾与，鸟兽非同归。西方匪无说，东鲁真吾师。

和连雨独饮一首

羲农去我久，终古谁复然？后世纵有得，于吾亦何闻？古来饮者流，或言皆得仙。此意谁复知？聊尔全其天。嘉春苦霖雨，梅开一枝先。先开亦易谢，好鸟不复还。恨无同心人，相与终百年。古人谅如此，我醉何多言？

和乞食一首

平世工闭门，艰难将安之？幸遇贤主人，不责我谀词。我久治生拙，无端千里来。未积籯底金，弗虚掌中杯。平生千万卷，知己惟陶诗。既乏固穷节，又非劝农才。以此重愧陶，作诗将谁贻？

和止酒一首

陶公咏止酒，问君胡能止？或行陇亩头，或倚柴门里。生平所嗜好，如见古君子。无论清与浊，贤圣皆可喜。顾我为疾困，四肢废莫起。犹言此中佳，往往有妙理。复贪药饵力，未肯专罪己。强勉以制之，甚矣吾衰矣。平时醉乡愿，欲封酒泉涘。汝无温克德，漫黜杜康祀。

和怨诗楚调一首

生世坐自误，妄谓运会然。汝弗培其根，何以蕲逢年？岁晚欲自力，曷救性质偏？天时地复饶，不获人废田。既耕不如法，不如居市廛。古人贵食力，安有终日眠？汝既无所长，又复性屡迁。如何敢怨尤，妄及千古前。楚骚启哀怨，文字皆灰烟。举杯不自制，遑论圣与贤。

和形影神三首

形赠影

与子相亲爱，相离无暂时。子不舍我去，我亦将安之？彼此抢攘间，与彼聊注兹。千载瞬息尔，来往无穷期。我显不自惜，子隐盍沉思。胡为共悲哭，或咥或涟而。悲笑随他人，此情吾所疑。以此试问子，尔影将奚辞？

影答形

凡事贵自立，萎随毋乃拙？无端与子久，久要未宜绝。我心何所住，与子共忧悦。子既无他言，我亦讵忍别。老云无生死，释乃长不灭。人间有冰炭，与子何冷热。百年事易穷，万里气不竭。名尽与身尽，二者孰优劣？

神释

人非忧患馀，安得悔吝著？苟非读易深，讵易明其故？人于宙合际，万物皆依附。尔无困衡心，焉有危苦语？迦维极高明，问汝归著处。大千何世界，彼此何去住？要人于其间，为之拄气数。众人皆不任，生意宁复具？芃芃任运子，无咎亦无誉。其意讵不然，毋乃空引去？为恶毋近刑，乃并为喜惧。二子皆哲人，我廑愚者虑。

和蜡日

去岁苦祁寒，灾馀幸暄和。固知天公意，犹爱来岁花。山茶与盆梅，良友惠已多。尊中有馀酒，且复付酣歌。

姚椿和陶诗卷中

次韵桃花源一首过九江望庐山怀陶公因和此作

陶公生挽近,遐跂黄农世。安能如秦人,敛衽宵且逝。长沙匡复业,易代倏已废。渔郎世外子,放棹偶然憩。六籍一炬焚,何由问文艺?子梏既已脱,我驾奚时税?佐命谢诸贤,尔厖庶无吠。犹念没世称,心声托诗制。古人卓绝行,何必后贤诣?作俑彼何人,变本毋乃厉?遥遥授田事,旷绝几千岁。释氏乘其虚,斯言戒定慧。太初本无我,妄自画疆界。微云玷庆云,尔念自起蔽。西行数往还,托兴酒卮外。五老欲招人,嗟我山水契。

次韵述酒一首咏渊明

渊明避俗贤,于道绝有闻。性刚才非拙,泾渭胸次分。诗情澹何似,渺若秋空云。如何陵川子,但诵两高坟郝伯常《和陶诗序》独称庄生一章,盖指《拟古》第八首也。鸡鸣不自已,奈此萧萧晨?嗟汝稽中散,龙气胡弗驯?隆冬弗自蛰,何以潜其身?三春荣木怀,为事良已勤。生当晋宋间,抗首重华君。瑶琴抚无弦,中有南风薰。以酒自晦迹,安用侈多闻?前尘跂江都,后辙启河汾。宋贤未扫除,先去世俗纷。大哉一卷诗,乃与六籍亲。后来孰可继,容城庶其伦元刘静修有《和陶诗》一卷。

次韵咏古三首咏和陶三贤苏眉山次咏三良

二苏狂狷士,岂非三代遗?不有贤达人,孰为知其微?文学旷世才,此心奚有私?未用学道力,如灯加以帷。又如明镜光,既蚀亦复亏。逸驹千里驾,泛漫安所归?所言讵不然,所得毋乃违?新法固当斥,雒学未易希。嗟哉岭海涯,能无拊膺悲?殷勤望彭泽,万里合抠衣。

刘容城次咏二疏

静修古名儒,岂复论引去。安有出处贤,专嗜岩壑趣。姚窦既鸾翔,许吴亦鹏举。如何畿辅客,顾谢东宫傅。此意讵易穷?崎岖叹皇路。咄哉末世士,抢攘岂遑顾?浮世易得名,谁与渺夙誉?释老崇虚无,刑名骛世务。要知经世事,虚实端有素。苟无折中念,至死端不悟。市朝固转眼,万世亦一虑。嗟彼美新人,安用多言著?

郝陵川次咏荆轲

世事一以降,井建废秦嬴。苟非孤澹怀,能无慕公卿?几见南北朝,仰逮东西京。嗟君宋元末,慷慨建此行。身着短后衣,首垂曼胡缨。但解两国难,足为千载英。生既副荣禄,死亦垂贤声。如何奸相顽,客馆拘儒生。外愁强敌至,内蔽孱主惊。惜哉旷世奇,此事成虚名。山川一以混,金革接龙庭。迢迢三京路,渺渺五国城。酒悲黄龙府,火冷夹马营。天运既已乖,令图岂能成?空馀真州馆,恻怆吟诗情。

次韵游斜川登龙山作

钟鸣漏复尽,夜行何时休?西郊咫尺地,遥望不得游。迩窥沮漳水,远觑长江流。哀哀天外鸿,娇娇波中鸥。未能陟八陉,亦惮登五丘详见《尔雅》。宣武固英物,万年岂凡俦?惜哉孙安国,空文相倡酬。不知往还语,彼此谁是否?柴桑外家传,寒泉古人忧。人远室亦离,短策安所求?

次韵乙巳三月一首斋居感兴

人世递推迁，寒暑每相积。如何昨日事，今日已成昔。花无久开蕊，鸾乏常飞翮。阴阳往复间，彼此亮不隔。吾生叹无赖，讵免为物役？要知老庄旨，端不逮羲易。微言已自误，妙义空复析。亮哉在自勉，岂无岁寒柏？

次韵五月旦作一首重午读《离骚》吊屈作

年寿会有尽，沉忧遂无穷。不见屈大夫，长没江鱼中？予齿或去角，天付奚独丰？恢台当长夏，受此薰弦风。尔胡不自广？浩然思无终。众钦文词优，终伤怀抱冲。嗟彼小雅衰，犹是成周隆。人生各有适，安得齐衡嵩？

次韵庚子岁五月二首夏旱

吾心滋恇扰，庇荫失广庐。遂令热恼烦，乘隙来于于。赫赩炎曦光，朝出东南隅。白污来何方？如以涂附涂。斗室自可乐，安能泛江湖？尔会不自制，端恨旧学疏。为念众化艰，方寸良有馀。六合何其宽，冥然长晏如。

生每苦水厄，南北屡过之。偶然值小旱，幸未汤年期。汤年亦何有，际此明盛时。可怜草木华，况瘁忽若兹。区区一溉勤，引手良不辞。天心定仁爱，喜雨吾奚疑？

次韵戊申岁六月中遇火追纪去春院中三月火事

人生寄蘧庐，乘化游羲轩。众心失归摄，乃以薪自燔。人世偶相遭，孰知无始前。明明蟾兔光，照我屡缺圆。功名定何物，正尔去复还。文昌炳星垣，奎曜悬中天。众心一回惑，此事基何年？古来淫祀人，扰扰不自闲。一朝风日烈，毁此土木坚。幸哉临旷野，众力汲陂田。群情胡抢攘，鸡犬无安眠。我思董生学，未敢聊窥园。

次韵辛丑岁七月一首秋暑

数旬不见雨，庭宇尘冥冥。既无引杯兴，兼乏吟诗情。似闻吾乡里，亢赤如楚荆。有时不能寐，中夜百感生。高柯绝纤风，摇摇大星明。自嗟匡济怀，读书负太平。暮年复奚事，迢递千里征。匪无负郭田，惰弃不自耕。躬耒自吾事，田舍归梦萦。作诗岂告哀，聊语非近名。

次韵丙辰岁八月一首中秋无月

白云何迢迢，垂天蔽江隈。中元既再闰，兹夕宜好怀。如何天公心，偃蹇众不谐。微风挟萧条，忽听中夜鸡。感兹抱痾客，乡梦重惊回。遥闻钟声起，似诉万类哀。返思无生初，百虑端未开。至教一以息，异言乃西来。古昔贤达士，几辈从风颓。柴桑信豪杰，取舍不肯乖。吾自爱吾庐，何必化城栖。

次韵己酉岁九月九日乞菊

人生各有营，念此素心交。今年苦亢旱，草木殊未凋。人非螬食李，焉能误称高。安得辟谷人？相与抗层霄。谢病既已逸，养生毋乃劳。兼处劳逸间，何以济涸焦。千载旷达人，我思栗里陶。有花复有酒，庶几永今朝。

次韵庚戌岁九月一首篱下隔年丛菊为虫所伤，感而有赋

养生故大事，颐生亦多端。鄙事苟弗勤，毋乃贪便安。数旬缉治劳，匝月烂漫观。西风隔年信，殷勤为追还。盆盎安用移，节候差

未寒。揠苗固非是,任天良亦难。微虫自求活,安能禁汝干。顾此霜下姿,驻我冰雪颜。我篱幸未坏,我门亦常关。何以慰汝心,感物聊自叹。

次韵岁暮和张常侍寄张元卿廉访河南

士不宿朝歌,吏不饮贪泉。世穷例自爱,于今复胡言?既服王事勤,曷苦簿领繁。愿子恒服劳,嗟予常省愆。子有绩与功,吾当书藏山。世事方艰劬,且弗急引还。凡人阎浮中,每苦五浊缠。一命苟有济,利物况百年。子意良复勤,吾发已屡迁。灾伤赖康保,世外何足然。

再和人生归有道一首读管幼安传有感

三季混垢浊,置身白云端。超然天逸民,吾师管幼安。士处离乱间,出处尤慎观。早年避患行,晚岁受征还。盛德神所祐,海水天风寒。晏起举科头,自讼非所难。根矩方却步,尔歆焉敢干。疏称草莽臣,千载睎商颜。柴桑及容城,此心异代关。邈绝汉魏际,终付颍滨叹。

次韵责子一首课孙符因忆三孙雒南中

吾闻至人言,学道贵真实。固然资简编,亦复恶刀笔。师友端自择,飞鸟翔有匹。圣学诚难期,安可远儒术。长孙逾殇期,幼亦今二七。世事何艰劬,力耕策茧栗。杜陵嗤陶老,如子诚痴物。

次韵王抚军坐送客一首送友还松江

衰病更远游,内瘁外亦腓。况当萧飒节,客子送君归。人世互有情,迩遐皆相依。行云去何方?鸣鸟亦自违。布帆不忍挂,辔马嘶益悲。何以赠了行？千里明月晖。月圆且弗缺，照子行迟迟。载诵抑戒篇，勿以老见遗。

次韵和刘柴桑寄陶观察黄州

长沙吾故人，相望胡踌躇？各知仕处艰，何暇问起居。枉止南荆驾，叹息东吴庐。兵燹一以起，彼此愁丘墟。子驾未遑税，我田久应畲。我心空复勤，君志良乃劬。偶观盛衰际，自古何事无？惟君有厚德，馀庆理非疏。感君悯穷辙，赋诗歌卬须。何以永予怀，倦游如相如。

次韵与殷晋安别一首寄王子螺邱鄂城

性乃异狂狷，于世意各勤。问其何为然，为与斯人亲。君家世孝友，德泽逮四邻。鸡鸣何嘐嘐，奈此风雨晨。聚处亦云久，无端忽离分。与子相期事，匪今乃千春。我为地下灰，君为天上云。问年惜已老，异时见何因？子才忘穷达，我患兼病贫。此事何足言，相知有古人。

再次与殷晋安别韵送吴仲云廉使北上

轮材处盛世，岂不在忧勤。相知各殷拳，何况夙昔亲。既乏济时用，又非德为邻。徒此落落交，相与消夕晨。子材为时须，暂合忽离分。岂有垂暮年，犹能计千春。涂中慎寒霰，江上多停云。子云即归来，会晤良有因。我愧荣启期，尚非原宪贫。惟当归骨去，弗复为劳人。

次韵示周掾祖谢三人一首赠荆南林子天植

沉疴生隐几，所思杂惨欣。自鲜济时才，每念抱膝人。运瓮劳有自，闻鸡舞何因？惭予老马惫，愧此佳客臻。至道贵守约，所患徒多闻。何以酬子问，为事诚殷勤。子才必时须，道与古哲邻。他时好风便，访我淞泖滨。

次韵赠羊长史寄友

生当太平日，遇事多欢虞。况复通相思，更有千里书。千里未为远，吴楚驰燕都。风景亦不异，江山自难踰。明月为我烛，白云为我舆。好风不我迟，心飞与之俱。古昔有神交，问子胡踌躇？我观古来事，纪载犹缺如。不有南董心，史笔或亦芜。岂有伦纪宏，为子翰墨娱。子计未云拙，我言良已疏。悠悠望古怀，怀抱何时舒。

次韵和郭主簿二首寄汪少海西平，闻其就养贤子县署

逶迤汝颍阳，杳霭桐柏阴。斯人渺天末，凉风动余襟。诗翁抚瑶徽，贤子和鸣琴。颇忆抗手事，霜露忽又今。知交久零落，共此白发钦。只怜一尊酒，千里不同斟。秋菊有佳色，飞鸿响远音二语集古诗。人生同好难，何日占盍簪。吴蜀共一水，迢迢江波深。

方钦阳九名，已迫岁暮节。云微远峰敛，雾霁寒潭澈。足疲吁蹇人，胸中郁奇绝。云梦泛杯杓，崧少巍在列。书此方寸隐，跂彼四座杰。幸逢尧舜时，慷慨未忍诀。何以永余怀？停琴待华月。

次韵答庞参军一首赠丁杏舲参军并序

丁参军绍礼于役荆南，两荷枉过，兼尽款曲，私感其意，和此诗奉赠。君又问余《国朝文录》一书，故篇末有述。

人事会有尽，相逢复何言。岂有足食人，而乃辞丘园。薖轴考槃咏，闲适池上篇。咄哉渊明翁，篱根胡悠然。与子仅数面，共此夙昔缘。通才合时用，微意终莫宣。问余纂辑勤，安望藏名山。后世

或有托，矫首希百年。

次韵酬刘柴桑寄友

伊人居水湄，君子怀道周。人生何短长，蟪蛄亦春秋。今岁修耒耜，来年事东畴。吾事苟不勤，知有收获否？与子勉士业，哀哉彼惰游！

次韵和胡西曹骤凉寄友

夏旱叹未已，飒然起金飔。人生良独难，既葛旋授衣。均处天地间，一物亦已微。智有不逮物，卫生何如葵。万汇均品栽，雨露共盛衰。我倾会当覆，觞至举莫挥。深感大造恩，私恨负戴迟。贤圣同有尽，已矣何所悲！

次韵诸人共游周家墓柏下篱下对菊怀渊明

鞠歌一以绝，瑶琴无复弹。感彼泉下人，何由更为欢。纵饶杯中物，奚驻镜里颜。栗里有遗诗，此意终莫殚。《鞠歌》，张子厚所作，见朱子《楚辞后语》。古菊字作鞠，此借用。

次韵移居二首避水后自沙市移归讲院

大块莽无垠，浮生复浮宅。君知九州外，潮海互晨夕。既拘气化内，安得免形役？众生各匡勷，仓卒移讲席。嗟予奇穷子，多蹇遭自昔。不观泉出山，歧派万分析。

古人曷言志，著者莫若诗。其中托意多，安得问所之？诗人去已遥，千载犹可思。岂有朝暮人，乃若旷隔时。奇灾忽周甲，惝恍虑若兹。吾时聊纪此，往者不余欺。自乾隆戊申荆州大水至今年壬寅，将六十年矣。

次韵与从弟敬远冬日寄子抑从弟成都

衰病日杜门，旷与尘迹绝。匪惟人远我，气魘口长闭。安得忘言者，远招温伯雪。偶思意中子，容貌浩以洁。嗟予文字累，篇卷广陈设。万言不自救，多文意莫悦。既怠暗室修，又乏旷世烈。徒令百世下，欲取无可节。小了大岂然，尺短寸复拙。吁将五言韵，邈寄千里别。

次韵经曲阿一首螺丘自黄州寄《登览》诸诗，因忆旧游作

名山亦何似？异人兼异书。齐安古名郡，人物今何如？吴蜀绾上下，画鹢驰川衢。我行既云久，采览兴不疏。大江千里遥，至此尤郁纡。文字糟粕末，山川笑谈馀。吁我同心人，与子嗟索居。夜梦赤壁鹤，朝餐武昌鱼。神契相往来，此心无窘拘。遥遥五老云，仰首招匡庐。

次韵答庞参军一首寄何古心中州追答春初见贻之什

旷别今几载？约归有成言。嗟子翻出游，我每思家园。子既多艺能，又复耽诗篇。子游岂本心？我心知其然。所至辄倒屣，岂谓非前缘？嗟子洁白衷，有意终莫宣。笔扛百钧鼎，胸贮千仞山。我歌紫芝章，待子药残年。

次韵悲从弟仲德哀殇子安生，殇孙文官

我生托先荫，不殖宜尔零。问子胡为然？职报在冥冥。嗟彼泉下人，如何若平生。世泽享既终，乾庇故应倾。君观树艺者，弗沃胡由成？明知共颓世，胡以慰衰龄。廿年余老泪，不忍流哭声。君看草木子，犹复遗中庭。谁无授书怀，岂此舔犊情。两殇前后萎，恍

惚见尔形。苟非寸衷竭，安取衰涕盈？

次韵读山海经十三首读顾宛溪《方舆纪要》

栗里怀古贤，三良与二疏。平生爱山兴，指点临江庐。脱略大意通，正自善读书。吾观用世人，岂必皆五车？列鼎太牢味，有时陈诸蔬。大哉阔达才，钜细无不俱。我爱方舆纪，缩地成寸图。此士惜晚出，问古谁可如？

昔闻茹芝人，结侣栖商颜。关中帝王宅，发祥成周年。祖龙镐池璧，遗自太华山。葭苍露复白，已矣何所言！

黄河天上水，远溯昆仑丘。重源近始显，开辟曾无俦。大江发其阳，各自分派流。安能挟飞仙？与作汗漫游。

山水有动静，体用分阴阳。溯彼混沌初，一气高且长。雪山夏弗化，阴火夜有光。太虚诠正蒙《张子正蒙》极言天地变化之理，易象垂元黄。

吴越秀岩穴，好事每所怜。岂知古至人，胸中富名山。内游与外观，二者谁忘言。子能见其大，随处终馀年。

袭奇或裹粮，据险亦断木。武乡谨慎士，迟回子午谷。海闻鹦鹉集，泝乃鸳鸯浴一作浩与日月浴。伟哉造化功，此理讵易烛？

峨峨中天台，乃在阳城阴。上干搏桑枝，下拂邓杖林。畴歌南北风，神瞽能为音。首雍次乃雒，渊哉艺祖心事见《宋史》。

战国秦赵燕，边境长城长。汉中秦无策，斯理论其常。有道贵守边，良将积刍粮。颇牧在禁中，天子垂衣裳。

巨灵擘华开，夸娥挟山走。灵龟洛书出，龙马河图负。神奇未尽泄，创辟无弗有。至圣垂范围，六经斯裕后。

炎宋天一隅，孤艇托瀛海。当时忠贤心，犹谓天意在。嗟嗟精卫鸟，千古奚有悔。孰歌崖山哀，击石端有待。

竹林招晋贤，菊泉留汉士。隐显道固殊隐谓颜延之《五君咏》也，此涂非吾止。悠悠桃源人，千载吾与尔。流水暵古心，遐哉此君子。

在德不在险，古圣别有旨。宋以不蓑灾，梁以鱼烂死。云梦楚七泽，河海齐四履。重坎用守疆，设险王侯恃。

槃槃宛溪子，著书冠古才。包山何足游，端为禹书来。海上忘机人，与鸥两无猜。盛年托岁暮，聊复优游哉。

次韵移居二首寄寿陈老秋堂张子石春

我怀南埭居，卜邻有安宅。相逢二三子，谈笑永朝夕。频年嗟远游，凄凄老行役。予非圣贤徒，顾有不暖席。两君皆老寿，抚襟忆畴昔。苟非旧德贤，胡为感离析。

有酒未跻堂，千里远寄诗。寄诗亦胡为？心语欲吐之。昨年兵潦岁，吴楚江海思。江海渺无尽，况此岁暮时。为君祝颐耄，荒文待来兹。仁者理必寿，圣言岂予欺？

次韵联句一首自警

缅彼濂溪翁，至道溯无极。苟非大本固，焉能群动息？惟有载籍功，助余陶钧力。约志斯沉潜，持躬在修饬。更为立监史，绳矩恒在侧。庶几愆尤寡，众善咸我翼。青天与白日，浩荡垂正色。知过不期无，汝乃为大惑。

姚椿和陶诗卷下

停云思弟友也　四章章八句

嗟予蒙昧，气质昏愁。力所不能，妄为是覆。人生实难，日去不复。墙高基倾，尔将谁咎？

我有哲弟，能知艰难。才虽不高，心则已安。家督既忝，考室曷完？庶几勉旃，共保岁寒。

我有良友，才质兼懋。何以能然，世承孝友。邴疾管针，崔病高炙。人生五伦，君庶无疚。

朝日之光，曷保其偏？文词奚贵，质行乃先。朝闻夕死，汝闻有年。秦穆誓师，卫武宾筵。

荣木感徂年也　四章章八句

陶公中寿，元嘉翳而。而我徂年，忽已过之。公悲无成，吾将何悲？弗稼弗穑，食饱德饥。

言循中庭，言游茂林。春玩其华，暑暍其阴。凉风既至，嘉宾荐斟。尔独何获？愧彼鸣禽。

陶公嗜酒，意固有取。梁统序言，篇篇匪苟。乃嗟日醉，促龄自咎。嗟汝胡为？呜呜击缶。

昔人有言，誉彼嘉树。彼胡能然，祥风甘露。尔何拨弃，坏乃生蠹。栽彼本根，庶其少固。

劝农愧力耕也　六章章八句

陶公世胄，抗节异代。亦仕亦耕，于心奚愧？孔明隆中，三顾废耒。隐显云殊，至道何悖！

授田既废，民各自营。孰云正德？可弃厚生。行履原晦，阡陌纵横。纵彼惰农，犹胜惰氓。

昔人处乡，耕读兼事。岂繄好劳，人各有治。既分五谷，亦勤四体。借口圣言，陶公所弃。

维兹东南，亩赋十钟。或言税艰，不如商工。斯言讵然，八政首农。虽有俭岁，岂无年丰？

渊明责子，似鄙不学。带经而锄，车有双较。不艺胡生，不读胡觉？遥遥陆生龟蒙，坚哉卓荦。

尧舜黴瘠，大禹胼胝。嗟彼圣人，况我褐衣。维农家流，古初是资。耒耜有经，吾希天随。

拟赠长沙公四章章八句戊戌孟夏，过枞阳怀族伯父惜抱先生

吁嗟吴兴，同出有妫。馀姚之墟，中乃分支。悠悠吴越，道远易暌。昭穆虽遥，世系莫违。

于昭先生，文学世宗。制行懿美，间气是钟。繄予先德，千里向风。命余小子，负笈斯从。

维予小子，实云尪劣。慕公文行，逮远馨烈。载书追随，易箦永诀。坚苦之训，针砭斯切。

挥手廿载，愍予无成。蒲然饥驱，叩枻西征。迢迢枞阳，大江前横。寸心千古，吁嗟先生。

和酬丁柴桑一首丁参军酬予赠庞参军诗韵，复以此篇答之

君子之轨，爰行爰止。衡之于心，相去几里？孰维其终，孰完其始？人才于世，祸福自由。或言子傲，夫岂子忧。君子有道，宜休勿休。如余懒慢，曷为同游？

和答庞参军六章章八句寄严湘乡有序

余与严生总角诗友，君患世故近辍作诗，而屡书见贻。古云：文以足言。诗亦言也，遂和陶公斯篇寄之云尔。

与子幼好，岂非诗书？逮此迟暮，将何以娱？诚为古稽，何嫌今居。咥彼老庄，天地蘧庐。

我有瑰宝，举世所珍。安能秘怀？独为己亲。嗟子钜材，老矣斯

人。与子何日，东南卜邻。

维兹德邻，实为勤孜。皓首馀年，谁与药之？子知我愆，吾赠子诗。匪我能言，我实子思。

少壮离合，谁与判分？我岂子怨，子亦我欣。千里相望，悠悠楚云。洞庭沄波，因风相闻。

潇湘伊迩，鸿雁飞鸣。衡岳之阴，冬雪载零。暮年行役，跋彼燕京。苟非德符，云何其宁？

东南俶扰，草木多风。土梗往来，泛泛波中。不有贤者，孰知其终？庶几残年，共保眇躬。

时运哀暮秋也　四章章八句有序

年逾陶公，节过九日。迟暮无待，能无哀乎？

去夏洪潦，漂流萍踪。今兹旱灾，云汉蕴隆。小民怨咨，暑雨寒冬。今我不乐，哀将何终？

汝胡不乐，曰若自艾。不图其终，时日玩愒。凄凄远飙，晻晻沉霭。岁云暮矣，云何晚盖！

晻晻沉霭，凄凄远飙。落叶满庭，随风飘摇。兰有幽芳，菊有英翘。汝思授衣，曷勤三缫！

惟兹陶公，秉质坚劲。诗题甲午，节炳异性。望彼桑田，生逢隆盛。有道贫贱，我耻先正。

归鸟感田园也　四章章八句

郁彼归鸟，载飞载鸣。夕阳在林，倏焉西倾。汝非鸿鹄，千里是征。一枝斯栖，庶几不惊。

郁彼归鸟，亦集爰止。既欣所托，心亦安只。霜霰夜惊，微弋晨指。苟非仁者，汝弗轻恃。

仁者之心，在物胡慈？夭卵弗残，虞衡是司。惟彼正供，鸟亦自知。网罗忽蹈，汝乃自危。

惟彼归鸟，倦飞知还。如何人斯，顾昧晨晚。知几迟回，贪饵缱绻。扶摇天风，北溟胡远。

命子 自责兼勖弟也，亦以命子孙为遗训焉　十章章八句

嗟我有姚，系出妫墟。南北既分，吴越攸殊。有明中叶，松江是居。泖湖之滨，乃奠室庐。

圣清继世，宗衮高门。式微在农，异流共根。乃隐丘樊，弗系弗援。善人斯称，众姓是敦。

维我王考，孤生振亮。东越瀛州，西穷卫藏。盛业弗究，中寿徂丧。读书之训，临诀怆恨。

系予小子，质弱志昏。自狃于安，而弗求闻。匪学曷殖，匪德曷存？汝无善作，奚示后昆？

乘云驾风，不如牛车。烹龙炮凤，不如园蔬。骛广者荒，穷大失居。我思古人，慨焉废书。

古人读书，尤尚躬行。变化气质，陶淑情性。硕师有训，坚苦是命。汝不善读，于书奚病？

衰家之贤，繄维哲弟。薄宦遄归，彭泽思跂。海夷纷扰，家事况瘁。刚拙性成，有志莫济。

嗟余老矣，日迫桑榆。暮齿远游，已亦揶揄。子孙之贤，众枝相扶。慧者易折，曷保其愚？

维彼愚子，尔培其本。譬彼平地，基始一畚。譬彼农田，是粪是垦。填海移山，神感忱悃。

嗟予昧憨，自陷匪材。万事瓦裂，百年鬓摧。力田读书，二者交培。临死之言，其音孔哀。

拟读史述九章意有所感，各从其好，陶所述者，乃不复云

四皓

嬴秦暴虐，相率去之。难我友人，同志若兹。望彼商颜，晔晔紫芝。千载明堂，谁其拄楣？

司马季主

南楚拂龟，东市捧腹。宋忠何人，贾生赋鹏。道高益安，富贵翻覆。日者之文，欧阳三复。

信陵君

信陵之贤，近祀所无。岂繄战国，宗臣是模。子政灾异，三闾江湖。吾行夷门，式兹丘墟。

望诸君

燕昭复仇，乐生长驱。二城未拔，大义炳如。武乡大贤，与管并誉。通偃何人，流涕答书。

鲁仲连

仲连却秦，众所共知。独其高节，千载祎而。六国皆暴，谁与易之。后世知者，容城是师。元刘静修《渡江赋》美郝经排难之义，而终不仕元，是亦仲连志也。

荀卿董仲舒

荀云性恶，愤激致然。董言灾异，春秋义宣。战国以来，百家讹言。二子斯述，有醇有偏。

张释之冯唐

张季长者，行称天下。冯公孝著，郎署不舍。张仕不进，冯老莫驾。汉文之贤，叔季繄寡。

汲黯郑当时

汲侠而清，郑侠而和。昔贤制行，亦云孔多。好士之怀，千载不磨。狂狷不作，我劳如何？

司马迁

好古述作，圣称老彭。好恶与同，复美丘明。史迁振起，先民是程。贯串百家，表章六经。

自题和陶集一首

南山差喜对东篱，谁和先生绝调诗？千载楚臣芳草怨，漫言兰秀不同时。楚臣以属东坡、静修、陵川三公。春兰秋菊，各一时之秀，语见《南史》。

孔继鑅和陶诗

灌园四章用归鸟韵

翔游八表，不如在林。戢影恶木，不如松岑。借问君子，好遁何心？亦不自审，坐我庭阴。

逸翮风举，万里能飞。波深云阻，中道何依？百龄悠忽，实获一归。投清领素，古之所遗。

式瞻归路，无复徘徊。昔靡身所，今有心栖。气抱山静，神与春谐。愿言企而，葛天无怀。

孤花穷谷，谁赏寒条？未见嵩华，谁信高标？嘉卉离离，黄鸟交交。食荼匪苦，灌园匪劳。

衡门四章用时运韵

往启衡门，赏我良朝。梦与天远，冉冉青郊。暂将微抱，托彼清霄。上为好雨，下被嘉苗。

尘衣在河，岂不可濯？更事云多，投之骇瞩。际奢难量，坐穷易足。有古之欢，有今之乐。

驱马燕赵，扬舲淮沂。川岳何获？抱云来归。取五十弦，希声微挥。空桑云和，仿佛可追。

云水荒邑，中有我庐。竹木蓊翳，偃仰旷如。早秋无为，剥枣断壶。好吾所好，余不弃余。

励学四章示儿辈用荣木韵

壮往在旦，夕还亭兹。悠悠衢术，谁汝画之？百年柯叶，韶好几时？我已不植，汝其儆而。

苦为志本，贫乃道根。腾葩流艳，淡泊者存。见天有奥，不学无门。为冈为陵，不积奚敦。

圣贤在堂，奚云孤陋？理贵赏新，得无忘旧。厚爵匪宠。多金岂富。名与身蘊，伤心饮疚。

舍实躐名，亦道之坠。惟人修省，惟天明畏。涉兹栈驹，相期名骥。汝健吾衰，凭其所至。

东山四章赠同宗孝廉宪彝用赠长沙公族祖韵有序

眷愿大宗，播迁淹久。汶派以上，岂云路人？世次长孝廉，而学实下之，向往写心，知言志爱。

一途分轨，自近侵疏。日月离遏，恩义有初。东山嶕峣，白云其徂。瞻彼东山，佁拟峙躇。

东山首路，心仪庙堂。宫墙阙谒，不识圭璋。俎豆万祀，苾芬露霜。伊嗟末胄，景附耿光。

上国揽辔，欢心载同。笑言风雨，之子徂东。高怀蹑云，有才如江。投缟在庭，报玖迟通。

踵圣人后，果行先言。思不越位，义重兼山。懋哉君子，秉志确然。实宗之彦，闻道之先。

有赠用停云韵四章有序

稷儿师宝应成先生蓉镜，积学笃行士也。年壮进锐，吾道有归。自忾始衰，言兼敬畏。

今夕我庐，古之风雨。天将君子，不我修阻。堂有素琴，欢无独抚。君子不来，使我迟伫。

升高揽旷，湖海青濛。狂流淫雨，注愁成江。与我君子，坐影闲窗。白云零替，东西焉从？

木有重润，华有再荣。谁能太上，蜕世遗情？小鸟翰飞，日迈月征。通天人学，岳岳董生。

鸣凤天半，丹山之柯。哑哑野鸟，不足相和。顾瞻君子，心仪孔多。褰裳相从，道里如何！

与乔广文守敬用酬丁柴桑韵

树之好阴，小鸟爰止。海内希风，视声井里。君子之交，久要在始。

二情能一，不知其由。重以姻娅，载同欢忧。以心相语，在醉无休。我赏子趣，子乐我游。

示郑甥载恩朱甥士耄用答庞参军韵六章有序

郑托小仕，趣在退逸。朱有志学，行期大用。感两生之出处，增予怀之缱绻焉。

去淮之扬，携家载书。去淮奚怫，之扬何娱？深木邃石，天与闲居。谁非逆旅？且愒蘧庐。

睦姻酾酒，情话足珍。儿女成长，日益所亲。藐兹弱息，爰得良人。非惟车辅，乃德之邻。

荥阳清胄，策己孜孜。十载形影，尔汝共之。馀事绘素，亦赋嘉诗。奔走升斗，良匪所思。

沛国令子，攻书夜分。念兹在兹，是赏是欣。扶摇在迩，家有青云。师资忝窃，尊尔所闻。

文豹善隐，良马善鸣。道有总要，不问奇零。潜见随遇，积学如京。山际其高，水适其平。

习习阴雨，相薄雷风。论才委命，樛流我中。天道无极，君子有终。贵岂云位，善积乃躬。

悯农用劝农韵戊申七月作

抱影求食，予亦犹人。勿云梦幻，饥溺者真。阳侯肆力，坎德何因？溅溅野水，哀哀农人。

安得神禹，匡我后稷。水胡云利，适害艺殖。往岁沦澜，败诸稼穑。今流离兮，田祖旅食。

欣欣桑柘，蔼蔼川陆。在丰不知，飡眠沕穆。家室漂流，鸡狗奔逐。幼子星征，少妇露宿。

载道瞻天，忍使淹久。提左抱右，相率邻耦。聚族野哭，不见垄亩。曰雨曰风，予足予手。

凉风聿兴，身瘠腹匮。载瞻载言，百无一冀。水岂我尤，命也蹇至。我之百忧，人胡云愧？
淼淼津涯，迢迢都鄙。东归何日？南亩是履。琐尾无极，政有令轨。我思哲人，鸿雁式美。

述往十章用命子韵有序

少壮侵衰，曾不日月。静言思之，邈如天地之久。命稷儿、牧儿志之，镜来心焉。
老旨缪悠，庄说荒唐。束身周道，秉心天光。我之瑶琴，调多侧商。愿为丹鸟，其鸣归昌。
衔羽而饮，谁识周周？被天之云，如荷山丘。侪农家子，希隐者流。体重群岳，心轻五侯。
少小头角，不蛇不龙。食家之食，言懋国功。三十所居，蜗角蚁封。空山无侣，麋鹿奚踪？
灶集陶冶，林归匠柯。贤人肃羽，皇路张罗。余亦褰裳，山隆川窊。渺兹万里，堕彼风沙。
刑属三千，齐以令德。释褐彤庭，典狱佐国。出家从政，惴惴愆忒。远我二人，我心胡得。
如梦如坠，念我初始。浮家淮海，归我戚里。身有鞠育，爰得所止。在旅瘝忧，侍寝燕喜。
用潜任道，刚有不及。负影再仕，川防危立。日月不居，河流孔急。闻见云多，鸿号雁泣。
智穷见本，天开嘉时。父召母命，今也来思。儿年五十，提抱今兹。岳长海润，亲年齐而。
于世履冰，于理观火。再千百祀，焉必有我？人生万歧，天鉴一可。以是抵非，中心无假。

余年云艾，乃心尚孩。保兹佳日，黾勉将来。得饱实难，知耻为才。守尔百体，其敬之哉！

述诗用述酒韵

孩抱不知我，啼笑为见闻。四龄识日月，幽显心能分。祖陶事章句，十五拟停云。二十熟汉魏，高欲穷皇坟。下学杂科目，蹉跎非一晨。殚精念在兹，云物渐我驯。性情拓阅历，天复劳其身。经史益我助，渐渍深劬勤。一息管八极，百体从天君。灵均抱兰茝，穷谷徒自薰。垢藏且蘖悔，矧敢矜能文？邹枚半同学，鼓吹翔横汾。荣落一以判，木叶徒纷纷。摘毫识岁月，闲亦投所亲。萧萧苦竹丛，不足求伶伦。

赠严少平丈鐏用答庞参军韵

海天郁草树，掩关谁与言？冷境慰心眼，水石开邻园。日涉复何趣，还坐理陈编。有道共闲寂，就我能欣然。蓬葆地无所，云水天之缘。胸怀万千意，相对无能宣。召问东溟渤，可有三壶山？神仙不可致，努力乐当年。

羊寨迁皂河阻风安东用阻风规林韵二首

修程淼无际，客行靡定居。虚舟纳远响，长风来于于。踟躕不得进，款棹城南隅。彼岸虽云阻，幸已遵半途。大河流日夜，波浪犹江湖。在险乃忘险，势迫情转疏。君子贵自守，万物欢有馀。安在极其欲，无羁纵所如。
飞鸟没云外，飘飘独何之？客行忽已西，东风不我期。戢枻面高柳，骇流无停时。及晨论千里，向夕仍留兹。余岂独耐此，不耐将焉辞？去住事偶然，皇皇徒自疑。

始至皂河用移居韵二首

严君隐卑宦，就官非卜宅。艰难向升斗，骨肉依晨夕。兹土信荒隘，嗟免远行役。及辰宴所亲，庭月照前席。展席洽欢素，望月感今昔。来月有圆亏，家室无离析。

闭门寡俦侣，高诵柴桑诗。短树环四邻，鸟来时和之。敛翮发新声，喈喈如有思。所思岂余异，感此方春时。少年不可再，忽忽淹在兹。无闻古所惧，往训谁我欺？

南寺闲居用杂诗十二首韵

栖息大河甸，几席虚生尘。庭木半枯死，慨然念此身。岁华日以积，人事日以新。三十未为老，见恶与我邻。一卧复一起，一朝复一晨。河声逝东海，送尔悠悠人。

早岁事征铎，信宿龟凫顶。逸赏副澂怀，往路续来景。朝被川霞绚，夕饮山气冷。在进忘力劬，少息知途永。回首镜流波，坐叹鬓眉影。从来蹶足驹，结念在驰骋。蹄铁未全销，踢蹬谁能静？

闲愁无定端，起伏不可量。日晏群动息，明月烛我房。百年方及壮，取譬夜未央。晚树岂无荣，惜已非青阳。飘风动梧竹，历乱鸣空肠。

人苦不知乐，乐莫依二老。性天结不解，富贵焉常保？茧足求崔巍，一退平群燥。游子适榛芜，悔不归来早。依依孺慕怀，已恨非襁抱。遵轨慎来兹，既往复何道！

儿女速人愁，对之转怡豫。叔艾三索得，如鸟初习翥。更有三弱女，牵怀不能去。伯颖详举止，蹉跌已无虑。仲英惜非男，偏爱珠不如。季刍甫堕地，呱呱日未住。眼前儿女欢，是我亲乐处。南山父母年，喜极安用惧！

平生抗奇抱,放言辄自喜。寄身人块中,满日悲生事。亲旧盛饥寒,痌痒通心意。周急良所钦,斗禄何由值?太息复太息,日月去何驶!愁颜不自欢,广厦何时置?

从宦马陵西,传廨苦逼迫。南庵数我过,殿阁邻郊陌。鱼鸟集光气,花石粲青白。山窗洞平野,坐揽河流窄。苾刍好礼数,将我为上客。一枝憩形影,天地此安宅。

佛气不萧瑟,香火资田桑。戋戋维摩供,值不须秕糠。栋宇庇头陀,坐食孤粢粱。梵呗不可晓,吐气何阳阳!贫者遍河曲,生计信可伤。力竭腹不果,谁能均其方?雕荣有如此,且复倾我觞。

独酌寡所适,离绪纷无端。好友阻川梁,年序空推迁。道里各相望,犹处末与颠。今日载饥渴,昔日同盘餐。况我交落落,性命敦因缘。会当良风发,一寄停云篇。

少小耽吟讽,于古靡不稽。源流有升降,一一求津崖。冥想足丘壑,镂险归平怀。甘苦信有得,精力苦未弥。所贵既其实,非云词陆离。缅昔陶彭泽,不为事物羁。天地写心声,性情乃不亏。

仲夏苦恒霖,微风回夜凉。披衣灭烛坐,暗蝠扑尘梁。浮家类萍梗,何日还故乡?坐惜颜面改,不因蒙露霜。揽步起踟躇,欲歌不能长。

东天浴日乌,西天横月子。万古此昏旦,人事相徙倚。愚者忘其天,智者求其理。

寄与人兄长沙用与从弟敬远韵

平野带村市,风景昼清绝。官舍似贫居,日高门尚闭。门前长淮水,莹彻比深雪。曲折汇江流,在远同一洁。挫抑嵚崎阶,天为智者设。孤芳生廉隅,末俗尚容悦。岸高拒激湍,木劲失风烈。莫以所处卑,少替峣峣节。升斗效驰驱,谋生未为拙。勉矣四方志,毋感经时别。

乙酉重九独登黑窑厂用己酉岁九月九日韵

情拂郁沉智，执在无深交。独上凌虚台，万象凄已雕。生平际坎壈，据卑神识高。秋城见凫雁，聊复翔云霄。干戈古扰攘，进退为逸劳。仁者卜无敌，何用求龟焦？忻戚齐我怀，在贱心陶陶。还当驱马来，奋袂嬉良朝。

壬辰出都用还旧居韵

挟瑟升高堂，终阕便引归。赏音任所遭，中情旷无悲。不悲亦偶尔，心是境苦非。盘盘郭门路，过我忽如遗。古人重去国，谁能不依依！形影支晴昊，年命况相推。凉风振高柳，叶好条即衰。天南求耦耕，有酒可共挥。

发雄县用经钱溪韵

首途始三宿，衣上万尘积。北风送征人，川原渺如昔。天旷沙气肃，朝林尚栖翮。人语出河梁，时有坡陇隔。轮鞅非好劳，筋力焉辞役？看山尚在燕，问水已离易。念归数亭堠，怅往感离析。人生有岁寒，何处盟松柏？

东昌舟行用经曲阿韵

归怀消百感，卧读车中书。莽莽晓无适，舍家将焉如？秋霖接齐鲁，泥潦交通衢。行路昔云难，况复人事疏。舟子招我去，心与川途纡。云物领天睨，城郭揽古馀。昨眠车毂尘，今接风涛居。我劳未遑已，我乐犹禽鱼。耳目适襟抱，谁能事蹇拘。高秋纵归棹，稚子迟蓬庐。

用拟古九首韵寄山阳潘四农师

荒鸡号断垣，昏鸦聚高柳。门前万古月，形影谁当久？野风吹梦觉，山川隔良友。悲来对天语，口渴不能酒。意气在盛年，一错百孤负。牖户怵阴雨，动植顺高厚。我生转蓬科，飘泊成何有？

日月替大野，灵运无始终。天地有真气，呼吸周华戎。流为川海洁，峙为山岳雄。眇躬浮后土，人事多飘风。空堂梦霖雨，万壑回饥穷。堕地三十年，乃在尘埃中。

北风厉征鸟，羁客淹城隅。层云郁南望，我怀何以舒？冰霜瘁车马，言归河上庐。老亲执儿手，儿跪问安居。去日堂前路，浅草今荒芜。大河日东逝，游子情何如？

泽国累年馑，大官无岁荒。小吏朝暮谒，上堂复下堂。戟门列风旆，鼓角吹苍茫。弦酒客在阁，涕泗农在场。一堤障蛇龙，城郭参丘邙。度支竭租赋，水与金低昂。老兵抱锹卧，腹饱防河方。久客傍淮甸，闭户空嗟伤。

淮东一贫士，寒燠服不完。出门见舆马，盛世骈衣冠。入门抱古镜，坐换常鬓颜。生世速白日，寂寂眠江关。高冈跨大野，云物垂天端。其下幽人居，松竹鸣清弹。老松偃苍虬，枯竹吟饥鸾。冰雪岁云暮，白屋萧萧寒。

川原去往昔，井邑来今兹。冉冉别离日，忽忽欢娱时。山妻缝我裳，及归尽为缁。弛衰委空房，床榹生悲疑。一悲生年隔，万悲无诀辞。同穴有来日，未死缠酸思。巢鸟啼失哺，风雪虞凌欺。儿女失光泽，我亲弥痛之。且辍北邙作，庄咏南山诗。

众卉抱春泽，百族翔灵和。古人积高唱，一一生前歌。歌声歇芳草，陇上牛羊多。颜短讵憔悴，彭久焉光华？狂驰百年去，湮灭将如何！

秋风荡庭户，端坐怀旧游。旧游渺何许？室家今楚州。抱道泽中吟，慨运川上流。谁能事虚诞，洪崖与浮丘。宵旰轸尧舜，润色谁伊周。鸡犬乐平世，我意将焉求？

大木耸云日，山深绝樵采。太古闷幽异，零落柯条改。掘井当及泉，寻河当见海。在己勖本实，在人欲谁待？独立乃不拔，顽懦丛忧悔。

送万大应新之官粤中用和郭主簿韵二首

客庐御沟上，槐夏门阑阴。欲别不能别，坐树搴衣襟。欲语不得语，赠子以瑶琴。借问琴中意，是古而非今。聪明德之卫，苛察非所钦。人言极泾渭，清浊还自斟。勿以好耳目，炫彼色与音。勿以好体素，牵制缨与簪。忠实见底蕴，江海迥且深。

子如冬岭松，兀兀露奇节。子如寒泉水，湛湛太莹澈。利物剂天和，闻望信清绝。自秽萧艾姿，敷荣逊园列。养拙守庸下，用世委英杰。明日沟水头，与子黯相诀。悠悠万里行，目断云间月。

送郭舍人仪霄归南丰用与殷晋安别韵

人生垂老别，谁能不殷勤。结欢未云浅，况复心相亲。行当山岳隔，暂作天涯邻。念子迟明发，忽忽宵侵晨。道旁观别者，且为伤乖分。子归南山墅，言谢东华春。千碧斤竹涧，一白龙池云。望月堕空梦，相见良无因。真意载道力，衰白能饥贫。清风吹北牖，谁是羲皇人？

柬清河李三国宾用示周续之祖企谢景夷三郎韵

小县抱河水，云木丛欣欣。我产实兹土，长大为劳人。一二同门友，风雨期无因。晦显随所向，大道谁克臻？委心任冻馁，惟子如前闻。一编能宅心，况复搜研勤。老屋昼漏湿，嚣隘与尔邻。我归岁云暮，相叹长淮滨。

戊戌重九舟次静海寄怀善比部年用九日闲居韵

长揖返蓬荜，逸思孤云生。拥节数亭堠，郡国忘其名。月没草树黑，海气侵宵明。参横动寒色，高岸霜无声。旧游感逝水，远路思衰龄。人物厌老丑，肝胆谁同倾？芳序递往复，劲本无枯荣。杯中澒洞酒，世上苍茫情。饥寒竟素抱，万事看垂成。

花家园视亡妇墓用怨诗楚调韵

遇不少欢笑，触汝成凄然。百体更事多，潜叹随遥年。自汝不我俱，我行多缺偏。家人处重闼，汝独栖中田。人事隔汝远，劳劳市与廛。告慰有来日，相与蒿中眠。老乌眷旧雏，枯杨巢再迁。飘摇护毛羽，啼血霜风前。百族盛意气，一堕为空烟。悠悠身后名，实视生前贤。

戊戌九月归白田用归园田居韵五首

勺水性沧海，础石根崇山。万物静念本，人动忘归年。危坐集夜气，空洞心渊渊。上览见冲漠，谁垦洪荒田？作息遂长养，骨肉为人闲。今日天上日，不异羲轩前。奈何递幻化，歌哭风中烟。虫介自卑溽，白云华嵩颠。出处顺寂感，无逸居谁间？一堕无全瓦，神骨长森然。

借彼垄上锄，断我尘中鞅。渐与野人洽，心在无夸想。斗室掩蓬巷，云日相还往。阴阳数物候，静验莓苔长。孤花阶下荣，举首见天广。太虚足生气，万象非卤莽。

终日步穷壑，不恨知者稀。我心惧为石，转转歧所归。是稼足无馁,是布足寒衣。物生贵有用,藏显无相违。

少壮事行役,羁苦谁与娱?长日逐旅食,烟火投林墟。困悴发歆艳,眷眷野人居。茅屋三五间,榆柳百十株。老翁抱孙笑,安坐神愉如。往慕苦不足,此乐今则馀。息驾问田舍,耳目来清虚。蔼蔼户庭乐,实有非空无。

小县枕长淮,高卧北城曲。青溪城外田,鱼稻城中足。神州在魂梦,著著斟全局。痛痒岂无心,碧月高天烛。不语对参横,苍茫坐天旭。

读晋皇甫谧高士传用读山海经韵十三首

端坐览清昼,生意密复疏。禾黍长田阜,花药发我庐。何以顺物候,静读前民书。空园无人声,安有马与车?佐读有痴儿,佐食有庭蔬。宽闲誓危苦,期与古人俱。古人不可及,僶勉当力图。悔心涕往日,来者心何如?

白日照莞葭,在野无戚颜。老莱与妻遁,世莫穷其年。托身拙无巧,播种先垦山。官禄有斧钺,圣智危其言。

荣叟负一琴,馆宇随山丘。鹿裘风天下,滔滔谁与俦?贫士昧生死,柔靡从下流。抱常以俟终,吾友天为游。

汉阴抱瓮叟,养气藏微阳。用劳物见损,无机寿命长。崇简亦天则,止水心生光。惜哉遗世怀,尚口多雌黄。

高谈贱金璧,不受天子怜。始皇入所迂,求彼蓬莱山。受学河上叟,心师李耳言。人传千岁公,卖药徒长年。

伟哉杜田生,后土一良木。暴秦不识字,羲画曜陵谷。圣业衲贤身,日月此沐浴。青齐闭门居,万古精心烛。

大君能生杀,高天能晴阴。物外无法网,风日嬉泉林。使郎就受政,空山无阒音。成公洞出处,藏用无二心。

我悲宋胜之，孝慕一何长！五龄失怙恃，百岁尊天常。代叟路担负，有亲分肉粮。有亲当如何，春日岂遽央？
卖卜不下床，卧见世奔走。生不受人恩，垂死无惭负。君平百钱外，遑计无与有。著书完我神，固穷见身后。
向子毕嫁娶，出门事山海。当其闭门居，潜隐饥寒在。受馈反其馀，人己淡尤悔。生死夫何如，损益更相待。
陈留申子龙，力学彻天旨。十五明恩雠，能活缑女死。步负我友丧，险苦信能履。市义小人为，直节乃足恃。
高尚亦奇怀，绝类讵通士？古之圣人徒，遇困或用止。庞公审巢穴，栖山亦偶尔。危方在天下，安且遗孙子。
治经见物本，姜氏笃其才。兄弟有时尽，日月不再来。天渊蕴真乐，鱼鸟徒相猜。实遂以虚获，古人其惧哉！

用形影神三首韵寄叶二名澧

往游栖梦寐，了了别君时。一步即成别，况复天南之。日日看天色，白云恒在兹。尔我不如云，邈此交并期。颜面既恍惚，空有心相思。在别重道义，儿女徒涟洏。愿子崇令节，万里毋忧疑。僶勉勖本实，舍本皆浮辞。
滔滔竞妍巧，一夫用诚拙。巧者动忘归，梯栈与天绝。褰裳涉南山，古木发嘉悦。离立阏云日，魁伟凡柯别。世有自韬养，无用即空灭。孤怀巢许寒，未若皋夔热。血气扶洪钧，飞动肯衰竭？升高见方员，人也胡自劣。
大化何融融，理以形骸著。有客脱组归，夫岂逃名故。形分势散殊，恩义相依附。身不与心谐，何地能容与？全家湖上城，是我忘忧处。老屋向天开，春日门中住。芳树荫连墙，鸣鸟纷无数。阶草与檐花，生意为供具。闲中斟是非，世外淡毁誉。惟有坐离索，良友画来去。子怀我所钦，子学我所惧。出处各因时，高步毋多虑。

戊戌除夕用饮酒二十首韵有序

心在歧路，归犹未归。知老亲怜儿意指，亦不以虚荣为实乐也。僶勉廿年，获有今夕。揣心为声，不觉言之长尔。

真乐际万物，惟人实知之。人生致愁苦，恒在别离时。庭中有嘉树，好鸟巢于兹。雏飞不离柯，儿归复奚疑？恩义始伦纪，性命相扶持。

求金市冠盖，不如归买山。侧耳市上语，不如山中言。穷谷长薇蕨，得天以为年。闭门阅万古，赫赫当谁传？

覆载辟贤路，代耕亦世情。小子审进退，绅笏非我名。愿我父母慈，鞠育我一生。好爵动雷电，不足儿震惊。所惧学不立，百岁垂无成。

城府聚烟霭，独鹤高高飞。饮啄昧所性，人间良可悲。断蓬不附本，何地相因依？舍此更无适，今日儿真归。举酒向晴昊，苍苍色无衰。白日照襟素，示我以从违。

丝竹入良夜，何处林鸦喧？星气隐堤雪，灯火淮东偏。更从得平地，家室安如山。萧寒一夕尽，来日春风还。春风畅四坐，孺子歌一言。

检身丛千非，悔心研一是。锐意出尘网，安问誉与毁？聚散风中花，骨肉岂偶尔？傍亲娱百年，何用从黄绮？

春前木粲粲，阶上云英英。衣裳暖暖日，家室愉愉情。称心奉旨酒，满斝无欹倾。氍毹堂上舞，取瑟相和鸣。一弹元鹄翔，再弹琼芝生。

我父寿天地，河岳无孱姿。我母寿天地，松柏无颓枝。天地我父寿，冲抱无新奇。天地我母寿，劬劳永所为。健顺我父母，气数安能羁。

我父起胼胝，荆棘身为开。任真随所之，与人无曲怀。往往怆饥溺，念与时相乖。旷心隐关柝，不失为高栖。放步措八极，何往非涂泥。小人自齷齪，君子自和谐。所悲世悠忽，智者甘于迷。请为仰天叹，上有云昭回。

我家自上京，托处淮西隅。中更历徐海，日缅风波途。一官我父劳，母实同驰驱。意苦遇常泰，身俭心有馀。高厚鉴户庭，俭苦为安居。

我父呼儿语，儿归自远道。儿远为谁归，我衰为谁老？而母抱夙疴，两鬓亦云槁。不愿被狐貉，不愿馔美好。愿儿千金躯，忠信以为宝。长跽承父言，雷霆在天表。

母言儿来前，毋忘成童时。夏楚实长汝，怒谴无宽词。阿母岂无慈，酸痛慈在兹。通籍实祖德，天道信无疑。绵上有偕隐，尔母岂余欺。儿归吾饭汝，门外将何之？

母言儿生时，奇馁为常境。母病父将儿，儿冻啼长醒。无衾覆以衣，衣亦无完领。计儿彭与殇，遑计钝与颖。儿今田园归，力学还初秉。

母言儿去滕，万感更端至。尽室思就汝，我病惫如醉。儿归何岁年，郎署羁阶次。不有冠盖愁，焉识林亭贵？往日岂无酒，今日有真味。

维我父母慈，宇宙得归宅。廿载浪莽游，瞥眼惊陈迹。寸怀抱区区，欢叹有千百。僶勉暗室中，厉精为洁白。心意慎年光，坐驰良足惜。

维我父母慈，勤闵备所经。疾风吹闺闼，嘉耦中无成。高堂怆儿意，宵叹弥深更。荒砌发宿草，春气回我庭。断续房中诗，不失为和鸣。衾裯阅今昔，顾复难为情。

大宗炳万古，高挹东山风。飘摇有今我，依依天地中。秉心树堂构，在境忘穷通。眼前四小男，悠悠冶与弓。

惠迪致温饱，清门无苟得。遐福天所将，祠祷世狂惑。气运心枢纽，敬肆为通塞。上瞩三千年，兹理赅家国。维我父母慈，天道何尝默。

芒屦蹑上国，初心岂忘仕。扰扰尘霾中，历历审人己。得失久寓目，耀不偿所耻。一棹发秋风，烟火认井里。回首骇惊涛，离苦不胜纪。猛志策高足，从此翛然止。门内无险巇，眠食足怙恃。

虽云世若梦，载履真复真。四夷屏所饵，表海民再淳。无事坐熙皞，僻壤东风新。笑彼桃源人，畏心犹在秦。今日视天宇，八表无纤尘。愿求湖上田，学稼躬忘勤。耕馀课儿读，日夕侍我亲。暇或饮乡叟，农事言津津。舂脱得餐饭，粗绤为裳巾。浑浑彼苍意，厚我蓬蒿人。

己亥正月五日用游斜川韵

修涂导前步，夷险无暂休。倦彼簪笏趋，易以陇亩游。辛苦叹川逝，用暇为停流。往年轭上马，来境波间鸥。闭户揽闲旷，释重如山丘。载籍辅余独，岂曰无宾俦。长日命文酒，以逸为劳酬。抚襟问故吾，有乐如今不？春气发林泽，谁见渔樵愁？家室在丰岁，得饱其何求！

造山阳师东庄用始春怀古田舍韵二首

县居重湖阴，北郭岁始践。地上云飘摇，离聚那能免？造庐历涧曲，情以春光缅。草树性犹人，萌发含天善。万物有初终，百岁苦非远。泛彼溪上日，忽忽何当返？世外无沧浪，行矣求清浅。

家无十日储，岂曰非长贫？在馁且忘病，讲贯此劬勤。劬勤夫何为？感叹在为人。服御与肌骨，一陈不再新。坐阅万万古，穷谷谁欣欣。悲彼狂澜趋，何者为崖津？僻地去人远，乃与天相邻。苍苍照庭宇，安用希前民？

己亥洪湖盛涨坝水下趋近海州邑秋不获登舟过高邮书所闻见用八月中于下潠田舍获韵

高沙恃石岸，小艇依城限。平生饥溺心，耳目负所怀。重湖浩瀚水，不与民气谐。穿堤断驰驿，漫港失鸣鸡。十村一烟火，白日空盘回。青鸟冲波来，刷羽鸣且哀。鸟亦不得食，苦雾蒙难开。吁嗟谁致此，人力非摧颓。河伯天上叹，亦云时数乖。人世困时数，愿从天上栖。

城下独步用游周家墓柏下韵

春风吹湖岸，竹木为鸣弹。行吟对天笑，人不知余欢。井邑有熟岁，村氓多醉颜。长淮见帆楫，往路何时殚？

江城雪霁用蜡日韵

户庭变凄厉，怀抱有常和。老梅不厌雪，皎皎寒中花。岩风霁将晓，落木何其多！南湖隔烟郭，日出闻渔歌。

观南乡秋获用九月西田获早稻韵

静居无浮心，感物求造端。岁事民共由，用以劳相安。闭门境履一，出郭天改观。善气秋风至，妍景溪日暄。穲稏出菱芡，黄熟无荒寒。君子重本务，堂陛知艰难。居远理不隔，况我家江干！饱者视筋力，醉者求资颜。国体基农心，息息天相关。使由不使知，蠢蠢何足叹！

辛丑冬改官南河将之都下次曲阿作用王抚军座送客韵

郊居扃寒翠，庭草黯已腓。孟冬复出门，无乃负初归。力不胜俭苦，懦在中靡依。一步一怅恨，两脚与心违。烟木杂霖旭，百禽歧欢悲。游子既中路，高日空晖晖。终当理归翼，但苦还山迟。眼中好崖谷，舍我忽如遗。

癸卯七月经阳武博浪亭怀张留侯用咏荆卿韵

六国痛蚕食，壮士甘咸嬴。伊昔醉燕市，慷慨悲荆卿。长夏苦行役，驱马来东京。路出白沟南，沙水送我行。临流一湔祓，下士尘沾缨。古亭出荒埠，披豁念豪英。直北太行色，东逝黄河声。野风动胸臆，万古寒云生。留侯昔年少，一出天子惊。功成志黄石，不事人间名。赫赫帝者师，竹帛垂汉庭。艰难识其始，博浪仍名城。川涂朝气静，客子何营营！植身既卤莽，百事将安成？何当赤松游，输我烟霞情。

赠通许萧大令秀棠用赠羊长史韵有序

癸卯黄河决中牟，通许当下流。于役险阻，与牧民苦伤，并见乎词。

滔滔人间世，生事杂忧虞。流离际耳目，怆叹不胜书。衔命自南国，勘水来东都。故人所领邑，风涛不可逾。道我南濠路，迓以平肩舆。相揖但惘惘，旋别何能俱？沙水噬城郭，欲去还踌躇。行迈且流涕，使君当何如？天色漾晴藻，练影迷平芜。洲溆偶人语，有叹无欢娱。翘首问禹迹，治术良不疏。舟楫倚当路，兴怀均惨舒。

用止酒韵怀张孝廉际亮

游云靡定方，好风佐行止。白月吹青天，万影深杯里。咏怀托阮公，言愁最平子。傲极无古今，狂半杂嗔喜。君澈我怀抱，我轸君卧起。长萝缠病叶，秋风善条理。独善道之偏，愁来且为已。晚节珍高松，暂好谢秾李。腾沸大海水，以定为津涘。坚贞还自卜，安用问来祀。

寄与人兄浏阳用酬刘柴桑韵

天胡速人别，一噫岁九周。瑟瑟沙中苇，满抱潇湘秋。辛苦宦天末，不及畊西畴。劳农有乐岁，仕果无饥不。尔我垂垂老，何日同居游？

乙巳除夕用岁暮和张常侍韵

栋雪融朝日，檐溜飞珠泉。归来坐空旷，默默心相言。形影积岁月，更事亦已繁。我躬从人役，一悔滋百愆。前贤策高卓，植体嵩华山。在天各有适，不随云回旋。庭阶缀百草，霜露苦相缠。不有检往躅，何以履来年？揽镜见元发，盛衰古相迁。秉礼顺时会，造物同熙然。

用有会而作韵有序

春晚昼午，独坐南荣。悟往路之多歧，惜庭阴之易昃。援告来日，用志今怀。

在贱良有用，君子尠长饥。亮哉节士苦，独造遁者肥。嗟彼当路子，深涉褰裳衣。嗟来走惶汗，不饱而徒悲。得饱亦偶耳，腹果心苦非。古人在我前，弃我如掷遗。行行见断港，中道将安归？临流挹孤洁，澹泊是吾师。

道光辛丑夷犯浙江舟山失守王锡朋郑国鸿葛云飞三总兵同日战殁诗以哀之用咏三良韵

战抚两失驭，外患谁实遗。吁嗟大难端，其来亦云微。舟山孤无援，若为地所私。得失委三镇，遥策拱旌帷。四山合死力，士气无所亏。碧血溅海水，三忠同一归。举世竞高论，临难觍从违。武人耀国乘，闻见今所希。一一食人禄，念之中心悲。寄语大将坛，毋轻短后衣。

怀左布衣岳用和刘柴桑韵

大树荫歧路，驻马昔踌躇。茅茨隐禾黍，不识幽人居。大河逝日月，久乃求君庐。碧云恋田野，清气生郊墟。君子务拙实，委身事耕畬。有弟大和协，佐之以勤劬。世不少耕者，君耕世所无。高怀近物理，不与常人疏。栖栖我何用，徒为世所须。愿从熙皞天，穷居歌晏如。

赠沈布衣迈用乞食韵

少壮厌奔走，老去复何之？天弗馁善士，馁至亦无辞。半亩河之南，空林无往来。向夕得一鬻，瓦盆如金卮。展床书大字，劲质如其诗。君无致身术，而有能穷才。洁已顺蓬壁，此境天相贻。

乙巳李比部维醇奉其母夫人丧归广陵用和胡西曹示顾贼曹韵

极望南湖渡，愁中增凉飔。布帆开烟行，临流见素衣。相看不得语，中心酸微微。子昔北山去，负米而力葵。今日江上棹，万柳何槁衰！呜咽傍淮水，清泪难为挥。漠漠散凫鹭，夕照前村迟。行路有欢笑，谁识浮云悲？

与鲁孝廉同用联句韵

潜修异所趋，志士求其极。以我竭蹶行，知尔不遑息。衰亦任颜貌，勇肯退精力。规矩入聪明，盘礴而严饬。君子渺何方，白云在我侧。海气侵中原，谁是垂天翼？苦竹早秋声，小草空庭色。闲居审进退，践履无歧惑。

登焦山夕阳楼还宿北固山房用赴假还江陵涂口作韵

搜景喜沉旷，研性恶空冥。偶求岩壑异，微参支许情。风亭冠巉石，松槛开蒙荆。天水荡金碧，日落晴潮生。竹坞百禽寂，归棹遵波明。钟声召所止，云与苍崖平。北斗挂萝屋，高雁天南征。静极发平念，愿学山僧耕。一丝不剖割，万象空牵萦。哀彼狂驰子，堕实求浮名。

游京口南山用桃花源诗韵附记

招隐石门，出松阴岩溜间，为入山之导。越听鹂馆后峰，觅莲花洞，石壁千仞，冷翠逼毛发。南入八公洞，升绿盖楼，回眺莲洞，认山僧饷客处，茶烟尚在竹坞中。直东一岭出云半，山人指为狮窟。造其岭，练湖塔影浮远烟百里外。寻石级北下，走平岘十数曲，得鹤林寺，寺门古柏，相传皆五七百年物。廊多石刻，夕阳速客，不竟读，急造竹林上方，暝钟落遥野矣。寄语小九华，留作再来游，勿谓翠微不可及也。

苍翠山中山，窈窕世外世。青天出松顶，白鸟东南逝。一拳戴家山，不与物兴废。披草坐大石，暂就流泉憩。越岭瞀苦竹，平陇见树艺。僧为买山贫，私垦塞公税。山犬怪吟踪，隔叶穿云吠。旷放兹岁来，屐坏更新制。冥心脱尘网，信脚恣游诣。涉深耐波寒，升险当风厉。耳目嬉烟萝，筋力娱星岁。倾身渔樵中，用拙藏明慧。今日乘高空，太息俯江界。夕照榛莽开，来径审蒙蔽。洗心澹荡天，寄赏语言外。万象不我遗，千载托遐契。

湖居雨夕用连雨独饮韵

久揽拘缚失，渐复窥自然。中园止鸣禽，喧不厌我闻。块处百年内，断信人无仙。自晨以竟夕，百念惟一天。何事飒而一，雨集风之先。草木苦飘洒，何日云归还？秉烛坐清夜，炯炯闲中年。顾影自相赠，勉矣毋多言。

祭乾斋弟继元用悲从弟仲德韵

好树悦初夏，一叶先秋零。含哀造古巷，白日为幽冥。孤比峄山桐，枝干无同生。雨露不自养，斧柯还自倾。蕃植有夭札，岂有生皆成？汝母鞠汝苦，在孤汝一龄。珠玉三十载，碎地空无声。前月汝娶妇，缯采犹在庭。床闼集欢恸，魂梦难为情。沈敏惜汝才，恍惚悲汝形。呼子起斟酌，徒使芳樽盈。

用咏贫士七首韵有序

显晦何常！孤士抱山野之趣，走利禄之路，其相左非天也。旧雨黄垆，不可怆数。其海内契阔，小仕辄困，与大进终退者，少其人哉！概以不遇，感慨系之。

东海利薮泽，墟市相因依。畸士守穷巷，坐览南山晖。游骑走盐策，杂沓纵横飞。非己毫莫取，君子端所归。岱下悬车来，久愿寒

与饥。雁行早零落，岁岁秋风悲。海州许大令乔林

性不厌闲寂，择仕辞华轩。抱拙就学舍，馀力仍灌园。于古有实获，瞰世为空烟。万汇体一洁，老笔深陶研。崇学黜浮藻，赠我有道言。座右缅良友，勉矣希前贤。吴江张广文履

请息世上语，辍我房中琴。凤皇鸣天上，四海闻其音。李康论运命，穷达更相寻。江湖梦魏阙，落日余孤斟。万古有真是，薄俗多浮钦。沉冥下九天，谁识烟霞心。宜黄黄侍郎爵滋

斗室掩日下，真气光奎娄。渺躬积厚虑，百愿不一酬。十载承明趋，服御乃不周。兰台坐寂寞，舌卷心烦忧。言进引身退，归访云鹤俦。漓山复漓水，游钓将焉求？临桂朱侍御琦

冰霜坐列柏，凛然不可干。有言不有躬，遑复量一官。锡带重补衮，仰禄忧素餐。飙风折劲翮，云路为荒寒。思君不可见，令我凋朱颜。三复求友篇，黄鸟鸣关关。晋江陈给谏庆镛

江淮昔漂转，泛宅如萍蓬。五十始释褐，作吏无能工。君岂真拙哉，时不珍黄龚。佐民贷府库，慈惠寡所同。欲归阻官欠，乡思心魂通。愿言迟琴鹤，云海欢相从。宝应刘大令宝楠

冬官有春气，高步翔皇州。温润和氏璧，价重无与俦。都水试所策，之官黄河流。恪慎得丛脞，舍职无烦忧。投我琼瑰什，久缺薪刍酬。风波一相失，寤寐求清修。六安徐水部启山

戊申六月苦雨用六月遇火韵

东野拾薇子，抗志希虞轩。颇有济人理，援溺而救燔。致身既无地，濯足沧浪前。明月共我身，随分为亏员。咄哉熙皞影，一逝无由旋。阴阳有掩薄，真意难为天。潇潇不可绝，鸣枕宵如年。恒雨在我心，草木滋深闲。淫气盛于物，柔极能消坚。老农坐愁叹，穷不如无田。饱食我何事，无用慵多眠。淅沥乱聪耳，老鹳鸣西园。

感逝三章用拟挽歌词三首韵

气直运盘纡，才大世局促。精骛见飞黄，群驷并录录。遇子风云中，燕山一槁木。为文不示人，向我偶歌哭。古调久沉迷，叹我独醒觉。一别山与川，性命挫忧辱。用寄万古泪，哭子衡山足。陈考功起诗

怅怅呼子魂，饮我手中觞。一诺生百忧，物情实浅尝。桃李化荆棘，刺掣来四旁。一心诉区区，哽咽云无光。人谁金石固，相踵冥冥乡。我亦有妻子，坐对天茫茫。是非君有灵，天道岂渠央。张孝廉际亮

官道出清口，河柳何萧萧。丹旐水上来，哭子西南郊。遗著在我手，高词镇岧峣。真气自荡激，天海风萧条。独拙尊生术，速暮无能朝。去者长已矣，存者将如何？弱息寄京国，未返天南家。才力复何用，百岁徒悲歌。素心托冥契，养拙淮山阿。汤户部鹏

示稷儿用责子韵

万物有始终，华者望其实。我生拙百用，择业但抱笔。力以懦用藏，趣实冷无匹。稍达全生理，信无不死术。草草知非年，四十行过七。大幸免冻饿，持盈有战栗。毋象我无成，勉矣志利物。

赠徐少尉鸿谟用五月旦作和戴主簿韵

微官有奇趣，之子未云穷。税驾城南寺，顾我莱芜中。十语九惨怛，恒虑年无丰。其日苦歊暑，相对如清风。三世敦雅素，与子誓始终。兴替感门祚，益我心冲冲。置身贵夷坦，积学当穹隆。勿叹所际卑，心力争华嵩。

题晋隐逸传后用咏二疏韵

世运觇龙德，利用无苟去。荒谷复何乐，智者领其趣。司马竞中原，功名士飙举。王家武冈侯，谢氏东山傅。钛钺视华簪，冰雪当皇路。一一蹑崔嵬，覆车几前顾。吁嗟永嘉来，清谈窃高誉。门阀拥勋阶，矫擅为时务。亦有盖代姿，廉耻丧平素。沦替逮安恭，忠义谁通悟。炯炯隐者流，守道隆孤虑。行藏一风轨，臣节乃森著。

陶渊明年谱简编

余尝撰有《陶渊明年谱汇考》，收入拙作《陶渊明研究》一书中，另见《中国典籍与文化论丛》四、《六朝作家年谱辑要》。今撮其大要而成《简编》。

陶渊明，字元亮；或云名潜；号五柳先生；谥曰靖节先生

见萧统《陶渊明传》。一说字渊明，不取。

江州寻阳郡寻阳县(今江西九江市西)人

《晋书·陶侃传》称其徙家庐江(郡)之寻阳(县)，颜《诔》又称"寻阳陶渊明"，后又曰"卒于寻阳县之某里"，则可肯定渊明乃寻阳县(属寻阳郡)人。但渊明去世之际，寻阳县已划归柴桑县，仍在寻阳郡下，故沈《传》称陶"寻阳柴桑人也"。颜《诔》曰"卒于寻阳县"乃仍旧日之区划。然《陶侃传》既明言徙家寻阳(县)，渊明出生时寻阳县尚未划入柴桑县，则渊明之籍贯订为江州寻阳郡寻阳县为宜。

曾祖陶侃，晋大司马，封长沙郡公

《赠长沙公族祖(霈案：当作"孙")序》："余于长沙公为族祖，同出大司马。"《命子》："在我中晋，业融长沙。""桓桓长沙，伊勋伊德。天子畴我，专征南国。"颜《诔》曰："韬此洪族，蔑彼名级。”沈《传》曰：“曾祖侃，晋大司马。”萧《传》同。陶姓封长沙公，而又任大司马者，在东晋仅陶侃一人，陶诗中内证确凿，曾祖陶侃无可怀疑。

祖茂，武昌太守

《命子》：“肃矣我祖，慎终如始。直方三台，惠和千里。”据《汉书·严延年传》：“幸得备郡守，专治千里。”可知“治千里”者，太守也。《晋书·陶潜传》：“祖茂，武昌太守。”

父某；母孟氏，孟嘉第四女

《晋书·陶潜传》不载父名。《命子》：“于穆仁考，淡焉虚止。寄迹风云，置兹愠喜。”据《命子》诗意，其父曾出仕，但生性淡泊，于仕宦并不热衷，故未言其官职。《晋故征西大将军长史孟府君传》：“渊明先亲，君之第四女也。”

晋穆帝永和八年壬子(三五二)　陶渊明生

《游斜川序》曰：“辛丑正月五日。”诗曰：“开岁倏五十，吾生行归休。”辛丑岁年五十，当生于永和八年壬子；迄丁卯考终，是享年七十六。

《戊申岁六月中遇火》：“总发抱孤念，奄出四十年。”此二句当连读，意谓自总发之时起，即已抱定孤念，至今已四十馀年矣。其句法与《归园田居》其一相同：“误落尘网中，一去三十年。”是从“误落尘网”算起，又经三十年，绝无系此诗于三十岁之理。陶诗中类似句式，读法应当统一。其句法亦与《连雨独饮》相同：“自我抱兹独，僶俛四十年。”时间应自“抱独”时算起，也即自“抱孤念”时算起。“总发”犹“结发”，十五岁以上。今以十六计，十六加四十一(“奄出四十年”)，此诗乃五十七岁所作。渊明于戊申年五十七岁，则当生于永和八年壬子，与《游斜川》恰相合。

《怨诗楚调示庞主簿邓治中》曰:“结发念善事,僶俛六九年。”“结发”,十五岁以上。“六九”,五十四也。此二句当连读,意谓自结发之时即已念善事,僶俛为之,已五十四年矣。如从十五岁算起,经五十四年,则此诗作于六十九岁或稍晚。享年六十三岁及其以下诸说皆不能成立。

《与子俨等疏》:“吾年过五十,而穷苦荼毒,每以家弊,东西游走。性刚才拙,与物多忤。自量为己,必贻俗患。僶俛辞世,使汝等幼而饥寒。”(据《册府元龟》、《宋书·陶潜传》)此明言五十岁以后仍东西游走,然后归隐。其归隐在乙巳岁(见《归去来兮辞》),乙巳岁年五十馀,至丁卯卒时当逾七十矣。

《荣木序》曰:“荣木,念将老也。日月推迁,已复九夏。总角闻道,白首无成。”其第四章曰:“先师遗训,余岂之坠。四十无闻,斯不足畏。脂我行车,策我名骥。千里虽遥,孰敢不至。”显然是夏天在家闲居所作。如取享年六十三岁说,渊明四十岁,春已入刘裕幕,九夏不在家中,此年不应有此诗也。余主享年七十六岁,四十岁在家闲居,《荣木》作于是年,时间正合。诗有进取闻达之意,与渊明入桓玄幕前心情符合。

晋穆帝永和十一年乙卯(三五五)　陶渊明四岁

程氏妹生。《祭程氏妹文》:“慈妣早逝,时尚孺婴。我年二六,尔才九龄。”“二六”者,十二岁。可知渊明较程氏妹年长三岁。

晋穆帝升平三年己未(三五九)　陶渊明八岁

渊明父卒。《祭从弟敬远文》:“惟我与尔,匪但亲友。父则同生,母则从母。相及龆齿,并罹偏咎。”“龆齿”者,毁齿也。《韩诗外传》卷一:“故男八月生齿,八岁而龆齿。”“偏咎”者,偏孤之咎也。潘岳《寡妇赋》:“少伶俜而偏孤。”李善注:“偏孤,谓丧父也。”此言己与敬远皆在八岁时丧父,命运既相同,故特别亲爱。“相及”者,乃谓相及于龆齿之年。渊明较敬远年长,其丧父同在八岁而不在同一年也。

晋哀帝兴宁元年癸亥(三六三)　陶渊明十二岁

刘裕生,后代晋,为宋武帝。(《宋书》卷一《武帝纪上》)

渊明庶母卒。

晋海西公司马奕太和元年丙寅(三六六)　陶渊明十五岁

渊明自幼修习儒家经典,爱闲静,念善事,抱孤念,爱丘山,有猛志,不同流俗。《荣木》序曰:“总角闻道。”《饮酒》其十六:“少年罕人事,游好在六经。”《与子俨等疏》:“少学琴书,偶爱闲静。开卷有得,便欣然忘食。见树木交荫,时鸟变声,亦复欢然有喜。常言五六月中,北窗下卧,遇凉风暂至,自谓是羲皇上人。”《怨诗楚调示庞主簿邓治中》:“结发念善事。”《戊申岁六月中遇火》:“总发抱孤念。”《归园田居》其一:“少无适俗韵,性本爱丘山。”《杂诗》其五:“忆我少壮时,无乐自欣豫。猛志逸四海,骞翮思远翥。”《论语》:“十有五而志于学。”姑将渊明回忆少年时事统系于此年下。

晋海西公太和四年己巳(三六九)　陶渊明十八岁

桓玄生。(《晋书》卷九九《桓玄传》)

晋海西公太和五年庚午(三七〇)　陶渊明十九岁

《闲情赋》当系少壮闲居时所作,故其《序》曰:“余园闾多暇。”姑系于此年下。

晋简文帝咸安元年辛未(三七一)　陶渊明二十岁

十一月桓温废晋帝为东海王,立丞相会稽王昱为帝,是为太宗简文皇帝,改元咸安。帝赐温手诏曰:“若晋祚灵长,公便宜奉行前诏;如其大运去矣,请避贤路。”十二月桓温降封东海王为海西县公。温威震内外，帝常惧废黜，然无济世大略，谢安以为惠帝之流。自此政局混乱，社会动荡，民不聊生。（《资治通鉴》卷一〇三）

渊明《怨诗楚调示庞主簿邓治中》所谓“弱冠逢世阻”，或即指此年事。“弱冠”，二十岁也。《有会而作》：“弱年逢家乏，老至更长饥。”是年渊明家道中衰，经济状况大不如前。“世阻”与“家乏”使渊明之生活深受影响，其思想亦必受震动也。

渊明此年开始游宦，以谋生路。沈《传》：“潜弱年薄宦，不洁去就之迹。”与渊明自述对照，可知系指自弱冠游宦谋生而言。《饮酒》其十九：“畴昔苦长饥，投耒去学仕。”即此事。《饮酒》其十：“在昔曾远游，直至东海隅。道路迥且长，风波阻中途。此行谁使然，似为饥所驱。倾身营一饱，少许便有馀。恐此非名计，息驾归闲居。”乃回忆此时之生活。然则渊明任州祭酒之前尝为生活所迫出任低级官吏，详情已不可考。

晋孝武帝宁康元年癸酉（三七三）　陶渊明二十二岁

桓温卒，年六十二。桓玄为嗣。

渊明结束“薄宦”归家。

晋孝武帝太元元年丙子（三七六）　陶渊明二十五岁

渊明自本年离“园田居”，移居市廛，至五十五岁“归园田居”，历时三十年。故曰“误落尘网中，一去三十年”（《归园田居》其一）。“尘网”与“丘山”相对而言，指市廛也。

晋孝武帝太元五年庚辰（三八〇）　陶渊明二十九岁

渊明起为州祭酒，不堪吏职，少日，自解归。州召主簿，不就。

《劝农》诗作于是年。

晋孝武帝太元六年辛巳（三八一）　陶渊明三十岁

江东大饥。（《资治通鉴》卷一〇四）

渊明丧妻。《怨诗楚调示庞主簿邓治中》:“始室丧其偏。”《礼记·曲礼上》:“三十曰壮,有室。”《左传》襄公二十七年:“齐崔杼生成及强而寡。”杜预注:“偏丧曰寡。”“丧其偏”,犹“偏丧”。古时男子丧偶亦曰寡。

晋孝武帝太元九年甲申(三八四)　陶渊明三十三岁

颜延之生。(《宋书》卷七三《颜延之传》)

渊明在家闲居。娶继室或在是年。

晋孝武帝太元十一年丙戌(三八六)　陶渊明三十五岁

雷次宗生。(《宋书》卷九三《雷次宗传》)

渊明在家闲居。长子俨(阿舒)约生于是年。《命子》曰:“顾惭华鬓,负影只立。三千之罪,无后为急。我诚念哉,呱闻尔泣。”知长子出生时渊明已华鬓,而且为无后心急,不似三十岁或三十岁前之情况。渊明或不止两娶,其三十岁所丧之妻未必有子。不可先设定渊明两娶,长子为前妻所生,然后据前妻卒于渊明三十岁时,判定长子生于其三十岁时。今假定长子生于其三十五岁前后,不但解释《命子》顺畅,解释《和郭主簿》、《责子》、《归去来兮辞》、《拟挽歌辞》皆畅通矣,详见下。

晋孝武帝太元十三年戊子(三八八)　陶渊明三十七岁

渊明在家闲居。次子俟(阿宣)出生。《责子》:“阿舒已二八,懒惰故无匹。阿宣行志学,而不爱文术。”“二八”,十六岁。“行志学”,行将满十五岁。阿舒已十六岁,阿宣将满十五岁(当是十四岁),比长子阿舒小二岁。

晋孝武帝太元十四年己丑(三八九)　陶渊明三十八岁

渊明在家闲居。《命子》诗或作于是年。

三子份(阿雍)、四子佚(阿端)生于此年。《责子》:“阿舒已二八,懒惰故无匹。……雍端年十三,不识六与七。”知三子、四子较长子俨小三岁。

晋孝武帝太元十六年辛卯（三九一） 陶渊明四十岁

渊明在家闲居。

有《荣木》诗。诗曰："四十无闻，斯不足畏。"

晋孝武帝太元十七年壬辰（三九二） 陶渊明四十一岁

渊明在家闲居。此年前后或又丧妻，再娶。

晋孝武帝太元十九年甲午（三九四） 陶渊明四十三岁

渊明在家闲居。幼子佟（阿通）约生于是年。《责子》："阿舒已二八，懒惰故无匹。……通子垂九龄，但觅梨与栗。""垂九龄"，将近九岁（当是八岁），比俨年幼八岁。

晋孝武帝太元二十一年丙申（三九六） 陶渊明四十五岁

九月，帝嗜酒，为张贵人所弑。太子即位，是为安帝。安帝白痴，会稽王道子以王国宝、王绪为心腹，参管朝政。（《资治通鉴》卷一〇八）

渊明在家闲居。

《和郭主簿》约作于是年。诗曰："弱子戏我侧，学语未成音。"姑以"弱子"为幼子佟，是年二岁，与诗意相合。

晋安帝隆安元年丁酉（三九七） 陶渊明四十六岁

仆射王国宝、建威将军王绪依附会稽王道子，纳贿穷奢。四月，兖、青二州刺史王恭起兵，以讨王国宝、王绪为名。道子杀国宝、绪，遣使诣恭，深谢愆失。恭乃罢兵还京口。

渊明在家闲居。

《拟挽歌辞》三首约作于是年。

晋安帝隆安二年戊戌（三九八） 陶渊明四十七岁

七月，王恭、庾楷、殷仲堪、桓玄、杨佺期等起兵，以讨王愉、司马尚之为名。九月，以会稽世子元显为征讨都督，讨王恭等。

王恭仗刘牢之为爪牙，而但以部曲将遇之，复授以精兵坚甲。刘叛王恭，恭大败，被捕杀。以刘牢之为都督兖、青、冀、幽、并、徐、扬州晋陵诸军事以代恭。北军既平，元显遂致力瓦解西军。以桓玄为江州刺史，以杨佺期为都督梁、雍、秦三州诸军事、雍州刺史。黜殷仲堪为广州刺史，另以桓修为荆州刺史，令刘牢之以千人送之。十月，玄等退还，盟于寻阳，推玄为盟主，俱不受朝命，连名上疏。朝廷深惮之，乃复罢桓修，以荆州还仲堪，以求和解，仲堪等乃受诏。玄乃屯于夏口，引始安太守卞范之为长史以为主谋。（《晋书·安帝纪》、《资治通鉴》卷一一〇）

渊明入桓玄幕。

晋安帝隆安三年己亥（三九九）　陶渊明四十八岁

十二月，诏以刘牢之都督吴郡诸军事，刘牢之引刘裕参军事。桓玄攻据荆州，杀杨佺期，殷仲堪被逼自缢。（《资治通鉴》卷一一〇）

顾恺之先任殷仲堪参军，仲堪亡，依桓玄。（《晋书》卷九三《顾恺之传》）

渊明在桓玄幕。

晋安帝隆安四年庚子（四〇〇）　陶渊明四十九岁

三月，应桓玄之求，诏以为都督荆、司、雍、秦、梁、益、宁七州诸军事、荆州刺史。玄上疏固求江州，于是进玄督八州及扬、豫八郡诸军事，复领江州刺史。

渊明在桓玄幕。盖此年初曾奉使入都，五月从都还，阻风于规林。五月下旬当可回至家中，不久即至荆州述职。是年冬，渊明回寻阳，在家中过年。

《庚子岁五月中从都还阻风于规林二首》作于是年。

晋安帝隆安五年辛丑(四〇一)　陶渊明五十岁

桓玄自以三分有二,知势运所归,屡上祯祥为己瑞。元显大治水军,以谋讨玄。(《晋书·安帝纪》、《晋书·桓玄传》、《资治通鉴》卷一一二)

刘遗民为柴桑令。

渊明在寻阳家中迎新年。正月五日与二三邻曲同游斜川,有《游斜川》诗并序。不久即返荆州江陵桓玄幕。七月初,复回寻阳休假。七月末再返江陵。途中有《辛丑岁七月赴假还江陵夜行涂中》。

冬,母孟氏卒,渊明还寻阳居丧。据义熙三年所作《祭程氏妹文》曰:"昔在江陵,重罹天罚。……黯黯高云,萧萧冬月。"知渊明母孟氏之丧在其任职江陵期间,且是冬季。

《责子》诗约作于是年。诗曰:"阿舒已二八。"是年长子十六岁。诗云:"白发被两鬓,肌肤不复实。"正与五十岁相当。

晋安帝元兴元年壬寅(四〇二)　陶渊明五十一岁

春正月,下诏罪状桓玄,以尚书令元显为骠骑大将军、征讨大都督、都督十八州诸军事,又以镇北将军刘牢之为前锋都督,加会稽王道子太傅。桓玄禁断江路,抗表传檄,罪状元显,举兵东下。二月,桓玄过寻阳,至姑孰。刘牢之素恶元显,欲假玄以除执政,复伺玄之隙而自取之,故不肯讨玄。参军刘裕请讨玄,牢之不许。三月,牢之遣子敬宣诣玄请降。玄收元显,入京师。帝遣侍中劳玄,以玄总百揆,都督中外诸军事、丞相、录尚书事、扬州牧,领徐、荆、江三州刺史。玄以王导孙谧为中书令,以殷仲文为咨议参军,斩元显及其党。玄以刘牢之为会稽内史,牢之被夺兵权,遂大集僚佐议聚江北以讨玄,佐吏多散走。牢之惧,缢而死。敬宣奔洛阳,求救于秦。改元大亨。桓玄让丞相、荆、江、徐三州，改授太尉、都督中外诸军事、扬州牧，领豫州刺史，总百揆。孙恩被临海太守辛景击破，乃赴海死。馀众复推恩妹夫卢循为主，玄命循为永嘉太守。循虽受命而寇暴不已。五月，玄复遣刘裕东征。八月，玄讽朝廷封其为豫章公、桂阳公，并本封南郡如故，赠其母马氏豫章公太夫人。十二月，会稽王道子为玄所害。（《晋书·安帝纪》、《晋书·桓玄传》、《宋书·武帝纪》、《资治通鉴》卷一一二）

刘遗民弃柴桑令，隐居庐山之西林。七月二十八日，慧远与刘遗民、宗炳等一百二十三人在阿弥陀佛像前建斋立誓，共期往生极乐世界，刘遗民撰《誓愿文》。

渊明居丧在家。

《晋故征西大将军长史孟府君传》当作于是年之后。

晋安帝元兴二年癸卯（四〇三）　陶渊明五十二岁

二月，以太尉玄为大将军。八月，玄自号相国、楚王。十一月，安帝禅位于楚。十二月，玄即皇帝位，改元永始。以南康之平固县封帝为平固王，旋迁帝于寻阳。（《资治通鉴》卷一一三）

渊明居丧在家。

有《癸卯岁始春怀古田舍》二首、《癸卯岁十二月中作与从弟敬远》。

晋安帝元兴三年甲辰（四〇四）　陶渊明五十三岁

二月，建武将军刘裕帅刘毅、何无忌等聚义兵于京口。三月，玄众溃而逃，裕入建康，立留台百官。桓玄司徒王谧推刘裕行镇军将军、徐州刺史、都督扬、徐、兖、豫、青、冀、幽、并八州诸军事。裕以身范物，先以威禁内外；百官皆肃然奉职，不盈旬日，风俗顿改。桓玄至寻阳，得器用兵力，逼帝西上。刘敬宣闻桓玄败，来归刘裕，刘裕以敬宣为晋陵太守。四月，桓玄挟帝至江陵，更署置百官。何无忌等大破玄军于桑落洲，进据寻阳。加刘裕都督江州诸军事，刘裕以敬宣为江州刺史。桓玄收集荆州兵，有众二万，复东下。五月，刘毅、何无忌等帅众自寻阳西上，与桓玄遇于峥嵘洲，大败之。玄挟帝西走入江陵，欲入蜀，途中被杀。桓振复陷江陵，大败无忌于灵溪，无忌退还寻阳。刘敬宣在寻阳聚粮缮船，无忌赖以复振。十月，桓玄兄子亮自称江州刺史，寇豫章，敬宣击破之。

渊明于是年春夏间任镇军将军刘裕参军，自寻阳至京口，途中有《始作镇军参军经曲阿》。

晋安帝义熙元年乙巳（四〇五） 陶渊明五十四岁

正月，刘毅入江陵，桓振众溃。改元。三月安帝还建康。以刘裕为侍中、车骑将军、都督中外诸军事，徐、青二州刺史如故，裕不受，屡请归藩，乃听之。刘毅使人言于裕曰，刘敬宣不豫建义，不宜为江州。敬宣不自安，自表解职，乃召还为宣城内史。四月，刘裕旋镇京口，改授都督荆、司等十六州诸军事，加领兖州刺史。（《资治通鉴》卷一一四）

三月，渊明为建威将军刘敬宣参军，使都，经钱溪。有《乙巳岁三月为建威参军使都经钱溪》诗。八月，渊明为彭泽令，在官八十馀日。十一月，程氏妹丧于武昌，自免职，作《归去来兮辞》，归隐。

《杂诗》十二首作于是年。

晋安帝义熙二年丙午（四〇六） 陶渊明五十五岁

周续之被命为抚军将军刘毅参军，征太学博士，并不就。（《宋书》卷九三《周续之传》）

渊明在家隐居。

《归园田居》五首、《归鸟》、《酬刘柴桑》、《读山海经》十三首作于是年。

晋安帝义熙三年丁未(四〇七)　陶渊明五十六岁

渊明在家隐居。

有《连雨独饮》、《祭程氏妹文》。

《感士不遇赋》、《与子俨等疏》约作于是年。

晋安帝义熙四年戊申(四〇八)　陶渊明五十七岁

渊明在家隐居。六月中遇火,暂栖舫舟中。七月新秋作《戊申岁六月中遇火》诗。

晋安帝义熙五年己酉(四〇九)　陶渊明五十八岁

渊明"园田居"经修葺后,复居于此。

有《和刘柴桑》、《己酉岁九月九日》。

晋安帝义熙六年庚戌(四一〇)　陶渊明五十九岁

渊明在家隐居。

有《庚戌岁九月中于西田获早稻》。

晋安帝义熙七年辛亥(四一一)　陶渊明六十岁

三月,刘裕始受太尉、中书监,以刘穆之为太尉司马,陈郡殷景仁为行参军。四月,卢循败奔交州,刺史杜慧度大破之,循赴水死。后将军刘毅任江州都督兼刺史,移镇豫章,毅以亲将赵恢领千兵守寻阳。(《资治通鉴》卷一一六)

渊明在家隐居。八月,从弟敬远卒,有《祭从弟敬远文》。

晋安帝义熙九年癸丑(四一三)　陶渊明六十二岁

九月,慧远作《万佛影铭并序》。谢灵运应慧远之请,于上年末或是年亦作《佛影铭》。(参见汤用彤《汉魏两晋南北朝佛教史》第十一章)

渊明在家隐居。

《形影神》诗或作于是年以后。

晋安帝义熙十一年乙卯（四一五） 陶渊明六十四岁

王弘征为太尉长史，转左长史。（《宋书》卷四二《王弘传》）

江州刺史孟怀玉卒于官。后将军刘柳由吴国内史转为江州刺史，颜延之为刘柳后军功曹从镇寻阳，结识陶渊明。

江州刺史刘柳荐周续之于刘裕，俄而辟为太尉掾，不就。当在是年或下年。（《宋书》卷九三《周续之传》）

宗炳辞刘裕辟为主簿，不就。（《宋书》卷九三《宗炳传》）

刘遗民卒于是年。

渊明在家隐居。有诏征著作郎，称疾不到。与周续之、刘遗民并称“寻阳三隐”。

《五柳先生传》约作于是年前后。

晋安帝义熙十二年丙辰（四一六） 陶渊明六十五岁

江州刺史刘柳卒于是年六月。颜延之先任后将军、吴国内史刘柳行参军，因转主簿。本年六月刘柳卒后当即离江州返建康，任豫章公世子中军行参军。本年岁暮，奉使至洛阳，庆刘裕有宋公之授。其与渊明在寻阳之情款约一年。（《宋书》卷七三《颜延之传》）

慧远卒。

渊明在家隐居。

《示周续之祖企谢景夷三郎》、《丙辰岁八月中于下潠田舍获》作于是年。

晋安帝义熙十三年丁巳（四一七） 陶渊明六十六岁

《饮酒》二十首、《赠羊长史》作于是年。

晋安帝义熙十四年戊午（四一八） 陶渊明六十七岁

六月，太尉刘裕始受相国、宋公、九锡之命。刘裕以谶云“昌明之后尚有二帝”（孝武帝字昌明），乃使中书侍郎王韶之与帝左

右密谋酖帝，戊寅，韶之以散衣缢帝于东堂。裕因称遗诏，奉德文即皇帝位。(《资治通鉴》卷一一八)

刘裕在彭城遣使迎周续之，礼赐甚厚，周寻复南还。(《宋书》卷九三《周续之传》)

刘裕辟宗炳为太尉掾，不起。

王弘于是年六月刘裕受相国、宋公、九锡之命后，为尚书仆射(《宋书·武帝纪》)。同年迁监江州、豫州之西阳、新蔡二郡诸军事、抚军将军、江州刺史。永初元年，加散骑常侍。三年，入朝，进号卫将军、开府仪同三司。然则王弘在江州始于本年下半年。王弘，曾祖导，晋丞相。祖洽，中领军。父珣，司徒，以清恬知名。(《宋书》卷四二《王弘传》)

王弘见渊明，在是年或稍后一二年。

张野卒于是年。《岁暮和张常侍》作于是年。

宋武帝永初元年庚申(四二〇)　陶渊明六十九岁

正月，宋王刘裕欲受禅，乃讽群臣，中书令傅亮会意。四月，征王入辅。六月，刘裕至建康。傅亮讽晋恭帝禅位于宋，具诏草呈帝，使书之。帝欣然操笔，谓左右曰："桓玄之时，晋氏已无天下，重为刘公所延，将二十载；今日之事，本所甘心。"遂书赤纸为诏。刘裕即皇帝位。奉晋恭帝为零陵王，即宫于故秣陵县。诏晋氏封爵，当随运改，独置始兴、庐陵、始安、长沙、康乐五公，降爵为县公及县侯，以奉王导、谢安、温峤、陶侃、谢玄之祀。(《资治通鉴》卷一一九)

渊明在家隐居。

《于王抚军座送客》、《怨诗楚调示庞主簿邓治中》作于是年秋。

《读史述九章》或作于是年。

宋武帝永初二年辛酉（四二一）　陶渊明七十岁

九月，帝令零陵王妃之兄褚淡之、褚叔度往视妃，妃出就别室相见。兵人逾垣而入，进药于王。王不肯饮，兵人以被掩杀之。初，帝以毒酒一瓮授前琅邪郎中令张伟，使酖零陵王，祎于道自饮而卒。辛亥葬零陵王于冲平陵。（《资治通鉴》卷一一九）

渊明在家隐居。

《述酒》诗作于是年。

宋武帝永初三年壬戌（四二二）　陶渊明七十一岁

正月，江州刺史王弘为卫将军、开府仪同三司。五月，帝疾甚，司空徐羡之、中书令傅亮、领军将军谢晦、镇北将军檀道济同被顾命。癸亥，帝殂。太子义符即皇帝位，是为少帝。七月，葬武帝于初宁陵，庙号高祖。（《资治通鉴》卷一一九）

渊明在家隐居。

《桃花源记并诗》约作于是年。

宋少帝景平元年癸亥（四二三）　陶渊明七十二岁

渊明在家隐居。

《答庞参军》诗五言及四言，作于是年。

宋文帝元嘉元年甲子（四二四）　陶渊明七十三岁

南豫州刺史庐陵王义真，与太子左卫率谢灵运、员外常侍颜延之等情好款密，尝云："得志之日，以灵运、延之为宰相。"灵运亦自谓才能宜参权要，常怀愤悒。录尚书事徐羡之等以为灵运、延之构扇异同，非毁执政，出灵运为永嘉太守，延之为始安太守。羡之等已密谋废帝，而次立者应在义真，乃先奏列其罪恶，废为庶人。四月，羡之等召南兖州刺史檀道济、江州刺史王弘入朝。五月，皆至建康，以废立之谋告之。羡之等遂称皇太后令，废帝为营阳王，以宜都王义隆纂承大统。羡之以荆州地重，恐宜都王至,或别用人,乃亟以录命除领军将军谢晦行都督荆、湘等七州诸军事、荆州刺史,欲令居外为援。八月,宜都王至建康,即皇帝位。徐羡之进位司徒,王弘进位司空,傅亮加开府仪同三司,谢晦进号卫将军,檀道济进号征北将军。王弘固辞。帝以王昙首、王华为侍中。征到彦之为中领军,委以戎政。(《资治通鉴》卷一二〇)

颜延之为始安太守,道出寻阳,以钱贻陶。

宋文帝元嘉二年乙丑(四二五)　陶渊明七十四岁

渊明在家隐居。

《咏贫士》七首约作于是年。

宋文帝元嘉三年丙寅(四二六)　陶渊明七十五岁

正月,帝下诏暴徐羡之、傅亮、谢晦杀营阳、庐陵王之罪,命有司诛之。羡之自经死,亮被收诛死。晦时为荆州刺史,帝发兵讨晦。帝以王弘、檀道济始不预废弑之谋,弘弟昙首又为帝所亲委,遂征王弘为侍中、司徒、录尚书事、扬州刺史。以彭城王义康为都督荆、湘等八州诸军事、荆州刺史。二月,帝发建康。命王弘与彭城王义康居守,入居中书下省。檀道济与到彦之军合,破晦军。晦还江陵,复北逃,被执伏诛。三月,帝还建康,征谢灵运为秘书监,颜延之为中书侍郎。五月,以檀道济为征南大将军、开府仪同三司、江州刺史。(《宋书》卷五《文帝纪》、《宋书》卷四三《檀道济传》、《资治通鉴》卷一二〇)

渊明在家隐居。

《有会而作》、《乞食》作于是年。

宋文帝元嘉四年丁卯(四二七)　陶渊明七十六岁

渊明在家隐居。檀道济往候之,馈以粱肉,麾而去之。

渊明卒。颜《诔》:"元嘉四年月日,卒于寻阳县之某里。……

故询诸友好,宜谥曰靖节征士。”沈《传》:“潜元嘉四年卒。”萧《传》:“元嘉四年,将复征命,会卒。”颜《诔》只言“卒于寻阳县之某里”而不言何里,为文严谨,与只言“春秋若干”而不言年岁者同。“将复征命”者,朝廷或州府将复征渊明也,会渊明卒而未果。朱熹《通鉴纲目》:“十一月,晋征士陶潜卒。”不知何据。

《自祭文》作于是年九月。

陶渊明作品系年一览

闲情赋（晋太和五年，三七〇，十九岁）
劝农（晋太元五年，三八〇，二十九岁）
命子（晋太元十四年，三八九，三十八岁）
荣木（晋太元十六年，三九一，四十岁）
和郭主簿二首（晋太元二十一年，三九六，四十五岁）
拟挽歌辞三首（晋隆安元年，三九七，四十六岁）
庚子岁五月中从都还阻风于规林二首（晋隆安四年，四〇〇，四十九岁）
游斜川（晋隆安五年，四〇一，五十岁）
辛丑岁七月赴假还江陵夜行涂中（晋隆安五年，四〇一，五十岁）
责子（晋隆安五年，四〇一，五十岁）
晋故征西大将军长史孟府君传（不早于晋元兴元年，四〇二，五十一岁）
癸卯岁始春怀古田舍二首（晋元兴二年，四〇三，五十二岁）
癸卯岁十二月中作与从弟敬远（晋元兴二年，四〇三，五十二岁）
始作镇军参军经曲阿（晋元兴三年，四〇四，五十三岁）
乙巳岁三月为建威参军使都经钱溪（晋义熙元年，四〇五，五十四岁）
杂诗十二首（晋义熙元年，四〇五，五十四岁）

归去来兮辞（晋义熙元年，四〇五，五十四岁）
归鸟（晋义熙二年，四〇六，五十五岁）
归园田居五首（晋义熙二年，四〇六，五十五岁）
酬刘柴桑（晋义熙二年，四〇六，五十五岁）
读山海经十三首（晋义熙二年，四〇六，五十五岁）
连雨独饮（晋义熙三年，四〇七，五十六岁）
感士不遇赋（晋义熙三年，四〇七，五十六岁）
与子俨等疏（晋义熙三年，四〇七，五十六岁）
祭程氏妹文（晋义熙三年，四〇七，五十六岁）
戊申岁六月中遇火（晋义熙四年，四〇八，五十七岁）
和刘柴桑（晋义熙五年，四〇九，五十八岁）
己酉岁九月九日（晋义熙五年，四〇九，五十八岁）
庚戌岁九月中于西田获旱稻（晋义熙六年，四一〇，五十九岁）
祭从弟敬远文（晋义熙七年，四一一，六十岁）
形影神三首（晋义熙九年，四一三，六十二岁）
五柳先生传（晋义熙十一年，四一五，六十四岁）
示周续之祖企谢景夷三郎（晋义熙十二年，四一六，六十五岁）
丙辰岁八月中于下潠田舍获（晋义熙十二年，四一六，六十五岁）
赠羊长史（晋义熙十三年，四一七，六十六岁）
饮酒二十首（晋义熙十三年，四一七，六十六岁）
岁暮和张常侍（晋义熙十四年，四一八，六十七岁）
怨诗楚调示庞主簿邓治中（宋永初元年，四二〇，六十九岁）
于王抚军座送客（宋永初元年，四二〇，六十九岁）
读史述九章（宋永初元年，四二〇，六十九岁）
述酒（宋永初二年，四二一，七十岁）
桃花源记并诗（宋永初三年，四二二，七十一岁）

答庞参军四言（宋景平元年，四二三，七十二岁）
答庞参军五言（宋景平元年，四二三，七十二岁）
咏贫士七首（宋元嘉二年，四二五，七十四岁）
乞食（宋元嘉三年，四二六，七十五岁）
有会而作（宋元嘉三年，四二六，七十五岁）
自祭文（宋元嘉四年，四二七，七十六岁）

主要参考书目

一

《陶渊明集》十卷　宋刻递修本　金俊明、孙延题签　汪骏昌跋　汲古阁藏本

《陶靖节先生集》十卷　年谱一卷　（宋）吴仁杰撰年谱　宋刻递修本　存一至四卷

《东坡先生和陶渊明诗》四卷　（宋）黄州刻本

《陶渊明文集》十卷　（宋）绍兴刻本　苏体大字　（清）康熙三十三年汲古阁毛扆覆宋绍兴本　（清）光绪间胡伯蓟临汲古阁摹本，胡桐生、俞秀山刊行，陈澧题记

《陶渊明诗》一卷　《杂文》一卷　（宋）绍熙三年曾集刻本

《陶靖节先生诗注》四卷　《补注》一卷　（宋）汤汉注　（宋）淳祐元年汤汉序刻本　周春、顾自修、黄丕烈跋，孙延题签

《笺注陶渊明集》十卷　（元）李公焕辑笺注　元刻本

《陶靖节集》十卷　（明）何孟春注　（明）绵眇阁刻本

《陶靖节集》十卷　总论一卷　年谱一卷　（宋）吴仁杰撰　（明）嘉靖二十五年蒋孝刻本

《陶靖节集》十卷　(明)万历四年周敬松刻本　(清)吴骞批
《陶靖节集》八卷　附录一卷　总论一卷　(明)凌濛初辑评　凌南荣刻朱墨套印本
《陶靖节集》八卷　《苏东坡和陶诗》二卷　附录一卷　(明)万历四十七年杨时伟刻合刻忠武靖节二编本
《陶元亮诗》四卷　(明)黄文焕析义　明末刻本
《陶渊明集》八卷　(明)张自烈评　总论一卷　和陶一卷　(宋)苏轼撰　律陶一卷　(明)王思任辑　律陶纂一卷　(明)黄槐开辑　(明)崇祯刻本
《陶靖节诗集》四卷　(清)蒋薰评　(清)康熙刻本
《陶诗汇注》四卷　(清)吴瞻泰辑　论陶一卷　(清)吴崧撰　(清)康熙四十四年程崟刻本
《陶诗本义》四卷　(清)马璞辑注　(清)乾隆三十五年吴肇元与善堂刻本
《东山草堂陶诗笺》　(清)邱嘉穗笺　(清)乾隆邱步洲重校刻本
《陶诗汇评》四卷　(清)温汝能辑　(清)嘉庆十二年听松阁刊本
《靖节先生集》十卷　(清)陶澍注　(清)道光二十年惜阴书舍刊本
《陶渊明集》十卷　(清)咸丰间莫友芝跋翻缩刻宋本
《陶诗编年》一卷　(清)陈澧撰　清钞本
《陶诗真诠》　(清)方宗诚注　《柏堂遗书》本
《陶渊明闲情赋注》　(清)刘光蕡注　《烟霞草堂遗书》本
《陶渊明述酒诗解》　(清)张谐之注　《为己精舍藏书》本
《陶集郑批录》　(清)郑文焯批　(日)桥川时雄校补　丁卯文字同盟排印本
《陶渊明诗笺》四卷　古直撰　聚珍仿宋印书局一九二六年《隅楼

丛书》本
《陶靖节诗笺定本》四卷　古直撰　中华书局一九三五年版《层冰堂五种》本
《陶渊明诗笺注》四卷　丁福保撰　上海医学书局一九二九年排印本
《陶渊明集》　王瑶注　作家出版社一九五七年版
《陶渊明集校笺》十卷　杨勇撰　香港吴兴记书局一九七一年版
《陶渊明诗笺注校证论评》　方祖燊著　台湾兰台出版社一九七一年版　台湾书店一九八八年修订本
《陶渊明诗笺证稿》四卷　王叔岷撰　台北艺文印书馆一九七五年版
《陶渊明集》七卷　逯钦立校注　中华书局一九七九年版
《陶渊明集浅注》　唐满先注　江西人民出版社一九八五年版
《陶渊明诗文校笺》　王孟白校笺　黑龙江人民出版社一九八五年版
《陶渊明集校注》　孙钧锡校注　中州古籍出版社一九八六年版
《陶渊明诗文赏析集》　李华撰　巴蜀书社一九八八年版
《陶渊明集全译》　郭维森、包景诚撰　贵州人民出版社一九九二年版
《陶渊明集译注》　孟二冬注译　吉林文史出版社一九九六年版
《陶渊明集校笺》　龚斌校笺　上海古籍出版社一九九六年版
《陶渊明述酒诗补注》　储皖峰撰　《辅仁学志》第八卷第一期　一九三九年版
《圣贤群辅录新笺》　潘重规撰　《新亚书院学术年刊》第七期　一九六五年
《陶潜五言诗疏证》　（韩）车柱环撰　韩国成均馆大学《大乐文化

研究》一九六六年第三期
《陶集札迻》 郭在贻撰 《中华文史论丛》一九八一年第二辑
《说“来”与“归去来”》 周策纵撰 《王力先生纪念论文集》 三联书店香港分店一九八七年版
《古诗别解》 徐仁甫撰 上海古籍出版社一九八四年版
《陶渊明集举正》 徐复撰 《南京师大学报》一九九一年第一期
《栗里谱》 (宋)王质撰 《十万卷楼丛书》本
《陶靖节先生年谱》 (宋)吴仁杰撰 明万历四十七年杨时伟刊《陶靖节集》附
《吴谱辨证》 (宋)张縯撰 李公焕《笺注陶渊明集》引
《柳村陶谱》 (清)顾易撰 (清)雍正七年顾易序刻本
《晋陶靖节年谱》 (清)丁晏撰 (清)道光二十三年《颐志斋四谱》本
《靖节先生年谱考异》 (清)陶澍撰 陶澍注《靖节先生集》附录
《晋陶征士年谱》 (清)杨希闵撰 (清)光绪四年《豫章先贤九家年谱》本
《陶渊明年谱》 梁启超撰 梁著《陶渊明》附录 商务印书馆一九二三年版
《陶靖节年谱》 古直撰 聚珍仿宋印书局一九二六年《隅楼丛书》本 一九二七年订正再版
《陶渊明年谱》 傅东华撰 傅著《陶渊明诗》附录 商务印书馆一九二七年版
《陶渊明年谱稿》 逯钦立撰 《历史语言研究所集刊》第二十本 一九四八年版
《陶渊明事迹诗文系年》 逯钦立撰 逯注《陶渊明集》附录
《陶渊明年谱》 (宋)王质等撰 许逸民校辑 中华书局一九八六

年版
《陶渊明年谱》　邓安生撰　天津古籍出版社一九九一年版
《陶诗系年》　钱玉峰撰　台湾中华书局一九九二年版
《陶靖节事迹及其作品系年》　刘本栋撰　台湾文史哲出版社一九九五年版
《陶渊明年谱中之问题》　朱自清撰　载《朱自清文集》第三册《文史论著》　开明书店一九五三年版
《陶渊明年谱中的几个问题》　宋云彬撰　《新中华》复刊第六卷第三期
《陶渊明生平事迹及其岁数新考》　赖义辉撰　《岭南学报》第六卷第一期
《陶渊明行年杂考》　劳幹撰　《自由学人》第二卷第三期　一九五六年版
《陶渊明年岁析疑》　潘重规撰　《新亚生活双周刊》第五卷第十期　一九六二年版
《陶渊明年岁应为六十三岁考》　杨勇撰　《新亚书院学术年刊》第五期　一九六三年版
《论古直陶渊明享年五十二岁说》　齐益寿撰　《幼狮》月刊第三十四卷第二期　一九七一年版
《陶集考辨》　郭绍虞撰　《燕京学报》第二十期
《陶渊明》　梁启超撰　商务印书馆一九二三年版
《陶渊明诗》　傅东华撰　商务印书馆一九二七年版
《陶渊明的生活》　胡怀琛撰　世界书局一九三〇年版
《陶渊明之思想与清谈之关系》　陈寅恪撰　燕京大学哈佛燕京学社一九四五年刊
《陶渊明批评》　萧望卿撰　开明书店一九四七年版

《陶渊明传论》　张芝撰　棠棣出版社一九五三年版
《陶渊明讨论集》《文学遗产》编辑部编　中华书局一九六一年版
《陶渊明研究资料汇编》　北京大学北京师范大学中文系,北京大学中文系文学史教研室编　中华书局一九六二年版
《陶渊明》　廖仲安撰　中华书局一九六三年版
《陶渊明论稿》　吴云著　陕西人民出版社一九八一年版
《陶渊明论集》　锺优民著　湖南人民出版社一九八一年版
《陶渊明新论》　李华著　北京师范学院出版社一九九二年版
《读陶丛札》　吴鹭山撰　浙江文艺出版社一九八五年版
《陶渊明研究》　陶渊明学术讨论会筹备组编　一九八五年版
《伟大诗人陶渊明》　江西省星子县政协文史资料研究委员会一九八五年编
《陶渊明研究》　江西省星子县政协文史资料研究委员会一九八六年编
《陶渊明始家宜丰研究》　江西省宜丰县陶渊明研究小组、宜丰县博物馆一九八六年编印
《陶渊明论略》　李文初撰　广东人民出版社一九八六年版
《陶渊明探稿》　魏正申撰　文津出版社一九九〇年版
《陶渊明评传》　黄仲仑撰　台湾帕米尔书店一九六五年版
《陶渊明评论》　李辰冬撰　台湾东大图书公司一九七五年版
《陶谢诗之比较》　沈振奇撰　台湾学生书局一九八六年版
《陶渊明及其作品研究》　施淑枝撰　台湾国彰出版社一九八六年版
《陶渊明作品新探》　吕兴昌撰　台湾华正书局一九八八年版
《陶学史话》　锺优民撰　台湾允晨文化实业股份有限公司一九九一年版

《龙渊述学》　郑骞撰　台湾大安出版社一九九二年版
《南山佳气·陶渊明诗文选》　林玫仪选注　台湾时报文化出版企业有限公司一九九二年第二版
《陶渊明之人品与诗品》　陈怡良著　台湾文津出版社一九九三年版
《陶渊明的心灵世界与艺术天地》　孙静著　大象出版社一九九七年版
《陶渊明论析》　王国璎著　台湾允晨文化实业股份有限公司一九九九年版
《陶集版本源流考》　（日）桥川时雄著　日本文字同盟社一九三一年版
《陶渊明》　（日）村上嘉实著　富山房昭和十八年版
《陶渊明》　（日）一海知义著　《中国诗人选集》四　岩波书店昭和三十三年版
《陶渊明研究》　（日）大矢根文次郎著　早稻田大学出版部昭和四十一年版
《陶渊明》　（日）都留春雄著　《中国诗文选》八　筑摩书坊昭和四十九年版
《陶渊明世俗和超俗》　（日）冈村繁著　日本放送出版协会昭和四十九年版
《陶渊明》　（日）都留春雄、釜谷武志著　《中国古典鉴赏》十三　角川书店昭和六十三年版
《陶渊明》　（日）松枝茂夫、和田武司著　《中国之诗人》二　集英社昭和五十八年版
《诗传·陶渊明》　（日）南史一著　创元社昭和五十九年版
《陶渊明的精神生活》　（日）长谷川滋成著　汲古书院平成七年版

《陶渊明とその时代》 （日）石川忠久撰　研文出版一九九四年版
《陶渊明诗文综合索引》 （日）堀江忠道编　日本京都汇文堂书店一九七六年版
《静修先生文集》 （元）刘因撰　《四部丛刊》影印元至顺间刊本
《九灵山房集》 （元）戴良撰　《四部丛刊》影印明正统间戴统刊本
《五柳赓歌》 （明）周履靖撰　《夷门广牍》本
《陶庵集》 （明）黄淳耀撰　清康熙刻本
《浮山后集》 （清）方以智撰　清初此藏轩刻本
《天香全集》 （清）舒梦兰撰　清嘉庆刻本
《通艺阁和陶集》 （清）姚椿撰　清道光刻本
《心向往斋集》 （清）孔继鑅撰　民国刻本

二

《周易》　中华书局影印阮刻《十三经注疏》本
《尚书》　中华书局影印阮刻《十三经注疏》本
《诗经》　中华书局影印阮刻《十三经注疏》本
《周礼》　中华书局影印阮刻《十三经注疏》本
《礼记》　中华书局影印阮刻《十三经注疏》本
《仪礼》　中华书局影印阮刻《十三经注疏》本
《春秋左传》　中华书局影印阮刻《十三经注疏》本
《论语》　中华书局影印阮刻《十三经注疏》本
《孟子》　中华书局影印阮刻《十三经注疏》本
《尔雅》　中华书局影印阮刻《十三经注疏》本
《说文解字注》 （清）段玉裁撰　上海古籍出版社一九八一年影

印本
《史记》（汉）司马迁撰　中华书局一九六四年点校本
《汉书》（汉）班固撰　中华书局一九六二年点校本
《后汉书》（南朝·宋）范晔撰　中华书局一九六五年点校本
《三国志》（晋）陈寿撰　中华书局一九八二年点校本
《三国志集解》　卢弼撰　中华书局一九八一年影印古籍出版社本
《晋书》（唐）房玄龄等撰　中华书局一九七四年点校本
《宋书》（梁）沈约撰　中华书局一九七四年点校本
《南齐书》（梁）萧子显撰　中华书局一九七二年点校本
《梁书》（唐）姚思廉撰　中华书局一九七三年点校本
《陈书》（唐）姚思廉撰　中华书局一九七二年点校本
《魏书》（北齐）魏收撰　中华书局一九七四年点校本
《北齐书》（唐）李百药撰　中华书局一九七二年点校本
《周书》（唐）令狐德棻等撰　中华书局一九七一年点校本
《南史》（唐）李延寿撰　中华书局一九七五年点校本
《北史》（唐）李延寿撰　中华书局一九七四年点校本
《隋书》（唐）魏徵等撰　中华书局一九七三年点校本
《隋书经籍志考证》（清）姚振宗撰　《二十五史补编》本
《资治通鉴》（宋）司马光撰　中华书局一九五六年点校本
《世说新语笺疏》　余嘉锡撰　中华书局一九八三年版
《世说新语校笺》　徐震堮著　中华书局一九八四年版
《高僧传》（梁）释慧皎撰　汤用彤校注　中华书局一九九二年版
《弘明集》（梁）僧祐撰　上海古籍出版社一九九一年影印本
《广弘明集》（唐）道宣撰　上海古籍出版社一九九一年影印本
《法苑珠林》（唐）释道世撰　《大藏经》第五十三册
《十七史商榷》（清）王鸣盛撰　中国书店一九八七年影印本

《廿二史劄记》（清）赵翼撰　《四部备要》本
《廿二史考异》（清）钱大昕撰　《潜研堂全书》本
《南朝宋会要》（清）朱铭盘撰　上海古籍出版社一九八四年版
《文史通义校注》（清）章学诚著　叶瑛校注　中华书局一九八五年版
《诸子集成》　中华书局一九八六年据世界书局原版重印本
《庄子集释》（清）郭庆藩撰　中华书局一九六一年版
《荀子集解》（清）王先谦撰　清光绪十七年长沙王先谦思贤讲舍刊本
《吕氏春秋校释》　陈奇猷校释　学林出版社一九八四年版
《淮南鸿烈集解》　刘文典撰　中华书局一九八六年版
《论衡校释》　黄晖撰　中华书局一九九〇年版
《新论》（汉）桓谭撰　（清）钱熙祚辑　《指海》本
《抱朴子内篇校释》（晋）葛洪撰　王明校释　中华书局一九八五年版
《列子集释》　杨伯峻撰　中华书局一九八七年版
《王弼集校释》（魏）王弼撰　楼宇烈校释　中华书局一九八〇年版
《傅子》（晋）傅玄撰　上海古籍出版社一九九〇年影印本
《颜氏家训集解》（北齐）颜之推撰　王利器集解　上海古籍出版社一九八〇年版
《朱子语类》（宋）朱熹撰　黎靖德编　中华书局一九八六年版
《真文忠公文集》（宋）真德秀撰　《四部丛刊》本
《鹤林玉露》（宋）罗大经撰　中华书局一九八三年版
《义门读书记》（清）何焯撰　中华书局一九八七年排印本
《敬斋古今黈》（元）李治撰　中华书局一九九五年排印本

《老学庵笔记》《续笔记》 （宋）陆游撰 《四库全书》本
《懒真子》 （宋）马永卿撰 《四库全书》本
《七修类稿》 （明）郎瑛撰 中华书局一九五九年排印本
《闲渔闲闲录》 （清）蔡显撰 嘉业堂刻本
《艺文类聚》 （唐）欧阳询等撰 中华书局上海编辑所一九六五年版
《初学记》 （唐）徐坚等撰 中华书局一九八五年版
《北堂书钞》 （唐）虞世南编 中国书店一九八九年影印本
《太平御览》 （宋）李昉等编 中华书局一九八五年影印本
《册府元龟》 （宋）王钦若、杨亿等编 中华书局一九六〇年影印本
《说郛三种》 （明）陶宗仪等编 上海古籍出版社一九八八年版
《郡斋读书志》四卷 （宋）晁公武撰 《四库全书》本
《直斋书录解题》十五卷 （宋）陈振孙撰 《四库全书》本
《古今姓氏书辩证》 （宋）邓名世撰 《丛书集成初编》本
《四库全书总目》二百卷 （清）永瑢等撰 中华书局一九六五年版
《天禄琳琅书目后编》二十卷 （清）彭元瑞撰 清光绪十年王先谦刊本
《绛云楼书目》四卷 （清）钱谦益撰 （清）陈景云注 《丛书集成初编》本
《绛云楼题跋》 （清）钱谦益撰 潘景郑辑 中华书局一九五八年版
《钱遵王读书敏求记校证》四卷 （清）钱曾撰 （清）章钰校证 《清人书目题跋丛刊》四 中华书局一九九〇年版
《黄丕烈书目题跋》 （清）黄丕烈撰 《清人书目题跋丛刊》六 中华书局一九九三年版

《铁琴铜剑楼书目》二十四卷　（清）瞿镛撰　清光绪丁酉诵芬室校本
《楹书隅录》五卷　（清）杨绍和撰　清光绪十九年杨氏家刻本
《藏园群书经眼录》十九卷　傅增湘撰　中华书局一九八三年版
《藏园订补郘亭知见传本书目》十六卷　（清）莫友芝撰　傅增湘订补　中华书局一九九三年版
《自庄严堪善本书目》　周叔弢撰　天津古籍出版社一九八五年版
《中国版刻图录》　北京图书馆编　文物出版社一九六一年版
《二十四史朔闰表》　陈垣撰　中华书局一九六二年版
《中国历史地图集》　谭其骧编　中国地图出版社一九八二年版
《北京图书馆古籍善本书目》　书目文献出版社一九八七年版
《中国丛书综录》　上海古籍出版社一九八六年版
《文选索引》　（日）斯波六郎撰　日本京都大学人文科学研究所一九五七—一九五九年版
《全晋诗索引》　（日）松浦崇编　棹歌书房一九八七年版
《全宋诗索引》　（日）松浦崇编　棹歌书房一九九一年版
《全上古三代秦汉三国六朝文》　（清）严可均校辑　中华书局一九五八年版
《先秦汉魏晋南北朝诗》　逯钦立辑校　中华书局一九八三年版
《楚辞》　《四部丛刊》影宋本
《文选》　（梁）萧统编　（唐）李善注　中华书局一九七四年影印（南宋）淳熙八年尤袤刻本
《文选》　（梁）萧统编　（唐）五臣注　（南宋）绍兴三十一年建阳崇化书坊陈八郎刻本
《文选》　（梁）萧统编　（唐）李善、五臣注　《四部丛刊》影印宋刊本

《玉台新咏笺注》（陈）徐陵编（清）吴兆宜注 程琰删补 中华书局一九八五年版
《乐府诗集》（宋）郭茂倩编《四部丛刊》影印汲古阁刊本
《全唐文》（清）董诰等编 中华书局一九八三年影印本
《文苑英华》（宋）李昉等编 中华书局一九六六年影印本
《全唐诗》（清）彭定求等编 中华书局一九六〇年版
《古诗评选》（清）王夫之撰《船山遗书》本
《古诗钞》吴汝纶撰 武强贺氏一九二八年刊本
《魏武帝魏文帝诗注》（魏）曹操、曹丕撰 黄节注 人民文学出版社一九五八年版
《曹植集校注》赵幼文校注 人民文学出版社一九八四年版
《阮步兵咏怀诗注》黄节注 人民文学出版社一九五七年版
《阮籍集校注》陈伯君注 中华书局一九八七年版
《阮籍集》上海古籍出版社一九七八年版
《嵇康集》鲁迅辑校 古典文学刊行社一九五六年影印鲁迅手钞本
《嵇康集校注》戴明扬校注 人民文学出版社一九六二年版
《陆机集》金涛声点校 中华书局一九八二年版
《陆士衡诗注》郝立权注 人民文学出版社一九五八年版
《陆云集》黄葵点校 中华书局一九八八年版
《谢康乐诗注》黄节注 人民文学出版社一九五八年版
《谢灵运集校注》顾绍柏校注 中州古籍出版社一九八七年版
《鲍参军集注》钱仲联增补辑说校 上海古籍出版社一九八〇年版
《文心雕龙辑注》（梁）刘勰撰（清）黄叔琳注、纪昀评 中华书局一九五七年版

《文心雕龙注》　范文澜注　人民文学出版社一九五八年版
《锺嵘诗品校释》　吕德申撰　北京大学出版社一九八六年版
《文镜秘府论校注》　（日）弘法大师撰　王利器校注　中国社会科学出版社一九八三年版
《石林诗话》　（宋）叶梦得撰　《历代诗话》本
《四溟诗话》　（明）谢榛撰　人民文学出版社一九六一年版
《艺苑卮言》　（明）王世贞撰　《历代诗话续编》本
《诗薮》　（明）胡应麟撰　上海古籍出版社一九七九年版
《诗源辨体》　（明）许学夷撰　人民文学出版社一九八七年版
《渔洋诗话》　（清）王士祯撰　《清诗话》本
《雨村诗话》　（清）李调元撰　《清诗话续编》本
《姜斋诗话》　（清）王夫之撰　《船山遗书》本
《昭昧詹言》　（清）方东树撰　人民文学出版社一九六一年版
《砻溪诗话》　（宋）黄彻撰　《历代诗话续编》本
《苕溪渔隐丛话》前后集　（宋）胡仔撰　人民文学出版社一九六二年版
《诗镜总论》　（明）陆时雍撰　《历代诗话续编》本
《魏晋玄学论稿》　汤用彤撰　中华书局一九六二年版
《汉魏两晋南北朝佛教史》　汤用彤撰　中华书局一九八三年版
《慧远及其佛学》　方立天撰　中国人民大学出版社一九八七年版
《金明馆丛稿初编》　陈寅恪撰　上海古籍出版社一九八〇年版
《金明馆丛稿二编》　陈寅恪撰　上海古籍出版社一九八〇年版
《罗音室学术论著》　吴世昌撰　中国文联出版公司一九八四年版
《管锥编》　钱锺书撰　中华书局一九七九年版
《程千帆选集》　辽宁古籍出版社一九九六年版
《朱自清古典文学论文集》　上海古籍出版社一九八一年版

《中古文学史论》　王瑶撰　北京大学出版社一九八六年版
《汉魏六朝文学论集》　逯钦立撰　陕西人民出版社一九八一年版
《三馀札记》　刘文典撰　黄山书社一九九〇年排印本
《东晋文艺系年》　张可礼撰　山东教育出版社一九九二年版

跋一

一九六〇年至一九六二年，我跟随林庚先生编注《魏晋南北朝文学史参考资料》（中华书局一九六二年出版），其中陶渊明的作品由我负责，这是我治陶之始。一九八二年我应中华书局之约开始整理陶集，至一九八三年底完成了五分之四。原以为陶渊明的集子前人已经多次注过，他的作品浅显平易，整理起来比较容易。但当我深入探究以后，才觉得难度很大。陶渊明的生平及其作品的真伪、系年都有许多疑点。他的语言看似浅显平易，含义却深刻而丰富；那些当时的习用语具有特定的意思，很容易忽略或讲错；有些词语含有哲理，如果仅从一般意义上理解，则失之于肤浅。当我认真地检查了自己完成的那部分书稿后，自愧蒐求未广、校笺欠精。于是毅然搁下笔来，重新研究陶渊明的基本资料，包括陶集的版本，陶渊明的生平、思想、交游，以及魏晋时期的政治、思想、文化、语言。经过钻研，有了不少新的发现，不断撰为论文。特别是那篇《陶渊明年谱汇考》，自一九九〇年至一九九六年，费时六载，四易其稿才得以完成。我终于对陶渊明的生平、作品及相关问题取得了比较清晰的认识。这些研究成果于一九九七年编为《陶渊明研究》一书，由北京大学出版社出版。在这十几年里，我根据平日读书所获的资料，对原先的笺注稿不断修订，自一九九八年开始，又对原稿重新加以整理，历时两年，今天终于完成。

整理陶集对我来说已不仅是一项必须完成的工作，而且是一种精神寄托，是我跟那位真率、朴实、潇洒、倔强而又不乏幽默感的诗人对话的渠道。我此时的心情，一方面是喜悦和轻松，因为实现了一个夙愿；另一方面又感到怅惘，因为陶渊明这位多年来朝夕相处的朋友，或将与我分别一段时间了。

在本书的整理过程中，我参考了多位前贤和时贤的注本或论著，凡有引用均已注明。他们的成果或直接采入本书，或启发我深入思考。从这种意义上说，本书带有集解的性质。我要对一切为陶渊明研究付出心血的学者表示感谢。

本书得以列入国家古籍整理出版规划小组制定的规划之中，并得到全国高校古籍整理工作委员会和华夏英才基金的资助，深感荣幸。在撰写过程中，得到林庚先生的鼓励，并先后得到程毅中先生、傅璇琮先生、黄永年先生、杨成凯先生以及其他许多师友的关心；此外还得与王国璎教授经常切磋，并得到王叔岷先生的指教，谨一并致以深深的谢意。这十八年里，我曾在北京大学、东京大学、新加坡国立大学系统地讲授过“陶渊明研究”这门专题课，从学生那里所得到的鼓励、支持，实在难以忘怀。北京图书馆、北京大学图书馆以及台湾等地的一些图书馆，为我提供了许多方便，特别是北京图书馆已故的版本学家陈杏珍女史为我提供的方便，使我难以忘怀。本书所收和陶诗中有六种是我的妻子杨贺松教授与我共同蒐集校订的，经她允许收入本书；李铎博士和王清真、徐宝馀同学替我将《五孝传》、《四八目》和一部分和陶诗录入电脑，也在此表示感谢。本书的责任编辑徐俊和顾青两位先生以极其认真的态度校订了全部书稿，改正了我的许多错误，顾青还为本书编制了索引，谨致由衷的谢意。

二〇〇〇年二月十一日庚辰岁人日

袁行霈于北京大学畅春园寓所

附记:本书的校样经马自力、董希平、曾祥波三位同好和我一起校阅,他们的学识和态度令我敬佩,我要郑重地表示感谢。

二〇〇二年三月

跋二

拙著《陶渊明集笺注》印行二十年来，承蒙读者与中华书局厚爱，得以多次重印。近年山东人民出版社为余编辑出版《文集》，将《笺注》所引文献，据原书覆核一过。今者，中华书局又拟重印，发来校改若干条，言亦有本，余复稍作增饰，交付中华书局校订再版。春秋代序，岁月不居，俯仰之间，倏已迟暮，然治学之志弥坚，惟冀无负亲友之雅望也。

借此再版之机，谨对中华书局、山东人民出版社及所有雅好、崇敬、向往陶渊明之读者，表示衷心感谢！

二〇二二年四月，袁行霈于愈庐，时年八十有六。